한국문학평론가협회 평론총서 ❶

# 근대의 에피스테메(Episteme)와 문학장의 분할

### - 샤머니즘에서 딜레탕티즘까지

## 이재복 李在福

한양대학교 국어국문학과를 졸업하고 동 대학원에서『이상 소설의 몸과 근대성에 관한 연구』(2001)로 박사학위를 받았다. 1996년『소설과 사상』겨울호에 평론이 당선되어 등단했다.『쿨투라』,『본질과 현상』,『현대비평』,『시와 사상』,『시로 여는 세상』,『오늘의 소설』,『오늘의 영화』편집·기획위원을 역임했다. 고석규비평문학상, 젊은평론가상, 애지문학상(비평), 편운문학상, 시와표현평론상, 시와시학상을 수상했다.

현재 한양대학교 한국언어문학과 교수로 재직하고 있다. 저서로『몸』,『비만한 이성』,『한국문학과 몸의 시학』,『현대문학의 흐름과 전망』,『한국 현대시의 미와 숭고』,『우리 시대 43인의 시인에 대한 헌사』,『몸과 그늘의 미학』,『내면의 주름과 상징의 질감』,『벌거벗은 생명과 몸의 정치』,『근대의 에피스테메와 문학장의 분할』등이 있다.

한국문학평론가협회 평론총서 ❶
근대의 에피스테메(Episteme)와 문학장의 분할
- 샤머니즘에서 딜레탕티즘까지

초판 1쇄 인쇄 2021년 9월 17일
초판 1쇄 발행 2021년 9월 27일

지 은 이      이재복
펴 낸 이      이대현

책임편집      이태곤
편    집      권분옥 문선희 임애정 강윤경
디 자 인      안혜진 최선주 이경진
기획/마케팅    박태훈 안현진

펴 낸 곳      도서출판 역락
주    소      서울시 서초구 동광로46길 6-6 문창빌딩 2층(우-06589)
전    화      02-3409-2055(대표), 2058(영업), 2060(편집) FAX 02-3409-2059
이 메 일      youkrack@hanmail.net
홈페이지      www.youkrackbooks.com
등    록      1999년 4월 19일 제303-2002-000014호

ISBN 979-11-6742-200-2  04810
ISBN 979-11-6742-199-9(세트)

*정가는 뒤표지에 있습니다.
*잘못된 책은 바꿔 드립니다.

이 책은 2021년 한양대학교 교내일반연구사업 지원을 받아 연구 되었음(과제번호 : 202100000001893)

한국문학
평론가협회
평론총서
①

샤머니즘에서 딜레탕티즘까지

# 근대의 에피스테메(Episteme)와 문학장의 분할

이재복 평론집

역락

우리 문학사를 공부하다 보면 숙명처럼 맞닥뜨려야 하는 것이 있다. 바로 근대라는 표상이다. 이 표상은 의식 내에서 끊임없이 재생산되면서 나를 늘 불편하게 해온 것이 사실이다. 어쩌면 내 학문에 대한 자의식의 출발도 여기에서 비롯된 것이라고 할 수 있다. 나에게 근대란 단선적이지도 명쾌하지도 않은 모호하고 복잡한 그 무엇이었다. 근대가 구체적인 실체와 부피감으로 다가온 것이 아니라 모호하고 복잡한 관념의 덩어리로 인식되었던 것이다. 이것은 근대의 실체, 다시 말하면 근대 전체를 아우르는 어떤 원리와 형상이 부재한 데서 비롯된 것이라는 사실을 말해준다.

근대에 대한 이해의 정도가 깊어질수록 그만큼 근대 전체를 아우르려는 내 의지도 커지게 되고, 이 과정에서 근대라는 시기와 그 이전과 이후 시기 사이의 차이에 주목하게 되었다. 이 차이를 통해 근대라는 시기를 지배해온 인식론적 틀과 무의식의 원리 같은 것들을 들여다보게 된 것이다. 이러한 나의 생각을 푸코 식으로 이야기하면 그것은 시대에 따른 질서의 틀, 곧 담론이 있는 것이고, 우리는 그 담론 속에서 어떤 것을 인식하고 판단하게 되는 것이다. 그는 이것을 '에피스테메(Episteme)'라고 명명하였다. 푸코의 이 논리에 따르면 우리가 근대를 이해한다는 것은 곧 근대의 에피스테메를 이해한다는 것을 의미한다. 그렇다면 우리의 근대를 지배하고 아우르는 질서의 틀을 어떻게 찾아내고 또 그것을 어떤 식으로 규정하고 활용해야 하는 것일까?

이 물음에 대한 답이 결코 간단하지 않으리라는 것은 우리 근대를 이해하는데 많은 난맥상이 존재한다는 것을 인지하고 있는 사람이라면 누구나 쉽게 예상할 수 있는 바이다. 한 세기도 채 되지 않는 기간에 근대 혹은 근대성의 틀을 갖추어야 했던 우리의 경우 여기에서 시대에 따른 온전하고 안정된 질서와 원리를 발견한다는 것은 거의 불가능하다고 할 수 있다. 그래서 우리 근대 논의에는 늘 '사이비', '새것 콤플렉스', '단절', '이식(移植)', '식민지', '개발 독재' 같은 특수하면서도 다양한 부정적인 의미가 그림자처럼 뒤따르는 것 아닌가. 이렇게 모호하고 복잡한 우리의 근대에 대한 논의를 전체의 틀 안에서 수렴하여 여기에서 질서정연한 구조적인 틀을 발견한다는 것은 불가능할 뿐만 아니라 그것을 인위적으로 그 틀 안에 배치하고 의미화하는 것은 우리의 근대를 도식적으로 이해하는 것이 될 수 있다. 이것은 우리 근대 논의에 또 다른 도그마를 낳을 위험성이 있다.

이런 점을 고려하여 나는 우리의 근대를 에피스테메의 틀 안에서 들여다보되 그것을 성급하게 구조화하지 않고, 작가 각자의 의식이 투영된 사상, 실존, 글쓰기의 차원에서 그것을 살펴보았다.

근대 시기 우리 작가들이 보여준 다양한 의식의 과정 중에서 내가 주목한 것은 '전통'에 대한 관심과 태도이다. 이것은 기본적으로 우리의 근대를 과거와의 단절이 아닌 연속의 관점에서 이해하고 해석한 것으로 볼 수 있다. 서세동점(西勢東漸)의 상황에서 급격하게 진행된 근대화로 인해 주변부로 밀려났거나 은폐되어버린 우리의 전통을 들추어내어 그것의 가치와 의미를 새롭게 발견하려는 의도가 여기에 내재해 있다. 특히 김동리와 황순원이 보여준 샤머니즘에 대한 전경화와 그것을 통한 근대의 이면을 탐색하는 과정은 단순히 근대와 전근대의 대립과 갈등을 넘어 전통의 근대적 재발견이라는, 다시 말하면 작가 개인의 전통에 대한 적극적인 해석을 보여주고 있다는 점에서 주목을 요한다. 이러한 태도는 조지훈에 오면 샤머니즘이 우리 문화와 종교의 기원이라는 논리로 발전한다. 지훈은 우리 전통을 기원과 발생, 존재와 생성, 중용과 혼융, 정신과 생명 등 네 개의 원리로 질서화하여 고찰함으로써 샤머니즘은 물론 지조(志操), 멋, 아름다움, 고움, 한, 중용, 혼융, 경경위사(經經緯史) 같은 세계를 발견해내고 있다. 그가 발견해낸 이러한 세계는 근대 이후 부차적이고 주변적인 것으로 간주되어온 것이 사실이다. 하지만 이러한 세계는 결코 근대와 분리될 수 없는 역사적인 현재성을 지니고 있다는 점에서 중요한 탐구의 대상으로 존재할 수밖에 없는 것이다.

우리의 근대가 식민지와 분단을 거쳐 전쟁과 개발 독재라는 굴곡진 역사를 전제로 한다는 것은 그 질서 내에서 삶을 살아가야 하는 사람들에게는 그에 상응하는 '실존 의식'이 요구될 수밖에 없다는 것을 말해준다. 이들은 끊임없이 어떤 이념이나 이데올로기의 선택을 강요받았을 뿐만 아니라 살기 위해서는 스스로 어떤 이념을 만들 수밖에 없었던 것이다. 가령 이상의 페러독스, 박목월의 적막한 감각, 전봉건, 박남수, 구상, 김광림, 김종삼의 실향의식, 이병주의 휴머니즘과 딜레탕티즘, 이문열의 중심, 변경, 초월의 이데올로기, 산문시대 동인들의 내면화와 교양 추구 그리고 복거일의 자유주의와 현길언의 평화에 대한 의식 등은 식민지와 분단, 전쟁과 개발독재를 거쳐 민주화 시대에 이르는 과정에서 이들이 선택하고 만들어낸 하나의 실존적 이념이었던 것이다. 이 각각의 이념들은 서로 대립하고 갈등하거나 화해하고 공존하면서 근대의 에피스테메 상을 구축해온 것이라고 할 수 있다.

우리 작가들이 보여주고 있는 이러한 다양한 의식과 실존의 방식들은 그 자체가 하나의 사회적 권력 담론의 장으로 볼 수 있다. 근대문학은 이러한 담론의 장으로부터 탄생하는 것이다. 작가들의 근대에 대한 인식과 무의식의 원리로 만들어지는 에피스테메와 이 에피스테메에 의해 근대의 문학장이 탄생(분할)하는 과정은 근대문학에 대한 이해에 구체성을 불어넣어 줄 것으로 보인다. 모호하고 복잡한 우리의 근대와 이 시기를 지배해온 인식론적 틀과 무의식의 원리 같은 것들을 발견해내려는 작가들의 면면은 그 자체가 근대성에 대한 지적 모험으로 볼 수 있다. 우리 작가들의 근대성에 대한 지적 모험의 정도와 우리 근대문학의 수준과 지평의 열림 정도는 비례한다고 할 수 있다. 근대의 은폐된 세계를 잘 드러내기 위한 인식 틀과 무의식의 원리가 어떤 것인지에 대해서는 우리의 근대문학 전반에 대한 더 많은 탐구가 있어야 할 것이다. 어쩌면 그것은 '샤머니즘에서 딜레탕티즘까지'라는 이 책의 부제가 잘 말해주듯이 이 둘 사이의 생소함과 공백을 메우기 위한 일만큼이나 흥미롭고도 지난한 일인지도 모른다.

거의 이 년 가까이 새로운 세계에서 외롭게 칩거한 것 같다. 코로나라는 이 미증유의 대란이 나 자신과 내 공부를 되돌아보게 한 것만은 틀림없다. 감히 두려워 엄두도 못 내고 끙끙거리고 있다가 세상을 향해 내놓은 근대의 에피스테메에 대한 글이 다시 나의 무지를 일깨우는 계기가 되기를 바란다.

어려운 상황에서도 선뜻 내 청을 들어준 도서출판 역락의 이대현 대표와 식구들께 감사하며, 꼼꼼하게 선생의 글을 읽어준 제자 김세아, 양진호, 이민주, 이황임에게 고마움을 전한다.

2021년 8월

서울숲 胥山齋에서 저자 씀

발간사

근대 이후 비평의 영향력이 지금처럼 약화된 적이 있었던가? 비평이 문학은 물론 문화·예술의 변화와 발전을 견인하는 중요한 동력으로 작용하면서 그것의 순기능적인 면에 익숙해진 우리 비평가들에게 '지금, 여기'에서의 이런 상황은 여간 당혹스러운 것이 아니다. 후기자본주의 문화논리에 입각한 소비사회의 도래와 비트라는 새로운 물적 토대에 기반 한 디지털 사회의 도래는 불균형과 부조화 그리고 부정성 대신 균형 잡히고 조화로우며 모든 것을 매끄럽게 느끼고 이해하려는 이른바 '긍정적 유토피아'(한병철)의 세계를 만들어버렸다. 고뇌에 찬 불안과 부정의 태도에서 벗어나 육체에 의한 감각의 유희에 탐닉하게 됨으로써 자연히 무엇을 인지하고 이해, 판단하는 사유의 과정은 약화되거나 망각되어버렸다.

사유의 약화 내지 망각은 곧 비평의 약화 내지 망각을 의미한다. 더 이상 사유하려하지 않는 사회에서 비평의 자리는 그만큼 작아질 수밖에 없는 것이다. 이 작아짐을 우리는 '지금, 여기'에서 목도하고 있지 않은가. 그런데 이 대목에서 우리가 한번쯤 생각해봐야 할 것이 있다. 그것은 이 작아짐을 우리가 비평의 기능과 역할의 약화 내지 축소로 이해하고 있는 것은 아닌가 하는 점이다. 우리가 인지하고 있는 비평은 근대의 산물이다. 근대라는 제도가 만들어낸 문학의 한 양식인 것이다. 이 사실은 지금까지 우리가 알고 있던 비평의 개념과 범주 혹은 비평의 기능과 역할은 이러한 근대적인 규정 하에서 이해하고 판단해 왔다는 것을 의미한다. 이러한 근대 비평의 개념과 범주 내에서 '지금, 여기'에서 발생하고 형성된 다양한 문학, 예술, 문화의 양식을 규정하고 포괄하기에는 한계가 있다. 가령 최근 새롭게 부상하고 있는 웹소설이나 SF, 판타지, 탐정, 로망스 같은 장르문학 그리고 게임 같은 양식을 근대 비평의 개념과 범주로 이해하고 판단하는 것은 불가능하다고 볼 수 있다. 근대적인 차원을 넘어서는 플랫폼으로 대표되는 테크놀로지, 대중소비사회의 생산과 소통 체계, 마케팅과 비즈니스 등과 같은 탈근대적 문화산업의 차원에서 접근할 때 그것은 온전히 이해되고 또 해석될 수 있는 것이다. 이러한 일련의 사실은 근대 다시 말하면 근대 비평의 개념과 범주를 확장하고 심화할 것을 요구한다고 할 수 있다. 근대와의 단절이 아닌 근대를 이어받으면서 그것을 넘어서는 비평에 대한 새로운 인식과 접근 방식이 필요한 것이다. 우리 한국문학평론가협회에서 새롭게 '평론총서'를 기획한 의도가 바로 여기에 있다. 주로 구성원이 문학을 전공한 평론가들이지만 점차 문학을 넘어 문화의 차원에서 비평 활동을 하고 있는 평론가들도 늘어나고 있다. 이들 사이에는 차이와 함께 공통점도 존재한다. 이 둘을 비평이라는 개념과 범주 내에서 서로 포괄하고 융합하여 보다 생산적이고 창의적인 시너지 효과를 내는 것이 우리들의 의도이고 또 바람이다. 이것은 근대와 탈근대 혹은 문학과 문화의 영역을 배제와 소외가 아닌 포괄과 융화의 관점에서 수용함으로써 비평의 영역을 새롭게 확장하고 심화하는 것을 목적으로 한다는 것을 의미한다. 후기자본주의 문화논리에 입각한 소비사회로의 진입과 비트를 기반으로 한 디지털 사회로의 진입은 비평의 기능과 역할의 다양성과 복잡성을 요구한다. 우리 비평은 이러한 흐름에 민감한 자의식을 가져야 하며, 그 결과로 드러나게 될 비평의 지형과 전망에 대해서도 보다 적극적인 태도를 견지해야 하리라고 본다.

우리는 이번에 기획하는 한국문학평론가협회 평론총서가 우리 비평의 좌표 역할 뿐만 아니라 그 수준을 가늠할 수 있는 시금석이 되기를 바란다. 이를 위해 우리는 언제나 열린 태도를 견지해 나갈 것이며, 나르시시즘적인 자기만족과 타자를 억압하고 차별을 발생시키는 권력 지향의 에꼴을 경계하고 부정해나갈 것이다. 우리는 아웃사이더 정신과 지적 모험을 통해 비평의 본래적 의미를 되찾고, 미지의 영역으로 존재하는 새로운 비평의 영토를 끊임없이 탐색해 나갈 것이다.

2021년 9월
한국문학평론가협회 평론총서 발간위원회

# I부

## 사상, 지식인의 퍼스펙티브 1

# 샤머니즘 사상과 근대성
- 황순원의 『움직이는 성』과 김동리의 「무녀도」를 중심으로

## 1. 전통의 공유와 차이의 수사학

한국 근현대문학사는 복잡한 존재론적 궤적을 지니고 있다. 이때 여기에서 말하는 복잡함이란 보편보다는 특수, 본질보다는 실존이 전경화된 데에서 비롯된 하나의 한국적인 현상을 의미한다. 개화기 이후 서세동점(西勢東漸)의 흐름 속에서 전통적인 사상이나 풍습 등은 급격하게 서구의 사상이나 풍습 등에 의해 침윤되면서 그 모습이 소멸되거나 주변부로 밀려나 소외의 양상을 띠게 된다. 이것은 한국 문화에 대한 정체성의 혼란으로 이어졌고, 문화와의 관계 속에서 형식과 내용이 규정되는 문학의 경우에도 이러한 정체성의 혼란은 그대로 이어지기에 이른다. 한국의 전통적인 문화 정체성만을 내세울 수도 그렇다고 서구의 문화를 그대로 이식한 것을 내세울 수도 없는 상황 속에서 당대의 지식인으로서 우리 문학인들은 그 나름의 실존적인 모색을 하지 않을 수 없었던 것이다. 더욱이 이러한 모색이 국가와 민족의 국권상실과 민족 정체성의 상실과 같은 위기 상황에서 나온 것이라는 사실은 그 중요성을 더하고 있다고 해도 과언이 아니다.

개화기 이후의 위기 상황 속에서 나온 당대 지식인들의 실존적인 모색의 결과물은 단연 '조선적인 것'에 대한 관심이다. 식민지 시대 조선총독부에 의해 추진된 '조선학'이나 민족주의 계열에 의해 활발하게 전개된 '조선주의 문화운동' 그리고 유물론자들에 의해 이루어진 '조선학' 등은 비록 추진 주체와 목적에는 차이가 있지만 이들이 내세우고 있는 것은 모두 '조선' 혹은 '조선적인 것'에 대한 관심과 강조이다. 이 세 가지 경향 중에서 특히 주의해서 보아야 할 것은 둘째와 셋째이다. 민족주의 계열과 역사적 유물론 계열은 각각 민족과 유물변증법이라는 이데올로기를 내세우기는 했지만 식민지 상황에서의 계급 모순이라든가 무산자 계급의 해방 등은 민족을 떠나서 성립될 수 없다는 점에서 이 둘은 묘한 길항 관계를 유지하고 있다. 가령 식민지 시대의 3차에 걸쳐 진행된 '순수문학 논쟁'으로 표상되는 둘 사이의 대립과 갈등은 어느 한쪽의 일방적인 패배나 승리로 끝난 것이 아니라 식민지와 분단 그리고 개발독재 시대로 이어지면서 우리 근현대문학의 역사를 구축해 왔다고 할 수 있다. 카프(KAPF)의 선진성은 우리 문학사에 계급, 계층, 소외, 근대, 근대성, 리얼리즘 등의 문제를 본격적으로 제기한 것이다.

그러나 이들의 선진성이 온전히 성공했다고 볼 수 없다. 카프의 해체는 우리 근대문학의 소멸 혹은 파산 상태를 의미한다고 해도 과언이 아니다. 어쩌면 이들의 해체는 이미 예견된 것인지도 모른다. 이들의 운동은 이미 그 시작이 우리 근대문학사의 '허점(특수성)'에서 말미암은 것[01]이기 때문이다. 그런데 여기에서 중요한 것은 카프의 해체가 곧 우리 문학의 해체로 이어지지 않는다는 점이다. 그것은 카프(셋째)와 길항 관계를 유지

---

**01**　김윤식, 「김동리의 『문학과 인간』의 사상사적 배경 연구」, 『한국학보』 85, 1996, p. 34.

해온 민족주의 계열의 작가군(둘째)이 존재하기 때문이다. 카프의 해체 이후는 물론 해방공간(1945~1948)의 혼란기에도 이들의 존재로 인하여 우리 문학사는 카프 문학 및 해방공간 문학의 특수성을 역조명케 하여 그 의의와 한계와 가능성을 비판, 점검할 수 있는 유용한 장치의 몫을 마련할 수 있었던 것이다.[02] 민족주의 계열에 의해 활발하게 전개된 '조선주의 문화운동'에 대한 평가는 대개 이런 맥락과 함께 이들이 주장한 조선적인 것이 지니는 특수하면서도 보편적인 세계의 차원에서 많이 논의되어 왔다.

그렇다면 민족주의 계열의 문인들이 내세운 조선적인 특수성과 세계적인 보편성을 지닌 덕목이란 무엇이란 말인가? 만일 조선적인 특수성에 대해 어떤 암묵적인 합의를 본 것도 아니고 또 세계적인 보편성에 대해 그다지 진지하게 고민해본 적이 없다면 우리의 고민은 더 깊어질 수밖에 없다. 하지만 이 사실보다 더 큰 문제는 조선적인 특수성으로 내세운 것이 무엇이냐 하는 것과 그것이 과연 세계적인 보편성을 담보하고 있느냐 하는 점이다. '가장 조선적인 것이 가장 세계적인 것이다'라는 논리가 바로 그것이다. 이 논리가 가지는 위험성은 과연 조선적인 것이 세계적인 것이 될 수 있느냐 하는 것이다. 이 과정에서 조선적인 것이 세계적인 것이 될 수 있다고 믿는 이들과 그렇지 않은 이들이 있을 수 있다. 우선 조선적인 특수성이 무엇이냐에 대해 우리 문인들의 생각은 다소 차이는 있지만 대체로 근접한 범주 내에 있지만 그것이 세계적인 보편성을 어느 정도 담보하는지 혹은 세계적인 보편성이 무엇인지에 대해서는 근접한 합의를 도출해내지 못하고 있다.

이러한 경우를 우리는 같은 민족주의 계열이면서 문협정통파의 대표

---

**02**  김윤식, 위의 글, p.34.

적인 문인이라고 할 수 있는 황순원과 김동리를 통해서도 확인할 수 있다. 두 사람은 활동한 시기(1930년대~1980년대) 뿐만 아니라 문학적 태도, 작품 경향, 세계관, 영향력에 있어서도 닮은 데가 많다. 두 사람 모두 평생 소설을 본업으로 했지만 시작(詩作)에도 남다른 재주가 있었다는 점, 자신이 쓴 소설에 대해 개작하는 태도를 견지했다는 점, 소설의 경향이 서정적, 낭만적, 토속적, 전통적, 휴머니즘적이라는 점, 전통적인 이야기의 방식, 다시 말하면 설화의 양식을 소설의 주요한 골격으로 수용하고 있다는 점, 해방 이후 후배 문인들에게 커다란 영향을 준 작가라는 점 등은 이들 사이에 존재하는 유사성과 긴밀성의 정도가 너무도 많고 크다는 것을 말해준다. 이런 이유로 둘 사이를 비교한 연구가 적지 않게 이루어져 왔다. 하지만 이들 대부분은 차이점보다는 공통점에 초점을 맞춘 연구들이다.

그러나 차이점보다 공통점에 대한 연구가 많이 이루어져 왔다는 것은 그만큼 둘 사이에 공유하는 세계가 많다는 것을 의미하며, 이것은 곧 차이점이나 공통점을 각각 부각시키는 연구보다는 이 둘을 함께 살펴보는 연구가 필요하다는 것을 말해준다. 이런 점에서 황순원, 김동리 두 사람에게서 공통으로 존재하는 것이 무엇인지에 대해 살펴보는 일이 무엇보다도 중요하다고 할 수 있다. 이 두 사람을 어떤 방식으로 접근하든 결코 간과할 수 없는 문학의 존재론적인 토대가 있다면 그것은 누가 뭐라고 해도 우리의 전통에 기반을 둔 세계라고 할 수 있다. 흔히 황순원의 문학 세계를 '겨레의 기억'[03]으로 표상한다든가 김동리를 '구경적(究竟的) 생의 형식'으로 표상하는 데에는 우리의 전통에 대한 문학적 형상화라는 의미가 강하게 투영된 것으로 볼 수 있다. 두 사람에 대한 이러한 명명은 이들의 문

---

**03**　유종호, 「겨레의 기억」, 『황순원 전집』 제2권, 문학과지성사, 1992, p. 255.

학의 기반을 이루는 세계가 단순히 유불선과 같은 사상 이전의 우리의 본래적인 원시 사상까지 염두에 둔 데서 비롯된 것이라고 할 수 있다. 이들이 보여준 우리의 본래적인 원시 사상이란 유불선 이전의 샤머니즘적인 무속 신앙을 말한다.

황순원, 김동리 모두에게 이 샤머니즘적인 무속의 세계는 이들의 문학을 이루는 토대로 작용하고 있다. 하지만 이것이 곧 두 사람의 문학에서 샤머니즘이 동일하게 이해되고 인식된다는 것을 의미하는 것은 아니다. 두 사람의 삶의 환경과 살아온 궤적이 다르듯이 이들의 문학에서 샤머니즘에 대한 이해와 인식 또한 다르게 드러난다. 서북 지방을 삶의 기반으로 하고 있는 황순원과 경주를 기반으로 하고 있는 김동리 사이의 거리는 결코 가볍게 보아 넘길 수 있는 것이 아니다. 서북 지방은 경주에 비해 비교적 근대적인 문물이 빠르게 들어온 곳이며 황순원 문학 세계에 커다란 동인으로 작용하고 있는 프로테스탄티즘 역시 이러한 세례의 산물이라고 볼 수 있다. 이 사실은 같은 전통적인 흐름을 견지하면서도 황순원의 문학 세계가 김동리에 비해 프로테스탄티즘과 같은 서구의 근대적인 의식이 상대적으로 강하게 드러나는 이유가 바로 여기에 있다는 것을 잘 말해준다. 김동리의 경주는 신라 천년의 시공성이 강하게 작용하고 있다는 점에서 불교는 물론 풍류도의 세계가 면면히 살아 숨 쉬는 그런 곳이며, 여기에 더해 풍류정신, 화랑도, 음양론 등 동양사상과 철학의 대가로 알려진 맏형 김범부(金凡父)를 만나 그의 문하에서 배우고 익힌 체험은 서구나 근대보다는 동양과 근대 초극이라는 의식을 지니는데 결정적인 계기를 제공하기에 이른다. 두 사람의 이와 같은 차이는 이들의 문학의 기저에 공통으로 작용하고 있는 샤머니즘에 대한 태도와 인식에도 일정한 차이를 발생시키고 있다. 두 사람의 소설 중에서 비교적 샤머니즘 사상을 태도와 인식의 차원에서 잘 드러내고 있는 작품이 바로 『움직이는 성』과 「무녀도」이다. 이 두 소설에 드러난 이들의 샤머니즘에 대한 태도와 인식의 양태를 고찰하는 것은 단순히 두 작품에 대한 해석의 차원을 넘어 이들의 문학 세계의 기저를 이루는 정신을 밝힌다는 점에서 큰 의의가 있다고 할 수 있다.


## 2. 유랑민 근성과 무속의 정신사

황순원과 김동리의 문학 세계에 커다란 영향을 미치고 있는 것은 이들이 지니고 있는 사상이다. 식민지와 해방공간으로 이어지는 시기 우리 문학인들의 문학적인 방향을 크게 네 가지로 분류할 수 있다. 첫째, 계급과 민족의 모순성 극복과정(임화·안함광의 경우), 둘째, 문학과 종교의 모순성 극복과정(김동리의 경우), 셋째, 문학과 사상의 모순성 극복과정(조연현의 경우), 넷째, 문학과 생활의 모순성 극복과정(김동석의 경우)[04] 등이 바로 그것이다. 이 분류에서 흥미로운 것은 김동리의 경우이다. 그의 문학의 목적이 여기에 있다면 그것은 분명 근대 미달의 형식을 의미한다. 이것은 문학은 종교로부터 분화된 혹은 독립된 형식이어야 하고, 인간의 주체성과 근대적인 정신이 투영되어 있어야 한다는 근대문학적인 규정으로부터 벗어나 있는 것이 사실이다. 그렇다면 황순원의 경우는 이것으로부터 자유로운가? 샤머니즘에 경도되어 있는 김동리와는 달리 황순원의 경우는 서구의 프로테스탄티즘의 논리를 수용하고 있다는 점에서 둘 사이에 일정한 차이가 있어 보인다.

---

**04**  김윤식, 위의 글, p.4.

무속과 기독교 사이에는 먼저 무속을 종교로 볼 수 있느냐? 하는 데에서 문제가 발생한다. 유일신을 섬기는 기독교의 차원에서 보면 무속은 악마를 섬기는 이단이나 미신으로 간주될 공산이 크며, 서구의 역사가 이것을 증명하고 있다. 하지만 무속을 연구하는 학자들은 무속 역시 엄연한 종교로 보아야 한다고 주장한다. 무속에는 '신도인 단골이 있고, 초월적 존재인 신령이 있고, 사제인 무당이 엄연히 존재'하기 때문에 '무속은 마땅히 종교로 보아야 한다'[05]는 것이다. 또한 '인지도, 초일상성, 초월성, 완성가능성, 보편성, 의식, 공동체, 인간존엄, 평화, 신성 등의 차원을 고려할 때 무속은 종교로 인정받아야 하'[06]며, '한국인이 살아온 구원의 한 흐름이 무속에 의해 이어져 왔다'[07]는 점에서 그것을 종교로 인정해야 한다고 주장하기도 한다. 만일 사정이 이러하다면 무속을 하나의 미신으로 치부해버린다거나 무당을 악녀로 간주하는 것은 기독교 우월주의에 의한 배타적인 태도로 볼 수 있을 것이다. 기독교가 우리 땅에 들어오면서 이러한 태도를 전혀 견지하지 않았다고 볼 수는 없다. 이런 맥락에서 황순원과 김동리의 소설 세계를 '샤머니즘과 기독교의 대립'으로 보는 견해가 발생한다.

이들의 소설에서 샤머니즘과 기독교 사이의 갈등과 대립이 없는 것은 아니지만 그것이 마치 소설의 중심인 것처럼 이해하는 것은 위험할 수 있다. 표면상으로 보면 황순원은 기독교를 김동리는 무속을 선택과 배제의 논리에 입각해 어느 한쪽을 강조하고 있는 것으로 이해할 수 있다. 하지만 선택과 배제 혹은 우열의 논리로 이들의 소설에 접근하는 것은 잘못

---

**05** 조흥윤, 『한국巫의 세계』, 민족사, 1997, pp. 21~22.

**06** 황필호, 「샤머니즘은 종교인가?」, 『샤머니즘 연구』 제3집, 2000, pp. 87~89.

**07** 정진홍, 『한국종교문화의 전개』, 집문당, 1986, p. 93.

된 것이다. 이런 논리로 보면 이들이 겨냥하고 있는 또 다른 세계를 인식할 수 없게 된다. 황순원이 비록 기독교 사상을 자신의 소설의 원리로 수용하고 있지만 이것이 목적으로 하는 것은 단순한 무속적인 것에 대한 무조건적인 배제와 비판이 아니다. 그가 진정으로 겨냥하고 있는 것은 '올바른 신앙'에 대한 조건이다. 그가 겨냥하고 도달해야 할 궁극은 기독교적인 신의 세계이지만 여기에 이르는 길은 간단하지 않다. 그는 올바른 신앙에 대한 조건으로 '유랑민 근성'을 버릴 것을 강조한다. 『움직이는 성』에서 준태의 입을 통해 나온 이 유랑민 근성은 이 소설의 핵심 키워드라고할 수 있다.

> "글쎄…… 그건 정착성이 없는 데서 오는 게 아닌가. 말하자면 우리 민족이 북방에서 흘러들어올 때 지니구 있었던 유랑민근성을 버리지 못한 데서 오는 게 아닐까. 우리 민족이 반도에 자리를 잡구 나서두 진정한 의미에서 정치적으루나 정신적으루 정착해본 일이 있어? 물론 다른 민족두 처음부터 한곳에 정착된 건 아니지만 말야. 그렇지만 어디 우리나라처럼 외세의 침략이 그치지 않은 데다가 나라를 다스리는 사람들의 폭넓은 영구적인 자주성이 결여된 나란 없거든. 신라통일만 해두 그렇지 뭐야. 우리 힘으루 통일한 게 아니구 당나라의 힘을 빌리잖았어? 다른 면에서 본다면 당나라가 자기네 변방을 위협하는 고구려를 없애버리는 데 신라가 말려들었다구 볼 수두 있는 거지. 어쨌건 외군이 떳떳하게 우리나라 땅에 발을 들여놓게 된 게 신라 때부터구. 요즘 흔히 말하는 주체성의 결여두 그때부터라는 걸 상기해야 할걸. 이렇게 옛날부터 우리 생활 밑바탕은 정착성을 잃구 살아온 민족야. 나두 거기 어엿이 한몫 끼어 있지만 말야."[08]

---

**08**  황순원, 『움직이는 성』, 문학과지성사, 1981, p.156.

준태의 말은 민구의 질문에 대해 답하는 과정에서 나온 것이지만 여기에는 우리 민족성 전반을 두루 포괄하는 안목이 내재해 있다. 준태가 제기하고 있는 문제들이 얼마나 사실적이고 또 진정성을 담보하고 있는지에 대해서는 의문이 없는 것은 아니지만 정작 여기에서 중요한 것은 이 유랑민 근성이라는 개념이 소설 전체를 지배하고 있을 뿐만 아니라 그것이 작가의 의식을 반영하고 있다는 점이다. 준태가 제기한 유랑민 근성은 이미 소설의 제목인 '움직이는 성'에도 잘 드러나 있으며, 작가는 그것을 뿌리 깊은 것으로 보고 있다. 유랑민 근성이 갑자기 생겨난 것이 아니라 우리 민족이 북방에서 흘러들어 올 때부터 있어 온 것이라는 사실은 그것이 무속과의 관련성을 더욱 강화시키는 효과를 창출하기에 이른다. 유랑민 근성이 우리 민족의 오래된 습성이라면 그것은 역시 우리 민족의 오랜 전통 속에서 존재성을 유지해 온 무속과의 관련성을 고려하지 않을 수 없다. 작가가 이 유랑민 근성에 대해 날을 더욱 날카롭게 세우는 것도 따지고 보면 이와 무관하지 않다.

이러한 유랑민 근성은 그것이 인간의 의식이나 정신의 문제이기 때문에 무속은 물론 기독교의 이면 속에 깊이 자리하고 있으며, 『움직이는 성』에서 작가가 중점적으로 문제 삼고 있는 것도 이 부분이라고 할 수 있다. 유랑민 근성의 관점에서 보면 무속의 애니미즘적인 것이라든가 자신의 실질적인 이익을 위한 소원 의식과 태도는 당연히 비판의 대상이 될 수밖에 없다. 그뿐만 아니라 작가는 기독교적 신앙에 안착하지 못한 채 무속과의 관계를 끊임없이 유지하면서 유랑하는 의식과 태도를 비판하고 있다. 하지만 작가가 비판의 대상으로 삼고 있는 것은 비단 무속만이 아니다. 작가는 무속뿐만 아니라 기독교에서도 이러한 의식이나 태도나 나타난다고 보고 그것을 비판하고 있다. 소설 속에서 유랑민 근성의 관점에서 집중적인 비판의 대상으로 존재하는 인물은 민구와 명숙이다. 민구는 무속 연구가이다. 무속 연구가답게 민구는 우리 민족의 정신적인 본류가 샤머니즘이라고 주장하고 있을 뿐만 아니라 박수 변씨와 관계를 갖기도 하면서 자신이 당굴교의 교주라고 내세우기도 한다. 하지만 민구의 무속에 대한 관심과 태도는 한 장로의 딸 은희를 만나면서 현실적이고 물질적인 쪽으로 기울고 만다. 민구는 자신이 현실에서 성공하기 위해서는 기독교의 유력한 집안 딸인 은희와의 결혼이 다른 그 무엇보다도 중요했던 것이다. 무속에 정신적인 끌림이 있음에도 불구하고 현실적인 것으로 인해 그것을 포기하는 민구의 의식이나 태도는 주체성이 결여된 상태에서 이 신, 저 신을 마구 받아들이는 유랑민 근성을 드러낸 것이다. 이런 점에서 그는 '유랑적 기독교인'[09]을 상징한다고 할 수 있다.

민구의 유랑민적 근성이 무속과 기독교 사이의 심각한 갈등을 불러일으키지 않고 넘어간 것에 비해 명숙의 경우는 심각한 외상으로 발전해 회복이 거의 불가능한 상태에까지 이른다. 명숙은 교회의 주일학교 반사(班師)이다. 하지만 병명을 알 수 없는 병을 앓게 되자 무당을 불러 굿을 하게 된다. 하지만 내림굿을 구경나온 성호를 발견하는 순간 외마디 비명을 지르며 쓰러진다. 명숙이 비록 신 내림을 받았지만 기독교의 세계로부터 온전히 벗어나지 못한 상태에 놓여 있는 관계로 정신병을 얻게 된다. 무속의 신과 기독교의 신 사이에서 그녀의 정신이 심한 분열을 경험하게 된 것이다. 그녀의 내림굿이 자발적으로 이루어진 것이 아니듯이 그녀의 기독교적인 신앙 역시 자발적으로 이루어진 것이 아니다. 그때 그때의 필요에 의해 신 혹은 종교를 옮겨 다니는 유랑민적인 근성은 명숙의 정신병이 잘 말

---

**09**  노승욱, 「유랑성의 소설화와 경계의 수사학」, 『민족문학사연구』 제29호, 2005, p.145.

해주듯이 결국에는 어느 한곳에 정착하지 못할 뿐만 아니라 미래에 대한 어떤 모색도 불가능한 채 파멸을 맞이하게 된다. 기독교와 무속 사이에서 자기모순에 봉착한 그녀의 정신세계는 온전하지 못하며 그녀가 이 세계를 벗어나기 위해서는 여기에 대한 깊이 있는 탐색이 전제되어야 한다.

황순원이 『움직이는 성』에서 비판적으로 보고 있는 유랑민 근성의 관점으로 김동리의 「무녀도」를 보면 어떻게 될까? 황순원이 궁극적으로 이르고 싶은 세계는 기독교적인 범주 안에 있기 때문에 무속은 부정적으로 그려지고 있는 것이 사실이다. 그의 입장에서 보면 무속은 기독교의 유랑민 근성의 한 원인이 되며, 이로 인해 그것으로부터 벗어나 기독교적인 신의 세계 안에 정착하는 것이 궁극적인 목적이다. 특히 그는 무속의 운명적인 속성을 강하게 비판한다. 인간은 올바른 신앙(정착민의 근성)을 통해 운명을 변화시킬 수 있다는 의지의 중요성이 『움직이는 성』뿐만 아니라 여러 소설에서 반복적으로 드러난다. 하지만 김동리의 「무녀도」에서는 적극적으로 운명 자체를 바꾸려 하지 않는다. 여기에서 운명은 인간의 의지대로 바꿀 수 있는 성질의 것이 아니다. 인간은 이미 정해진 운명이 있어 그 운명대로 살 수밖에 없는 것이다. 그의 소설 속의 인물들의 운명을 결정짓고 있는 것은 인간을 초월한 우주 혹은 자연의 힘의 질서이다.

무속 역시 우주나 자연의 힘의 질서와 무관하지 않다. 무속에서의 '천지신명'은 말 그대로 우주와 자연으로서의 신을 의미한다. 김동리의 「무녀도」를 통해서도 잘 알 수 있듯이 그의 무속에 대한 이해의 정도는 단순한 호기심을 넘어 삶의 한 양식으로 드러난다. 그의 무속에 대한 관심과 이해는 전적으로 맏형인 김범부의 영향 하에서 이루어진다. 김동리의 신춘문예 당선 소설이 「화랑의 후예」(1935, 〈조선중앙일보〉)인데 이때 여기에서 말하는 화랑은 범부의 관점에 따르면 곧 '무당'이다. 신라시대의 화랑은 샤머니즘과 연관되어 존재했으며, 화랑을 이르는 '국선(國仙)'의 선은 샤먼 곧 무당을 뜻한다. 화랑이 수행하는 종교적 요소, 예술적 요소, 군사적 요소 등은 모두 무속과 직접 관련이 있으며, 무당이 하는 일 대부분이 고대에는 화랑이 하는 일이었다는 범부의 주장은 그대로 동리 사상의 한 자리를 차지하게 된 것이라고 할 수 있다.[10] 무속에 대한 역사적인 기원과 사회·문화적인 전통의 의미를 체득한 그에게 무속은 단순한 미신이나 호기심의 대상이 아닌 그 자체로 우리의 삶의 한 양식으로 인식되었다고 해도 과언이 아니다. 이런 맥락에서 그는 무속을 자신의 문학의 정체성을 결정짓는 가장 중요한 요소라고 고백하고 있다.

> "着想의 動機와 過程"을 간단히 적으면 다음과 같다.
>
> 첫째 民族的인 것을 쓰고자 했다.
>
> 당시는 民族精神이라든가 民族的 個性에 해당되는 모든 것이 抹殺되어가는 일제총독 치하의 암흑기였기 때문에, 현실적으로 이에 맞설 수 없는 실정이라면 문학을 통해서마나 이를 구하고 지켜야 한다고 생각했던 것이다. …… 우리 民族에 있어서 佛敎나 儒敎가 들어오기 이전, 이에 해당하는 民族固有의 宗敎的 機能을 담당한 것은 무엇일까 하는 문제였다.
>
> 내가 샤머니즘에 생각이 미치게 된 것은 이러한 과정을 거쳐서였고, 따라서, 오늘날의 巫俗이란 것이, 우리 民族에 있어서는 가장 原初的인 宗敎的 機能이라고 볼 때, 그 가운데는 우리 民族固有의 精神的 價値의 核心이 되는 그 무엇이 內在하여 있을 것이라고 생각했다. ……
>
> 둘째 世界的인 課題에 도전코자 하였다. 이 문제는 간단히 설명하

---

**10** 홍기돈, 「김동리의 소설 세계와 범부의 사상」, 『한민족문화연구』 제12집, 2003, p. 217.

기가 어렵지만 그런대로 端的으로 언급한다면 그것은 소위 世紀末의 과제를, 우리의 文學에서, 특히, 샤마니즘을 통하여 처리해 보고자 하는, 野心的이라면 무척 野心的인 포부였다.

世紀末의 課題라고 하면 대단히 광범하고 거창한 내용을 가리키게 되겠지만 그 가운데서도 가장 핵심적인 문제는, 神과 人間의 문제요. 自然과 超自然의 問題로 科學과 神秘의 問題라고 나는 생각했다.[11]

김동리는 무속을 소설 속으로 끌어들인 이유에 대해 그것을 민족적인 차원과 세계적인 차원에서라고 말하고 있다. 그는 무속을 불교나 유교가 들어오기 전에 우리 민족에 있어서 가장 원초적인 종교적 기능을 한 것으로 보고 있다. 그의 이 발언은 무속이 우리 민족에게 하나의 종교였다는 것을 밝힌 것이며, 이것을 통해 신과 인간, 자연과 초자연의 문제 같은 세계적인 과제를 해결해 보려고 한 것이다. 무속이 불교나 유교 그리고 기독교보다 열등하거나 인간 정신의 차원에서 배제해야 할 대상으로 보지 않고 그것을 우리 민족의 정체성을 이루는 토대로 간주하고 있는 태도는 황순원의 무속에 대한 태도와는 변별되는 지점이라고 할 수 있다. 황순원이 인간 존재의 중심축으로 내세우고 있는 기독교 사상의 이면에는 근대적인 합리주의 정신이 내재해 있는 것으로 볼 수 있다. 그가 『움직이는 성』에서 기독교를 중심축으로 무속의 세계와는 다른 혹은 그것을 넘어서는 인간 정신을 새롭게 구축하려고 한 데에는 이러한 사상이 작동한 결과라고 해도 과언이 아니다. 그가 민구나 명숙 그리고 준태를 유랑민 근성을 지닌 존재라고 하여 비판하고 있는 이유 역시 이들이 기독교의 세계 내로의 정착으로부터 벗어나 있기 때문이다.

---

11  김동리, 「巫俗과 나의 文學」, 『월간문학』, 1978, p.151.

김동리의 「무녀도」의 중심인물인 모화와 욱이는 이러한 유랑민 근성과는 거리가 있다. 모화는 무속에 욱이는 처음에는 불교에 있다가 예수교로 옮겨 그곳에 정착을 한 채 그 신념을 끝까지 밀고나가는 인물로 형상화되어 있다. 주변 사람들이 예수교로 관심을 돌리는 상황에서도 모화는 '그까지 잡귀신들'하고 외면해 버린 채 더욱 자신의 성주님을 찾는데 열중하고 급기야는 넋대를 따라 깊은 물속으로 걸어 들어가 아주 잠겨버린다. 모화를 따르던 주변 사람들이 예수의 이적, 다시 말하면 '예수 그리스도가 온갖 사귀 들린 사람, 문둥병 든 사람, 앉은뱅이, 벙어리, 귀머거리를 고친 이야기와 십자가에 못 박혀 죽은 지 사흘 만에 다시 살아나 승천했다는 이야기'[12]에 현혹되어 그쪽으로 가버린 다음에도 자신의 신을 버리지 않고 죽음으로써 그것을 증명해 보인다. 모화의 입장에서 보면 그녀의 주변 사람들이야말로 유랑민 근성을 가진 존재들인 것이다. 주변 사람들로부터의 고립은 모화 혹은 무속의 고립이며, 이것은 곧 근대, 근대성, 기독교, 서양으로부터의 고립을 의미한다.

　　작가가 모화의 행위에 초점을 두고, 그 모화(무속)가 욱이를 살해하는 것은 무속의 기독교적인 것의 포용으로 볼 수 있다. 기독교로 무속을 포용하려는 황순원과 달리 김동리는 무속으로 기독교를 포용하려고 한 것이다. 김동리의 이러한 무속에 대한 강한 애착과 의지는 모화의 죽음으로 정점을 찍는다. 모화가 물속으로 걸어 들어가는 장면은 죽음인 동시에 부활인 것이다. 모화의 죽음을 통해 표상되는 것은 김동리의 문학적인 비전이다. 그의 비전의 강렬함이 살해 욕망으로 제시된 것이고, 이것이 황순원의 『움직이는 성』과는 다른 「무녀도」만의 강하고 긴장된 갈등과 대

---

**12**　　김동리, 남송우 엮음, 「무녀도」, 『김동리 단편선』, 현대문학, 2010, p. 107.

립 관계를 만들어 낸 것이다. 「무녀도」에서의 모화와 욱이 간의 강하고 긴장된 대립과 『움직이는 성』에서의 민구, 준태, 성호 사이의 느슨한 대립을 서로 비교해 보면 두 소설이 겨냥하고 있는 바가 다르다는 것을 알 수 있을 것이다. 무속의 흐름이 가고 기독교라는 새로운 흐름이 도래하는 상황에서 그것을 거스르는 김동리의 의도와 그 흐름을 좇아 가려하지만 유랑민 근성이 발목을 잡고 있는 상황을 보여주고 있는 황순원의 의도는 이들 소설의 착상과 동기 혹은 이들 정신세계에 일정한 토대를 이루는 근대를 해석하는 방식에 차이를 드러낸 것이라고 할 수 있다.

## 3. 근대의 비극과 근대의 초극

황순원의 『움직이는 성』과 김동리의 「무녀도」의 문학사적인 의미는 근대 혹은 근대성과의 연관성 속에서 찾아야 할 것이다. 우리의 근대가 지니는 특수성과 함께 보편성의 문제를 이들 소설이 어떻게 구현하고 있는지의 문제는 식민지와 분단으로 이어지는 혼란과 어둠의 시기에 우리의 정신적인 궤적을 살펴보는데 더 없이 좋은 예가 될 것이다. 민족주의 계열 혹은 문협정통파로 불리면서 우리 문학, 특히 순수문학을 대표해 온 두 작가의 궤적은 그 자체로 우리 정신사의 한 장을 이룬다고 볼 수 있다. 그런데 이들과 관련하여 비판적인 입장을 견지하고 있는 진영에서는 '순수문학'이라는 의미를 왜곡하여 이들의 문학에는 현실과 역사가 부재하다고 비판하는 경우가 있다. 하지만 이러한 비판은 문학에서 현실과 역사의 문제를 지나치게 표면적으로 이해한 데서 비롯된 것이라고 할 수 있다.[13] 이들의 문학은 현실과 역사로부터 벗어나 순수의 세계를 이야기하고 있는 것이 아니라 현실과 역사 속에서 어떻게 그 순수가 파괴되고 해체되는지 또는 그 순수를 어떻게 하면 지켜갈 수 있는지 하는 것을 보다 본질적이고도 근원적으로 드러내 보인다고 할 수 있다. 특히 이들이 겨냥하고 있는 세계는 우리의 근대라는 복잡 미묘한 시기에 치열하게 실존과 구원을 모색하고 있는 인간의 모습이다.

황순원의 『움직이는 성』과 김동리의 「무녀도」의 인물들 역시 이와 다르지 않다. 『움직이는 성』에는 다양한 인물이 등장하며, 이 인물들은 모두 작가가 구현하려고 하는 세계를 대변하고 있다. 이 인물들 중 많은 논자들은 성호라는 인물에 초점을 맞추어 작가의 의식과 세계관을 이야기한다. 성호라는 인물은 민구의 현실적이고 실리적인 것만을 좇는 유랑민 근성과 준태의 기억의 트라우마에서 헤어나지 못하는 정신적인 유랑민 근성을 모두 극복한 인물이라는 것[14]이다. 성호가 민구와 준태와는 달리 유랑민 근성을 극복한 인물로 평가받는 데에는 그의 '강한 윤리적 실천'이 한몫하고 있다. 이것은 성호가 '민구를 축으로 하는 현세적이며 미래가 없는 무교의 세계와 일차적으로 대립되는 의미의 인물'이며 동시에 '죄에 대한 새로운 인식과 아울러 속죄의 고행을 통해 비전을 보여주는 인물'[15]이라는 것을 의미한다. 만일 황순원이 성호에게 자신의 의식과 세계관이 포함된 비전을 투사했다면 『움직이는 성』은 해피엔딩 혹은 희극적인 결말을 지닌 소설이 될 것이다.

---

**13**    김병익, 「순수문학과 그 역사성」, 『황순원 연구』, 문학과지성사, 1985, pp. 19~20.

**14**    송백현, 「두 문화의 만남: 황순원의 『움직이는 성(城)』을 통해 본 기독교와 샤머니즘의 충돌」, 『신앙과 학문』 제13권 3호, 2008, p. 182.

**15**    우한용, 「현대소설의 고전 수용에 관한 연구」, 『국어문학』 제23집, 1983, p. 122.

그러나 성호의 비전은 해피엔딩으로 끝나지 않고 있다. 성호가 민구와 준태가 가지고 있는 유랑민 근성을 모두 통합한 것으로 보기에는 무리가 있다. 성호 역시 자신의 의지와는 관계없이 무속의 세계로부터 온전히 벗어나지 못한 채 숙명처럼 그 세계를 지니고 가야 하기 때문이다. 성호에게 맡겨지는 무당 들린 과부의 아들 돌이의 존재가 그것을 말해준다. 신앙은 인간을 변화시킨다는 그의 믿음으로도 무속과 기독교 사이에서 갈등하다가 미쳐버린 명숙을 올바로 되돌려 놓지 못했을 뿐만 아니라 아무리 지적이고 합리적인 판단력으로 그것을 통어하려고 하지만 무속적인 세계는 마치 악귀처럼 그를 놓아주지 않는다는 것이 그가 처한 상황에 대한 좀 더 올바른 진단이라고 할 수 있다. 성호의 구원은 명숙의 구원이 전제되지 않고서는 이루어질 수 없다. 사정이 이러하다면 『움직이는 성』에서의 성호의 존재는 이들이 처해 있는 유랑민적인 근성을 넘어서기 위한 좀 더 내밀하고 구체적인 대안을 제시하는 인물이라고 볼 수 없다. 그가 내세우고 있는 윤리란 어떤 면에서 보면 당위적이고 추상적인 차원에 머물러 있다고 말할 수 있다.

성호에 비해 준태는 강한 윤리적 실천보다는 비판과 회의를 통해 어떤 문제에 다가서는 합리적 지식인이다. 우리 민족이 가지는 뿌리 깊은 속성을 '유랑민 근성'이라고 명명한 이도 준태이다. 그가 유랑민 근성을 들고 나온 것은 우리 자신의 현재를 자각하기 위해서이다. 이 현재를 자각하려면 과거의 궤적을 살펴보는 것이 당연하며, 이 과정에서 준태는 북방에서 반도로 흘러들어온 우리 민족의 역사에 대해 언급한다. 그런데 여기에서 중요한 것은 그가 이러한 지리적인 유랑만을 문제 삼지 않는다는 점이다. 그가 무엇보다도 중요하게 생각하는 것은 정치적이고 정신적인 유랑이다. 우리 민족의 자주적이고 자율적인 선택의 결여로 인해 우리의 생활 밑

바탕이 정착성을 잃고 살아왔다는 것이 준태의 생각이다. 그의 우리 민족의 유랑민 근성에 대한 비판은 그것을 대상화하거나 피상적으로 접근한 것이 아니라 자기 자신에 대한 철저한 반성을 동반하고 있다. 비록 그의 반성이 자의식의 과잉을 동반하고 있어서 사람과의 관계에서 파탄을 맞기는 하지만 이 과정을 통해 그의 유랑민 근성에 대한 자각은 깊어진다.

준태의 관계성은 늘 파탄을 맞지만 그중에서도 지연과의 관계는 특별한 의미를 띤다. 준태에게 있어서 지연은 자신의 내부에 자리하고 있는 어두운 기억의 실체이다. 그 어둠의 실체는 준태가 지연에게 정착하려는 순간 '천식'이라는 발작을 통해 환기된다. 그에게 이 천식은 결코 지워버릴 수 없는 일종의 얼룩 같은 것이다. 그가 쉽게 지연에게 정착할 수 없게 만드는 이 천식은 오랜 역사를 지니고 있다. 그에게서 천식이란 자신이 상실한 것에 대한 반응이면서 동시에 그것을 보충하려는 눈물겨운 의지에 대한 표현이다. 그의 상실과 보충은 어린 시절 서호에서의 자살에 대한 기억과 밀접하게 연관되어 있다. 어머니가 자신을 데리고 서호에서 자살하려한 사건이나 공납금을 내지 못해 선생으로부터 모멸을 당하던 날 역시 자살하려고 서호에 섰던 기억들은 지연에게 정착하려는 그의 행위를 가로 막는 어둠의 실체들이라고 할 수 있다. 결국 그는 지연에게 정착하는 데 실패하고 죽음을 맞게 된다. 유랑하는 삶을 부정하고 정착된 삶을 욕망한 그의 이러한 삶의 모습은 '유랑적인 자신의 모습을 부정하는 긴 우회를 거쳐서 다시 유랑적인 자신의 모습과 만나는 구조'[16]이다.

이렇게 준태의 삶의 모습이 드러내는 구조란 나르시스적인 의미를 강하게 띠고 있기는 하지만 유랑민 근성에 대한 진정성과 만나는 그런 구조

---

**16**　김혜영, 「운명의 인식과 극복」, 『선청어문』 제23집, 1995, p.474.

라고 할 수 있다. 나르시스의 결말은 죽음이며, 이 죽음은 무의미한 것이 아니다. 어느 곳에도 정착하지 못하고 끊임없이 유랑할 수밖에 없는 그의 삶은 이미 운명 지어진 것이며, 삶의 과정 속에서는 그 유랑을 멈출 수 없다. 유랑민 근성을 비판하고 부정하면서도 끊임없이 유랑할 수밖에 없는 이 모순된 삶의 구도로부터 그는 벗어나고 싶어 한다. 하지만 삶의 차원에서는 그것이 불가능하다. 그것을 가능하게 하는 것은 죽음 밖에 없다. 이런 점에서 '죽음은 운명을 극복하는 방법일 수 있지만 운명의 압도적인 작용력을 인정하는 계기가 되기도 한'[17]다. 그의 죽음의 모순성은 삶의 비극성을 환기한다. 그의 비극은 곧 근대적인 지성의 비극으로 볼 수 있다. 그의 죽음은 이성과 합리성을 바탕으로 한 근대적인 지성이 자신의 한계 혹은 시대적인 한계를 극복하지 못하고 무속으로 표상되는 어둠의 영역에 함몰되는 상황을 드러내는 것으로 볼 수 있다. 이런 점에서 이것은 '합리적이기 때문에 샤머니즘에도 기독교에도 공감할 수가 없'[18]었던 한 근대 지식인의 비극을 표상한다고 할 수 있다.

『움직이는 성』의 준태처럼 근대에 접근해 들어가는 방법으로 제시된 비극의 형식은 근대인의 고독과 소외를 운명적인 것으로 부각시키는데 기능적으로 작용한다. 지연의 방에 있는 자코메티의 '광장' 속에서 발견할 수 있는 왜소함과 고독감(고립감)은 일상화되고 보편화된 근대 혹은 근대인의 비극을 환기한다. 어쩌면 이 소설에서 말하고 있는 유랑민 근성이란 어느 한곳에 정착하지 못하고 방향성을 상실한 채 떠돌 수밖에 없는 근대 혹은 근대인의 비극을 함의하고 있는 것으로 볼 수 있을 것이다. 근대에 대한 이러한 황순원 식의 접근은 근대 안에서 근대를 보려는 방식이다.

---

**17**    김혜영, 위의 글, p. 481.

**18**    천이두, 「종합에의 의지」, 『황순원 연구』, 문학과지성사, 1985, p. 148.

이에 비해 「무녀도」에서 김동리가 보여주고 있는 접근 방식은 근대 밖에서 근대를 보려는 것이다. 「무녀도」의 초점은 단연 '모화'에 놓여 있다. 이 소설의 배경이 되는 서세동점의 시대(개화기)에 모화와 같은 무당이 존재한 것이 사실이며, 이런 맥락에서 소설 속의 인물과 사건은 그 나름의 개연성을 지닌다고 할 수 있다. 하지만 우리가 이 소설에서 중요하게 고려해야 할 것은 시간과 공간의 사실 여부가 아니라 소설 속에 투영된 작가의 의식이다.

작가는 모화를 통해 자신의 신념을 강렬하게 드러내고 있다. 모화의 무속에 대한 신념은 어떤 다른 종교의 신앙보다도 철저하다. 이러한 철저한 신념으로 인해 그녀는 점차 사람들로부터 고립되고 소외되기에 이른다. 그녀는 자신이 처해 있는 공간을 마치 '소도(蘇塗)'처럼 성스러운 곳으로 인식하면서 자신의 행동에 대해 신성성을 부여한다. 자신이 받들고 있는 신에 대한 절대적인 믿음은 예수교를 섬기는 아들에게 귀신이 들렸다고 판단하여 그것을 물리친다는 명목으로 칼을 휘두르다가 잘못하여 그를 죽음에 이르게 한다. 평소 자신의 '무력(巫力)'에 한 점 의심 없이 따르던 사람들이 하나같이 예수교 쪽으로 옮겨갔음에도 불구하고 그녀는 더욱 더 자신이 섬기는 신을 믿는다. 마침 그녀는 물에 빠져 죽은 젊은 여인의 혼백을 건지는 굿을 맡게 된다. 그녀는 신명나게 굿을 했고, 그녀의 신명은 결국 용신에게 귀의하는 것으로 끝이 난다. 그녀의 귀의는 한 점 망설임 없이 이루어졌으며, 이 대목이야말로 이 소설의 주제를 가장 강렬하게 환기하고 있는 것으로 볼 수 있다.

> 작은 무당 하나가 초조한 낯빛으로 모화의 귀에 입을 바짝대며
> "여태 혼백을 못 건져서 어떡해?"

하였다.

모화는 조금도 서두르지 않고 오히려 당연하다는 듯이 넋대를 잡고 물가로 들어섰다.

초망자 줄을 잡은 화랑이는 넋대가 가리키는 방향으로 이리저리 초혼 그릇을 물속에 굴렸다.

일어나소 일어나소,
서른세 살 월성 김씨 대주 부인,
방성으로 태어날 때 칠성에 명을 빌어,

모화는 넋대로 물을 휘저으며 진정 목이 멘 소리로 혼백을 불렀다.

꽃같이 피난 몸이 옥같이 자란 몸이,
양친부모도 생존이요, 어린 자식 누여두고,
검은 물에 뛰어들 제 용신님도 외면이라,
치마폭이 봉긋 떠서 연화대를 타단 말가,
삼단 머리 흐트러져 물귀신이 되단 말가,

모화는 넋대를 따라 점점 깊은 물속으로 들어갔다. 옷이 물에 젖어 한자락 몸에 휘감기고, 한 자락 물에 떠서 나부꼈다.

검은 물은 그녀의 허리를 잠그고, 가슴을 잠그고 점점 부풀어 오른다…….

가자시라 가자시라 이수중분 백로주로,
불러주소 불러주소 우리 성님 불러주소,
봄철이라 이 강변에 복숭꽃이 피그덜랑,
소복단장 낭이 따님 이 내 소식 물어주소,

첫 가지에 안부 묻고, 둘째 가…….

할 즈음, 모화의 몸은 그 넋두리와 함께 물속에 아주 잠겨버렸다.
　처음엔 쾌자 자락이 보이더니 그것마저 잠겨버리고, 넋대만 물 위
에 빙빙 돌다가 흘러내렸다.[19]

　혼백을 건져내지 못하고 있음에도 불구하고 조금도 서두르지 않고 오
히려 당연하다는 듯이 넋대를 잡고 점점 깊은 물속으로 들어가 마침내 넋
두리와 함께 물속에 아주 잠겨버리는 모화의 태도는 자신의 신념에 대한
절대적인 믿음과 실천으로 인해 숭고함마저 느껴진다. 자신이 섬기는 신
(용신) 곁으로 당연하다는 듯이 걸어들어 간다는 것은 그녀와 천지 사이
의 유기적 관련성과 그녀에게 부여된 운명을 긍정한다는 것을 의미한다.
김동리 식으로 이야기하면 이것은 '구경적 생의 형식'에 대한 탐구가 되
는 것이다. 하지만 그가 지향하고 있는 이 방향은 현실과는 차원을 달리
하는 것으로 이것은 곧 그가 현실을 강하게 부정하고 있다는 것을 말해준
다. 그가 처해 있는 현실은 이성과 합리성과 과학주의가 토대를 이루는
근대라는 세계를 향해 있으며, 「무녀도」에서는 그것이 예수교(기독교)로
표상된다. 그가 보기에 서구의 근대 과학사상은 지나치게 관념적이고 특
히 근대에 이르러 직업적인 분업화를 이룸으로써 더 이상 인간과 천지(우
주, 자연)와의 유기적인 관련성을 통해 자신에게 부여된 운명을 긍정하는
그런 구경적인 생의 형식을 지닐 수 없게 된 것이다.
　근대과학사상에 입각해 발생한 것이 소설이고 리얼리즘적인 것이라

---

**19**　김동리, 남송우 엮음, 「무녀도」, 『김동리 단편선』, 현대문학, 2010, pp. 114~115.

고 보면 그의 소설은 '근본적으로 비리얼리즘적이고 비소설적'[20]이라고 할 수 있다. 「무녀도」나 「역마」, 「황토기」 등 그의 대표작들이 보여주는 구경적인 세계는 이러한 서구의 근대소설이나 리얼리즘소설의 체계와 이념과는 커다란 차이가 있다. 그럼에도 불구하고 우리 근현대문학사에서 그의 소설을 중요하게 평가하는 이유는 우리의 사상과 철학 그리고 종교의 관점에서 서구의 근대를 비판하고 반성하는 태도를 강하게 견지하고 있다는 점이다. 서구적인 근대에 대한 맹목적인 추종이나 그 안에서 서구적인 근대의 한계를 추적하고 해체해 간 것과는 달리 그는 서구와는 전혀 다른 우리 내적인 토대 내에서 서구적인 근대를 초극하려는 태도를 이러한 소설들을 통해서 보여준 것이라고 할 수 있다. 그가 지향한 근대의 초극이란 때때로 허무주의적이고 신비주의적인 경향을 보이기도 한다. 이것은 그가 근대 혹은 근대소설에 대한 인식이 부재하다는 증거이다. 하지만 우리의 근대가 불완전하고 불안정한 상태에서 형성된 것이라는 점을 고려한다면 그의 근대 초극은 단순히 허무주의나 신비주의적인 것으로만 간주할 수 없는 의미를 지니게 된다. 이런 점에서 볼 때 그의 소설은 우리의 불완전하고 불안정한 근대 혹은 근대소설의 대리보충적인 성격을 지닌다고 할 수 있다.

## 4. 유랑민 근성과 구경적 생의 형식 이후

우리 문학사에서 가장 중요한 시기 중의 하나가 근대라는 점에 대해서

---

20    김윤식, 「김동리의 『문학과 인간』의 사상사적 배경 연구」, 『한국학보』 85, 1996, p. 27.

는 그 누구도 부인하지 않을 것이다. 이 시기는 우리 정신사에 있어서 가장 혼돈스러운 때라고 해도 과언이 아니다. 인간과 자연(우주), 물질과 정신, 도덕과 윤리, 전통과 현대, 계급과 계층, 노동과 자본, 시간과 공간, 과학과 종교 등에 대한 심적인 갈등과 불안이 격화되면서 정신적인 혼돈 상태가 발생한 것이다. 이러한 정신적인 혼돈은 모든 계층에 걸쳐서 나타나지만 그중에서도 지식인들이 경험하는 그것은 자의식의 측면에서 매우 강한 상징을 만들어내기에 이른다. 한 시대의 지식인이란 현재 상황에 대한 정확하고 총체적인 진단뿐만 아니라 미래에 대한 일정한 전망을 제시할 줄 아는 사람을 말한다. 근대의 문인은 문사철의 통합적인 지식인의 모습을 하고 있기 때문에 이러한 시대에 대한 자의식은 다른 어떤 계층보다도 클 수밖에 없다. 근대의 계몽적인 문인이나 지사로서의 문인 역시 이와 무관하지 않지만 여기에서 말하는 근대의 문인은 이것을 넘어서는 존재라고 할 수 있다.

황순원과 김동리, 이 두 문인의 존재성도 이러한 근대라는 의미 차원의 문제를 넘어서 생각할 수 없다. 여기에서 한 가지 흥미로운 것은 이 두 작가가 모두 무속(샤머니즘)을 근대의 논의의 중심에 놓고 있다는 점이다. 서구의 합리적인 과학사상이나 유일신만 인정하는 기독교의 입장에서 보면 무속은 가장 먼저 해결해야 할(청산해야 할) 반근대적인 유물인 것이다. 무속에 대한 우열의 논리에 의한 이분법적인 접근은 사태의 본질을 제대로 들여다볼 수 있는 방법이 아니라는 사실을 이 두 작가 모두 누구보다도 잘 알고 있었기 때문에 이들의 고민은 깊어질 수밖에 없었던 것이다. 그 고민의 결과가 바로 '유랑민 근성'과 '구경적 생의 형식'이다. 이미 오랜 역사적인 뿌리를 지니고 있는 유랑민 근성은 무속의 한 속성이지만 그것은 비단 무속에만 있는 것이 아니라 기독교에도 있다는 것이 황순원의 판단이다. 그가 생각하는 이상적인 근대란 유랑민 근성을 버리는 것, 다시 말하면 주체성과 자율성에 입각해 진정한 세계에 정착하는 것을 의미한다. 이를 위해 그는 다양한 유랑적인 모습을 제시한다. 하지만 『움직이는 성』에서 알 수 있듯이 작가는 쉽게 유랑민의 근성을 처리하지 않는다. 손쉬운 화해나 해결보다는 그가 택한 것은 유랑민 근성에 대한 집요한 탐색과 성찰이다. 그는 우리의 근대가 모순으로 가득 차 있다고 판단하고 이런 맥락에서 유랑민 근성도 이해하고 있기 때문에 그것은 비극성을 띨 수밖에 없다. 죽음을 통해 자신의 유랑민적인 근성을 극복하지만 압도적인 운명의 힘만은 인정할 수밖에 없는 준태의 죽음이 지니는 이중성이 그것을 잘 말해준다.

김동리의 근대에 대한 접근은 유랑민 근성보다는 구경적 생의 형식으로 드러난다. 이 관점에서 보면 무속은 구경적 생의 형식의 대표적인 것이며, 이것을 밀고나가는 것이야말로 서구적인 근대와 맞서 싸울 수 있는 자신만의 방식이라는 것을 그는 알고 있었던 것이다. 근대의 비극성을 환기하기보다는 그것을 초극하려고 한 그의 사상은 근대에 제기된 조선적인 것 혹은 동양주의적인 것의 의미를 성찰하는 데 일정한 계기를 제공한다. 조선적인 것의 주장이 억압적이고 음험한 근대의 논리를 초월하는 하나의 방식이 될 수도 있지만 또 다른 면에서 보면 그것은 근대의 논리를 강화시켜주는 수단으로 작용할 수도 있다. 식민지 시대와 해방공간에서의 공백을 대리 보충한다는 긍정적인 평가와 함께 허무와 신비로 말미암아 어떤 시대적인 저항성을 가지기에는 부족하며 자칫하면 역으로 정치권력을 강화하는 데 이용당할 수도 있다는 평가는 바로 이런 맥락에서 비롯된 것이라고 할 수 있다.

황순원, 김동리가 제기한 유랑민 근성과 구경적 생의 형식의 문제는 지금까지도 이어지고 있는 우리의 정신사적인 산물이다. 유랑민 근성의 핵심인 주체성과 자율성의 상실로 인한 정체성의 불안과 혼란은 '경계'나 '유목(노마드)'이라는 이름으로 새롭게 탐색되고 있으며, 구경적 생의 형식은 '숭고'라는 이름으로 또한 새롭게 탐색되고 있다. 근대적인 용어와 탈근대적인 용어 사이의 관계성이 어느 정도인지에 대해서는 좀 더 세심한 탐색이 있어야 하지만 이것들이 모두 인간의 정신이나 행동과 깊은 관련성을 지니고 있다는 점에서는 이러한 논의가 의미 있어 보인다. 아마 두 사람이 활동하던 시기 못지않게 '지금, 여기'를 살아가는 우리 역시 안정된 정착을 희구하며, 운명을 믿으며 그것이 생의 긍정으로 이어진다는 믿음을 또한 지니고 있다고 할 수 있다. 이들이 제기한 유랑민 근성과 구경적 생의 형식이 특수하면서도 보편적인 의미를 획득하고 있다면 그것은 아마 이러한 이유 때문일 것이다. 유랑민 근성이 야기한 비극과 구경적 생의 형식이 야기한 초극은 비단 근대뿐만 아니라 근대 이후에도 우리 인간의 한 존재 방식으로 남아 있을 것이다.

# 순수(純粹)와 독조(毒爪) 사이의 거리
- 김동리와 김동석 비평의 논리

## 1. 순수문학 논쟁의 형성과정과 그 의미

김동리와 김동석은 동시대의 문인이다. 이 사실은 두 사람이 어떤 시대정신의 자장 안에 있다는 것을 의미한다. 이 둘의 작가 연보를 보면 출생 연도가 1913년으로 같다. 문단 등단은 김동리가 1934년 『조선일보』 신춘문예에 시 「백로」로, 김동석이 1937년 『동아일보』에 「조선시의 편영」으로 되어 있다. 거의 비슷한 시기에 문단에 나온 두 사람의 행보는 1949년 김동석의 월북으로 새로운 전환기를 맞이하지만 이들이 함께한 10여 년 간은 우리 문학사의 시대정신의 일단을 살피는데 더없이 중요한 기간이라고 할 수 있다. 이들은 식민지를 거쳐 해방에 이르는 격동의 시기를 함께 하면서 동시대의 가치 혹은 시대정신을 공유하기도 하고 또 그것을 달리하기도 한다.

이들이 보여주는 이러한 시대정신의 면모는 개인적인 특수성을 넘어 집단적인 보편성의 형태를 띤다. 익히 잘 알려져 있는 것처럼 김동리가 추구한 우편향적인 논리와 김동석이 추구한 좌편향적인 논리는 단순히 이들 개인의 의식 속에서 자발적으로 형성된 것이라기보다는 식민지와 분단이라는 시대적인 집단의식 속에서 형성된 것이라고 할 수 있다. 우리에게 식민지와 분단은 우리만의 독특한 인식 체계를 만들어내기에 이른다. 식민지 상황에서는 좌편향적인 논리든 아니면 우편향적인 논리든 모두 일제의 파시즘적인 논리에 대한 대항논리로 작동한 것이 사실이다. 김동리가 내세운 순수문학을 옹호하는 과정에서 얻어진 '제3휴머니즘론'이나 김동석이 유물사관과 계급적 관점을 옹호하는 과정에서 얻어진 '상아탑의 사상이나 생활의 비평'은 모두 일제의 파시즘적인 상황에서 배태된 대항논리들이다. 다소 미묘한 차이가 있기는 하지만 이 논리들의 귀결점은 모두 '민족 혹은 민족주의'와 무관하지 않다. 좌든 우든 식민지 상황에서 민족을 기반으로 하지 않는 사상이나 이념은 파시즘의 논리에 흡수되어 그것의 정체성을 확립하기가 불가능했던 것이다.

그러나 일제의 파시즘적인 논리에 대한 대항논리로 작동하던 좌우논리들은 해방 이후 그 각각의 이념의 독자성을 강화하는 쪽으로 나아간다. 1949년 김동석이 월북한 것도 이것의 일환으로 볼 수 있다. 일제의 파시즘적인 논리에 대한 저항이라는 시대정신의 공유가 약화되거나 소멸하면서 좌우 이데올로기의 대립과 민족분단의 논리는 점차 강화되기에 이른다. 김동석 등 조선문학가동맹 좌파 문인들의 월북은 일제 강점기 좌익쪽에서 내세웠던 민족의 개념이 계급이나, 당, 인민에 귀착되는 결과를 초래했으며, 김동리 등 조선청년문학가협회 우파 문인들이 내세웠던 민족의 개념이 순수, 본질, 정신에 귀착되는 결과를 초래했다. 김동석 등 좌파 문인들의 월북은 계급문학의 대타 논리를 넘어 순수문학의 타자 배제 논리[01]가 본격적으로 작동하게 되었다는 것을 말해준다. 김동석 등 좌파 문

---

**01**    김한식, 「순수문학론의 세 층위」, 『김동리』, 글누림, 2012, p.165.

인들의 월북 이후 대타적인 존재성을 상실한 김동리의 논리는 급격하게 친체제적인 성향을 띠게 된다. 이것으로 볼 때 김동석 등 좌파 문인들의 월북은 우리 문학의 발전적인 긴장 관계를 깨뜨림으로써 결국에는 한국 문학의 파탄을 초래하게 되었을 뿐만 아니라 문학의 협애성을 벗어나지 못하게 했다[02]고 할 수 있다.

식민지 상황에서 민족을 매개로 전개된 좌우익 문인들의 긴장 관계의 유지는 통제와 억압이라는 시대적인 현실에 대한 저항의 한 에너지로 작용한 것이 사실이다. 비록 현실적인 한계 상황이 가로 놓여 있었음에도 불구하고 식민지 시대에 주목할 만한 문인들과 작품들이 등장한 데에는 시대나 현실에 대한 긴장과 주의(attention)는 물론 이러한 좌우의 이념이나 사상 사이의 긴장과 주의가 존재했기 때문이다. 식민지 시대 문학의 융성에는 다양한 문학론의 유입과 발생이 자리하고 있으며, 이 과정에서 이것을 둘러싸고 벌어지는 논쟁이 커다란 영향을 미쳤다고 할 수 있다. 식민지 시대 논쟁의 흐름 속에서 김동리와 김동석의 논쟁은 중요한 위치를 차지한다. 흔히 '순수문학 논쟁'으로 일컬어지는 이들 사이의 논쟁은 두 사람 사이에서만 일어난 단발적이고 국지적인 차원의 성격을 지니고 있는 것이 아니라 식민지 시대를 관통하는 문제의식과 시대정신을 포괄하는 그런 의미를 지니고 있다.

김동리와 김동석의 순수문학 논쟁은 이미 임화의 「신인론」(『비판』, 1939. 1~2)에서 그 단초가 엿보인다. 이 글에서 임화는 신인작가들을 향해 '기성작가의 「유니폼」을 빌려 입은 「에피-고넨」群', '통감도 못 읽고 과거를 보러 오는 것과 같은 三文 선비의 만용[03]'을 지닌 자라고 비판한다. 임화의

---

02    권영민, 『한국현대문학사』, 민음사, 1993, p.53.

03    임화, 「신인론」, 『문학의 논리』, 학예사, 1940, p.474.

이 비판은 '신인들의 작품이 순수문학 쪽으로 흘러가는데 대한 우려의 표명'[04]으로 볼 수 있다. 임화의 신인들에 대한 공격은 유진오의 「純粹'에의 志向」[05], 이원조의 「純粹란 무엇인가」[06]로 이어지면서 강화 내지 확산되기에 이른다. 이들의 공격에 대해 김동리는 물러서지 않고 격렬하게 되받아친다. 그는 기성평론가들을 '외국에서 들여온 문자, 이를테면 리얼리즘, 휴맨이즘, 지성, 모랄 같은 데에서 영감을 얻어 세기의 고뇌 운운하는 文字病 환자'[07]라고 비판한다. 그의 이러한 비판은 임화, 유진오, 이원조 등 좌파문인들의 사상적 기반인 서구의 유물론적인 변증법을 겨냥하고 있다고 볼 수 있다. 김환태가 그의 주장에 동조하면서[08] 순수를 둘러싼 논쟁은 범문단적인 차원으로 부상하게 된다.

이런 점에서 볼 때 김동리와 김동석의 순수문학 논쟁은 식민지 시대 논쟁의 중요한 흐름 속에 놓인다고 할 수 있다. 김동석의 논리는 임화, 유진오, 이원조 등 좌파문인들의 논리의 자장 안에 있으며, 이것은 그의 논리가 사회와 역사의 변증법적인 발전의 체계 혹은 계몽적 합리성의 의미를 포괄하고 있다는 것을 말해준다. 이에 비해 김동리의 논리는 이들과의 논쟁을 통해 외래의 우상적 이념에 사로잡힌 경향문학의 비주체성이 아닌 '제 자신에서 배태하여 제 자신에서 빚어진 정신'을 토대로 하는 '주관의 절대성을 문학의 절대성으로 발전시키고, 이를 다시 문학의 자율성 이

---

04    유양선, 「세대-순수논쟁과 김동리의 비평」, 『진단학보』 제78호, 1994.12, p.409.

05    유진오, 「純粹'에의 志向」, 『문장』, 1939.6.

06    이원조, 「純粹란 무엇인가」, 『문장』, 1939.12.

07    김동리, 「文字偶像-'우상론' 노-트의 일절-」, 『조광』, 1939.4, p.306.

08    김환태, 「純粹是非」, 『문장』, 1939.11.

론으로 뒷받침[09]하는 미적 근대성의 문제에 그 맥이 닿아 있다. 어쩌면 김동리의 미적 근대성의 논리는 자발적으로 생성된 측면보다는 좌파문인들과의 논쟁 과정을 통해 생성되고 발전된 측면이 강하다. 합리적이고 계몽적인 근대의 논리와 그것을 비판하고 반성하는 미적 근대의 논리와의 대립과 충돌은 우리 근대문학 정립에 결정적인 인자로 작용한 것이 사실이다. 비록 식민지 시대의 좌우파 문인들 사이에 벌어진 순수문학 논쟁과는 어느 정도 차이가 있지만 1960년대 이후 활발하게 전개된 순수·참여 논쟁 역시 그 근간은 문학성과 정치성, 순수와 계몽, 합리화와 주체화, 도구적 합리성과 미학적 합리성 등과 같은 근대 혹은 근대성의 자장 안에 있다고 할 수 있다.

## 2. 순수(純粹)의 정체와 독조(毒爪)문학의 본질

김동리와 김동석 사이의 순수문학 논쟁은 일반적인 논쟁의 형식을 온전히 갖추고 있다. 적어도 논쟁이라고 하면 선명성의 기치 아래 어떤 문제에 대해 서로 치열하게 다투는 행위를 말한다. 이때 중요한 것은 논쟁의 추이이다. 시간의 흐름에 따라 그 논쟁이 어떻게 변하면서 하나의 담론의 장을 형성하는지를 보면 논쟁의 유무와 그 정도를 파악할 수 있다. 이런 맥락에서 순수문학 논쟁에서의 논쟁의 추이는 비교적 선명성을 유지하고 있다. 비록 두 사람 사이에서 직접적으로 행해진 논쟁의 횟수는

---

**09** 진정석, 「김동리론-근대성 비판과 비평의 이데올로기」, 『한국현대 비평가 연구』, 강, 1996, p.46.

적지만 그것이 관계하고 있는 논쟁 혹은 논쟁자의 맥락과 담론의 장은 대단히 포괄적이다. 논쟁의 추이가 하나의 담론을 형성하려면 논쟁 당사자와 그 내용에 대한 선명한 표지와 그것의 지속적인 주고받음이 있어야 성립되는 것이다. 순수문학 논쟁은 김동리와 김동석은 물론 임화, 유진오, 이원조, 김환태, 조연현 등을 포괄하면서 그 선명성과 함께 지속성을 담보하게 된다. 그 결과 순수문학 논쟁은 식민지 시대 대표적인 논쟁의 하나로 자리매김하기에 이른다.

순수문학 논쟁은 김동석의 「순수의 정체-김동리론」[10]에 대해 김동리가 「독조(毒爪) 문학의 본질-김동석의 생활의 정체를 구명함」[11]으로 응수함으로써 논쟁의 형식을 갖추게 된다. 김동석의 「순수의 정체」는 김동리의 비평과 소설 작품을 대상으로 하고 있다는 점에서 그의 문학 혹은 문학론 전체에 대한 논의를 겨냥하고 있다. 김동리가 논객에 앞서 작가라는 점을 고려한다면 김동석의 논점은 그 나름의 타당성을 지닐 뿐만 아니라 작가로서의 김동리의 태도와 자의식 그리고 세계관을 엿볼 수 있는 효과를 창출하고 있다. 이 글에서 김동석이 초점을 맞춘 것은 김동리가 내세운 '순수' 혹은 '순수문학'이다. 그는 김동리의 순수를 부정적으로 본다. 그가 순수를 이렇게 보는 데에는 여러 이유가 있지만 그중에서도 가장 주목해 볼만한 것은 그것을 '시대착오'로 인식하고 있는 대목이다. 그의 논리에 따르면 지금, 다시 말하면 해방 이후의 시기에 순수를 모토로 내세운다는 것은 시대착오적이라는 것이다. 그의 이 말은 순수 자체를 무조건 부정하는 것이 아니라 그것이 시대와의 관계 속에서 의미를 지닌다는 것을 말해준다.

---

**10**  김동석, 「순수의 정체-김동리론」, 『신천지』, 1947. 12.

**11**  김동리, 「독조 문학의 본질-김동석의 생활의 정체를 구명함」, 『문학과 인간』, 백민문화사, 1948. 1.

거북이 모가지와 팔다리를 그 껍질 속에 감추듯 조선의 문학자들이 폭압과 착취의 객관세계로부터 이른바 '순수' 속으로 움츠러들기만 한 때가 있었다. 그러나 움츠러들었을망정 거북은 바위조각과 스스로 달라야 할 것이 아닌가. 즉 일제라는 적이 물러났을 때 응당 모가지와 팔다리를 내놓고 움직여야 했을 것이다. 그런데 일제가 물러난 지 2년이 지난 오늘날도 사상의 모가지와 팔다리를 내놓지 못하고 순수문학을 고집하는 동리는 결국 거북이 아니라 바위조각이었던가?

그러나 이 바위는 이 세상에 있는 그런 4차원적 바위가 아니라 손오공을 낳은 바위 같은 기상천외의 바위인 것이다. 그러기에 이 바위는 도를 닦아 맹랑한 '제3세계관'을 낳으려 하고 있다.[12]

'거북'과 '바위'의 비유를 통해 김동리의 순수를 비판하고 있는 이 글의 요체는 '거북은 바위조각과 달라야 한다'는 것이다. 그는 동리의 순수를 변증법적인 맥락에서 바라보고 있다. 이 관점 하에서 순수는 고정된 실체가 아니라 끊임없이 변화하는 역사적인 실체가 된다. 그가 보기에 동리의 순수는 식민지 시대에는 비록 '모가지와 팔다리를 껍질 속에 감추기'는 했어도 분명 거북으로 존재했지만 '일제라는 적이 물러난' 해방 이후에는 그 껍질 속에서 모가지와 팔다리를 움직여' 빠져나와야 함에도 불구하고 그렇게 하지 못해 한낱 바위조각으로 존재하게 되었다는 것이다. 거북에서 바위조각으로의 변모는 역사의 변화를 따르지 않은 결과의 산물이다.

이러한 그의 논리는 식민지 시대 순수의 필요성을 어느 정도 인정하고 있다는 점에서 주목에 값한다. 그가 순수를 전면적으로 부정하지 못한 데에는 식민지라는 특수 상황이 작용한 결과이며, 여기에서 비롯된 딜레

---

12  김동석, 「순수의 정체-김동리론」, 『김동석 비평 선집』, 현대문학, 2010, pp.85~86.

마는 그의 비평의 상징과도 같은 '상아탑'에 고스란히 투영되어 있다. 조선 문화의 위의와 정신을 표방하면서 창간된 『상아탑』(1945.12.10)에서 그가 강조한 것 중의 하나가 바로 '예술의 순수성'이다. 문화나 예술은 '경제와 정치란 흙에서 핀 꽃'이며, '속세의 더러움과 불의에 예속되지 않는 양심"[13]인 것이다. 이것은 상아탑이 '정치의 무대로부터 독립된 공간"[14]이라는 사실과 다르지 않다. 흔히 그를 순수와는 대척점에 위치한 비평가로 이해하고 있는 차원에서 보면 이 사실은 다소 의아하게 생각될 수도 있을 것이다. 하지만 그의 논리에서 순수를 배제하는 것은 그의 비평 세계를 온전히 이해하지 못하게 할 위험성이 있다. 그의 비평에서 순수는 배제되어 있는 것이 아니라 현실과의 무의식적인 동거를 하고 있다. 이런 점에서 볼 때 그의 비평의 위상을 '예술의 순수성과 시대성이 엮어내는 긴장 관계 속에서 부동'하고 있다거나 '문학의 영역과 현실의 영역 간의 긴장은 무자각적인 형태로 혼재되어 있다"[15]고 한 견해는 타당성을 지닌다.

김동석의 순수에 대한 이해가 탄력적임에도 불구하고 김동리의 순수와 매개의 지점을 찾지 못한 데에는 그가 무자각적으로 그것을 인식할 정도로 현실 상황이 급박하고 또 절실했기 때문이라고 할 수 있다. 그는 이 상황을 '폭풍 속의 진공'이며 '시방 조선의 현실은 그 진공을 위협하고 있다"[16]고 말한다. 그런데 여기에서 문제가 되는 것은 그가 말하는 현실이다. 그는 해방 이후 현실 상황을 '일본제국주의와 봉건주의 잔재'가 청산되지 않고 지배력을 행사하는 것으로 인식하고 있다. 이 세력들이 '상아탑을 정

---

**13**    김동석, 「문화인에게 『상아탑』을 내며」, 위의 책, p.235.

**14**    김동석, 「학원의 자유」, 위의 책, p.237.

**15**    손정수, 「김동석론-'상아탑'의 인간상」, 『한국현대 비평가 연구』, 강, 1996, p.86.

**16**    김동석, 「조선문화의 현단계-어떤 문화인에게 주는 글」, 앞의 책, p.282.

치의 무대로 알고 활개를 치고 있는 한 상아탑은 더 이상 상아탑의 정신을 지킬 수 없다"[17]는 것이 그의 논리이다. 하지만 상아탑의 진정한 주인이 이러한 일본제국주의와 봉건주의로 대표되는 보수주의자가 아니라 진보주의자라는 점에서 보면 그의 논리는 다분히 정치적이라고 할 수 있다.

그가 꿈꾸는 상아탑이란 조선의 학원이 부족한 '과학'을 교육하는 곳이며, 이때 그가 말하는 과학이란 '과거와 현재를 비판하면서 새로운 시대를 창조하는 학문' 곧 '투쟁 없이는 전진할 수 없는 진보적인 사상'[18]을 의미한다. 현실 상황의 급박함과 절실함이 상아탑의 논리조차 정치적으로 바꿔놓음으로써 김동리의 순수와의 매개 고리가 차단되고 그에 대한 공격은 강화되기에 이른다. 순수로부터 파생된 그에 대한 공격은 다양한 차원으로 확대된다. 먼저 주목되는 것은 그가 김동리의 순수를 '제3세계관'[19]이라고 하여 비판하는 대목이다. 그가 제3세계관이라고 한 것은 '제3기 휴머니즘'을 의미한다. 김동리는 「순수 문학의 진의-민족 문학의 당면 과제로서」[20]에서 '순수 문학의 본질적 기조가 휴머니즘'에 있으며 '서양적 범주에 제한'하여 이것을 3기로 나누고 있다. '제1기는 고대의 휴머니즘'이고 이 시기의 특징은 '신화적 미신적 궤변과 계율에 대한 항거와 타파로써 가장 원본적인 인간성의 기초가 확립된 것'이다. '제2기는 르네상스 휴머니즘'이고 이 시기의 특징은 '신본주의에 대한 반발로써 시작된 이성적 인간 정신의 개화와 과학 정신의 발달과 발화'이다. 그리고 '제3기 휴머니즘'은 '과학주의 기계관의 결정체인 유물사관을 극복하고 개성의 자유와 인간

---

**17** 김동석, 「학원의 자유」, 위의 책, p. 237.

**18** 김동석, 「학자론」, 위의 책, pp. 304~306.

**19** 김동석, 「순수의 정체」, 위의 책, p. 86.

**20** 김동리, 「순수 문학의 진의-민족 문학의 당면 과제로서」, 앞의 책, pp. 79~81.

성의 존엄을 목적'으로 하는 그런 휴머니즘을 말한다. 결국 김동리가 겨냥하고 있는 궁극적인 지향은 '인간성 옹호로서의 개성과 생명의 구경적 생의 탐구'라고 할 수 있다.

김동석은 김동리가 제기한 이러한 제3기 휴머니즘을 '유물론 혹은 유물사관에 대한 무지에서 비롯된 것[21]'이라고 일축한다. 그는 김동리가 '물질의 노예가 되는 것이 유물론자인 줄 알고 있다'고 비판하면서 '진정한 유물론자란 인간을 물질의 노예가 되지 않게 하기 위하여 생각할 뿐 아니라 행동하는 사람'이라고 규정하고 있다. 그의 유물론에 대한 생각이 틀리지 않은 것처럼 김동리의 논리 또한 크게 틀리지 않은 것이 사실이다. 김동리가 제기한 휴머니즘의 역사적 발전 단계는 그 나름의 필연성을 내포하고 있으며, 실제로 이러한 흐름으로 역사가 진행되어 왔다고 볼 수 있다. 또한 유물론이 자본주의의 물질적인 타락을 비판하고 여기에 저항해 온 사실을 놓고 볼 때 김동석의 말에는 유물론의 기본 방향이 내재해 있다.

그런데 김동석의 말에서 우리가 주목해야 할 것은 '행동하는 사람'이라는 대목이다. 그의 논리적인 맥락에서 이 행동은 유물론적인 변증법에서 비롯된 것이며, 이것은 '과학', '진보', '투쟁', '혁명', '민족', '산문', '현대', '리얼리즘', '세계주의', '시대정신' 등의 말 속에 내재된 채 끊임없이 변주되어 드러난다. 유물론적 변증법에서 물질이 정신을 규정한다고 할 때 이 물질이라는 말 속에는 현실에 대한 변증법적인 행동, 다시 말하면 운동의 개념이 포함되어 있는 것이다. 김동석이 보기에 해방 이후는 이러한 '운동으로서의 시기'인 것이며, 역사적 발전 단계로 볼 때 운동에 동참하는 것이 당연한 것으로 이해될 수밖에 없었던 것이다. 그가 진정한 유물론자를

---

**21** 김동석, 「순수의 정체」, 앞의 책, p.91.

강조한 데에는 이러한 이유가 크게 작용했다고 볼 수 있다. 그는 휴머니즘도 이런 맥락에서 이해하고 있다. 그가 '생명이니 영혼이니 하는 문구나 합리적이요 상식적인 논리만 가지고는 도저히 인간을 해방시킬 수 없다'[22]고 한 것도 휴머니즘의 실현이 변증법적인 합법칙성의 운동이나 행동을 동반할 때 이루어질 수 있다는 것을 염두에 두고 한 말이라고 할 수 있다.

김동리가 휴머니즘을 역사적인 흐름에 따라 3단계로 나누어 고찰하고 있음에도 불구하고 그것을 일고에 비유물론적이라고 비판하는 것은 그가 운동성의 부재를 간파하고 있었기 때문이다. 그의 논리대로라면 김동리의 시기별 휴머니즘의 구분은 단순한 관념적인 형식논리에 불과한 것이 되고 만다. 그의 비판은 김동리의 순수론 혹은 휴머니즘론이 근대의 초극의 의미를 담지하고 있다는 평가가 '과도한 의미부여'[23]라는 사실과 맥을 같이 한다. 김동리의 휴머니즘론에는 '조선이 경험한 근대가 무엇인가에 대한 물음이 제기되지 않'[24]기 때문에 근대 초극은 물론 미적 근대라는 평가가 타당하지 않을 수 있는 여지를 지닌다. 김동리의 순수론이나 휴머니즘론에서 말하는 세계란 시대적인 현실을 객관화하고 구체화한 것이 아니라 주관적으로 파악된 현실이면서 동시에 그것이 우주나 자연과 운명적인 관계로 규정된 그런 세계를 말한다. 이런 점에서 김동리가 말하는 리얼 혹은 리얼리즘은 우리가 일반적으로 알고 있는 것과는 차이가 있다. 그가 말하는 리얼리즘이란 '한 작가의 생명적 진실에서 파악된 세계',

---

**22**  김동석, 위의 글, p.91.

**23**  이찬, 「김동리 비평의 '낭만주의' 미학과 '반근대주의' 담론 연구-문학과 인간을 중심으로-」, 『어문논집』 54집, 민족어문학회, 2006, p.375.

**24**  한수영, 「김동리와 조선적인 것-일제말 김동리 문학사상의 형성 구조와 성격에 대하여」, 『김동리』, 글누림, 2012, p.68.

좀 더 구체적으로 말하면 '리얼'은 '세계의 여율(呂律)과 작가의 인간적 맥박(脈搏)이 어떤 문장적 약속 아래 유기적으로 육체화하는 데서 성취되는 것'[25]이다. 객관적인 현실과의 관계에서가 아닌 작가의 주관적인 개성이나 생명이 세계의 율려와의 유기적인 관계 속에서 파악된다는 것은 개인의 적극적인 의지에 의해 세계가 구성되는 것이 아니라 이미 되어져 있는 세계 내의 운명을 따를 수밖에 없다는 것을 말한다. 이것은 그의 사상이 인간 존재의 근원적 의미와 운명에 대한 탐구를 겨냥하는 '초역사적 보편주의의 시각'[26]을 지니고 있다는 것을 의미한다.

이런 점에서 김동리가 주장하는 리얼리즘은 낭만주의에 가깝다고 할 수 있다. 김동석의 「순수의 정체-김동리론」에 대해 김동리는 「독조(毒爪) 문학의 본질-김동석의 생활의 정체를 구명함」을 통해 그것을 신랄하게 반박한다. 김동석이 순수의 정체에서 거북이와 바위의 비유를 통해 그것을 적절하게 드러냈다면 김동리는 독조 문학의 본질에서 딱따구리, 수탉, 발톱(손톱), 빵의 비유를 통해 그것을 드러내고 있다. 그의 말의 요체는 인류가 빵만으로 살 수 없으며, '딱따구리의 주둥이나 수탉의 발톱이나 김동석의 손톱을 문학인 줄 착각해서는 안 된다'는 것이다. 진정한 문학은 '빵을 구하기 위한 싸움 이상의 것이어야 한다'[27]는 것이다. 이러한 맥락에 입각해서 그는 자신의 논리를 좀 더 구체화한다.

---

**25**  김동리, 「나의 소설수업-레알리즘으로 본 당대 작가의 운명」, 『문장』 2권 3호, p.174,

**26**  김흥규, 「민족문학과 순수문학」 백낙청 염무웅 편, 『한국문학의 현단계 4』 창작과비평사, 1985, p.189.

**27**  김동리, 「독조 문학의 본질」 『문학과 인간』 민음사, 1997, pp.116~117.

오늘날의 인류는 이미 금수가 일찍이 가지지 못하던 찬연한 정신
문화란 것을 가지게 되었으며 군이 아무리 궤변을 펴더라도 이것은
이미 딱따구리의 주둥이나 수탉의 발톱이나 군들의 손톱에서 얻어진
것은 아니다. 〈빵〉을 구하기 위하여 싸우는 〈싸움〉 이상의 것이 여기
엔 있다. 〈사랑〉과 〈창조〉와 〈구제〉와 〈영원〉이 여기서만 있을 수
있었다. 그리고 이 사실은 적어도 다음의 세 가지를 명백히 증명해 주
고 있는 것이다.

첫째, 인류는 금수 이상의 〈생활〉을 가질 수 있다. 둘째, 문학은 인
류가 가질 수 있는 금수 이상의 생활에서 창조된다. 셋째, 빵을 구하기
위하여 싸운다는 사실 그 자체만에서 인류와 금수의 우열은 규정되
지 않으며, 여기서 문학이 나올 수는 없다. 이상의 논거에서 나는 군의
〈생활〉과 〈문학〉이란 용어에 대하여 다음의 세 가지 중 어느 한 가지
를 군에게 논고할 수 있게 된 것이다. 첫째, 〈빵〉을 구하기 위하여 싸
우는 것은 생활이 아니다. 둘째, 문학은 생활을 위하여 하는 것이 아니
다. 셋째, 김군이 문학이라고 믿는 군의 독조는 문학이 아니다.[28]

이 글에 나타난 그의 주장의 요체는 문학의 본질은 빵이나 생활을 위
하여 존재하는 것이 아니라 사랑, 창조, 구제, 영원과 같은 정신문화의 구
현을 위해 존재하는 것이라는 점이다. 김동석의 문학관에 대한 비판은 김
동리 자신의 문학관에 대한 옹호로 이어지고, 이것은 결국 김동석에 대한
비판을 강화하는 계기가 된다. 그의 김동석 비판이 겨냥하고 있는 것은
그의 '생활론'이다. 문학이 생활을 반영해야 한다는 김동석의 논리는 생활
에 대한 객관적이고 사심 없는 태도를 의미한다기보다는 다분히 정치적
이고 실제적인 것에 가깝다고 할 수 있다. 그는 생활을 계급적인 관점에

---

**28**　김동리, 위의 글, p.117.

서 바라본다. 그는 이런 관점에서 귀족적이고 부르주아적인 생활을 부정하고, 인민적이고 프롤레타리아적인 생활을 긍정한다. 그가 이태준의 소설을 평하면서 그것을 '계급적 의식의 관점에서 생활을 바라보지 않고 시인의 이상적인 관점에서 부르주아적인 생활을 부정하고 있다'[29]고 비판한 것은 그 좋은 예라고 할 수 있다. 김동리가 이러한 김동석의 생활론을 비판한 데에는 그것을 계급적 관점으로 보려한 데 따른 우려와 불만이 내재해 있다. 하지만 김동리가 겨냥하고 있는 생활 또한 온전한 것은 아니다. 그 역시 생활을 생활 그 자체로 객관적으로 사심 없이 보지 않고 그것을 자신의 주관적인 관념 속에서 해석하고 있기 때문이다. 그가 빵을 구하기 위한 싸움 이상의 것으로 내세우고 있는 사랑, 창조, 구제, 영원과 같은 정신문화란 객관적이고 사심 없이 존재하는 생활을 기반으로 하지 않는 한 한낱 공허한 관념으로 남을 것이다. 이것은 김동석과 마찬가지로 김동리 역시 물질과 정신, 순수성과 역사성, 시와 산문을 포괄적이고 통합적으로 제시하지 못하고 어느 일방을 선택적으로 제시함으로써 둘 사이의 긴장의 깊이에 도달하는데 실패했다[30]는 것을 의미한다. 둘 사이의 순수를 둘러싼 논쟁이 서로 매개 지점을 찾지 못한 채 어느 일방으로 전개된 데에는 바로 물질과 정신, 순수성과 역사성, 시와 산문, 문명과 자연, 개체와 전체, 샤머니즘과 과학 사이의 긴장 관계가 깊이를 확보하지 못한 것이 크게 작용했다고 볼 수 있다.

둘 사이의 논쟁이 보다 더 생산적인 방향으로 나아가지 못하고 또 긴장의 깊이에 도달하지 못함으로써 좌우의 이념은 전체주의적이고 파시즘적인 위험에 노출되게 된다. 1949년 월북 이후 김동석의 문학적인 행보

---

**29**   김동석, 「예술과 생활-이태준의 문장」, 앞의 책, p. 28.
**30**   손정수, 앞의 글, p. 94.

는 알 수 없지만 김동리의 경우에는 해방 이후 차츰 반공과 친미이데올로기가 강화되면서 전체주의적이고 파시즘적인 민족주의의 양상을 드러내게 된다. 김동리의 좌파 진영에 대한 공격을 이념적인 정치성을 넘어 윤리적인 차원으로까지 나아간다. 좌파 진영을 반윤리적이고 비윤리적인 집단으로 규정함으로써 우파 혹은 순수문학 진영의 타자 배제논리를 작동하여 문단의 헤게모니를 완전히 장악하게 된다.


## 3. 매개와 깊이의 논리를 찾아서

식민지와 해방이라는 동시대를 살다간 김동리와 김동석의 행보는 이념과 이데올로기로 점철된 우리 현대사만큼이나 회복하기 힘든 궤적을 지니고 있다. 서로 다른 이념과 이데올로기를 일정한 거리를 두고 객관적으로 바라볼 수 있는 여유를 가지지 못한 채 급박하게 돌아가는 현실 상황 속에서 살아남아야 하는 지식인의 처절한 실존의 모습을 보여주고 있다는 점에서 둘 사이에 전개된 논쟁의 의의가 있다. 하지만 이 논쟁이 서로의 차이를 포괄적이고 통합적으로 제시하지 못하고 선택적으로 제시했다는 것은 많은 문제의식을 드러낸다. 이들 이후에 전개된 순수 참여 논쟁이라든가 리얼리즘과 모더니즘 논쟁 같은 우리 문학사의 중요한 논쟁에서도 이 문제가 온전히 해결되지 않은 채 반복되고 있기 때문이다. 이런 점에서 우리 현대문학사와 현대사는 상동적인 관계에 놓인다. 우리에게 좌든 우든, 순수든 참여든, 리얼리즘이든 모더니즘이든, 서양이든 동양이든, 보수든 진보든 둘 사이를 매개할 수 있는 중간항이라든가 중도적인 길을 깊이 있게 모색한 경험이 없다는 것은 누구도 부정할 수 없는 사실이다.

두 사람의 논쟁에서 매개의 지점을 찾는다는 것은 결코 쉽지 않지만 그렇다고 그것을 찾는 일이 불가능한 것은 아니다. 이미 앞서 언급한 것처럼 김동석의 상아탑의 사상에는 순수에 대한 그의 내적 자의식이 투영되어 있다. 그가 상아탑을 '폭풍 속의 진공'[31]이라고 규정했을 때 그 진공이란 파시즘적이고 타락한 현실과는 거리가 있는 혹은 그것과는 단절된 순수의 지대를 포괄하고 있는 것으로 볼 수 있을 것이다. 하지만 그는 일제의 파시즘과 봉건주의적인 세력이 판치는 현실과 대척적인 것으로 존재하는 진공의 세계에 유물론적인 이상을 가져다 놓음으로써 순수를 정치가 내포된 비순수한 것으로 대체하고 있다. 개인과 현실의 절박함이 이런 결과를 가져왔지만 둘 사이를 매개할 수 있는 길이 사라졌다는 점에서 아쉬움이 남는다.

사정이 이러하다면 둘 사이를 매개할 수 있는 것으로 또 다른 것을 내세우면 어떨까? 상아탑의 순수 문제는 현실적인 것이 강하게 개입할 여지가 클 수밖에 없어서 매개의 연결 고리를 찾는 일이 쉽지 않으리라는 것은 어렵지 않게 예상할 수 있다. 둘 사이의 매개 문제와 관련하여 보다 현명한 길은 이러한 현실의 개입을 간접화할 수 있는 방법을 찾는 것이다. 그것은 문학 외적인 것이 아닌 내적인 것에서 이루어질 수 있으며, 둘 사이의 논쟁 과정에서 그것은 '시와 산문'에 대한 입장과 태도를 통해 잘 드러난다. 주로 동서양 작가의 작품에 대한 비평의 과정에서 두 사람은 시와 산문 그리고 근대적인 문학 양식에 대한 견해를 밝히고 있다.

---

**31**  김동석, 「조선문화의 현단계-어떤 문화인에게 주는 글」, 앞의 책, p. 282.

소설이 근대 문학의 중추적 지위를 점령하게 된 것은 소설 양식의 강대한 종합성과 보편성이 복잡다단한 근대 생활을 담기에 적당하였기 때문이다. 문학은 생활의 반영이란 말이 이미 있거니와 근대인의 물심 양면으로 복잡하고 심각한 생활은 그것이 전적으로 반영될 수 있는 그만치 종합적인 문학 양식을 요구하게 된 것이며 여기서 근대의 저 찬연한 소설 문학의 전당은 건설될 수 있었던 것이다. 그러므로 소설 문학의 기능은 어디까지나 복잡다단하고 심각한 인간 생활의 종합적인 반영에 있는 것이며 그 본령은 어디까지나 산문 정신에 있어야 하는 것이다. (중략) 오늘날의 과학과 산문이 비록 인간 생활의 구경적 의의를 보장하지 못한 데서 재래된 세기적 불신임장을 접수하여 있음이 사실이라 하더라도 그것은 어디까지나 과학과 산문을 계승할 새로운 성격의 신의 출현에서만 수립될 문제이지 소박한 자연 찬미를 근거로 한 시대의 퇴각으로는 해결될 것은 아니다.[32]

김동리가 이효석의 소설을 평가하는 과정에서 시와 산문 그리고 근대에 관해 언급하고 있는 대목이다. 이 글에서 그는 이효석의 소설을 소설에 반하는 문학으로 평가하고 있다. 그가 이렇게 이효석의 소설을 부정적으로 평가하는 데에는 그의 소설이 '복잡다단하고 심각한 인간 생활의 종합적인 반영을 목적으로 하는 근대의 산문 정신'에 미치지 못하기 때문이다. 소설이 근대의 산문 정신을 반영하고 있는 근대적인 문학 양식이라는 평가는 '구경적 생의 형식'을 탐구해온 그의 문학관과는 배치되어 보인다. 그렇다면 그의 이러한 발언은 자가당착에 빠진 것일까? 일견 그렇게 보일 수도 있지만 구경적 생의 형식이라는 그의 문학의 기본 원리를 포기한 것은 아니다. 그는 '오늘날의 과학과 산문이 인간 생활의 구경적 의의를 보

---

**32**  김동리, 「산문과 반(反) 산문-이효석론」, 앞의 책, pp. 26~37.

장하지 못한다'고 말한다. 그래서 '과학과 산문을 계승할 새로운 성격의 신의 출현'이 요청된다는 것이다. 이때 그가 말하는 새로운 성격의 신의 출현이란 '근대의 산문이 지니는 강대한 종합성과 복합성에다 형이상학적 본질 세계를 추구하는 근대 이전의 시적 세계의 결합으로 탄생한 것[33]을 의미한다. 여기에서 우리가 주목해야 할 것은 그가 근대를 산문의 세계로 인식하고 있다는 사실이다. 비록 근대의 극복이나 초월까지는 나아가지 못했지만 적어도 근대가 단순한 시적 세계로 해명이 불가능한 복잡성과 복합성을 지닌 존재라는 것을 자각하고 있었다고 할 수 있다. 그가 근대의 산문 정신이나 그 세계에 대한 깊이 있는 탐구를 통해 새로운 근대적인 성격의 산문을 정립했더라면 구경적 생의 형식이라는 시적 비전의 세계로 지나치게 경도되지는 않았을 것이다. 근대가 시가 아닌 산문의 시대라는 인식은 김동석에게도 나타난다.

김동석은 「시극과 산문-셰익스피어의 산문」에서 셰익스피어의 희곡에 내재해 있는 폴스타프의 산문에 대한 의의를 탐색하고 있다. 그는 '폴스타프의 산문이야말로 셰익스피어를 호머나 단테처럼 그냥 고전이라고만 부를 수 없는 현대와 직결되는 작가로 만드는 중요한 요소'라고 평가한다. 폴스타프의 산문에 대한 평가를 통해 그는 셰익스피어의 희곡에 대한 새로운 해석을 시도하지만 그가 궁극적으로 겨냥하고 있는 것은 여기에 있지 않다. 그는 '산문이 시대정신의 기조[34]라는 사실을 강조하지만 여기에서 그가 궁극적으로 지향하는 산문은 셰익스피어의 그것, 다시 말하면 부르주아적인 산문이 아니다. 그가 궁극적으로 지향하는 산문은 '리얼리

---

**33**  이찬, 앞의 글, p.374.

**34**  김동석, 「시극과 산문-셰익스피어의 산문」, 앞의 책, p.347.

즘 혹은 인민적인 휴머니즘 문학으로서의 산문[35]이다.

현대가 시의 시대가 아니라 산문의 시대라는 사실을 인정하면서도 그것의 궁극적인 형식이 리얼리즘 문학이 되어야 한다는 그의 논리는 폴스타프에 대해 그가 부르주아 인간상을 대변한다고 규정할 때 이미 충분히 예견된 것이다. 비록 그의 궁극적인 지향점이 부르주아적인 산문이 아니라 프롤레타리아적인 산문에 있지만 정작 여기에서 중요한 것은 그가 현대를 산문- 그것이 부르주아적이든 프롤레타리아적이든-의 시대로 보고 있다는 점이다. 이것은 구경적 생의 형식이라는 새로운 성격의 산문을 겨냥한 김동리의 태도와 다르지 않다고 할 수 있다. 김동리 역시 현대를 복잡다단하고 심각한 인간 생활의 종합적인 반영을 목적으로 하는 산문의 시대로 규정하고 있기 때문이다. 현대가 산문 정신을 필요로 한다는 데에 두 사람이 공감하고 있다는 것은 산문 혹은 산문 정신을 매개로 하여 논쟁의 중간항을 설정할 수 있다는 것을 말해준다. 그 중간항이 무엇인지에 대해서는 구체적인 논의가 있어야 하겠지만 분명한 것은 이들이 당대의 현실을 시적인 논리나 단선적인 논리로 보고 있지 않다는 점이다. 하지만 이들은 모두 이 논리로부터 자유롭지 못한 것이 사실이다. 이것은 시와 산문 혹은 순수와 현실 사이에서 갈등하고 부유할 수밖에 없었던 이들의 내면 풍경을 드러내는 것이라고 할 수 있다. 이 또한 둘 사이를 매개하는 중요한 지점임에 틀림없다.

이렇게 두 사람 사이를 매개할 수 있는 요소가 있었음에도 불구하고 그것이 제대로 이루어지지 않은 것은 여러 요인을 고려하더라도 아쉬움으로 남는다. 하지만 이것 못지않게 큰 아쉬움으로 남는 것이 있다. 바로

---

**35**　김동석, 「뿌르조아의 인간상-폴스타프론」, 위의 책, p.427.

김동리의 김범부의 사상에 대한 이해와 김동석의 매슈 아놀드의 비평에 대한 이해이다. 김동리가 백형인 범부의 영향을 크게 받았다는 것은 익히 잘 알려진 사실이다. 그의 문학론의 정체성을 결정짓고 있는 샤머니즘은 전적으로 범부의 영향 하에서 이루어졌다고 할 수 있다. 가령 김동리의 신춘문예 당선 소설이 「화랑의 후예」(1935, 〈조선중앙일보〉)인데 이때 여기에서 말하는 화랑은 범부의 관점에 따르면 곧 '무당'이다. 신라시대의 화랑은 샤머니즘과 연관되어 존재했으며, 화랑을 이르는 '국선(國仙)'의 선은 샤먼 곧 무당을 뜻한다. 화랑이 수행하는 종교적 요소, 예술적 요소, 군사적 요소 등은 모두 무속과 직접 관련이 있으며, 무당이 하는 일 대부분이 고대에는 화랑이 하는 일이었다는 범부의 주장은 그대로 동리의 사상의 한자리를 차지하게 된 것이라고 할 수 있다.[36] 무속에 대한 역사적인 기원과 사회·문화적인 전통의 의미를 체득한 그에게 무속은 단순한 미신이나 호기심의 대상이 아닌 그 자체로 우리의 삶의 한 양식이며 민족의 정체성과 신과 인간, 자연과 초자연의 문제 같은 세계적인 과제를 해결하는 토대로 인식되었다고 해도 과언이 아니다.[37]

김범부로부터 물려받은 샤머니즘은 일제의 파시즘적인 현실과 결합되어 김동리의 사상을 형성하는 토대로 작용하면서 '조선적인 것의 정체성 찾기'라는 차원으로 나아간다. 조선적인 것의 정체성을 샤머니즘에서 찾으려는 그의 노력은 무시간적이고 탈역사적인 방향으로 진행되면서 서양의 근대와는 다른 차원의 근대를 그려내기에 이른다. 그의 샤머니즘을 통한 조선적인 것의 발견은 다시 그 조선적인 것이 세계적인 것이 되는 논

---

**36**  홍기돈, 「김동리의 소설 세계와 범부의 사상」, 『한민족문화연구』 제12집, 2003, p. 217.

**37**  이재복, 「황순원과 김동리 비교 연구 - 『움직이는 성』과 「무녀도」의 샤머니즘 사상과 근대성을 중심으로」, 『어문연구』 74호, 어문연구학회, 2012, p. 433.

리로 이어진다. 이것은 '민족국가의 개성은 개성대로 남고, 개성과 개성과의 조화에서 세계평화가 오고 세계사회가 전개될 것'[38]이라는 범부의 논리로부터 배태된 것이라고 할 수 있다. 세계 단위의 전체성에 앞서 민족국가 단위의 개체성과 자율성이 우선해야 한다는 범부의 논리는 국수주의나 파시즘적인 것으로 비칠 수도 있지만 오히려 그의 논리는 그 반대이다. 민족단위의 개체성과 자율성, 즉 개성이 없는 세계 단위의 종합이나 통합이야말로 전체주의적인 논리로 빠질 위험성이 있다. 이것은 조선뿐만 아니라 다른 국가나 민족에도 동일하게 적용되어야 한다. 조선적인 개체성과 자율성 못지않게 다른 국가나 민족의 개체성과 자율성 또한 중요한 것이다.

김범부의 논리가 지향한 것도 이와 다르지 않다. 또한 이것은 모든 개체가 전체와 떨어져 따로따로 존립할 개연성이 있으되, 결코 그 전체와 떨어질 수 없는 그러한 관계를 통해 끊임없이 변화하고 생성, 진화하는 전체적인 유출활동의 일환으로 보는 우리의 전통적인 사상과도 다르지 않다. 하지만 김동리의 샤머니즘에 기초한 조선적인 것의 세계화는 다른 국가나 민족, 특히 서양의 국가나 민족에 대해 폐쇄적인 태도를 보인다. 이런 점에서 그의 샤머니즘은 국수주의적인 파시즘의 위험성을 내재하고 있다고 할 수 있다. 그의 샤머니즘에 기초한 구경적인 생의 형식이 유물론에 기초한 좌파문인들의 논리에 대해 폐쇄적이고 독단적인 태도로 일관한 것처럼 서양의 문화와 종교 그리고 사상에 대해서도 이러한 태도를 견지한 것이 사실이다. 조선적인 것의 토대를 샤머니즘으로 보는 그의 논리의 참신함과 특수함이 세계적인 보편성의 차원으로 나아가기 위해서는 이

---

**38**　김범부, 「국민윤리특강」, 『화랑외사』, 이문사, 1981, p.122.

러한 폐쇄성과 독단적인 태도를 넘어서야 한다. 그의 사상 혹은 김범부의 사상이 세계의 다른 차원의 사상과 열린 소통을 할 때 그의 문학, 더 나아가 우리 문학의 세계적인 보편성은 성립될 수 있을 것이다.

　김동리 못지않게 김동석에게 아쉬움이 있다면 그것은 그가 매슈 아놀드의 비평을 제대로 이해하지도 또 더 발전시키지도 못했다는 점이다. 그는 자신의 비평의 원천은 매슈 아놀드이며, 그의 비평을 한 마디로 '생활의 비평'이라고 명명한다.

> "시는 생활의 비평이다." - 아널드의 이 정의는 "시는 생활을 실재하는 그대로 보는 것이다."라고 고칠 수 있다. 비평은 아널드가 정의하기를 "대상을 실재하는 그대로 보는 것"이니까.
> 　오늘날 우리가 이 시의 정의를 음미해볼 때 새삼스러이 아널드의 문학관이 현대적이라는 것을 발견하게 된다. 시가 생활을 무시하고 따로 존재할 수 없는 것이 현대요. 시라고 해서 비과학적으로 생활을 보는 특권을 가질 수 없는 것이 현대다. 현대에 있어서는 시와 생활이 따로 있을 수 없고 생활의 진실을 표현함으로써만 시는 존재할 수 있는 것이다.[39]

　김동석은 매슈 아놀드의 비평을 '생활의 비평'으로 규정한다. 이때 그가 여기에서 말하는 생활이란 '대상을 실재하는 그대로 보는 것'이다. 이 생활과 시는 따로 떨어질 수 없으며, 생활의 진실을 표현함으로써만 시는 존재할 수 있는 것이다. 이 글에 나타난 대로라면 그는 아놀드의 비평을 '생활'이라는 차원에 초점을 두고 이해하고 있다고 할 수 있다. 그런데 그

---

**39**　김동석, 「생활의 비평-매슈 아널드 연구」, 앞의 책, p.380.

가 말하는 생활이란 '도덕적인 무사심성이나 사념이 아닌 정치적 현실을 지시하는 소박한 것'[40]에 지나지 않는다. 그가 생활을 소박하게 이해함으로써 아놀드 비평이 가지는 높은 인문교양의 수준과 합리주의적인 정신을 드러내지 못하고 있다. 그의 정치적 현실성의 소박함은 아놀드가 속물주의적인 근성을 지니고 있다고 부르주아 리버럴리즘을 비판하면서 이제 이들과는 전혀 다른 세력이 나타났다고 했을 때 그 실체를 '프롤레타리아 계급'[41]이라고 단정하는 데서도 잘 드러난다. 아놀드는 그 세력의 실체를 아직 알 수 없다고 했지만 그는 그것을 프롤레타리아 계급이라고 단정하고 있는 것이다. 이것은 아놀드가 말한 비평의 맥락을 이해하지 못한 채 그것을 자신의 현실적인 이해관계 속에서 도출해낸 그의 비평의 도그마적이고 소박한 일면을 드러낸 것이라고 할 수 있다. 그가 만일 생활을 단순한 정치적 현실이 아닌 도덕이나 교양 그리고 형식과 내용의 진실성과 미적 차원으로 받아들였다면 생활의 비평에 기반한 그의 리얼리즘론은 좀 더 풍부하고 견고한 문화·예술사적인 맥락을 지니게 되었을 것이다.

## 4. 순수(純粹)와 독조(毒爪)의 현재성

김동리의 순수와 김동석의 독조는 많은 비평적인 모순과 도그마를 낳았지만 그것이 담지하고 있는 문학사적인 의의는 결코 만만치 않다고 할 수 있다. 우리 근현대문학사를 추동해온 논쟁의 기저에는 문학을 순수와

---

**40**　손정수, 앞의 글, pp.92~93.
**41**　김동석, 앞의 글, p.373.

자율의 차원으로 이해하고 해석하려는 세력과 그것을 사회적이고 역사적인 현실과의 연관 속에서 진보와 발전의 논리로 이해하고 해석하려는 세력이 서로 길항의 상태를 유지하면서 존재하고 있다. 이것은 우리만의 특성이라고 볼 수 없지만 여기에서 간과하지 말아야 할 것은 순수를 옹호한 김동리도 그것을 비판한 김동석도 모두 현실 상황으로부터 자유롭지 못했다는 점이다. 김동리가 문학 내에서 순수의 기치를 내걸었지만 문학 밖 현실에서는 누구보다도 정치적이었으며, 문학 내에서 김동석은 유물론적 변증법에 기반한 리얼리즘의 기치를 내걸었지만 정작 문학 밖에서는 그 정치적인 감각을 활용하지 못한 채 생사불명으로 존재하는 아이러니를 연출하고 있다. 이것은 우리 문학사가 현실과 문학 혹은 삶과 정치와의 함수관계 속에서 문학의 특수성과 보편성을 형성해 왔다는 것을 의미한다.

김동리의 순수와 김동석의 독조는 우리 근현대문학사의 논쟁의 시발과 전개를 표상한다. 식민지 시대로부터 해방공간과 개발독재 시대를 거쳐 1980년대 운동으로서의 시대에 이르기까지 우리 문학사에서 순수와 독조(참여) 논쟁은 이념의 대결로 점철된 우리 근현대사의 그것과 상동적인 관계에 있다고 해도 과언이 아니다. 이런 점에서 김동리 등 순수파들이 내세운 그 순수라는 것도 억압적이고 파쇼적인 현실이 개입되는 한 그것은 결코 순수할 수 없었던 것이다. 이들에게서 순수 지향은 있었지만 그것이 온전히 성취된 경우는 드물며, 순수처럼 보이는 것도 그 이면에는 정치논리가 작동하고 있었던 것이다. 삶이나 현실의 논리가 한 개인을 억압하고 압도해버리면 자신의 생존의 논리는 강화되고 타자는 철저하게 배제되는 이분법적인 논리가 작동하게 된다. 이분법적인 논리의 작동은 어느 한쪽으로의 쏠림을 강화하여 둘 사이의 매개라든가 중간항에 대한 설정을 어렵게 한다. 김동리와 김동석의 논쟁이 어떤 매개나 중간항을 설정하지 못한 채 자신의 논리만을 강화하면서 극단으로 치달은 데에는 이러한 이유가 작용했기 때문이다. 이것은 비단 둘 사이의 논쟁에서만 나타나는 특수한 것이 아니라 우리 논쟁사 전반에 나타나는 보편적인 현상이라고 할 수 있다. 매개나 중간항이 없는 상황에서의 논쟁은 대체로 생산적인 논쟁으로 이어지지 않는 것이 사실이다.

그러나 둘 사이의 논쟁에서 매개나 중간항의 설정 못지않게 아쉬운 것은 이들의 사상적 토대가 된 김범부의 샤머니즘 사상이라든가 매슈 아놀드의 인문주의적인 사고와 교양에 대해 깊이 있게 논구하여 그것을 발전적으로 계승하지 못한 점이다. 이 사상들이 조선적인 것의 전통과 서구적인(영국적인) 것의 전통을 풍부하게 지니고 있다는 점에서 특히 그렇다. 이들의 사상이 김동리와 김동석에 의해 제대로 체화되어 그것이 논쟁을 통해 드러났더라면 동서양의 충돌로 인한 가치관의 혼란 속에서 부유하던 당대 지식인들에게 하나의 좌표 역할을 가능하게 했을 뿐만 아니라 '지금, 여기'에서도 끝나지 않고 반복되는 이 문제를 해결하는 데 일정한 계기를 제공해 주었을 것이다. 하지만 비록 이들이 이 문제를 온전히 계승하여 발전적으로 밀고 나가는 데까지는 이르지 못했다고 하더라도 우리가 그것을 인식할 수 있도록 하는데 일정한 계기를 제공한 것은 사실이다. 이들의 논쟁에서 제기된 순수와 참여, 샤머니즘과 과학, 휴머니즘과 기계주의, 유심론과 유물론, 시와 산문, 근대성과 전근대성, 부르주아와 프롤레타리아, 전통과 현대, 문학성과 정치성, 생활과 구경, 순수와 계몽, 합리화와 주체화, 도구적 합리성과 미학적 합리성, 정신과 물질, 민족과 세계화 등은 여전히 유효한 이 시대의 화두이다. 어떤 논쟁이 의미 있느냐 없느냐 하는 문제는 그것이 얼마나 '지금, 여기'에서의 우리의 삶과 관계되어 있는지 혹은 그것이 얼마나 우리 삶의 미래적인 가치와 전망을 내포하고 있는지 하는 데에 있는 것이다. 이런 점에서 이들 사이에 있었던 순수문학 논쟁과 여기에서 제기된 많은 문제들은 충분히 논쟁으로서의 가치와 의미를 지닌다고 할 수 있다.

# 전통의 발견과 국학의 탄생

- 조지훈 학문 세계의 해석 원리와 지적 형상을 중심으로

## 1. 매개와 전체에 대한 통찰

한 인물의 인간 됨됨이와 그가 남긴 정신적·물질적 유산에 대한 평가는 결코 간단하지 않다. 이것은 평가자의 관점과 의식이 서로 상이할 뿐만 아니라 그것들조차도 고정되지 않고 끊임없는 변화의 선상에 놓여 있기 때문이다. 과거에는 언급하는 것조차 금기시된 인물과 그들의 저작들이 해금되어 새롭게 그 가치를 평가받는 예들은 어디 멀리 갈 것도 없이 우리의 근현대사를 되짚어 보는 것만으로도 어렵지 않게 그것을 만날 수 있다. 이런 점에서 어떤 인물의 됨됨이와 그가 남긴 유산에 대한 평가에서 단선적이고 결정론적인 입장과 태도를 취하는 것만큼 위험하고 어리석은 일도 없을 것이다. 이것은 비단 인물에 대한 평가에만 해당되는 것이 아니라 어떤 한 현상이나 사건을 평가하는 경우에도 해당되는 것으로, 가령 한국전쟁의 경우 그것에 대한 해석과 평가는 완결된 것이 아니라 지금도 진행 중이라고 할 수 있다. 전쟁이 발발하고 70여 년이 지났음에도 불구하고 그것이 여전히 미증유의 상태에 놓여 있다는 것은 어떤 인물이나 대상에 대한 해석과 평가가 얼마나 어려운 것인지를 잘 말해주고 있는

예라고 할 수 있다.

어쩌면 온전한 평가와 해석은 불가능한 것인지도 모른다. 하지만 아이러니하게도 그 불가능성에 대한 도전은 계속되고 있으며, 이 과정에서 우리는 그 대상의 실체에 접근할 수 있는 최적화된 가설과 검증 방식을 고민하고 또 일정한 틀을 고안해내면서 그 불가능을 가능의 영역으로 바꾸어 놓는 일에 도전해 온 것이다. 이런 과정의 진지함과 진정함이 대상의 은폐된 진실을 드러나게 한다고 볼 수 있다. 이렇게 드러난 진실을 우리는 믿으며 그것을 하나의 지식 체계 내에서 구체화하여 보존하려 한다. 사정이 이러하다면 우리가 여기에서 깊이 있게 고민해 보아야 할 것이 있다. 바로 해석과 가치 평가의 대상에 이르는 방법에 대한 고민이다. 우리가 그 대상에 이르는 방법에는 '직관'과 '의식'을 통하는 것이 일반적이며, 이 중 직관은 대상에 이르는 절차와 과정을 생략하는 경우가 많기 때문에 그것을 구체화하기가 어렵다. 이에 비해 의식은 그것을 일정한 '매개'를 통해 드러내기 때문에 구체화할 수 있는 여지가 그만큼 확보될 수 있다.

우리는 종종 이 매개를 통하지 않고 직접 대상과 만나려고 한다. 이것은 학문의 영역에서도 예외는 아니다. 어떤 대상에게서 받은 감각적인 인상을 매개 없이 드러내려다 보니 지식에 기반한 학적 체계가 성립되지 않은 채 변죽만 울리는 형국으로 그치게 된다. 이것은 어떤 대상을 낡고 고정된 개념이나 이론에 꿰어 맞추는 일만큼이나 위험하고 부질없다는 것을 의미한다. 이렇게 장황하게 직관과 의식 그리고 매개의 문제를 거론하는 것은 조지훈의 학문 세계를 해석하고 또 평가하기 위해서 전제되어야 할 것이 무엇인지에 대한 고민 때문이라고 할 수 있다. 그의 학문의 세계는 '국학' 혹은 '한국학'으로 범주화할 수 있지만 그 범주 내에는 '역사학',

'철학', '종교학', '문학', '어학', '인류학', '지리학', '민속학'[01] 등이 내재해 있다. 국학이 하나의 '학'으로 성립하기 위해 필요한 학문이 총망라되었다고 해도 과언이 아닐 정도로 그의 학문적 외연은 넓고 다양함에 기초해 있다. 식민지와 해방 전후에 걸쳐 국학 운동을 전개한 나철, 박은식, 신채호, 장지연, 정인보, 주시경, 안호상 등의 경우 이들의 학문적 외연은 종교학, 어학, 역사학 중 어느 특정 분야에 국한되거나 또 여기에 중심을 두고 있는 것과 비교해 볼 때 그의 이러한 면모는 남다른 데가 있다.

조지훈이 드러내는 이 학문들은 모두 국학이라는 범주 내에 있기는 하지만 이들 사이에는 각각의 특성에 따른 차이를 드러낼 수밖에 없다. 이 차이는 국학의 정체성을 보다 다양하고 풍요롭게 하는데 긍정적으로 작용하기도 하지만 그것이 과도하면 이 정체성을 모호하게 하거나 불가능하게 할 수도 있다. 이런 점에서 볼 때 국학의 정체성을 위해서 요구되는 것은 이 각각의 차이를 국학이라는 범주 내에서 살아 있게 하면서 그것을 전체의 차원에서 아우르는 일이라고 할 수 있다. 이것은 단순히 부분이 모여 전체가 되는 것을 말하는 것이 아니라 이때의 전체는 부분과 부분을 매개하고 그 과정에서 생성하고 소멸하는 것까지를 아우르는 세계를 말한다. 그가 다양한 학문을 매개로 국학을 정립하려고 했을 때 가장 염두에 둔 것도 이것이었으리라고 본다. 그의 이러한 고민은 직접적으로 언술화되어 드러나는 것이 아니기 때문에 이것을 위해서는 그의 학문적 저작들[02]

---

**01** 인권환, 「조지훈 학문의 영역과 특징」, 『어문논집』 39권, 안암어문학회, 1999, p.30.

**02** 조지훈의 저작들은 모두 9권(나남출판사, 1997)으로 잘 정리·편집되어 있다. 1. 시, 2. 시의 원리, 3. 문학론, 4. 수필의 미학, 5. 지조론, 6. 한국민족운동사, 7. 한국문화사서설, 8. 한국학 연구, 9. 채근담 등이 바로 그것이다.

을 모두 읽고 그 전체를 가로지르는 흐름 혹은 논리를 찾아내야 한다.[03]

이 '전체'에 대한 통찰의 중요성은 그의 방대한 저작들을 9권의 전집 형태로 간행한 편집위원회의 서문에도 그대로 드러난다. 편집위원들은 "지훈은 항상 현실을 토대로 하여 사물을 구체적으로 파악하려 하였고 멋을 척도로 하여 인간을 전체적으로 포착하려 하였다. 지훈은 전체가 부분의 집합보다 큰 인물이었다. 지훈의 면모를 알기 위해서는 그의 전체성을 살펴볼 필요가 있다."[04]라고 하여 그의 인물 됨됨이와 학문의 세계를 이해하기 위해서는 전체 혹은 전체성에 대한 통찰이 필요함을 강조하고 있다. 하지만 문제는 저작 어디에, 어떤 방식으로 그것이 드러나 있느냐 하는 것이다. 전체성은 부분만 보아도 안 되고, 표층에 드러난 의미를 파악하는 것만으로도 드러나지 않는다. 그것은 그가 구상한 전체성, 다시 말하면 그의 저작을 매개하고 아우르는 흐름 혹은 논리를 찾아낼 때 비로소 드러나는 것이다. 그의 저작에서 이 흐름은 크게 네 차원으로 드러나는데, 그것을 의미화하면 다음과 같다.

첫째 : 기원과 발생

---

**03** 조지훈의 학문 세계와 관련하여 주목할 만한 논의로는 김윤태의 「한국 현대시론에서의 '전통' 연구 - 조지훈의 전통론과 순수시론을 중심으로」(『한국전통문화연구』 13, 한국전통문화대학 한국전통문화연구소, 2014), 김태곤의 「조지훈의 민속학 연구」(『민족문화연구』 22, 고려대 민족문화연구소, 1989), 최철의 「조지훈의 국문학 연구」(『민족문화연구』 22, 고려대 민족문화연구소, 1989), 김정배의 「조지훈의 역사관 연구」(『민족문화연구』 22, 고려대 민족문화연구소, 1989), 홍종선의 「조지훈의 국어학 연구」(『어문논집』 39, 안암어문학회, 1999), 김인환의 「조지훈론」(『조지훈 연구 2』, 고려대출판부, 2020), 김기승의 「조지훈의 민족문학사 인식과 동학관」(『동학학보』 6, 2003) , 이선이의 「조지훈의 민족문화 인식 방법과 그 내용」(『한국시학연구』 23, 한국시학회, 2008), 류시현의 「1940~60년대 시대의 '불안'과 조지훈의 대응」(『한국인물사연구』 17, 한국인물사연구소, 2012) 등을 들 수 있다.

**04** 조지훈, 「조지훈 전집 서문」, 『조지훈 전집 1권~9권』, 나남출판사, 1996, p.11.

둘째 : 존재와 생성

셋째 : 중용과 혼융

넷째 : 정신과 생명

그의 학문의 세계는 이 네 개의 의미 차원을 기반으로 탄생한 것이다. 국학이라는 범주 내에 있는 '역사학', '철학', '종교학', '문학', '어학', '인류학', '지리학', '민속학' 등은 기본적으로 이 네 개의 의미 차원을 내재하고 있으며, 이것들이 매개하여 이루어지는 세계이기 때문에 자연스럽게 전체(국학)로서의 정체성을 유지하게 되는 것이다. 물론 이 네 차원이 모든 학문의 영역에 균질하게 내재되어 있는 것은 아니다. 학문의 성격에 따라 이것들 중 어떤 것이 더 두드러질 수 있고 그렇지 않을 수도 있다. 또 이것들 중 어떤 것은 심층에 자리할 수도 있고 또 표층에 자리할 수도 있다. 가령 '첫째 : 기원과 발생'과 관련하여 그의 학문 영역에서 두드러진 것으로 간주할 수 있는 것은 '어원학'적으로 접근하고 있는 것과 '샤머니즘'처럼 우리 본래적인 것에 대한 탐색을 들 수 있고, '둘째 : 존재와 생성'과 관련해서는 '문화사' 서술의 과정을 들 수 있다. 그리고 '셋째 : 중용과 혼융'과 관련하여 그의 학문 영역에서 두드러진 것으로 간주할 수 있는 것은 『채근담』 주해와 '동학', '통일신라'에 대한 해석, '아름다움'과 같은 미적 범주에 대한 태도를 들 수 있고, '넷째 : 정신과 생명' 관련해서는 '지조론'과 '시론(문학론)'을 들 수 있다.

이렇게 네 차원의 흐름 혹은 논리가 그의 저작을 가로지르면서 하나의 방대한 학문적 체계인 국학이 탄생하는 것이다. 이 네 차원이 저작들 내에서 서로 교차하고 또 재교차하면서 저자의 세계를 보는 태도와 그것을 이해하고 판단하는 방식까지 드러내고 있다는 점은 그것이 저자의 의식과 무의식을 반영함과 동시에 그것의 '총체'라는 것을 말해준다. 이 네 차원의 흐름 혹은 논리 하에 전개되는 그의 다양하고 폭넓은 국학에 대한 논의는 산발적이고 단편적인 차원을 넘어 일정한 방향성과 함께 지속 가능한 영역을 제시하고 있다고 볼 수 있다. 그가 제시하고 있는 국학의 방향성과 지속 가능한 영역이 구체적으로 무엇이고 또 어떤 것인지에 대해서는 이 네 차원의 흐름이 그의 저작들 내에서 어떻게 실현되고 있는지를 각각의 학문 혹은 그 학문의 하위 세목들을 통해 증명할 때 드러날 것이다. 이렇게 드러난 사실을 토대로 그의 국학의 전모를 파악하고 그것이 국학으로서의 어떤 보편타당성을 지니는지에 대해 고찰하는 것이 이 글의 궁극적인 목적이라고 할 수 있다.

## 2. 국학의 성립 원리와 지적 형상

### 2.1 기원과 발생의 원리와 지적 형상

조지훈의 학문 세계를 구명하는 데 있어서 가장 먼저 고려해야 할 것이 바로 '기원과 발생'의 논리이다. 이 논리는 우리의 민족 전통의 형식과 내용을 통해 국학을 정립하려는 그의 의도를 잘 반영하고 있다. 어떤 하나의 개념과 형식에 대해 그 기원과 발생을 구명하다보면 자연스럽게 전통의 면모가 드러나게 된다. 어떤 개념과 형식이든 여기에는 역사적인 흔적과 계보가 존재할 수밖에 없다. 하지만 이 흔적과 계보는 우리가 쉽게 인지할 수 있는 형태로 제시되어 있지 않다. 그것은 은폐되어 있거나 원래의 것과는 다르게 변형된 형태로 존재한다. 사정이 이러하다면 여기에서의 문제는 그 역사적 흔적과 계보, 다시 말하면 기원과 발생을 '어떻게' 구명하는가 하는 데에 있다고 볼 수 있다. 만일 이 '어떻게'에 대한 고민 없이 이 문제에 접근하게 되면 우리가 발견하고자 하는 형식과 내용을 온전히 파악할 수 없게 될 것이다.

이 '어떻게' 혹은 어떤 하나의 개념과 형식에 대한 기원과 발생을 구명하는 방법이란 곧 그 구명 대상에 관계하는 '매개물'을 발견하는 것에 다름 아니다. 어떤 매개를 통해 대상에 관계하느냐의 문제는 단순한 도구의 차원을 넘어서는 존재 일반의 의미를 드러낸다. 이런 점에서 매개(매개물)는 세계에 대한 인간(사유 주체)의 관계를 함께 구성하고 규정하면서 현실의 근거제시에 참여하고 있는 것으로 볼 수 있다. 매개 내에 이미 사유 주체가 목적으로 하는 대상의 세계와 의식이 내재해 있기 때문에 이것을 무엇으로 결정하느냐의 문제는 실로 중요하다고 하지 않을 수 없다. 조지훈의 저작에는 이러한 고민의 흔적이 곳곳에 드러나 있다. 그가 우리의 전통에 이르기 위해 그 매개로 선택한 것은 '어원학(語原學·etymology)'이다. 어원학은 단어의 역사, 즉 그 단어가 어디에서부터 왔으며, 단어의 형태와 어미가 시간이 흐르면서 어떻게 변화하였는가를 연구하는 학문이다. 어원학의 이러한 특성은 기원과 발생의 논리를 통해 우리 전통을 구명하려는 그의 학문적인 의도와 잘 맞아떨어진다는 것을 알 수 있다. 그가 구명하려는 전통이 언어의 형식과 내용의 형태로 존재하기 때문에 언어의 역사에 대한 정치한 분석과 깊이 있는 해석은 중요할 수밖에 없다.

어원학(etymology)은 어의학(語義學) 곧 의미론(semantics)으로 더불어 우리 어학 연구에 가장 미개척의 분야이지만, 한국의 제분야의 연구에 기초적 출발점이 되는 것이 이 어원학적 해명이다. 우선 한 예로 생명(生命)이란 말의 우리말은 '목숨'인데 그 목숨이란 말의 어원은 '목의 숨' 곧 후(喉)의 기식(氣息)이다. 이 말에서 우리는 우리의 조상들은 생명의 실재(實在)를 목숨 곧 호흡에 두었다는 것을 알 수 있다. 일본말에선 그것은 '이노치'요 그러므로, 그들은 생명을 '치[혈(血)]' 곧 '피'로 보는 것이다. 남쪽을 '앞'이라 하고 북쪽을 '뒤'라고 하는 고어는 우리 민족이 북방에서 떠나 북을 뒤에 두고 남쪽으로 물결쳐 내려왔다는 것을 의미하게 된다. 이러한 간단한 두 마디 어원에서도 우리는 중대한 문제를 찾아 풀이해낼 수 있다. 방위수사(方位數詞)·친족어휘·신앙어휘·관직명·도구명 등 중요한 어휘의 어원적 해명은 사상사, 사회경제사, 과학기술사 등 제분야에 불가결한 기초적인 문제이다.[05]

모든 학문 연구의 기초가 '어원학'에 있음을 밝히고 있다. 이것에 기초해서 보면 언어는 각각 기원과 발생의 내력을 지닌다. 어원학적인 차원이 아닌 단순히 의미론적인 차원에서 보면 '남북'은 남쪽과 북쪽이라는 방위를 드러내는 말이다. 하지만 그것을 어원학적인 차원에서 보면 남북은 "앞"과 "뒤"의 뜻을 지닌다. 남북이 이렇게 해석되는 것은 '북방에서 남방으로의 이동'이라는 우리 민족의 역사에 그 원인이 있다. 이렇게 되면 남북은 우리 민족의 특수한 지형적 역사성을 내재한 말이 되는 것이다. 어원학적인 차원으로 보지 않으면 포착해낼 수 없는 의미라고 할 수 있다. 이것은 기원과 발생의 내력을 지닌 언어의 은폐된 매력에 다름 아니다.

언어의 내력이 남북처럼 한 단어의 형태로 드러나기도 하지만 그것은 또한 단어와 단어 사이의 관계의 형태로 드러나기도 한다. 인용문에서 "생명"이 바로 그것이다. 여기에서의 "생명"이라는 말은 한국에서는 "호

---

**05**    조지훈, 「어원수제(語原數題)」, 『조지훈 전집 8권 : 한국학연구』, 나남출판사, 1996, pp. 179~180.

흡"의 의미로, 일본에서는 "피"의 의미로 쓰인다. 이 차이는 이 각각의 말의 내력이 만들어낸 차이이다. 그런데 이 차이란 언어의 차이이기도 하지만 달리 보면 그것은 언어가 기원해서 변화해 가는 과정에서의 사회, 문화적인 기반과 조건의 차이라고 볼 수 있다. 언어가 순수한 음성과 음운의 형식으로 존재하는 것이 아니라 그것이 사회·문화적인 산물의 한 형식으로 존재한다는 것은 언어가 인간 삶의 지각장 내에서 살아 꿈틀대는 역사적인 생명성을 지니고 있다는 것을 잘 말해준다. 언어의 기원과 발생 내력을 탐색해가면서 거기에서 흥미진진한 역사의 한 장을 만나는 것 같은 느낌을 받는 데에는 그것이 고정되지 않고 끊임없이 다양한 의미를 파생시키고 있기 때문이다.

언어의 내력이 드러내는 이러한 파생력을 「어원소고(語源小考)」와 「어원수제(語原數題)」의 "절(寺)", "부처(佛)", "중(僧)", "명색"[06] 등과 "켜다", "섣달", "노다지", "따라지", "슬ㅋ장(실컷)", "방물장수"[07] 등의 어원을 풀어내는 과정에서 보다 자세하게 엿볼 수 있다. 이 각각의 단어들 역시 다양한 기원과 발생 내력을 지니고 있어서 우리가 미처 몰랐던 의미를 발견하는 데서 오는 지적 쾌감을 안겨준다. 하지만 우리가 체험하는 지적 쾌감은 그것이 역사적으로 논쟁의 대상이 되고 있거나 많은 이들의 관심을 불러일으키고 있는 경우에는 배가되기에 이른다. 이와 관련하여 이야기할 수 있는 대표적인 예가 "사뇌가"와 "아름다움", "고움", "멋" 등에 대한 해석이라고 할 수 있다. 이중 "사뇌가"는 여러 학자들에 의해 다양한 각도에서 해석이 행해졌지만 논란의 여지를 많이 지니고 있는 단어로 이것을 해석하

---

**06** 조지훈, 「어원소고(語源小考)」 『조지훈 전집 8권 : 한국학 연구』 나남출판사, 1996, pp.169~177.

**07** 조지훈, 「어원수제(語原數題)」 앞의 책, pp.180~188.

는 일은 곧 이두식으로 표기된 신라 향가의 성격을 구명하는 일이기 때문에 보다 많은 관심을 불러일으킨 것으로 볼 수 있다.

"아름다움", "고움", "멋" 등의 어원에 대한 해석은 그것이 한국의 미를 구명하는 것이라는 점에서 주목에 값한다. 한국의 미가 무엇인지에 대해서는 그동안 적지 않은 논의가 있어 온 것이 사실이다. 주로 한국학에 관심을 가진 이들을 중심으로 한, 신명, 그늘 같은 개념을 우리의 전통적인 민중문화양식으로부터 도출해내 한국의 미 혹은 미학으로 정립하려는 시도가 있어 왔다. 서구 미학의 기세에 눌려 거의 질식할 것 같은 우리 미학을 어렵게 살려낸 것만으로도 이들의 공로는 주목 받아 마땅하다고 본다. 조지훈의 "아름다움", "고움", "멋"에 대한 어원학적 관심과 탐구 역시 이와 다르지 않다. 그는 "아름다움"을 "고움"과 "멋"의 바탕으로 간주하면서 그것을 "한국적 미의식을 대표하는 말"[08]로 보고 있다. 이 과정에서 그는 "아름다움"의 고어원형(古語原形)으로 "아롬다옴"을 제시하고 있다. 그런데 "아롬다옴"에서 "아롬"은 "사(私)의 고훈(古訓)"[09]이라는 것이다. "아롬다옴"을 이렇게 보는 근거로 그는 『두시언해(杜詩諺解)』,『내훈(內訓)』,『명률(明律)』,『유합(類合)』 등에 표기된 것들을 예로 들고 있다.

"아름다움"을 "사(私)"의 의미로 해석함으로써 그는 이미 "우리 말은 어원 자체로서 애초부터" 미적 체험이 "개인의 개성적 판단"[10]의 하나로 인식되고 있었다는 것을 밝혀내고 있다. 우리의 아름다움이라는 말이 그 안에 이미 "개인의 개성적 판단"이라는 근대적인 미의 이념을 내재하고 있다는 사실에 대한 발견은 우리 미의 정체성을 정립하는데 중요한 근거 논리

---

08    조지훈,「멋의 연구」,『조지훈 전집 8권 : 한국학연구』, 나남출판사, 1996, p. 180.

09    조지훈, 위의 책, p. 375.

10    조지훈, 위의 책, p. 376.

를 제공한다고 볼 수 있다. 그러나 우리의 미와 관련하여 그가 어떤 것보다도 심혈을 기울여 논증하고 있는 말은 "멋"이다. 그는 이 "멋"을 "정신미의 한 양상"[11]으로 규정하고 있는데 이것은 "멋"이 "모든 미의 안에 깃들어 있는 초월미"[12]라는 것을 의미한다. 이것을 증명하기 위해 그는 "멋"과 "맛"의 어원을 비교하고, 또 "멋"에서 파생된 15종의 말을 하나하나 분석해낸다. 이를 통해 그는 "멋의 형태", "멋의 표현", "멋의 정신" 등 "멋의 미적 내용"[13]을 밝혀내고 있다.

> 첫째, 멋의 형태는 이를테면 멋의 현상이요, 둘째, 멋의 표현은 멋의 작용이며, 셋째, 멋의 정신은 곧 멋의 본질이다. 우리는 여기서 멋의 현상이 멋의 작용의 결과란 것과, 멋의 작용이 멋의 본질의 형식화임을 알았고, 동시에 멋의 본질은 멋의 현상을 떠나서 파악될 수 없음을 보았다. 다시 말하면, 멋이란 명사의 관념내용은 '멋지다' 등의 형용사들과 '멋내다' 등의 동사에서 추상된 개념이란 말이다. (……)
> 특히 마지막 대목인 '멋의 미적 내용(三)에서 멋의 정신, 미의 이념 내용을 고찰함으로써 우리는 미적 범주로서의 멋이 어느덧 생활일반의 이념으로 미적 범주를 뛰어넘은 더 고차의 범주화하고 있음을 보았다.
> 이에 이르러 멋은 이미 도의 경지임을 알 것이다. 다시 말하면, 미적 가치의 하나인 멋은 특수미로서 도리어 진(眞)의 가치, 미(美)의 가치를 종합하고 넘어서 성(聖)의 가치에 도달한 것을 알 수 있다. 미로 들어가 미를 벗어나는 '멋'은 미 이상 곧 선이미(善而美)·진이미(眞而美)

---

**11**  조지훈, 위의 책, p.387.

**12**  조지훈, 위의 책, p.388.

**13**  조지훈, 위의 책, p.441.

이면서 또한 그대로 미의 범주인 셈이다.[14]

우리의 "멋"이라는 말이 지니는 의미가 "미"이면서 "미"를 초월해서 존재한다는 해석은 그것의 심원함을 드러내는 것에 다름 아니다. "멋"의 이러한 한국적인 특성 때문에 이에 대한 많은 논의가 있어 온 것이다. 이것은 분명 "멋"이 우리의 미의 세계를 내포하고 있는 말이라는 사실을 의미한다. "멋"의 어원 탐구에서 볼 수 있듯이 그의 기원이나 발생에 대한 관심과 탐구는 하나의 견고한 방법론으로 구체화되어 있는 것이 사실이다. 이것은 그의 어원학적인 방식이 언어에 대한 차원을 넘어 하나의 의식화된 형태로 존재한다는 것을 의미한다. 이런 맥락에서 볼 때 그의 '샤머니즘'과 '단군신화'에 대한 애정 어린 관심과 깊이 있는 탐색은 지극히 자연스러운 것이라고 할 수 있다. 그가 샤머니즘과 신화에 적극적인 이유는 그것이 각각 한국의 종교와 국가의 기원을 내재하고 있을 뿐만 아니라 그것은 또한 우리의 문화와 사상의 기원을 내재하고 있기 때문이다.

그는 우리의 샤머니즘을 불교, 도교, 유교, 천주교 같은 외래 종교보다 먼저 이 땅에 존재한 신앙으로 보고 있다. 이 사실은 우리의 샤머니즘이 우리 고유의 신관과 세계관을 지니고 있다는 것을 말해준다. 그는 우리의 샤머니즘에서의 신에 대한 관념을 기반으로 한국인의 신에 대한 관념을 규정한다. 그에 의하면 "한국인의 주신은 유일신적이기도 하나 다신(多神)을 초월한 유일신이 아니요 다신 가운데 있는 일신(一神)이며, 일지상신적(一至上神的)이기도 하나 다신을 통솔하는 일신이 아니요 다신에 분화된 일신이며, 다신이 교체되는 일신이 아니요 일신이 변화하는 다신"[15]이라고

---

**14** 조지훈, 위의 책, pp. 441~442.

**15** 조지훈, 「한국사상사의 기저」, 『조지훈 전집 7권 : 한국문화사설』, 나남출판사, 1996, p. 96.

규정하고 있다. 서구 기독교에서의 유일신 개념과는 다른 하나이면서 동시에 여럿인 신, 다시 말하면 이 "일이다신(一而多神)"[16]으로서의 신관을 우리의 샤머니즘의 기원과 발생의 내력을 통해 밝히고 있는 것이다. 하지만 그는 우리의 샤머니즘에 이러한 고유의 독특함만이 존재하는 것으로 이해하고 있지는 않다. 그는 "우리의 샤머니즘은 도교·불교·유교의 공통된 인자(因子)를 가졌고, 그 공통된 인자로서 자기동화의 계기와 요소를 삼은 것은 우리가 우리의 사상을 분석하면 용이하게 발견할 수가 있는 것"이라고 하여 샤머니즘의 범종교적인 보편성에 대해서도 이야기하고 있다.

샤머니즘 못지않게 그가 강조하고 있는 것은 '단군신화'의 기원과 발생의 내력이다. 그는 신화를 "인간이 발견한 정치와 사회와 과학과 문학과 역사의 원형"으로 인식하고 있는 동시에 그것을 "신화라는 공통된 본질의 민족적 표현과 민족적 변성과 민족적 소장(消長)에 지나지 않는다"[17]고 인식하고 있다. 이것은 샤머니즘처럼 신화 역시 특수성과 보편성을 동시에 지니고 있는 양식이라는 것을 의미한다. 그는 단군신화를 비롯한 우리의 신화를 "실제 사실"[18]의 차원에서 접근할 것이 아니라 "신화" 혹은 "신화학"[19]의 차원에서 이해하고 해석해 줄 것을 당부하고 있다. 신화의 차원에서 "학적으로 분석하여 하나의 통일된 해석체계를 세우"[20]는 것이 올바른 접근법이라는 것은 단군신화의 기원과 발생의 내력을 통해 그 안에 내재해 있는 우리 민족의 신앙과 사상 그리고 사회·문화적 이상을 보다 풍

---

**16**  조지훈, 위의 책, p.95.

**17**  조지훈, 위의 책, p.57.

**18**  조지훈, 「한국정신사의 문제」, 『조지훈 전집 7권 : 한국문화사설』, 나남출판사, 1996, p.232.

**19**  조지훈, 위의 책, p.229.

**20**  조지훈, 위의 책, p.231.

부하고 심층적인 차원에서 해석하려는 의지로 볼 수 있다. 그것이 언어든 아니면 샤머니즘이나 신화든 그것의 기원과 발생의 내력에 대한 빈곤은 우리의 전통에 대한 빈곤으로 이어질 수 있다는 점에서 여기에 대한 그의 진지한 모색은 중요한 의미를 지닌다고 할 수 있다.

## 2.2 존재와 생성의 원리와 지적 형상

조지훈의 학문 세계 구명에서 중요한 원리로 작용하고 있는 것 중에 존재와 생성의 원리가 있다. 하나의 세계를 존재의 차원으로 볼 것이냐 아니면 생성의 차원으로 볼 것이냐의 문제는 세계를 이해하고 해석하는 데 중요한 차이를 드러낸다. 전자의 경우는 세계를 본질 혹은 영원하고 보편적이며 이상적인 존재로 보는 것을 말하고, 후자는 세계를 흐름, 우연 (우발), 변화의 차원으로 보는 것을 말한다. 우리가 형이상학적이고 변하지 않는 것으로 인식하는 세계는 존재에, 그리고 끊임없이 차이들을 드러내는 경험적으로 만나는 세계는 생성에 속한다고 할 수 있다. 그런데 존재와 생성은 명확하게 분리되어 있다기보다는 밀접하게 연관되어 있다. 근대 이후 존재에서 생성으로의 인식 전환이 이루어지면서 사회·문화에 대한 해석도 이 관점에서 이루어지고 있는 것이 사실이다.

조지훈은 세계를 볼 때 존재와 생성을 아우르는 관점을 취하고 있다. 두 개의 관점이 양립할 수 있느냐의 문제는 쉽게 예단할 수 있는 것은 아니다. 존재에서 생성으로의 전환을 이야기하지만 사실 존재로부터 벗어나는 것은 생각처럼 쉽지 않다. 우리가 생성의 관점에서 세계를 인식하고 있다고 하지만 우리는 어느 순간 그것을 존재의 언어로 표상하고 구체화하는 자신을 발견할 때가 있다. 이것은 일종의 존재의 아상(我相) 같은 것이며, 그것을 인위적으로 배제하려고 하는 것보다 생성의 차원에서 그것을 성찰하고 반성하는 과정이 필요하다고 본다. 지훈은 존재와 생성의 차이보다는 그것을 동등하게 동시적으로 세계 내로 가지고 들어와 자신의 학문, 특히 '한국문화사'를 인식하는 방법으로 활용하고 있다. 이런 점에서 그의 방법론 자체에 대한 문제 제기보다는 그것을 통해 그가 드러내려고 한 것이 무엇인지에 초점을 맞추는 것이 보다 생산적인 논의가 되리라고 본다.

　　우리는 민족성(民族性)을 고구(考究)하는 방법으로 두 가지 상반된 견해를 가지고 있다. 그 하나는 민족성을 존재(存在)의 측면에서 보려는 견해요. 다른 하나는 민족성을 생성(生成)의 측면에서 보려는 견해이다. 역사를 존재의 측면에서 보는 이들은 한 민족이나 문화의 특성을 역사적으로 항구 불변하며 사회적으로 절대 보편된 고정적·개체적·심적 존재로 보고 그것을 설명하려 한다. 이러한 견해를 좇으면 민족성이나 민족문화의 가변성(可變性)을 처리할 수 없으며, 더구나 이미 추출 설정한 것이 정반대되는 성격의 발현을 설명할 수 없게 된다. 왜 그러냐 하면 이러한 관념적 존재론은 어느 의미에서 자연적·인과율적 입지와 통하기 때문이다.

　　그러나, 다른 하나의 방법인 생성(生成)의 측면에서 보는 이들은 한 민족이나 문화의 특성을 단순히 시대적인 것으로만 보고 생성 전변(轉變)의 유동태(流動態)로서 그것을 설명하려 한다. 이와 같은 견해에 좇으면 그 생성과 전변의 주체, 곧 '무엇'이 변하고 흐르는가에 대해서는 아무 해명도 줄 수는 없다. (……) 만일 민족성이 단순히 일시적인 것이라면 그것은 민족성이란 이름에 값하지 못할 것이요, 이는 참된 민족성의 개념으로서는 무의미하다고 볼 수 있으니, 민족성은 일시적 성향이 아니고 통시적인 영향성향(永恒性向)이기 때문이다. 그 시간과 공간 안의 생활 주체인 인간 곧 민족을 빼어 버리고서 민족성을 생각할 수는 없다.

　그러므로, 민족성은 역사적으로 생성되지만 그것은 다시 역사의 주체로서의 고유소(固有素), 곧 기본소(基本素)를 지님으로써 역사를 움직이는 범이다. 바꿔 말하면, 민족성은 생성과 존재의 어느 한 측면에서가 아니라 그것들의 통일에서 체득되고 파악되어야 한다는 말이다.[21]

　그의 존재와 생성의 원리는 "민족성"을 "고구(考究)"하는 과정에서 제기된 것이다. 그는 "민족성"이 온전히 드러나기 위해서는 "존재"와 "생성"의 방법이 모두 필요하다고 판단한다. 만일 존재의 원리로만 그것을 판단할 경우 "민족성이나 민족문화의 가변성(可變性)"과 "정반대되는 성격의 발현을 설명할 수 없게 된다"고 보고 있다. 또한 만일 그것을 생성의 원리로만 판단할 경우 "생성과 전변의 주체, 곧 '무엇'이 변하고 흐르는가에 대해서는 아무 해명도 줄 수는 없다"는 것이다. 이렇게 어느 하나의 원리만으로는 "민족성"을 온전히 파악할 수 없기 때문에 이 둘을 "통일"해서 "체득되고 파악되어야 한다"고 말한다. 생성의 "가변성(可變性)"과 존재의 "주체성"을 모두 포괄할 때 "민족성"이 온전히 드러난다는 그의 논리는 '본질과 현상', '보편과 특수', '정신과 육체' 같은 명제들을 환기한다. 어느 한쪽에 대한 강조보다는 둘을 아우르는 균형 감각을 유지한다는 점에서 보면 그의 태도는 급진적이고 해체적이기보다는 온건하고 보수적이라고 할 수 있다.

　이렇게 "민족성"을 구명하는 원리로 작용한 존재와 생성은 다시 "기본적인 것"과 "파생적인 것"으로 변주되어 드러난다. 그에 의하면 전자는 "사람의 자율 능력으로는 어쩔 수 없는 자연적 성격을 띠고 쉽게 변하지

---

**21**　조지훈, 「한국문화사 서설」, 『조지훈 전집 7권 : 한국문화사서설』, 나남출판사, 1996, pp.19 ~20.

않는 것"을 말하며, 후자는 "환경과의 조화를 통하여 얻는 문화적 속성을 띠고 시대와 환경에 따라서 변화하는 것"을 말한다. 이런 원리에 입각해 그는 민족성을 넘어 한국문화의 성격을 구명하는데, 그에 의하면 한국문화는 우리의 자연환경 혹은 풍토에 큰 영향을 받아 형성되었다는 것이다. 즉, "해양적이고 대륙적인 지리적 특징"은 "다린(多隣)적"이면서 "고립적"인 정치적 환경과 "주변적"이고 "중심적"인 문화적 환경을 낳았다는 것이다. 그런데 그는 이러한 환경이 우리 민족에게 "평화성(平和性)"과 "격정성(激情性)", "낙천성" 또는 "향락성"과 "감상성"이라는 민족적이고 문화적인 자질로 나타났을 뿐만 아니라 "원효(元曉)·의상(義湘)의 불학(佛學)", "퇴계(退溪)·율곡(栗谷)의 유학(儒學)", "세종대왕과 정다산(茶山 丁若鏞), 최수운(水雲 崔濟愚)" 그리고 "꿈", "슬픔", "힘", "멋", "끈기", "은근", "맵짭" 등을 낳았다고 보고 있다.

그의 논의는 존재와 생성에서 비롯된 원리가 기본적인 것과 파생적인 것으로 변주되고, 다시 그것이 자연적인 환경과 문화적인 환경으로 변주된다는 것이 핵심 골자이다. 이 과정에서 그는 특히 자연적인 환경을 강조한다. 이 환경이 우리 민족의 기질, 성격, 정서는 물론 정치, 종교, 문화, 예술 등의 형성에 기반을 제공하고 있다고 본다. 우리의 지리적인 자연환경을 매개에 대한 구체적인 제시 없이 다양한 인간 환경과 사회·문화적인 제도의 차원으로 확대 적용한 감이 없지 않지만 둘 사이의 개연성은 존재한다고 볼 수 있다. 분명 반도라는 지리적 환경은 우리의 의식과 그것에 기반하여 성립된 우리의 문명과 문화의 양식에 직·간접적으로 영향을 미쳐 온 것이 사실이다. 그가 언급한 것처럼 이러한 반도로서의 지리적 환경은 "관계(多隣)"와 "고립", "중심"과 "주변"이라는 서로 상반되는 두 세계 사이의 긴장이 첨예하게 살아있다는 것을 의미한다.

이러한 반도적 환경의 영향으로 탄생한 것 중에 '예술'은 특별한 관심을 끈다. 다양한 곳으로부터 영향을 받아서(중심 → 주변), 그것들과는 다른 독창적인 예술을 창조해내는(주변 → 중심) 이러한 일련의 플렉서블(flexible)하고 역동적인 흐름은 반도가 드러내는 속성과 다르지 않다. 가령 "고려청자"를 예로 들어보자. 고려의 자기는 "송(宋)·원(元)의 영향을 받았"[22]지만 그것을 넘어선다. 중국 자기는 "중후한 양감(量感)"과 "좀 무딘 선"의 형태미를 드러내지만 우리의 고려청자는 "알맞은 양감", "유려한 선", "우아한 모습", "전체와의 균형과 조화", "세련된 구성" 등의 형태미를 드러낸다. 또한 고려청자는 중국의 자기에서는 발견할 수 없는 "상감(象嵌)"[23]이라는 독창적 기법을 사용하고 있다.

고려청자에서 발견할 수 있는 이러한 독창성은 신라의 "불국사"와 "석굴암" 등에서도 발견할 수 있다. 인도와 중국으로부터 들어온 불교와 불교적 양식들은 신라에 와서 일정한 변주를 거쳐 새롭게 탄생하는데 그 대표적인 것이 바로 불국사와 석굴암인 것이다. 불국사의 석탑 계단은 "중국에서도 일본에서도 볼 수 없"는데 그 "기교함이 인공미의 극치"[24]를 보여주고 있다. 석굴암은 "중국의 석굴불상을 본뜬 것"이나 "궁륭상(穹隆狀)의 원개(圓蓋)를 가진 구성은 다른 곳에 유례"가 없으며, 석굴암 불상의 모델은 "인도·중국·일본의 어떤 불상보다도 특이하고 원만한 풍모"[25]를 지니고 있다. 하지만 석굴암의 독창성은 불상 그 자체에서도 발견할 수 있지만 그것의 정수는 "불국사 뒷산 동해를 바라보는 단애(斷崖)의 옆에 있

---

**22**    조지훈, 「한국예술의 흐름」, 위의 책, p.151.

**23**    조지훈, 「한국예술의 흐름」, 위의 책, p.152.

**24**    조지훈, 「한국예술의 흐름」, 위의 책, p.147.

**25**    조지훈, 「한국예술의 흐름」, 위의 책, p.148.

어 아침해 뜰 무렵 햇빛이 굴 내를 비출 때의 기관(奇觀)"[26]에 있다고 할 수 있다. 석굴암의 변주 혹은 독창성은 반도 내로 들어온 외래적인 양식들이 지향해야 할 궁극을 표현한 것이라고 볼 수 있다.

불교와 불교적 양식이 인도와 중국으로부터 들어오기 전 신라는 고립되고 한낱 주변부에 위치한 그런 존재성을 지닌 국가였다. 하지만 불국사와 석굴암 같은 독창적이고 심원한 건축물을 만들어내게 되면서 신라는 더 이상 외부와 고립되지도 또 주변부에 위치한 국가도 아니게 되었다. 이제 신라는 외부와 관계성이 확보되고 새로운 중심으로 부상하게 된 것이다. 이것은 반도라는 지리적인 환경 내에서 잉태된 예술이 어떤 식으로 반도성을 드러내고 있는지를 탐색하고 있는 것이지만 넓게 보면 그것은 예술을 통해 존재와 생성의 문제를 구명하고 있는 것이다. 반도의 특성상 이 땅의 예술 혹은 문화, 종교, 정치, 철학, 사상 등은 외부와의 관계 속에서 끊임없이 변화하고 차이를 드러낼 수밖에 없는 동시에 그것을 잉태한 사회 혹은 역사적 전통 내에서 각각의 정체성이 정립돼야 하는 운명을 드러낸다고 할 수 있다. 이 운명은 이 땅에 살고 있는 우리 모두에게도 해당되며, 그것은 또한 우리의 민족성과 민족문화의 정립에도 해당된다고 할 수 있을 것이다.

## 2.3 중용과 혼융의 원리와 지적 형상

조지훈의 학문에 대한 태도에서 주목을 끄는 원리 중 하나가 바로 중용과 혼융이다. 중용과 혼융은 단순한 인식 차원을 넘어 실천과 행위 차원까지 포괄하고 있다는 점에서 남다른 문제의식을 드러낸다. 먼저 중용

---

**26**   조지훈, 「한국예술의 흐름」, 위의 책, p.148.

이란 사람이 세상을 살아가면서 지녀야 할 자세와 태도를 말하는 것이다. 인간은 다른 사람과의 관계 내에서 혹은 관계를 통해 삶을 영위한다. 이 과정에서 취해야 할 자세와 태도, 다시 말하면 말, 행동, 감정 표현이 지나치지도 또 부족하지도 않게 상황에 맞게 적절하게 대처해야 한다는 것이 바로 '중용(中庸)'이다. 갑골문에서 이 중(中)은 깃대를 뜻하며, 이 깃대가 움직이지 않고 중심을 잘 잡아주기 때문에 바람에 깃발이 날려도 문제가 되지 않는 것이다. 이것은 중용이 어느 쪽으로 치우침 없이 상황에 맞게 적절히 잘 대응한다는 의미를 담고 있다는 것을 말해준다.

중용에 대한 지훈의 관심은 그의 저작 곳곳에 드러나 있지만 그것을 잘 보여주고 있는 것은 『채근담』이라고 할 수 있다. 이 책은 중국 명나라 때 홍자성이 저작한 것이고, 지훈은 그것을 역주한 것이다. 역주란 책의 내용을 단순히 축어적으로 옮기는 것이 아니라 그것을 자신의 관점으로 재해석하는 것을 말한다. 이로 인해 이 책을 누가 역주하느냐에 따라 그 맛과 결은 달라지게 된다. 지훈의 역주는 '채근(菜根)'의 담박(淡泊)한 미를 잘 살린 것으로 정평이 나 있다. 그는 "채근담을 읽고 동양의 생리를 알았고 동양의 마음을 느낄 수가 있었다"고 고백한다. 그가 말하는 "동양의 생리" 혹은 "동양의 마음"이란 "한 가지 공식과 논리만으로 모든 사람을 율(律)하려 하지 않고 때와 자리와 사람에 따라 그 잘못되기 쉬운 약점을 지적하"는 그런 "융통자재(融通自在)의 현실적 윤리"를 말하는 것이다. 이로 인해 『채근담』의 논리는 "전후(前後)가 모순되는" 듯이 보이지만 "그 자체로서는 조금도 모순이 없으며 또 그 모순이 바로 생활에 즉(卽)한 논리의 바탕"[27]이 되기도 한다.

---

27    조지훈, 「머리말」, 『조지훈 전집 9권 : 채근담』, 나남출판사, 1996, pp. 13~15.

『채근담』에서 중용의 이러한 원리를 잘 보여주고 있는 장은 '수신과 성찰'편 46장과 47장이다.

　기상(氣象)은 높고 넓어야 하나 소홀해서는 안 되고, 심사(心思)는 빈틈이 없어야 하되 잘게 굴어서는 안 된다. 취미는 담박(淡泊)한 것이 좋으나 고조(枯燥)에 치우쳐서는 안 되고, 지조(志操)를 지킴에는 엄정해야 하지만 과격(過激)해서는 안 된다.

　[原文] - 前 81
　氣象은 要高曠이되 而不可疎狂이며 心思는 要縝密이로되 而不可瑣屑이며 趣味는 要冲淡이되 而不可偏枯며 操守는 要嚴明이로되 而不可激烈이니라[28]

　청백(淸白)하면서 너그럽고 어질면서 결단을 잘하며 총명하면서 지나치게 살피지 않고 강직하면서 너무 바른 것에 치우침이 없으면, 이를 꿀 발라도 달지 않고 바다 물건이라도 짜지 않음과 같다 하리니 이것이 곧 아름다운 덕(德)이 된다.

　[原文] - 前 83
　淸能有容하며 仁能善斷하며 明不傷察하며 直不過矯면 是謂蜜餞不甛하며 海味不鹹이니 裳是懿德이니라.[29]

　사람이 취해야 할 '중(中)'의 태도가 잘 드러나 있는 장이다. 여기에 제

---

**28**　조지훈, 「修省篇 46」, 위의 책, p.247.

**29**　조지훈, 「修省篇 47」, 위의 책, p.248.

시된 내용은 상호모순성을 띠고 있다. 이 모순된 것을 아우르고 그것을 인식을 넘어 실천의 장에서 실현할 때 비로소 중용의 세계가 드러나는 것이다. 이런 점에서 볼 때 중용을 실천하는 일은 결코 쉽지 않다. 공자조차도 중용의 길을 실천하는 것이 어렵다고 하지 않았던가. 그래서 중용(中庸)을 '중도(中道)'라고 하는 것이다. 그것을 하나의 '도(道)'의 차원으로 인식하고 여기에 정진할 때 비로소 성취할 수 있는 세계가 바로 중용인 것이다. 공자 이래 많은 유학자들이 중용을 통해 실천궁행의 길을 모색했으며, 타인 또는 만물과 더불어 함께 사는 길을 모색한 이유가 여기에 있다. 중도의 차원에서 보면 만물이 함께 살아도 서로 해치지 않고, 도(道)가 병행해도 서로 어긋나지 않는다.

이처럼 중용이 삶의 큰 길을 제시하고 있기 때문에 지훈 역시 중용의 도를 따르려고 했던 것이다. 중용에 대한 그의 이러한 태도는 그가 살던 시대와 분리해서 이야기할 수는 없을 것이다. 그가 살던 시대는 이념의 시대라고 해도 과언이 아니다. 둘 중에 어느 하나를 선택해야만 했던 시대에 중용의 도를 실천한다는 것은 곧 그것이 회피와 허무로 오해받을 수 있는 여지와 함께 자신의 진의가 왜곡되기 쉽다는 것을 의미한다. 하지만 그는 중용의 길을 회피하지 않았고 그러한 그의 모습이 『지조론』을 비롯하여 『한국민족운동사』, 『한국학연구』 등에 잘 드러나 있다. 특히 『지조론』에서 그가 취한 태도는 당대의 혼란과 격동 속에서 우리가 더불어 함께 사는 길을 소신 있게 제시하고 있다는 점에서 실천궁행하는 지식인의 모습을 엿볼 수 있게 한다. 그는 '젊은이와 현실', '선비의 도(道)', '혁명에 부치는 글', '민족의 길', '문화전선(文化戰線)에서'[30] 등을 통해 중용의 관점에서

---

**30**　조지훈, 『조지훈 전집 5권 : 지조론』, 나남출판사, 1996, pp.9~13.

시대적 현실을 넘어 우리 민족의 갈 길을 제시하고 있다. 특히 '선비의 도(道)'에서 그가 강조하고 있는 "지조(志操)"[31]라든가 "지성인의 사명(자세)"[32]은 우리의 유학 전통에서 선비가 지녀야 할 중용의 길을 다시 현대의 장으로 불러내고 있다는 점에서 주목에 값한다.

그가 제기한 중용의 원리는 "멋"을 구명하는 데에도 활용되는데, 그는 여기에서 "멋의 중절성(中節性)"을 강조한다. 이것은 "변조의 절도"를 말하는 것이다. 멋이 "정감의 상태나 제작의 형태에 따라 표현된 것"이긴 하지만 이 과정에 "절도"와 "조화"와 같은 "중절"[33]이 개입되어 멋이 탄생했다는 것이 바로 그것이다. 이 절도와 조화로서의 중절성은 우리의 음악, 미술, 문학, 무용, 건축, 조각 등에 작용하고 있는 한 원리라고 할 수 있다. 이처럼 중용이 인간의 의식과 행동을 수양하기 위한 원리로 그친 것이 아니라 우리의 사회·문화·예술 전반을 아우르는 원리로 작동하고 있다는 것은 그것이 쉽게 사라질 성질의 것이 아니며, 우리 혹은 우리 삶의 심층 어딘가에 자리하고 있다는 것을 말해준다.

중용이 지니는 이러한 특성은 그것이 분리와 배제보다는 통합과 포괄의 원리에 가깝다는 것을 의미한다. 중용의 도가 살아 있으면 어느 한쪽이 배제되거나 소멸되는 것이 아니라 각자 각자가 자신의 정체성을 유지하면서 하나로 어우러지게 되는 것이다. 인간이 타인 또는 만물과 더불어 함께 살 수밖에 없는 상황에서 가장 문제가 되는 것 중의 하나는 어우러짐의 방식일 것이다. 어떻게 어우러지는 것이 가장 이상적인 방식일까? 반도라는 지정학적인 특성상 문화와 문명의 흐름이 활발하게 전개되어온

---

**31**  조지훈, 「지조론(志操論)」, 위의 책, pp. 93~101.

**32**  조지훈, 「선비의 직언(直言)」, 위의 책, pp. 102~107.

**33**  조지훈, 「멋의 연구」, 『조지훈 전집 8권 : 한국학연구』, 나남출판사, 1996, p. 438.

우리의 경우 이 고민은 많은 갈등과 혼란을 통해 정립되어 온 것이 사실이다. 특히 종교, 사상, 문화의 차원에서 이 문제는 첨예하게 드러났고 또 치열하게 모색되었다고 할 수 있다. 이 고민과 모색의 결과가 어떤 경우에는 기계론적인 결합이나 형식적인 통합으로 나타나기도 하고, 또 어떤 경우에는 의식적이고 정신적인 융합이나 혼융의 형태로 드러나기도 한다. 이 중에서 가장 이상적인 것은 '혼융'의 방식이라고 할 수 있다. 혼융이란 온전한 융화를 말하는 것이다.

그러나 과연 온전한 융화란 존재하는 것일까? 여기에 대한 인식의 정도 차이는 있겠지만 온전한 융화 다시 말하면 혼융이라고 할 만한 것이 없다고는 할 수 없을 것이다. 이와 관련하여 조지훈은 "샤머니즘"과 "동학"을 주목한다. 이 둘은 외래적인 것을 우리화한 대표적인 사상들이다. 하지만 전자는 우리뿐만 아니라 세계 여러 나라에 공통적으로 나타나는 현상이라는 점에서 후자와는 차이가 있다. 그는 "한국 사상과 한국 문화는 도·불·유는 물론 기독교까지도 샤머나이즈해서 받아들인 것"[34]으로 보고 있다. 이것은 "한국 사상과 문화의 기저"에 샤머니즘이 자리하고 있다는 것을 말해준다. "샤머나이즈하"는 과정에서 대립과 갈등이 없었던 것은 아니지만(기독교와 샤머니즘) 우리의 경우는 외래 종교와 샤머니즘이 비교적 자연스럽게 융화된 것으로 이해해도 무방하리라고 본다.

외래 종교의 "샤머나이즈화"처럼 외래 종교 혹은 서학을 "천도" 혹은 "동학"이라는 이름으로 통합한 예도 있다.

또 하나의 한국 사상의 특질은 모든 대립된 것을 한 솥에 넣고 끓

---

**34**    조지훈, 「한국 사상 논고」, 위의 책, p. 281.

여서 별다른 하나의 세계를 창출해 낸다는 절충(折衝)과 융섭(融攝), 수용과 환원의 성격이 농후하다는 점입니다. 원효의 화쟁사상(和諍思想)이나, 지눌(知訥)의 정혜쌍수사상(定慧雙修思想) 휴정(休靜)의 선교융섭사상(禪敎融攝思想) 등이 모두 다 그 좋은 예입니다. 최수운(崔水雲)의 사상 같은 것도 유·불·도를 하나의 솥에 넣어 끓여서 새로 만들어 낸 것입니다. 그의 사상은 3교를 융합했다고 일컬어지면서도 유·불·도가 합쳐서 천도(天道)가 된 것이 아니고 천도의 일부가 나뉘어진 것이 유·불·도라고 해석했습니다. 당시 천주교의 자극을 받아 그를 섭취하고 도리어 그의 도를 서학(西學)에 반립하는 동학(東學)으로 설정한 것 같은 것도 이 환원성이 두드러진 표현인 것입니다. 최수운의 사상에 강력한 영향을 준 것은 그의 가학(家學)인 유학이요, 그의 선조인 최고운(崔孤雲)의 선행(仙行)과 원효의 민족불교사상이었습니다.[35]

조지훈은 우리의 "동학" 혹은 "천도교"를 동양의 "유·불·도"와 서양의 "천주교", 그리고 "최고운(崔孤雲)의 선행(仙行)"과 "원효의 민족불교사상" 등을 "하나의 솥에 넣어 끓여서 새로 만들어 낸 것"으로 보고 있다. 이 행간에 드러난 의미대로라면 "동학"은 최고의 "융합" 종교인 것이다. "동학"이 "융합" 종교라는 것은 누구나 다 알고 있는 사실이지만 그것이 '온전한 융화' 혹은 '완전한 융화'로서의 종교라고 하는 데는 이견이 있을 수 있다. 하지만 그는 "동학"을 하나의 온전한 혹은 완전한 융화의 종교로 인식하고 있는 듯하다. 이것은 "유·불·도를 하나의 솥에 넣어 끓여서 새로 만들어 낸 것입니다."라는 표현과 "그의 사상은 3교를 융합했다고 일컬어지면서도 유·불·도가 합쳐서 천도(天道)가 된 것이 아니고 천도의 일부가 나뉘어진 것이 유·불·도라고 해석했습니다"라는 표현을 통해 잘 드러난다.

---

**35**   조지훈, 「한국 사상 논고」, 위의 책, p. 285.

분명 이 표현들에는 과장된 면이 있다.

그러나 그가 이렇게 표현하고 있는 데에는 그 나름의 의도가 있다고 볼 수 있다. "서학"과 대비되는 차원으로서의 "동학"에 대한 강조는 단순히 우리 것에 대한 강조를 넘어 그것이 내재하고 있는 개방성, 주체성, 평등성, 다원성 같은 것들을 통해 우리 민족의 잠재된 가능성을 동학에서 보았기 때문이다. 이런 점에서 동학은 "수운"이 만든 종교 차원에 국한되지 않고 그것을 넘어 우리 민족 전체를 아우르는 하나의 상징으로 그 범주가 확대되기에 이른다. 그가 동학을 이야기하면서 "수운" 이전의 "원효", "지눌", "휴정"을 언급한 것도 이런 맥락에서라고 할 수 있다. 이들은 모두 한국 사상의 흐름 위에 있는 인물들이며, 이들의 사상은 모두 한국 사상의 특질 즉 "모든 대립된 것을 한 솥에 넣고 끓여서 별다른 하나의 세계를 창출해 낸다는 절충(折衝)과 융섭(融攝), 수용과 환원의 성격"을 지닌다. 이런 점에서 한국 사상의 특질을 구명하기 위해 그가 찾아낸 이 인물들과 그들의 사상은 언제나 온전한 융화 다시 말하면 '혼융(渾融)'의 세계 내에 있다고 할 수 있다.

## 2.4 정신과 생명의 원리와 지적 형상

조지훈의 학문 세계를 논할 때 정신과 생명을 빠트리고 이야기할 수는 없을 것이다. 우리는 수양으로서의 정신을 강조하는 오랜 전통을 가지고 있다. 시(詩)·서(書)·화(畵)가 단순 기능이 아니라 그것을 행하는 사람의 됨됨이, 다시 말하면 그 사람이 지니는 정신을 드러낸다는 것은 우리의 예술 혹은 학문이 '예(禮)'를 기본으로 한다는 것을 잘 말해준다. 이 예는 인간이 지켜야 할 기본 도리로서 '제사의례(祭祀儀禮)'가 대표적인 것이다. 우리가 제사의례를 중시한다는 것은 조상을 숭배한다는 것이지만 그것은 달리 말하면 '역사'에 대한 중시라고 할 수 있다. 이런 전통 하에서는 역사가 자신의 생각과 행동을 비추는 거울이 된다. 그런데 이 역사는 변하지 않는 것(經典)과 변하는 것(歷史)이 서로 교차하면서 전개된다는 '경경위사(經經緯史)' 정신을 근간으로 한다.

이 경경위사의 정신에 입각하여 생각하고 행동한 지식인들 중에 '선비'가 있다. 이들은 경전을 통해 자신의 몸과 마음을 닦고, 새로운 시대의 변화에 맞는 논리와 정신을 치열하게 탐색하면서 자신의 정체성을 지키려는 사람들이라고 할 수 있다. 이런 점에서 이들의 정신은 늘 변화와 혼란의 시기에 빛을 발해왔다. 지식인으로서의 선비 혹은 선비 정신은 서구적인 근대 정신과 윤리가 수용되면서 약화되거나 망각되어가는 양상을 보이고 있지만 그것의 중요성은 인문학에 대한 관심의 증대와 함께 새롭게 주목받고 있는 것이 사실이다. 근대 이후 우리 지식인들 중에서 누구보다 이 선비 정신을 강조한 이가 바로 조지훈이다. 일찍이 그는 "조부 조인석(趙寅錫)과 부친 조헌영(趙憲泳)으로부터 한학과 절의(節義)를 배워 체득"[36] 하였다. 그의 이러한 내력과 배움을 통한 체득은 '지조론(志操論)'으로 집약되어 드러난다.

그런데 그의 지조론은 지조 자체에 대한 고찰을 통해서도 제기되지만 그것과 대척점에 놓이는 '변절(變節)'이라는 말과의 대비를 통해 제기되기도 한다. 지조와 변절의 대비는 지조의 개념과 의미를 더욱 선명하게 드러내고 있을 뿐만 아니라 지조가 함의하고 있는 시대나 역사와의 관계를 더욱 선명하게 드러내는데 효과적으로 작용하고 있다. 사실 근대 이후 우리에게 더욱 민감하게 느껴지고 인지된 말은 지조보다는 변절이라고 할 수

---

**36**　조지훈, 「조지훈 전집 서문」 『조지훈 전집 5권 : 지조론』 나남출판사, 1996, p.6.

있다. 이것은 근대 이후 우리 사회의 불안정성을 드러내는 것이라고 볼 수 있다. 식민지, 분단, 개발독재로 이어지는 시기에 우리는 주권 상실, 이념 과잉, 경제 우선 등으로 인해 자신을 깊이 있게 성찰할 여유도 또 어떤 제도화된 척도로 가지지 못했던 것이 사실이다. 지조와 변절이 내재하고 있는 윤리에 대한 자각 없이 말하고 행동한 결과의 참혹함은 사후에도 그것으로부터 벗어나고 있지 못하는 사람들을 통해 강하게 환기되고 있다.

변절(變節)이란 무엇인가. 절개를 바꾸는 것, 곧 자기가 심신으로 이미 신념하고 표방했던 자리에서 방향을 바꾸는 것이다. 그러므로 사람이 철이 들어서 세워놓은 주체의 자세를 뒤집는 것은 모두 다 넓은 의미의 변절이다. 그러나 사람들이 욕하는 변절은 개과천선(改過遷善)의 변절이 아니고, 좋고 바른 데서 나쁜 방향으로 바꾸는 변절을 변절이라 한다.

일제 때 경찰에 관계하다 독립운동으로 바꾼 이가 있거니와 그런 분을 변절이라 욕하진 않았다. 그러나 독립운동을 하다가 친일파(親日派)로 전향한 이는 변절자로 욕하였다. 권력에 붙어 벼슬하다가 야당이 된 이도 있다. 지조에 있어 완전히 깨끗하다고는 못 하겠지만 이들에게도 변절의 비난은 돌아가지 않는다. (……)

자기 신념으로 일관한 사람은 변절자가 아니다. 병자호란(丙子胡亂) 때 남한산성(南漢山城)의 치욕에 김상헌(金尙憲)이 찢은 항서(降書)를 도로 주워 모은 주화파(主和派) 최명길(崔鳴吉)은 당시 민족정기의 맹렬한 공격을 받았으나 심양(瀋陽)의 감옥에 김상헌과 같이 갇히어 오해를 풀었다는 일화는 널리 알려진 얘기다. 최명길은 변절의 사(士)가 아니요 남다른 신념이 한층 강했던 이었음을 알 수 있다. (……)

아무런 하는 일이 없었다면 그 간판은 족히 변절의 비난을 받고도 남음이 있었을 것이다. 이런 의미에서 좌옹(佐翁), 고우(古愚), 육당(六

堂), 춘원(春園) 등 잊을 수 없는 업적을 지닌 이들의 일제 말의 대일협력(對日協力)의 이름은 그 변신(變身)을 통한 아무런 성과도 없었기 때문에 애석하나마 변절의 누명을 씻을 수 없었다. 그분들의 이름이 너무나 컸기 때문에 그에 대한 실망이 컸던 것은 우리의 기억이 잘 알고 있다.[37]

"변절"의 정의와 그것에 대한 판단 기준 등을 제시하고 있는 글이다. 우리는 여기에서 "변절"에 대한 그의 관점이 단선적이지 않다는 것을 알 수 있다. 판단 대상이 된 이가 처해 있는 상황이나 입장을 고려하고, 표층과 심층에 나타난 의미를 분석하여 변절 여부를 결정하고 있다. 그가 판단의 과정에서 중요하게 고려하고 있는 것은 '방향성', '일관성', '행동성(실천성)' 등이다. 방향성에서는 대상자의 과오에 대한 반성과 성찰을 높이 평가하고 있고, 일관성에서는 꺾이지 않는 강한 신념을 높이 평가하고 있다. 그리고 행동성에서는 행동하는 지성 혹은 지식의 실천성을 강조하고 있다. 변절에 대한 그의 이러한 생각과 태도는 곧 지조에 대한 그의 생각과 태도에 다름 아니다. 지조를 지키지 못한 결과가 변절이고, 그 변절은 반성과 성찰을 요구하며, 지식인(선비)이라면 그에 걸맞은 시대적인 책무를 지고 보다 나은 세상을 위해 실천하는 지성인이 되어야 한다는 것이 그가 가지고 있는 궁극적인 생각과 태도인 것이다.

그가 편협하고 고집스러운 샌님 스타일의 선비가 아니라 융통성과 일관성 그리고 방향성과 열린 시각을 지닌 선비를 이상적인 인물로 보고 있다는 것은 선비 정신의 정체성을 제시하고 있다는 점에서 의미가 있다. 이것은 과거는 물론 오늘날에도 요구되는 선비 상이다. 선비 혹은 선비 정

---

**37** 조지훈, 「선비의 도」 위의 책, pp. 97~98.

신에 대해 과거의 낡은 유물로 치부해버리는 이들이 있다. 이것은 선비들이 지니는 이런 점들을 제대로 간파하지 못한 데서 오는 무지의 소치이다. 『지조론』에서 그가 보여준 시대와 현실 상황에 대한 인식과 적극적인 개입은 선비 정신이 지향해야 할 바를 잘 말해주고 있는 예라고 할 수 있다.

우리는 그를 지조 있는 학자로 기억하기도 하지만 또 그를 지조 있는 시인으로 기억하기도 한다. 이때 여기(시)에서의 지조는 그가 일관되게 추구했던 시의 원리가 될 것이다. 그를 흔히 '청록파' 시인이라고 하기도 하고 또 '자연파' 시인이라고 하기도 한다. 그렇다면 그가 주로 노래한 대상이 자연인가? 만일 그렇다면 그 자연은 어떤 자연을 말하는 것일까? 범박하게 그것을 산, 강, 바다, 숲, 꽃과 같은 그런 자연이라고 말하면 잘못된 답변일까? 사실 이런 의문은 그의 시를 이해하는데 독이 될 수도 있고 또 약이 될 수도 있다. 기본적으로 시는 언어를 매개로 하기 때문에 이때의 자연은 언어를 매개로 한 자연이 된다. 그렇다는 것은 언어의 비밀을 풀지 않고는 그 자연을 해명할 수 없다는 것이다. 시 혹은 시 해석이 어려운 이유가 바로 여기에 있다.

그러나 여기에서 이야기하려는 것은 그의 시 자체가 아니라 그것에 대한 그의 생각인 것이다. 시에 대한 그의 생각은 『詩의 원리』에 잘 드러나 있다. 이 저작은 그의 시론이 되는 것이다. 이런 점에서 이 저작은 그의 학문 세계의 부분이면서 전체이고 또 전체이면서 부분인 것이다. 이 저작에서 말하는 시의 원리는 다른 원리 이를테면 기원, 발생, 존재, 생성, 중용, 혼융, 정신 등의 원리와의 관계 내에서 형성된 것이다. 이런 점에서 시의 원리는 다른 원리 혹은 다른 원리들과 '부분-전체'라는 구도를 형성한다. 『詩의 원리』에서 그가 제시하고 있는 원리는 저작의 제목에 드러난 것처럼 그것은 시의 원리라고 할 수 있다. 하지만 이 제목은 그 이면에 중요한 의미를 내포하고 있다. 이것은 드러나 있지 않은 원리라고 할 수 있다. 따라서 그것은 '詩의 원리'에서 그 '詩'를 대체해도 무방하다. 어쩌면 이 대체된 말이 더 이 저작의 원리를 잘 드러내 보인다고 할 수도 있을 것이다.

사람들은 모두들 전통이란 무슨 공중에 매달린 두엉박처럼 생각한 나머지, 따 오려면 아무나 쉽게 따 올 수 있고 버리려면 언제든 쉽게 버릴 수 있는 것으로 생각하는 모양이지만 참뜻의 전통은 언제나 자기 안에 숨어 있는 생명을 고심참담한 노력 속에서 창조적으로 발견하는 것이다. 그러므로, 시생명(詩生命)의 비의(秘義)를 체득하려면 먼저 시를 사랑하는 데서 비롯하지 않으면 안 된다. 한 말로 말하면 시생명의 본질은 '시를 사랑하는 인생 속에 내재(內在)하여 생성(生成)하는 자연(自然)'이라고 봐야 할 것이다.

대자연은 사물의 근본적인 원형으로서 여러 가지 의미를 실현하고 있다. 대자연의 일부인 사람은 그 자신 자연의 실현물(實現物)로서만 존재하는 것이 아니라 창조적 자연을 저 안에 간직함으로써 다시 자연을 만들 수 있는 기능을 가지는 것이다. 대자연은 자연 전체의 위에 그 '본원성(本原相 Urphanomen)을 실현하지만 반드시 개개의 사물에 완전히 나타나는 것은 아니기 때문에 어느 의미에서 시인은 자연이 능히 나타내지 못하는 아름다움을 시에서 창조함으로써 한갓 자연의 모방에만 멈추지 않고 '자연의 연장(延長)'으로서 자연의 뜻을 현현(顯現)하는 하나의 대자연일 수 있는 것이다. 바꿔 말하면, 시는 시인이 자연을 소재로 하여 그 연장함으로써 다시 완미(完美)한 결정(結晶)을 이룬 '제2의 자연'이라고도 할 수 있다.[38]

---

**38**　조지훈, 「시의 원리」, 『조지훈 전집 2권 : 詩의 원리』, 나남출판사, 1996, pp. 20~21.

그가 말하는 시가 무엇인지 잘 드러나 있는 글이다. 그는 시를 "자연"으로 보고 있다. 그런데 그가 말하는 자연은 "시를 사랑하는 인생 속에 내재(內在)하여 생성(生成)하는 자연(自然)"이다. 단순히 감각적으로 인식되는 자연이 아니라 "시를 사랑하는 인생 속", 다시 말하면 "시를 사랑하는" 사람에 의해 만들어진 자연인 것이다. 이런 일련의 사실을 고려해서 정리해 보면 ① 사람이 있다 ② 그 사람은 시를 사랑한다 ③ 시를 사랑하는 사람의 인생이 있다 ④ 그 인생 내에서 생성하는 것이 있다 ⑤ 그 생성의 정체는 자연이다. ①~⑤의 과정을 찬찬히 살펴보면 자연의 탄생에 가장 중요한 전제가 무엇인지 알 수 있다. 바로 '사랑'이다. 사랑이 없다면 그 사람의 '인생', '생성'은 의미를 상실한다. 이 사랑이 인생 내에서 키워낸 것이 자연인 것이다.

이처럼 시는 시인의 사랑으로 키워낸 자연을 말한다. 그렇다면 왜 그는 시의 원리로 사랑을 내세우고 있는 것일까? 이 물음은 시 혹은 시의 원리를 구명하면서 사랑을 내세우고 있는 그의 의도가 어디에 있는지를 묻는 것과 다르지 않다. 여기에 대해 그는 "시생명(詩生命)의 비의(秘義)를 체득하려면 먼저 시를 사랑하는 데서 비롯하지 않으면 안 된다."고 말한다. 결국 시인이 알고 싶어 하는 것은 "시 생명의 비의" 조금 더 정확히 말하면 "자기(시인) 안에 숨어 있는 생명"이다. 이 생명의 발견이 곧 그의 시의 원리에 대한 발견이 되는 것이다. 이 논리에 입각해서 보면 시에서 그가 노래한 자연은 '시인 안에 숨어 있는 생명' 혹은 '시인 안에 숨어 있는 생명에 대한 투사로서의 자연'이 되는 것이다. 이 사실은 바꾸어 말하면 시인이 노래한 자연은 그 안에 "시생명(詩生命)의 비의(秘義)"를 은폐하고 있는 것이 된다. 이런 점에서 볼 때 그의 시의 원리는 생명의 원리이면서 동시에 사랑의 원리이고 또 인생의 원리라고 할 수 있다.

## 3. 전통의 발견과 국학의 지평

조지훈의 학문 세계를 구명하기 위해서는 그것을 아우르는 원리를 찾아내는 일이 무엇보다도 중요하다. 넓고 다양한 그의 학문 세계를 가로지르는 원리는 크게 네 영역으로 구성된다. 첫째, 기원과 발생의 원리, 둘째, 존재와 생성의 원리, 셋째, 중용과 혼융의 원리, 넷째, 정신과 생명의 원리 등이 바로 그것이다. 이 원리들은 그의 학문의 세계 내에서 고립되어 있는 것이 아니라 서로 교차하고 또 재교차하면서 존재한다. 이렇게 네 영역의 원리들이 궁극적으로 겨냥하고 있는 것은 우리의 전통에 대한 발견이다. 그동안 전통에 대한 탐색은 많이 있어 왔지만 대부분 변죽을 울리는 차원에서 그친 것은 그것을 보는 자신만의 구체적인 논리 혹은 원리가 부족했기 때문이다. 이런 점에서 그의 전통에 대한 넓고 심원한 차원의 이해와 접근법은 그동안 국부적, 관념적 방식으로 다소 느슨하게 전개되어 온 전통 논의에 구체적이고 전체적인 시각과 통찰 방식을 제시함으로써 우리가 미처 발견하지 못한 우리 전통의 형상을 드러내는데 일정한 기반을 제공하고 있다.

기원과 발생의 원리에 입각해서 우리 말의 어원을 탐색하고 또 우리 문화, 종교의 기원이 되는 샤머니즘에 주목한 것, 존재와 생성의 원리에 입각해서 우리 역사와 문화사를 서술한 것, 중용과 혼융의 원리에 입각해서 '채근담', '동학', '통일신라'를 해석하고 또 '아름다움'과 같은 미적 범주에 대한 태도를 구명한 것 그리고 정신과 생명의 원리에 입각해서 우리의 지조론적 전통과 시 혹은 생명의 문제를 구명한 것은 그것이 우리 문화, 종교, 역사, 예술, 문학, 철학, 미학 등의 전 분야에 걸쳐 있다는 점에서 우리 전통에 대한 발견은 물론 그것을 토대로 '국학' 혹은 '한국학'의 성립 가능성을 탐색하고 그 학문적 정체성을 정립하는데 그의 이러한 일련의 성과들은 좋은 길잡이가 될 것이다. 따라서 이제 문제는 그의 학문적 저작들에서 우리가 어떤 것들을 취하고 또 어떤 것들을 버릴 것인지를 선택해야 한다는 것이다. 그의 국학에 대한 생각이 다른 사람과 차이를 드러내고 있는 것처럼 '지금, 여기'에서 요구되는 국학은 그의 생각과 일정한 차이를 드러낼 수밖에 없다.

그러나 이 차이에도 불구하고 그의 학문 저작들이 드러내는 이 네 원리들은 하나의 학(學) 특히 국학의 정립과 관련해서 볼 때 지나치게 특수하다거나 예외적이라고 하기 보다는 일반적이고 보편적인 특성을 강하게 드러낸다고 할 수 있다. 이런 이유로 이 네 원리들은 어느 특정한 시기와 대상들을 넘어 과거는 물론, 현재, 미래에 이르는 긴 시간에도 견딜 수 있는 의미 체계를 지닌다고 볼 수 있다. 그의 학문 세계를 논하면서 그것을 내용보다는 원리와 방법에 초점을 두고 살핀 이유가 바로 여기에 있다. 지금 국학에 대한 관심은 내발적(內發的)이기보다는 외발적(外發的)인 요인에 의해 추동되고 있다. 우리의 국제적 위상이 높아지고 K-Pop 등 한류문화가 널리 확산되면서 국학, 좀 더 정확히 말하면 한국학의 필요성이 점차 대두되고 있다. 하지만 국학이 그런 유행만으로 성립될 수는 없다. 국학은 하나의 학문이기 때문에 학문적인 절차와 방식을 필요로 한다. 국학은 학문적으로 온전히 정립되어 있지 않다. 국학의 정의, 개념, 범주, 영역, 분류 등 기본적인 것조차 제대로 되어 있지 않은 것이 사실이다.

국학은 학문의 성격상 우리의 전통에 대한 이해로부터 출발해야 한다. 국가와 민족의 경계가 해체되고 있는 글로벌한 시대에 전통에 대한 강조는 시대착오적이고 국수주의적인 것으로 비칠 수 있다. 하지만 우리는 그동안 이 전통을 부차적이고 부수적인 차원에서 이해하고 판단해 온 것이 사실이다. 근대 이후 우리의 전통적인 것이 중심이고 외래적인 것이 주변이었던 적은 흔치 않다. 전통이 늘 주변화되고 부차적인 것으로 인식되면서 전통을 학문의 차원에서 연구하는 것도 주변적인 것 혹은 부차적인 것으로 간주되어 왔다. 이렇게 된 원인을 학문 바깥으로 돌리는 것은 생산적이지 않을 뿐만 아니라 윤리적이지도 않다. 우리는 그것을 학문 밖이 아닌 안에서 고민해야 한다. 이런 맥락에서 볼 때 우리가 성찰해야 하는 것은 전통의 계승이다. 전통은 계승돼야 하며, 우리는 그것을 계승하는 방법을 궁구해야 한다. 이때 우리가 주의 깊게 떠올려보아야 할 것이 바로 '전통이 과거의 형식을 그대로 답습하는 것이 아니라 개인의 재능을 통해서 재창조되는 것'이라는 엘리엇의 말이다. 그의 말처럼 전통은 과거의 것과 현재의 것이 동시에 존재하는 세계이다. 이것은 현재가 과거로부터 온 것이지만 그 현재는 과거를 수정하고 보완할 수 있다는 것을 의미한다.

조지훈이 과거의 전통을 수정하고 보완하여 자신의 학문적 체계를 정립하였듯이 우리는 다시 그의 전통 개념을 수정하고 보완할 수 있는 것이다. 그의 넓고 심원한 학문의 세계를 우리의 재능을 통해 수정·보완하여 보다 발전된 형식으로 재창조하는 것이 우리에게 맡겨진 임무라고 할 수 있다. 우리에게 그의 학문적 저작들은 하나의 지평으로 존재한다. 우리가 그의 저작 내로 끊임없이 의식을 투사할 때 우리와 함께 움직이는 어떤 거대한 것이 있을 것이다. 어쩌면 이것은 전통에 대한 우리 의식의 자각 같은 것인지도 모른다. 전통에 대한 역사 의식은 이렇게 만들어지는 것이다. 이 과정에서 그의 학문 세계를 구명하기 위해 제시한 네 개의 원리들 (기원과 발생의 원리, 존재와 생성의 원리, 중용과 혼융의 원리, 정신과 생명의 원리)은 중요한 매개 역할을 해 줄 것이다.

# II부

## 사상, 지식인의 퍼스펙티브 2

# 한 휴머니스트의 사상과 역사 인식

- 이병주의 「패자의 관」, 「내 마음은 돌이 아니다」, 「추풍사」를 중심으로

## 1. 사상의 창과 역사 인식의 장

이병주의 문학을 관통하는 세계가 무엇인지에 대해 이야기하는 것은 대단히 어려운 일이다. 여기에는 여러 원인이 있지만 무엇보다도 먼저 이야기할 수 있는 것은 그의 소설이 지니는 관심의 대상의 다양함과 여기에 대한 딜레탕티즘적인 유희이다. 거의 일백 여권에 달하는 그의 문학 작품들은 어느 하나의 주제로 수렴될 수 없는 다양함을 지니고 있을 뿐만 아니라 어떤 면에서 보면 작가의 의식 혹은 자의식이 내면화되지 않은 채 증언과 기록이라는 날것으로서의 방식으로 존재하는 경우가 적지 않아 하나의 미학으로 정의하기가 쉽지 않은 것이 사실이다. 일백 여권에 달하는 그의 작품들 중에서 우리가 지금까지 중점적인 논의의 대상으로 삼은 것들은 대개 「소설·알렉산드리아」, 『관부연락선』, 『지리산』, 『산하』, 『그해 5월』 같은 한국 현대사를 배경으로 하고 있는 작품들이다. 이 작품들은 「소설·알렉산드리아」를 제외하고는 대개 장편이기도 하거니와 그것이 담고 있는 내용이 식민지와 분단을 거쳐 6·25 전쟁 등으로 이어지는 우리 근현대사의 주요한 쟁점들이라는 점에서 근대국민국가와 민족주의 이데올로

기와 떼려야 뗄 수 없는 관계 속에서 형성되어왔다. 이런 점에서 이 작품들은 우리 근현대문학사의 흐름을 반영하고 있다고 할 수 있다.

그의 문학에 대한 이해가 이 작품들을 중심으로 논의되어 온 데에는 이러한 사정이 크게 작용해 왔다고 할 수 있으며, 그것이 그의 문학 전반을 이해하는데 적지 않은 시사점을 제공해온 것은 누구도 부인할 수 없는 사실이라고 할 수 있다. 그의 문학 전반을 관통하는 주제나 세계를 단정하기에는 어려움이 있지만 우선 이 작품들과 그러한 경향 하에 있는 작품들에 대한 면밀한 읽기와 이해를 통해 차츰 그 해석의 영역을 넓혀가는 것이 보다 효과적인 방법이 될 수 있을 것이다. 그의 작품들 중에서 우리의 근현대사를 배경으로 하고 있는 경우에는 대부분 각각의 작품들이 전혀 다른 세계를 보여주고 있는 것이 아니라 그것이 서로 중첩되어 있다. 이것은 그의 소설에 대한 이해가 '맥락적인 읽기' 혹은 '맥락적인 비평'을 통해 해명될 수 있다는 것을 의미한다. 그의 근현대사 관련 소설들은 비록 인칭이 '나'로 드러나지 않는 경우에도 그것이 작가 이병주라는 사실을 어렵지 않게 떠올릴 수 있는 것은 그 작품들이 우리의 근현대사에 대한 증언과 기록이라는 그의 문학관과 무관하지 않으며, 이것이야말로 하나의 의미 맥락을 이루는 중요한 토대라고 할 수 있다.

이러한 점에서 볼 때 여기에서 다룰 「패자의 관」, 「내 마음은 돌이 아니다」, 「추풍사」 역시 맥락적인 읽기가 가능하다. 이 작품들은 의식적이든 무의식적이든, 표층적이든 심층적이든 「소설·알렉산드리아」, 『관부연락선』, 『지리산』, 『산하』, 『그해 5월』 등과 긴밀한 상호텍스적인 관계를 유지하고 있다. 특히 「소설·알렉산드리아」 같은 경우에는 작가가 직접 그것을 소설(『내 마음은 돌이 아니다』) 속으로 끌고 들어와 상호텍스트적인 관계를 적나라하게 드러내고 있다. 하지만 작가가 그것을 직접적으로 드러내지 않는다고 하더라도 작품의 배경이라든가 인물의 성격과 사건의 정황, 분위기, 세계인식 방법과 의식의 지향 등에서 우리는 상호텍스트적인 관계를 충분히 감지할 수 있다. 이미 많은 논자들이 이러한 관점으로 그의 작품들을 읽어왔다고 할 수 있다. 여기에서는 맥락적인 읽기 자체에 초점을 두기보다는 그것을 통해 드러나는 그의 사상과 역사 인식에 대해 살펴보고자 한다. 그의 사상과 역사 인식은 그의 소설, 특히 근현대사를 배경으로 하고 있는 소설에서는 단순한 작품 이해의 수준을 넘어선다고 할 수 있다. 그의 사상과 역사 인식은 그 자체로 소설의 원리를 이루는 근간이자 의미이다. 그의 소설이 우리 근현대문학사에서 그 나름의 의미를 지닐 수 있는 데에는 이 사상과 역사 인식이 중요한 요인이 될 수 있을 것이다.


## 2. 회색의 비(非)와 이념의 플렉서블(flexible)한 지대

이병주의 소설이 식민지와 분단, 6·25 전쟁으로 이어지는 우리 근현대사에 대한 증언과 기록을 창작의 모토로 하고 있다면 사상과 역사 인식은 그가 맞닥뜨려야 하는 운명 같은 것이라고 할 수 있다. 이 시대를 산 사람들은 자신의 의지든 아니면 의지와 관계없든 어느 하나의 사상을 강요받았으며, 이 과정에서 커다란 정체성의 혼란을 겪었다고 볼 수 있다. 그 정체성의 혼란과 여기에서 오는 불안과 고뇌의 경우 일반 대중에 비해 지식인 계층이 훨씬 컸으리라고 예상하는 것은 그다지 어렵지 않다. 더욱이 사상이 단순히 지적 취향이나 유희에 머물지 않고 어떤 사상을 선택하느냐에 따라 죽느냐 사느냐와 같은 극단적인 실존의 상황이 주어진다면 사정은 달라질 수 있다. 자신이 선택한 사상에 따라 문인들의 구도가 재편

되고, 문학세계가 결정되는 경우를 우리는 근대 이후 수없이 보아왔다. 가령 한국문학사의 가장 큰 흐름을 견지해온 분단문학의 경우만 보아도 1950년대에는 우파적인 사상이 주류를 형성했고, 1960년대에는 좌도 우도 아닌 사상에 대한 선택과 판단의 정지 내지 보류가 있었고, 1970년대를 거쳐 1980년대에 들어와서는 좌파의 사상이 새롭게 해석되고 평가되는 그런 시대적인 흐름은 사상의 선택과 그것의 실천이 낳은 결과라고 할 수 있다.

　우리 근현대사 혹은 근현대문학사의 거대한 흐름을 보면 그 어느 시대, 어느 국가보다도 사상의 선명성이 부각되면서 그것이 흑백논리의 단순성을 강하게 노정해온 것이 사실이다. 민족과 반민족, 좌와 우, 사회주의와 자본주의 등의 극렬한 논리의 대립은 결과적으로 그 사이, 다시 말하면 제3의 사상을 잉태하고 그것을 실천하는데 부정적으로 작용해 왔다고 볼 수 있다. 근대 이후 통용되어온 가장 부정적인 뉘앙스를 지닌 말 중의 하나는 이 제3의 길이라는 의미를 함축하고 있는 '회색'이라는 단어일 것이다. 회색인보다 회색분자라는 말이 더 관심과 집중의 대상이 되어온 저간의 사정을 상기한다면 이 땅에서 회색의 사상을 주장하고 그것을 실천한다는 것은 '기회주의', '변절', '배신', '비겁', '나약함', '악', '비정치성'과 같은 비난과 부정적인 인식을 감수해야 한다는 것을 의미한다. 회색의 사상이 중도적인 의미를 내재하고 있는 또 다른 하나의 사상이라는 것을 인식하지 못함으로써 극단적인 이분법의 논리가 지배력을 행사해온 것이라고 할 수 있다. 완충지대나 중도가 없는 이러한 이분법적인 논리가 얼마나 위험한 것인지에 대해 자각하지 못한다면 역사와 세계에 대한 균형감각을 유지하지 못할 것이다.

　남한이든 북한이든 사상 문제와 관련하여 회색의 사상을 내세운다는 것은 자칫 체제 비판으로 오인될 수 있고, 그러한 체제가 유지되는 한 감시와 통제의 대상으로부터 벗어나기가 쉽지 않다. 이병주가 견지해온 사상이 바로 이와 무관하지 않다. 그가 '통일에 민족역량을 총집결하라'라는 사설로 필화사건에 휘말려 징역형을 언도받고 복역한 뒤 그때의 경험을 토대로 「소설 알렉산드리아」를 써서 작가가 된 데에는 이러한 회색의 사상이 그 주요한 동인으로 작용했다고 볼 수 있다. 그는 자신의 이 회색 사상에 대해 다음과 같이 말하고 있다.

> 대한민국 정부가 수립되고 나선 사정이 달라졌다. 이번엔 우익계 학생에게 좌익계 학생이 학대를 받는 경우가 되었다. 나는 좌익계 학생을 비호하는 입장에 서지 않을 수 없었다. 동시에 정세에 몰려 공산주의를 단념하는 것이 아니라 그들의 내부에서 공산주의를 극복해 나가도록 나름대로의 조력을 한 것이다. 이와 같은 노력이 자연 내게 대한 인생을 회색화灰色化 하는 원인이 된 것이 사실이다. 그러나 나는 나를 회색으로 보는 눈에 비非가 있는 것이라고 믿는다. 성급하게 흑백黑白으로 나누는 것은 진실을 외면하는 것과 오를 범하기가 쉽다는 기본적인 입장을 지녔다는 것뿐이지 내 행동이 회색으로 머문 적은 없다. 나는 해방 이후 이 날까지 일관하여 내 나름대로의 반공주의자였던 것이다. 반공反共이란 첫째, 공산주의자들이 쓰는 수단에 대한 반대라야 한다. [01]

작가가 회색화하게 된 계기와 자신이 생각하는 회색화의 의미가 잘 드러난 대목이다. 먼저 그는 회색화의 원인을 대한민국 정부 수립 이후의

---

**01** 이병주, 김윤식·김종회 엮음, 「추풍사 秋風辭」, 『이병주 소설집 - 패자의 관, 내 마음은 돌이 아니다, 추풍사』, 바이북스, 2012, p.87.

사회 정세에서 찾고 있다. 남한에서 이 시기는 우익이 득세하고 좌익이 위축된 그런 때이다. 이 과정에서 그는 자연스럽게 위축된 좌익을 비호하는 입장에 선다. 이것은 정부수립 이전 좌익이 득세할 때 우익을 비호하는 입장에 선 것과 다르지 않다. 그는 자신의 이러한 태도에 대해 그것은 '흑백으로 세상을 나누는 것에 반대하는 것'이며, 단순히 그것이 '회색에 머무는 것'이 아니라고 말한다. 그가 상황에 따라 행동을 달리하는 것은 기회주의적인 처신이 아니라 어떤 진실에 대한 적극적인 행동의 발로에서 기인한 것임을 알 수 있다. 여기에서 우리가 주목해야 할 대목은 그가 말하는 회색이 회의적이고 냉소적인 차원이 아니라 보다 적극적이고 참여적인 차원의 의미를 지닌다는 점이다. 우리가 회색이라고 하면 전자의 차원을 떠올리는 경우가 많다. 하지만 그가 궁극적으로 의미하는 회색은 후자를 겨냥한다.

이런 점에서 그가 말하는 회색은 단순한 중간이 아닌 중도 혹은 중용을 의미한다. 중도나 중용의 원리에서 중시하는 것은 '때(時)'이며, 이 때에 따라 행동하면 어느 한쪽에 치우치지 않고 세계에 대한 균형을 유지할 수 있다는 논리가 그가 말하는 회색이라고 할 수 있다. 그가 때를 고려해 어떤 행동을 한다고 말하는 것은 그것이 일정한 판단과 반성의 과정을 거쳐 이루어진다는 것을 의미한다. 그가 회색을 이야기하면서 공산주의의 극복 운운하는 것도 이런 맥락에서 이해할 수 있다. 그는 공산주의가 이념을 수단화하는 우를 범한다고 본다. 그가 자신을 '반공주의자'라고 하는 것도 이러한 수단화에 대한 부정성의 발로이다. 그의 수단화에 대한 반발과 부정은 그 자신이 공산주의 사상이 드러내는 흑백논리에 대한 음험함을 간파하고 있었다는 것을 말해준다. 이와 관련하여 김윤식은 그의 회색의 사상을 '학병세대의 내면 풍경인 가치체계의 내부혼란 곧 흑백논리가 가져오는 온갖 죽음의 질곡과 맞서고자 하는 정신[02]으로 규정하고 있다. 만일 수단화와 흑백논리에 대한 부정과 반성에서 비롯되는 그의 회색의 사상을 이해하지 못한다면 자칫 그를 좌파냐 우파냐 어느 하나를 극단적으로 선택하고 그것을 추종하는 이분법적인 반공주의자로 오인할 수도 있을 것이다.

그러나 그가 자신을 반공주의자라고 말하는 데에는 흑백논리가 아닌 '회색의 비(非)[03]의 논리가 작동한 것이다. 여기에서의 '비'는 판단을 말한다. 이 회색의 비에 입각해서 그는 공산주의자(사회주의자)인 노정필과 맞선다거나 자신을 남로당원으로 공격하는 최광열에 맞서 그것의 진실을 자신 있게 들추어내기에 이른다. 세상 어떤 사람들과도 침묵으로 일관하는, 사상범으로 무기형을 언도받고 20년을 꼬박 채우고 출소한 비전향장기수 노정필을 향해 마르크스 사상의 맹점과 공산당이 이념이나 이론만 있을 뿐 실천에 실패한 허깨비에 불과하다고 맹렬하게 비판할 뿐만 아니라 남로당의 폭력을 넘어서는 간디의 비폭력주의만이 하나의 대안이 될 수 있다고 역설한다. 그의 자신감은 회색의 비, 곧 세계에 대한 판단에서 기인한다. 그렇다면 그의 회색의 비는 과연 얼마만큼의 객관성과 진정성을 지니고 있는 것일까? 이 물음에 대한 답을 그는 「내 마음은 돌이 아니다」에서 아주 자신감 있게 혹은 열정적으로 제시하고 있다. 그의 말의 객관성과 진정성은 곧 나 자신이 노정필의 마음을 얼마만큼 움직여 그로 하여금 사상의 전향을 가져오느냐 하는 문제와 맞물려 있다.

이 소설은 나(작가)와 노정필 사이의 이념 논쟁이라고 해도 과언이 아

---

**02** 김윤식, 「한 자유주의 지식인의 사상적 흐름」, 『역사의 그늘, 문학의 길』, 한길사, 2008, pp. 100~101.

**03** 이병주, 앞의 책, p. 87.

닐 정도로 소설 전체가 두 체제, 곧 자본주의와 사회주의 체제 사이의 비교와 설명을 기반으로 한 대화로 되어 있다. 노정필에 비해 나는 많은 말을 한다. 나의 마르크스주의 비판에 석상처럼 입을 열지 않던 노정필도 말문을 열게 되고 차츰 행동에 변화도 일어난다. 자본주의 경제의 상징인 백화점에 가 소비도 하고, 직접 목공소에서 노동을 해서 임금을 벌기도 한다. 자본주의 경제 구조 속에서 생산과 소비를 체험하는 노정필을 보면서 나는 더욱 열정적으로 그를 만나 사회주의 사상과 체제를 비판하고 그에 대한 인격적인 공격도 서슴지 않는다. 그에 대한 직접적인 공격을 상징적으로 드러내는 것이 바로 '착각을 신념인 양 오인하고 있는 폐인[04]('내 마음은 돌이 아니다.)이라는 말이다. 내가 보기에 그의 사회주의 사상에 대한 신념은 하나의 착각에 불과하며, 이로 인해 그는 폐인으로 전락할 수밖에 없다는 것이다.

　나의 노정필에 대한 자신에 찬 공격은 소설의 행간에 강하게 드러나 있다. 특히 이것이 노정필의 침묵과 만나면 마치 나의 사상(자본주의, 자유민주주의 사상)이 그의 사상(사회주의, 공산주의 사상)보다 우월하다고 느껴지기까지 한다. 하지만 노정필의 침묵은 나의 사상의 우월함을 인정하는 하나의 태도로 귀결되지 않는다. 그는 차츰 친체제적인 태도를 보이지만 그것은 어디까지나 자기 야유와 자기 모멸적인 모습을 띠고 드러날 뿐이다.

　　"나는 이 정부가 너무나 관대하다고 생각했소. 그런 까닭이 없을 텐데 하는 생각도 했구요."
　　"……"
　　"일제 때 보호관찰법이란 무시무시한 법률이 있었소. 그런 법률의

---

**04**　이병주, 위의 책, p. 43.

뻔을 안 보는 게 이상하다고 생각했지."

"그러나 모릅니다. 그 법률이 제정될지 안될지."

이렇게라도 말하지 않고 견딜 수 없는 기분이어서 내가 이렇게 말하자 노정필은 정색을 했다.

"두고 보시오. 절대로 그 법률은 성립됩니다."

나는 아무 말도 하지 않았다. 그러자 노정필이

"이 선생도 그렇게 되면 행동의 제한을 받겠구먼요." 하고 근심스러운 얼굴을 했다.

"난 어떤 법률이건 순종할 작정입니다. 나는 철저하게 나라
에 충성할 작정이니까요. 소크라테스처럼."

"소크라테스?"

"소크라테스는 아테네의 정부로부터 국외로 나가거나 사형을 받
거나 하라는 선고를 받고 사형을 받는 편을 택했죠. 아테네란 나라에
충실한 아테네의 시민으로서 죽기 위해서였죠."

노정필이 야릇한 웃음을 웃었다. [05]

나와 노정필의 평소 담화의 위치가 전도되어 드러나는 이 대목을 통해
우리가 알 수 있는 것은 노정필의 태도의 이중성이다. 정부의 사회안전법
에 대해 그것이 절대로 성립되어야 하고 자신은 소크라테스처럼 그것을
따르겠다는 그의 태도는 자신을 구속하고 통제해온 자본주의 혹은 자유
민주주의 체제에 대한 화해 불가를 역설적으로 드러낸 것이라고 할 수 있
다. 사회안전법이 통과되고 그는 결국 '살기 위해 떠난다'[06]는 말을 남기고
저승으로 가버린다. 기실 그가 남긴 말은 나의 책의 한 구절이다. 그의 죽

---

**05**    이병주, 「내 마음은 돌이 아니다」, 위의 책, pp. 66~67.

**06**    이병주, 위의 책, p. 69.

음은 분명 자본주의 체제와의 화해불가를 표상하지만 그렇다고 이것이 자신이 신봉해온 체제에 대한 절대적인 신뢰를 의미하지는 않는다. 세상에 대해 석상 같은 침묵으로 일관하던 그가 나를 향해 말문을 연 것은 '자신의 사상 추구를 거부하게 만든 정치제제에 대한 증오와 적의는 물론 자신이 신봉한 사상의 독성에 대한 거부반응, 동생 노상필의 사형집행에 대한 분노와 자책 등 매우 복합적인 심층성'[07]을 띤다.

비록 석상 같은 침묵으로 일관하던 그가 나를 향해 말문을 열기는 했지만 자신의 사상과 다른 사상 사이의 회색 지대가 없었기 때문에 중용의 도가 구현되지 않고 이데올로기의 껍데기만 남기고 그가 떠나간 것이라고 할 수 있다. 이것은 그 개인의 문제라기보다는 이데올로기의 허망함을 수없이 보아왔으면서도 그것을 손쉽게 떨치지 못하는 데에는 회색의 사상이 은폐하고 있는 이념의 플렉서블(flexible)한 지대가 널리 확산되지 않은 우리 사회 차원의 문제로 볼 수 있다. 작가가 노정필의 존재를 자본주의 사회 체제에 적응하지 못한 채 결국 죽음으로 끝나는 쪽으로 몰아 간 것은 그의 죽음을 숭고하게 하기 위해서라기보다는 오히려 그 반대라고 할 수 있다. 그의 죽음의 쓸쓸함이 환기하는 것은 이념의 허무함 내지 황폐함과 함께 자신이 지향하고 있는 회색의 사상의 전경화이다.

작가는 회색 사상의 견지에서 노정필을 아우르려고 한 것이 사실이다. 하지만 그의 아우름에는 언제나 회색의 비가 함께한다. 그는 노정필을 아우르면서도 그가 신봉하는 사상에 대해서는 비판을 서슴지 않는다. 그가 노정필과 관계를 유지하면서 그것을 통해 이루려고 하는 자신의 사상의 우월함으로 그를 지배하고 계몽하려는 데에 있지 않다. 그의 궁극적인 목

---

**07** 이재선, 「소설·알렉산드리아'와 '겨울밤'의 상관성과 그 의미」, 『역사의 그늘, 문학의 길』, 한길사, 2008, p. 402.

적은 노정필의 '인간회복人間回復[08]('내 마음은 돌이 아니다」)에 있다. 그가 보기에 노정필의 가장 중대하고도 위중한 문제는 다른 그 무엇도 아닌 바로 인간 혹은 인간성의 상실인 것이다. 이런 맥락에서 그는 자신이 노정필에게 접근한 데에는 '불순한 동기는 없었으며 인간적인 호의와 약간의 호기심' 때문이라고 말한다. 한 인간을 어떤 이념보다는 인간적인 면 때문에 접근한다는 그의 말은 어떻게 보면 평범한 진술 같지만 여기에 그의 사상의 근간이 숨어 있다고 할 수 있다. 그에게 인간회복은 회색 사상이 지향해야 할 가장 궁극의 목표이자 노정필을 구원할 묘약인 것이다.

## 3. 관대함과 인간회복으로서의 휴머니즘

이병주의 사상이 회색에 있다면 그것의 토대를 이루고 있는 것은 휴머니즘이다. 휴머니즘의 관점에서 보면 마르크시즘은 '인간을 인간답지 못하게 하는'[09] 한계를 은폐하고 있는 사상이다. 그가 박영희와 노정필을 비교하면서 '인간은 인간적인 사람을 좋아하게 마련'[10]이라고 한 말 속에 이미 그 의미가 드러나 있다. 인간이 인간적인 사람을 좋아하는 것은 자연스러운 인간성의 발로이며 만일 그것이 사상에 의해 방해를 받아 인간을 인간답지 못하게 한다면 그 사상은 마땅히 폐기되어야 한다는 것이 그의 신념인 것이다. 그렇다면 그가 이야기하고 있는 인간다운 것 혹은 인간다

---

**08**  이병주, 앞의 책, p. 45.

**09**  이병주, 위의 책, p. 47.

**10**  이병주, 위의 책, p. 47.

운 사람이란 무엇을 말하는 것일까?

이 물음에 대한 답으로 그가 제시한 것은 '관대함'이다. 보기에 따라 고루하게도 또 나이브하게도 들릴 수 있는 이 관대함이란 그가 「추풍사」의 서두에서 다소 장황하게 기술하고 있는 인간을 규정하는 덕목이다. 그는 이 관대함이 인정의 일종이며, 그것은 죽음의 순간에 강하게 현시된다고 보고 있다. 그는 인간이 '죽음을 생각하고 있으면 관대한 마음이 되지 않을 수 없다'[11]고 말한다. 인생의 마지막 순간인 죽음에 직면하면 모든 감정도 그 순간에 끝나고 인간은 보다 관대해지게 된다는 것이다. 감정이 강하게 작동하면 자칫 여기에 함몰되어 일정한 거리 확보가 어렵기 때문에 그것을 모두 버리게 되는 순간, 곧 죽음의 순간에 관대함이 잘 드러날 수 있다는 이야기이다. 그는 인간이 관대해야 하는 이유를 다음과 같이 말하고 있다.

세상 사람이 네게 가혹해도 너는 관대해야 한다. 네가 지은 모든 죄를 보상하기 위해서도 관대해야 하며 네 죽음에 저주가 있지 말게 하기 위해서도 관대해야 한다. 문학이란 관대하라고 가르치는 작업이 아니냐. 공자님은 종평생 행해 어김이 없는 것은 용서하는 마음이라고 했다. 〈공노호共怒乎〉 부처님도 꼭 같은 뜻으로 가르쳤다. 내가 내게 죄 지은 자를 용서했듯이 내 죄도 용서해 주옵소서. 자기에게 관대하길 바라려면 네가 먼저 관대해야만 한다……[12]

마치 성인이 어리석은 중생을 향해 진리를 설파하는 말씀의 형식으로

---

**11**　이병주, 「추풍사 秋風辭」, 위의 책, p.75.

**12**　이병주, 위의 책, p.75.

되어 있는 이 대목의 요체는 관대함과 용서하는 마음이다. 관대함의 의미 차원이 넓기는 하지만 중요한 것은 관대함이 전제되어야 삶, 더 나아가 죽음까지 아우르고 존재들 사이의 관계성도 더욱 심원해진다는 사실이다. 관대함의 차원에서 보면 나와 노정필의 차이는 분명하다. 노정필이 죽음을 택한 것은 자신의 사상 추구를 거부하게 만든 정치제제와 자신이 신봉한 사상 그리고 동생 노상필을 죽게 한 자들에 대한 관대함과 용서하는 마음을 가지지 못했기 때문이다. 만일 관대함으로 이 모든 것들을 용서했다면 그는 증오, 적의, 분노, 자책 같은 복합적인 심층 속에서 살다가 죽음을 택하지는 않았을 것이다. 그의 관대하지 못한 것에 대한 작가의 비판은 비단 그 개인을 넘어 마르크스주의라는 사회주의 사상 전반을 향하고 있다고 할 수 있다.

　　노신호에 비해 나는 관대하다. 나의 관대함은 기본적으로 인간에 대한 신뢰와 믿음에서 비롯된다. 나는 '세월은 바뀌어도 인정은 변하지 않는다'[13]고 믿고 있다. 나의 이 말은 인정이 관대함의 본질이며 인간을 평가하는 척도라는 것을 의미한다. 이런 점에서 나는 인정주의자이다. 하지만 이때의 인정은 단순한 온정주의와는 다른 것이다. 온정주의란 시혜적인 것이기 때문에 오래 지속될 수 없다. 작가가 나를 통해 말하려는 인정이란 '인간을 존중하고 민주주의적인 인격을 갖춘 사람'[14]에게서 발견할 수 있는 덕목이다. 작가가 발견한 이러한 조건을 갖춘 사람이 바로 노신호다. 노신호에게서 이러한 덕목을 발견했기 때문에 나는 많은 어려움을 감내하면서도 그의 선거운동을 도왔던 것이다.

　　그러나 노신호와 같은 인격을 갖춘 사람을 당시의 사회체제는 온갖 권

---

**13**　이병주, 「추풍사」, 위의 책, p.73.

**14**　이병주, 「패자의 관」, 위의 책, p.26.

모술수와 중상모략을 통해 정치의 장에서 배제하고 소외시킨다. 이것은 당시의 정치의 장이 관대함과는 거리가 멀다는 것을 말해준다. 관대함이 부재하고, 관대함이 통하지 않는 사회체제에서 관대함을 가진 자는 노신호처럼 언제나 희생양으로 전락할 위험성이 크다고 할 수 있다. 한 사회체제나 정치의 장이 관대함을 가져야 하는 것은 대단히 중요한 덕목이지만 불행하게도 당시의 우리의 상황은 그러지 못했던 것이다. 그런데 작가는 이 관대함의 부재를 정치 탓으로만 돌리지 않는다. 작가는 '정치에 너무 많은 것을 기대하는 건 잘못'이며, '정치란 본래 그렇고 그런 것이다하는 한계의식限界意識을 갖고 부족한 것은 개인의 수양과 노력으로 채워야 한다'[15]고 말한다. 모든 문제를 정치 탓으로 돌리는 태도에서 벗어나 개인의 수양과 노력을 강조하고 있는 작가의 태도는 비정치성을 드러내는 것이 아니라 그가 견지하고 있는 '회색의 비'의 정치논리를 드러내는 것이라고 할 수 있다.

모든 문제를 정치 탓으로 돌리는 행위의 이면에는 이분법적인 흑백논리가 작동하고 있는 것으로 볼 수 있다. 이런 상황에서는 문제에 대한 반성과 성찰이 불가능하게 된다. 하지만 이분법적인 흑백논리가 아닌 회색의 비의 논리로 보면 그 문제는 정치 탓만이 아닌 내 탓도 있다는 것을 자각할 수밖에 없게 된다. 이분법적인 흑백논리의 차원이라면 나의 노정필에 대한 접근은 정치적인 계산에 의해 이루어졌을 것이다. 하지만 나의 노정필에 대한 접근은 '보다 넓게 세상을 보시게 하기 위해서죠. 보다 깊게, 보다 진실되게 인생을 사시도록 하기 위해서요.'라는 말이 의미하듯이 그것은 관대함과 용서하는 마음이 토대가 된 인정의 차원에서 이루어

---

**15**　이병주, 「내 마음은 돌이 아니다」, 위의 책, p.58.

진다. 인정의 관대함이 이념적인 이념을 감싸 안는 형국이 바로 나의 노신호에 대한 태도에서 발견하게 되는 모습이다. 나의 노신호에 대한 태도는 나의 최광렬에 대한 태도에서도 고스란히 반복된다. 전자의 관계가 우호적이라면 후자의 관계는 적대적이라고 할 수 있다. 만일 이분법적인 흑백논리대로라면 후자의 관계는 회복하기 어려운 파국을 맞이하게 될 가능성이 클 것이다. 「추풍사」에서 최광렬이 나의 전력을 날조해 곤경에 빠뜨린 상황에서 이 논리 하에서라면 그를 고발해서 죗값을 치르게 하는 것이 자연스러운 일일 것이다.

그러나 나는 그를 고발하지 않는다. 그것은 그에 대한 나의 인정 때문이다. 인간관계에서 이 인정은 대단한 힘을 발휘할 때가 있다. 이때 인정은 '명증의 허위'[16]를 넘어서는 진실 혹은 진정성의 차원을 드러낸다. 특히 정치의 장에서 이론이 명증하고 정연할수록 그만큼 현실과는 거리가 멀어 질 수 있다. 인정이 가지는 이러한 면을 작가는 다음과 같이 날카롭게 들추어내고 있다.

"나는 당당하지 못한 사람이 당선되었다는 데 더욱 더 큰 의미가 있다고 생각한다. 이 가운데는 그 선거구만이 틀려 먹었다고 욕하는 사람도 있더라만 그건 잘못이다. 나는 되레 그 구의 사람들을 높이 평가한다. K씨에 대해서도 그 인물을 알아주는 정도의 표를 보냈고, 당당한 인물은 아니지만 사실 수년 그곳에서 산 사람을 괄시하지 않았다. 듣건대 그 사람은 그곳에서 줄곧 이십여 년 동안을 남의 선거운동만 했다더라. 남의 선거운동을 이십 년이나 한 사람이 이번엔 자기의 선거운동을 하고 나섰을 때 고장의 사람들은 그를 저버리지 않았다.

---

**16**  이병주, 「패자의 관」, 위의 책, p.17.

말하자면 그 구의 사람들에겐 정이 있다는 얘기다. 정이 있는 곳이니 이 편에서 정을 주면 반드시 반응이 있을 게 아닌가. K씨나 우리나 그런 마음먹이를 잊어선 안 될 줄 안다."[17]

명증함의 차원에서 보면 '정'이라는 것이 그저 구태의연하고 그래서 청산해야 할 비정치적인 것으로 간주될 수 있는 성질의 것이지만 작가가 보기에 그것은 사람들과 소통하고 공감을 불러일으킬 수 있는 가장 강력한 정치적인 힘의 실체였던 것이다. 우리는 흔히 정이 많은 사람을 명증하고 명석함과는 거리가 있는 것으로 이해하는 경향이 있지만 기실 인정이란 그런 명증함과 명석함의 논리 이전의 사람의 인물 됨됨이를 판단하는 중요한 기준인 것이다. 선거에서 패배한 진영에서 그들의 판단이 잘못된 것이라고 간주하는 것은 분명 자신의 입장은 옳고 상대의 입장은 옳지 않다는 이분법적인 논리가 작동한 것이라고 할 수 있다. 내가 이것을 간파하고 그 선거구민들의 정을 내세워 그것이 가지는 의미를 부각하는 데에는 흑백논리적인 생각을 넘어서려는 그 특유의 회색의 비를 인식하고 실천한 결과라고 할 수 있다.

작가의 이러한 논리는 인간에 대한 관대함에 머물지 않고 '문학의 관대함'[18]으로 이어진다. '문학이 관대해야 한다'는 논리는 단순한 수식어구가 아니라 그의 인간을 바라보는 태도가 반영된 것으로 볼 수 있다. 인간은 인간다워야 한다고 주장하고 있고, 인간을 인간답지 못하게 하는 사상과는 거리를 두고 있으며, 인정이 있는 인간적인 사람을 좋아할 수밖에 없다고 말하는 그의 사상은 회색의 사상이면서 동시에 휴머니즘적인

---

**17** 이병주, 「패자의 관」, 위의 책, pp. 11~12.
**18** 이병주, 「추풍사」, 위의 책, p. 75.

사상이라고 할 수 있다. 그가 회색의 비에 기초하여 이러한 휴머니즘적인 사상을 전면에 내세운 데에는 인간보다는 이념의 기치를 전면에 내세워 세계를 이분법적인 흑백논리로 재단하려고 한 시대에 대한 반성과 성찰의 의도가 내재해 있다. 인간이 이념화되었을 때 나타나는 가장 큰 특징은 타자의 고통을 이해하지도 또 감싸주지도 못한다는 점이다. 「패자의 관」에서 갖은 권모술수와 중상모략으로 노신호가 가지고 있는 '천부의 재능과 성실과 의욕'[19]을 제대로 실현할 기회조차 잡지 못하게 한 자들이나, 「추풍사」에서 나의 전력을 허위로 날조하여 나를 고통과 번민 속으로 몰아넣은 최광열, 그리고 「내 마음은 돌이 아니다」에서 노정필의 한을 헤아리고도 그것을 풀어주려고 하지 않은 사회체제 등은 모두 타자의 고통을 외면한 채 자신의 안위와 체제(권력) 유지에만 급급한 반 휴머니즘적인 존재들에 다름 아니다. 이것은 그가 타자의 흠이나 고통을 공격하고 외면하는 것이 아니라 그것을 회색의 비의 논리 하에서 바로 잡아주고 감싸줄 때 비로소 진정한 차원의 인간회복의 길이 열린다는 사실을 이 소설들을 통해 설파한 것이라고 할 수 있다.

## 4, 지평으로서의 휴머니즘

작가 자신이 여러 소설 속에서 제시하고 있는 휴머니즘의 논리가 과연 어느 정도의 객관성을 담보하고 있는지에 대해서는 앞으로 더 고찰할 필요가 있다. 그가 내세운 인정이나 관대함, 회색의 비 같은 논리가 얼마

---

**19**  이병주, 위의 책, p. 30.

만큼 이념이나 제도, 체제 등이 행사하는 억압으로부터 인간의 자유와 해방의 의미를 담지하고 있는지 보다 세심한 검토가 이루어져야 할 것이다. 그의 휴머니즘에 대해 강한 의혹의 눈길을 보내는 이들이 존재하는 것이 사실이다. 만일 그가 내세우는 휴머니즘의 논리가 억압적인 현실과 맞서 싸우기 위한 진정성을 담보하지 못한다면 그것은 자칫 그 현실로부터 도피하여 자기 자신을 보존하기 위한 비겁하고 기회주의적인 지식인의 딜레탕티즘적인 유희로 그칠 위험성이 있다.

김수영의 말처럼 과연 그가 '울림 없는 딜레탕트'인지 그것은 그가 제시하고 있는 휴머니즘의 논리가 얼마만큼 진정성을 지니고 있는지 하는 문제와 다른 것이 아니다. 자기 자신에 대한 반성과 투시보다는 기록과 증언의 글쓰기를 실천해온 그의 문학이 김수영이 생각하는 문학과는 상충될 수 있다. 그의 휴머니즘이 온몸을 울릴 정도로 동통의 아픔을 불러일으키는 것이라고 할 수는 없지만 적어도 그것이 나아가야 할 길 정도는 제시하고 있다고 해도 크게 틀린 말은 아닐 것이다. 그가 내세운 인정이나 관대함, 회색의 비 같은 논리가 휴머니즘을 이루는데 일정하게 소용될 수 있다는 점에서 그것이 어느 정도의 불안과 한계를 지니고 있음에도 불구하고 여기에서 그 사상의 의의를 찾을 수 있을 것이다.

그러나 그의 휴머니즘에 대한 해석에서 보다 중요한 것은 그것이 어떤 지평을 드러내느냐 하는 점이다. 그가 제시한 휴머니즘의 논리가 우리 문학사에서 하나의 가능성으로 존재할 때 그의 문학은 일회적인 관심으로 그치지 않고 다양한 의미의 생산을 담보할 수 있을 것이다. 휴머니즘 논리의 강점은 인간이나 인간성 또는 인간 됨됨이라는 차원에서 제기되는 인간으로서의 보편타당함에 있다. 이런 점에서 휴머니즘은 인간이 인간으로서 지녀야 하는 본질(essence) 같은 것이다. 하지만 우리가 그 본질을 발견하기 위해서는 포즈만으로는 불가능하다. 본질은 고정되어 있지 않고 변화무쌍하기 때문에 다양한 형태를 지닐 수밖에 없다. 그의 휴머니즘이 다양한 각도에서 조명될 때 그의 문학이 은폐하고 있는 세계가 탈은폐될 것이다. 또한 그의 휴머니즘이 은폐하고 있는 인정이나 관대함, 회색의 비 같은 논리는 하나의 세계의 지평으로서 존재하는 순간 그 의미를 획득하게 될 것이다.

# 중심, 변경, 초월의 이데올로기

- 이문열의 작가 의식과 세계 인식 태도

## 1. 문인의 사회적 위상과 역할

근대 이후 사회의 분화 과정에서 작가의 대사회적인 영향력과 효용성은 크게 약화되어 왔다. 근대 초기 이광수나 최남선, 한용운, 홍명희 등의 문사들이 지닌 사회적인 지위와 영향력은 어느 정치인 못지않았다고 할 수 있다. 이들은 단순히 문인으로서 존재한 것이 아니라 정치와 사회의 장에서 중요한 '심퍼사이저(sympathizer)[01]로서의 역할을 수행해온 것이 사

---

**01**  심퍼사이저(sympathizer)라는 용어가 문학장에서 하나의 보편화된 개념으로 널리 통용된 데에는 염상섭의 『삼대』 연구를 통해서이다. 『삼대』가 드러내는 작가의 식민지 시대에 대한 균형 잡힌 관점의 이면에 작용하고 있는 논리가 바로 이 심퍼사이저인 것이다. 보수 수구 세력을 대표하는 할아버지 조의관과 개화주의자인 아버지 조상훈 사이에서 손자인 조덕기는 그 어느 쪽으로도 기울어지지 않으려는 균형 잡힌 의식과 행동을 보여주려고 한다. 편향된 이념이나 세계관에서 벗어나 조화와 균형을 추구하려는 조덕기의 태도는 심퍼사이저로서의 역할을 수행하고 있는 것으로 볼 수 있다. 작가가 유독 조덕기에게 관심과 애정을 투사하면서 그를 초점화하고 있는 데에는 그의 관점과 역할이 식민지 시대를 살아가는 지식인이 가져야 할 태도로 인식했기 때문인 것이다. 한 시대의 선각자이자 지도자로서의 사회적 효용성을 담지하고 있던 작가의 입장에서 볼 때 이러한 태도를 지닌 인물을 초점화하는 것은 어쩌면 당연한 것인지도 모른다. 비록 근대 초기나 식민지 시대에 비해 그것이 약화되긴 했지만 1980년대 이후 한국사회가 체험한 저간의 상황을 고려해 볼 때 심퍼사이저

실이다. 식민지 시대 중요한 역사의 장에서 이들은 독립선언문의 기초 마련, 33인의 민족 대표로 독립운동에 참여, 신간회 운동 주도 등 선각자로서 또는 한 사회의 지도자로서 늘 시대의 중심에 있었다고 해도 과언이 아니다. 이러한 지위와 영향력은 해방 이후는 물론 1970년대까지도 지속되었다고 할 수 있다. 가령 1970년대를 '박정희와 김지하의 싸움'이라고 평하는 경우 여기에는 김지하 한 개인을 넘어 문인의 위상과 역할에 대한 당시의 평가가 내재해 있는 것으로 볼 수 있다. 문인이 사회의 선각자적인 위상과 역할과는 무관한 예술가로서의 지위보다는 그것들을 아우르는 차원으로 이해하고 있다는 것은 그것이 예외적인 현상이 아니라 근대 이후 혹은 근대 이전부터 이어져온 우리의 문사적인 전통에 그 원인이 있다고 할 수 있다.

그러나 이러한 전통은 1980년 이후 약화되기에 이른다. 이것은 문학의 위상과 영향력의 약화와 궤를 같이 한다. 근대문학의 종언이라는 명제가 설득력 있게 수용될 정도로 우리 사회는 급격하게 분화되었고, 영화, 만화, 드라마, 애니메이션, 게임과 같은 새로운 문화 양식이 출현하여 그동안 문학이 수행해온 역할을 대신하기에 이르렀다. 사회적인 효용성의 측면에서 문학은 이러한 문화의 양식에 견줄 수 없게 되었을 뿐만 아니라 이에 따라 문인의 위상과 역할도 약화되었던 것이다. 문인의 사회적인 위상과 역할이 약화되고 축소되는 상황에서 그것을 제대로 인식하지 못한

---

지식인으로서의 자기 인식과 선망은 충분히 예상할 수 있는 바라고 할 수 있다. 특히 이문열처럼 권력 혹은 중심 권력에 대한 관심과 긴장의 끈을 놓지 않은 채 그것을 변경의 지식인이라는 이름으로 문제화해 온 작가에게는 이 심퍼사이저야말로 자신의 존재를 이 세계 내에 위치시키기에 더없이 좋은, 이 세계와 연결 혹은 매개의 논리를 제공하는 매혹적인 대상 아니겠는가? 하지만 심퍼사이저로서의 그것이 그의 소설에서 온전히 구현되고 있는지에 대해서는 논란의 여지가 있다.

채 복고적인 향수에 젖게 되면 소외감만 확대 재생산되고 그것을 컨트롤하지 못하면 과대망상으로 빠질 위험성만 높아진다. 자신이 세계의 중심이라는 과대망상에 빠지면 사회의 현상이나 시대적인 흐름을 온전히 읽어낼 수 없다. 하지만 이것이 곧 사회와 시대로부터의 무관심적인 태도를 의미하는 것은 아니다. 작가 역시 사회와 시대의 자장 안에 존재하면서 그것들과 일정한 길항 관계를 유지해야 한다.

이런 점에서 이문열이 보여준 태도는 주목에 값한다. 1977년 〈대구매일신문〉 신춘문예에 「나자레를 아십니까」와 1979년 〈동아일보〉 신춘문예에 「塞下曲」으로 등단한 이래 그는 「사람의 아들」(1979), 『그대 다시는 고향에 가지 못하리』(1980), 『젊은 날의 肖像』(1981), 『皇帝를 위하여』(1982), 「金翅鳥」(1982), 『레테의 戀歌』(1983), 『英雄時代』(1987), 『詩人』(1991), 『선택』(1997), 『변경』(1998), 『아가』(2000), 『호모 엑세쿠탄스』(2006) 등 왕성한 창작 활동과 동인문학상, 이상문학상, 현대문학상, 호암상(예술상) 등 우리 문단의 주요한 문학상 수상을 통해 자신의 존재감을 유감없이 발휘한다. 하지만 그의 존재감을 드러낸 사건은 이렇게 소설의 출간과 문학상의 수상에서 찾을 수도 있지만 그것보다 더 주목해 보아야 할 것은 이러한 소설을 통해 그가 행한 대사회적인 발언이라고 할 수 있다. 이미 많은 저널을 통해 보도되고 담론화 된 것처럼 그의 발언은 우파적인 이념 성향과 보수적인 남성의 의식을 강하게 드러내고 있는 것이 사실이다.

그의 이러한 이념 성향과 의식은 좌파적이고 진보적인 성향을 지닌 사람들로부터 공격의 대상이 되었을 뿐만 아니라 우파적이고 보수적인 문단의 전통을 전경화하고 확산시키는 계기를 제공하였다고 볼 수 있다. 1970년대와 80년대는 분명 우파적이고 보수적인 정권이 집권한 시기였지만 문학사의 차원에서는 진보적이고 혁신적인 상상력과 운동으로서의 문학이 성행했던 시기였다고 할 수 있다. 이것은 이 시기에 우파적인 이념 성향과 보수적인 의식을 전경화 하는 것이 쉽지 않다는 것을 의미함과 동시에 그가 의도했든 의도하지 않았든 좌우 이념과 진보와 보수 사이의 논쟁의 장을 마련하고 이것을 통한 길항 관계를 유지할 수 있는 어떤 가능성을 사유하는데 일정한 역할을 한 것이 사실이다. 그가 보여준 우파적이고 보수적인 태도는 시대에 퇴행하는 반역사적이고 반사회적인 이념이나 의식이라고 하여 용도폐기하기에는 그 영향력과 잠재된 실체의 정도가 클 뿐만 아니라 그것의 긍정적이고 생산적인 힘도 분명 존재하기 때문에 극단적인 배제와 소거는 훌륭한 방법이라고 할 수 없다.

그러나 이런 논리에 앞서 우리가 곰곰이 생각해보아야 할 것은 그의 문학에 보인 대중들의 관심과 반응이다. 80년대 활동한 작가들 중 일반대중으로부터 가장 큰 관심을 받은 이는 단연 이문열이다. 그에 대한 대중들의 관심의 원인은 다양하겠지만 여기에서 우리가 간과하지 말아야 할 것은 그 대중이나 대중성을 통해 좌우의 이념이나 진보와 보수 의식 너머에 있거나 경계에 있는 혹은 그것들을 모두 아우르는 어떤 세계에 대한 인정과 이해이다. 우매하고 저열한 대상으로 대중을 보는 태도에서 벗어나 그들의 취향이나 의식을 있는 그대로 보려는 태도로 접근한다면 우리가 미처 발견하지 못한 그의 문학 세계와 그 의미를 드러낼 수 있을 것이다. 우리가 처음부터 어떤 이념이나 의식, 이를테면 좌 편향적이고 진보적인 관점에서 그의 문학을 들여다보면 이 논리의 상대적인 부분만 초점화 되어 그것이 과장되거나 왜곡될 위험성이 있다. 그의 문학이 우 편향적이고 보수적인 세계를 드러낸다면 분명히 그것을 가능하게 한 원인과 근거가 있을 것이다. 아울러 그것이 지금, 여기는 물론 미래에도 존재한다면 그것이 어떻게 존재할 것인지에 대한 탐색과 이해도 있어야 한다.

## 2. 중심을 향한 변경과 경계인의 사상

한 작가의 이념과 의식은 어떻게 형성되는 것일까? 이념과 의식이 개인적인 기질이나 성격보다는 일정한 훈육과 의식화의 과정을 통해 만들어지는 것이라는 점을 고려한다면 가정, 사회, 국가 등이 담지하고 있는 정치적인 방향과 제도화된 장치들은 중요하다고 할 수 있다. 처음부터 어떤 이념이나 의식을 가지고 태어난 작가는 없을 것이다. 작가가 가지는 이념이나 의식은 그가 처한 환경이나 상황에 의해 결정되거나 규정된다고 볼 수 있다. 이것은 이문열의 경우에도 예외는 아니다. 그의 우 편향적이고 보수적인 의식과 이념의 뿌리는 가문의 전통과 성리학적인 세계관을 통해 성립된 것이다. 익히 잘 알려진 것처럼 그는 영남 사림의 거두인 갈암(葛庵) 이현일(李玄逸 1627~1704)의 후손이다. 갈암은 '영남 남인을 대표하는 인물로 노론의 집중 공격을 받아 70이 넘는 몸으로 함경도 홍원, 함경도 종성, 전라도 광양 등으로 유배와 위리안치를 거듭하다'가 생을 마감한다. 사후에 복관이 되지만 곧 몰수된다. 복관과 몰수의 반복은 '1710년, 1853년, 1871년, 1909년'에 걸쳐 행해진다. 퇴계의 학통을 이어받은 명문의 자부심이 대단했지만 도저히 중앙에 진출할 수 없는 상황을 고려한다면 갈암은 자신의 정치적 이상을 제대로 펴지 못한 채 생을 마감한 인물로 평가할 수 있다.[02] 성리학의 궁극이 치국평천하(治國平天下)에 있다는

---

**02**  류철균, 「이문열 문학의 전통성과 현실주의」, 『이문열』, 살림, 1993, pp. 14~16. 류철균은 이 글에서 '갈암~밀암 2대에 걸쳐 퇴계의 학통을 이은 명문의 자부와 도저히 중앙에 진출할 수 없는 상황 사이의 모순, 영남 남인들의 존숭과 확고한 재지사족(在地士族)의 지위, 그리고 마침내 도래한 새시대(근대), 이것이야말로 이문열의 문학 세계를 낳은 모태이며 요람'이라고 한 뒤, 이와 관련하여 이문열 문학의 고유한 문제틀을 보여주는 작품으로 『英雄時代』, 『그대 다시는 고향에 가지 못하리』 연작, 중편 「사라진 것들을 위하여」, 장편 『皇帝를 위하

점을 상기한다면 그의 퇴진과 몰락은 문제적인 것임을 드러낸다. 비록 정계에서 퇴진해 있지만 그의 마음이 가 있는 곳은 언제나 임금이 있는 궁궐을 향하고 있다는 것은 신하된 자의 숙명 같은 것이라고 할 수 있다. 임금의 부름이 있으면 언제든지 달려갈 수 있는 심적 거리에 늘 신하는 존재해야 한다는 사실은 정계에서 퇴진한 신하의 정치적 무의식을 드러내고 있는 것으로 볼 수 있다. 중앙 혹은 중심에 대한 이러한 욕망은 그것이 충족되지 않을 경우 하나의 트라우마로 남아 욕망하는 주체의 의식 세계를 끊임없이 덧나게 한다.

유자의 입신양명(立身揚名)이 개인은 물론 가문의 존립근거와 깊은 관계를 유지한다는 점에서 이것은 가문 의식의 형성에도 영향을 미친다고 할 수 있다. 재령 이씨의 종손으로 명문가에 대한 자부심은 그의 소설 안팎에서 드러나며, 특히 이 집안의 종부로 등장하는 『선택』에서의 장씨 부인과 『英雄時代』에서 이동영의 어머니를 통해 보이는 가문 의식은 작가의 의도가 어디에 있는지를 잘 말해준다. 지아비에 대한 내조와 자식의 양육(훈육)의 길을 선택한 장씨 부인의 삶을 전경화 함으로써 그는 페미니즘 논쟁의 중심에 서게 된다. 1990년대 한국사회의 주류로 자리 잡은 페미니즘에 직격탄을 날린 그의 태도는 일견 무모할 수는 있어도 그것을 무지의 소치로 볼 수는 없다. 그는 누구보다도 영리하며, 그러한 행동의 이면에는 중앙이나 중심을 향한 정치적 무의식이 자리하고 있다고 할 수 있다. 90년대 이념의 대세가 페미니즘이라면 그것에 정면으로 맞서 안티페미니즘적인 태도를 견지한다는 것은 그가 겨냥하고 있는 보수적이고 우편향적인 이데올로기를 전경화 하고 그것을 통해 정치적인 헤게모니를

여』, 「金翅鳥」, 『詩人』을 들고 있다.

차지하려는 의도가 깔린 포석에 다름 아니다. 만일 그 혹은 그의 가문이 욕망하는 정치에의 참여 의도가 여기에 있다면 그것은 개인적인 충동과 소영웅주의적인 이상 실현을 넘어서는 정치적인 무의식으로 볼 수 있다.

> 원래 이 작품을 구상한 의도는 우리의 삶에 한 본보기가 될 만한 여인상을 역사 속에서 발굴해 내는 데 있었다. 그런데 연재 첫회부터 반(反)페미니즘 작품으로 낙인찍혀 그 방면의 논객들로부터 집중적인 포화를 받았다. 특히 지금은 페미니즘 문학의 선봉처럼 오해되고 있으나 실은 한 일탈이나 왜곡에 지나지 않는 이들과 내가 나란히 논의되는 것은 거의 욕스러울 지경이었다.
>
> ……(중략)……
>
> 요즘 사람들의 반의고적 경향, 특히 양반 문화에 대한 적의에 대해 그 근거 없고 비뚤어짐을 따지자면 따로이 책 한권이 필요할 정도다. 그것은 이 나라 거의 대부분의 사람들에게 자신의 뿌리를 부인하는 일이 되고 나아가서는 자기 정체성의 부인이 된다. 그렇지만 불행하게도 그것이 이 시대의 엄연한 추세이다. 그런데 그 정면을 돌파해야 할 주제를 다루는 게 어찌 작가에게 주저스럽지 않겠는가.
>
> 거기다가 이 작품의 모델이 되는 실존 인물 정부인(貞夫人) 장씨(張氏)가 내게 직계 조상이 된다는 것도 적지 않은 부담이었다. 자칫하면 타성(他性)에게는 집안 자랑, 양반 자랑으로 오해받고 문중 사람들에게는 불경(不敬)의 죄를 입을 것이기 때문이다.[03]

자신의 직계 조상인 장씨(張氏) 부인을 통해 가문의 욕망과 중앙 혹은 중심을 향한 그 혹은 그의 가문의 정치적 무의식을 확인할 수 있는 대목이

---

**03**  이문열, 「작가의 말」, 『선택』, 민음사, 1997, pp. 223~225.

다. 이 소설의 내레이터인 장씨 부인의 말을 통해 서술되는 것들은 대(代)를 이어 전해져 내려오는 가문의 이념과 세계관이라고 할 수 있다. 장씨 부인의 말은 작가의 말에 다름 아니며, 작가는 이러한 자신의 창작 의도를 장씨 부인뿐만 아니라 이동영의 어머니를 통해서도 드러내고 있다. 작가의 소설 속의 여인들은 가문의 이념과 세계관을 일상의 장 속에서 그것을 자신뿐만 아니라 특히 자식들에게 훈육해온 장본인인 것이다. 이 두 여성들의 훈육은 가문의 전통에 따라 이루어지지만 어떤 경우에는 시대와 사회의 현실적인 상황 논리에 따라 이루어지기도 한다. 이 두 여성들 중 상황 논리에 의한 훈육을 강조하고 있는 인물은 이동영의 어머니이다. 가문의 중앙 혹은 중심을 향한 욕망을 그녀는 자신의 남편인 이동영의 이념을 따르지 않고 그것과 대척점에 있는 반공주의 이념을 철저하게 따르는 것으로 표출한다. 아들의 이념을 버리면서까지 그녀가 반공주의 이념으로 돌아선 것은 가문을 지키려는 종부로서의 소명의식 때문이다. 재령 이씨 종가의 종부로서 그녀가 이러한 선택을 한 데에는 당대의 지배적인 이데올로기로부터 배제되거나 소외되지 않으려는 의식이 발동한 것인 동시에 중앙이나 중심으로부터 멀어져 입신양명을 하지 못한 데서 오는 가문의 콤플렉스를 충족하기 위한 행위의 일환으로 볼 수 있다.

이동영의 어머니의 선택은 가문을 지키기 위한 종부로서의 소명 의식의 산물이지만 그 이면에 은폐되어 있는 것은 시대적인 이념과 복잡한 인간관계가 만들어내는 일종의 콤플렉스이다. 가문의 생존을 위해 그녀는 반공산주의 이념과 기독교를 선택했지만 종손인 아들은 사회주의 이념을 쫓아 월북을 했고, 종부인 며느리는 자기 구원을 위해 기독교를 선택하기에 이른다. 이 모순되고 복잡한 구도는 고스란히 작가에게 이어지면서 그의 의식 상태를 지배하게 된다. 작가의 의식이 지향하는 세계를 흔히 우편향적이고 보수주의적이라고 평하지만 그 이면을 들여다보면 여기에는 단선적인 논리를 넘어서는 중층적인 논리가 개입되어 있다. 작가의 이 중층적인 논리를 잘 보여주고 있는 소설이 바로 『변경』이다. 『英雄時代』가 아버지에 초점이 맞춰져 있다면 『변경』은 작가 자신에 초점이 맞춰져 있다고 할 수 있다. 자신이 지향하는 삶의 방식과 세계관(문학관)을 그 특유의 내러티브로 풀어내면서 그의 문학적 이념을 형상화해 내고 있다. 그는 이 소설에서 자신이 지향하고 있는 존재의 의미를 '변경'으로 명명하고 있다. 그는 이 변경의 의미를 다음과 같이 규정하고 있다.

> 우리는 분열된 세계 제국의 변경인데다…… 우리는 오랫동안 제국의 판도 밖에 있었다. 그러다가 이 세기에 와서 겨우 그 제국에 편입되었으나 이번에는 단순한 주변이 아니라 변경이었다. 주변과 변경은 본질적으로 다르다. 하나는 그저 핵심에서 멀리 떨어져 있을 뿐이지만, 다른 하나는 그 경계선 너머 또 다른 적대 세력 또는 세계 각국이 존재해 있는 뜻이다.[04]

이문열이 말하고 있는 변경은 단순히 중심으로부터 배제되고 소외된 주변을 의미하지 않는다. 그가 말하고 있는 변경은 '경계'에 가깝다. 안도 아니고 밖도 아닌 그 경계를 하나의 인식의 준거로 설정해 놓고 거기에서 보면 안에서 미처 볼 수 없었던 것을 새롭게 볼 수 있을 뿐만 아니라 어떤 모순되고 부조리한 상황이 적나라하게 노출된 상태를 통해 역동적인 변화와 변혁의 징후를 발견할 수 있다. 그가 말하는 변경은 중심에 있지 않지만 그것을 망각하거나 배제하지 않은 채 끊임없이 그것을 향해 의식을

---

**04**  이문열, 월간 『2000년』, 1986년 8월호, p. 41.

열어놓는 자의 논리에 다름 아니다. 그에 의하면 문학도 변경의 논리 안에 있다. 문학 혹은 작가는 바깥(국외자, 이탈자)에 있으면서도 안(시대)을 탐색하고 모색하는 존재이기도 하고, 적대적인 계급이나 계층 사이에서 완충 역할을 하거나 심퍼사이저 역할을 하는 존재이기도 하다. 그가 이 역할을 『변경』에서 온전히 잘 수행하고 있는지에 대해서는 사실 회의적이다. 작가의 의식을 대변하고 있는 소설 속 인철의 낭만주의적인 성향 때문에 한 사회나 시대를 총체적으로 인식하지 못한 채 끝난 감이 없지 않다.


## 3. 탈주와 낭만의 리얼리티와 보수적 세계관

이문열이 『변경』에서 보여주고 있는 중심을 향한 변경 혹은 경계로서의 인식 태도는 그의 문학이 지니는 다양한 관점과 서사의 형태를 만들어내는 동력으로 작용하고 있다. 한 사회나 국가의 변경에 위치해 있으면서 그 중심으로부터 멀어지려는 태도가 아닌 그것을 향한 욕망을 드러낸다는 것은 그의 의식 세계가 중층적이고 복합적이라는 것을 의미한다. 그의 보수주의적인 성향이 보수를 지향하면서도 그것과 비판적인 거리를 유지하는 경우를 볼 수 있는데 이것은 변경 혹은 경계인으로서의 그의 위치를 드러낸 것이라고 할 수 있다. 가령 「우리들의 일그러진 영웅」에서 그가 보여준 태도는 이것의 좋은 예가 될 수 있다. 이 소설은 한 소도시의 초등학교를 배경으로 이곳에서 벌어지고 있는 권력의 형성과 붕괴의 모습을 그리고 있다. 이 소설을 읽고 그 내용이 80년대 독재 권력에 대한 알레고리라는 것을 눈치채지 못할 독자는 없을 것이다. 이렇게 소설 속에 분명하게 드러나 있듯이 작가의 의식이 겨냥하고 있는 것은 중심 권력에 대한 비판이다. 하지만 그 이면에는 권력의 중심을 향한 작가의 욕망내지 선망이 존재한다고 할 수 있다. 엄석대의 권력을 대체하는 새로운 담임 선생님의 권력이라는 구도는 권력 혹은 중심 권력에 대한 비판적인 거리 확보보다는 권력 그 자체에 대한 의지와 집중 그리고 선망이 강하게 자리하고 있다.

「우리들의 일그러진 영웅」에 드러나 있는 이러한 중심을 향한 변경 의식은 『레테의 戀歌』에서도 엿보인다. 그가 이 소설에서 보여주고 있는 연애관은 우리가 간과하기 쉬운 연애의 한 형태를 제시하고 있다. 육체적인 성관계가 배제된 순수한 정신적인 사랑을 이상적인 형태로 제시하고 있는 이 소설의 연애관은 도덕적인 순결과 정조를 중요한 가치로 내세우는 가부장제 하의 보수적인 연애관을 드러낸다. 하지만 이 보수적이고 낭만적인 연애관은 비록 낭만이라는 한계에 갇혀 구체적이고 현실적인 리얼리티를 구현하는 데는 일정한 한계를 노정하고 있지만 연애에 대한 감각을 불러일으키고 그것에 대해 끊임없는 동경을 가능하게 했다는 점에서 의미가 있다. 낭만적인 연애관이 구체적이고 현실적인 리얼리티를 지니고 있지 못하다고 해서 그것이 우리들이 행하는 연애와 무관한 것이 아니라 그것 역시 한 시대를 관통한 연애의 방식이라고 할 수 있다. 사랑이나 연애에 대해 그것을 '환타지의 차원에서 접근한 시기가 70년대라면 80년대는 사랑에 대한 환멸을 체험하기 전의 청년의 의식에 가까운 시대'[05]라고 할 수 있다. 환상과 환멸 사이의 낭만적인 연애 체험은 작가의 변경 의식이 낳은 독특하면서도 보편적인 사랑의 한 형식인 것이다.

『레테의 戀歌』의 인기와 관심은 이와 무관하지 않다. 이런 맥락에서 볼 때 그의 대표작 중의 하나인 『사람의 아들』이나 『皇帝를 위하여』 또한

---

**05**  박수현, 「연애관의 탈낭만화-1970년대~2000년대 연애소설에 나타난 연애관의 비교 연구」, 『현대문학이론연구』 55권, 2013, pp. 113~114.

이 낭만적인 세계관의 연장선상에 있다고 해도 과언이 아니다. 『사람이 아들』은 제목 자체가 도전적이다. 예수가 신의 아들이 아니라 사람의 아들이라는 규정도 그렇지만 민요섭이 기독교에 모순을 느끼고 이상적이고 절대적인 신을 찾아 나서는 이야기가 또한 그렇다. 예수보다 아하스페르츠에 더 끌리는 것은 신의 깊은 이해의 단계에 들어가기 전에 우리가 경험할 수 있는 낭만적인 과정으로 볼 수 있다. 이 시기에는 이단이나 광기 혹은 환상과 꿈같은 세계에 더 끌리는데 그것은 현실보다 그 너머에 대한 동경이 더 크기 때문이라고 할 수 있다. 그의 식대로 하면 문학은 국외자와 이탈자의 관점에서 시대와 사회를 향해 자신의 의식을 투사하는 탈주의 상상력으로 규정할 수 있다. 이 탈주와 낭만이 어우러지면서 그의 서사는 묘한 매력을 발산하고 있는 것이 사실이다.

그러나 탈주와 낭만의 관점에서 보면 그의 소설 중에서 『皇帝를 위하여』를 능가하는 것은 없을 것이다. 우선 황제라는 인물 설정 자체가 그렇다. 비록 액자 형식을 취하고 있어서 그것이 현실이 아닌 허구적인 현실에서 일어나는 이야기라는 것을 알 수 있지만 이 이야기가 알레고리의 성격을 지니고 있다는 점에서 낭만성과 탈주의 세계를 강하게 환기한다. 황제의 이야기와 우리의 근현대사가 교차되면서 모순과 부조리로 가득 찬 우리의 근현대사가 풍자와 희화의 대상이 된다. 서구의 이념과 가치를 토대로 성립된 우리의 근현대사가 동양의 이념과 가치에 의해 재해석 되면서 의고적이고 복고적인 의식과 세계관이 전경화 되기에 이른다. 소설 속 황제는 '지금, 여기'의 세계를 초월한 존재로 설정되어 있기 때문에 구체적인 현실의 존재들과 맞닥뜨렸을 때는 우스꽝스럽거나 황당무계한 모습으로 비칠 때가 많다. 그것이 어떤 경우에는 카오스적이고 카니발적인 형태로 드러나기도 하고 또 어떤 경우에는 생경하고 이질적인 형태로 드러나기도 한다. 온갖 비기를 모은『鄭鑑錄』이 소설의 골자를 이루는 것만 보아도 얼마나 이 이야기가 낭만적인 예언과 환상으로 가득 차 있는지를 알수 있다. 이것은 작가의 방외자적 혹은 국외자적인 관점과 태도가 확장된형태로 드러난 대표적인 예라고 할 수 있다.

그 사이 일어난 사건이 이승만 정부의 몇가지 실책중의 하나로 지탄받는 이른바 농지 개혁이었다. 뻔한 것을 이 핑계 저 핑계로 오년동안이나 질질 끌어 대지주에게 소작지 처분의 여유를 준 것, 지가증권(地價證券)이란 것이 대지주에게는 귀속사업체 등과 환가성(換價性)을가졌지만 중농층을 형성할 소지주에게는 휴지와 다름없어 결국 중농층만 피해를 입은 것, 그러나 무엇보다도 수혜(受惠) 대상인 소작농의보호에도 실패하여 결과적으로 소작농은 과중한 현물상환규정 때문에 이전의 부당한 소작료에 못지않은 고리채(高利債)의 부담을 안게된것 따위가 그 지탄의 이유였다.

「역(易)에 이르기를, 진정한 손(損)은 밑의 것을 덜어 위에 보태는것(損下益上)이라고 했다. 만약 이모(李某)가 들리는 바와 같이 없는 자의 이름을 빌어 가진 자를 더 많이 가지게 했다면 그의 날은 머지않을것이다」

황제가 그 개혁을 그렇게 말했을 때만해도 황제는 앞서 든 당시의일반적인 비난을 편드는 것처럼 보였다. 그러나 기실 황제가 더 큰 혐의를 가진 것은 질질 끌어오던 그 개혁안을 그같은 전쟁통에 졸속히 시행하게 된 것이 북적(北賊)들의 본을 딴 게 아닌가 하는 점이었다. 다시말해 유상이건 무상이건 토지의 재분배 자체를 부인하는 셈이었다.[06]

---

**06**   이문열,『皇帝를 위하여』, 고려원, 1986, pp. 297~298.

우리가 이 소설에서 주의 깊게 보아야 할 대목은 허구적이고 낭만적인 세계가 어떻게 현실에 침투하여 그것을 알레고리화 하느냐 하는 것이다. 이 알레고리의 방식과 정도에 따라 이 소설에 대한 평가는 달라질 수 있다. 황제로 대표되는 허구적이고 낭만적인 세계가 식민지와 해방과 전쟁으로 이어지는 우리의 근현대사와 만나 그것을 얼마나 예각적으로 혹은 총체적으로 드러내고 있는 지에 대한 평가는 중요하며, 이런 맥락에서 이 소설을 평가하면 균형의 추가 황제의 세계 쪽으로 기우는 것이 사실이다. 허구와 낭만의 과잉이 이 소설의 현실적인 전망을 차단하고 있다는 지적은 충분히 제기될 만하다. 알레고리적인 형식이 지니는 현실 변혁의 강도는 허구와 낭만의 과잉으로 인해 많이 약화되어 있다고 할 수 있다. 『정감록』이라는 비기를 통해 현실 변혁적인 세계를 구현하는 데에 이 소설의 서사 방식과 전략으로는 일정한 한계가 있다. 여기에는 이미 정사(正史)화된 역사의 무게가 너무 큰 탓도 있지만 그것을 서사화 하는 과정에서 드러나는 작가의 낭만주의적이고 보수적인 태도가 너무 강하게 작용한 탓도 있다.

그의 낭만적이고 보수적인 태도는 또 한 편의 우수한 알레고리 소설인 「우리들의 일그러진 영웅」에서도 고스란히 드러난다. 초등학교 교실에서 벌어지는 권력의 양상을 80년대의 억압적인 사회 구조와 알레고리적으로 연결하고 있는 과정에서 작가의 현실 변혁 의지는 일정한 빛을 발하지만 그 권력의 문제를 해결하는 과정에서 작가의 보수적인 태도가 개입한다. 엄석대의 권력에 맞서 대항 권력으로 설정되어 있는 인물(한병태)이 보이는 태도는 자율적이고 주체적인 저항 의지와 행동이 아니라 타 권력(선생님)에 의존하는 수동적인 모습이다. 권력과 권력 사이의 문제가 학생이 아닌 선생에 의해 일순간에 해결됨으로써 개인과 집단 사이에 발생하는 긴장은 약화되기에 이르고, 이러한 긴장의 약화는 권력에 저항보다는 순응, 권력의 중심에 대한 동경과 지향, 전망에 대한 부재와 허무주의적인 태도가 작용한 결과라고 할 수 있다. 한병태 개인의 주체적인 저항에 의해 엄석대의 권력이 무너진 것이 아니라 선생님의 권력에 의해 그것이 무너진 것으로 형상화 하고 있는 작가의 창작 태도에 내재해 있는 것은 변혁이나 혁명은 주변이 아닌 권력의 중심(기존 체제)에 의해 가능하다는 보수적인 논리이다. 이것은 앞서 이야기한 것처럼 이 소설에 드러나 있는 권력이 작가의 권력 혹은 중심 권력을 향한 선망 의식을 반영하고 있다는 것을 의미한다.

## 4. 초월성과 허무의식

이문열의 소설 속 영웅은 변혁이나 혁신의 표상이 아니다. 「우리들의 일그러진 영웅」에서처럼 그것은 일그러져 있거나 아니면 『皇帝를 위하여』의 황제처럼 비기어린 낭만주의자의 모습으로 존재하기도 하고 또 『英雄時代』에서처럼 회의주의자의 모습으로 존재하기도 한다. 영웅이 변혁이나 혁신과는 거리가 먼 모습으로 그려지고 있는 데에는 기존 체계에 순응하고 그 권력의 중심을 지향하는 그의 정치적 무의식이 작용하고 있는 것이 사실이지만 그것 못지않게 중요한 요인으로 작용하고 있는 것은 초월성과 허무 의식이다. 그의 이러한 특성을 가장 잘 보여주고 있는 소설이 「金翅鳥」와 『詩人』이다. 『金翅鳥』는 도(道) 혹은 인생을 위한 예술을 강조하는 석담과 예술을 위한 예술을 강조하는 고죽의 대립과 갈등이 주요한 골자이다. 하지만 표면상으로는 서로 다른 미적 세계를 동시에 인정하고 있는 것처럼 보이지만 그 이면을 들여다보면 고죽 쪽으로 기울어져 있음을 알 수 있다.

예술을 위한 예술 혹은 미를 위한 미에의 탐닉은 '금시조'로 표상된다. 금시조란 '독자적인 미적 성취 또는 예술적 완성을 상징하는 관념의 새'를 말한다. 고죽은 그것을 자신의 작품에서 확인하려고 한다. 그가 희구하는 관념의 새인 금시조는 일상이나 현실에서는 존재하지 않는 새이다. 그 새는 일상이나 현실을 초월해 있다. 이런 점에서 고죽이 그것을 자신의 그림 속에서 찾으려 한다는 것은 자신이 혹은 자신의 예술이 지향하는 세계가 현실을 초월해 존재한다는 것을 의미한다. 그는 그것을 자신의 그림 속에서 찾지 못한다. 자신이 희구하는 궁극적인 대상이 그 그림에 없다는 것을 알아차린 순간 그는 그것을 불태워버린다.

방 안에서 한 눈에 들어오는 장독대 곁 화단이었다. 몇 포기 시들어 가는 풀꽃 옆에 초헌이 서화 꾸러미를 내려놓자 고죽이 다시 소리 높여 명령했다.

"불을 질러라."

그제야 방 안이 술렁거렸다. 일부는 고죽을 달래고 일부는 달려 나와 초헌을 붙들었다. 모두가 쓸데없는 소란이었다. 자기를 달래는 사람들을 거들떠보지도 않은 채 고죽이 돌연 벽력같은 호통을 쳤다.

"어서 불을 붙이지 못할까!"

그런데 알 수 없는 것은 초헌이었다. 그 역시 까닭 모르게 성난 눈길이 되어 잠깐 고죽을 노려보더니, 말리려는 사람을 거칠게 제쳐 버리고 불을 질렀다. 뒷날 고죽을 사이비(似而非)였다고까지 극언한 것으로 보아, 그의 내면에 숨겨져 있던 석담 선생적(的)인 기질이 고죽의 그 철저한 자기 부정(自己否定) 또는 지나친 자기 비하(自己卑下)에

반발한 것이리라. 마를 대로 마른 종이와 헝겊인 데다 개중에는 기름
까지 먹인 것도 있어 서화 더미는 이내 맹렬한 불꽃으로 타올랐다. 신
음 같은 탄식과 숨죽인 흐느낌과 나지막한 비명들이 여기저기서 터져
나왔다.[07]

　자신의 그림이 금시조를 구현해내지 못하는 데에는 그의 이상이 크기
때문이기도 하지만 애초에 그것은 거기에 없었던 것이다. 이런 점에서 그
가 그리고 싶어 하는 금시조는 그의 초월적인 이상이 만들어낸 허상에 불
과한 것이라고 할 수 있다. 그 역시 이것을 깨닫고 자신이 추구해 온 이상
과 일련의 과정에 대해 부정하고 회의하게 된다. 하지만 이 회의와 부정
은 어디까지나 이상과 욕망 추구의 좌절에서 오는 허무의식의 산물에 가
깝다고 볼 수 있다.
　이상적인 미에 대한 추구가 허무로 귀결되는 또 다른 소설로 『詩人』
을 들 수 있다. 이 소설이 보여주는 일련의 과정은 시인의 의식 변화의 과
정에 다름 아니다. 시인의 시는 유가적인 이념과 이상의 추구에서 시작해
민중의 이념과 현실에 기반한 파격적인 형식의 추구를 거쳐 관조와 자기
침잠으로 이어진다. 그리고 이것은 불립문자(不立文字)와 현실과의 단절로
표상되는 소요유(逍遙遊)의 세계로 귀결된다. 언어가 더 이상 필요 없는 경
지, 다시 말하면 언어와 문자로 드러낼 수 없는 높은 경지가 시인이 궁극
적으로 도달하고자 하는 세계인 것이다. 언어 이전의 세계란 언어를 토대
로 이루어지는 지적이고 이성적인 욕구나 욕망이 도달할 수 없는 경지를
말한다. 언어가 존재의 집이라는 개념을 넘어선 동양의 무(無)나 도(道)의
경지라든가 어떤 것에도 얽매이지 않고 스스로 황홀과 충만의 세계에 빠

---

**07**　이문열, 「金翅鳥」, 『金翅鳥』, 민음사, 2016, p. 300.

져들 수 있는 절대적인 초월의 경지를 의미한다. 가령『詩人』에서 '그윽한 경지에 이르면 몸은 사로잡혀 있는 형체에서 벗어나고 갇혀 있는 시간에서 벗어나며 묶여 있는 공간에서도 벗어난다'라고 했을 때 그 '벗어남'의 어떤 경지가 바로 그가 회구하는 세계인 것이다.

"하오면 어르신네의 시는 어떤 것입니까?"

"제 값어치로 홀로 우뚝한 시. 치자(治者)에게 빌붙지 않아도 되고 학문에 주눅이 들 필요도 없다. 가진 자의 눈치를 살피지 않아도 되고 못 가진 자의 증오를 겁낼 필요도 없다. 옳음의 자로써만 재려 해서도 안 되고 참의 저울로만 달려고 해서도 안 된다. 홀로 갖추었고, 홀로 넉넉하다."

……(중략)……

"사람이 자유하게 된다는 것은 무얼 말함입니까?"

"마음과 몸이 그 얽매임에서 벗어난다는 뜻이다."

"마음이 그 얽매임에서 벗어난다 함은……."

"만상(萬象)이 품은 바 그 원래의 뜻을 바라봄이다. 세상은 온갖 뜻으로 가득 차 있다. 그러나 우리 마음은 스스로 꾸미고 지어낸 온갖 거짓과 헛것에 얽매여 그 아름다움도 착함도 참됨도 거룩함도 보지 못한다. 오직 자유해진 마음만이 그것들을 볼 수 있는데, 그 봄(見)은 또한 지음(作)이기도 하다. 원래 거기 있었으나 아무도 보지 못함은 없음(無)과도 같으니, 그 없음은 그런 봄을 얻어서야 비로소 온전한 있음(存在)으로 돌아가기 때문이다. 원래 시(詩)하는 것은 그러한 봄이지만 본다 하지 않고 짓는다 하는 뜻은 실로 거기에 있다."

"몸은 시를 얻어 어떻게 자유하게 됩니까?"

"그 그윽한 경지에 이르면 몸은 사로잡혀 있는 형체에서 벗어나고 갇혀 있는 시간에서 벗어나며 묶여 있는 공간에서도 벗어난다……."[08]

고죽 혹은 작가가 희구하는 이러한 경지는 인간이 발 딛고 사는 지상과는 궤를 달리하는 세계라고 할 수 있다. 고죽이 지향하는 지상의 삶을 초월해서 존재하는 어떤 절대적인 경지는 개인의 자아를 완성하기 위한 그의 의지와 욕망을 드러낸 것으로 미와 예술에 대한 그의 강한 자의식을 엿볼 수 있다는 점에서 의미가 있다. 예술을 위한 예술 혹은 미를 위한 미를 추구하는 유미주의적인 사상의 한 극단을 논쟁적으로 형상화하고 담론화 한 경우는 우리 근현대문학사에서 흔치 않다. 김동인의 예술지상주의라든가 김동리, 서정주, 조연현 등 문협정통파의 순수 옹호 속에서 그 전통을 발견할 수 있지만 그것이 작품 속에서 논쟁적인 형식이나 양상을 드러내지는 않고 있다. 이런 점에서 『詩人』, 「金翅鳥」, 「들소」 등에 드러나는 논쟁의 형식과 양상은 주목에 값한다. 그의 소설 세계에서 하나의 흐름을 형성하고 있는 미를 위한 미의 추구는 그의 다른 소설과 동떨어진 그 무엇이 아니라 이것들과 긴밀한 관계 속에 놓여 있는 그 무엇이라고 할 수 있다. 이 관계란 그의 소설에 드러나는 예술성과 정치성의 관계를 의미하며, 그의 '문학적 성과와 정치적 행동은 동전의 양면처럼 길항 관계'[09]를 이루고 있다고 볼 수 있다.

그의 예술지상주의적인 태도가 그의 정치성과 동전의 양면처럼 존재한다면 강한 초월성과 허무의식을 지니고 있는 그의 미를 위한 미의 추구는 보수적이고 우 편향적인 정치적 무의식과 깊은 연관성을 지닐 수밖에

---

**08**  이문열, 『詩人』, 민음사, 2008, pp.139~144.

**09**  권성우, 「이문열 소설에 나타난 '예술가 의식' 연구」, 『현대소설연구』 제15호, 2001, pp.84~85.

없다. 우리는 예술을 위한 예술이 강한 정치성을 드러내는 예를 심심치 않게 발견하게 되는데 이것은 이 둘의 관계가 긴밀하게 연결되어 있는 경우이다. 그의 예술성이 그의 보수적 정치성과 긴밀하게 관계하면서 그것을 강화시켜주는 쪽으로 작동하고 있는 것을 발견하는 것은 그다지 어렵지 않다. 지상의 삶의 문제를 초월해 존재하는 미의 세계에 대한 추구는 지상에서 벌어지는 일상적인 사건과 현실의 문제를 비껴가거나 그것을 관념화 하고 이상화 할 위험성이 있다. 그의 문학에 대한 비판의 골자도 대개 이런 맥락에서 제기되고 있는 것이 사실이다. 작가가 자신의 정치성을 드러내는 것은 충분히 있을 수 있는 일이다. 이것은 자신이 의도했든 의도하지 않았든 어떤 상황이나 해석의 과정에서 자연스럽게 드러날 수 있는 일이기 때문이다. 하지만 그 의도가 지나치게 전경화 되는 경우 문학이나 예술이 정치에 종속될 위험성이 있다. 그의 소설 중에서도 그러한 경향을 드러내는 작품이 적지 않다.


## 5. 이념의 포괄과 사상의 보편타당성

이문열의 정치성은 문학의 안과 밖에서 동시에 제기되면서 과도하게 이슈화된 감이 없지 않다. 이로 인해 그의 문학에 대해 일정한 선입견을 가지고 보는 경향이 있다. 일정한 선입견을 가지고 볼 경우 그의 문학 전체를 도그마적으로 이해할 위험성이 존재한다. 가령 우리가 『詩人』, 『金翅鳥』, 「들소」 등 이른바 '예술가소설'[10]로 분류되는 작품들이나 『영웅시대』나

---

**10**　예술가소설은 예술의 본질과 예술의 시대적 지위와 역할을 규정하는데 좋은 개념이다. 예

『변경』과 같은 역사적인 사건과 상황을 다루고 있는 소설들, 그리고 『레테의 戀歌』나 『추락하는 것은 날개가 있다』와 같은 낭만적인 연애소설들을 과도하게 정치적인 관점으로 이해하고 판단하여 그것이 은폐하고 있는 의미와 가치를 발견하는데 장애가 되기도 한다. 문학은 '본질적으로 감각을 분할하고 그것의 형태를 삶의 형태로 바꾼다'[11]는 점에서 정치적이다. 하지만 이런 사실을 상기하지 않더라도 그것이 은폐하고 있는 정치성은 인간의 삶의 조건과 시대와의 소통을 위해 중요하다고 할 수 있다. 그런데 그 정치성이 개인의 과도한 욕망 추구의 방향으로 흐르면 인간의 보편적인 삶의 조건과 시대와의 소통이 이루어지지 않을 수도 있다.

소설이 작가 개인에 의해 창작되는 양식이지만 그것이 공적인 감각과 인류 보편의 정서를 담지해야 한다는 것은 상식에 속하는 것이다. 이 것은 소설이 인간의 보편타당한 공감을 전제로 성립된 장르라는 것을 의미한다. 그의 소설 중 비교적 정치성이 강하게 드러나는 『선택』의 경우 비록 페미니즘 진영으로부터 비판을 받기는 했어도 시대의 흐름에 무관하게 한국사회(특히 한국 남성)의 기저에 내재해 있는 정치적 무의식을 표출하고 있다는 점에서 적지 않은 관심과 논쟁을 이끌어낼 수 있었다. 전통적인 가부장 의식의 표출과 미화로까지 이야기될 수 있는 이 소설의 정치적 무의식은 엘리트 주체의 관념적 페미니즘에 현실적인 자기 성찰과 반성의 계기를 제공하였다고 볼 수 있다. 『선택』에 드러난 보수적인 정치성이

---

술에 대한 미와 진리를 추구하는 예술가의 자아와 이상이 생활 속으로 편입해 들어오면서 주변 현실과 동화하지 못한 채 고독한 정체성을 유지하게 되고, 이 과정에서 이상과 현실, 예술과 생활, 주관과 객관 사이의 독특한 긴장이 형성되면서 독특한 미적 형식이 탄생하게 된다. (H. 마르쿠제, 김문환 編·譯, 『마르쿠제 美學思想』, 문예출판사, 1989, pp. 15~16).

**11** 자크 랑시에르, 오윤성 옮김, 『감성의 분할』, 도서출판b, 2008, pp. 13~23.

페미니즘의 진보적인 정치성을 충격함으로써 이 소설은 우리 사회의 새로운 이념 형성에 일정한 긴장의 축으로 작용한 것이 사실이다.

하지만 이 긴장의 축이 작가 개인의 과도한 정치성의 노출로 인해 구축되지 않는 경우도 있다. 그의 소설 중 『호모 엑세쿠탄스』가 여기에 해당된다. 이 소설은 '노무현 정권 출범 이후 급변한 우리의 정치 현실을 직접적으로 다루고 있'으며, 그 시각은 '80년대 386세대가 주도하는 정치 현실을 시니컬하게 비판하는 데에 모아지고 있'[12]다. 보수적인 정치 성향을 지닌 작가가 진보적인 이념을 지닌 세대를 비판하는 것은 흔히 있는 일이다. 서로 다른 이념과 정치성을 지닌 개인이나 집단이 서로 갈등하고 충돌하면서 그 안에 내재해 있는 모순과 부조리를 발견하고 그것을 통해 보다 합리적이고 생산적인 방안을 찾아가는 것이 이 갈등과 충돌의 목적이될 수 있다. 만일 작가의 의도가 여기에 있었다면 이 소설은 정치성을 띤훌륭한 소설이 되었을 것이다. 그러나 이 소설은 선과 악의 구도가 지나치게 이분법적이어서 두 세계 사이의 어떤 접점이나 매개의 가능성을 발견하기가 쉽지 않다. '새여모'[13](새 세상을 여는 모임, 386세력, 敵 그리스도)는 극단적으로 악하고 이와 대척점에 있는 보일러 수리공(마리 일행, 예수 그리스도)은 극단적으로 선하다는 이러한 구도 하에 이야기가 전개된다. 결국 마리 일행은 새여모의 대표를 처단한다. 이 처단은 작가에 의해 아주 신성한 의식으로 그려지고 있다. 처형하는 사람과 처형 당하는 사람은 선이악을 처단하는 종교적인 신성함의 문맥을 거느리고 있기 때문에 범접할수 없는 권위의 차원으로 제시된다.

---

**12**  김경수, 「소설의 정치성이라는 무엇일까-이문열 신작에 대하여」, 『황해문화』 2007년 봄호, p.330.

**13**  이문열, 『호모 엑세쿠탄스 2』, 민음사, 2006, p.19.

이어 푸른 불길이 일렁이는 듯한 눈길로 그를 쏘아보던 대표가 그렇게 얼른 알아들을 수 없는 말을 중얼거리며 천천히 뒷걸음질쳤다.

"죄악과 어둠의 주인아. 이 불길의 배웅을 받고 돌아가거라. 네 있던 곳으로."

갑자기 그런 외침과 함께 얼굴 흰 대학생이 불 붙은 화염병을 내던졌다. 화염병이 대표실 문설주에 맞고 터지면서 불길이 사방으로 번졌다. 안으로 사라지는 대표를 뒤쫓듯 대표실 안으로 들어간 대학생은 그 입구에 서서 잇따라 여남은 개의 화염병을 던져 댔다. 그러다가 이윽고 화염병이 다했는지 빈 배낭을 내던지고 대표실 안쪽의 짙어가는 불꽃과 연기 속으로 뛰어들며 외쳤다.

"서라. 어디로 달아나려 하느냐? 내 너를 배웅하려 화염의 옷을 입고 왔다. 네가 입고 온 몸은 나와 함께 벗고 가자."

……(중략)……

그 소리에 깨난 것인지 그림처럼 조용히 그들을 지켜보고 있던 마리도 곧 두 사람을 따라 한층 더 불꽃과 연기가 맹렬해진 대표실 안으로 걸음을 떼어 놓았다. 그때껏 마비된 듯 굳어 있던 그가 안간힘을 다해 몸을 움직여 그녀 앞을 가로막았다.

"안 돼. 저들로 넉넉해. 더는 미친 짓이야."

그러자 마리가 말끄러미 그를 바라보다가 그때껏 그가 한번도 들어 본 적이 없는 말투로 말했다.

"당신이야말로 이제는 돌아가세요. 당신이 있어야 할 곳으로. 당신 몫은 이제 다 했어요. 저들을 처형하는 것은 우리의 일이에요."

그러고는 스르르 빠져나가듯 그 곁을 지나 대표실 안으로 들어갔다.[14]

---

**14**  이문열, 『호모 엑세쿠탄스 3』, 민음사, 2006, pp. 248~249.

이 인용문에 잘 나타나 있듯이 그의 소설은 선과 악이 견고하게 구축됨으로써 여기에 대화와 소통의 정치성이 끼어들 틈이 존재하지 않는다. 좌든 우든, 진보든 보수든 이들의 이념이 대화와 소통을 통하지 않고 극단화 될 경우 남는 것은 공공의 선이나 공동체의 운명에 대한 깊은 이해와 성찰이 아니다. 좌와 우, 진보와 보수 모두 이들이 추구하는 이념의 궁극이 공공의 선이나 공동체의 행복에 있다고 말한다. 하지만 두 세력이 헤게모니를 차지하기 위해 어떤 합리적인 절차와 제도, 관계를 무시하고 그것을 과도한 권력 투쟁으로만 몰아간다면 그 이념의 본질은 변질될 수밖에 없다. 우리가 흔히 건강한 보수(우) 혹은 건강한 진보(좌)라고 할 때 그 건강함에는 공공의 선과 공동체의 운명에 대한 깊은 통찰과 이해가 전제되어 있는 것이다. 이런 점에서 『호모 엑세쿠탄스』는 다양한 서사적 장치와 새로운 방법적인 탐색에도 불구하고 아쉬움이 많이 남는 작품이다.

우리는 자주 한국소설의 왜소함을 이야기한다. 이 이야기를 들을 때마다 이런 생각을 한다. 우리에게 이념은 독이었을까?아니면 약이었을까? 다양한 이념이 교차하고 재교차하는 실존의 장이 우리의 근현대였다면 그것을 아우르는 보다 큰 어떤 이념이 우리 문학을 통해 제시되어야 하지 않았을까? 가령 우리 근현대사를 관통하는 가장 큰 이념인 좌우이데올로기의 문제를 우리 문학은 어떻게 형상화 해 왔는가 하는 점이 그것이다. 전쟁 직후(50년대)에는 우파적인 논리가 흐름을 지배했고, 그것이 내면화 되어가는 시기(60년대)에는 양비론적인 중도 논리가, 그리고 개발 독재(70년대)를 지나 시민혁명이 이루어진 후(80년대)에는 좌파적 논리가 지배적인 흐름으로 작용해 왔다.[15] 좌우의 논리가 통합되고 하나로 어우러진 논

---

**15**  이와 관련하여 권오룡은 흥미로운 해석을 내놓고 있다. 그는 『변경』에서 인철이 '6·25를 소재로 한 이데올로기적 관념소설의 계보'를 요약하고 있는 부분을 언급하면서 다음과 같

리로 그것을 형상화 해낸 온전한 문학은 존재하지 않는다고 할 수 있다. 조정래의 『태백산맥』이 그 이념이라는 금기에 종지부를 찍었다고 평가되지만 그것 역시 좌라는 흐름을 전경화한 것에 지나지 않는다. 이런 맥락에서 보면 그것은 분단과 전쟁으로 점철된 한국 근현대문학사에서 불완전한 미완의 흐름으로 존재할 뿐이다. 이문열의 소설이 많은 독자층과 평자들의 관심을 받아왔음에도 불구하고 좌와 우, 보수와 진보의 차원을 떠나 모두가 공감하는 어떤 보편타당한 이념을 제시하고 있느냐 하는 문제에 있어서는 아쉬움이 있을 수밖에 없다. 이것은 이문열 개인에게만 해당되는 문제가 아니라 우리 작가 모두에게 해당되는 결핍의 정수리 같은 것이라고 할 수 있다. 이분화 되고 극단화 된 이념의 체제내지 구조에서 벗

---

이 서술하고 있다. "간략히 그 내용을 소개하면 푸른색 계통의 색조 만을 드러내는 반공소설 일색이던 1950년대가 청색 지대라면, 4·19 직후 『광장』으로 대표되는 짧은 시기는 보라 시대, 그 이후 『장마』와 같이 어린아이의 눈으로 본 6·25 문학이 황색 시대의 작품이라면 이데올로기적 편향성에 대한 발발로 붉은 시대의 막이 오르면서 빨치산 문학의 유형이 대두되었다는 것입니다. 이러한 분류 방식에 따라 『영웅시대』나 『변경』을 귀속시키면 이들은 과연 어느 유형에 속하게 될까요? 가령 『영웅시대』의 경우 빨갱이 아버지 이동영을 중심 인물로, 아니 영웅으로 부각시키고 있다는 점에서 이른바 붉은 시대의 작품 군(群)에 속하는 것으로 간주할 수 있을까요? 아주 타당하지 않은 것은 아니겠지만, 그래도 이보다는 『영웅시대』 역시 붉은색에 대한 용인의 태도를 은연중에 숨기고 있는 황색 시대 계열의 작품에 속하는 것으로 보는 것이 더 적절할 것 같습니다. 『변경』 또한 마찬가지입니다. 그러나 그러면서도 이런 구분이 또 한편으로 썩 잘 맞아떨어지지는 않는 것처럼 보이는 것은 황색 시대 계열의 작품들에 비해 『영웅시대』나 『변경』이 갖는 어떤 차별성 때문이겠지요. 어떤 차별성입니까? 무엇보다도 이념이나 분단 현실에 대한 이해의 시각이 가족 관계의 틀을 넘지 않는, 지극히 사적인 것으로 닫혀 있다는 점이 아닐까 합니다"(권오룡, 「'변경'에서 벗어나기 위하여」, 『문학과사회』 1998년 겨울호, pp. 1248~1249) 그의 이러한 서술은 '80년대 이후 좌파적 논리가 이데올로기적 소설의 계보와 관련하여 지배적인 흐름으로 작용해 왔다'는 필자의 논리를 반영하면서 동시에 그 흐름과는 차별화되는 논리가 작용하고 있다는 것을 말해준다. 그는 이것을 '작가의 사적인 가족 관계의 틀'에서 찾고 있다. 이점은 작가가 지향하고 있는 이념이나 사상과 관련하여 중요한 시사점을 제공한다고 할 수 있다.

어나 그것을 객관적이고 총체적으로 바라보고 또 그것을 형상화 할 수 있는 문학의 출현이 요구되는 이유가 바로 여기에 있다.

# 자유주의자의 이념 혹은 지식인의 퍼스펙티브
- 복거일의 『보이지 않는 손』

## 1. 지식인 소설의 계보학

복거일의 『보이지 않는 손』은 지식인 소설이다. 이 용어는 역사적인 개념으로 존재한다. 이것은 이 용어가 일정한 소설사적인 맥락을 갖는다는 것을 의미한다. 이 과정에서 형성된 지식인 소설에 대한 개념 규정은 다음과 같다. 지식인 소설은 '지식인이 주요인물로 나타날 것', '현실적 욕구와 이상적 세계 사이의 갈등이 메인 플롯이 되어야 할 것', '지식인의 태도라든가 고통에 대한 분석이 있어야 할 것' 등이 바로 그것이다.

이러한 맥락에서 우리 소설사를 보면 지식인 소설은 개화기까지 거슬러 올라가지만 본격적인 면모는 1920·30년대에 나타난다. 현진건, 채만식, 박태원, 유진오, 이무영, 이효석, 이광수, 심훈 등의 소설에서 발견할 수 있는 것은 지식인 소설의 본질적인 차원을 형성하는 가장 중요한 인자인 지식인으로서의 세계에 대한 일정한 자의식이다. 이 작가들은 '지식인을 주인공으로 설정함으로써 그를 매개로 하여 자신들이 처한 비극적 상황을 비교적 솔직하게 고발하고, 또한 당대 현실의 참모습을 그려 낸'[1]다.

---

**01**    조남현, 『한국지식인 소설 연구』, 일지사, 1999, p.8

이들의 이러한 태도를 통해 알 수 있는 것은 지식인 소설이 다른 소설들에 비해 한 시대와 사회의 문제들에 대해 보다 본질적인 관심을 보이며 또 한 시대와 사회의 인식체계와 도덕적 문제에 더욱 민감한 반응을 보인다는 사실이다. 특히 식민지와 분단 그리고 개발독재로 점철된 우리의 사회 역사적인 상황 속에서 그것은 좀 더 예각화 될 수 있는 여지를 가진다.

지식인 소설의 계보는 이후 최인훈, 이청준으로 이어지지만 우리의 사회 역사적인 상황을 고려할 때 작가와 작품의 양적 질적 차원에서 빈약함을 드러낸다고 할 수 있다. 특히 80년대 이후 이 계보는 그 명맥조차 점점 희미해지고 있는 것이 사실이다. 여기에는 여러 원인이 있을 수 있지만 그중에서도 가장 중요한 원인으로 꼽을 수 있는 것은 의식적이든 아니면 무의식적이든 대중소비사회 속으로의 함몰이다. 대중소비사회 속으로 함몰되면서 지식인으로서의 작가의 개념은 사라지고 그 자리에 엔터테인먼트화 된 감각의 생산자로서의 작가의 개념이 들어선 것이다. 작가가 자신의 이념이나 사상을 고집하기에는 대중소비사회의 상품화와 통속화의 논리가 너무 강하게 지배력을 행사하면서 지식인으로서의 자기 정체성을 가지고 그러한 세계와 일정한 긴장 관계를 유지하기가 불가능하게 된 것이라고 할 수 있다. 대중소비사회의 상품화와 통속화의 논리가 가치가 없다는 것이 아니라 이것이 작가로 하여금 여유를 가지고 자기 자신과 사회를 성찰하는 것을 용납하지 않기 때문에 문제적이라는 것이다.

대중소비사회가 요구하는 것은 사유의 깊이가 아니라 감각이나 감성의 번뜩임과 유희의 강렬함이다. 이것을 가속화시킨 것은 인터넷이다. 그것이 사고든 아니면 감각이나 감성이든 모두 속도의 지배를 받으며 언제나 업그레이드가 되어야만 하는 실존의 논리가 여기에 작용하고 있는 것이다. 인터넷에서의 지식인의 정체성은 소수 엘리트의 선각자적이고 계몽주의자의 그것이 아니라 네티즌이라는 표상성을 지닌 개체적이고 대중적인 익명의 존재일 뿐이다. 네티즌들을 대상으로 자신의 계몽성을 예각화해 버릴 때 자신에게 돌아오는 것은 지적인 우월감에 대한 숭고한 경배가 아니라 오히려 지식으로부터의 소외이다. 네티즌들은 모두 교육기회의 확대로 어느 정도 지적인 능력을 갖추고 있기 때문에 지적인 우월감으로 자신들을 계몽하려는 자에 대해서는 일정한 반감과 함께 의도적으로 그를 소외시키려 할 것이다. 또한 디지털과 영상시대로 대표되는 현세계에서의 지식인의 개념은 문자나 인쇄로 대표되는 시대와는 차이가 있다. 비록 국가 차원에서 몇 해 전부터 내세운 '신지식'이라는 말이 함의하고 있는 지식 혹은 지식인의 개념은 그 기준이 과거와는 달리 테크놀로지를 토대로 한 경제적인 부가가치를 창출하는 쪽으로 경사되어 있다.

신지식인의 개념으로 보면 소설가도 자신의 지식을 상품화해서 막대한 경제적인 부가가치를 창출하는 사람이 곧 지식인이 되는 것이다. 신지식인이라는 이 용어가 적절한지 아닌지를 꼼꼼하게 따져봐야 하겠지만 중요한 것은 그것이 이 시대의 지적 가치를 반영하고 있다는 점이다. 이러한 풍토에서는 그동안 계몽의 대상으로 간주해 온 대중은 물론 물적 가치에 대해 우호적인 인식을 무의식적으로 강요받게 된다. 이로 인해 대부분의 작가들은 이것을 염두에 둔 채 글을 쓸 수밖에 없는 상황에 놓이게 된다. 실제로 90년대 이후 우리 작가들의 글쓰기에 이러한 징후가 강하게 투영되어 있다.

지식인의 개념은 시대에 따라 일정한 변화를 거듭해 오면서 역사와 사회에 대한 시대적인 문제의식을 반영하는 의미로 통용되어 온 것이 사실이다. 시대가 급격하게 변화하면서 지식인의 개념 자체에 대한 본질적인 차원의 회의가 제기될 수도 있고, 신지식이라는 용어에는 어느 정도 그것이 포함되어 있다고 할 수 있다. 하지만 시대에 따라 그 개념이 변해도 결코 변할 수 없는 것은 역사와 사회에 대한 반성적인 거리의 확보와 비판 정신이라고 할 수 있다. 테크놀로지의 발달로 이전 시대와는 다른 의식과 제도가 출현했지만 그것이 드러내는 모순과 부조리 그리고 부정성은 오히려 더 무의식화되고 또 세련되었다고 할 수 있다. 지식인의 사회 역사에 대한 반성적인 거리 확보와 비판정신의 부재는 대중소비사회 속에서의 그들의 위상과 힘의 약화내지 상실이 불러온 결과이지만 이것은 또한 자기태만과 자기안일이 불러온 결과라고도 볼 수 있다.

복거일의 일련의 지식인 소설이 의미가 있다면 바로 이 점이 아닐까 한다. 지금까지 그가 보여준 지식인으로서의 태도는 그것이 꼭 긍정적이라고 말할 수는 없지만 그의 글쓰기가 불러온 파문은 논쟁이 부재한 우리 문단 혹은 사회에 적지 않은 문제의식을 던져주었다고 할 수 있다. 그가 표방하는 자유주의 이념이 신자유주의라는 기만적인 논리가 지배력을 확산시키고 있는 이 시점에서 어떤 메시지를 함의하고 있는지, 그것을 소설 속의 화자를 통해 되짚어보고, 또 '지금, 여기'라는 위치에서 역사와 사회에 대해 반성적인 거리를 가늠해 보는 것은 즐거운 일이 될 것이다.


## 2. 지식인의 퍼스펙티브

지식인 소설도 그것이 소설인 한 장르적인 특성으로부터 자유로울 수는 없다. 지식인 소설의 가장 큰 특징 중의 하나는 작가 혹은 화자에 의해 초점화된 인물이 지식인이라는 점이다. 이 인물에 대한 관심은 그를 중심으로, 그의 퍼스펙티브(perspective)에 의해 소설의 스토리와 담론이 전개된다는 점에서 어쩌면 당연한 것이라고 할 수 있다. 이때 지식인으로서의 초점화된 인물은 작가가 가지는 지식 이상을 가질 수 없다. 이것은 그만큼 소설 속의 초점화된 인물과 실제 작가와의 거리가 가깝다는 것을 의미한다. 소설 속의 초점화된 인물이 '나'든 아니면 '그'든 인칭에 관계없이 작가의 의식을 대변하는 인물이라고 할 수 있다.

『보이지 않는 손』에서 초점화된 인물은 현이립이다. 소설 속에서 현이립은 어느 경제 연구소 실장으로 일하다가 나온 뒤 소설가로 또 사회평론가로 왕성하게 활동하는 인물로 그려지고 있다. 이러한 현이립의 이력은 실제 작가의 이력과 일치한다. 특히 이 소설의 실질적인 이야기의 중심 서사이며, 소설의 첫머리를 장식하고 있는 지적 재산권과 관련된 소송 이야기는 실제로 '2009 로스트 메모리즈'라는 영화가 자신의 소설 『비명을 찾아서』의 저작권을 침해했다는 이유로 소송을 한 이야기를 형상화한 것이다. 소설 속에서는 그것이 '로스트 히스토리(LOST HISTTORY)'가 '묻혀진 말을 찾아서'의 저작권을 침해했다는 것으로 되어 있지만 이 글을 읽는 독자들은 그것이 실제로 일어났던 사건을 형상화한 것이라는 사실을 쉽게 알아차릴 것이다.

이 소설을 읽는 독자들은 이 대목에서 작가의 글쓰기에 대해 오해를 할 수도 있다. 만일 독자가 이 이야기를 단순히 작가의 보상심리 차원으로 이해하게 되면 지식인으로서의 작가의 도덕성과 윤리성은 훼손될 수 있다. 지식인 소설에서 가장 중요한 것 중의 하나가 작가의 세계를 보는 눈의 객관성과 공공성인데 그것이 한낱 작가 개인의 보상심리를 충족시키기 위해 쓰인 것이라면 그의 발언은 권위를 상실하게 될 것이다. 이 소설은 작가의 주관적인 감정이 객관화 되지 못한 채 표층으로 흘러넘친 대목이 곳곳에 눈에 띈다. 그중에서도 현이립이 저작권 침해 소송에서 패한 원인을 판사와 젊은 여변호사 사이의 사적인 친밀함의 관계로 몰아가는 대목은 그 위험성의 직접적인 예이다.

> 문득 모욕감이 속에서 치밀어 올랐다. 재판장과 저쪽 변호사 사이의 대화와 보디 랭귀지는 그들이 무척 친한 사이임을 말해주었다. 그들이 그런 사이라는 점은 그에게 반가운 일이 아니었지만 그가 불평할 만한 일도 아니었다. 그래도 재판장이 법정에서 한쪽 변호사에겐 눈길도 주지 않고 다른 쪽 변호사에겐 친밀한 몸짓을 보이면서 반말까지 하는 것은 지나친 일이었다. 그러나 그가 정작 모욕감을 느낀 것은 재판장이 그렇게 행동함으로써 그와 변호사를 모욕했다는 사실이었다.[02]

작가가 이야기하고 있듯이 만일 재판장과 변호사 사이의 이런 친밀함이 사실이라면 그것은 충분히 모욕적이라고 할 수 있을 것이다. 그것은 자신과 자신의 변호사의 존재를 인정하지 않았다는 점에서 그렇다. 이런 일들이 지금 우리 법정에서 비일비재하게 벌어지는 일인지 아니면 단순한 허구인지 알 수 없다. 하지만 분명한 것은 그것이 비록 사실이라고 해도 패소한 원인을 그렇게 쉽게 단정을 내리는 것은 지식인으로서의 태도로서는 올바르다고 할 수 없다. 법이 그 자체 내의 모순을 드러내는 것을 우리는 종종 체험한다. 이에 대해 '악법도 법이다'라고 할 수도 있고 또 '악법은 법이 아니기 때문에 반드시 고쳐야 한다'는 논리를 내세울 수도 있다.

그러나 이 두 논리는 서로 대립되지만 그것에 대한 해석 태도는 큰 차이가 없다. 여기에는 법에 대한 인식의 논리성이 존재한다. 하지만 재판

---

**02**  복거일, 『보이지 않는 손』, 문학과지성사, 2006, p. 42.

의 패배를 재판장과 젊은 여변호사 사이의 친밀성으로 몰아가는 태도에는 논리성이 희박해 보인다. 이것은 이렇게 생각해 보면 될 것이다. 과연 이 소설을 읽는 독자들이 재판장과 젊은 여변호사 사이의 친밀성 때문에 재판에서 패소했다는 작가의 말을 어느 정도 액면 그대로 믿어줄까? 하는 점을 생각해 보면 쉽게 이해가 될 것이다. 소설 전체에서 이 대목은 재판이 공정하게 이루어지지 않았다는 점을 강조하기 위한 작가의 계획된 의도 정도로 이해하고 넘어갈 수도 있을 것이다. 여기에 대해 이렇게 민감하게 반응하는 것은 이 소설의 주인공이 지식인이기 때문이다.

독자나 타자에 대한 계몽성을 강하게 드러내는 지식인 소설에서의 지식인은 보편타당한 객관성이 생명이다. 지식인 소설에서의 지식인은 독자보다 도덕적으로 윤리적으로 우월해야 할 뿐만 아니라 누구나 이해할 수 있는 보편타당한 판단의 정도와 교양 그리고 양식을 가지고 있어야 한다. 현이립은 지적재산권 재판에 대한 주관적인 태도를 드러냄에도 불구하고 그는 전형적인 지식인의 모습을 드러낸다. 지적재산권과 관련해서 그가 결정적으로 재판을 하게 된 계기가 된 것은 영화사의 기획실장이 그에게 던진 "자기기 도덕적으로는 잘못이 있지만 법적으로는 잘못이 없다"[03]는 한 마디 말 때문이다. 이 말은 '법적으로 잘못이 없으면 무엇이든지 할 수 있다'는 의미가 내포되어 있는 것으로 현이립이 발끈한 것은 법적 정의의 문제 때문이라고 할 수 있다. "법적 정의가 사라진다면, 이 지구에 사람들이 남아 있을 가치가 없어질 것"[04]이라고 한 칸트의 말을 신앙처럼 믿고 있는 그에게 영화 기획자의 이 한 마디는 그의 심층에 자리하고 있는 법적 정의에 대한 자의식을 자극하기에 충분했던 것이다.

---

**03**  복거일, 위의 책, p.60.

**04**  복거일, 위의 책, p.62.

현이립에게 보상보다 더 중요한 것은 법적 정의인 것이다. 그는 '보상받기 위해서 새로운 판례를 구한 것이 아니라 새로운 판례 자체를 목표로 삼고 싶'[05]었던 것이다. 보상보다 새로운 판례를 더 중요한 가치로 여기는 현이립의 태도는 지적재산권과 관련해서 우리 법이 아직 그에 걸맞은 제도적인 장치를 가지지 못하고 있다는 것을 보여준다. 그는 자신의 이번 소송이 본질적으로 지적재산권, 좀 더 정확히 말하면 지적재산권과 관련된 새로운 판례에 관한 것임을 천명한다.

재판장님, 이번 소송은 본질적으로 지적재산권에 관한 겁니다. 지적재산권은 아직 충분히 확립되지 않은 권리고, 그래서 보호 장치가 아주 부족합니다. 저는 처음부터 이번 소송이 그런 보호 장치를 마련하는 계기가 되리라는 생각에서 영화사 측에서 화해하자는 제의를 마다하고 법원에 호소했습니다. 이제 법원이 제 호소를 받아들일 생각이 없는 것 같으니, 제가 물질적으로 보상을 받으리라는 기대는 거두겠습니다. 그러나 저는 지금 어떤 뜻에선 모든 작가들을 대변하는 셈입니다. 작가가 작품의 품위와 일체성을 보호할 최소한의 장치는 있어야 하지 않겠습니까? 작가가 작품의 일부분을 영화 만드는 데 쓰라고 허락하면서, 나중에 시나리오를 검토할 권리를 명시적으로 유보하지 않았으니, 영화를 다 만들 때까지 전혀 연락을 하지 않았는데도 아무 잘못이 없다는 주장이 어떻게 이치에 맞습니까? 더구나 원작료를 내지도 않고 일부를 차용한 것이니, 차용의 범위가 애초에 합의한 대로인가 아닌가 확인은 당연히 필요한 것 아니겠습니까? 그 점을 판결문에 넣어주시기 바랍니다.[06]

---

**05** 복거일, 위의 책, p.28.

**06** 복거일, 위의 책, p.43.

현이립의 재판정에서의 태도는 호소의 차원에서 당당함으로 바뀐다. 그의 태도의 변화는 그의 신념에서 비롯된 것이지만 이 신념은 '이치'에서 나온다. 그가 말하는 이치는 무슨 거창한 법적 관념에서 나온 것이 아니라 지극히 상식적인 차원에서 기인한 것으로 볼 수 있다. 그가 이치에 맞지 않는다고 한 내용은 누가 보아도 그것은 쉽게 혹은 명쾌하게 이해할 수 있는 것이다. 법이란 상식의 차원에서도 이해될 수 있을 정도로 보편타당한 합의의 결과물인 것이다.

하지만 법은 그 상식의 합의조차도 구현하지 못하고 있는 것이 사실이다. 현이립이 법에 호소한 것도 상식이 통용될 수 있는 최소한의 법적 장치이다. 상식의 차원에서 남의 지식을 가져다 썼으면 당연히 그것에 대한 보상을 해주어야 하는 것이 이치인 것이다. 법이 이러한 지적재산권을 보호해주지 못하면 영화기획사의 실장의 예에서처럼 법적 문제가 없으면 그것을 공공연히 훔칠 수 있다는 잘못된 인식을 낳고, 그것은 결국 인간과 세계에 대한 모순과 부조리를 양산하게 되는 것이다.

법적인 장치가 없는 상황에서 이치에 맞지 않는 것에 직면해서 우리가 취할 수 있는 태도는 순응 아니면 비순응이다. 현이립이 보여주는 태도는 후자이다. 그의 이러한 태도는 현실적 욕구와 이상적 욕구 사이의 갈등을 반영하는 것으로 이것은 지식인으로서의 그의 꿈과 고통을 의미한다고 볼 수 있다. 그런데 그가 드러내는 이 모든 것들은 개인의 차원에서 성립되는 것이 아니다. 그것의 성립은 개인을 넘어 집단 혹은 타자를 겨냥한다고 할 수 있다. 현이립이 판사를 향해 "저는 지금 어떤 뜻에선 모든 작가들을 대변하는 셈"이라고 말하는 대목이 바로 그것을 잘 말해준다. 이것은 지식인으로서 가지는 소명의식을 드러내는 것으로 볼 수 있지만 또 다른 한편에서 보면 그것은 이치에 맞는 세상을 꿈꾸는 지식인의 본질적인 속성을 드러낸 것으로도 볼 수 있다.


### 3. 지식의 물매, 주변부의 논리

복거일이 『보이지 않는 손』에서 던지는 문제의식 중에 가장 아프게 다가온 것은 주변부 지식인에 대한 서술 부분이다. 그것이 아프게 다가왔다는 것은 그가 우리의 심층 저편에 숨겨둔 부끄러운 자의식을 건드렸기 때문이다. 주변부 지식인이라는 말에 대해 우리가 견지해온 태도는 다분히 이중적이라고 할 수 있다. 우리가 주변부 지식인이라는 사실을 통감하면서도 그것을 숨기거나 민족주의 이념으로 가린 채 중심부 지식인을 꿈꾼 우리의 이중적인 태도를 되돌아보면 그 아픔의 정도를 충분히 가늠할 수 있을 것이다.

우리가 스스로를 주변부 지식인이라고 말하면 정말로 우리는 지식세계의 장에서 밀려난 소외받는 존재로 전락하는 것일까? 우리는 늘 주변부 지식인으로 머물러 있으면서 소외를 경험해 왔지만 그 소외란 결국 우리의 이러한 인식 태도가 만들어낸 것 아닌가. 주변부 지식인이기 때문에 가지는 불안정과 자유로움과 같은 엄청난 파토스와 에너지를 우리 스스로가 감지하지 못한 채 주변부에 대한 콤플렉스에 시달려온 것은 우리 지식인들이 가장 뼈아프게 반성해야 할 점이라고 할 수 있다. 중심부로부터 오는 지식을 단순히 수입하는데 급급해온 저간의 사정을 고려하면 그 문제는 두고두고 부끄러운 우리 지식사의 한 장으로 남을 것이다.

작가는 주변부 지식인에 대한 날카로운 통찰을 보여준다. 그는 우리가 주변부 지식인으로 전락한 이유를 다양한 각도에서 접근한다. 그는 주변부 지식인의 비애를 '지식의 전선'에 대한 무지에서 찾고 있다. 그는 주변부 지식인들은 "지식이 어디에서 형성되었고, 지식의 군대가 무슨 목표들을 공격하는지, 그 목표들을 얻기 위해서 무슨 전술을 쓰는지 제대로 알길이 없"[07]다는 것이다. 이런 점에서 주변부 지식들은 항상 재발견과 재발명의 위험 속에 놓여 있다는 것이다. 이런 위험은 발전의 속도가 상상을 초월하는 자연과학 분야에서 뚜렷하며, 그로 인해 '한국 땅에서 정말로 뜻 있는 연구를 하는 것은 지극히 어렵다'[08]고 고백한다. 이어서 그는 예술에서는 "온갖 문제들을 안은 주변부가 오히려 좋은 환경이 될 수 있"[09]다고 주장한다.

하지만 그는 문학에서는 사정이 다르다고 말하고 있다. 그는 "언어를 매체로 하는 문학에서 중심부의 사람들이 모르는 언어를 모국어로 가졌다는 사정은 실질적으로 넘을 수 없는 장벽"[10]이라고 하면서 줄곧 한자문명권의 중심부인 중국 대륙의 변두리에 불과했던 조선조 지식인 중의 하나인 박인량을 통해 그 고뇌의 일단을 드러낸다. 그리고 그러한 박인량의 고뇌는 시공을 뛰어넘어 자신을 포함한 이 땅의 지식인들에게 계속되고 있다는 점을 안타까워한다.

작가는 이 땅의 지식인들이 놓인 이러한 상황을 '지식의 물매'라는 용어로 표현한다. 그가 말하는 지식의 물매란 이런 것이다.

---

**07**  복거일, 위의 책, p.76.

**08**  복거일, 위의 책, p.76.

**09**  복거일, 위의 책, p.77.

**10**  복거일, 위의 책, p.78.

두 문명이 만났을 때, 결정적 조건은 '지식의 물매'입니다. 물이 높은 곳에서 낮은 곳으로 흐르듯, 지식도 높은 곳에서 낮은 곳으로 흐르죠. 유럽 문명의 지식 수준이 한문 문명의 지식 수준보다 월등히 높아서, 두 문명 사이의 지식의 물매가 무척 쌌어요. 자연히, 유럽 문명의 지식이 동아시아로 들어오는 모습은 아주 격렬했죠. 그 지식을 받아들이는 방식을 놓고 중국에서도 일본에서도 우리나라에서도 격렬한 내부 투쟁이 있었고, 뒤엔 나라들 사이의 싸움이 있었죠. 지식의 물매가 그렇게 싼 곳에선 지식의 수용이 평온할 수가 없어요. 비유를 들자면, 우세한 문명의 지식이 열세한 문명으로 들어오는 과정은 태풍과 같아요.[11]

그가 여기에서 강조하고 있는 것은 지식의 물매가 인류의 역사를 결정한다는 사실이다. 유럽 문명이 동아시아 문명을 지배하고, 다시 동아시아 중에서도 유럽 문명을 가장 빨리 받아들인 일본이 십구 세기 중반 이후 동아시아를 지배하게 된 원인이 여기에 있다는 것이다. 역사를 단순한 물리적인 힘의 논리에서 벗어나 지식의 논리로 바라보고 있는 그의 관점은 그다지 새롭거나 문제적인 것은 아니지만 "근대 동양의 역사는 서양 문명의 높은 지식을 받아들이는 과정으로 보아야, 비로소 제 모습이 보인"[12]다는 그의 논리는 다분히 문제적이라고 할 수 있다.

근대 동양의 역사에서 서양 문명의 높은 지식의 유입을 부정할 수는 없을 것이다. 특히 그 지식 중에 과학적인 지식은 동아시아의 역사를 새롭게 틀 짓는데 결정적인 역할을 했다고 할 수 있다. 중국이나 일본 그리고 우리의 근대 역사에서 과학적인 지식은 모든 것들을 압도한 힘의 실체

---

**11**  복거일, 위의 책, p.119.

**12**  복거일, 위의 책, p.120.

이지만 문제는 그 '지식'이라는 말이 가지는 함의이다. 근대 동아시아의 과학 지식이 비록 서구의 과학 지식에 비해 열세에 있었던 것이 사실이지만 그것을 동아시아 지식 전반의 문제로 확대 해석하는 것은 문제가 있어 보인다. 유럽 혹은 서구 문명이란 과학적인 지식을 토대로 성립된 문명이고, 이 문명이 동아시아로 밀려들면서 자연히 동아시아는 자기 정체성 상실의 위험에 처하기는 했지만 동아시아의 지식 전반이 근대 동아시아의 성립에 영향을 미치지 않은 것은 아니다. 작가도 이야기하고 있듯이 이 과정에서는 아주 '격렬한 내부 투쟁'이 있었던 것이다.

내부 투쟁의 격렬함이란 근대 동양의 역사를 단순히 서양 문명의 높은 지식을 받아들이는 과정으로 이해하는 것이 위험할 수도 있다는 것을 말해준다. 가령 서양 문명이 물밀듯이 밀려들 때 우리 지식인들이 취한 태도 중에 '동도서기(東道西器)'라는 것이 있다. 이 말은 서구 문명의 강력함에 놀란 당시의 지식인들의 절충적인 인식 태도를 드러내는 것으로 볼 수 있을 것이다. 이 절충이 성공적이었다고는 말할 수 없다. 이 둘은 애초에 절충하기 힘든 서로 이질적인 요소들이기 때문이다. 그러나 이 사실은 우리의 근대사의 성립에 동도가 서기 못지않은 영향력을 행사했다는 것을 의미한다. 서구 문명의 월등히 높은 과학적 지식이 동아시아의 정신적인 지식과 충돌하는 과정에서 어떤 새로운 지식이 탄생한 것이다. 이런 맥락에서 보면 근대 동아시아의 역사는 '서양 문명의 높은 지식을 받아들이는 과정'으로만 해명할 수 없는 그런 역사라고 할 수 있다. 이것은 동아시아의 민족주의에 입각해서 서양 문명의 지식의 수용을 부정하려는 것이 아니다. 지식이란 눈에 보이는 가치에 대한 인식만으로 성립될 수 없는, 눈에 보이지 않는 가치까지도 포함하는 보다 포괄적인 개념이며, 그것을 우열의 논리로 보는 그 가치 기준이 모호할 뿐만 아니라 문명과 문명 사이의 지식의 흐름은 일방적이지 않다는 것이다.

주변부 지식인으로서의 한계는 없을 수 없다. 그 한계를 외면하거나 그것에 주눅 들어 스스로 주변부 지식인으로서의 자괴감에 빠져 그것이 가지는 힘의 실체를 보지 못하는 것이 문제이다. 주변부 지식인으로서의 자괴감은 지식의 물매를 아무런 반성적인 인식 없이 그대로 받아들일 때 생기는 것으로 볼 수 있다. 이것은 주변부 지식인으로서의 자괴감은 외부 환경의 영향뿐만 아니라 지식인의 내적인 영역의 문제의식으로부터도 영향을 받는다는 것을 의미한다. 작가는 이런 맥락에서 우리의 역사에서 '개념적 돌파'를 이룬 지식인이 없다는 결론을 내린다. 그는 우리 역사에서 '허균'을 개념적 돌파에 가장 가까이 간 지식인으로 평가한다. 하지만 허균 역시 체제에 안주한 지식인이라는 것이다. 그는 허균이 계급체제라는 문제를 제대로 살피지 못했고, 홍길동이 율도국으로 간 것은 "조선 사회에서 무엇을, 작든 크든, 무엇을 하는 걸 포기하고 존재하지 않는 세상으로 도피"[13]한 것으로 보고 있다.

우리 역사에서의 지식인에 대한 이러한 평가는 그 나름의 의미가 있지만 개념적 돌파에 대한 그의 이해는 아이러니컬하게도 지식인이 가지는 관념화된 이상주의라는 측면에 어느 정도 경도되어 있다. 그가 개념적 돌파를 설명하기 위해 끌어들인 우주선과 인조인간 이야기는 흥미롭고 또 그 비유가 크게 틀리지 않음에도 불구하고 그것이 관념화된 이상주의라는 생각을 떨쳐버릴 수 없는 것은 그가 제시하는 개념적 돌파가 어떤 순수한 절대치를 겨냥하고 있다는 점이다. 개념적 돌파의 순수한 절대치를 설정해 놓고 그것에 우리 역사의 지식인들을 대입시킬 때 드는 의문은 과연 우리 역사를 넘어 세계 역사에서 그가 제시한 준거에 맞는 지식인들이

---

**13** 복거일, 위의 책, p.94.

몇이나 될까 하는 점이다. 여기에는 지식인으로서 가지는 어떤 냉소 같은 것이 강하게 묻어난다.

그러나 우리 역사에서 개념적 돌파를 이룬 지식인의 부재를 엄격한 계급사회에서 찾고 있는 그의 인식 태도에는 공감할만한 점이 있다. 개념적 돌파가 세상의 구조나 자신의 정체성에 대한 새로운 사실을 자각할 때 얻어지는 것이라고 할 때 그가 제시한 엄격한 계급사회의 문제는 중요하다고 하지 않을 수 없다. 특히 천년 넘게 지속되어온 노예제도가 고려나 조선조 혹은 그 이전이나 이후 지식인들의 의식이나 무의식 속에 견고하게 자리하면서 지배력을 행사해 왔다는 해석은 어떤 원인을 하나의 논점으로 몰아갈 위험성이 있음에도 불구하고 그 나름의 의미가 있다고 할 수 있다.

> 우리 전통적 사회처럼 철저하게 노예제도를 운영하면, 그 사회의 풍토는 어쩔 수 없이 척박하게 되고 사람들의 성품은 거칠어질 수밖에 없어요. 특히 노예 정신이 문제가 되죠. 한번 생각해보세요. 노예의 정신이 어떠했을까. 어떤 사람이 노예로서 살아남으려면, 정신적으로 노예라는 신분에 적응해야 합니다. 우리는 그런 적응이 실제로 무엇이었는지 상상할 수 없어요. 자신은 완전한 인간이 못 되고, 다른 사람의 재산이며, 자신의 자식들도 주인의 재산이 될 것이라는 사실을 받아들여야 하는데, 그런 정신적 적응이 불러오는 정신 상태는 어떤 것일까요? 직업이 소설가라서 다른 사람들의 처지에서 세상을 바라보는 일에 익숙한 저도 좀처럼 상상이 안 돼요. 분명한 것은 그것이 사회에 건전한 영향을 미쳤을 리는 없다는 거죠. 사회에 노예들이 많으면, 노예 정신이 사회에 배어들지 않겠어요?[14]

---

**14** 복거일, 위의 책, p.101.

노예 제도가 노예 정신을 낳고 다시 그 노예 정신이 노예 사회를 낳는다는 인식의 팽배가 불러온 가장 큰 부정적인 영향으로 그는 개념적 돌파의 토대가 되는 자유롭고 창의적인 상상력의 부재를 들고 있다. 그의 생각대로라면 개념적 돌파를 이룬 지식인의 부재는 서구 지식의 물매와 노예 정신의 만연 등이 될 것이다. 이 문제는 이렇게 볼 수 있을 것이다. 천년 넘게 지속되어 온 노예 제도로 인해 노예 정신이 사회에 팽배하고, 그것이 중국의 한자 문명의 지식과 서구의 과학 문명의 지식의 물매와 겹치면서 결국 노예 정신 혹은 노예성 자체가 더욱 공고해 졌다는 것, 그것이 바로 그의 논리라고 할 수 있다.

그러나 그는 여기에서 한 걸음 더 나아가 그러한 우리의 노예 제도가 무너진 것은 '일본의 조선 지배 뒤'이며, "양반의 특권을 없애고 노비들을 해방한 것은 조선 역사에서 가장 중요한 사건들 중의 하나"[15]라는 말을 하고 있다. 그의 말은 "우리 사회는 이십 세기 전반에 서양 문명을 받아들여 근본적으로 바뀌었는데, 그 일이 조선총독부의 주도로 이루어졌"(p.96)다는 말과 다른 것이 아니다. 지식의 물매를 우월한 서양의 문명 지식이 열등한 문명 지식을 지닌 우리에게 유입된 것으로 이해하고 있는 그로서는 이런 식의 논리는 새삼스러운 것은 아니다. 그의 논리는 일본 지식인들의 조선 지배에 대한 논리를 연상케 한다. 그는 "우리가 일본의 통치를 받았다는 사실에만 눈길을 주면, 전통 문명이 외래 문명과 만났다는 근본적 구도가 눈에 잘 들어오지 않"[16]는다고 말한다.

그의 이 말은 틀림없는 사실이다. 하지만 여기에 대한 인식과 자각이 우리 지식인들에게 없었던 것은 아니다. 일본으로부터 유입된 문명 지식

---

**15**   복거일, 위의 책, p.95.

**16**   복거일, 위의 책, p.120.

이 서구의 것이라는 사실을 지식인들이 인식하지 못했다기보다는 일본의 조선에 대한 제도화되고 의식화된 지배가 너무나 견고했기 때문에 그것을 자유롭게 사유하고 담론화할 수 있는 장이 차단되어 있었다고 보아야 할 것이다. 서구의 과학 지식에 대한 인식과 자각은 일본의 조선 지배에 앞서 이미 조선 후기나 개화기에 이미 우리 지식인들의 사고 안에 그것이 자리하고 있었다고 할 수 있다. 또한 우리 지식인들이 일본에 대해 취한 태도 중의 하나는 서구의 문명 지식에 앞선 일본의 조선 지배에 대한 도덕적 윤리적 책임과 반성적인 차원으로서의 지식이다. 물론 이것이 우리 지식들의 지식의 물매에 대한 인식과 자각의 정도가 깊은 반성적인 성찰을 동반할 정도로 철저했다는 것도 또 그것이 우리 지식인 전반을 관통하는 힘의 논리로 작용했다는 것을 의미하는 것도 아니다. 대체로 지식의 물매에 대한 우리 지식인들의 인식과 자각이 부족했던 것이 사실이다. 하지만 작가가 이야기하는 어떤 순수한 절대치로서의 지식에 대한 인식 태도와 그것에 대한 해석은 오해의 여지를 내포하고 있다고 할 수 있다.

주변부 지식인의 문제와 관련하여 작가는 그러한 콤플렉스로부터 벗어날 수 있는 방법을 제시한다. 그는 자신이 "균형을 유지하고 주변부 지식인이라는 정체성을 잃지 않을 수 있었던 것은" "일찍이 중심부에 대한 열등감을 풀어낸 덕분이었다"[17]고 말한다. 그는 "주변부 지식인이 스스로 중심부에 흡수되는 것은 누구에게도 해를 끼치지 않"지만 "국수주의자가 되면 모두에게 해를 끼친"[18]다고 보고 있다. 그가 보기에 국수주의는 '열등감을 다스리지 못한 채 그것을 안고 부대끼는 길을 고를 만큼 마음이 넓고 튼튼하지 못한 주변부 지식인이 취하는 하나의 길'인 것이다. 그는 자신은

---

**17**　복거일, 위의 책, p. 260.

**18**　복거일, 위의 책, p. 261.

"지식의 물살이 거세게 흐르는 비탈에 설 운명을 타고 내어난" 존재이며, 자신은 "나라도 민족도 아"닌 그 "주변부 지식인이라는 그 정체성을 지키고 싶"[19]다고 말한다.

주변부 지식인에 대한 그의 생각은 중심부 혹은 중심의 논리에 휩쓸리지 않는 개체의 차이성을 토대로 한 자신만의 독특한 퍼스펙티브의 산물이라고 할 수 있다. 주변부는 오히려 주변부이기 때문에 중심부에서 볼 수 없는 세계까지도 볼 수 있는 유리한 위치를 전략적으로 점할 수 있을 뿐만 아니라 자신과 세계에 대한 끊임없는 정체성 탐색을 가능하게 하는 고뇌의 영역을 거느림으로써 새롭고 역동적인 창조적 파토스를 생산할 수 있다. 이런 점에서 개념적 돌파는 중심부보다는 주변부 지식인에게서 보다 강렬한 내적 추동력과 비전을 얻을 수 있다.

## 4. 밈 유전자와 시장의 생태학

지식의 물매는 지식인 개인의 내적 외적 태도의 차원을 넘어서는 보다 본질적인 차원의 문제 의식을 거느린다. 지식의 물매 이면에 은폐되어 있는 것은 지식이 생명 현상의 궁극적 단위인 복제자라는 개념이다. 지식의 물매는 바로 그 복제자들의 흐름인 것이다. 하나의 지식은 그 자체로 생명을 다 하는 것이 아니라 마치 생식 기능을 하는 생명체가 자신의 유전자를 대를 이어 전하려는 본능적인 욕구를 가지고 있듯이 지식도 생명성을 유지하려는 본능적인 욕구를 가진다. 작가는 그것을 문화에서 찾고 있으

---

**19** 복거일, 위의 책, p. 261.

며, 문화는 본질적으로 이 '밈'이라 불리는 단위들의 복제라는 것이다.

> 지금 지구 생태계에서 유전자는 유일한 '복제자'가 아니었다. 동물들의 뇌가 발달해서, 몇몇 동물 종들이 문화를 만들어내면서, 유전자의 절대적인 유전자는 차츰 줄어들었다. 생명체들의 궁극적 단위가 유전자여서 생명 현상이 본질적으로 유전자들의 복제인 것처럼, 문화에도 궁극적 단위가 있고 문화는 본질적으로 '밈'이라 불리는 단위들의 복제라는 얘기였다. 밈은 사람의 뇌에서 살며 한 뇌에서 다른 뇌로 옮겨감으로써 자신을 복제하는데, 문화가 발전할수록 진화에서 문화가 차지하는 몫은 늘어나므로, 밈의 중요성은 점점 커질 터였다. '밈'이 '복제자'의 자리에 오른 것이었다. 적어도 사람이라는 종에 관한 한, 유전자들의 독재는 끝난 것이었다.[20]

문화가 밈이라고 불리는 단위들의 복제에 의해 성립되는 것이라면 이 때의 밈은 지식과 밀접한 관련을 가진다고 할 수 있다. 밈은 누군가에 의해 만들어지는 것이고, 그것은 다른 사람들의 뇌들로 옮아가야 한다. 이런 점에서 밈은 자식과 같은 것이지만 이때의 자식은 유전자들의 전달과는 차이가 있다. 유전자는 '부모로부터 물려받는 것'이지만 밈은 '자기 혼자서도 만들어 낼 수 있는 것'이다. 그런 점에서 밈은 '육신의 자식보다 훨씬 온전한 자식'[21]인 것이다. 지금 이 시대는 바로 이러한 좋은 밈을 낳는 사람을 요구한다.

그런데 좋은 밈은 지식의 물매가 너무 값싸면 낳기가 힘들다. 지식의 물매가 싼 곳에서는 좋은 밈이 떠올라도 이미 다른 사람들이 먼저 그것을

---

**20** 복거일, 위의 책, p. 208.
**21** 복거일, 위의 책, p. 211.

발명하고 또 발견한다. 또한 이곳에서는 "좋은 밈을 생각해냈다 하더라도, 그것을 체계적으로 발전시킬 엄두"를 내지 못한다. 이런 척박한 곳에서 좋은 밈을 만들어내려면 남들, 특히 중심부 지식인들이 찾기 어려운 밈들을 찾아내야 한다. 작가는 그 방법을 제시한다. 그는 좋은 밈을 찾는 길은 "자신의 논리를 끝까지 밀고 나가는 것"이라고 말한다.

> 논리의 궤적이 절벽 너머로 이어지면, 그는 서슴지 않고 그것을 따라 절벽 너머로 내디뎠다. 거기서 만난 밈이 터무니없는 것이어도, 그는 그것을 버리지 않았다. 대신 그것의 극치(極値)를 찾았다. 논리를 따라 갈 데까지 가고 거기서 만난 결론을 다시 극한적 모습으로 다듬는 것 - 그것이 그가 밈을 찾는 비결이었다. 그것은 논리와 통찰과 미신이 뒤섞인 것이었다. 그것에서 흥미로운 부분은 물론 미신이었다.[22]

그의 밈을 찾은 방법이 문제가 되는 것은 그가 자신의 논리를 끝까지 밀고 나가기 때문이다. 이 과정을 그는 "논리와 통찰과 미신이 뒤섞인 것"이라고 명명한다. 그리고 "그것에서 흥미로운 부분은 미신"이라고 말하고 있다. 이 맥락만 놓고 보면 그 미신이 무엇인지 쉽게 이해가 되질 않는다. 다만 그것이 '터무니없는 어떤 것'이라는 사실 정도만 알 수 있다. 그러나 이와 관련하여 그는 단서가 될 만한 중요한 발언을 하고 있다. 그는 "물리적 원리가 사회적 현상들에 적용된다는 가정은 논리적 근거가 약하다는 점을"[23] 의식했다. 이점이 바로 그가 '밈을 찾는 비결 중의 하나를 미신'이라고 부른 이유라고 할 수 있다.

---

**22**  복거일, 위의 책, p.212.

**23**  복거일, 위의 책, p.215.

물리적 수준과 사회적 수준 사이의 논리적 틈에 대한 인정은 그로 하여금 그 틈을 메울 수 있는 방법에 대해 고민하게 했고, 그 결과 그가 찾아낸 것은 나비들의 초정상 자극과 개미와 인간의 의사 결정의 집중도에서 나타나는 변분 원리이다. 그리고 이 변분 원리를 통해 그가 궁극적으로 찾아낸 진리는 '개인주의'이다. 개인주의만이 '인간 사회의 구성 원리의 효율성을 높이고 인간화를 지향한다'[24]는 것이다. 이 과정에서 그는 인간에 대한 새로운 자각에 이르게 된다. 그는 인간은 본능적으로 이기적인 유전자를 가진 존재이면서 동시에 밈의 복제를 통해 자신의 문화적인 유전자를 전파하고 발전시키려는 욕구를 가진 존재로 이해한다. 따라서 그에 의하면 "사람의 뇌는 진실을 알아내기 위해서가 아니라 개체가 살아남는 데 도움이 되기 위해서 생겨난 기관"[25]이라는 것이다.

인간이 가지는 이러한 본능에 입각해 그는 자유주의를 적극 옹호한다. 그는 줄곧 자유민주주의의 이념과 자본주의 체제를 옹호하는 글쓰기를 해왔으며, 이 과정에서 그의 글쓰기는 점차 지식인으로서의 예각성을 키워왔다고 할 수 있다. 그는 우리 사회에서 "자유주의에 대해서 반감을 드러내는 시민들이 빠르게 늘어났고, 평등주의 이념과 야만적 강제의 동거가 어느 사이엔가 공식적인 질서가 되었고, 자유주의자들은 소수가 되었다"고 한탄한다. 그래서 "자유주의를 기본 원리로 삼은 사회에서 자유주의자가 망명객이 되"[26]는 아이러니한 상황이 벌어지고 있다는 것이다. 실제로 그가 진단한 것처럼 자유주의라는 말은 정부의 권한과 시장에 대한 간섭을 늘리라는 것과 동의어로 쓰이고 있으며, 본래의 자유주의는 보수

---

**24**　복거일, 위의 책, p. 217.

**25**　복거일, 위의 책, p. 197.

**26**　복거일, 위의 책, p. 198.

주의라는 인식이 팽배해 있다.

이러한 상황에 대해 그는 지식인으로서의 심한 자의식을 느끼고, 진정한 자유주의 혹은 자유민주주의 그리고 자본주의 체제를 옹호하는데 많은 시간과 열정을 쏟아 붓기에 이른다. '보이지 않는 손'이라는 표제의 이 소설도 이러한 작가의 의도에서 쓰여진 작품이라고 할 수 있다. 아담스미스의 용어를 차용한 '보이지 않는 손'은 그가 보기에 자유주의 내지 자본주의 체제를 가장 잘 드러내는 의미 체계인 동시에 상징적인 기표인 것이다.

> "경제적 현상들을 설명하려면, 즉 '보이지 않는 손'의 움직임을 설명하려면, 먼저 재화들의 값이 어떻게 결정되는가 설명해야 하거든요. 사람들은 재화의 값이 객관적 가치를 반영한다고 쭉 생각해 왔죠.……(중략)……"
>
> "객관적 가치가 재화의 값을 결정한다는 생각은 사람의 직관에 딱 맞아요. 그렇잖아요?"
>
> "오가 천천히 고개를 끄덕였다. "예."
>
> "그러나 그런 생각으로는 경제 현상이 설명되지 않았어요. 객관적 가치 대신 주관적 가치라는 개념을, 즉 개인적 효용이라는 개념을 도입하자, 비로소 문제가 풀리기 시작했어요."[27]

그가 아담스미스의 '보이지 않는 손'의 개념을 끌어들인 이유가 잘 드러나 있다. 이 인용문에서 먼저 주목되는 것은 그가 '경제적 현상들'과 '보이지 않는 손'을 동일성의 차원에서 이해하고 있다는 점이다. 이것은 경제적인 현상들이 보이지 않는 손에 의해 결정된다는 것을 의미한다. 여기

---

**27**　복거일, 위의 책, p.178.

에서 보이지 않는 손의 의미를 이해하려면 먼저 재화들의 값, 다시 말하면 가격이 어떻게 결정되는가를 이해해야 한다. 그런데 이 재화들의 값이 객관적 가치를 반영하느냐 혹은 주관적 가치를 반영하느냐에 따라 경제 현상을 바라보는 입장과 태도가 달라지는데 주로 전자를 옹호하는 사람들은 좌파 경제이론가들이고 후자를 옹호하는 사람들은 우파 경제이론가들이다. 물론 그는 후자를 적극 옹호한다. 그는 이 주관적 가치라는 개념을 생물학의 궁극적 이론인 다윈의 진화론에 비견할만한 경제학의 이론으로 간주한다. 그는 다윈의 진화론이 "적응과 자연선택이라는 개념으로 모든 생명 현상이 깔끔하게 설명된 것처럼, 효용과 수급 균형이라는 개념으로 경제 현상이 깔끔하게 설명된[28]"다고 보고 있다.

"경쟁은 생존의 조건"[29]이라는 것이 그의 입장이다. 하지만 그가 말하는 경쟁은 종들과 개체들이 자신에게 맞는 환경적 틈새를 가지고 있는 자연 생태계적인 의미를 함의하고 있는 개념이다. 이런 맥락에서 그는 "인류사회에서 생태계에 가장 가까운 부분은 시장"[30]으로 본다. 이때 시장은 다양한 틈새들을 마련해 놓고 경쟁에서 밀린 개체가 스스로 목숨을 끊지 않고도 살아갈 수 있도록 경쟁을 누그러뜨리고 숨통을 트이는 곳으로서의 시장이다. 그는 "자유민주주의를 이념으로 삼고 자본주의를 체제로 삼은 한국 사회가"[31] 당면한 문제들을 푸는 그 해법을 시장이 드러내는 의미 체계 안에서 찾은 것이다. 시장의 자유로운 경쟁 체제를 옹호하는 그의 태도는 기본적으로 "사람은 모두 나름으로 독특하며 자유의지를 지녔고

---

**28**　복거일, 위의 책, p. 178~179.

**29**　복거일, 위의 책, p. 140.

**30**　복거일, 위의 책, p. 141.

**31**　복거일, 위의 책, p. 143.

수십억 년 동안 다듬어진 생존 기술들을 물려받"[32]은 존재라는 전제가 그 밑바닥에 깔린 견해라고 할 수 있다. 인간과 세계 속에 존재하는 자율성을 어떻게 바라보느냐에 따라 그의 태도에 대한 의미가 결정되겠지만 자유주의 혹은 자유민주주의 그리고 자본주의에 이해가 성숙되지 않은 우리 사회에서 그의 논리는 오해와 편견에서 비롯되는 거센 비난과 비판을 감수해야 할 것이다.

## 5. 용서, 아름다운 자유주의자의 길

작가는 왜, 지식인의 길을 택한 것일까? 이 물음에 대한 답 중에서 가장 흔한 것은 시대와 역사에 대한 사명감 때문이라는 아주 근사하고 깔끔한 답변이다. 하지만 이 물음에 대한 그의 답은 그러한 기대를 배반한다. 그가 말하고 있는 것은 '용서'이기 때문이다.

> 오직 지식인들만이 용서에 조건을 달지 않았다. 그들은 신들이 외면한 존재들도, 도저히 구원받을 수 없는 존재들도, 심지어 구원과는 관계가 없는 것들까지도 용서했다. 그랬다. 지식은 필연적으로 이해를 낳았고, 이해는 자연스럽게 용서를 불렀다. 물론 그들의 지식은 불완전했고, 그들의 이해는 멀리 미치지 못했고, 그들의 가슴은 모두 용서하기엔 너무 작았다. 그러나 그들은 열망할 수 있었다. 모두 알기를, 모두 이해하기를, 모두 용서하기를, 그런 용서 뒤에 남는 것이 아

---

**32**   복거일, 위의 책, p.190.

무엇도 없다면, 그것까지도 용서할 수 있기를.[33]

우리 사회의 모순과 부조리에 대해 언제나 날을 세워온 작가의 저간의 행적을 짚어본다면 '용서'라는 말이 낯설게 느껴진다. 그렇다면 지금까지 그가 이야기해온 것들은 모두 '용서'하기 위한 혹은 용서를 열망한 몸짓이었단 말인가? "지식은 필연적으로 이해를 낳았고, 이해는 자연스럽게 용서를 불렀다"는 그의 말은 지식이 단순한 지식이 아니라 심적인 바탕과의 관계 속에서 성립될 때 가능하다는 것을 환기하지만 그 심성을 다스리는 것에 대한 언급이 없어 그렇다면 심성을 지식의 범주 안에서 어떻게 설명할 수 있을까? 하는 의문이 생긴다. 이 한계를 그 역시 잘 알고 있다. 그래서 그는 열망의 개념을 끌어들인 것이다.

이런 점에서 보면 지식인은 현실적인 욕구와 이상적인 욕구 사이에서 절망하고 또 그 절망을 딛고 끊임없이 무엇인가를 희망하는 그런 존재라고 할 수 있을 것이다. 그의 논리대로라면 지식인은 모든 것을 다 용서하려는 이상적인 욕구를 가지고 있으면서 그것을 비판해야 하는 현실적인 욕구를 동시에 가지고 있는 존재인 것이다. 하지만 또 달리 생각해 보면 우리가 무엇을 또는 누군가를 용서한다는 것은 그것을 비판하는 것과는 다른 차원의 문제라고 할 수 있을 것이다. 비판이 곧 용서하지 않는 것으로 이해되고, 비난과 비판을 구분하지 못한 채 지식에 대한 표피적인 자의식만을 키워온 우리 지식인 사회에서 그의 이 발언은 신선한 충격으로 다가온다. 저간의 사정을 고려해 볼 때 우리 지식인들은 얼마나 인간과 세계에 대한 용서가 부족한가. 용서를 하려면 먼저 시시비비를 따져야 하

---

**33** 복거일, 위의 책, p. 135.

지만 그것을 우리는 얼마나 많이 외면해 왔던가. 지식인은 용서에 조건을 달지 않기 때문에 시시비비는 차별과 소외를 위한 절차가 아니다. 지식인은 지식을 권력화하여 인간을 억압하는 존재가 아니라 그것에 저항하고 그것을 넘어 보이지 않는 손의 논리가 통용되는 그런 자유로운 세계를 꿈꾸는 존재인 것이다. 작가가 꿈꾸는 이런 지식인은 필연적으로 자유주의자일 수밖에 없을 것이다.

# 관계의 숙명과 평화의 역사
- 현길언의『나의 집을 떠나며』

## 1. 중도와 중용으로서의 글쓰기

현길언 소설의 화두는 역사 속에 은폐된 진실의 문제에 있다. 그에게
역사는 이미 규정된 어떤 것이 아니라 늘 회의의 대상으로 존재하는 그 무
엇이다. 그의 회의는 역사 자체에 대한 회의라기보다는 그것을 규정하고
지배해온 권력 혹은 그 권력의 욕망에 대한 지식인으로서의 반성적인 인
식에서 비롯된 것이라고 할 수 있다. 권력이나 그 욕망으로부터 자유롭지
못한 인간이 역사의 주체가 되면 그 이면에 자리하고 있는 허위의식은 보
다 견고한 은폐의 대상이 된다. 허위의식의 견고함은 역사에 대한 반성
적인 인식의 결핍을 의미하는 것으로 이것은 곧 인간의 삶의 왜곡으로 이
어질 수밖에 없다. 역사에 대한 반성적인 인식이란 역사의 발전이나 진보
의 과정에서 중요한 것이 단순히 정신이나 물질만이 아니라는 것을 말해
준다. 역사의 발전이나 진보가 반성적인 인식을 동반하지 않을 때 그것은
통제할 수 없는 광기에 사로잡혀 인류에게 엄청난 고통을 야기한 것이 사
실이다.

이성의 합법칙성으로 역사의 진보를 이야기해온 헤겔주의적인 역사

관은 사회주의든 아니면 자본주의든 그것이 일정한 토대로 작용하면서 절대적인 영향력을 행사해 왔다고 할 수 있다. 인류 역사란 이 두 체제가 서로 경쟁하면서 자신의 체제의 우월함을 합리화하고 정당화해온 역사라고 해도 과언이 아니다. 이 두 체제의 경쟁에서 자본주의의 우월함으로 일단락되었지만 이것이 곧 역사의 진정한 선을 의미하는 것은 아니다. 어쩌면 프랜시스 후쿠야마(Francis Fukuyama)의 말처럼 사회주의의 몰락으로 역사는 더 이상 정·반·합에 의한 변증법적인 진보 자체가 불가능한 상태에 직면해 있는지도 모른다. 적절한 견제와 긴장의 힘으로 작용해온 사회주의가 몰락하면서 자본주의는 그 자체가 절대적인 선이 되어 무소불위의 권력을 행사하기에 이른다. 이 사실은 자본주의라는 역사의 실체가 반성적인 문맥을 지니기 어렵다는 것을 의미한다.

우리의 현대사는 이러한 모순이 아주 첨예하게 드러난 현장이라고 할 수 있다. 이 비극적인 상황은 개화기를 거쳐 일제통치기, 해방과 분단기, 개발독재기로 이어진다. 각각의 시기가 지날 때마다 우리는 제대로 된 반성의 시간을 가져본 적이 없다. 그 결과 역사의 진실은 언제나 은폐되거나 왜곡되어 드러나고, 그것이 개인의 의식이나 삶의 영역까지 지배하게 되어 진실을 새롭게 발견하고 들추어내는 일 자체가 불가능한 지경에까지 이른 것이 사실이다. 비주체적이고 사이비적인 민주주의 체제가 역사에 대한 반성 없이 외부 혹은 내부 권력을 추종하는 경향을 보임으로써 역사를 보는 시각의 편향성이 드러나게 된다. 우리의 근현대사는 늘 좌편향 아니면 우편향으로 흘러왔으며, 중도라든가 중용에 대해서는 기회주의 혹은 회색의 이념을 가지고 있다고 해서 배제하고 소외시켜왔다고 할 수 있다. 역사에 대한 중도나 중용의 태도는 조잡한 이분법을 넘어설 뿐만 아니라 성급한 판단을 유보하기 때문에 반성적인 인식을 거느리게 된다.

이러한 중도나 중용의 미덕을 발휘하기 위해서는 역사에 대한 반성적인 거리를 확보해야 하며, 어느 정도 관념적인 사색이나 성찰을 필요로 한다는 점에서 '지식인'의 존재와 친연성을 지닌다고 할 수 있다. 우리는 늘 지식인의 나약성을 이야기하지만 그것은 그만큼 그가 관념적인 사색이나 성찰을 중시하고 있다는 것을 의미한다. 사색이나 성찰의 과정에서 지식인의 나약함과 비겁함을 드러내기도 하지만 그렇다고 그 자체를 간단히 우유부단함으로 치부해버린다는 것은 흑백논리의 독단성을 지니고 있다는 점에서 위험하다고 할 수 있다. 지식인의 사색과 성찰이 중도나 중용을 유지할 때 역사의 객관성과 보편성이 성립되는 것이다. 이런 점에서 지식인은 주변부의 사상이나 아웃사이더적인 의식을 지니고 있어야 한다. 중심 권력 혹은 권력의 중심으로부터 일정한 거리를 유지하면서 그 세계의 모순이나 부조리함을 폭로하고 허위로 가득 찬 세계에서 진정한 진실의 모습이 어떠한 것인지를 찾아내는 일이 바로 지식인의 역할이다.

현길언의 글쓰기가 지금까지 추구해온 것이 바로 이것이다. 제주도 태생의 주변부 지식인으로서의 존재성을 미덕으로 중심부의 권력이 지니는 허위와 모순을 중도적인 입장에서 날카롭게 해부해온 저간의 사정을 고려할 때 그는 우리 문학사의 탁월한 비판적 리얼리스트라고 할 수 있다. 제주도라는 공간이 지니는 주변부로서의 역사지리적인 특성을 자신의 글쓰기의 한 장으로 수용하여 그 이면에 도사리고 있는 중심 권력의 음험함과 개인의 욕망의 비극성을 『용마의 꿈』(1984), 『우리들의 조부님』(1985) 같은 초기작으로부터 대하장편 『한라산』(1995)을 거쳐 최근의 『열정시대』(2008)에 이르기까지 줄곧 견지함으로써 우리의 근현대사를 관통하는 시대정신의 일단을 리얼하게 보여주고 있다. 그의 주변부 지식인으로서의 이러한 글쓰기의 태도는 역사의 문제를 전면에 내세우지 않은 소설에서도 드러난다. 그의 소설의 큰 줄기는 수평적인 역사를 통해 수직적인 역사를 성찰하거나 수직적인 역사를 통해 수평적인 역사를 성찰하는 것이다.

그러나 이처럼 역사의 문제가 그의 소설의 전면에 드러나고 있기는 하지만 우리가 여기에서 간과하지 말아야 할 것은 그 이면에 자리하고 있는 권력과 개인의 욕망의 문제이다. 이것은 역사를 전면에 내세우지 않은 『회색도시』(1993), 『보이지 않는 얼굴』(1997), 『벌거벗은 순례자』(1999) 등과 같은 소설에서 잘 드러난다. 이들 소설의 주인공들은 하나같이 완전한 욕망을 꿈꾸지만 그것은 도달할 수 없는 세계임을 자각하고 결국에는 구원을 통해 거듭난다는 이야기의 구조를 지닌다. 주인공들의 권력 지향이나 욕망에 의해 진실은 은폐될 수밖에 없다는 사실은 그대로 역사에도 적용되는 논리이다. 역사의 심층에 권력과 욕망이 작동하고 있고, 그것들이 어떻게 구조화되느냐에 따라 역사도 그 모습을 달리할 수 있다는 해석이 그의 소설에 강하게 투영되어 있다고 할 수 있다. 결국 역사도 인간, 좀 더 구체적으로 말하면 인간과 인간 사이의 복잡한 권력이나 욕망의 관계를 통해 성립되는 것이라고 할 수 있다. 가령 그의 소설 『관계』(2001)에서 보여주는 것이 바로 그것이다. 이 관계의 역사 혹은 역사의 관계성을 탐색해야만 객관적이고 보편적인 진실에 도달할 수 있다면 그것은 인간과 역사를 좀 더 포괄적, 심층적으로 이해하려는 작가의 진지한 성찰의 산물이라고 할 수 있다.

인간의 역사는 관계의 역사라고 해도 과언이 아니다. 인간과 인간과의 관계, 인간과 사회와의 관계, 인간과 자연과의 관계 심지어 인간과 우주와의 관계까지, 관계에 대한 탐색은 인간이라는 존재가 얼마나 복잡한 구도(구조) 속에 놓여있는지를 잘 말해준다. 이러한 관계는 인간 스스로 만들어가는 것인 동시에 주어지는 것이기도 하다. 만일 관계가 주어지는 것이라면 그것은 쉽게 바꿀 수 있는 것이 아니다. 인간에게 주어진 관계 중에 가장 바꿀 수 없는 것 중의 하나가 '혈연관계'이다. 이 관계는 운명적인 것으로 그것을 거부할 수도 또 부정할 수도 없는 것이다. 이런 점에서 이 관계는 인간이 맺고 있는 관계 중에서 가장 기본적인 혹은 근원적인 것이라고 할 수 있다. 인간은 이 관계를 통해 또 다른 관계를 만들어간다. 우리는 모두 아버지를 죽이고 어머니를 차지하려는 욕망을 숨기는 과정(오이디푸스 콤플렉스)을 거치면서 사회적인 자아를 획득하게 된다. 부모와의 관계 설정이 제대로 이루어지지 않으면 사회적인 관계 역시 제대로 형성될 수 없다.

이런 점에서 혈연관계로 이루어진 '집' 혹은 '가족'은 중요하지 않을 수 없다. 집은 사회로 나아가는 통로인 동시에 사회와는 다른 관계 구조를 가진다. 인간은 언제나 집과 사회의 경계에 존재하며, 이 사이에서 자아와 세계와의 불화와 공존의 방식을 익힌다. 이런 점에서 집은 사회의 또 다른 구조를 그 안에 내포하고 있다. 이것은 집이 늘 온전한 형태로 존재하지 않는다는 것을 의미한다. 집은 온전한 혈연관계로 이루어지는 것이 아니다. 부부는 혈연관계로 이루어지지 않으며, 입양이나 또 다른 방법을 통해 가족 관계가 이루어지기도 한다. 최근 우리 소설이 가족에 주목하는 이유도 이러한 가족 관계가 점점 복잡해지면서 해체의 위기를 맞고 있기 때문이다. 현길언의 이번 소설에서는 가족의 해체보다는 그것의 본질적인 관계를 탐색하고 있다고 할 수 있다.


## 2. 관계 혹은 오이디푸스적 로망

이번 소설집에서 작가가 주목한 것은 집 혹은 가족 관계에서 비롯되는 소외와 그것의 회복의 문제이다. 소외의 문제는 주로 그 원인이 구성원의 죽음, 불륜, 실직 등과 연결되어 드러난다. 그중에서도 구성원의 죽음은 가족 관계의 심한 훼손이나 결손을 가져와 강한 트라우마를 유발한다. 구성원의 죽음이 자연스럽게 이루어지는 경우 트라우마의 정도는 심하지 않지만 그것이 갑자기 우발적으로 이루어진 경우 그 정도는 회복이 불가능할 정도로 심한 양상을 드러낸다. 가령 「나의 집을 떠나며 - 관계 6」에서의 어머니의 갑작스러운 죽음이라든가 「벽 - 관계 7」에서의 불의의 사고를 당한 아들의 죽음이 바로 그것이다. 갑작스러운 어머니와 아들의 죽음은 가족 관계의 해체를 불러일으킬 정도로 위험한 것이기 때문에 구성원들은 서둘러 그것을 대체하는 대상을 찾아 보상받으려고 한다. 그렇게 해서 찾아낸 대상이 바로 '큰누나'와 '아들을 살해한 인물인 경천'이다.

이러한 대체는 표면적으로는 일반적인 가족 관계의 구도를 갖추고 있는 것으로 볼 수 있지만 심층에서는 또 다른 심각한 문제를 노정하기에 이른다. 누나가 어머니의 역할을 대신한다고 하지만 아버지와 부부관계가 불가능하기 때문에 나(남동생)의 정상적인 오이디푸스 대상으로 존재할 수 없다. 죽은 어머니를 대체하는 대상이 누나가 아니라 새로운 대상이 되어야 하는 것은 원래 어머니라는 자리가 가족 관계에서 비혈연적인 대상이어야 하기 때문이다. 이것은 누나가 자신과 비혈연적인 다른 가족 관계에 편입되어야 한다는 것을 의미한다. 누나에게 이러한 기회가 없었던 것은 아니다. 하지만 그것이 이루어지지 않은 것은 엘렉트라 콤플렉스 때문이다. 아버지를 두고 어머니와 경쟁을 해야 되는 것이 딸의 운명이다. 이 삼각구도에서 어머니가 죽음으로써 누나(딸)는 자연스럽게 그 자리를 대체하게 된다. 자신이 어머니의 존재로 대체되면서 누나는 아버지의 여성들에 대해 질투심을 느낀다. '윤마담'이라든가 '가정부'에 대해 누나는 과도할 정도로 부정적인 반응을 보이며, 결국 가정부를 자신이 직접 내보내기까지 한다. 가정부가 나간 다음 아버지에 대한 누나의 배려는 "마치 어머니가 살아서 돌아온 것처럼 더 철저"[01]해진다.

누나의 이러한 태도는 아버지뿐만 아니라 자기 자신도 불행하게 만든다. 이것은 아버지에 대한 과도한 집착이다. 누나의 집착은 자신이 절대 온전한 어머니가 될 수 없다는 것을 망각한 데서 기인한다. 정상적인 관계에서는 자신이 아버지를 선망하지만 어머니 때문에 그것이 불가능하다는 것을 알고 오히려 어머니를 모방하면서 그 욕망을 충족시킨다. 그러나 소설에서는 어머니에 대한 모방이 아니라 직접 어머니의 존재로 대체되기에 이른다. 정상적인 삼각관계가 해체되면서 남는 것은 아버지와 나(누나) 둘 밖에 없는 이자적인 세계이다. 이 세계에서는 대상에 대한 과도한 집착만이 존재하며, 이것은 그대로 병적인 징후를 드러낸다. 이 세계로부터 벗어나기 위해서는 아버지나 나 이외에 어머니의 존재를 회복시켜 삼자적인 세계를 받아들이는 것이다. 누나 역시

> "너는 모를 거야. 나는 아버지를 자유롭게 해 드릴 기회가 두 번이나 있었는데, 내 고집 때문에 모두 놓쳐버렸다. 그 후부터 나는 아버지를 더 단단한 쇠줄로 꽁꽁 묶어버렸으니, 이런 불효가 어디 있니? 내가 너무도 세상을 몰랐다."[02]

에서 볼 수 있듯이 뒤늦게 이것을 깨닫는다. 하지만 누나의 깨달음은 그것이 곧바로 삼자적인 관계의 회복을 의미하지 않는다. 이 사실은 위암

---

**01**　현길언, 「나의 집을 떠나며 - 관계 6」, 『나의 집을 떠나며』, 문학과지성사, 2009, p. 20.

**02**　현길언, 「나의 집을 떠나며 - 관계 6」, 위의 책, p. 21.

선고를 받고 죽어가는 아버지의 입을 막는 장면에서 잘 드러난다. 아버지의 입을 막는 행위는 한편으로 보면 이자적인 세계로부터 벗어나려는 강한 욕망으로 볼 수도 있지만 다른 한편으로 보면 그것은 아버지와 나 둘밖에 없는 세계로의 도피로도 볼 수 있다. 이러한 양가적인 감정은 누나로 하여금 집을 나가게 한다. 집을 나감으로써 누나는 '지금까지 자신을 옭아매었던 모든 것으로부터 자유로울 수도 있'고, 또 아버지를 사랑했기 때문에 '아버지를 따라 갈 수도 있'[03]다. 아버지의 입을 막음으로써 도덕적인 죄의식을 자각하게 되지만 사실 이 죄의식은 어머니의 자리를 욕망하고 또 그것을 차지한 순간부터 존재한 것이라고 할 수 있다. 아버지의 죽음 혹은 죽임으로 삼자적인 관계가 회복된 것처럼 보이지만 그 심층을 들여다보면 거기에는 여전히 누나의 아버지에 대한 욕망이 자리하고 있다고 할 수 있다.

한번 무너진 가족 관계의 회복이 얼마나 어려운지를 「벽 - 관계 7」 역시 잘 보여준다. 이 소설에서의 가족 관계의 파괴는 외아들 경준의 불의의 사고에서 기인한다. 의협심이 강한 경준이 싸움에 휘말려 상대방이 휘두른 칼에 맞아 목숨을 잃은 것이다. 경준의 죽음은 함 목사 부부에게는 엄청난 충격이며 이것은 이들에게 트라우마를 야기한다. 이것은 일종의 결핍이다. 함 목사는 이 결핍을 채우기 위해 죽은 아들을 대체할 만한 대상을 찾는다. 그 대체물이 다름 아닌 자신의 아들을 죽인 가해자이다. 그를 양아들로 받아들이고 경천으로 개명까지 시킨다. 함 목사가 이렇게 할 수 있었던 것은 종교 때문이다. 함 목사는 경천에게 "너를 아들로 맞은 것은 내가 아니고 주님이시"(p.61)라고 말한다. 함 목사는 아들의 죽음이 주

---

**03**  현길언, 「나의 집을 떠나며 - 관계 6」, 위의 책, p.44.

님에 의한 대체물인 경천으로 인해 회복될 수 있을 거라고 믿는다.

그러나 그것은 오히려 더욱 커다란 고통을 불러일으킨다. 주님의 사랑으로 죽은 아들로 인해 발생한 결핍을 회복할 수 있으리라고 기대한 함 목사의 믿음은 결국 자신의 믿음이 부족하다는 사실만을 확인하는 계기가된다. 주님에 대한 믿음의 부족으로 인해 함 목사는 또 다른 심적 갈등과 고통을 겪는다. 주님에 대한 기도로도 채울 수 없는 결핍을 매번 확인하는 것은 함 목사에게는 죽음보다 더한 고통에 다름 아닌 것이다. 그의 행위는 겉과 속이 다른 위선자의 모습을 하고 있다는 점에서 목회자로서의 자신의 존재성을 뿌리째 뒤흔드는 부도덕하고 파렴치한 것이라고 할 수 있다. 아들의 결핍을 또 다른 대체물로 온전히 채울 수 있다고 생각한 함 목사의 믿음은 그 자신의 욕망의 산물일 뿐이다. 그 자신의 욕망은 충족되는 것이 아니라 끊임없이 새로운 결핍을 낳고 그것이 끊임없이 지연된다는 사실을 인식하지 못한 것이다.

함 목사의 이러한 욕망으로 인해 가장 고통을 당한 사람은 다름 아닌 가해자 경천이다. 경천의 가장 큰 고통은 자신을 온전히 용서하지 않은 함 목사 부부를 바라보는 일이다. 그들의 모습을 바라볼 때마다 경천은 자신이 저지른 행위를 들여다보게 되고, 자신의 죄를 용서받을 수 있는 길을 막아 놓은 벽을 발견하게 된다. 함 목사가 경천을 양아들로 삼는 순간 그는 "죄책감에서 영원히 벗어날 수 없게 되었다"[04]고 할 수 있다. 경천은 함 목사의 욕망, 다시 말하면 '자신의 노력으로 주님의 경지에 이르려는 도덕적 바벨탑'[05]을 쌓으려는 욕망으로 인해 자신의 죄를 용서받을 수 있는 길을 상실한 것이다. 경천은 자신의 죗값을 치루기 위해 함 목사를 죽

---

**04** 현길언, 「벽 - 관계 7」, 위의 책, p.64.
**05** 현길언, 「벽 - 관계 7」, 위의 책, p.80.

이지 않았음에도 불구하고 그것이 자신의 짓이라고 자백한다. 함 목사는 자신의 욕망에 눈이 멀어 경천의 욕망을 제대로 읽지 못한 것이다. 함 목사는 자신의 욕망이 곧 경천의 욕망이라고 간주한 것이다. 경천의 욕망이 무엇인지 제대로 읽었다면 함 목사는 그를 자신의 양아들로 삼지도 또 감옥에서 형기를 채우기도 전에 출소시키지도 않았을 것이다. 타자에 대한 진정한 이해 없이 어떤 관계도 온전히 이루어질 수 없는 것이다.

> "주님, 제 죄를 용서해 주시옵소서. 저는 지금까지도 진정으로 경천이를 사랑하지 못하고 있습니다. 그를 제 품에 껴안고 있지 못하고 있습니다. 주님께서 제게 주신 그 귀한 말씀에 의지해서 제 혈육을 살해한 그를 제 아들로 삼고 살아왔습니다만, 아직도 저는 그를 아들로 사랑하지 못하고 있습니다. 주 성령님이시여, 이렇게 사악하고 사랑 없는 저를 용서해 주시고, 제 굳어진 마음을 깨뜨려 주시옵소서. 제가 그 아들을 진정으로 사랑하도록 주님과 같은 긍휼을 제게 허락해 주시옵소서."[06]

살해당한 친아들에 대한 사랑만큼 양아들 경천에게도 사랑을 베풀 때 훼손된 가족 관계가 회복될 수 있다는 사실을 잘 보여주고 있는 대목이다. 아무런 혈연관계도 없고, 게다가 자신의 아들을 죽인 살인자를 양아들로 받아들여 그 관계를 회복하려고 할 때는 참된 사랑 없이는 불가능하다고 할 수 있다. 가족관계는 혈연으로 맺어졌기 때문에 기본적인 견고함이 있지만 이 관계 역시 사랑이 없으면 제대로 성립될 수 없는 관계라고 할 수 있다. 부모가 자식의 욕망을 제대로 읽지 못하거나 반대로 자식

---

**06**  현길언, 「벽 - 관계 7」, 위의 책, p.80.

이 부모의 욕망을 제대로 읽지 못할 때 가족관계는 황폐해지거나 해체되고 만다. 가족관계일수록 자신의 욕망과 타자의 욕망을 동일시해버리는 경우가 빈번하다. 하지만 부부나 부모 자식 관계에서도 욕망에서 비롯되는 틈이 존재한다. 이 사실을 겸허하게 받아들이고 늘 타자의 욕망에 대해 세심한 성찰을 행한다면 가족관계는 그 견고함을 더하리라고 본다.

그러나 가족관계의 견고함은 내부의 힘에 의해서만 유지될 수 있는 것이 아니다. 가족이 사회와의 끊임없는 관계 속에서 이루어지기 때문에 사회의 변화는 곧바로 가족관계에 영향을 미친다. 가족관계를 통해 형성되는 자아의 궁극이 사회 혹은 사회적 자아를 지향하고 있기 때문에 사회와의 소통은 중요하다고 하지 않을 수 없다. 현대사회의 변화 속도가 상상을 초월할 만큼 빨라지면서 가족 또한 그 속도를 따라야하는 상황이 된 것이다. 가정은 사회적인 충격을 흡수하는 기능을 담당해 온 것이 사실이지만 현대사회의 속도가 빨라짐으로써 그 기능 자체가 위기에 처한 것이 사실이다. 최근 들어 가족의 해체가 빈번하게 이야기되는 것도 사회의 이러한 속도 변화가 주된 원인이라고 할 수 있다.

## 3. 아버지의 부재와 관계로서의 실존

근대 이후 사회의 속도가 빨라짐으로써 그 속도만큼 사회로부터 배제되거나 소외되는 사람이 생겨난다. 현대사회의 속도란 그것이 노동생산성으로 이어진다는 점을 고려하면 사회로부터의 배제나 소외는 필연적인 것이라고 할 수 있다. 이 사실은 곧 가족관계의 해체 역시 필연적이라는 것을 의미한다. 가장 비근한 예로 IMF가 닥쳤을 때 평화롭던 가정이 순식간에 풍비박산 나는 것을 생생하게 기억할 것이다. 실직과 같은 사회로부터의 배제와 소외는 집안에서의 가장의 지위를 상실하는 것으로 이렇게 되면 이중의 배제와 소외를 당하게 된다. 사회로부터 받은 충격을 가정에서 완화시켜주지 못하면 결국 그에게 돌아오는 것은 가출이나 죽음밖에 없다. 견고해 보이는 가족관계가 사회로부터의 충격에 의해 쉽게 해체될 수 있다는 사실을 「우리 빗물이 되어 바다에서 만난다면 - 관계 8」은 잘 보여주고 있다.

하지만 이 소설에서의 가족관계의 해체는 경제적인 것에 앞서 이념적인 것으로부터 기인한다. 우리의 근대사가 이념의 시대라는 사실에 대해서 부정할 사람은 아무도 없을 것이다. 이때의 이념은 대체로 사회적인 관계 속에서 작동하기 때문에 그 현장의 한복판에 놓인 아버지에게 가장 직접적인 영향력을 행사하기에 이른다. 어머니와 자식들이 주로 가족관계 내에서 삶의 행동 구조를 정립하는 것과는 달리 아버지는 사회적인 관계 속에서 그것을 정립하는 성향이 강한 것이 사실이다. 이것은 사회가 어떤 속성을 드러내느냐에 따라 아버지의 존재성이 곧바로 결정된다는 것을 의미한다. 사회의 구조가 억압적이면 아버지는 그만큼 자신의 존재성을 자유롭게 드러낼 수 없게 된다. 근대 이후 우리의 역사는 그 억압으로부터 자유로웠던 적이 없었다고 해도 과언이 아니다.

우리의 아버지는 근대적인 억압에 맞서 그것에 저항하기에는 절대적인 힘이 부족했기 때문에 아버지로서의 기능이나 역할을 제대로 수행하지 못한 채 언제나 '부재'의 상징으로 존재하기에 이른다. 아버지의 부재를 대체한 것은 서구나 일본이었으며, 이런 점에서 근대 이후 우리의 아버지는 의붓아버지였다고 할 수 있다. 아버지의 부재로 주체적인 근대를 경험하지 못한 우리의 저간의 역사는 그 자체가 한 편의 비극적인 드라마라고 할 수 있다. 이 드라마가 더욱 비극적인 것은 아버지의 부재가 아버지에게서 끝나지 않는다는 사실에 있다. 아버지의 부재는 정상적인 오이디푸스 콤플렉스를 불가능하게 하여 그 비극이 아들 대에까지 영향을 미친다. 「우리 빗물이 되어 바다에서 만난다면 - 관계 8」에서 아들은 아버지의 부재를 "하늘에 계신 다른 아버지"[07]로 대체한다.

이 아들에게 육친의 아버지는 이해가 불가능한 존재일 뿐만 아니라 원망의 대상일 뿐이다. 아들은 "종갓집 독자로 태어났으면서 집안 일을 외면하고 혁명을 생각했던 아버지가 이해가 되지 않"[08]는 것이다. 아버지가 없으면 아들은 아버지로서의 존재를 모방할 수 없고, 이렇게 되면 정상적인 오이디푸스 과정을 거치지 못해 온전한 아버지로서의 존재성을 지닐 수 없게 된다. 아버지를 통해 사회적 자아를 형성해야 함에도 불구하고 그의 소설에서는 대부분 할아버지나 삼촌 심지어는 형을 통해 그것을 형성하게 된다. 이들은 아버지라는 존재로부터 몇 단계 떨어진 존재들이다. 이들은 어머니와 아버지 그리고 나와의 관계에서 비롯되는 오이디푸스적인 욕망을 충족시켜 주기에는 검열관으로서의 엄격함과 무서움이 덜하다고 할 수 있다. 할아버지와 삼촌은 어머니를 차지하기 위한 실질적인 경쟁자가 될 수 없으며, 형 또한 어머니를 차지하고 있는 대상도 아니다.

아버지가 부재하면 아들은 어머니와의 관계 속에서만 자신의 존재성을 형성할 수밖에 없다. 아들과 어머니 둘 밖에 없으면 아버지의 역할을 어머니가 해야 한다. 그래서 이 소설 속의 어머니는 아들에게 "유독 깐깐하게 대할"[09] 수밖에 없는 것이다. 어머니는 검열관으로서의 아버지가 아

---

**07** 현길언, 「우리 빗물이 되어 바다에서 만난다면 - 관계 8」, 위의 책, p. 96.

**08** 현길언, 「우리 빗물이 되어 바다에서 만난다면 - 관계 8」, 위의 책, p. 97.

**09** 현길언, 「우리 빗물이 되어 바다에서 만난다면 - 관계 8」, 위의 책, p. 96.

닌 어머니로서의 존재성을 유지해야 함에도 불구하고 아버지의 부재로 말미암아 그것이 불가능하기 때문에 평생 아들의 욕망을 충족 시켜주지 못하고 한을 간직한 채 죽을 수밖에 없는 것이다. 아들은 이상적인 아버지에 대한 경험도 또 이상적인 어머니에 대한 경험도 없이 삶을 살아내야 하는 것이다. 이것은 아들에게 엄청난 상처라고 할 수 있다. 아버지에 대한 원망과 어머니에 대한 회환을 간직한 채 평생을 살아갈 수밖에 없는 숙명을 아들은 짊어지게 되는 것이다.

그러나 아버지의 부재가 아들에게만 상처로 남는 것은 아니다. 어쩌면 아들보다도 더 큰 트라우마를 지니고 살아갈 수밖에 없는 존재가 어머니라고 할 수 있다. 아버지의 부재로 어머니는 가족관계 내에서 아버지의 역할을 대신해야 한다. 가부장제 사회에서 한 집안의 가장의 역할을 수행해야 하는 어머니의 고통은 가족관계의 총체에서 오는 고통과 맞먹는 크기를 지닌다고 할 수 있다. 소설 속에서 어머니가 겪은 고통의 내력에 대해 시누이인 고모는 그것을 아주 장황하게 들려준다.

고모가 훌쩍이며 집안 내력을 말하기 시작했다. 선도라는 이상한 허깨비 종교에 미친 증조부님이 그 좋다는 재산 다 날려버리자, 할아버지 내외가 독자 장손인 아들만 받아들여 집안 살림을 맡겨놓고 세 딸을 남겨둔 채 일본으로 떠났다. 그때 아버지 나이 스물여섯인가, 농사일이나 세상일에 전혀 관심이 없는 할아버지 할머니를 모시면서 제 동생들을 거느려 가난한 집안살림을 맡아했다. 보통학교에서 교편을 잡던 아버지는 그 월급으로 어른들 모시고 동생들을 키웠다. 어머니는 그 때부터 종갓집 기일 제사를 차리기에 바빴다. 해방이 되어 할아버지가 귀국했으나, 한번 물려받은 조상 제사는 아버지가 계속 맡았다. 그런데, 그 사태 때에 중학교 교원으로 자리를 옮겼던 아버지가 경찰에 잡혀가 돌아오지 않았다. 홀로된 어머니가 시할아버지 내외와 시부모를 모시면서 그 제사 명절을 다 맡아 했다.[10]

시누이조차 훌쩍이게 한 어머니의 내력은 단순히 아버지의 부재로만 이야기될 수 있는 성질의 것이 아닌, 아버지의 아버지 그 아버지라는 누대에 걸친 가장의 부재라는 의미를 담고 있다. 누대에 걸친 아버지의 부재란 우리 근대사의 격동의 시기와 맞물려 있는 것으로 이 시기에 어머니들이 놓인 처지를 이 사실은 잘 말해주고 있다. 온갖 이념의 혼란 시기에 아버지가 가족관계로부터 이탈하면서 어머니는 완전히 가부장제의 희생양으로 전락하게 되는 것이다. 조상의 제사와 대가족이라는 제도는 남성 중심주의 혹은 가부장제의 산물임에도 불구하고 그것을 유지하는 실질적인 역할은 여성이 감당해야 하는 당대 사회의 모순을 적나라하게 보여주고 있는 것이다.

어머니에게 이것은 쉽게 치유될 수 없는 상처로 남아 그녀의 삶을 강하게 억압한다. 그녀의 가부장제적인 의식은 거의 고착 상태에 놓여 있다. 그녀는 외부의 압력에 의해 가부장제적인 의식을 드러내는 차원을 넘어 스스로 그것에 순응하는 차원에까지 이른다. 가부장제라는 인습을 스스로 지키고 유지해야 한다는 의식이 자연스럽게 그녀의 의식 속에 자리하게 된 것이다. 어머니의 이러한 모습이 극단화되어 드러난 것이 바로 '세 아들을 각각 따로 떼어놓은 일'이다. 어머니는 혼란한 시국에 "세 형제 중에 어느 아들 하나만이도 살게 되면 집안 대는 이을 것"[11]이라는 생각에 생이별도 마다하지 않은 것이다. "종갓집 며느리로서는 어머니 정보다는

---

**10**  현길언, 「우리 빗물이 되어 바다에서 만난다면 - 관계 8」, 위의 책, p. 107.

**11**  현길언, 「우리 빗물이 되어 바다에서 만난다면 - 관계 8」, 위의 책, p. 109.

집안의 대를 잇는 일이 중요했"[12]던 것이다. 어머니로서의 정보다 가문의 인습을 중시 여기는 그녀의 태도는 가부장의 모습과 다르지 않다.

가문에 대한 어머니의 고착화된 심리는 '한'이라는 형태로 드러난다. 어머니의 심층에 자리하고 있으면서 그녀를 끊임없이 억압하는 것을 제대로 해소하지 못한 그녀의 태도는 아들의 간절한 바람마저도 들어주지 못한다. 임종을 앞두고 어머니는 아들에게 두 가지에 대해 미안하다고 고백한다. 하나는 "단 며칠이라도 아들네 집에 가서 같이 살지 못한 것"[13]이고 다른 하나는 '예수를 믿지 않은 것'[14]이다. 이 중 후자의 경우는 전형적인 가부장제 하의 여성의 모습을 보여준다. 신학대학 교수인 아들의 간절한 권유에도 불구하고 어머니가 예수를 믿지 않은 것은

> "네 형님이 교회에 다니면 나도 따르키여. 이제는 형님이 집안의 어른이니까. 형님이 믿지 않는데 내가 어떻게 믿을 수 있느냐? 모자 지간에 종교 때문에 담을 쌓을 수는 없는 일 아니냐?"[15]

에서처럼 '형님' 때문이다. 어머니는 '여필종부'라는 가부장제의 관습을 철저하게 따르고 있는 것이다. 이 관습을 살아서는 물론 죽어서까지도 가지고 가고 싶어 한다. 그녀는 아들에게 "샛아들이 목사니까, 죽어서 샛아들이 가는 곳으로 가고도 싶다만, 나만 좋은 세상에 갈 수 없지 않겠느냐? 네 아버지와 할아버지와 할머님들이 가서 계신 곳에 나도 가서 함께 살"[16]겠

---

**12** 현길언, 「우리 빗물이 되어 바다에서 만난다면 - 관계 8」, 위의 책, p.109.

**13** 현길언, 「우리 빗물이 되어 바다에서 만난다면 - 관계 8」, 위의 책, p.111.

**14** 현길언, 「우리 빗물이 되어 바다에서 만난다면 - 관계 8」, 위의 책, p.112.

**15** 현길언, 「우리 빗물이 되어 바다에서 만난다면 - 관계 8」, 위의 책, p.112.

**16** 현길언, 「우리 빗물이 되어 바다에서 만난다면 - 관계 8」, 위의 책, p.121.

다고 말한다. 어떻게 보면 이러한 어머니의 태도는 그녀 자신을 위한 삶 자체가 존재하지 않는다는 것을 말해준다. 어머니로서의 주체적인 삶보다는 가부장제라고 하는 제도적인 관계 속에서의 삶을 산 것이라고 할 수 있다.

이러한 어머니의 존재란 '추상명사화 된 존재'를 말하며, '낳아 준 어머니와 그 자식이라는 윤리 감정으로만 관계가 유지되는 존재'[17]인 것이다. 관계 자체가 추상화되고 윤리 감정으로만 이루어지기 때문에 어머니는 아들집을 '전혀 낯선 집처럼 불편해 하는 것'[18]이다. 아들에게 어머니는 자신이 잃어버린 모체(자궁)를 지닌 향수의 대상이며, 어머니에게 아들은 자신이 지닌 자궁의 기억을 환기하는 대상인 것이다. 하지만 아들은 어머니에게서 모체에 대한 향수 자체를 거부당한다. 어머니가 부재한 아버지의 역할을 대신하고 있기 때문이다. 아들은 어머니로부터 거부당한 것들을 보상받기 위해 "어머니보다는 배웅 나온 친구들, 또 서울에서 만나게 될 다른 얼굴들"[19]에게로 관심의 대상을 돌린다. 아들의 기억 속에 어머니는 언제나 "희미한 음영"[20]으로만 존재할 뿐이다. 어머니와 아들의 관계가 이러할진대 어찌 어머니가 아들의 집을 낯선 집처럼 불편해 하지 않겠는가.

아버지의 부재로 인한 결손을 회복하기 위해 어머니는 가부장적인 제도의 희생양도 마다하지 않는 모습은 자신의 정체성에 대한 자각이 이루어지지 않고 있다는 것을 의미한다. 하지만 그 상황에서 스스로 희생양을 자처했다는 점을 고려한다면 그것은 정체성에 대한 자각 이전에 먼저 실

---

**17**  현길언, 「우리 빗물이 되어 바다에서 만난다면 - 관계 8」, 위의 책, p. 121.

**18**  현길언, 「우리 빗물이 되어 바다에서 만난다면 - 관계 8」, 위의 책, p. 121.

**19**  현길언, 「우리 빗물이 되어 바다에서 만난다면 - 관계 8」, 위의 책, p. 120.

**20**  현길언, 「우리 빗물이 되어 바다에서 만난다면 - 관계 8」, 위의 책, p. 120.

존을 문제 삼아야 한다는 것을 말해준다. 실존이 먼저고 자신의 정체성에 대한 자각과 같은 본질은 그 다음 문제인 것이다. 소설(『우리 빗물이 되어 바다에서 만난다면 - 관계 8』)의 말미에서 어머니의 아들에 대한 회한은 그것이 모자지간에 어떤 상처를 발생시킬지를 알면서도 그렇게 할 수밖에 없었던 자신의 태도에 대한 반성적인 인식을 드러낸 것이라고 할 수 있다. 아들과 어머니의 이러한 관계는 그 자체가 하나의 실존의 모습인 것이다.


## 4. 숲 혹은 평화의 역사 만들기

작가가 이 소설집을 통해 보여주려고 한 것이 가족과 사회 내에서의 중층적인 관계를 살아내는 것이라면 그것은 실존에 대한 긍정을 드러낸 것이라고 할 수 있다. 그의 시선이 인간과 그 인간의 삶의 심층에 자리하고 있는 진실의 문제를 끊임없이 드러내려고 하는 것도 지나온 과거나 '지금, 여기'에서의 현재의 삶에 대한 반성적인 거리를 확보하여 보다 나은 미래를 꿈꾸기 위해서이다. 삶은 늘 우리가 기대하는 방향으로 진행되는 것이 아니라 느닷없음과 우연에 의해 우리의 기대와는 다른 방향으로 진행된다. 가령 느닷없이 죽음이 찾아오거나(『나의 집을 떠나며 - 관계 6』, 『안과 밖 - 관계 12』) 스스로 죽음의 길을 택하기도 하고(『안과 밖 - 관계 12』) 또 사람을 살해하기도 한다. (『벽 - 관계 7』) 이 느닷없음과 우연은 인간에게 고통일 수밖에 없으며 그로 인해 가족이나 사회에서의 관계가 트라우마를 지니게 되는 것이다.

그러나 이러한 관계에서 비롯되는 상처는 불가항력적일 수도 있지만 그것을 어떻게 유연하게 극복하느냐에 따라 관계의 문제는 달라진다. 인간의 역사란 관계를 통해 이어져온 것이라고 해도 과언이 아니다. 관계란 멈춰질 수 없는 것이다. 흔히 관계의 단절을 이야기하지만 그것은 어디까지나 일시적이고 순간적인 것일 뿐 역사의 차원에서는 그것이 불가능하다. 역사의 차원에서는 도도한 흐름만이 존재할 뿐이다. 이것은 인류가 존재해온 저간의 역사를 되돌아보면 잘 알 수 있다. 한 세대가 가면 다음 세대가 오고 또 그 다음 세대가 오듯이 이들의 관계는 단절을 통한 연속의 과정이라고 할 수 있다. 작가는 그것을 「숲 이야기-관계 10」에서 다양한 상징을 통해 보여주고 있다.

작가가 '숲'이라는 상징을 들고 나온 데에는 그것이 가지는 역사와의 유비성 때문이라고 할 수 있다. 숲이 드러내는 오랜 시간을 통한 온갖 나무들의 소멸과 생성은 그 자체가 수평과 수직의 관계망을 통해 이루어지는 역사의 속성을 지닌다. 숲은 역사의 유구함과 깊이의 심층을 고스란히 지니고 있을 뿐만 아니라 그 모습을 구체적인 형상을 통해 생생하게 보여주고 있다. 인간의 역사의 실체란 그 모습이 온전히 보전되어 있다기보다는 대부분 파괴되거나 훼손되어 있다고 할 수 있다. 인간의 역사의 속도는 모든 것들을 변형시켜 추상화시켜 놓고 있는 것이 사실이다. 인간의 역사는 숲이 주는 역사의 아우라를 지니고 있지 못하다. 우리는 숲에서 이런 아우라를 발견하고 그것이 주는 신비한 힘에 빠져들 때가 많다. 「숲 이야기 - 관계 10」의 주인공이 숲에 대해 가지는 경외감 역시 이와 다르지 않다.

"옳은 말이다. 마을을 지켜온 나무인데, 그까짓 총 몇 발에 죽을 수가 없겠지. 나무는 사람보다 강하단다. 이 나무는 내가 아주 어렸을 때에도 이만큼 자랐으니까, 그때 할아버님 말씀에 이곳으로 이사 오

시기 전, 그러니까 그 할아버님이 어렸을 때에도 이만큼 자랐다고 하시더라. 오랜 세월을 여기에서 살아왔으니까, 아마 뿌리는 이 마을의 땅속을 온통 휘돌아 뻗어 있겠지. 그러니까, 그 총알에도 끄떡하지 않지."[21]

느티나무가 '총알에도 끄떡하지 않는다'고 믿는 것은 일종의 경외감이지만 그러한 믿음을 가지게 된 것은 '오랜 세월 마을의 땅속을 온통 휘돌아 뻗어 있는 뿌리' 때문이다. 오랜 시간의 견고함을 무너뜨릴 수 있는 것은 아이러니하게도 총알이 아니라 시간이다. 총알이라는 순간이 어떻게 나무라는 영원의 시간을 무너뜨릴 수 있겠는가. 나무는 "그 많은 총탄들을 완전히 녹여버릴"[22] 수 있는 힘을 지닌 존재이다. 나무는 긴 역사의 시간 속에는 총알보다도 더한 아픔의 흔적들이 나이테를 이루고 있으며, 이런 점에서 그것은 아픔을 먹고 그것을 아름답게 변주하는 존재라고 할 수 있다.

나무에 대한 경외감은 그것을 심고 가꾸어 일정한 재목이 되면 베어서 '궤'와 '책상'을 만들기도 하고, '죽은 자의 개판'이나 심지어는 집을 짓는데 그것을 사용하기도 한다. 이렇게 만들어진 것들은 인간의 죽음을 넘어 오래도록 존재한다. 사람은 "하루가 다르게 늙어가고 변하"지만 숲은 "변하지 않"[23]고 날로 "무성해진"[24]다. 나무 혹은 숲처럼 변하지 않고 무성해지고 싶은 인간의 욕망이 이러한 행위 속에 내재해 있는 것이다. 그러나 무엇

**21** 현길언, 「숲 이야기-관계 10」, 위의 책, p. 182.

**22** 현길언, 「숲 이야기-관계 10」, 위의 책, p. 183.

**23** 현길언, 「숲 이야기-관계 10」, 위의 책, p. 202.

**24** 현길언, 「숲 이야기-관계 10」, 위의 책, p. 203.

보다도 인간의 유한함을 넘어서기 위한 욕망이 가장 잘 드러나고 있는 장면은 다음 대목이다.

> 4대조가 이곳에 분가해 온 것을 기념하여 심은 향나무와 그 할아버지가 아들을 낳자 심은 느티나무며, 그 이후로 아기를 낳을 때마다 오동나무, 향나무, 느티나무를 심었다. 노인의 손자가 태어났을 때 심은 나무, 그 손자가 초등학교와 중학교 입학 기념으로 심은 나무, 노인의 동생이 태어난 기념으로 심은 나무, 둘째 아들 출생 기념으로 심은 나무까지, 한 할아버지 자손들 나무들이 이 숲에 모여 있다. 집안 어른들은 한 그루 나무를 마치 낳은 새끼처럼 가꾸었다.[25]

가족의 역사와 나무의 역사를 동일시하려는 욕망으로 나무를 심고 그 것을 자신이 낳은 새끼처럼 가꾸는 행위는 숭고함마저 느끼게 한다. "한 할아버지 자손들 나무들이 이 숲에 모여 있다"는 표현이 잘 말해주듯이 가족의 역사가 영원히 이어지기를 바라는 것은 인간이면 누구나 가지는 욕망이라고 할 수 있다. 하지만 한 가족의 역사와 숲의 역사를 동일시한 다고 해서 그 욕망이 충족되는 것은 아니다. 이 소설의 주인공(궁극적으로는 작가) 역시 그것을 잘 알고 있다. 노인은 손녀에게 "사람으로서는 모르는 숲의 비밀이 너무 많다."[26]고 말한다. 노인의 이 고백은 숲이 가지는 관계에 대한 비밀이라고 할 수 있다.

노인은 이 말에 이어 "왜 쓸모없는 잡풀들과 엉겅퀴와 나무를 괴롭히는 여러 잡목들이 나무들과 함께 자랄까?"[27]라고 묻는다. 잡풀들-엉겅퀴-

---

**25** 현길언, 「숲 이야기-관계 10」, 위의 책, p. 208.

**26** 현길언, 「숲 이야기-관계 10」, 위의 책, p. 262.

**27** 현길언, 「숲 이야기-관계 10」, 위의 책, p. 262.

나무와의 관계에 대한 의문이 궁극적으로 지향하는 대상은 숲이 아니라 가족, 더 나아가 인간 세상이라고 할 수 있다. 숲의 관계처럼 인간 세상의 관계에도 비밀이 많다는 것이 노인의 의문의 궁극이라고 할 수 있다. 그렇다면 작가는 왜 이 관계를 강조하고 있는 것일까? 손녀인 순영이 노인에게 "할아버지 이 숲에 있는 나무나 새들이나 풀들은 한가족이겠네요."[28]라고 묻는다. 이에 노인은 "그렇단다. 한가족처럼 어우러져 살다 보니 편안하고, 숲은 정말 평화로운 세상이구나."[29]라고 답한다. 노인과 손녀 사이의 이 문답에 이 소설의 주제가 숨어 있다고 할 수 있다.

인간의 삶은 관계로부터 자유로울 수 없다. 하지만 이 관계로 인해 인간은 늘 불화의 상태에 놓일 수밖에 없다. 개인과 개인 간의 불화, 개인과 사회 간의 불화, 집단과 집단 간의 불화, 국가와 국가 간의 불화, 민족과 민족 간의 불화, 어떻게 보면 세상은 온통 불화 천지라고 할 수 있다. 혈연 관계로 맺어진 가족 내에서 이미 불화의 원초적인 로망이 비롯된다는 점에서 인간에게 불화는 피할 수 없는 숙명 같은 것이라고 할 수 있다. 이 사실은 인간이 관계에서 비롯되는 불화를 피하는 것만이 능사가 아니라 그것의 실체를 깊이 있게 성찰하는 것이 무엇보다도 중요하다는 것을 의미한다. 여기에서 말하는 깊이 있는 성찰이란 불화에 대한 반성적인 거리의 확보에 다름 아니다. 불화와의 반성적인 거리가 확보되면 노인(작가)이 꿈꾸는 숲처럼 평화로운 세상이 도래하게 될 것이다. 오랜 집과 길 그리고 숲의 성찰을 통해 작가가 욕망하는 평화로운 세상에 대한 이야기가 우리 모두의 로망이라는 사실을 망각하지 않는 것. 그것이 바로 또 다른 관계의 시작이라고 할 수 있다.

---

**28**    현길언, 「숲 이야기-관계 10」, 위의 책, p.263.
**29**    현길언, 「숲 이야기-관계 10」, 위의 책, p.263.

# III부

## 실존, 은폐된 형식의 발견

# 식민지 혹은 역설의 수사학*
- 이상의 생존 방식과 시적 전략

## 1. 식민지 시대 지식인의 생존 방식

우리 문학사에서 식민지 시대에 대한 해석은 언제나 인식론적인 회의를 동반한다. 식민지 시대의 문학이 내발성(內發性)의 결핍을 숙명처럼 가질 수밖에 없는 양식이라는 점을 고려한다면 이러한 회의는 당연하다고 할 수 있다. 무엇 하나 주체적인 목소리를 낼 수 없는 상황에서 성립된 문학 제도와 그것의 현실적인 전개는 이미 그 안에 불완전함이 전제된 것으로 볼 수 있다. 이 불완전함에 대한 민감한 자의식이 발전하여 불구 의식 혹은 절름발이 의식을 낳고 이것이 당대는 물론 그 이후까지 이어져 왔다고 할 수 있다.

그러나 식민지 시대의 문학에 대한 인식이 불구성을 가지고 있는 것은 사실이지만 그것을 지나치게 강조하는 것은 우리 문학에 대한 생산적인 논의에 그다지 도움이 되지 않는다. 불구성에 대한 자의식은 식민지 시대의 문학에 대한 인식을 허무주의적이고 결정론적인 차원으로 내몰 위험

---

\* 이 글은 본인의 졸저 『한국 현대시의 미와 숭고』(소명, 2012) 중 「한국 현대시와 다다이즘」을 수정·보완하였다.

성이 있다. 우리가 원했든 원하지 않았든 식민지 시대는 존재했으며, 불구성 또한 엄연한 현실로 존재하고 있는 것이다. 이것은 부인할 수 없는 사실이다. 따라서 식민지 시대에 대한 인식에서 중요한 것은 특수성을 특수성 그 자체로 인정하는 일이다.

이러한 맥락에서 식민지 시대의 문학을 검토하면 불구성에 대한 민감한 자의식에 의해 은폐되었던 사실들이 좀 더 분명하게 드러날 것이다. 식민지 시대의 우리 문학이 드러내는 불구성을 불구성 그 자체로 인정할 때 다른 무엇보다도 먼저 문제가 되는 것 중의 하나는 우리 문학의 정체성을 근본적으로 뒤흔들어 놓은 낯선 예술 사조의 유입이다. 수백 년 동안 변증법적인 성찰과 반성의 과정을 통해 성립된 서구의 예술 사조와는 달리 단수년 사이에 모든 것들이 성립된 우리의 예술 사조는 그 자체가 곧 우리 문학의 특수성 내지 허약한 토대를 반영하고 있는 것으로 볼 수 있다.

서구의 예술 사조의 유입으로 인한 우리 문학의 정체성 파괴라는 이 비극적 상황에서 식민지 시대의 우리 작가들은 그 나름의 실존적인 모색을 감행할 수밖에 없었다. 이 실존의 방식을 관념이 아닌 온몸으로 체험하면서 그 특수성을 특수성을 통해 역설적으로 극복하려 했던 작가가 바로 이상이며, 그 구체적인 실존의 방식이 다다이즘이라고 할 수 있다. 따라서 이상이 추구한 다다이즘에 대해 살펴보는 일은 단순히 개인적인 취향의 차원을 넘어 식민지 시대를 살다간 지식인의 실존 방식과 맞물려 있는, 그런 문제의식을 가진다고 할 수 있다.

우리 문학사에서 다다이즘이 본격적으로 논의된 것은 1920년대 중반부터이다. 우리의 모든 근대 문학운동이 그렇듯이 다다이즘 역시 일본 문단의 동향에 힘입은 바 크다. 박영희·고한용·방원용·양주동 등 일본 유학생들은 1920년대 중반, 이미 일본문단의 한 주류를 형성하고 있었던 다다이즘을 고국의 잡지와 신문의 문예란 등에 소개하고 그것을 하나의 문학운동으로 담론화하기에 이른다.

이 중에서 고한용의 글은 다다이즘의 기본 성격, 그 전개 방향, 시대와의 관련성 등 여러 면에서 시사하는 바가 크다고 할 수 있다. 그는 다다이즘의 기본 성격을 '재래의 관념을 휘몰아 내고, 기존의 종교, 철학, 예술을 부인하고 진리를 비웃는 형태 파괴적이고 끊임없는 부정을 모토로 하는 그런 운동으로 보고 있으며, 이 운동이 조선 내에서 활성화 될 것이라는 전망도 하고 있다.[01] 다다이즘이 가지는 이러한 속성과 당대의 사회적인 맥락으로 인해 이 운동은 일본에서뿐만 아니라 우리나라에서도 저항적이고 불온한 것으로 간주되어 탄압 받기에 이른다. 그의 글 "서울 왔든 다다이스트의 이약이"(『開闢』52호, 1924.10.1)를 보면 그것이 잘 드러나 있다. 이 글은 일본의 다다이스트 시인 다카하시 신키치(高橋新吉)가 당국의 간섭으로 인해 경성에서의 강연이 불발로 돌아가자 그 대신으로 쓰여진 것이다. 고한용은 저간의 사정을

十五日間가티지내든이약이와 그의性格이며그의主義는 달리무슨 小說의形式가튼것이안이면 表現하기에족음거북하니쟈다음날한가한 때로미루고, 爲先에서演說하려든그의草稿그대로족음紹介하여보련다. 그러나 이것은그의자신이붓을들어쓴것도안이요 自己가發言하야 講演을하겟다든것도안이다. DADA라는 것이講演할性質의것은안이나 期會도조코하야 한번하야달나고말을하야보앗섯다. 그러치만 막이한대도그의입에서무슨소리가나올는지모르겟슴으로 여러번망서리든꼿헤 엇더한말을하려는지左右間나에게한번들녀주는것이엇더하냐

01   고한용, 「짜짜이슴」 『開闢』 51호, 開闢社, 1924.9.1, pp.1~8.

고 물어보앗다. 웨그런고하니 얼마前 神戶서하엿슬때에停止命令이
나려엿스니짜이다. 그것이무슨政治上으로나 그밧게무슨不穩한말을
하여서가안이라, 넘우意外에ㅅ소리를하엿기때문에聽衆이들끌어서
그가티된것이엇다한다. 이번에도그가티하야가지고경을치게되면—
경은損이니까물어본것이엿스나 그는선선히承諾을하엿다.[02]

하여 비록 다다이즘 운동이 가지는 저항적이고 불온한 속성을 부인하거
나 간접적으로 제시해 놓고 있지만 이 운동이 어느 정도로 당대적인 이슈
였는가를 잘 말해주고 있는 대목이라고 할 수 있다. 또한 이 사실은 다다
이즘 운동이 "우리와 문화권을 달리하는 서구의 전위예술 운동을 우리나
라에 소개하겠다는 단순한 호기심의 차원에서 벗어나 식민지 시대 지식
인의 또 하나의 생존 방식과 직접 간접으로 연결되어 있었다는 것"[03]을 말
해주는 대목이라고 할 수 있다.

  이러한 이유로 다다이즘은 실질적인 문학운동의 길이 막혀 있던
1920·30년대 시인들에게 하나의 출구가 될 수 있었던 것이다. 다다이즘
에 대한 관심은 20년대 중반 이후 30년대에 이르기까지 문단에 하나의 거
대한 기류를 형성했던 것이 사실이다. 이것은 당시의 잡지나 신문 등에
실린 다다이즘과 관련된 글뿐만 아니라 이때 발표된 시들을 살펴보면 어
렵지 않게 확인할 수 있다. 우리가 익히 알고 있는 이상이라든가 『三四文
學』의 동인이었던 이시우와 신백수의 시 뿐만 아니라 이 시기에 등단했
던 젊은 시인들의 시, 그리고 편석촌이나 서정주와 같은 시인들의 시 속
에서도 이 다다이즘적인 요소를 어렵지 않게 발견할 수 있다. 이것은 다

---

**02**  고한용, 「서울 왓든 짜짜이스트의 이약이」, 『開闢』 52호, 1924. 10. 1, p.146.

**03**  김시태, 「서구 모더니즘의 수용」, 『문예사조』, 이우출판사. 1987, p.221.

다이즘 문학운동이 그것에 대한 어떤 인식론적이고 존재론적인 깊이나 넓이에 대한 천착이라든가 혹은 그 가치에 대한 긍정과 부정에 관계없이 1920·30년대 우리 시단에 하나의 유행사조로 군림했다는 사실을 드러내는데 부족함이 없다고 할 수 있다.

그러나 다다이즘은 이렇게 유행사조로 군림은 했지만 그것이 서구에서처럼 하나의 집단적인 문학운동 차원으로 성립되었다거나 그것이 과거, 현재, 미래를 포함하는 한국 예술사라는 거대한 미적 흐름에 있어서 연결고리 역할이나 일정한 토대로 작용했다고는 단정할 수 없다. 그것은 우리의 다다이즘 문학운동 자체가 내발적(內發的)이 아닌 외발적(外發的)으로 형성되어 이 운동에 대한 철저한 주체적인 자각내지 자의식이 결여되어 있었기 때문이다. 또한 서구에서처럼 입체파와 미래파라는 래디컬한 모더니즘 혹은 아방가르드적[04]인 토양이 우리의 경우에는 전무했을 뿐만 아니라 다다이즘의 발전된 양태인 쉬르레알리즘으로 이행될만한 여

---

**04** 이승훈 교수는 "한국현대시와 아방가르드"(『모더니즘시론』, 문예출판사, pp. 117~139.)라는 글에서 우리 시의 경우 모더니즘과 아방가르드라는 용어를 섞어 사용되고 있는 점을 비판하면서 켈리네스쿠와 뷔르거의 견해를 중심으로 이 두 용어의 차이점을 해명한 바 있다. 이승훈 교수에 의하면 아방가르드는 모더니즘보다 한결 과격한 양상을 보이는 예술이며, 또 그것은 메시아적 열정을 동반하고, 제도로서의 예술을 부정한다는 것이다. 우리시 연구자들이 1930년대 이후 80년대 이전까지 수행되어 온 실험적인 형태의 새로운 시운동을 모두 모더니즘이라는 개념 하에서 해명해 온 점을 감안한다면 이러한 지적은 우리시 해석에 정치함과 다양함을 더해 주리라고 본다. 그러나 아방가르드와 모더니즘은 이러한 차이점에도 불구하고 공통점 또한 존재하는 것이 사실이다. 이를테면 추상과 인공의 세계, 무기적인 구성, 반휴머니즘의 태도, 삶의 미학화를 공통된 속성으로 가지고 있다는 점이 그것이다. 이러한 점을 염두에 둔다면 아방가르드와 모더니즘은 상반성보다는 유사성에 기반한 새로운 관계 설정도 가능하다는 이야기다. 논자가 보기에는 아방가르드를 한상규의 표현처럼 래디컬 모더니즘으로 명명하는 것도 아방가르드가 가지는 속성을 고려할 때 무리한 용어라고는 생각하지 않는다.

건 역시 갖추고 있지 않았다. 기본적으로 우리의 경우에는 전위적인 사조를 충분히 체험할만한 시간적 여유도 없었고, 1920·30년대 이전에는 마땅히 전위라고 부를만한 그런 예술 자체가 없었던 것이 사실이다. 이점이 바로 충분한 변증법적인 과정을 통해 성립된 서구의 다다이즘 문학운동과 우리의 그것이 다른 점이다.

서구의 다다이즘 문학운동은 아방가르드라는 전위의 선상에서 입체파적인 기법과 미래파적인 예술에 대한 접근 방식을 수용하면서도 이미 기존 체계에 흡수되어 하나의 주의로 자리매김 되었다는 점에서 이들을 다시 비판하는, 그러한 변증법적인 통합 과정을 통해 성립되었던 것이다. 그리고 이렇게 성립된 다다이즘 문학운동은 다시 모든 것을 '완전하게 파괴하고 폐허화하기'라는 다다의 모토가 "예술을 수단화함으로써 자신 스스로 개혁하고자 했던 부르주아적 실용주의, 공리주의에 걸려버렸다."[05]는 자기비판을 통해 쉬르레알리즘이라는 새로운 문학운동으로 이행되기에 이른다. 이러한 일련의 사실과 비교하면 우리의 다다이즘 문학운동이 어느 정도로 일천하고 허약한 것인지를 잘 알 수 있을 것이다.

그러나 서구의 다다이즘 문학운동에 비해 일천하고 허약한 것은 사실이지만 여기에 대해 콤플렉스를 가질 필요는 없다. 그것은 비록 일천하고 그 토대가 허약하지만 우리는 우리 나름대로의 다다이즘 문학운동을 가지고 있으며, 집단화된 운동의 차원은 아니지만 그나마 서구의 다다이즘 문학운동의 변증법을 어느 정도 구현하고 있는 이상이라는 다다이스트를 보유하고 있기 때문이다. 이상이 다다이스트라는 사실은 그동안 많은 평자들에 의해 언급되어 '지금, 여기'에서 다시 그것을 이야기한다는 것은

---

**05**    신수정, 「유럽 전위주의 예술의 성과와 한계」, 『모더니즘 연구』, 자유세계, 1993, p.57.

무의미할 수 있다. 하지만 이상의 다다이즘과 관련하여 언급한 글들은 거의 대부분 모더니즘이라는 큰 틀 안에서 그것을 부분적인 것으로 본 것이 아니면 주로 텍스트 그 자체에 국한시켜 그의 다다이즘의 실체를 전체적으로 조망하지 못하고 있는 것들이다.

이상의 다다이즘 문학운동을 전체적으로 조망하기 위해서는 다다이즘적인 속성 뿐만 아니라 그것을 주로 하여 입체파적이고 미래파적인 속성과 쉬르레알리즘적인 속성을 살펴보고, 텍스트 그 자체의 해석은 물론 컨텍스트적인 차원에서의 해석도 병행되어야 하며, 문학사적인 측면에서 그것이 어떻게 존재하고 있는가 하는 등의 고찰이 있어야만 한다. 이것은 다다이즘 문학운동이 집단적이고 체계적으로 성립되지 않은 우리의 경우에 있어 비록 한 개인의 사적인 편력이기는 하지만 이에 대한 전체적인 조망은 큰 의미를 지닌다고 할 수 있다. 이상의 다다이즘에 대한 사적인 편력은 우리 문학의 아방가르드적인 역사(래디컬 모더니즘의 역사)의 구획에 일정한 지침이 될 수 있을 것이다.


## 2. 전위적 미학 운동에 대한 체험과 이상의 시

이상의 다다이즘은 단순히 호기심 차원에서 우연히 성립된 것이 아니다. 그의 다다이즘은 전위적 미학운동인 입체파와 미래파적인 요소에 대한 선행 체험을 통해 성립되었다고 할 수 있다. 입체파와 미래파에 대한 그의 체험은 보성고보 시절 당시 일본에 건너가 우리나라 사람으로는 최초로 모더니즘적인 감각(조형 감각 혹은 조형적인 사고)을 배우고 돌아온 고희동이라는 미술선생으로부터의 사사체험에서 비롯된다고 보아야 할 것이다. 물론 고희동의 화풍이 입체파와 미래파의 특성을 보여준다고는 볼 수 없다. 하지만 기존의 전래적 기술의 답습이나 중국 회화의 모사로 일관하던 때에 감수성이 가장 예민한 시절의 이 모던한 체험은 그를 쉽사리 여기에서 벗어나지 못하게 했던 것이다. 그가 백부의 반대로 미술 공부를 포기하고 경성고공으로 진학하여 건축기사가 되었지만 이 모던한 체험에 대한 강렬함은 무의식의 심층 저편에 온전히 남아 있었던 것이다. 그는 조선건축학회 기관지인 『朝鮮과 建築』의 표지 도안 현상 공모에 1등과 3등으로 입선하고, 그 이듬해 화가로서의 공식적인 인정을 받는 총독부 주관의 조선미술전람회에 출품하여 다시 입선을 하기에 이른다.

이러한 일련의 사실은 비록 '이상의 미술품이 남아 있지 않아 선전의 圖錄을 통해 흑백판으로만 확인할 수 있어 구체적으로 그 작품 경향이라든가 기법 등을 알 수는 없지만[06] 분명한 것은 이 그림들에 그의 '새로워지려는 감각' 곧 '모던한 감각'이 투사되어 있다는 사실이다. 이 모던한 것에 대한 욕망, 좀 더 정확히 말하면 보다 래디컬하고 아방가르드적인 속성을 지닌 입체파와 미래파의 예술에 대한 체험은 화가 구본웅과의 교류를 통해서 구체적으로 드러나기에 이른다. 익히 알려져 있듯이 구본웅과의 친분은 단순한 우정을 넘어 동성애에 가까운 것이었다. 이것은 이상에게 있어 구본웅이라는 존재는 '자기애의 투사'로서의 어떤 대상이었다는 것을 의미한다. 이상은 구본웅을 통해 자기가 성취하지 못했던, 그러나 무의식의 저 깊은 심층에 하나의 커다란 욕망의 덩어리로 남겨두었던 화가로서의 꿈을 그를 통해 성취하려고 했던 것이다.

이렇게 이상의 '자기애의 투사'로서 존재한 구본웅은 야수파적인 감성

---

**06**　오광수, 「화가로서의 이상」, 『이상문학전집 4』, 문학사상사, 1995, PP.244~245.

과 큐비즘이나 형이상학파의 세계를 추구했던 모던한 화가였다. 구본웅의 이 모던한 세계를 이상은 일종의 '자기애의 투사'를 통해 구현하려고 했던 것이다. 이 사실은 1934년 박태원의 신문소설 「소설가 구보씨의 일일」에 삽입된 삽화와 자작 소설의 컷으로 그려 놓은 단편적인 것에 잘 반영되어 있다. 이 삽화들은 '구본웅의 회화가 보여주고 있는 역원근법, 큐비즘적 공간 해석, 음영을 강하게 주어 대립물의 극적 관계를 강조하는 야수파적, 표현주의적 특징이 드러나 있다.' 이 기법들이 보여주고 있는 것은 자연의 차원들과 원근을 단순히 재현하거나 모방하는 것에 대한 거부, 사물의 구체적인 형식들과 현존의 실재를 유지하면서도 그것들을 단순화 혹은 양식화 된 기하학적 형태로 환원하려는 욕망이다. 이것은 예술의 비인간화, 비생명화라는 불연속적인 세계관[07]을 드러내는 것이라고 할 수 있다.

---

**07** 흄은 19세기 사상계를 지배한 것은 연속의 원리라고 보고 있으며, 그것은 자연에 있어서의 불연속과 간극을 인정하지 않는다는 것이다. 그러나 흄은 자연 속에 놓여진 실재를 객관적으로 이해하기 위해서는 연속과 불연속의 양 범주를 다 같이 사용하여야 할 필요가 있음을 지적한다. 그에 따르면 어떤 실재의 영역들은 상대적으로가 아니라 절대적으로 다르다는 입장을 보이고 있다. 그리하여 그들 사이에는 사실상의 불연속이 존재한다고 밖에 볼 수 없다는 것이다. 19세기에 유행하였던 연속의 원리와는 명백히 구별되는 이와 같은 논리를 그는 나름대로의 방식으로 체계화하게 된다. 그 결과 도출된 이론이 바로 후대의 철학 사가들에 의해 불연속적 세계관으로 이름 붙여진 흄의 비연속성의 원리이다. 이 원리에 의하면 실재 세계는 1)수학적, 물리학적 과학의 무기적 세계 2)생물학, 심리학, 역사학에 의해 취급되는 유기적 세계 3)윤리적, 종교적 가치의 세계와 같이 세 부분으로 나누어진다. 이들 각각의 세계는 전연 별개의 성질을 띠고 있다. 이러한 별개의 세계에 존재하는 절대적인 간극을 19세기 사상가들은 무시하고 있다는 것이다. 따라서 흄은 당시 벌어졌던 이와 같은 혼란의 양상들을 하루 빨리 불식시키기 위해 노력할 것을 주장한다. 한 걸음 더 나아가서 그는 휴머니즘의 붕괴와 새로운 시대의 도래를, 그 역사적 필연성을 예언하며, 그와 같은 논리를 그 자신의 예술론의 출발점으로 삼는다. 이러한 그의 불연속성에 관한 이론은 그 후 스피어즈 등에 의해 계승되어, 논리적인 보강 작업을 거치는 동안 모더니즘 문학운동의 논리를 해명해 줄 수 있는 개념으로 자리잡게 된다.

그러나 구본웅에 대한 '자기에의 투사'를 통해 그의 미적 감성을 실현한 것은 사실이지만 이상은 전적으로 이 '자기애적인 투사'에서 헤어나지 못한 것은 아니다. 그는 구본웅의 회화에서 벗어나 그가 보여주고 있지 않은 미래파적인 속성을 추구하기에 이른다. 그의 삽화들을 보면 거기에는 사물의 합리적인 배치라든가 정적인 구도가 엿보이지 않고 서로 상이한 사물과 사물들 간의 부조리한 몽타주를 통해 유추의 절대적인 자유를 추구하는 그런 미래파적인 속성이 엿보인다.

　　이처럼 이상의 시에 드러나는 입체파적이고 미래파적인 감성은 고희동이나 구본웅으로부터의 사사나 교류를 통해 형성된 것이 사실이다. 하지만 이상의 입체파와 미래파적인 감성은 또한 이런 화가들과의 관계에서 뿐만 아니라 일본의 모더니즘 시잡지『詩와 詩論』으로부터도 많은 영향을 받았다. 이 잡지는 당시 서구에서 유행하던 아방가르드 예술사조인 입체파, 미래파, 다다, 초현실주의 등을 번역 소개했으며, 이 잡지를 이상은 읽고 수용해 즐겨 그와 같은 양식의 시를 창작했다고 볼 수 있다. 일본어로 시를 쓴 그의 전력이나 1920·30년대의 일본의 전위적인 시와 그의 시의 유사성을 고려한다면 그 영향의 정도는 작다고는 할 수 없다.

　　그러나 일본의 시잡지『詩와 詩論』의 영향을 간과할 수는 없지만 여기에서 보다 중요한 것은 그의 실질적인 체험의 정도나 무의식적인 충위에서의 영향은 고희동이나 구본웅과의 관계 하에서 좀 더 깊게 성립되었다고 볼 수 있다. 고희동이나 구본웅과의 사사나 교류를 통해 성립된 것은 관념의 차원이 아니라 온몸의 차원에서 체험한 것들이다. 어떻게 보면 그의 시가 드러내는 입체파나 미래파 혹은 다다와 쉬르레알리즘으로 이어지는 아방가르드적인 흐름이 단발적으로 그치지 않고 끊임없이 자기 갱신을 통해 그 의미를 확대 재생산할 수 있었던 것은 온몸으로 밀고나가는 그런 실질적인 체험이 있었기 때문이다. 이 점은 이상이 우리 문학사에서 '이상한 토양에서 이상하게 탄생한 이상한 존재'라고 하여 그 우연성과 우발성, 기이성만을 특화시키는 것이 얼마나 잘못된 무지의 소치인가를 말해주는 대목이라고 할 수 있다. 그는 서구의 전위적인 예술 사조를 표피적으로 수용한 것이 아니라 온몸으로 그 세계와 만나 또 다른 하나의 세계를 창조한 그런 존재로 명명할 수 있을 것이다.

그의 시의 다다이즘적인 속성과 관련하여 이렇게 입체파적이고 미래파적인 감각을 설명하는 것도 모두 이런 의도에서이다. 그의 이런 회화와 관련된 체험은 그것이 비록 회화이기는 하지만 그 미적 감성이 시에 고스란히 투영되어 있다고 볼 수 있다. 시가 언어라는 질료를 통해 구현된 예술이기는 하지만 그의 시에서 회화적인 속성들을 발견하는 것은 어렵지 않다. 이것은 단순히 입체파와 미래파적인 회화가 드러내는 어떤 의미론적인 측면 뿐만 아니라 숫자라든가 선이나 점과 같은 도형, 언어의 기호성이 제거된 상태에서 드러나는 순수한 시각성 같은 형식적인 측면으로도 드러난다.

입체파적이고 미래파적인 속성을 드러내고 있는 그의 시를 보면 '회화적인 속성과 언어적인 속성의 미분화' 내지 '회화적인 속성의 전경화'라는 그런 인상을 준다. 그의 시 중에서도 특히 초기의 『朝鮮과 建築』에 일문으로 발표된 시들이 그렇다. 「詩第四號」와 「詩第五號」, 「破片의 景致」, 「▽의 遊戲」, 「三次角設計圖」, 「線에關한覺書 2」, 「線에關한覺書 3」, 「線에關한覺書 6」 등과 같은 류의 시는 언어로 쓰여지기는 했지만 언어는 하나의 수단이고 오히려 회화적인 감각이 목적이 되는 양태로 드러나는 경우가 많다. 회화적인 속성과 언어적인 속성의 미분화 내지 회화적인 속성의 전경화로 인해 그의 시는 그 본질을 정확하게 들추어내기가 어려운 것이 사실이

다. 이러한 경향을 드러내는 시를 언어적인 텍스트를 해석하는 방식으로
만 의미화 하려고 하기 때문에 그 시도가 언제나 충분치 않거나 불발로 그
치고 마는 것이다. 이런 식으로 자꾸 어떤 의미를 찾으려고 하다 보면 그
의 시는 난해하고 모호한 것이 될 수밖에 없다. 그의 시가 난해하고 애매
모호한 것도 있지만 우리가 자꾸 그의 시에 이런 식으로 의미를 덧붙이고
있기 때문에 난해하고 애매모호한 것인지도 모른다. 그의 입체파적이고
미래파적인 속성을 지니고 있는 시는 먼저 회화와 언어의 미분화 혹은 회
화성의 전경화 그 자체로 보고 그 다음 여기에 인식론적인 해석을 덧붙일
때 좀 더 그 의미가 분명하게 드러날 수 있을 것이다.

> 前後左右를除하는唯一의痕迹에잇어서
> **翼殷不逝 目大不覩**
> 胖矮小形의神의眼前에我前落傷한故事를有함.

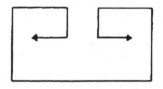

> 臟腑라는것은浸水된畜舍와區別될수잇슬는가.
> -「詩第五號」전문[08]

> 患者의容態에관한問題.

**08**　이상, 김주현 주해, 『이상문학전집 1』, 소명출판, 2005, pp.85~86.

```
•1234567890
0•1234567890
90•1234567890   
```

診斷 0·1

26·10·1931

以上　責任醫師　李　箱

-「詩第四號」전문[09]

「詩第五號」와 「詩第四號」는 입체파적이고 미래파적인 속성을 드러내
는 시들이다. 이 중에서 「詩第五號」는 회화적인 속성과 언어적인 속성이
미분화된 상태로 존재하는 텍스트이며, 「詩第四號」는 언어적인 속성이 소
멸 내지 후경화되고 회화적인 속성이 전경화된 텍스트이다. 먼저 「詩第五
號」는 한자와 한글 등의 문자와 도표가 혼합된 형태를 보여주고 있다. 한
자와 한글의 혼용, 둘째 행의 "翼殷不逝 目大不覩"와 다른 한자와 한글, 그
리고 도표와의 관계에서 비롯되는 이질적인 표현 양식의 병치는 이 시가
시각적인 효과를 강조하고 있다는 점에서 회화적인 속성을 드러내고 있
다고 볼 수 있다.

이 시가 드러내는 이러한 회화적인 속성은 어떤 대상 자체를 단순하
게 모방하고 그것을 재현하려는 것이 아니라 시인 자신의 의도에 의해 그

---

09　이상, 김주현 주해, 위의 책, pp.84~85.

대상을 해체시켜 기하학적인 등가와 분석의 방법으로 새롭게 창조하려는 입체파적인 욕망과 외견상 서로 다른, 또는 서로 상반되는 거리를 가진 여러 양식들을 동시적으로 배치함으로써 기존의 합리적인 질서를 부정하고 해체하려는 미래파적인 욕망의 현현에 다름 아니다.

그러나 이 시는 회화적인 속성뿐만 아니라 언어적인 속성도 지니고 있다고 할 수 있다. 언어적인 속성을 지닌다는 것은 이 시가 순수한 시각성에 대한 해석뿐만 아니라 그 언어의 기의의 차원에 함축되어 있는 의미 해석도 가능하다는 것을 의미한다. 언어의 기의의 차원에서의 해석은 이미 여러 평자들에 의해 행해진 것이 사실이다. 하지만 이 해석의 대부분은 회화적인 속성에 대한 고려 없이 언어적인 속성에 입각한 해석이다. 가령 이 시를 '시인 자신이 22세 되던 해에 느낀 자아에 대한 부정적 인식을 노래한 것으로, 그것은 추락 불결 무용의 개념을 드러내고 있는 것'으로 해석했다고 하자. 이렇게 해석하면 이 시가 지니고 있는 회화적인 속성은 상당히 약화되어 드러난다고 할 수 있다. 이 시에서의 회화적인 속성은 언어의 기의에 함축되어 있는 것이 아니라 기표의 차원에서 시각적으로 드러나 있기 때문이다. 따라서 여기에서 중요한 것은 언어적인 속성과 회화적인 속성과의 통합적인 의미화이다.

「詩第五號」에 비해 「詩第四號」는 입체파와 미래파의 회화적인 속성이 전경화된 경우이다. 언어적인 속성에 의한 의미화가 불가능할 정도로 철저하게 회화적인 속성에 입각해 쓰여진 시이다. 어떻게 보면 이 시는 시가 아니라고 할 수도 있다. 시가 언어라는 질료를 통해 성립되는 것이라면 이 시는 그러한 정의를 제대로 충족시키지 못하고 있다. 이것은 이 시가 문학의 제도성에 대한 부정과 해체를 드러내는 것이라고 할 수 있다. 즉 이 시는 '언어(문자)의 영점화'를 통해 '문학의 영점화' 혹은 '시의 영점화'를 추구하고 있는 것이다. 어떤 대안을 전제하지 않은 상태에서의 부정을 위한 부정, 해체를 위한 해체를 이 시는 보여주고 있는 것이다.

「詩第四號」가 드러내는 이러한 속성은 이 시가 입체파적이고 미래파적인 것을 넘어 다다이즘적인 경향을 지닌다는 것을 의미한다. 이 말은 그의 시의 다다이즘이 입체파와 미래파의 단절을 통해 성립된다는 것을 의미하는 것은 아니다. 그의 시의 다다이즘은 입체파와 미래파와의 단절이 아니라 연속을 통해 성립되며, 입체파와 미래파의 회화적인 속성(부정성, 해체성, 파괴성, 저항성)이 강하게 드러나면 드러날수록 이에 비례해서 그의 시의 다다이즘적인 속성 또한 강하게 드러난다.

이렇게 입체파와 미래파의 회화적인 속성이 극단화되면 다다이즘적인 속성이 드러나지만 그렇다고 이 회화적인 속성을 통해서만 그의 시의 다다이즘이 드러나는 것은 아니다. 김용직 교수도 이야기한 바 있지만 그의 시의 다다이즘은 심하게 말을 '해사적'으로 풀어 쓰는 데서도 드러난다. 김교수는 이상의 시에서 "〈무섭다〉는 말의 되풀이나 〈아버지〉, 〈싸움하는 말〉의 되풀이"[10]가 바로 여기에 해당된다고 보고 있다. 이 이외에도 '얼굴'("얼굴")과 '(솟아) 오르다'와 '떨어지다'("運動")의 되풀이도 그러한 예에 해당된다고 볼 수 있다.


第一의兒孩가무섭다고그리오.
第二의兒孩가무섭다고그리오.
第三의兒孩가무섭다고그리오.
第四의兒孩가무섭다고그리오.
第五의兒孩가무섭다고그리오.

---

**10**    김용직, 「모색과 충돌, 실험지상주의 - 李箱論」, 『모더니즘 연구』, 자유세계, 1993, p. 271.

第六의兒孩가무섭다고그리오.
第七의兒孩가무섭다고그리오.
第八의兒孩가무섭다고그리오.
第九의兒孩가무섭다고그리오.
第十의兒孩가무섭다고그리오.

-「烏瞰圖, 詩第一號」부분<sup>11</sup>

나의아버지가나의겨테서조을적에나는나의아버지가되고또나는나의
아버지의아버지가되고그런데도나의아버지는나의아버지대로나의아
버지인데 어쩌자고나는작고나의아버지의아버지의아버지의……

-「詩第二號」부분<sup>12</sup>

싸홈하는사람은즉싸홈하지아니하든사람이고또싸홈하는사람은싸홈
하지아니하는사람이엇기도하니까싸홈하는사람이싸홈하는구경을하
고십거든싸홈하지아니하든사람이싸홈하는것을구경하든지싸홈하지
아니하는사람이싸홈하는구경을하든지……

-「詩第三號」부분<sup>13</sup>

말을 되풀이하여 '해사적'으로 사용함으로써 결국 마지막에 남는 것은 무의미한 소리뿐이다. 이것은 세 편의 시에 사용된 언어가 자기지시성을 넘어서 존재한다는 것을 의미한다. 언어가 자기지시성을 넘었을 때 남는 것은 기의가 없는 텅 빈 기표의 유희이다. 텅 빈 기표로 성립된 시이기 때문에 대상이나 밖의 현실이 철저하게 배제되고 순수한 언어만이 전경화

---

11  이상, 김주현 주해, 앞의 책, p.82.
12  이상, 김주현 주해, 위의 책, p.83.
13  이상, 김주현 주해, 위의 책, p.84.

된다. 어찌 보면 언어의 절대성이 구현된 것처럼 보일 수도 있을 것이다.

그러나 이 시들이 구현하고 있는 것은 언어의 절대성이 아니라 그것의 부정과 해체이다. 이 아이러니는 이 시들이 비록 언어라는 질료를 사용하기는 했지만 입체파나 미래파의 회화적인 속성을 토대로 하여 그것을 극단적으로 추구한 시들이 구현하고 있는 절대적인 추상의 세계와 다를 바 없다는 것을 의미한다. 입체파나 미래파의 그 회화적인 속성들이 언어적인 속성들 속으로 침투되었거나 아니면 상호 삼투되었다고 볼 수도 있을 것이다.

이 사실은 무엇을 말하는가? 이것은 그의 시에 드러나는 입체파, 미래파, 다다이즘적인 속성이 언어에 대한 절망과 관계된다는 것을 말해 준다. 시 자체가 입체파나 미래파의 회화적인 속성을 드러낸다는 것과 그것의 극단화된 형태나 말의 '해사적'인 쓰임을 통해 다다이즘이 구현되고 있다는 것은 시인이 언어에 절망하고 있다는 것을 의미한다. 언어에 대한 절망이란 무엇인가? 그것은 언어에 대한 민감한 자의식을 통한 시의 모던함에 대한 성찰 아닌가? '절망은 기교를 낳고 기교는 다시 절망을 낳는다'는 이상의 유명한 명제는 곧 '절망은 언어를 낳고 언어는 다시 절망을 낳는다'는 모던함에 대한 민감한 자의식에 다름 아닌 것이다.

이것으로 보면 이상의 다다이즘은 언어에 대한 절망내지 부정의 한 정점을 반영한다고 할 수 있다. 언어에 대한 절대적인 절망과 부정의 체험을 그 극단까지 밀고 나갔기 때문에 그는 진정한 모더니스트가 될 수 있었던 것이다. 만일 이러한 체험 없이 시를 썼다면 그는 한때 유행처럼 떠돌다가 우리 시사에서 이름도 없이 사라져간, 그래서 추억의 한 갈피에서나 그 존재를 확인할 수 있는 1920·30년대의 수많은 '모던 보이들' 중 하나에 불과했을 것이다. 이상의 시가 사춘기적인 속성을 지닐 수 있는 것도,

또 시대를 초월해 끊임없이 부활할 수 있는 것도 모두 이 언어에 대한 민감한 자의식과 부정정신, 그리고 절망이 있었기 때문이다.


## 3. 언어의 욕망과 구원

다다이즘적인 기획을 통해 이상이 체험한 것은 시와 그것의 토대인 언어에 대한 긴밀한 관계성이다. 언어에 대한 극도의 부정과 절망의 끝에서 그가 만난 것은 언어 자체가 세계를 온전히 드러낼 수 없다는 사실과 함께 그럼에도 불구하고 그것을 드러내기 위해서는 언어가 필요하다는 사실 바로 그것이다. 그는 언어에 대한 극도의 부정과 절망을 통해 철저한 부정과 파괴를 수행하는 다다의 기획이 잘못하면 시(예술) 자체를 잃을 수 있다는 사실을 깨닫게 된 것이다. 그 결과 그는 다다의 부정정신을 살리면서 시(예술) 자체도 살릴 수 있는 길을 찾은 것이다. 즉 그는 언어에 대한 절대 부정과 절망에서 긍정과 희망의 통로를 마련한 것이다.

언어에 대한 긍정과 희망은 주로 그의 후기 시로 올수록 두드러지게 드러난다. 언어에 대한 긍정과 희망의 흔적은 다다이즘적인 기획이 추구한 언어의 파괴적이고 무정부적인 것을 어느 정도 완화하면서 기존의 언어가 탐구하지 않은 무의식, 꿈, 광기, 환각 상태, 환상적이며 불가사의한 모든 영역 및 논리적 구조의 이면 같은 쉬르레알의 영역을 언어화 하려는 기획으로 볼 수 있다. 언어에 대한 긍정과 희망은 일찍이 다다이스트이면서 그것을 변증법적으로 극복한 쉬르레알리스트이기도 한 브르통도 이야기 한 바 있다. 그는 "언어란 초현실적으로 사용되어지기 위해서 인간에게 주어졌다. 자기 자신을 타인에게 이해시킨다는 것이 불가피함에 따라서 인간은 이래저래 자기 자신을 표현하게 되고, 또 이렇게 함으로써 아주 하찮은 것 중에서 선택된 몇 가지의 직무를 수행하게 되는 것이다. 말한 다거나 글씨를 쓴다거나 하는 것은 이렇게 함으로써 인간이 중간 수준 이상의 목적론을 내세우지 않는다거나 달리 말해서 누군가와 함께 이야기 하는 것으로써 만족하기만 한다면, 아무런 현실적인 어려움을 주지는 않을 것이다. 사람들은 다음에 어떤 낱말이 뒤따를 것인가, 혹은 이제 완성한 문장 뒤에 어떤 문장이 뒤따를 것인가에 대해서 초조해 하지 않는다."[14] 라고 말했다.

브르통의 이 말은 언어가 가지는 긍정과 희망의 내용을 담고 있는 것이 사실이다. 하지만 문제는 그것이 쉬르레알리즘의 영역에서 '그렇다'라는 점에 있다. 이것은 브르통이 언어를 긍정하고 그것에 대해 희망을 가지고 있지만 그것은 어디까지나 언어에 대한 절대적인 부정과 절망으로부터 언어를 구원하기 위한 전략적인 차원에서의 발설이라고 할 수 있다. 쉬르레알리즘 영역에서의 언어는 완벽한 형태로 존재하는 것이 아니라 언제나 '틈'과 '구멍'의 형태로 존재한다. 이 사실은 언어가 이성에 의해 성립된 완전한 창조물이 아니라 그 안에 '틈'과 '구멍'을 지니고 있는 불완전한 존재물이라는 것을 말해주는 것이라고 할 수 있다. 브르통은 이것을 잘 알고 있었으며, 그럼에도 불구하고 언어에 대해 긍정과 희망을 가졌던 것이다. 쉬르레알리즘의 언어가 이처럼 '틈'과 '구멍'을 지닌 존재라는 사실은 그것이 언어의 부정과 긍정, 절망과 희망을 동시에 고려한다는 것을 의미한다.

---

**14**  앙드레 브르통, 송재영 역, 「쉬르레알리슴 선언」, 『다다/쉬르레알리슴 宣言』, 문학과지성사, 1987, p.140.

그사기컵은내骸骨과흡사하다. 내가그컵을손으로꼭쥐엿슬때내팔에
서는난데업는팔하나가接木처럼도치드니그팔에달린손은그사기컵을
번적들어마루바닥에메여부딋는다. 내팔은그사기컵을死守하고잇으
니散散히깨어진것은그럼그사기컵과흡사한내骸骨이다. 가지낫든팔
은배암과갓치내팔로기어들기前에내팔이或움즉엿든들洪水를막은白
紙는찌저젓으리라. 그러나내팔은如前히그사기컵을死守한다.

-「詩第十一號」전문[15]

인용된 시는 어떻게 보면 언어에 대한 부정과 절망을 드러내는 것 같
기도 하고 또 어떻게 보면 그것은 언어에 대한 긍정과 희망을 드러내는 것
같기도 하다. 이 시는 주제라든가 리듬, 울림, 형식 같은 시의 기본적인 속
성이 철저하게 부정되고 파괴되고 있다는 점에서는 다다이즘적이지만 마
음의 순수한 자동 현상에 의해 "사기컵 - 骸骨 - 팔 - 接木 - 배암" 등의 이
미지들이 만들어지고, 이 이미지들이 서로 충돌하고 분열하면서 미묘한
긴장 상태를 통해 하나의 새로운 세계를 드러내고 있다는 점에서는 쉬르
레알리즘적이라고 할 수 있다.

마음의 순수한 자동 현상에 의해 언어의 긍정과 희망의 통로를 마련한
그의 시는 기법과 속성이 점차 무의식 일변도에서 '의식과 무의식의 넘나
듦' 쪽으로 변하면서 그 나름의 미적인 속성도 획득하게 된다. 1936년 이
후에 발표된 대부분의 시들은 '의식과 무의식의 넘나듦'의 차원에서 성립
되는 미적인 세계를 보여준다. 그의 시의 이러한 변화는 그의 시가 전언
어적인 세계(이미지의 세계, 상상계)와 언어적인 세계(상징계) 사이의 긴장 속
에서 성립된다는 것을 의미한다. 그가 전언어적인 세계에 안주하지 않고

---

**15**    이상, 김주현 주해, 앞의 책, p.91.

언어적인 세계와의 통로를 마련한 것은 그 역시 에고를 중심으로 이드와 슈퍼에고를 통합하려 했던 프로이트의 사고와 맥을 같이한다고 볼 수 있다.

그러나 이렇게 다다적인 속성에서 쉬르레알리즘적인 속성으로의 변증법적인 지향을 통해 그가 실현하려고 했던 세계는 결국 전언어적인 세계와 언어적인 세계와의 긴장 속에서 성립되는 어떤 세계라고 할 수 있다. 기실 그의 초기시가 보여주는 회화적인 속성의 세계도 언어를 부정하고 그것에 절망한 점에서는 전언어적인 세계에 대한 욕망을 드러낸 것이라고 볼 수 있다. 이 욕망은 언어적인 세계에서도 사라지지 않고 끊임없이 그 세계를 위협하고 해체하려는 힘으로 존재하는 어떤 힘이다.

이 전언어적인 욕망과 언어에 대한 욕망 사이에서 이상이 택한 것은 '에고의 파산'이다. '에고의 파산'은 상상계의 영역인 전언어적인 세계로의 복귀를 의미하는 것은 아니다. 이것은 전언어적인 세계와 언어적인 세계 그 어느 일방에 대한 선택을 포기한 영원히 미해결의 장으로 남겨두고 싶은 시인의 의지의 소산인 것이다. 에고를 인정하고 탐구하다 그 에고를 부정하고 죽음을 택한 그의 행위는 입체파, 미래파, 다다이즘, 쉬르레알리즘 같은 전위적인 예술 사조의 운명과도 같은 것이다. 이 전위적인 사조들은 에고를 거부하고 죽음을 택한 이상처럼 끊임없이 이전의 것에 대해 '죽음'을 선고해야 하고, 이것을 통해서 새로운 것들을 부단히 창조해내야 하는 속성을 운명처럼 지니고 있는 것들이다. 그가 에고를 거부하고 죽음을 택한 것은 궁극적으로 자기부정의 산물이며, 파괴할 대상이 존재하지 않는 데서 오는 상징적인 자살이다. 이런 미적 태도는 그가 진정한 아방가르드였다는 사실을 잘 보여주는 대목이라고 할 수 있다.

## 4. 이상의 부활과 아방가르드의 지평

쉬르레알리즘으로 이행되면서 '에고의 파산'의 양태로 드러난 이상의 다다이즘은 언어의 존재성 혹은 상징적인 질서에 대한 부정과 절망, 그리고 해체의 욕망이 꿈틀거리는 세계 속에서 언제나 부활한다. 이상 이후 이러한 다다이즘은 1950년대의 '후반기' 동인이나 '새로운 도시와 시민의 합창' 동인, 그중에서도 특히 조향의 시에서 미미하지만 어느 정도 엿보이는 것이 사실이다. 그리고 김수영과 김춘수에서 그것은 "전통적 재현 체계와 제도로서의 예술이라는 개념에 대한 부정, 직접적 생산 양식으로서의 우연 개념, 벤야민적 우수에 대한 변형된 개념" 등으로 보다 전면으로 부상하게 된다. 특히 김춘수의 「처용단장」이 보여주는 극단적인 통사의 해체는 이상의 다다이즘이 지향한 부정과 해체의 한 정점을 보여주기에 부족함이 없다.

1960대에 와서는 이승훈, 김영태 등 몇몇 현대시 동인들 및 오규원에 와서 다시 부활하게 되는데, 이승훈의 경우 그것은 에고를 탐구하다 마침내 에고조차도 부정함으로써 죽음으로 치달은 이상과는 달리 그는 자아를 부정하면서 동시에 긍정하거나, 부정도 긍정도 하지 않는 개방적 세계를 창조함으로써 이상에서 비롯된 에고 탐구를 더욱 확장시키고 있다. 특히 그는 시뿐만 아니라 '비대상', '해체시론' 등의 시론집들을 통해 이런 아방가르드적인 미학을 보다 실천적으로 전개하고 있다. 오규원은 전통적인 시쓰기에 대한 부정의 일환으로 '날 이미지'라는 개념을 들고 있는데, 이것은 본질, 진리, 의미에 대한 다다이즘적인 부정 정신과 맥이 통한다고 할 수 있다.

이런 전위적인 시쓰기는 1970년대에 와서는 이전 시대와는 변별되는 새로운 전위성이 드러나지 않는다. 그러다가 1980년대에 들어와 황지우, 박남철 등에 와서 그 전위성은 새롭게 드러난다. 황지우와 박남철의 전위성은 김준오 교수의 표현을 빌리면 그것은 김춘수류의 시가 보여준 '의미의 영점화'가 아닌 '예술의 영점화'의 차원으로 드러난다. 앞서 이상의 다다이즘을 '시의 영점화'라고 언급한 대목과 그 맥을 같이한다고 볼 수 있다. 다만 이상의 시와 황지우, 박남철의 시가 다른 점은 이들의 시가 내면화된 심리의 차원이 아닌 외면화된 차원에서 사회적인 문맥을 문제 삼고 있다는 사실이다. 따라서 이들의 시는 강한 풍자성을 띤다.

1990년대는 시대적인 특성과 관련하여 가히 이상의 다다이즘 정신이 부활한 시대라고 해도 과언은 아니다. 1990년대는 현실 원칙보다는 쾌락의 원칙이 강하게 작용한 시대라고 할 수 있다. 언어에서 기의가 제거된 기표가 자기증식과 무한수열적인 조합을 통해 시 자체가 극단적인 부정과 해체의 양태를 보여주고 있다. 박상순·송찬호·김언희·박순엽·조하혜·성미정·김소연·이수명·함기석·서정학 등 새로운 신인들이 대거 등장해 시와 비시, 미학과 반미학의 경계를 해체했고, 기존의 작가, 텍스트, 독자의 경계를 또한 해체했으며, 패러디와 몽타주는 물론 페스티쉬와 콜라주의 개념을 적극적으로 활용하여 창조가 아닌 복제의 개념을 도입하였다. 이들이 보여주는 이러한 해체 작업들은 이상이 보여준 해체와는 다른 것이다. 이상이 단일한 에고의 개념을 부정한 것은 사실이지만 여전히 에고를 중심으로 이드와 슈퍼에고를 통합해야 한다는 프로이트적인 미학에서 완전히 벗어나지 못했다면 이들은 그런 에고를 해체해 버린다. 이들은 에고를 부정하여 죽음을 택한 이상과는 달리 에고를 부정하고 또 다른 삶을 찾은 것이다. 그것은 이들이 이상보다 더 뛰어난 다다이즘적인 정신의 소유자라서가 아니라 파괴할 대상이 많이 남아 있다는 인식을 이들이

하고 있기 때문이다. 이들 역시 파괴할 대상이 존재하지 않는다고 판단되면 이상처럼 상징적인 죽음을 택할 수밖에 없을 것이다.

이상이 보여준 다다이즘 정신은 미적인 변증법을 통해 거듭나야 한다. 만일 이것이 불가능하다면 우리 현대시사는 불모성을 면치 못할 것이다. 이상 이후의 전위적인 시들이 과연 이상이 보여준 전위성보다 진일보(進一步)한 것인지 쉽사리 판단이 서지 않는다. 어쩌면 우리는 이상이 보여준 전위성에서 한 발자국도 더 나가지 못했는지 모른다. 그래서 우리는 이상이 죽은 지 거의 60여 년이 흘렀는데도 여전히 이상의 부활을 꿈꾸고 있는 것이 아닌가. 다다이즘 정신이 미적인 변증법을 획득하기 위해서 '절망은 기교(언어)를 낳고 기교(언어)는 다시 절망을 낳는다'는 이상의 명제를 두고두고 곱씹어 보아야 할 이유가 바로 여기에 있는 것이다.

# 한국 현대시에 나타난 실향의 의미와 내적 형식*
- 전봉건, 박남수, 구상, 김광림, 김종삼을 중심으로

## 1. 시인의 실향의식과 시쓰기

우리 현대문학사에서 실향은 결코 가볍게 다루어질 수 없는 문제이다. 그것은 실향이 민족의 개념을 강하게 내포하고 있기 때문이다. 우리에게 실향이란 단순한 개인적인 차원이 아닌 집단적인 차원의 문제인 것이다. 이 문제는 개항과 일제 강점기를 거쳐 분단, 제3공화국과 유신 개발 독재로 이어지면서 집단 무의식을 형성하기에 이른다. 서방 제국주의 세력에 의한 개항으로 인해 하와이와 멕시코의 유카탄 반도로 이주한 이민자들을 비롯하여, 일제에 의해 일본, 남양, 간도, 연해주, 사할린으로 징용 및 강제 이주한 동포들, 분단 이후 남북으로 갈라진 이산가족들, 그리고 박정희 개발 독재 시대를 거치면서 독일, 네덜란드, 미국 등으로 떠난 입양인들은 모두 이 집단 무의식의 실체들이다.

이들이 우리에게 어떤 존재인지는 이들을 수치로 환산해 보는 것만으로도 족하다. 강제 징용과 이민 등으로 세계 각지에 흩어져 사는 한민족

---

\*     이 글은 본인의 졸저 『현대문학의 흐름과 전망』(작가, 2004) 중 「민족적 원형심상과 실향의 내적 형식」을 수정·보완하였다.

의 수가 약 750만이고, 1955년 미국인 헤리 홀트가 전쟁고아를 미국으로 입양시키면서 시작된 입양인의 수가 지금까지 20만 명이 넘으며, 남북 분단으로 인한 이산가족은 그 수가 무려 1000만을 헤아린다. 이 수는 시간과 공간을 달리 하면서 한민족의 역사의 장을 형성해 온 집단 무의식의 실체들이기 때문에 결코 우리가, 다시 말하면 우리 문학사가 간과해서는 안 될 그런 존재들인 것이다. 하지만 우리 문학사는 이들의 존재를 적극적으로 수렴하지 못한 것이 사실이다. 남북 분단으로 인한 이산가족의 문제만이 관심 있게 다루어 져 왔을 뿐 그 이외의 문제에 대해서는 이렇다 할만한 관심조차 가지지 않았다고 할 수 있다. 그 결과 우리 문학사의 시공 개념이 한반도를 벗어나지 못하게 되었을 뿐만 아니라 민족의 개념이 중층성을 띠지 못한 채 단일한 의미 차원으로 전락하게 되었던 것이다.

한반도를 벗어나 세계 각지에 흩어져 살고 있는 사람들에게 가장 뚜렷이 드러나는 것은 민족의 정체성 문제이다. 자신이 현재 살고 있는 나라와 자신의 모태가 되는 나라 사이에서 갈등하면서 민족의 정체성 문제는 자연스럽게 이들 속에서 하나의 의식 내지 무의식의 원형으로 자리 잡게 되는 것이다. 이것은 이들이 드러내는 실향의 의미가 남북 분단으로 인한 이산가족들의 그것에 비해 좀 더 중층적인 복합성을 띨 수 있다는 것을 의미한다. 이들에게 고향은 남북 이산가족들이 드러내는 우호적인 친밀감과 무조건적인 귀향의 기착지로 존재하지 않을 수도 있다. 이들에게 고향이란 자신을 따뜻하게 품어주고 자신을 살아내게 하는 곳으로 인식되기도 하지만 그것보다는 자신을 차갑게 소외시킨 그래서 자신을 한없는 절망과 복합적인 외상으로 고통받게 하는 저주 받은 곳으로 인식되기도 한다. 이런 점에서 보면 이들의 의식이나 무의식을 우리 문학사 안으로 수렴하는 일은 다른 어떤 것보다 절실하다고 할 수 있다. 우리 현대문학사가 드러내는 시공의 협소성과 왜소성의 문제에 대한 답을 여기에서 찾을 수 있을 것이다.

한반도 안과 밖의 문제의식을 우리 문학사 안으로 수렴할 때 실향에 대한 온전한 이해가 이루어질 수 있을 것이다. 하지만 한반도 밖은 물론 안의 경우에도 그 문제의식이 온전히 공유되고 있다고 할 수 없다. 한반도 안에서의 실향이란 남북 분단으로 인해 발생한 것으로 크게 휴전선을 기준으로 남→북, 북→남으로의 이동 과정을 보여준다. 전자는 대개 강제 납북 아니면 사회주의 이념을 좇아 자진 월북한 경우이며, 후자는 자유민주주의 이념과 삶의 실존을 좇아 월남한 경우이다. 이러한 이동은 민족의 재편성과 국가 구조의 변화를 가져 왔다. 이것은 곧 우리 문학사의 재편성과 구조의 변화를 의미하는 것이기도 하다. 문인의 남→북으로의 이동으로 인해 사회주의 문예미학의 토대가 정립되고 그 실천의 장이 마련되게 되었으며, 북→남으로의 이동으로 인해 자유 민주주의를 표방한 '문협 정통파'가 자신들의 논리를 강화시키는 데 보다 수월한 입장을 마련해 줌으로써 분단 이후 남한 문단의 재편과 구조에 영향을 주었다고 할 수 있다.

그러나 우리가 월남 문인들에게서 발견할 수 있는 중요한 것은 분단과 실향에 대한 문학적인 형상화의 문제이다. 분단 이후 우리 문학사의 절대적인 주제가 된 분단과 실향의 중심에 이들이 있었던 것이다. 따라서 이들의 문학적인 변모 과정은 중요한 관심의 대상이 되었을 뿐만 아니라 여기에 대한 수많은 논의들이 있었던 것 또한 사실이다. 하지만 이 많은 관심과 논의의 이면을 들여다보면 정작 중요한 것이 빠져 있음을 발견하게 될 것이다. 분단과 실향에 대해 이야기하면서 전경화하고 있는 것은 이데올로기의 문제이다. 분단과 실향의 근본적인 원인이 이 이데올로기에 있다는 것은 누구나 다 아는 사실이지만 월남한 문인들의 의식과 무의식 속에 더 절실하게 자리하고 있는 것은 '실향의식'이라고 할 수 있다. 이런 점에서 이들에게 실향의식이 어떻게 작품 속에 내재화되어 있는지 또한 그것이 무의식의 차원에서 어떻게 집단적인 원형 심상으로 자리하고 있는지 하는 문제에 대한 이해가 먼저 있어야 할 것이다.

이 문제는 민족의 원형 심상이라는 집단적인 무의식과 맞물려 있기 때문에 결코 간단하지 않다. 따라서 '지금, 여기'에서 무엇보다도 중요한 것은 아직 제대로 논의조차 되어 있지 않은 월남한 개별 문인들의 실향의식에 대한 이해이다. 실향의식은 개별 문인들이 놓인 상황에 따라 각기 다른 모습으로 드러난다. 실향의식과 그것의 텍스트를 통한 형상화는 안수길, 이호철, 최인훈 등의 소설가와 전봉건, 박남수, 구상, 김광림, 김종삼 등의 시인들에 의해 구체화되기에 이른다. 하지만 이들의 실향의식에 대해 우리가 보여준 지금까지의 논의는 상대적으로 이들이 보여준 실향에 대한 자의식의 수준에 훨씬 못 미치는 것이 사실이다. 특히 월남한 시인들의 실향의식에 대한 논의는 이들의 문단에서의 위치와 문학사적인 중요성에도 불구하고 여기에 대한 자료적인 정리조차 되어 있지 않은 상태이다. 이 시인들의 이러한 실향의식이 시쓰기의 한 원천으로 작용하고 있다는 점에서 이에 대한 관심과 이해의 과정은 일종의 통과제의 같은 것이라고 할 수 있다.


## 2. 시인의 실향의식과 내적 형식

### 2.1 전봉건 혹은 역설의 미학

전봉건의 실향의식은 집요하다. 『사랑을 위한 되풀이』(1959), 『春香戀

歌』(1967), 『속의 바다』(1970), 『피리』(1980), 『北의 고향』(1982), 『돌』(1984) 등으로 이어지면서 그의 실향의식은 그의 시의 한 주제를 이룬다. 이것은 1950년 등단 이후 그의 시가 줄곧 추구해 온 것이 6·25 체험에 뿌리를 두고 있다는 사실과 다른 것이 아니다. 초기의 그의 시세계는 '6·25 체험을 피와 꽃 그리고 돌의 이미지를 통해 주관적으로 드러내는 경향'을 보인다. 이에 반해 그의 후기의 시세계는 '6·25라는 역사적인 사실을 객관적으로 드러내는 경향'[01]을 보인다. 그의 시쓰기가 6·25 체험의 시적 극복이라는 차원에서 출발하지만 그것이 이러한 변모 양상을 보이는 것은 전쟁의 문제를 단순히 개인의 고백이나 독백이 아닌 집단적인 소통과 공감의 문제로 확장하고 있다는 것을 의미한다.

그러나 이러한 변모 양상이 주관적인 것의 배제를 의미하는 것은 아니다. 주관의 객관화 혹은 특수한 것의 보편화로 보는 것이 옳을 것이다. 그의 실향의식 역시 이런 맥락에서 이해되며, 이것이 전면으로 드러난 것은 『北의 고향』에서라고 할 수 있다. 이 시집은 북에 고향을 두고 월남한 시인의 상실감과 회귀 욕망을 강렬한 어조로 노래하면서 그것을 실향민의 보편적인 정서의 차원으로 확장하고 있다. 시인의 독백이 이렇게 보편적인 정서를 획득하게 된 데에는 고향을 상실한 자의 아픔이 진하게 묻어나는 언술 때문이기도 하지만 보다 중요한 것은 그것을 드러내는 형식에 있다고 할 수 있다. 고향에 대한 그리움과 상실의 아픔은 월남한 사람들이라면 누구나 가지고 있는 보편적인 감정이지만 그것이 감동을 주느냐 아니냐의 문제는 그 표현 형식에 있는 것이다.

『北의 고향』에서 전봉건이 구사하고 있는 형식은 역설(paradox)이다.

---

01    이승훈, 「전봉건론 - 6·25 체험의 시적 극복」, 『문학사상』, 1988. 8.

시인에게 고향은 역설의 형식으로 존재하는 세계인 것이다. 시인의 역설은 하나의 기교가 아니라 지극한 현실의 논리이다. 이 역설은 시인의 고향이 갈 수 없는 곳(北)에 있기 때문이다. 시인이 고향에 갈 수 있는 방법은 죽음과 꿈(「꿈길」,「찬바람」,「뼈저린 꿈에서만」) 밖에는 없다. 죽으면 시인은 이미 먼저 간 부모님과 두 형제와 함께 북의 고향집에서 살 수 있다. 하지만 시인은 죽음을 택하지 않고 꿈을 택한다. 그것은 이남에서 자신이 낳은 두 자식들이 "제 뿌리요 제 아비의 고향으로 가는 길을"(「찬바람」,『북의 고향』, p.27) 찾을 수 없기 때문이다. 이런 점에서 시인에게는 죽음마저도 자유롭지 못한 것이 되고 만다. 그래서 시인은 "나는 죽을 수가 없다"(「꿈길」, 『북의 고향』, pp.18-20)고 수없이 되뇌이는 것이다. 이 말은 '나는 죽지 않는다'와는 의미가 다르다. 나 역시 죽지만 죽을 수 없다는 것 아닌가. 죽음이 자유이면서 동시에 구속이 되는 세계, 다시 말하면 가장 자유로운 것이 가장 자유롭지 못한 것이 되고 마는 세계, 이것이 바로 지금 시인이 놓여 있는 역설적인 상황인 것이다.

이러한 이유로 시인은 '뼈저린 꿈에서만'(「뼈저린 꿈에서만」,『北의 고향』, p.28) 고향을 그릴 수 있게 된다. 따라서 이때의 꿈은 죽음보다 더 '뼈저린' 의미를 가진다. 죽음을 통해 드러나는 역설의 형식은 『北의 고향』 도처에서 발견된다.

찬 서리 길을 가도
고향 길이 아니다

잎 지는 길을 가도
고향 길이 아니다

손 잡은 길을 가도
고향 길이 아니다

한 사나이 늙어
아

강나루 건너가도
고향 길이 아니다

달 지는 길을 가도
고향 길이 아니다

- 「길」 전문[02]

어둠 속에서만
그 마을은 나무와 언덕 풀을 거느리고
바람과 새들도 거느립니다
그리고 눈부십니다
어둠 속에서만
그 해와 꽃은 불탑니다
어둠 속에서만
그 말은 들립니다
어둠 속에서만
그 얼굴은 다가섭니다
어둠 속에서만
그 따뜻한 손은 다가와서

---

**02**　전봉건, 『北의 고향』, 명지사, 1982, p. 58.

내 시리고 주름진 손을 꼭 잡아줍니다

눈 감으면
어둠입니다
내 먼 북녘의 고향은
그 어둠 속에 있읍니다
아프게 저리도록 훤한 밝음으로 있읍니다

-「내 어둠」부분[03]

'길 아닌 길이 곧 고향 길'(「길」)이며, '북녘의 고향은 어둠 속에서만 훤한 밝음으로 있다'(「내 어둠」)는 것은 곧 고향이 역설의 논리 속에 있다는 것을 의미한다. 길 아닌 것이 길이 되고 어둠이 곧 훤한 밝음이 되는 또는 "눈을 감아야/보이는"(「봄이 오는 4월」, 『北의 고향』, p.67) 이러한 역설의 논리가 의미하는 것은 무엇일까? 이 물음에 대한 답은 6·25에서 찾을 수 있다. 그의 시의 역설은 6·25의 상황 논리가 드러내는 세계와 동일한 의미구조를 가진다. 6·25의 상황 논리란 전쟁이 지배논리로 작동하는 현실이다. 그런데 이 현실이란 다름 아닌 가장 비현실적인 세계인 것이다. 지금까지 현실로 존재해온 모든 것들이 일순간 폐허로 변해버린 그런 현실의 세계란 곧 비현실의 세계 아닌가. 현실과 비현실의 경계가 해체되어버린 세계에서 비현실의 세계를 드러내는 것은 곧 현실의 세계를 드러내는 것이 되어버리는 것이다.

6·25의 이러한 역설의 의미구조는 그대로 『北의 고향』의 논리로 이어져 하나의 미학적 원리를 낳은 것이다. 북의 고향이 역설의 의미구조를

---

**03**　전봉건, 위의 책, pp.68~69.

가지면서 시적 주체와 고향 사이의 심적인 거리는 가까우면서도 멀고, 멀면서도 가까운 그런 중층적인 효과를 불러일으킨다. 이것은 안정된 정서구조가 아니다. 이것은 갈등과 긴장이 반복적으로 출몰하면서 강렬한 파토스를 불러일으키는 그런 정서구조이다.[04] 이로 인해 시인은 정신적인 외상(trauma)을 갖게 된다. 이 외상은 시적 주체를 언제든지 삼켜버릴 수 있다. 하지만 또한 그것은 시적 주체를 살아내게 하는 힘의 원천이기도 하다. 시인이 '나는 결코 죽을 수 없다'고 되뇌이는 이 말속에 그런 의미가 담겨 있는 것이다. 고향상실로 인해 받은 정신적인 외상이 그들을 살아가게 하는 힘이 된다는 이 논리야말로 지독한 역설 아닌가.

전봉건은 그것을 온몸으로 보여준 시인이다. 6·25라는 상황이 그를 그런 존재로 살아가게 했지만 보다 중요한 것은 그가 누구보다도 전쟁과 분단 그로 인한 고향상실에 대해 강한 자의식을 보여주었다는 점이다. 이 자의식이 역설의 미학을 낳았다고 할 수 있다. 이것을 미학이라고 명명하는 것은 그가 일급의 감수성으로 그것을 빚어냈기 때문이다. 가령 다음과 같은 대목에서 발견할 수 있는 것이 바로 그것이다. "눈물은 만질 수가 있읍니다/마음은 만질 수가 없읍니다/하지만 눈물은 마음을 만질 수가 있읍니다"(「눈물」,『北의 고향』 p.41) 에서처럼 이렇게 마음을 만질 수 있는 감각의 소유자는 많지 않다. 그에 의해서 6·25 체험과 실향의 문제가 시적으로 극복되고 또 일정한 전망을 성취한 것으로 평가할 수 있다.

---

**04** 우리는 이러한 역설적인 정서구조를 이미 소월과 만해의 시에서 체험한 바 있다. 소월의 '哀而不悲'의 정서나 만해의 윤회와 공허의 불가적인 논리 속에 깃들어 있는 것이 바로 그것이다. 이러한 논리는 단일한 평면적인 구조가 아닌 중층적인 의미 구조를 가진다는 점에서 정서적인 파급력 혹은 감염력이 클 수밖에 없다. 더욱이 그것이 사랑이나 향수 같은 인간의 가장 근원적인 것과 맥이 닿았을 때는 그 효과가 배가되어 드러나는 것이 사실이다.

## 2.2 박남수 혹은 원형적인 상처의 시화

박남수의 시에는 고향에 대한 보다 근원적인 이미지가 존재한다. 이것은 그의 시에 드러난 고향이 '원형으로서의 고향'을 암시한다는 것을 의미한다. 이러한 그의 시적 경향은 등단 이후 계속되어 온 순수에 대한 탐구의 연장이자 변형이라고 할 수 있다. 그의 시적 궤적에 대해 김현은 "새를 통해서 순수를 드러내려 하고 있는 그의 시들은 1960년대의 후반에 들어서서 서서히 융적인 집단 무의식에 접근해 들어가, 망향 의식을 문화사적인 차원으로 높이려고 애를 쓰고 있다"[05]고 말하고 있다.

그의 말을 신뢰한다면 박남수의 실향의식은 문화사적으로 고양된 미적 세계를 지향하는 것이 된다. 이 고양된 미적 세계의 표상이 바로 '새'이다. 새는 『갈매기 素描』(1958)를 시작으로 『神의 쓰레기』(1964), 『새의 暗葬』(1970), 『사슴의 冠』(1981)을 거쳐 『서쪽, 그 실은 동쪽』(1992)에 이르기까지 이런 의미구조가 강하게 표상되기에 이른다. 이 과정에서 '새'는 시인과 대상을 매개해 주는 역할을 하기도 하고 또 그 자체로 시적 주체의 강렬한 의지를 표상하기도 한다. 그의 시에서의 이러한 새의 의미는 실향의식을 노래하고 있는 경우에도 그대로 드러난다. 가령 「오랜 祈禱」에서의 '새'는 시인이 "어머니를 향해/二十年의 세월을 祈禱로 띄운" 존재이며, 「悲歌」에서의 '갈매기'는 6·25 동란으로 인해 고향을 잃고 타지에서 고통스러운 삶을 견디는 시인 자신을 포함한 "삼팔 따라지"들의 초상이다.

그러나 그의 시에서의 '새'는 고향과 관련하여 보다 본원적인 세계를 표상한다. 시인의 고향상실은 '새의 날아감'과 등가로 놓인다.

---

**05**   김윤식·김현, 『한국문학사』, 민음사, 2011, p. 457.

초가집 처마를 보면, 그 때
밤 하늘로 날아간 것을 생각한다.

날아간 것이 무엇이었는가
를 생각한다. 분명
귀를 울린 깃치는 소리 같은 것
형태는 보지 못하였지만
소리가 울린 밤 하늘을, 뭣인가
분명치 않은 것이 날아가고 있었다.

초가집 처마를 뒤져, 손에
조금 온기를 남기고 빠져나간 것
그것은 지금도 내 속에서 깃을 치고 있다.

- 「幼年」 전문[06]


유년기의 새의 날아감의 체험을 아름답게 노래하고 있는 시이다. 이 때의 체험은 무언가 소중한 것의 상실을 의미한다. 그 소중한 것의 형태를 시인은 보지 못했지만 그것은 '귀를 울린 깃치는 소리 같은, 온기가 있는 어떤 것'이다. 그리고 "그것은 지금도 내 속에서 깃을 치고 있"기까지 하다. 무언가 분명하지 않지만 '새의 날아감'으로 표상되는 상실은 시인에게 절대적인 것이다. 이것은 그 상실이 단순한 것이 아니라 보다 근원적인 것에 닿아 있다는 것을 의미한다. 이것이 이 시를 단순히 두고 온 고향에서의 유년 체험에 대한 그리움 정도로 해석할 수 없는 이유이다.

그의 시에서의 무언가 본원적인 혹은 근원적인 것이란 우리가 고향이

---

**06**   박남수, 『박남수 전집 1』, 한양대학교 출판원, 1998, p.365.

라고 부르는 대상 이전의 세계를 말한다.

참으로 한 순간 그 굉장한 爆音이 울리고, 그 다음에는 거기에 아
무 것도 없어진 저 흙더미 속에 아직도 그 家風에 길들었을 깨어진 장
독들이며, 쭈그러진 놋그릇들이며, 불탄 옷가지들이며, 분명 저 흙더
미 속에 있어야 할 노래소리며 이야기들이며 心臟의 고동들을 저 爆
音은 어디로 끌어 갔는가.

저 흙더미 위에 기와집이 생기기 전에는, 저 흙더미 위에 사람이
살기 전에는, 저 흙더미 위에 의롱도 장독대도 놓이기 전에는, 참으로
저 흙더미 위에 노래 소리도, 웃음 소리도, 그리고 울음 소리도 들리
기 그 전에는, 저 흙더미 위에 골목도 동리도 생기기 전에는, 분명 저
흙더미 위에 넓은 벌과 아름드리 나무와 높은 풀섶과 짐승들과 강과
산과 태양만이 있었을 뿐이고……
- 「始原流轉」 부분[07]

이 시에서 노래하고 있는 것은 집과 사람이 살기 전의 나무, 풀, 산, 짐
승, 태양 같은 원형의 것으로만 존재하는 그런 세계이다. 시인이 지금 이
세계를 노래하고 있는 것은 전쟁으로 인해 폐허가 된 땅, 그것이 "아무 것
도 없는 原始"와 같다는 것을 드러내기 위해서이다. 전쟁이란 우리를 아
무 것도 없는 폐허로 만들어 버린다는 것, 다시 말하면 전쟁은 우리로 하
여금 원형적인 상처 혹은 상처의 원형조차 보아버리게 만든다는 것, 시인
은 지금 그것을 노래하고 있는 것이다.

이렇게 시인은 상처로 가득 찬 "原始"의 풍경을 노래한다. 그 풍경은

---

**07**   박남수, 위의 책, p.76.

어두울 수밖에 없다. 시인은 자신이 지금까지 그 '아무도 모르는 숲의 기억'을 더듬고 있다고 고백한다. 이것은 시인이 앓고 있는 상처에 대한 심리적인 표상에 다름 아니다. 어두운 숲의 기억으로부터 그는 끊임없이 헤맬 뿐 그곳으로부터 빠져나오지 못한다. 그에게는 "하늘이", 다시 말하면 자신의 "큰 날개를 날릴 하늘이 없"기 때문이다. 시인의 인식을 이토록 어둡게 한 데에는 분단으로 인한 고향상실이 크게 작용한 결과이지만 이 체험을 계기로 시인은 보다 근원적인 아픔에 도달한다. 시인은 "사람은 모두 原生의 새"이며, 그 새는 "어느 記憶의 숲을 날며, 가지 무성한 잎 그늘에/잠깐 씩 쉬어가는"(「어딘지 모르는 숲의 기억」, 『박남수 전집』, p.157) 존재라고 규정한다.

사람이 "原生의 새"라면 그 새는 "땅으로 꺼져들던가" 아니면 "하늘로 蒸發되"든가 하는 운명을 지닌 존재인 것이다. 그런데 시인은 자신에게는 "큰 날개를 날릴 하늘이 없"다고 하지 않았던가. 만일 이런 하늘이 없다면 시인은 "땅 위를 기는" 수밖에 없다. 이것을 다시 정리해 보면 시인은 '原生의 새이며, 어딘지 분명 찮은 숲의 기억이 날개를 돋게 하지만 큰 날개를 날릴 하늘이 없어 땅 위를 길수밖에 없'는 존재로 전락하게 된다는 것이다. '原生의 새'가 상승이 아니라 추락의 의미구조를 가진다면 그것은 밝음보다는 어둠의 원형 심상을 가질 수밖에 없을 것이다. 이 어둠의 원형 심상은 수난으로 점철된 우리 민족의 집단 무의식의 시적 반영이라고 할 수 있다.

## 2.3 구상 혹은 구원의 형식

전후 시단에서 구상의 존재는 이채롭다.[08] 『구상시집』(1951), 『초토의 시』(1956)를 시작으로 『까마귀』(1981), 『구상 시전집』(1986)을 거쳐 『인류의 盲點에서』(1998)에 이르기까지 그의 시는 개인의 서정이나 문명 비판, 이데올로기에 대한 관심을 넘어 존재한다. 그는 철저하게 존재론적인 토대 위에서 어떤 대상을 종교적인 구원의 차원에서 깊이 있게 성찰한다. 늘 절대적 신앙의 경지에서 구원의 문제에 접근하기 때문에 그의 시에는 과도한 정서의 과잉이나 세계에 대한 극도의 부정성이 드러나지 않는다. 그의 초기의 대표작으로 평가받고 있는 「焦土의 詩 1」를 보아도 이러한 경향을 쉽게 알 수 있다. 이 시는 6·25 전쟁으로 인해 폐허가 된 현실을 대상으로 하고 있지만 여기에는 절망적인 상황에서 기인하는 불안과 패배의식 그리고 전망의 불투명함 같은 비관적인 인식이 보이지 않는다. 오히려 이 시에서는 그 참담한 고통이 구원의 형식을 통해 견고하게 제시되고 있다.

이러한 시적 경향은 실향의식을 드러내고 있는 시편에서도 그대로 드러난다. 시인 역시 북에 두고 온 고향과 부모형제에 대해 정서적인 반응을 보인다. 시인의 눈에 가장 강하게 각인되어 있는 풍경은 "어린 시절" "마을 뒷산 時祭터 동성마루에 올라/멀찌막히 풍경을 바라보는 것"(「遠景」, 『인류의 盲點에서』p. 112)과 "내 원산 바다와 같은/솔숲"(「失鄕 바다」, 『드레퓌스의 벤치에서』, p.134)이며, 그의 마음에 가장 강하게 각인되어 있는 풍경은 "어머니/어머니"(「한가위」, 『造花 속에서』, p.21)이다. 하지만 시인의 정서는 감정의 과잉으로 흐르지 않고 지극히 절제되어 드러난다. 시인은 고향의 풍경

---

**08**    권영민, 『한국현대문학사』, 민음사, 1993, p.135.

에서조차 '안정'을 찾으려고 한다.

> 저녁 어스름 속에
> 소를 몰아
> 지게지고 돌아온다.
>
> 굴뚝 연기와
> 사립문이 정답다.
>
> 太古로부터
> 산과 마을과 들이
> 제자리에 있듯이
>
> 나라의 진저리나는
> 북새통에도
> 이 原景에만은
> 안정이 있다.
>
> —「夏日敍景」부분[09]

"나라의 진저리나는/북새통" 속에서도 '안정된 原景'을 찾을 정도로 시인의 인식을 견고하게 해준 것은 신앙이다. 절대적 신앙의 경지에서 그는 전쟁으로 인해 고통받는 현실을 구원하려고 한다. 절대적 신앙의 경지에서 보면 그 고통은 신이 준 시련에 불과하며, 그 때문에 시인은 그것을 두려움이 아닌 축복과 은총으로 받아들인다. 북에 두고 온 고향과 부모형제

---

**09** 구상, 『드레퓌스의 벤취에서』, 고려원, 1992, pp.130~131.

에 대한 인식 역시 마찬가지인 것이다. 이런 차원에서 시인은 죽음을 두려움 없이 받아들인다.

> 병실 창문으로
> 오직 보이는 저 하늘,
> 무한히 높고 넓고 깊은
> 그 속이나 아니면 그것도 넘어서
> 그 어딘가에 있을 영원의 동산엘
>
> 털벌레처럼 육신의 허물을 벗어놓고
> 영혼의 나비가 되어 찾아들 양이면
> 내가 그렇듯 믿고 바라고 기리던
> 그 님을 뵈옵게 됨은 물론이려니와
>
> 내가 그렇듯 그리고 보고지고 하던
> 어머니, 아버지, 형, 먼저 간 두 아들과 아내
> 또한 다정했던 벗과 이웃들을 만나서
> 반기고 기쁨을 나눌 것을 떠올리니
>
> 이승을 하직한다는 게
> 그닥 섭섭하지만은 않구나.
>
> -「病床偶吟·2」전문[10]

시인에게 죽음이란 북에 두고 온 고향과 부모 형제와의 만남 이상의

---

**10**　구상, 『인류의 盲點에서』, 문학사상사, 1998, p. 46.

의미를 지닌다. 시인은 자신이 죽으면 "어딘가에 있을 영원의 동산엘" 갈 수 있고, 그곳에서 "내가 그렇듯 믿고 바라고 기리던/그 님을 뵈옵게 될" 수 있다고 믿는다. "영원의 동산"과 "그 님"과의 만남은 시인이 궁극적으로 소망하는 것이다. 어쩌면 시인에게 이것은 그가 궁극적으로 돌아가야 할 고향이라고 할 수 있을 것이다. 북의 고향과 부모형제와는 또 다른 층위의 이 고향과 님은 현실 시간 속에서 행해지는 상실과 헤어짐의 의미를 보다 숭고한 차원으로 끌어올린다. "그 님"의 시간 차원에서 보면 시인의 현실에서의 상실은 절망적인 거리가 아닌 기쁘게 기다릴 수 있는 축복의 거리인 것이다.

이처럼 그의 시에 드러나는 실향은 종교와 신앙이라는 층위로 두텁게 감싸여 있기 때문에 다른 월남한 시인들의 실향의식을 노래하고 있는 시편과는 차이가 있다. 그의 시가 보여주는 이러한 형식은 6·25 전쟁으로 인해 상처받은 영혼들(특히 실향민들)을 치유하고 민족의 비극이자 인류사의 비극인 전쟁 자체를 구원할 수 있는 시적 영감을 그 안에 지니고 있다고 할 수 있다. 또한 시인의 이 형식은 끊임없이 전쟁을 낳는 '인류 문명의 盲點'에 대한 비판과 반성의 의미도 지닌다고 할 수 있다. 이런 점에서 마치 임종 고백하듯 순수한 열정으로 세상의 모든 것들을 따뜻하게 감싸 안은 채 쓴 『인류의 盲點』에서는 신 앞에서 그가 우리를 대신해서 행한 고해성사의 성격을 띤다. 6·25 전쟁에 대한 이데올로기적인 놀음에 분노하고 그것이 야기한 고통에 괴로워하면서도 정작 그것이 인류가 저지른 끔찍한 죄악이라는 것을 인식하지 못하고 있는 사람들에게 그의 구원의 형식은 하나의 자각에 이르는 통로를 제공해 주리라고 본다.

## 2.4 김광림 혹은 내성적인 현실 감각

김광림의 실향에 대한 자의식은 그 자체만으로 전경화되어 드러나지는 않는다. 그의 실향의식은 『상심하는 接木』(1959)의 세계가 말해주듯 그것은 전후 현실에 대한 고뇌의 일환으로 드러난다. 그의 고뇌는 현실과 언어의 차원으로 나아가지만 이것을 그대로 실향의식에 적용할 수는 없다. 그의 실향의식은 그의 시세계 안에서 독특한 의미 영역을 거느린다. 그는 실향에 대해 직접적인 발설을 많이 하고 있지 않다. 그렇다고 미학이나 언어 차원의 간접적인 발설을 하고 있는 것도 아니다.

시인은 실향에 관한 한 철저하게 '내성적'이다. 내성적이기에 그는 실향에 대해 많은 말을 하고 있지 않은 것이다. 이것은 그가 실향에 대해 무관심하다거나 그것에 대한 상처가 없다는 것을 말하는 것은 아니다. 그는 누구보다도 실향에 대해 민감한 자의식을 가지고 있다. 다만 내성적인 감각으로 인해 그것을 직접적으로 드러내지 않고 있을 뿐이다. 시인 스스로도 자신이 내성적이라고 밝히고 있다.

시큼한 냄새가 코를 찌르자
나는 부엌문을 열고
칭얼대기 시작했다
난생 처음으로 맡아 보는
그것이 뭔지도 모르고
먹고 싶어서
-엄마 나 좀
어머니는 들은 채도 않았다
내가 칭얼대다 못해
울음보를 터뜨리자

어머니는 생선회를 무치다 말고

얼른 숟가락을 내 주둥이에 들이밀었다

일순 울음끈이 끊겼다

그도 그럴 것이

입안이 뒤집혔기 때문이다

(불이 붙었거나 할퀴는 아픔이었다)

내가 자지러들자

어머니는 엉겁결에

나를 들쳐업고

허겁지겁 병원으로 달음박질쳤다

스물 네 살 난 젊은 엄마가

초친 첫아들의 나이는

다섯 살이었다

　　　　　　　　　　　　 -「內省的 11」 전문[11]


　이 시는 유년기의 체험을 노래하고 있다. 그런데 제목이 '內省的'이다. 시의 내용과 제목 사이의 관계가 선뜻 연결되지 않는다. 시 속의 '나'의 어떤 행위가 내성적인가? 직접 부엌에 들어서지도 않은 채 문을 열고 칭얼대다가 울음보를 터뜨리는 것이 내성적인가? 아니면 입 안이 뒤집혔기 때문에 일순 울음끈이 끊겼다가 자지러든 행위가 내성적인가? 어쩌면 이 행위 자체는 내성적이라고 볼 수 없다. 다섯 살짜리 아이라면 누구나 할 수 있는 그런 평범한 행위이기 때문이다. 여기에서의 문제는 시인의 태도이다. 이런 행위를 내성적이라고 보는 시인의 태도가 문제적인 것이다.

　유년기의 이 체험은 시인만이 그 전모를 알 수 있고 또 느낄 수 있는

---

**11**　김광림, 『소용돌이』, 고려원, 1985, pp. 169~170.

것이다. 시인의 인식은 시 속에 드러난 것 이상이라고 할 수 있다. 시인의 입장에서 보면 다섯 살 때의 이 사건은 자신의 내성적인 성격이 만들어낸 하나의 풍경인 것이다. 시인을 내성적이게 한 원인이 어디에 있는지는 이 시 속에는 드러나 있지 않지만 「內省的 12」를 보면 그것이 '아버지의 부재'에 있다는 것을 암시받을 수 있다. "어머니는 연거푸 매질하/며 넋두리하며 돈벌러 타관으로 떠난 아버지 타령하며 그만 나/를 쓸어안고 통곡하였다 소매깃으로 콧물을 문질러 대던 시절 외/아들이 나를 데불고 외할먼네 집에 더부살이 할 때의 일이었다"가 바로 그것이다.

시인의 내성적인 면모는 그가 북에 고향과 부모형제를 두고 월남한 이후에도 그대로 이어진다. 그의 내성적인 면모를 가장 잘 보여주는 시편이 「離散家族」과 「續·離散家族」이다. 「離散家族」에서 시인은 이산가족 상봉을 지켜보면서 북에 두고 온 가족에 목이 메인다. 하지만 시인은 목놓아 울지 못한다. "자식들에게는 눈물을 숨기노라/전전긍긍한"다. 또한 시인은 「續·離散家族」에서 월남한 중학 동창이 찾아와 집 떠날 때 부모형제들한테 제대로 말을 못한 아픈 상처를 마치 "國會 청문회"하듯 들추어 낼 때도 한마디 변명도 못한 채 울먹이다가 급기야 울음보를 터뜨리고 만다. 내성적인 것이 하나의 상처로 자리하는 대목이다.

> 내 자식들은
> 무시로 아버지 어머니를 불러쌌지만
> 서른 일곱 해
> 아버지
> 어머니
> 남몰래 되뇌고
> 한 번은 목청껏 어머니를 찾은 적이 없다

이제 내 입은

아버지 어머니를 잊어버린 반벙어리

강이 있어도 건널 수 없고

길이 있어도 갈 수 없는

休戰線과 꼬옥 같아서

날마다 녹이 슬어가고 있다

하늘이여

죽는 그 날까지

단 한 번만이라도 좋으니

목청을 틔워다오

아버지

어머니

부르게 해다오

이 바보 상자야

　　　　　　- 「離散家族-바보상자가 나를 울렸다」 부분[12]


　시인의 내성적인 특성이 여기에서도 드러난다. 그는 "서른 일곱 해" 동안 "아버지/어머니"를 "남몰래 되뇌"었을 뿐 "한 번도 목청껏 어머니를 찾은 적이 없다." 이로 인해 시인의 처지는 "날마다 녹이 슬어가"는 "休戰線과 꼬옥 같"아지게 된다. 그의 내성적인 감각이 지닌 상처가 잘 투영되어 있는 대목이다. 그의 내성적인 감각을 더욱 견고하게 해 주는 것은 분단이다. 시인의 어떤 의지도 녹슬게 하고, 밖으로 드러내지 못한 채 안으로 삭이게 하는 휴전선이라는 그 불가항력적인 것이 그를 무겁게 내리 누르고 있는 것이다. 휴전선이 사라져야 그의 내성적인 감각도 변주될 수 있

---

**12**　김광림, 『김광림 시 99선』, 선, 2001, pp.189~190.

는 것이다. 그의 내성적인 현실 감각이 일정한 역사성을 담보할 수 있는
이유가 바로 여기에 있다 할 것이다.

## 2.5 김종삼 혹은 고독한 평화주의자의 내면

김종삼은 평화주의자이다. 『십이음계』(1969)를 시작으로 『시인학교』
(1977), 『북치는 소년』(1979), 『누군가 나에게 물었다』(1982)를 거쳐 『평화롭
게』(1984)에 이르기까지 평화는 그의 시가 추구하는 궁극이다. 하지만 이
평화는 늘 성취되지 않는다. 그것은 시인이 사는 세계가 불화의 상태에
놓여 있기 때문이다. 이 불화로 인해 전쟁이라는 극단적인 파괴가 자행되
는 것이다. 그가 두려워하는 것이 바로 이것이다. 그는 이 두려움과 불길
함을 「民間人」이라는 시에서 섬뜩하게 노래하고 있다.

> 1947년 봄
> 深夜
> 黃海道 海州의 바다
> 以南과 以北의 接境線 용당포
>
> 사공은 조심 조심 노를 저어가고 있었다.
> 울음을 터뜨린 한 嬰兒를 삼킨 곳.
> 스무 몇 해나 지나서도 누구나 그 水深을 모른다.
>
> -「民間人」전문[13]

비극적인 흐름이 전편을 압도하고 있는 시이다. 시인은 이 비극을 "以

---

**13** 김종삼, 권명옥편, 『김종삼 전집』, 나남, 2005, p. 123.

南과 以北"이라는 현실적인 세계와 "바다", "용당浦"라는 신화적인 세계의 조합을 통해 극대화하고 있다. 그리고 그 비극의 표상이 "嬰兒"이다. "嬰兒를 삼킨" 바다는 "누구나 그 水深을 모른다."6·25 전쟁이 야기한 비극성과 그 상처의 깊음을 간결하지만 선명한 이미지로 표현하고 있다는 점에서 미학적인 절제를 느낄 수 있다.

바다가 삼켜버린 "嬰兒"의 이미지는 순수에 대한 죽임을 반영한다. "嬰兒" 혹은 순수를 죽이는 세계의 폭력성과 부조리성 앞에서 시인은 미적으로 저항하고 있는 것이다. "嬰兒"로 표상되는 순수의 죽음은 다양한 변주를 통해 시 속에 반복적으로 출몰한다. 그 대표적인 것이 그의 시에 등장하는 아이들이다.[14] 이 "아이들은 보통의 아이들과 다르게 항상 혼자서 가난하게 죽음을 예감하며 혹은 그것을 선고받고 살고 있는"[15] 존재들이다. 세계와 불화관계에 놓여 있는 아이들의 비극성을 반복적으로 드러냄으로써 시인은 평화를 위협하고 파괴하는 전쟁의 끔찍함을 끊임없이 환기하려 한다. 그러나 전쟁은 영아 혹은 아이를 삼키지만 시인은 평화에 대한 희구를 포기하지 않는다.

하루를 살아도
온 세상이 평화롭게
이틀을 살더라도
사흘을 살더라도 평화롭게

---

**14**  嬰兒나 아이들이 등장하는 대표적인 시로 「그리운 안니·로·리」, 「뾰족집」, 「文章修業」, 「개똥이」, 「掌篇·2」, 「북치는 소년」, 「民間人」, 「그날이 오며는」 등이 있다.

**15**  김현, 「김종삼을 찾아서」, 『김종삼 전집』, 청하, 1988. p.239.

그런 날들이
그날들이
영원토록 평화롭게-

- 「평화롭게」 전문[16]

평화에 대한 그의 희구는 간절해 보인다. 이 간절함은 그의 순수함에
서 온다고 할 수 있다. 그의 순수는 미학적인 순수로, 그의 식대로 표현하
면 그것은 '내용 없는 아름다움'이다. 내용 이전의 아름다움이란 무엇인
가? 그것은 의미나 개념 이전의 세계에서 체험할 수 있는 어떤 것 아닌가.
이 세계에는 차이가 없기 때문에 불화란 있을 수 없다. 이런 점에서 「북치
는 소년」은 상징적이다.

내용 없는 아름다움처럼

가난한 아희에게 온
서양 나라에서 온
아름다운 크리스마스 카드처럼

어린 羊들의 등성이에 반짝이는
진눈깨비처럼

- 「북치는 소년」 전문[17]

이 시에서의 '북치는 소년'는 콤플렉스적인 존재가 아니다. 소년의 북

---

**16**  김종삼, 위의 책, p. 181.

**17**  김종삼, 위의 책, p. 73.

치기는 '내용도 없고, 의미도 없는' 그야말로 "어린 羊들의 등성이에 반짝이는/진눈깨비처럼" 순수한 아름다운 유희이다. 따라서 '소년' 혹은 '어린 羊들', 그의 시에 반복적으로 등장하는 '嬰兒' 혹은 '아이들'의 북치기는 이들을 죽음으로 몰고 가는 세계에 대한 순수한 미적 저항으로 볼 수 있다. 6·25 전쟁과 분단을 체험한, 더욱이 실향의 아픔까지 체험한 시인이 이렇게 순수하고 아름다운 세계를 견지하고 있다는 것은 하나의 아이러니라고 할 수 있다. 시인은 절대 순수에 대한 지향으로 순수하지 못한 세계를 드러내려고 한 것이다.

이런 맥락에서 보면 시인의 순수 지향은 고향에 대한 희구와 다른 것이 아니다. 북에 두고 온 고향에 대한 희구 역시 순수한 것이다. 여기에는 의미나 개념을 초월하는 그 무엇이 존재하는 것이다. 어쩌면 고향에 대한 희구는 '내용 없는 아름다움'의 세계인지도 모른다. 김종삼은 북에 두고 온 고향에 대한 그리움을 내용 차원에서 직설적으로 드러내지는 않았지만 순수와 평화에 대한 시편들을 통해 그것을 누구보다도 간절하게 노래하고 있다고 할 수 있다. 평화에 대한 희구가 곧 실향에 대한 아픔을 넘어서는 하나의 방법이라는 사실을 그는 누구보다도 잘 알고 있었던 것이다. 시인에게 평화는 전쟁을 잉태하지 않는, 그로 인해 고향을 상실하는 아픔도 없게 하는 하나의 묘약이었던 것이다.


## 3. 역사의 특수성과 보편성에 대한 시적 감각

월남한 다섯 시인들이 보여준 실향의 의미와 그 내적 형식은 견고한 데가 있다. 이들의 시에 드러난 실향은 단순한 소재주의나 주제론적인 차원을 넘어서고 있다. 이것은 이들이 모두 일급의 미적 감각의 소유자들이라는 것을 말해준다. 전봉건의 '역설의 미학', 박남수의 '집단적인 원형 심상', 구상의 '구원의 형식', 김광림의 '내성적 현실 감각', 김종삼의 '평화주의자의 내적 형식'은 현실과 미학이 행복하게 만나 성립된 것들이다.

이러한 시적 형식이 성립된 데에는 고향이라는 대상이 가지는 보편성과 여기에 대한 시인의 미적 자의식 그리고 역사를 보는 안목이 작용한 결과라고 할 수 있다. 이들이 체험한 실향의 문제는 우리 역사의 특수성을 반영하고 있는 것이 사실이다. 이것은 시인의 의지에 의해 만들어진 것이 아니라 역사 속에서 성립된 일종의 특수한 상황의 산물인 것이다. 상황에 따라 인간은 얼마든지 변할 수 있다는 실존의 논리야말로 6·25 전쟁과 분단이 낳은 최고의 덕목이지만 이것에 대한 강조는 세계와의 지독한 불화를 통해 그것의 부정성과 부조리성을 폭로하는 차원으로 전락할 위험성이 있다. 전후의 우리 작가들 중에서도 이러한 위험성을 노출하고 있는 경우가 있지 않은가.

그러나 이들 다섯 시인들의 시에서는 이러한 위험성을 발견할 수 없다. 어느 누구 못지않게 이들 역시 전후의 실존적인 상황에 노출되어 있었던 것이 사실이다. 하지만 이들은 실존의 부정성과 부조리성에 함몰되지 않고 역사와 인간 속에서 어떤 긍정적이고 융화적인 논리를 찾으려고 했던 것이다. 전봉건, 김광림의 시에서 발견할 수 있는 논리가 그렇고, 특히 박남수, 구상, 김종삼의 논리가 그렇다. 박남수의 시에서 발견되는 집단 무의식을 통한 원형 심상은 그 자체가 휴머니즘적인 것이다. 구상의 구원의 형식과 김종삼의 평화주의자의 내적 형식 역시 인류 보편의 문제와 관련되어 있다는 점에서 휴머니즘적이라고 할 수 있다. '실존주의는 휴머니즘이다'라고 한 이는 사르트르이다. 사르트르의 말처럼 실존적인 상황이 가지는 부정성과 부조리성의 논리가 휴머니즘적인 속성을 가지는 것이 사실이다. 하지만 이것은 휴머니즘의 어두운 면을 극단적으로 부각시킨 것에 불과하다.

이들 다섯 시인들이 보여주는 세계는 인간의 실존에 대한 밝음과 어둠, 부정과 긍정, 특수와 보편을 동시에 가지고 있다. 이런 균형 감각이 이들의 실향에 대한 시가 가지는 의미라고 할 수 있다. 이들이 체험한 6·25 전쟁과 분단 이로 인해 야기된 실향은 그것이 한 개인 혹은 우리 민족만이 가지는 특수한 역사가 아니라 인류 보편의 역사인 것이다. 이들은 바로 이것을 체험을 통해 자각한 것이며, 이것이야말로 이들이 가지는 역사에 대한 시적 감각이라고 할 수 있다. 6·25 전쟁과 분단을 형상화한 우리 문학이 민족주의 이데올로기에 갇혀 있으며 이로 인해 시공간의 협소함과 세계 인식의 왜소함을 노출하고 있다는 비판에 대해 이들이 보여준 이러한 감각은 좋은 반박거리를 제공할 것이다. 이것이 바로 우리가 이들의 실향의 의미와 형식을 좀 더 시간을 갖고 정치하게 탐색해야 할 이유인 것이다.

# 민족문학론의 갱신과 리얼리즘의 운명

-1970년대 이후 민족문학론의 전개양상을 중심으로

## 1. 전사로서의 1970·80년대 민족문학론

우리 문학사에서 민족문학론이 하나의 지배적인 담론으로 부상한 것은 1970년대에 들어서면서부터이다. 여기에는 개발독재 시대의 반민주적인 정치 사회적인 상황과 과도한 반공논리로 인한 분단모순의 증대, 외세의존적인 경제구조와 서구문화의 유입으로 인한 도시의 팽창과 농촌의 피폐, 빈부 격차와 소외, 소비대중문화의 범람 등에 대한 대타의식에서 비롯된 것이라고 할 수 있다. 당시의 사회현실이 민족의 주체적인 생존과 그 대다수 구성원의 삶의 균형에 절대적인 위협이 되고 있다는 비판적인 현실인식이 대두되면서, 문학의 측면에서도 이에 대응하기 위해 민족의 삶에 대한 총체적인 의미 추구와 그 동질성 회복을 요구하게 된 것이다.[18]

1970년대에 대두된 민족문학론은 해방 직후의 조선문학가동맹의 민족문학론과 1960년대의 순수·참여론 그리고 김동리·조연현 류의 전통론과의 일정한 논쟁의 과정을 거치면서 체계를 구축해 왔다고 할 수 있다. 이 과정에서 문제가 된 것은 민족에 대한 담론 주체들의 인식의 차이

---

**18**    권영민, 『한국현대문학사』, 민음사, 1993, p. 218.

이다. 임화는 해방기 민족문학의 핵심적 과제로 대중성을 제기하면서 민주적 정치 개혁과 민족문학의 수립을 주창하였다. 이것은 그가 계급성보다는 민족성을 강조해 민족연합전선을 추축하려 했다는 것을 말해준다. 김동리와 조연현은 민족의 개념을 구체적인 현실이 아닌 신화나 한민족의 기원의 차원에서 바라보고 있고, 김현은 민족문학을 국수주의적·복고적·폐쇄적·교조적·권력지향적 특성을 보이는 '한국 우위주의라는 가면을 쓴 패배주의자의 문학"에 지나지 않는다고 하여 비판적으로 그것을 인식하고 있으며, 염무웅과 임헌영은 시민계급과 민중 개념을 구체화하여 민족문학을 정의하고 있다.

이들 논의 중에서 1970년대에 들어 본격화된 민족문학론의 맥락에서 특히 주목되는 것은 임헌영의 입장이다. 그는 근대민족주의가 바탕이 된 민족문학과 프로문학에 대립적이었던 국민문학 또는 민족주의 문학을 구분한다. 하지만 그는 이러한 민족문학과 민족주의 문학이 모두 명확한 구분 없이 부르주의적 민족주의 문학이라는 의미로 쓰였다고 지적한다. 이에 그는 민족이 곧 민중이라는 개념과 민족독립운동 개념에 입각해서 기존의 민족문학을 새롭게 규정한다. 그는 내셔널을 남북분단의 현실적 정치체제를 고정시키는 듯한 국민이 아니라 통일의 당위성을 내포하고 있는 민족으로 규정할 것을 주장하고 있으며, 그 민중을 노동자, 농민으로 규정함으로써 민족문학의 현실적 필요성이 당위의 차원이 아니라 삶의 조건임을 분명히 하고 있다.[01]

민족문학론의 보다 체계적이고 지속적인 논의는 백낙청에 의해서이다. 그는 「시민문학론」(1969), 「민족문학 개념의 정립을 위해」(1974), 「민족

---

01    이상갑, 『한국현대예술사대계 Ⅳ』, 시공사, 2003, pp.128~129 참조.

문학의 현단계」(1975), 「인간해방과 민족 문화 운동」(1978) 등을 통해 민족문학의 논리와 갱신을 수행하고 있다. 그는 민족문학의 개념을 '민족의 생존과 존엄에 대한 현실적 도전' 속에서 찾고 있다. 즉 민족문학은 "민족의 주체적 생존과 그 대다수 구성원의 복지가 심각한 위협에 직면해 있다는 위기의식의 소산이며 이러한 민족적 위기에 임하는 올바른 자세"[02] 속에서 찾고 있는 것이다. 이것은 그가 주체성의 논리와 역사적 현실의 논리 하에서 민족문학론을 제기하고 있다는 것을 의미한다. 이 논리 하에서 그가 강조한 것은 분단의식이며, 여기에 대한 지식인의 사회·역사의 변혁 주체로서의 인식이다.

하지만 그의 민족문학론은 단순한 인식의 차원에 머물지 않고 실천적인 방안에 대한 모색으로 이어진다. 이 과정에서 그가 내세운 것이 바로 리얼리즘론, 제3세계 문학론, 민중론 등이다. 리얼리즘론은 민족문학이 지향하는 현실에 대한 구체적인 탐색과 경험적인 진실의 추구라는 이념을 잘 구현해 낼 수 있는 방법론이고, 제3세계 문학론은 민족문학의 범주와 관점을 한국이라는 차원으로 국한시키지 않고 서구의 패권주의로부터 소외된 제3세계적 관점에 입각해서 민족의 현실을 파악한다는 논리이며, 민중론은 사회와 역사 변혁의 실천적 주체가 누구인가? 라는 관점에 토대를 두고 제기된 논리로 여기에는 지식인 중심의 인식론에 대한 비판과 반성의 의미가 내재해 있다. 사회·역사 변혁의 주체는 지식인이 아니라 민중이어야 한다는 논리가 여기에 내재해 있는 것이다.

이처럼 백낙청의 민족문학론은 방법과 관점과 주체의 문제에 대한 인식과 실천적인 사유를 모두 포괄하고 있지만 민족문학 개념의 핵심적인

---

**02** 백낙청, 「민족문학 이념의 신전개」, 『월간문학』 76, 1974. 7.

토대를 이루는 민중에 대한 논의는 그 안에 적지 않은 문제를 포함하고 있는 것이 사실이다. 주체로서의 민중이 문제가 되는 것은 사회 비판적이고 소시민적인 지식인을 민중의 범주에 포함시킬 수 있느냐 없느냐 하는 사실과 관계된다. 노동자, 농민 스스로가 자신의 위치와 존재를 인식함으로써 그 역량이 성숙되어 사회구성의 중대한 변화를 보일 수 있게 된다면, 소시민적 지식계층을 염두에 두지 않고도 민중주체의 확립이 가능하기 때문이다.[03] 이 논리대로라면 소시민적인 지식인의 속성을 벗어나지 못하고 있는 계층들을 민중의 범주에 포함시킬 이유가 없는 것이다. 소시민적인 지식인에서 민중으로 사회·역사적 변혁의 주체가 변화하는데 결정적인 계기를 제공한 것은 1980년 5월 광주민중항쟁이라고 할 수 있다. 이 사건을 계기로 "1970년대 말부터 논의되기 시작한 제3세계 종속이론이 지양되고 1980년대 중반 이후로 계급구성 및 계급관계 논의가 도입되면서 사회구성체 논쟁이 본격화되기"에 이른다. 사회구성체 논쟁은 한국 사회의 성격을 보는 시각에 따라 신식민지 국가독점 자본주의론과 식민지 반봉건주의론으로 나뉜다. 전자는 계급모순을 기본으로 한 노동해방을 후자는 민족모순을 중심으로 한 민족해방을 가장 중요한 목표로 내세우며, 사회의 변혁 주체의 면에서 전자가 노동계급을 전면에 내세우는데 반해 후자는 제반 민족적 세력의 연합과 결집을 강조한다.[04]

민족문학 주체 논쟁으로 불리는 이 논쟁의 성격은 백낙청의 민족문학론에 대한 비판적인 성찰을 통한 민중적 전망의 강화로 규정할 수 있을 것이다. 이 논쟁을 주도한 이들은 김명인, 김진경, 신승엽, 조정환, 조만영, 백진기, 김형수 등 이른바 소장파 민족문학론자들이다. 먼저 김명인과 김

---

**03** 권영민, 앞의 책, p.227.

**04** 김성수, 『한국현대예술사대계 Ⅴ』 시공사, 2005, pp.58~59 참조.

진경은 백낙청의 민족문학론에 대해 그 소시민성과 그것을 기반으로 하고 있는 소시민적 문학론을 비판하면서 민중의 문제를 전면에 부각시키고 있다. 이들이 제기한 민중은 백낙청의 민중의 개념이 간과하고 있는 과학성과 계급모순의 문제를 논의의 전면으로 끌어들여 그것을 담론화하고 있다는 점에서 그 의의가 있다. 이들이 제기한 '민중적 민족문학론은 기존의 비평적 패러다임과 담론 체계를 일거에 바꾼 위력'[05]을 보여주었다고 할 수 있다.

하지만 이들의 담론 역시 비판의 대상이 된다. 조정환은 '노동해방문학'을 내세운다. 그는 "민중문학의 구심이 될 문학인 노동자계급문예를 어떤 이념하에 건설할 것인가 하는 오래된 문제를", "노동해방문학이라는 슬로건으로써 종합"한다. 그가 겨냥하고 있는 노동해방문학은 "새로이 역사무대의 전면으로 등장하고 있는 노동자계급, 이제야 비로소 말로써만 이야기되어 오던 민중 내 기본계급으로서의 지위를 되찾아 가고 있는 노동자계급대중에게 잃었던 영혼을 되찾아 주는 문학"[06]을 말한다. 이것은 노동해방문학이 무계급적 민족문학과 다를 뿐 아니라 무당파적 노동문학과도 달라야 한다는 것을 의미한다. 또한 노동해방문학은 무엇보다도 노동자계급 당파성을 분명히 하고 노동해방 사상을 견지하며 노동자계급 현실주의의 방법에 의거하지 않으면 안 된다는 것을 의미한다. 그의 노동해방문학론은 현실에 대한 객관적인 정세 파악 없이 주관적인 차원에서 제기되었기 때문에 전위적인 좌파 지식인의 인식 속에서 만들어진 관념의 산물로 평가받을 수 있는 여지를 가지고 있다. 이것은 노동해방문학론

**05**   김성수, 위의 책, p.62.

**06**   조정환, 「민주주의 민족문학론에 대한 자기비판」, 『민주주의 민족문학론과 자기비판』, 연구사, 1989, p.19.

의 한계를 극복하기 위해 조만영 등 노동자문화예술운동연합에서 내세운 '노동해방문예론'에서도 그대로 드러난다. 사회주의 이론의 첨예화에 비해 실질적인 창작이나 대중성의 확립에 일정한 한계를 드러냄으로써 이들의 이론은 관념의 과잉이라는 차원으로 떨어져 그 현실적인 변혁의 운동성 자체가 약화되기에 이른다.

현실 변혁의 운동성은 좌파 민족문학론자들의 주된 목표였으며, 그것의 한 정점을 보여준 이는 백진기이다. 그는 한국사회의 변혁 운동의 본질이 '민족해방운동이고 이를 통해 애국세력이 전취해야 할 정권의 형태는 민족자주정권'[07]이라고 주장한다. 이것은 그의 논리가 자주민주통일운동을 지향하며, 주체사상파의 변혁 논리를 계승하고 있다는 것을 의미한다. 그의 민족해방문학론이 주체사상을 토대로 하고 있다면 이것은 기존의 사회주의 문예이론과는 변별된다는 것을 말해준다. 그 변별점은 예술의 형상성에서 민족을 강조한다는 것과 다른 것이 아니다. 즉 민족적인 형상성을 토대로 노동계급의 혁명사상을 철저하게 구현하고 사회주의적 이념을 뚜렷이 표현하는 것을 목표로 한다는 것을 의미한다. 민족문학의 논리를 주체사상파의 변혁 논리와 연결시킴으로써 문학이 그 자체의 독자성보다는 사회·정치사상의 부산물로 전락하게 되는 빌미를 제공하기에 이른다. 민족해방문학론의 이러한 귀결은 1980년대 우리 민족문학 진영의 이념성과 정치성의 한 극단을 반영하고 있는 것인 동시에 90년대 문학의 탈이념성과 탈정치성의 문제를 전망할 수 있는 단초를 내포하고 있다고 할 수 있다.

---

**07** 백진기, 「현단계 민족문학의 상황과 쟁점」, 『창작과비평』, 1989년 여름호, p.23.

## 2. 운동성의 약화와 대중문화의 확산

1980년대에서 1990년대로의 이행은 운동성의 차원에서 보다 선명하게 드러난다. 80년대 문학은 그동안 부르주아 문학이 간과해온 당파성, 민중성, 계급성의 문제를 문예창작의 원리로 내세우면서 사회주의 리얼리즘이나 주체사상적인 문예이론을 전면화하기에 이른다. 문학에서의 이러한 현상은 문학 그 자체의 내재화된 원리에 의해 추동된 것이 아니라 문학 외적인 원리에 의해 추동된 것이라고 할 수 있다. 1980년대 우리 사회는 80년 5월 광주항쟁으로 상징되듯이 그동안 모순과 부조리로 점철된 한국적 근대가 파산을 맞은 시기인 동시에 19세기 이래 자본주의와 함께 이념의 두 축을 형성해온 사회주의가 몰락한 시기이기도 하다.

한국적 근대의 파산과 사회주의의 몰락은 운동성과 관련하여 그 안에 어떤 딜레마를 내재하고 있다고 할 수 있다. 한국적 근대를 파산시킨 주체는 시민 혹은 민중이며 여기에는 좌파적인 논리들이 그 토대를 형성하고 있다고 할 수 있다. 하지만 좌파적인 논리들은 사회주의의 몰락과 함께 그 영향력을 상실하게 되면서 한국사회의 운동성의 방향을 크게 바꾸어 놓은 것이 사실이다. 80년대는 민족운동의 주도세력으로서의 민중에 대한 과학적이고도 구체적인 인식이 그 나름의 성과를 보여주었고, 따라서 운동의 이론이나 조직 또는 작품생산에 있어서 민중의 주도성이 반영된 작품이 생산된 것이 또한 사실이다. 그러나 그 운동성은 문학성과의 행복한 결합으로 이어지지 못한 채 운동이 전경화되는 양상으로 드러난다.

운동의 전경화는 운동으로서의 문학의 역사가 그렇듯이 이데올로기는 얻었지만 예술은 잃게 되는 운명을 맞이하게 된다. 이것은 단순히 이데올로기와 예술 차원의 문제로 그치는 것이 아니라 문예대중이라는 의미 차원으로 확장된다. 이 대목에서 우리는 운동으로서의 문학을 주창하는 좌파 지식인들이나 예술가들의 딜레마가 바로 문예대중화론에 있었다는 사실을 상기할 필요가 있다.

운동성과 문학성의 행복한 결합, 그 결과로 드러나는 문예대중화론에 대한 자의식은 1920·30년대만의 문제가 아니라 시대를 달리해서 그것은 1980년 혹은 1990년에도 계속 되어온 중요한 문제 중의 하나라고 할 수 있다. 이 문제는 곧 사회변혁의 주체가 누구인가 하는 차원을 넘어 그 주체의 속성이 어떠하냐의 차원으로 나아간다. 80년대에는 사회변혁의 주체가 민중에 놓여 있었으며, 이들은 대개 산업화와 근대화에 의해 소외된 계층을 일컫는 말이었다. 하지만 80년대에도 대중에 대한 논의가 없었던 것은 아니다. 대중의 문제는 이미 70년대부터 문학의 담당자와 향수자라는 차원에서 중요하게 논의되어 왔다.

이처럼 대중은 이미 70년부터 우리 사회의 중요한 개념으로 부상했음에도 불구하고 민중에 비해 부차적인 것으로 간주되어 왔다. 이것은 식민지와 분단 이후 한국 사회를 지배해온 담론이 리얼리즘론(사회주의 리얼리즘)과 주체사상론이라는 사실에서도 확인되는 바이다. 이 담론에서 대중은 민중처럼 권력 엘리트에서 소외된 일반 서민이라는 실체성을 드러내고 있음에도 불구하고 그 목적설정에 있어서는 커다란 차이를 보인다. 이 담론에서 "민중은 현실순응을 거부하고 인간된 삶을 지향하려 하는 태도에 붙여지는 이름처럼 평가되고, 대중은 현실을 수동적으로 수용하는 사람들 모두를 그저 막연히 지칭하는 것"[08]으로 평가된다. 이것은 민중이 가치 개념이라는 것을 의미한다.

---

08　김주연, 「민중과 대중」, 『대중문학과 민중문학』, 민음사, 1979, p. 20.

그러나 가치 개념으로서의 민중은 문화가 인식의 새로운 심급 단위가 되면서 그 의미가 약화되기에 이른다. 문화, 그중에서도 특히 대중문화는 사회변혁의 차원에서 일정한 문제를 노정한다. 대중문화의 도래를 가능하게 한 산업사회의 지배적 경향이 "개인으로 하여금 기존 질서의 체제에 빈틈없이 동화되도록 만드는 통합에의 경향"에 있기 때문에 "이런 사회에서의 문화 역시 체제를 비판해야 하는 근본적 역할을 망각하고 체제의 내부에 깊숙이 동화될 수밖에 없다"[09]는 것이다. 대중문화가 체제 동화적이라면 민중의 개념을 통해 사회변혁과 체제의 변혁을 주창해온 민족문학론이 새로운 위기에 직면하게 되었다는 것을 의미한다. 이 상황에서 대응할 수 있는 방식은 크게 두 가지이다. 하나는 민중의 개념을 강화하여 사회변혁을 도모하는 것이고, 다른 하나는 대중의 개념을 새롭게 정의하여 대중문화의 참된 의미를 꾀하는 것이다.

이 두 방식 모두 쉬운 일은 아니다. 우선 전자는 탈이념, 탈정치화된 시대의 흐름을 역행해야 한다는 어려움이 있고, 후자는 산업사회를 거쳐 후기산업사회의 다국적 자본과 소비 구조 하에서 대중의 각성과 참된 문화의 의미를 찾아야 하는 어려움이 있다. 후자를 성취하기 위해서는 대중의 문화의식을 성장시켜야 한다.

산업 사회에서 대중은 가짜 욕망에 사로잡히고, 물건을 자유롭게 선택한다고 착각하면서도 실제로는 전혀 자유롭지 못한 현실 속에 구속되어 있지만, 마르쿠제가 우려하는 만큼 그렇게 절망적은 아니라는 것이다. 대중들은 제한된 범위에서나마 자기 나름대로 최소한도의 판단의 자유, 선택의 자유를 누릴 수 있고 또한 자기 나름대로 문화적

---

**09**　오생근, 「대중문화 의식의 변혁」 『대중문학과 민중문학』, 민음사, 1979, pp. 78~79.

취미를 기를 수도 있는 것이며, 그러한 훈련과정을 통해서 문화의식은 성장할 수 있다. 그런 점에서 중요한 것은 〈재미〉있는 것에 대한 자발적인 자부심을 키워나가는 일이며 자기가 재미와 즐거움을 느끼는 것에 대해 부끄러워할 필요가 없다는 점이다. 대중이 스스로의 판단력을 높여 가고 자기의 취향에 자부심을 갖게 되면, 대중이 문화의 창조적 주체가 되는 현상을 불가능하다고 볼 수만은 없을 것이다. 대중이 대중문화의 소비자가 아니라 능동적인 주체로 전환되어 간다고 할 때, 그것은 현재의 재능있는 작가나 재능있는 화가처럼 된다는 것은 아니다. 그것은 전통적인 흐름의 고급문화도 아니고 산업 사회의 대중문화도 아닌 제3의 문화라는 점주에서 이해되어야 할 성질의 것이다. 다시 말해서 대중이 자기의 현실에서 언제나 문화의 소비자라는 고정 관념을 탈피하여 자기 스스로 창조의 주체가 될 수 있는 상황이 바람직하며, ……(중략)…… 그 어느 때 보다도 우리는 이제 문화를 위한 문화로부터 벗어나서 삶에 탄력을 주고 인간으로 하여금 참된 자유를 누리게 하며 인간 본성의 자유로운 발산을 이룩할 수 있는 진정한 의미에서의 유희의 문화, 다시 말해서 삶을 위한 문화가 대중의 참된 문화라고 이해를 해야 한다. 물론 모든 재미와 유희가 그것 자체로 바람직한 것은 아니겠지만, 적어도 그것이 어떤 창조적인 과정을 통해서 완성을 지향할 때 교육과 노동과 생활이 하나로 조화롭게 어울려 있는 대중들의 문화가 이루어질 것이다.[10]

이 글의 요체는 참된 대중문화는 재미와 즐거움에 대해 부끄러움을 느끼지 않고 그것에 자부심을 가질 때 또 대중이 대중문화의 소비자가 아니라 능동적 주체가 될 때 그것이 이루어진다는 것이다. 대중문화의 향유자

---

**10**　오생근, 앞의 글, pp. 82~83.

와 생산자가 그것의 진정한 주체가 될 수 있다는 논리는 대중문화가 추구해야 할 이상적인 목표이며, 이것은 이전의 대중문화에 대한 부정론과는 그 의미가 다르다. 대중과 대중문화에 대한 부정론은 상업주의와 이데올로기에 의한 예속만을 강조하여 그것이 가지는 현실과 미래 세계의 추동력을 간과한 것이 사실이다.

90년대에 들어와 전개되는 대중문화는 기존의 패러다임 자체를 바꿔놓는 대전환을 전제하고 있다는 점에서 복잡성을 띤다. 이 복잡성은 물적 토대는 물론 상부구조와의 관계 속에서 형성된 것이기 때문에 인식론적인 차원의 접근으로는 해명이 불가능하다. 대중은 고정된 실체가 아니라 끊임없이 시공의 장을 미끄러져 내리면서 다채롭고 복합적인 코드로 세계를 탈영토화하고 재영토화하는 존재인 것이다. 이것은 지금의 대중문화를 본질주의적이고 교조적인 논리로 온전히 해명할 수 없다는 것을 의미한다. 이런 맥락에서 보면 80년대 민족문학론의 기반을 이룬 사회주의 리얼리즘론과 주체사상론은 지금의 대중문화를 온전히 해명하는 데 한계가 있을 수밖에 없다. 이 논리들은 다른 어떤 이론보다 본질주의나 교조주의에 가깝기 때문이다.

80년대 민족문학론자들이 90년대 대중문화를 하나의 불가해한 괴물이나 신포도로 간주하여 그것에 대해 이렇다 할만한 담론을 생산하지 못한 것은 대중문화가 가지는 복잡성 때문이라고 할 수 있다. 90년대 문학에서 이와 관련해서 다양한 문젯거리를 던져준 담론은 신세대 문학론[11]이다. 신세대 문학론에서 신세대는 민중보다는 대중에 가까운 존

---

11  '90년대는 80년대와는 다르다'라는 인식이 우리 문단 안팎으로 팽배해 있는 것이 사실이다. 이것을 반영한 담론이 바로 '신세대 문학론'이다. 새로운 문화소비층의 등장을 알리는 저널리즘적인 용어였다가, 문학의 영역으로 옮겨오면서 저널리즘과 기성문단 일각에서 새로

재들이며, 이 시대의 진정한 대중문화의 향유자들이라고 할 수 있다. 이들은 효용적이고 규범적인 기성세대의 문화를 거부하고, 효용가치의 인습에 젖은 기성세대와의 차별성을 강조한다. 이들이 내세우는 가치는 PANTS(personal, amusement, natural, trans-border, service) 증후군[12]이라는 용어 속에 잘 드러나듯이 그것은 '개인화', '향락', '자연추구', '경계 없음', '서비스 중시' 같은 것들이다. 또한 이들은 단순하지 않은 중층적인 감수성과 이미지 세대들이며, 풍요 속의 소비자, 도시에서 태어나 도시에서 죽어가는 젊은이들이다. 따라서 이들의 정체성을 해명하기 위해서는 반동일시라는 렌즈, 역사 혹은 이념의 죽음이라는 차원, 해체의 방법론이라는 차원을 적용해야 한다.

이러한 신세대들에 대해 불안을 느낀 세대들은 물론 구세대들이다. 하지만 신세대들에 대한 불안의 주체를 구세대라고 할 때 그 대상은 보수와 진보 모두를 겨냥한다고 할 수 있다. 보수적인 색깔을 지닌 구세대들이 볼 때 신세대들의 급진성은 불안할 수밖에 없으며, 진보적인 구세대들, 즉 민족문학론자들에게 이들이 보이는 몰역사성과 탈이념성은 역사의 진보에 대한 믿음 자체를 부정한다는 점에서 또한 불안할 수밖에 없는 것이다. 그중에서도 진보의 성향을 보이는 민족문학론자들의 이들에 대한 비판이 더욱 노골적으로 드러난다. 김철은 「신세대 소설의 3반(反)과 3

---

등장한 젊은 작가들을 지칭해서 사용한 용어이다. 비록 장석주나 하응백 등 몇몇 비평가들이 새롭게 등장한 젊은 작가들을 80년대에 대한 상대적 새로움과 단절을 전략적으로 강조하기 위해 이 용어를 사용하기도 했지만 그것보다는 이들 젊은 작가들에 대한 이질감과 거부감을 강조하기 위해 사용된 용어라고 할 수 있다. 신세대 문학론은 90년대 문학의 보편적인 개념으로 정립되지는 못했지만 우리 문학의 현재와 미래를 전망하는데 시사 받을 만한 점이 많다.

**12** 하응백, 「신세대 문학의 탐색과 전망」, 『동서문학』, 1994년 여름호, pp.31.

무(無)」[13]에서 신세대 소설이 총체성, 객관성, 역사성이 부재한 것(3無)으로 간주한다. 신세대 소설은 유기성보다는 무의미한 파편들의 나열로 인해 전체에 대한 통찰이 결핍되어 있고, 지나치게 주관적 경험의 세계에 경도되어 있으며, 현재의 전사로서의 과거를 형상화하는데 실패한 문학으로 인식하고 있다. 김태현 역시 신세대 문학론에 대해 비판적이다. 그는 신세대 문학론이 어느 시대에서 존재할 수 있고 또 존재해온 문학사적인 한 경향으로 보고 있다. 따라서 90년대에 들어와 널리 통용되는 신세대 문학론은 객관성을 담보할 수 없는 자의성의 산물이라는 것이다. 또한 그는 신세대 문학론을 옹호하는 자들을 향해 그것을 "신세대 몇몇 문학과 그 주체에 대한 폭넓은 관심과 뜨거운 애정을 촉구하는 일종의 시위성 논의요 문단의 중심부로 빨리 진입하려는 이들의 조바심과 정치적 방략을 담은 논의"[14]라고 비판한다.

신세대들에 대한 이들의 이러한 비판은 타당한 면이 있다. 하지만 여기에서 보다 중요한 것은 타당성의 여부가 아니라 그 이면에 은폐되어 있는 불안이다. 신세대 문학에 대한 이들의 과격한 비판의 이면에는 그것을 수용할 수도 또 그것을 간과할 수도 없는 민족문학론자들의 시대적인 딜레마를 읽을 수 있다. 그러나 신세대 문학에 대한 이들의 비판에는 냉철한 자기비판이 결여되어 있다. 이들이 비판하고 있는 신세대 문학의 반역사성과 과도한 자의성은 민족문학의 편향된 이념성과 정치성에 대한 반작용으로 출현한 급진적인 담론으로 볼 수 있다. 신세대 문학론과 민족문학론 사이의 격차는 이러한 극도의 편향된 두 담론이 만들어낸 90년대적인 한 현상이라고 할 수 있다.

---

**13**　김철, 「신세대 소설의 3반(反)과 3무(無)」, 『실천문학』, 1993년 여름호,

**14**　김태현, 「문학의 위기란 무엇인가」, 『실천문학』, 1993년 여름호,

## 3. 민족문학론의 위기와 리얼리즘의 재인식

전지구적 자본의 확산으로 대중문화가 하나의 지배적인 삶의 양식이 되면서 대두한 민족문학 위기론은 그 갱생을 위한 다양한 모색을 보여준다. 이 사실은 전지구적 자본의 확산으로 민족문학에 대한 관심과 실천이 점점 약화일로에 있는 현실적인 상황에서 그것이 여전히 유효하다는 것을 말해준다. 비록 민중적 민족문학, 민주주의 민족문학, 노동해방문학, 민족해방문학 등 80년대의 세대론적 성격을 겸한 급진 운동론이 소련과 동구권의 몰락으로 거의 파산상태에 이르렀지만 민족문학론이 제기한 문제의식은 여전히 유효하다는 것이 바로 그것이다. 이것은 민족문학론이 역사적인 개념으로 존재한다는 것을 의미한다.

이러한 점은 일찍이 백낙청에 의해 강조된 바 있다. 그는 "민족문학의 개념은 철저하게 역사적인 성격을 띤다"고 보았으며, "어디까지나 그 개념에 내실(內實)을 부여하는 역사적 상황이 존재하는 한에서 의미 있는 개념이고, 상황이 변하는 경우 그것은 부정되거나 한층 차원 높은 개념 속에 흡수될 운명에 놓이"[15]게 된다고 하였다. 민족문학과 관련해서 그가 여기에서 강조하고 있는 것은 역사적 상황에 대한 인식이다. 이런 맥락에서 볼 때 민족문학 논의에서 중요한 것은 80년대를 거쳐 90년대에 이르는 역사적 상황을 어떻게 인식하고 있느냐 하는 점이라고 할 수 있다.

80·90년대 역사적 상황에 대한 백낙청의 인식은 크게 두 차원에서 이루어지고 있다. 그는 민족문학의 약화내지 위기를 인정한다. 그리고 그 직접적인 원인을 "1989-1990년 사이에 소련 동구 현실사회주의의 몰락"

---

**15** 백낙청, 『민족문학과 세계의 문학 I 』 창작과비평사, 1990, p.125.

과 "87년 6월 항쟁 이후 민족문학의 새로운 과제에 부응하지 못한 내부적 요인"[16]에서 찾고 있다. 오히려 그는 전자보다는 후자를 더 강조한다. 그는 87년 6월 항쟁이 '60년대 이래 계속 되어온 일상화된 분단체제극복운동의 선결조건에 해당하는 강권통치 선결작업을 가능하게 함으로써 민족문학 간판의 쓸모에도 중대한 변화의 계기를 제공했다'고 평가한다. 하지만 이 좋은 기회에도 불구하고 "분단체제에 대한 인식을 통해 종전의 계급해방론과 민족문학론뿐 아니라 자유주의적 개혁론도 아우르는 새로운 종합"[17]을 이루지 못했다는 것이다. 또한 그는 '세계무역기구(WTO) 출범으로 촉발된 전지구화 세계화의 발걸음이 오히려 민족문학의 핵심 과제를 부각시키고 강화하는 역할을 한 것"[18]으로 보고 있다.

80년대 이후 급격하게 전개된 역사적 상황이 오히려 민족문학을 고무시켰다는 그의 논리는 민족문학론이 단순한 국수주의적이고 폐쇄적인 민족주의 문학론과는 다르다는 것을 말해준다. 그는 자신의 민족주의 문학론을 "최량의 세계문학 생산을 겨냥하는 담론으로서, 어느 한 민족의 문학에 국한되지 않는 담론인 리얼리즘론과의 상호연관 또한 중시해왔다"고 강조한다. 이런 관점에서 그는 민족문학론의 위세가 한풀 꺾이기 시작한 90년 초에 민족문학론과 리얼리즘론의 상호보완성을 재확인하려고 시도한다. 그는 "기존의 사회주의 리얼리즘 이념에 대한 이제까지의 비판을 거쳐 도달한 새로운 리얼리즘론일지라도 이데올로기의 성격에서 아주 벗어나는 것은 아니"며, "포스트모더니즘의 도전도 능히 이겨낼 만한 리얼리즘론의 자기쇄신 없이는 민족문학 자체가 포스트모더니즘시대의 사

---

**16**   백낙청, 「2000년대의 한국문학을 위한 단상」, 『창작과비평』, 2000년 봄호, p. 215.

**17**   백낙청, 위의 글, p. 219.

**18**   백낙청, 「지구화시대의 민족과 문학」, 『작가』, 1997년 1·2월호.

이비 국제주의에 휩쓸려버리고 말"[19] 것이라고 이야기하고 있다.

민족문학론의 중심에 리얼리즘이 있다는 그의 말은 그 위기를 극복하기 위한 대안이 여기에 있다는 사실과 무관하지 않다. 리얼리즘은 창작방법의 하나로써 민족문학론이 표상하는 이념의 극단화된 관념성을 완화시켜줄 뿐만 아니라 세계 인식에 대한 보편성을 제공한다고 할 수 있다. 90년대 들어 많은 민족문학론자들이 리얼리즘에 주목한 이유가 바로 여기에 있다. 그가 말한 '리얼리즘의 자기쇄신'은 이러한 90년대 민족문학 진영의 고민과 갱신 의지를 반영한 것이라고 할 수 있다.

리얼리즘의 자기쇄신에 대한 논의의 본격화는 1996년 11월 16일 민족문학작가회의와 민족문학사연구소가 주최한 '민족문학론의 갱신을 위하여'라는 심포지엄과 1997년 『창작과비평』 가을호에 발표된 「모더니즘의 재인식」이라는 진정석의 글을 통해서이다. 96년 심포지엄에서 발표된 논문은 모두 네 편이다. 「민족문학론의 방향 조정을 위해」(신승엽), 「민족문학과 모더니즘」(진정석), 「이규보에서 배우는 생태주의 문학정신」(박희병), 「민족문학과 여성문학-90년대 여성문학의 새로운 경향」(이선옥) 등이 그것이다. 이 네 편의 논문 중에서 90년대 민족문학론에서의 리얼리즘의 문제가 쟁점이 된 것은 진정석의 글이다. 이 글의 요체는 근대성 범주를 가운데 놓고 리얼리즘과 모더니즘의 이분법적 도식을 재고하자는 것이다. 이 발제문을 작성할 때 그가 가졌던 기본적인 문제의식은 1) 민족문학론과 리얼리즘이 놀라운 속도로 급변하고 있는 90년대의 현실을 포착하는데 실패했으며, 뛰어난 문학적 성취를 보장하는 이념적 지표로서의 기능도 상실해가고 있다는 점 2) 민족문학론이 민족사의 특수한 과제에 대

---

**19**　백낙청, 『현대문학을 보는 시각』, 솔, 1997, pp.175~220 참조.

한 문학적 응전의 측면을 지나치게 강조한 나머지 근대성이라는 인류사의 보편적 경험이 제기하는 문제에 적절하게 대응하지 못했던 점 3) 식민지 체험과 국토분단으로 이어지는 수난의 역사를 거치면서도 우리 사회는 결국 전반적인 근대화의 도정을 밟아왔다는 현실인식 등이다.[20]

민족문학론과 리얼리즘이 가지는 이러한 문제를 극복하기 위한 대안으로 제시된 것이 바로 '근대성 범주를 가운데 놓고 리얼리즘과 모더니즘의 이분법적 도식을 제고하자는 것'이다.

> 기존의 민족문학론은 리얼리즘-모더니즘의 이분법적 도식을 엄격하게 유지하는 한편 전자에 인식론적 미학적인 우위성을 부여함으로써 창작과 비평에 있어 빈곤함을 자초한 측면이 적지 않다. 그러나 자본주의적 근대성에 내포된 활력과 모순을 창조의 원천과 부정의 대상으로 공유한다는 점에서 보면 리얼리즘과 모더니즘이 반드시 적대적인 관계에 있다고만 볼 수는 없는 것이다. 이처럼 근대성에 대한 미적 대응을 기준으로 리얼리즘과 모더니즘을 포괄하는 '광의의 모더니즘' 개념을 설정하면, 그동안 이분법적 도식에 의해 억압받고 추방당했던 것들이 새로운 의미로 되살아나게 된다. 예컨대 리얼리즘 이외의 문학 전통을 수용함으로써 문학사의 풍요로운 해석을 기대할 수 있고, 문화산업과 상품미학의 거센 도전에 저항하는 비평적 규준을 마련할 수 있으며, 나아가 실제 창작 과정에서도 특정한 이념과 방법의 구속에서 벗어나 현실을 감각적으로 포착할 수 있는 개방적인 상상력의 공간이 열리는 것이다.[21]

---

**20** 진정석, 「모더니즘의 재인식」, 『창작과비평』, 1997년 여름호, p. 152.

**21** 진정석, 앞의 글, pp. 152~153.

리얼리즘과 모더니즘의 이분법적인 대립구도를 해체하자는 진정석의 논리는 민족문학론에 있어 모더니즘을 수용하자는 주장에 다름 아니다. 모더니즘 역시 리얼리즘처럼 근대성이라는 인류사의 보편적 경험에 바탕을 둔 논리인 동시에 민족문학론과 리얼리즘론이 가지는 결여된 부분을 보완할 수 있는데 적절한 논리라는 것이다. 주로 마샬 버먼의 모더니즘관에 빚지고 있는 그의 논리는 경박한 서구 추종의 혐의와 함께 소수 엘리트 미학으로 치부되어온 모더니즘에 대한 옹호라는 점에서 민족문학 진영 내에 적지 않은 파장을 불러일으켰다.

진정석의 논의에 대해 즉각적인 반응을 보인 이는 윤지관과 김명환이다. 윤지관은 「문제는 '모더니즘의 수용'이 아니다」에서 진정석의 논의를 한마디로 '서구중심주의'라고 비판한다. 그는 "진씨의 전제의 가장 큰 잘못은 이미 형성되어 있는 모더니즘과 리얼리즘의 서구적 범주들을 우리의 논의와 별로 구별하지 않고 있다"고 하면서 "서구 리얼리즘이 60년간 자기동일성에서 벗어나지 못하고 있다는 지적에서 곧바로 우리의 현단계 리얼리즘의 자기동일성에 대한 비판으로 넘어가고 있다는 것이 이점을 예증한다"[22]고 지적한다. 이어서 그는 "한국의 근대문학이 서구와는 달리 모더니즘이라는 주도적인 현대문학의 명칭을 마다하고 리얼리즘에 천착해 온 것은, 모더니즘 문학을 배격하자는 것이 아니라 근대적 현상에 대한 한 대응으로서의 모더니즘까지 아우르는 리얼리즘이 우리 현실에서 배태되었음을 말해주며, 어떤 의미에서는 소위 미학적 근대성의 한국적 형태가 바로 리얼리즘이라는 이름으로 확립되었다고 해도 좋을 것"[23]이라고 말한다. 그의 논의의 요체는 리얼리즘이 모더니즘과 대립되는 것이 아니라

---

22    윤지관, 「문제는 모더니즘의 수용이 아니다」, 『길』, 1997년 1월호, p. 204.
23    윤지관, 위의 글, p. 207.

한국적인 특수한 근대적 현실에서 배태되었기 때문에 그것까지 포괄하는 개념이라는 것이다.

윤지관의 비판에 대해 진정석은 "리얼리즘의 기존 원칙들을 복원하거나 영역을 확장하는 것만으로 승리를 장담할 수 없기" 때문에 남은 방법은 "리얼리즘과 모더니즘을 함께 동원하여 리얼리티 속으로 겸허하게 침잠하는 일"이라고 하여 그의 논의를 비판한다. 이것은 윤지관이 제기한 한국의 특수한 근대적 현실에서 배태된 리얼리즘을 모더니즘이 아니라 리얼리즘의 확대와 심화의 차원에서 해석하고 있는 것으로 이해하고 있다는 것을 말해준다. 둘 사이의 이러한 차이는 버먼의 모더니즘에 대한 해석에서도 그 차이가 드러난다. 진정석은 "버먼의 모더니즘은 사조나 방법, 또는 이념으로서의 모더니즘의 경계를 가로질러 리얼리즘의 영역까지 자유롭게 넘나든다"[24]라고 했고, 이에 비해 윤지관은 "버먼의 모더니즘론에 자리잡고 있는 충동은 실상 리얼리즘에 가깝다"[25]고 규정하고 있다. 이 차이는 리얼리즘과 모더니즘에 대한 개념의 차이라기보다는 그것에 대한 가치론적인 해석의 차이라고 할 수 있다.

김명환은 진정석의 논의에 대해 "리얼리즘과 모더니즘의 대립구도는 여전히 유효한 것이라고 보며, 리얼리즘과 모더니즘이 갈리는 중요한 지표 중의 하나는 거기에 민중의 땀냄새가 어떻게 배어 있느냐"[26] 하는 것이 중요하다고 봄으로써 그것을 비판한다. 이에 대해 진성석은 그가 "지난 연대 리얼리즘의 원칙들을 한결같은 열의로 고수"하는 "공식화된 리얼리즘과 고압적인 민중주의의 전형적인 사례"라고 비판한다. 그는 "리얼리즘

---

**24**   진정석, 앞의 글, p. 152.

**25**   윤지관, 「민족문학에 떠도는 모더니즘의 유령」, 『창작과비평』, 1997년 가을호, p. 261.

**26**   김명환, 「민족문학론 갱신의 노력」, 『작가』, 1997년 1·2월호, pp. 37~38.

과 모더니즘을 가르는 결정적인 지표로 제시한 '민중의 피땀냄새'라는 고압적인 표현에서 민중성의 이면에 내포된 전체주의적인 권력의지를 읽어낼 수 있다"고 하여 그의 논의를 경계하고 있다.

진정석은 이 두 논자들의 대응 방식은 "모더니즘이라는 유령의 출현에 당황하고 있는 리얼리즘론자의 강박관념을 전형적으로 대변"하고 있다고 하면서 이러한 "리얼리즘 원리에 입각한 모더니즘의 분리 수용론은 필연적으로 이념과 작품을 단선적으로 연결시키는 환원론적 시각으로 귀결되거나, 아니면 그 둘을 무매개적으로 단절시키는 절충론의 입장에 떨어지게 된"다고 비판한다. 하지만 그는 데리다와 하이데거, 그리고 로렌스의 예술론 및 진리관을 비교하면서 전통적 리얼리즘론의 근거를 이루는 반영론과 재현주의에 근본적인 의문을 던지는 백낙청, 언어의 물질적 힘과 예술적 창조 자체의 혁명성에 주목함으로써 반영론의 한계를 넘어서려는 시도를 보여준 정남영, 그리고 언어, 수사학 등 기존의 리얼리즘론이 소홀히 했던 주제들을 검토하면서 리얼리즘론의 재구성을 시도하고 있는 방민호 등의 이론적 모색에 대해서는 주목을 표한다.[27]

진정석과 윤지관, 김명환 사이에 벌어진 민족문학론을 둘러싼 논쟁은 이후 신승엽, 김명인, 황종연, 최원식, 임규찬 등으로 확산되어 그 외연이 좀 더 넓어지기에 이른다. 이 중에서 최원식의 논의는 가장 주목할만하다. 1972년 등단 이래 민족문학 진영 내에서 가장 활발한 비평 활동을 전개한 최원식은 이러한 논쟁을 '리얼리즘과 모더니즘의 회통'이라는 차원에서 바라본다. 그는 "진정한 리얼리즘이건 광의의 모더니즘이건, 어느 한쪽에 의한 다른 한쪽의 흡수는 해결책이 되지 못한다"[28]고 주장한다. 그

---

27    진정석, 앞의 글, p.173.

28    최원식 「'리얼리즘'과 '모더니즘'의 회통」, 『문학의 귀환』, 창작과비평사, 2001, p.58.

의 회통론은 갑자기 제기된 것이 아니라 1920·30년대 식민지 시대의 카프 진영과 1980년대 민족문학 진영에 대한 비판과 그동안 문학사에서 배제된 모더니즘에 대한 복권적 해석의 맥락에서 제기된 것이다. 하지만 그 심층에 내포된 의미는 1920·30년대 카프식 리얼리즘 대 김기림 등의 모더니즘의 대립이라는 한국적인 특수성이라고 할 수 있다. 그는 "서구에서 상륙한 이래 이 땅에서 벌어진 긴 이데올로기 투쟁과정에 얽히고설킨 리얼리즘과 모더니즘은 제 아무리 갈고닦아도 구원의 가망이 없는 용어들인지도 모른다"[29]는 발언을 하고 있다. 이것은 한국적인 리얼리즘과 모더니즘에 대한 단순한 허무적인 발언이라기보다는 "기존의 관행과 현상에 대한 강력한 거부와 함께 현재까지 일군 합리적인 핵심을 두루 껴안으며 '근본에서 다시 출발하자'는 해체론적 사유를 주요한 동력으로 삼고 있는"[30] 발언인 동시에 "창조적인 우리식 어법을 탐색하"[31]려는 의지의 반영으로도 볼 수 있다.

민족문학론에 대한 내파와 외파의 충격을 백낙청은 '민족문학론은 지금도 유효하다'[32]라는 말로 그것을 대신하고 있다. 그는 자신이 내세운 분단체제론이 "좀 더 구체성을 갖춘 것은 90년대에 와서"라고 주장한다. 그는 여기서 한발 더 나아가 "분단체제극복에 기여하는 문학의 대명사로서의 민족문학은 여전히 그 중심성을 내세움직하다. 아니, 남한의 국민문학이자 전체 한민족의 문학으로서의 민족문학, 세계문학 자체가 위협받는 시대에 문학의 생존공간을 확보해주는 민족어 문학이자 지역문학으로서

29  최원식, 『현대 한국문학 100년』, 민음사, 1999년, p.633.

30  임규찬, 「리얼리즘과 모더니즘을 둘러싼 세 꼭지점」, 『창작과비평』, 2001년 겨울호, p.37.

31  최원식, 앞의 글, p.636.

32  백낙청, 「2000년대의 한국문학을 위한 단상」, 『창작과비평』, 2000년  p.217.

의 민족문학이라면, 그 어느 때보다 세계사적 의의가 충일한 개념이라고 자부해도 좋을 것"이고 말하고 있다. 그의 민족문학론에 대한 확고부동한 입장은 민족문학 진영에서 제기된 논의에 대해서도 그대로 드러난다. 그는 진정석과 윤지관, 김명환 사이에 벌어졌던 논쟁에 대해 "리얼리즘의 획기적 자기쇄신이 이루어졌다고 보기 힘들며, 모더니즘에 대해서도 한국의 모더니즘운동에 대한 관심의 환기라든가 마샬 버먼(Marshall Berman)의 모더니즘론의 도입을 크게 넘어서는 공헌은 없었던 것"으로 보고 있다. 또한 리얼리즘과 모더니즘의 회통이라는 최원식의 논의에 대해서도 "우리식 어법이 제대로 개발되기도 전에 리얼리즘의 담론을 버릴 수 있느냐"는 말로 그것의 평가를 대신하고 있다. 그는 지식사회 정보화사회가 되어도 노동은 근절될 수 없으며, 매체의 소유관계에 의한 문제 역시 계속될 수밖에 없다는 것이다. 따라서 이 시대에도 정작 필요한 것은 '각성한 노동자의 눈'이라는 것이다. 이 각성한 노동자의 눈은 근대 세계체제와 현행 세계화과정에 대한 발본적 대안을 제시하는 입장을 뜻한다.[33] 백낙청의 발언이 가지는 진정성은 그가 민족문학론을 역사적 상황 속에서 탐색하고 있다는 점을 상기한다면 앞으로 전개될 전지구화, 세계화, 정보화의 흐름 속에서 어떻게 그것과의 조응과 회통을 통해 민족문학론을 정립해 나가느냐에 달려 있다고 할 수 있다.

---

33  백낙청, 위의 글, pp.219-230 참조.

## 4. 민족문학론의 모색과 전망

민족문학론의 위기는 한국문학 전반의 위기와 맞물려 있다는 점에서 그 심각성을 더해준다. 민족문학론이 하나의 본격적인 체계를 갖춘 것은 1970년대지만 멀리는 1930년대 임화, 안함광에서 시작된다고 할 수 있다. 이어 최일수, 백낙청, 염무웅, 임헌영, 구중서 등을 거치면서 그것은 역사적 개념으로 자리하게 된다. 무엇보다도 민족문학론은 분단극복이라는 민족사적 과제를 축으로 전개되면서 우리 현대문학사의 사회·역사적인 인식의 지평을 확대해 왔을 뿐만 아니라 주체성의 확보[34]라는 논리를 공고히 해 왔다고 할 수 있다. 이 과정에서 민족문학의 실천적 방법으로서의 리얼리즘론은 식민지와 분단, 개발 독재로 이어지는 한국 현대사의 굴곡진 삶의 현실을 진정성 있게 형상화하는데 큰 역할을 담당해 왔다.

자유주의 문학 진영으로부터 문학을 민족이라는 이념으로 도그마하고 있다는 비판을 받으면서도 그것이 우리 현대문학사의 중심축으로 기능해 왔다는 것은 그만큼 그 논리가 민족국가의 건설이라는 근대적인 이념과 맞아떨어지는 부분이 존재한다는 것을 의미한다. 민족문학론의 건재는 민족국가 건설이라는 이념을 떠나서 상상할 수는 없을 것이다. 온전한 민족국가 건설에 장애가 된 식민지와 분단, 개발 독재라는 우리 현대사를 되돌아보면 한국적인 상황에서 민족문학론에 대한 열망은 더 절실할 수밖에 없었을 것이다.

그러나 분단 상황이 온전히 극복되지 않은 상태이기는 하지만 민족국가 건설이라는 근대적인 이념이 어느 정도 실현된 90년대적인 현실에서

---

**34** 권영민, 앞의 책, p. 220.

민족문학론은 그 존재의 의미를 묻지 않을 수 없는 것이다. 만일 민족문학론의 존재 이유가 그러한 민족국가의 건설에 있고, 이제 그 민족문학론이 역사적인 것이어서 이미 그 역할을 다했다면 그것은 더 이상 존재할 이유가 없는 것이다. 하지만 90년대 이후 우리의 현실은 그렇게 명확하게 민족문학론의 종언을 선언하기에는 이른 감이 있다. 전지구적인 자본의 확대와 세계화가 오히려 민족문학의 핵심 과제를 더욱 부각시킨다는 백낙청의 논리가 이것을 잘 말해준다. 그의 논리는 '부르주아적 국민국가의 구성원으로의 민족'이나 '민족해방운동의주체로서의 민족'의 개념을 넘어서 '제국주의-민족해방의 문제틀에서 벗어나 세계체제의 문제틀에서 재구성되고 있는 민족'[35]의 개념을 의미한다.

민족의 개념이 세계체제와 길항하는 지구적 작동 단위로서의 정체성을 획득해야 하는 지경에까지 이르렀다면 그것을 과연 민족이라는 개념으로 의미화 할 수 있는 것인지 그의 세계체제론에 입각한 최근의 민족문학론은 그 안에 많은 문젯거리를 내포하고 있다. 지구화, 세계화, 정보화가 급격하게 진행되고 있는 상황에서 과연 민족이라는 개념이 그것들과의 관계 속에서 어떤 의미들을 생산해 낼 수 있을지 의문이다. 또한 민족문학론의 실천적 방법으로서의 리얼리즘론이 모더니즘이나 포스트모더니즘의 파편화되고 복합적인 논리를 어떻게 수용하고 또 어떻게 여기에 저항할 수 있을지 의문이다. 이 불안에 대해 방민호는 다음과 같은 문제의식을 드러내 보인다.

모더니티는 모더니즘만의 것이 아니라 리얼리즘에서 특히 절실

---

**35** 김명인, 「리얼리즘·모더니즘·민족문학·민족문학론」, 『창작과비평』, 1998년 겨울호, p.259.

히 요구되는 요소다. ……(중략)……현대성, 다시 말해 인간의 삶을 부단히 변전시켜 가는 과학기술적 현대성에 대한 리얼리즘의 적응력을 요구하고 싶다. 이것은 모더니티를 어쩌면 첨단성으로 해석하는 것일 수도 있고 이 점에서 곧바로 모더니즘의 의미에서의 현대성, 다시 말해 순간성으로 이해할 수 있는 가능성이 없지 않지만, 그러나 그처럼 부단히 갱신되는 것이 우리의 , 우리를 둘러싼 환경이라면 이것들을 따라잡지 못하는 리얼리즘이란 과연 무엇을 말할 수 있을 것인가. 이것은 과학기술적 모더니티와의 무한의 속도경쟁을 의미하는 것은 아니다. 무엇이 새롭게 출현하고 형성되고 발전하는 현상인지를 포착할 수 있는 눈, 그것을 해석할 수 있는 사유를 말하고 싶은 것이다.[36]

리얼리즘과 모더니즘 논쟁이 민족문학 진영에서 활발하게 전개되었지만 그것의 성과는 그다지 만족스럽지 못했다고 할 수 있다. 그것은 리얼리즘과 모더니즘의 개념을 가치론적으로 접근한 논자들의 인식 태도 때문이라고 할 수 있다. 이에 비하면 리얼리즘과 모더니즘 사이의 회통에 대한 논의는 진보한 감이 없지 않지만 이것 역시 근대적응과 근대극복의 이중과제를 추구하는 데 가장 적합한 것이 무엇이냐 하는 데에는 한계가 있다. 방민호의 논의는 리얼리즘이냐 모더니즘이냐 하는 이분법적인 가치론으로부터 벗어나 있다. 또한 그의 논의는 근대적응과 근대극복에 대한 그 나름의 논리가 내재해 있다. 이러한 태도는 우리의 삶의 토대를 이루는 현실, 즉 과학기술적 현대성에 대해 첨단의 이념을 앞세워 그것을 논리화하는 것이 아니라 현실의 삶 속에서 그것을 성찰하려는 의지를 드러내 보인다는 점에서 관념의 허위성을 벗어난다. 그의 이러한 의지의 예각

---

**36**　방민호, 「정치성·미소니즘(misoneism)」, 『실천문학』, 1996년 겨울호, p. 404.

화는 "무엇이 새롭게 출현하고 형성되고 발전하는 현상인지를 포착할 수 있는 눈"에 잘 드러나 있다.

　이처럼 우리 민족문학론은 일정한 갱신을 필요로 하는 것이 사실이다. 하지만 이 갱신의 필요성은 이중적인 의미를 내포한다. 냉전체제의 해체와 자본의 전지구화로 인해 민족국가단위의 개념이 영향력을 상실하게 되었다는 인식이 팽배해 지면서 민족문학론에 대한 폐기처분을 이야기하는 목소리들이 높아졌지만 여기에는 근대적인 의식과 제도 혹은 체계에 대한 과도한 부정성이 개입되어 있다고 할 수 있다. 냉전의 해체와 자본의 전지구화를 이야기하지만 우리의 상황은 북핵위기의 예가 잘 말해주듯이 민족적인 이데올로기의 문제가 아직 도 유효하며, 한미 FTA의 예가 잘 말해주듯이 국가 간의 통상 문제는 자본의 전지구화 시대에도 국가적인 단위 체계의 개념이 여전히 유효하다는 것을 의미한다. 이러한 점들은 탈냉전과 자본의 전지구화 시대가 결코 민족이나 국가의 차원을 떠나 성립될 수 없다는 것을 말해준다고 할 수 있다.

　그러나 민족문학론과 관련된 이러한 일련의 사실들이 민족이나 국가의 문제를 투명하게 드러내거나 해결해주는 것은 아니다. 최근의 민족문학론은 계급문제를 넘어 여성이나 생태, 일상, 식민지, 소수자의 문제로 확장되면서 점점 복합성을 띠기에 이른다. 민족문학론이 추구해온 진보의 이념과 실천의 논리가 이들 문제 속에 내재해 있다. 민족문학론의 해체라는 불안을 확산시키고 있는 주된 요인으로 전지구적 자본주의를 토대로 하고 있는 대중문화를 들 수 있다. 대중문화는 빠른 속도로 우리의 삶을 잠식하면서 커다란 영향력을 행사하고 있지만 그것에 대한 비판적인 거리를 가지는 것을 불가능하게 하고 있다. 대중문화에 대한 바람직한 미적 태도는 향유이면서 동시에 비판인 것이다. 하지만 지금의 우리의 대중문화에 대한 태도는 향유는 존재하지만 적극적인 비판은 존재하지 않는다는 사실이다. 이것은 민족문학론의 약화와도 일맥상통하는 바이다. 따라서 민족문학론의 회복과 갱신은 우리 시대의 가장 큰 딜레마 중의 하나인 진보성과 비판성의 회복, 갱신과 밀접하게 연결되어 있다는 점에서 그 의의가 있다고 할 수 있다. 이런 점에서 민족문학론은 이후에도 여전히 유효한 개념이라고 할 수 있다.

# 근대와 탈근대, 그 비평의 정체성을 찾아서
- 전환기로서의 90년대와 새로운 비평가치의 모색

## 1. 탈정치성과 90년대 비평의 정체성

한국문학사에서 90년대는 전환기로서의 의미를 가진다. 근대적인 문학 제도가 형성되기 시작하던 개화기에 비견할만한 변화가 90년대에 있어 온 것이 사실이다. 개화기가 전근대와 근대의 접점의 혼란을 은폐하고 있다면 90년대는 근대와 탈근대의 접점에서 오는 혼란을 은폐하고 있다고 할 수 있다. 90년대의 혼란은 근대적인 문학제도의 붕괴와 확산을 반영한다. 우리가 인식하고 있는 '문학'이란 근대적인 제도의 산물이다. 다시 말하면 한국적인 것을 토대로 하고 있는 근대적인 제도의 산물인 것이다. 이때 '한국적'이라는 것은 우리 근대문학의 특수성을 내포한 개념으로 이것은 우리 근대문학의 정체성을 형성하고 있다고 할 수 있다.

우리 근대문학의 특수성이란 한국적인 근대의 특수성을 반영하는 것으로 여기에는 근대의 주체 문제에 대한 강한 문제의식을 동반한다. 주체적인 근대라기보다는 외세에 의한 타율적인 근대라는 사실은 일정한 자의식을 형성하면서 우리 근대문학사를 '징후적인 복합성(complexity)' 차원으로 만들어 놓고 있다. 이 복합성은 우리 근대문학의 미학적인 다양성을 드러내는 것이라기보다는 정치적인 복합성을 드러내는 것이라고 할수 있다. 하지만 이러한 정치적인 복합성은 90년대에 들어와 또 다른 혼란에 직면하게 된다. 그것은 90년대가 탈정치적인 성격을 강하게 드러내기 때문이다.

90년대의 탈정치성은 다소 과장되고 포즈의 차원으로 떨어질 위험성을 가지고 있지만 그것이 불러온 파장은 결코 작다고 할 수 없다. 탈정치성의 부상으로 80년대까지 우리 문학사를 지배해온 정치성이 전망을 상실한 채 불확실하고 불투명한 상태에 놓이게 되면서 이념의 공백상태에서 오는 극도의 허무와 혼란이 초래되기에 이른다. 이로 인해 문학 내에서의 갈등과 대립이 첨예화되고 다양한 가치들이 창궐하는 전환기적인 특성을 드러낸다. 이런 전환기적인 상황 속에서 그 혼돈에 일정한 방향과 전망을 제시하는 것은 비평이다. 그러나 90년대 비평은 그 역할을 다하지 못한다. 90년대를 비평이 부재한 시대로 규정하는 이유가 바로 여기에 있다.

90년대는 그 시대의 문제의식을 첨예하게 드러내는 논쟁이 부재한 것이 사실이다. 비평에서 논쟁이 없다는 것은 90년대 비평이 생산적인 기능을 수행하지 못했다는 것을 의미한다. 이것은 거대 담론 혹은 거대 이념의 소멸이라는 문제와 무관하지 않을 뿐만 아니라 90년대 비평 담론이 당대의 시대정신과 의식의 속도를 쫓아가지 못했다는 것을 의미한다. 하지만 이 사실이 곧 90년대가 비평적으로 문제가 될 만한 그런 시대가 아니라는 것을 의미하지는 않는다. 오히려 90년대는 다른 어떤 시대보다 그런 논쟁거리를 많이 내장하고 있는 시대라고 할 수 있다. 그것은 90년대가 근대적인 모순과 부조리는 물론 그것에 의해 억압받고 배제되어 온 것들이 귀환하는 그런 시대이기 때문이다. 논쟁이 없는 시대라고는 하지만 90년대는 이런 크고 작은 이슈들이 그 안에 다양한 문제의식과 논쟁거리를 내장하고 있는 그런 시대라고 할 수 있다.

이런 맥락에서 90년대적인 문제의식을 반영하고 있는 것으로 이야기할 수 있는 것은 '억압된 것들의 귀환'으로 명명할 수 있는 생태, 페미니즘, 몸론 등 탈근대적인 담론의 부상과 근대적인 제도의 모순과 불합리 여기에서 기인하는 우리 사회 문학 안팎의 권력의 문제를 둘러싸고 벌어진 문학권력 논쟁 등을 들 수 있다. 이 문제들은 서로 교차되고 재교차되면서 90년대 한국 비평의 지형도를 형성한 것이 사실이다. 하지만 이 문제들은 90년대에 국한된 것이라고 말할 수 없다. 이 문제들은 우리 문학과 비평에 있어서 늘 미래태 혹은 잠재태로 존재할 성질의 것이다.


## 2. 근대적 패러다임의 변화와 새로운 미적 징후

90년대 이후 '근대'의 문제가 우리 비평의 화두로 자리를 잡은 것은 아이러니컬한 한 사건이다. 근대에 대한 관심의 고조는 근대주의자들 내부에서 비롯된 것이 아니라 탈근대론자들의 근대비판에서 비롯된 것이다. 근대의 문제가 극복된 것도 아니고 또 완성된 것도 아닌 상황에서 탈근대론의 확산은 분명 그 모순을 내포하고 있음에도 불구하고 여기에 대한 적절한 대응이 없었던 것은 우리의 근대론의 허약성을 드러내고 있는 것으로 볼 수 있다. 근대의 문제를 민족과 민중의 관점에서 비판적으로 인식해온 민족문학 진영에서조차 그것에 대한 체계화된 담론을 갖고 있지 않은 것이 사실이다. 식민지적 잔재와 분단이라는 근대의 문제가 해결되지 않은 상황에서의 탈근대론의 확산은 급기야 민족문학 진영 내부로부터의 위기의식을 불러일으키는 계기를 제공하기에 이른다.

민족문학론자들의 근대 및 근대성에 대한 관심은 90년대 중반을 지나면서 점차 강화된 양상을 보이면서 하나의 흐름으로 드러난다. 민족문화연구소, 근대문학회, 상허학회를 중심으로 젊은 소장학자들의 근대 및 근대성에 대한 활발한 논의와 이와 관련된 성과물들이 나오면서 근대의 문제는 새로운 관심의 대상으로 부상하게 된다. 특히 민족문학 진영에서의 근대 및 근대성에 대한 탐색은 내부의 위기론과 밀접한 관계를 가진다고 할 수 있다. 민족문학론의 갱신이라는 차원에서 모더니즘의 수용과 민족, 민중성에 대한 해체적인 문제제기가 있긴 했지만 이 과정을 통해 이들이 확인한 것은 민족문학이 근대문학의 이념이며, 그 방법이 리얼리즘이라는 사실이다.

　　이들의 근대 및 근대성에 대한 인식은 식민지적 잔재의 청산과 분단의 문제가 온전하게 해결되지 않고 있는 상황에서 유효성을 지닌다고 할 수 있다. 하지만 우리 사회가 아직 후기자본주의의 모습을 갖추고 있지는 않지만 그 징후는 확산일로에 있다고 할 수 있다. 민족주의 담론으로 해결할 수 없는 근대의 여러 문제가 불거져 나온 것은 물론이고 근대 해체를 공공연하게 표명하는 담론까지 제기되기에 이른 것이다. 흔히 '억압된 것들의 귀환'이라는 이름으로 불거져 나온 탈근대 담론은 우리 사회를 제대로 드러내지 못한다는 그 적실성에 대한 의심에도 불구하고 90년대 우리 문학 담론의 대부분을 차지하고 있다고 해도 과언이 아니다. 근대 및 근대성과 관련된 90년대 문학 담론의 이러한 상황을 고려한다면 탈근대라고 할 때 그 '탈'은 근대의 완성 의지와 그것을 넘어서려는, 더 나아가 그것을 해체하려는 의지까지 포괄하고 있는 개념이라고 할 수 있다.

　　이와 같은 맥락에서 90년대 주요 비평 담론으로 거론할 수 있는 것은 1) 페미니즘 2) 생태주의 3) 몸론 4) 해체주의 5) 대중문화 6) 문학의 미래

(문자와 비트) 등이다. 이 중에서 페미니즘, 생태주의, 몸 담론은 집중화된 정치성을 띤 논쟁이 없는 시대로 명명되는 90년대 평단에 풍부하고 다양한 시각과 해석학적인 논점을 제공했다고 볼 수 있다.

## 2.1 여성의 정체성 찾기와 여성 비평의 대두

집중화된 논쟁은 없었지만 90년대에 들어 가장 정치성을 띤 담론은 페미니즘 비평이다. 페미니즘은 여성해방운동의 성격을 띤다는 점에서 이미 그 안에 정치성을 내포하고 있지만 그것이 근대자본주의 사회의 모순과 부조리에서 비롯되는 여성의 계급적 차별, 가부장적인 이데올로기의 문제를 거론하고 있기 때문에 대화적인 관계가 아닌 일면적인 목소리를 낼 수밖에 없었다. 페미니즘 담론의 득세는 급격한 산업화와 도시화, 여성의 교육 기회의 증대와 중간계급으로의 편입, 민주사회에 대한 열망과 시민의식의 성장, 서구 페미니즘 이론의 유입 등에서 그 원인을 찾을 수 있다. 이러한 토대 위에서 성립된 페미니즘 운동을 주도한 이들은 한국 사회의 엘리트 페미니스트 그룹인 '또 하나의 문화'와 '한국 여성연구회'이다.

먼저 또 하나의 문화 그룹은 여성에 대한 다양한 말하기와 글쓰기를 생산하면서 우리 사회의 페미니즘 운동의 전면으로 부상한다. 또 하나의 문화 그룹의 이론적인 토대는 대부분 서구의 정신분석학적인 차이론과 탈식민주의 문화론이다. 이들은 씩수스와 이리가라이의 차이론에 입각해 여성과 남성의 차이를 강조한다. '여성은 생물학적(sex)으로 뿐만 아니라 사회 문화적(gender)으로도 남성과 다르다'는 차이론은 누대에 걸친 가부장제적인 억압으로부터 벗어나 여성 자신의 아이덴티티를 찾으려는 페미니스트들에게 큰 반향을 불러일으켰다. 이들은 남성과 다른 말하기 또는 남성과 다른 글쓰기에 대해 고민하면서 다양한 텍스트적인 실험을 단행했다. 그 결과 환유, 감성, 광기, 몸, 모성, 욕망 등과 같은 다양한 담론이 새롭게 부상하게 되었다. 이 다양한 담론들의 부상은 여성의 정체성 찾기의 현주소를 말해주는 것인 동시에 그 가능성과 불가능성까지도 말해주고 있는 것으로 볼 수 있다.

또 하나의 문화 그룹과는 다른 시각에서 한국 여성연구회는 페미니즘 운동에 접근하고 있다. 이 그룹은 또 하나의 문화에서처럼 남성과 여성의 차이를 강조하지 않는다. 오히려 이들은 차이보다는 자본주의 사회의 구조적인 모순에 관심을 갖는다. 이것은 이들이 자본주의 사회 구조 내의 계층이나 계급의 의미에 관심을 두고 있다는 것을 의미한다. 이런 좌파적인 시각에서 이들은 자본주의 사회 구조의 모순보다는 남성과 여성의 차이성을 운동의 모토로 내세우고 있는 또 하나의 문화 그룹을 비판한다. 이들은 또 하나의 문화 그룹에서처럼 여성 문제를 동시대적인, 계층적 차별성이 없는 동일한 문제로 파악할 경우, 그 역사 사회 계급적 특수성은 간과될 수밖에 없다고 말하고 있다. 특히 이들은 또 하나의 문화 진영이 보여주는 포스트모던한 경향의 페미니즘이 민족문학론을 폐기하고 비역사적인 여성성으로서의 복귀를 조장한다고 보고 있다.[01]

두 페미니즘 그룹이 보여주는 이러한 상반된 입장은 박완서 소설에 대한 해석을 두고 첨예하게 드러난다. 또 하나의 문화 동인인 조혜정은 한국 여성연구회가 박완서의 소설을 민족과 민중의 차원에 입각해서 바라보기 때문에 그 안에 은폐되어 있는 사소한 여성의 억압 현상을 제대로 읽어내

---

**01**    고갑희, 「차이의 정치성과 여성 해방론의 현단계」, 『현대비평과 이론』 통권 6호, 1993, pp. 121~126 참조.

지 못한다고 비판한다.[02] 이에 대해 한국 여성연구회 동인인 전승희는 조혜정의 자신들을 향한 비판이 그녀가 가진 '여성문제의 관념론적 인식'에서 비롯된 것이라고 비판하고 있다.[03] 또 하나의 문화 그룹이 서구 페미니즘 이론의 차용과 이에 기반을 둔 여성의 언어와 말을 통한 글쓰기의 문제와 섬세한 텍스트 읽기에 관심이 기울어져 있다면 한국 여성연구회는 한국 사회의 구조적 모순에 대한 인식을 바탕으로 여기에 비롯되는 여성의 계급적인 억압과 차별을 텍스트의 해석에 적용하고 있다. 이들은 이러한 태도에 입각해서 박완서, 김인숙, 신경숙, 오정희, 박경리, 서영은, 이경자, 공지영, 공선옥, 최윤 등의 텍스트를 꼼꼼하게 혹은 비판적으로 읽어 내 우리 문학사의 중심부로 진입한 여성 작가들의 의미를 탐색하고 있다. 박완서 문학을 둘러싸고 벌어진 두 진영의 대립과 이들이 전개해온 일련의 행위들은 "페미니즘 비평 초반기, 문학비평으로서 페미니즘비평의 방향성을 정하기 위한 치열한 모색을 대변해 주는 것"[04]이라고 볼 수 있다.

여성들에 의해 주도되어 온 페미니즘 담론이 활성화되면서 소수이긴 하지만 여기에 일정한 관심을 표하는 남성 비평가들도 생겨나게 된다. 그 대표적인 이가 바로 김경수이다. 그는 페미니스트 문학비평(k. k 루스벤, 1989년)과 페미니스트 시학(헬레나 미키, 1992년) 등 서구의 대표적인 페미니즘 문학서를 번역하면서 그 이론적인 맥락을 탐구한 뒤 이것을 한국의 여성작가들의 문학세계를 해석하는데 활용하고 있다. 페미니즘과 관련된 그의 대표적인 평론으로는 「현대세계와 신화적 투시-김승희론」(『현대시사상』, 1990년 봄호), 「성에 따른 문화적 이분법」(『문학사상』, 1990년 2월호), 「페미

---

**02**  조혜정, 「박완서 문학에 있어 비평은 무엇인가」, 『작가세계』, 1991년 봄호.

**03**  전승희, 「여성문학과 진정한 비판의식」, 『창작과비평』, 1991년 여름호.

**04**  김진희, 「페미니즘 비평의 현주소」, 『문학과논리』, 태학사, 1996, p. 47.

니즘 문학이론과 현대소설」(『아세아여성연구』, 1990년 12월), 「여성시의 원천
과 분만의 상상력」(『작가세계』, 1990년 겨울호), 「여성적 광기와 그 심리적 원
천」(『작가세계』, 1995년 여름호), 「성적 정체성의 자각에서 젠더이데올로기로」
(『소설과 사상』, 1996년 여름호) 등을 들 수 있다. 그의 글의 성격은 논쟁적이라
기보다는 탄탄한 이론적인 것을 토대로 행해지는 아카데믹한 해석이다.

　여성의 입장이 아닌 남성의 입장에서 페미니즘에 접근한 것은 철저하
게 여성중심으로 수행되어온 평단에 외재적인 타자의 눈을 갖는 계기를
마련해 주었다는 점에서 그 의의를 찾을 수 있다. 페미니스트들에 의해
주적으로 인식되어온 남성 혹은 남성중심주의와의 대화적인 소통 관계를
마련할 수 있는 좋은 계기를 그의 일련의 태도들이 함의하고 있는 것이 사
실이다. 페미니스트들에 대한 대부분의 남성 비평가들의 태도는 무관심
아니면 적의로 가득 찬 알레르기적인 반응이다. 이문열이 『선택』에서 보
여준 페미니즘 혐오론은 한 보수 논객의 위기론 차원을 넘어 우리 사회에
만연해 있는 여성 혹은 페미니즘에 대한 남성의 적의를 반영한 것으로 볼
수 있다. 이런 점에서 볼 때 우리 여성 작가 혹은 페미니즘 문학 일반에 대
한 가치평가적인 시각보다는 해석에 치중함으로써 여성 중심주의라는 또
다른 이데올로기를 생산해내고 있는 우리 페미니즘 문학 전반에 대한 문
제를 제기하고 그것을 날카롭게 비판하여 보다 생산적인 논쟁을 이끌어
내지 못한 김경수의 비평 태도는 아쉬움으로 남는다. 다만 우리 페미니즘
문학이 ‘성적 정체성의 자각에서 젠더이데올로기’로 변모한다는 그의 시
각은 다소 일반화된 발언임에도 불구하고 우리 페미니즘 문학에 대한 정
치하고 객관적인 탐색의 과정을 통해 얻어낸 결론이라는 점에서 중요한
시사점을 제공하고 있다고 할 수 있다.

## 2.2 문명비판과 생태학적 상상력

페미니즘 담론에 비해 생태주의 담론은 보다 전방위적인 양상을 보여준다. 진보와 보수, 남성과 여성, 소설과 시, 기성과 신인에 국한되지 않고 생태주의 담론은 90년대 이후 폭넓게 우리 문단의 한 흐름을 형성하고 있다. 이것은 생태주의 담론이 민족이나 국가, 계급이나 계층의 차원에 국한되지 않고 우리 인류 모두의 실존적인 위기를 반영하고 있다는 것을 의미한다. 생태주의라는 용어는 독일의 생태시(Lyri kder Okologie)에서 비롯된 것으로 이것에 창안해 김성곤은 '문학생태학'[05]이라는 용어를 제안하고 있다. 70년대 80년대 우리 문학을 해석하는 키 워드로 작용해온 '문학사회학'에 견줄만한 파급력을 내장하고 있는 이 용어는 이후 여기에 대한 진전된 논의는 없었지만 그것이 가지고 있는 문제의식은 환경의 위기가 가속화되면서 점점 확산되고 심화되는 양상을 보여주기에 이른다. 1990년대 『창작과비평』의 '생태계의 위기와 민족민주운동의 사상', 『외국문학』의 '생태학 미래학 문학'을 시발로 1991년 '생명의 문화를 위하여'라는 모토로 창간된 『녹색평론』과 여기에 수록된 동서양의 생태 혹은 생명 담론들, 1992년 6월 월간 『현대시』의 '생태환경시와 녹색운동', 1992년 8월 월간 『현대시학』의 '생태 환경과 오늘의 우리시', 1996년 가을 『실천문학』의 '생태학적 위기와 문학의 진로', 1999년 창간호의 '서정의 귀환'으로부터 '시적 인간과 과학적 인간', '현대시와 자연의 이념'으로 이어지는 『신생』의 기획 특집들, 2001년 여름 『문학동네』의 생태환경문학 세미나, 2001년 『문학과사회』의 '게놈지도, 인간의 경계는 어디인가', 2003년 겨울 『실천문학』의 '생태문학의 이론과 실제', 2004년 8월 월간 『문학사상』의 '생태

---

**05**　김성곤, 「문학생태학을 위하여」, 『외국문학』, 1990년 겨울호, pp.87~88.

주의와 생태미학의 가능성Ⅲ' 등이 대표적이다.

90년대 이후 생태주의 문학 담론은 환경위기에 대한 단순한 고발 차원에서 벗어나 그것을 유발한 사회 문화와 현문명의 심층화된 모순 구조를 탐색하고 그것을 존재론적인 차원에서 인류의 미래에 대한 기획으로 연결시키고 있다. 이 과정에서 서양의 신과학과 철학은 물론 동양의 사상과 철학, 종교, 미학 등이 주요한 담론 체계의 토대로 작용하고 있으며, 생태의 문제가 단순히 소재나 주제의 차원이 아닌 언어나 구조에 입각한 문예미학의 차원으로 확대되어 드러난다. 이와 관련하여 박이문은 아주 주목할 만한 발언을 하고 있다.

> 그러나 문학은 다음과 같은 차원에서 생태환경 문제해결과 뗄 수 없는 관계를 갖고 있다. 그 주제와 내용이 자연친화적 태도를 나타내든 반자연친화적 태도를 나타내든 문학(그리고 모든 예술)적 언어 구조는 다른 담론에서의 언어와는 달리 원천적으로 생태학적이다. 문학 그리고 모든 예술의 보편적 본질은 자연을 지배하는 생태계의 구조와 마찬가지로 어떤 대상을 가장 생생하게 구체적이면서도 유기적으로 표상하는 데 있기 때문이다.…… 그러나 한편으로는 철학이나 과학 그리고 다른 한편으로는 문학(예술 일반)의 차이는 전자가 그러한 추상화에 대해 문제를 제기하지 않고 받아들이는 데 반해서 후자는 언어로서 위와 같은 불가피한 언어적 추상화를 극복할 수 있는 표상이 되고자 하는 데서 찾을 수 있다. 문학이 내재적으로 갖고 있는 이러한 의도는 문학적 언어의 특징이 논리적이 아니라 은유적인 언어의 경향을 나타낸다는 사실, 언어의 의미를 개념적/추상적이 아니라 감각/사물적으로 사용하는 경향을 나타낸다는 사실, 한마디로 언어적 의미의 개념성이 아니라 이미지, 작품구성의 논리적 원자적 구조가 아니라 미학적 유기적 구조가 강조되고 있다는 사실에서 알 수 있다. 바로 이

런 점에서 문학작품(예술작품 일반)은 생태환경의 문제를 접근하고, 파악하고, 재구성하고 나아가서 해결하는 데 있어서 가장 적절한 모델 즉 기본적 패러다임이 될 수 있다.[06]

문학은 본질적으로 생태계의 구조를 드러내며, 문학의 언어는 원천적으로 생태학적이라는 것은 문학 속에 드러난 생태학적인 소재나 주제에 천착해 생태주의 담론을 개진해온 우리 평단의 현실에서는 깊이 숙고해야 할 주목할 만한 발언이라고 할 수 있다. 문학 자체가 생태학적이라는 것은 생태에 대한 탐색과 그것의 이해가 문학 밖이 아니라 문학 내부에 기반하고 있다는 것을 의미한다. 이 사실은 생태의 문제가 20세기 후반 인류의 가장 큰 존재론적인 담론으로 부상한 '지금, 여기'에서 문학이 어떻게 그것에 대응할 수 있을까?하는 물음에 대한 가장 적절한 답의 하나가 될 수 있을 것이다. 문학의 위기, 문학의 죽음과 관련된 담론들이 횡횡하는 시대에 문학의 존재 의미를 여기에서 찾을 수 있다는 것은 시사하는 바가 크다고 할 수 있다.

문학이 생태계의 구조와 닮아 있어서 그것이 "생태환경의 문제를 접근하고, 파악하고, 재구성하고 나아가서 해결하는 데 있어서 가장 적절한 모델 즉 기본적인 패러다임이 될 수 있다"는 것은 문학의 구조 내지 미적 형식에 대한 이해를 필요로 한다는 것을 말한다. 이런 맥락에서 보면 90년대 이후 생태적인 사유와 주제를 드러내고 있는 문학 이전의 것들도 생태 담론의 중요한 질료가 될 수 있다는 것을 의미한다. 그의 생태관은 내용 혹은 주제 중심의 생태주의 담론을 구조 혹은 형식의 차원으로 확대하는 인식의 전환을 가져오는 계기를 마련해주리라고 본다.

---

**06**　박이문, 「동서양 자연관과 문학」, 『문학동네』, 2001년 여름호, p. 491.

생태주의 담론을 미학의 수준으로 끌어올린 이는 김지하이다. 그는 생태라는 말 대신 '생명'이라는 말을 사용한다. 그의 생명론은 이미 80년대 후반 분신 정국 속에서 기획된 것으로 『생명』(1992), 『생명과 자치』(1996), 『율려란 무엇인가』(1999), 『생명학』(2003)을 거치면서 그 담론의 실체가 구체화되기에 이른다. 그의 생명론은 "4·19 혁명에 대한 내재적 발전론의 역사관에서부터 발원"해 "부정적인 지배력에 대한 직접적인 응전과 대결에서 부정적인 세력까지 순치시켜 포괄하는 살림의 문화를 정립하는 과정"[07]이다. 이러한 그의 생명론은 동학의 '시천주(侍天主)'와 '불연기연(不然其然)' 같은 공경의 사상과 무궁진화론에 토대를 두고 있다. 그래서 그의 생명론에서는 이성과 감성 너머의 영성을 강조한다. 그가 보기에 우주는 신령스런 기운으로 가득 찬 영적인 세계인 것이다. 그의 생명의 영접은 '민들레 꽃씨'와 '개가죽나무라는 풀'로부터 비롯된다. 이 아주 사소하고 보잘 것 없는 존재 속에서 그는 우주 '생명'의 섬세한 떨림을 온몸으로 느낀다.

그때가 마침 봄이었는데, 어느 날 쇠창살 틈으로 하얀 민들레 꽃씨가 감방 안에 날아들어와 반짝거리며 허공 중에 하늘하늘 날아다녔습니다. 참 아름다웠어요. 그리고 쇠창살과 시멘트 받침 사이의 틈, 빗발에 패인 작은 홈에 흙먼지가 날아와 쌓이고 또 거기 풀씨가 날아와 앉아서 빗물을 빨아들이며 햇빛을 받아 봄날에 싹이 터서 파랗게 자라 오르는 것, 바로 그것을 보았습니다. 개가죽나무라는 풀이었어요. 새삼스럽게 그것을 발견한 날, 웅크린 채 소리 죽여 얼마나 울었던지! 뚜렷한 이유가 없었어요. 그저 '생명'이라는 말 한마디가 그렇

---

**07**　홍용희, 「부정의 정신과 생명의지」, 『아름다운 결핍의 신화』, 천년의시작, 2004, p. 284.

게 신선하게, 그렇게 눈부시게 내 마음을 파고 들었습니다. 한없는 감동과 이상한 희열 속으로 나를 몰아넣었던 것입니다.

'아, 생명은 무소부재로구나! 생명은 감옥의 벽도, 교도소의 담장도 얼마든지 넘어서는구나! 쇠창살도, 시멘트와 벽돌담도, 감시하는 교도관도 생명 앞에는 장애물이 되지 못하는구나! 오히려 생명은 그것들 속에마저도 싹을 틔우고 파랗게 눈부시게 저렇게 자라는구나! 그렇다면 저 민들레 꽃씨나 개가죽나무보다 훨씬 더 영성적인 고등 생명인 내가 이렇게 벽 앞에서 절망하고 몸부림칠 까닭이 없겠다. 만약 이 생명의 끈질긴 소생력과 광대한 파급력, 그 무소부재함을 깨우쳐 그것을 내 몸과 마음에서 체득할 수만 있다면 내게 더 이상 벽도 담장도 감옥도 없는 것이다.'[08]

그의 개인적인 체험 속에서 배태된 생명은 개인의 차원을 넘어 사회와 문화의 영역으로, 우주의 영역으로 외연을 확장함과 동시에 점점 심화되기에 이른다. 그는 '문학으로서의 생명학은 그 안에 영성을 내포해야 한다'고 말한다. 또 그는 "진화하는 생명의 외면적 복잡화(기화(氣化) outward complexity)는 내면의 의식(신령(神靈) inward consciousness)을 증대 심화시키는 신화(神化) 과정"으로 본 뒤 이 외면과 외면의 모심과 살림이 적극화되면 "새시대 새 세대의 새로운 요기-싸르의 길, 외면의 사회적 생명 변혁과 내면의 명상적 평화의 이중적 교호 결합이 새 차원으로 크고 넓게 열릴 것"[09]이라고 말하고 있다. 이러한 생명학의 기초 위에 다시 평화의 문제를 들고 나온다. 그가 말하는 평화는 한시적인 평화론의 한계를 넘어서는 것을 겨냥하고 있다. 그가 말하는 평화론은 "혼돈은 인정하되 혼돈을 넘어

**08** 김지하, 『생명과 자치』, 솔, 1996, p.31.

**09** 김지하, 「젊은 생명문학 훈수 몇 마디」 『시작』, 2004년 봄호, p.53.

서고 극복하는 그런 카오스모스적인 새로운 생명의 질서, 생명학 또는 우주생명학에 기초한 인간과 인간, 민족과 민족, 문명과 문명, 그리고 지구와 주변 우주를 인간이 조정하는"[10] 그런 상생과 상극을 동일하게 보는 평화론이다.

### 2.3 몸론의 출현과 탈근대의 상상력

90년대 비평에서 페미니즘, 생태주의 담론과 함께 새롭게 부상한 것이 바로 '몸론'이다. 몸론은 페미니즘과 생태주의와도 긴밀한 관계 속에서 성립된 것으로 그것은 90년대 이후에 급격하게 대두된 존재론적인 불안에 그 토대를 두고 있다. 몸의 위기는 단순한 관념이나 인식의 차원의 문제가 아니라 곧바로 죽느냐 사느냐하는 절박한 존재의 문제를 드러낸다. 김수영이 제기한 육체와 현대성, 몸과 언어의 문제는 90년대 우리 문학에서 본격적으로 탐구되기에 이른다. 이 문제에 깊은 관심을 가지고 가장 많은 담론을 생산한 쪽은 여성 그룹이다. 몸을 통한 여성의 정체성 찾기의 흐름이 우리 문학계에도 대세를 이루면서 또하나의문화, 한국 여성연구회, 한국여성문학학회 등 페미니스트 그룹이 중심이 되어 다양한 담론들이 나오기 시작했다. 그 대표적인 성과물이 '여자로 말하기, 몸으로 글쓰기'(『또하나의 문화』제9호, 1992)와 '여성의 몸, 몸의 담론'(『여성문학연구』제5호, 2001)이다.

여자로 말하기, 몸으로 글쓰기는 기존의 남성의 말과 글과는 다른 여성만의 고유한 말과 글의 형식을 탐색하고 있다는 점에서 여성의 존재에 대한 가능성은 물론 우리 문학에 대한 가능성을 열어 보인 기획이라고 할

---

**10**  김지하, 『생명과 평화의 길』, 문학과지성사, 2005, p. 188.

수 있다. 이 기획의 첫머리는 '살아남기 위한 말, 살리기 위한 말'이라는 주제로 주로 말과 글을 가지고 먹고 사는 여성 문필가와 학자들의 다양한 개인적 체험을 통해 가부장적인 언설의 모습을 들여다보고 있다. 이어서 「여성의 자기 진술의 양식과 문체의 발견을 위하여」(김성례), 「지식인 여성들의 글쓰기」(조혜정, 김미숙, 최현화), 「미친년 넋두리」(조주현), 「그 많던 싱아는 누가 다 먹었을까가 우리에 던진 숙제」(조은) 등 네 편의 글에서는 여성의 말과 글이 갖는 속성을 정치하게 풀어내고 있다. 이들은 모두 여성의 언설이 남성 중심의 공식적인 장에서는 배제되어 왔지만 침묵하지는 않았으며, 여러 영역에서 다양한 형태로 살아 꿈틀거렸다고 보고 있다. 이러한 탐색은 궁극적으로 여성에게 권력을 행사해온 집단의 언설과는 다른 여성 고유의 언설을 마련하기 위한 일환으로 볼 수 있다. 이 언설을 찾기 위해 이들은 이 땅에서 죽어간 여성 문인들의 목소리를 되살려 내고 있다. 비장감마저 들게 하는 이 재생의 형식은 그동안 억압받고 소외되어 온 여성의 한스런 넋두리를 넘어서는 여성 자신의 정체성을 찾기 위한 몸짓이라고 할 수 있다.

'여성의 몸, 몸의 담론'은 학술발표회 형식으로 기획된 주제이다. 여기에는 「페미니즘과 몸으로 길찾기」(변신원), 「인어공주와 아마조네스 그 사이」(김미현), 「한국 현대연극에 나타난 여성 육체의 이미지」(정우숙), 「신르네상스 시기 한국 영화에서의 성별/성에 대한 재현」(김선아) 등 네 편의 평문이 수록되어 있다. 변신원의 글의 골자는 몸에 대한 페미니즘의 관심이 문학 텍스트에서 크게 두 가지 방향으로 전개된다고 보고 있다. 여성이 욕망의 주체임을 선언하는 것이 하나이고, 여성의 몸이 이제 타자 중심적인 '보살핌의 윤리'에 의해 세계의 중심이자 세계를 전부로 확장하는 것이 또 다른 하나이다. 그러나 변신원은 이 두 방향에 대해 지나친 낙관론을 경계하고 있다. 그것은 모든 것을 상품화의 대상으로 간주하는 자본주의의 견고한 체계 때문이다. 이런 맥락에서 변신원은 몸 담론이 새로운 의미를 산출할 수 있는 전복의 지점이면서 동시에 스스로 왜곡될 수 있는 지점임을 지적한다.[11]

김미현의 글은 탈근대적 저항으로 몸의 복원을 강조할 때에도 여성의 몸은 몸 자체로 다루어지지 않았다는 점을 인어공주와 아마조네스라는 순응과 저항의 상징화된 기표를 통해 날카롭게 해부하고 있다. 인어공주는 다리의 '첨가' 자체가 순응이 되는 몸을, 아마조네스는 유방의 '훼손' 자체가 저항이 되는 여성의 몸을 보여준다는 것이다. 그리고 인어공주의 다리와 아마조네스의 유방 사이에는 탯줄이 잘린 흉터나 상처에 다름 아닌 오이디푸스의 '배꼽'이 있게 된다는 것이다. 이렇게 여성의 몸과의 분리를 통해 생긴 '배꼽'을 가지고 있기에 남성들의 몸 또한 온전치 못하다는 것이다. 김미현의 이러한 논리는 오정희의「중국인 거리」, 전경린의「남자의 기원」, 이윤기의『진홍글씨』에 대한 분석을 통해 얻어진 것이다. 이 텍스트들은 각각 여성 작가가 바라본 여성의 몸(오정희), 여성 작가가 바라본 남성의 몸(전경린), 남성 작가가 바라본 여성의 몸(이윤기)[12]이라는 몸에 대한 교차된 시각을 드러낸다. 김미현의 이러한 시각이 겨냥하고 있는 것은 여성의 몸이 이것 아니면 저것이라는 이분법적인 체계로 재단할 수 있는 존재가 아니라 이것이기도 하고 저것이기도 한 보완적이고도 다양한 결합을 이룰 수 있는 그런 존재라는 사실에 있다.

정우숙의 글은 이현화의 희곡「카텐자」를 통해 한국 연극에 나타난 육체의 이미지를 탐색하고 있다. 정우숙은 여성 육체의 이미지의 문제는 여

---

11    변신원,「페미니즘과 몸으로 길찾기」,『여성문학연구』제5호, 예림기획, 2001, p. 29.
12    김미현,「인어공주와 아마조네스 그 사이」,『여성문학연구』제5호, 예림기획, 2001, p. 49.

성을 소재로 다룬 남성 희곡 작가나 남성 연출가의 작업을 통해 다가가야 할 문제로 파악한다.[13] 이러한 주장은 여성의 몸에 대한 다양한 시각을 차단한다는 약점이 있지만 남성과 여성의 대립의 날을 보다 첨예하게 세워 여성의 몸의 문제를 부각시킨다는 점에서는 생산적인 측면이 있다. 정우숙은 「카텐자」가 육체의 이미지를 부각시키기 쉬운 위협적이고 압도적인 배경과 분위기 위에 구축되어 있으며, 그 안에서 여성 육체는 고문의 점층적 효과를 통해 유린당하는 이로 드러난다는 점을 지적한다. 특히 가상의 고문에서 실제 고문으로 진전되어 가는 중에, 실질적인 육체의 고통 못지않게 성희롱적 모멸감을 불러일으키는 데 적절한 가해 행위들이 자주 드러난다는 것이다. 이러한 분석을 통해 그녀는 「카텐자」가 여성의 육체를 활용하여 강력한 고통의 감각을 전달하는 것만은 분명하다는 결론을 내린다. 정우숙이 제기한 문제는 연극만의 문제가 아니라 보여주고 보여지는 모든 텍스트(연극, 영화, 드라마, 광고, 만화, 애니메이션 등)에 적용할 수 있다는 점에서 시사하는 바가 크다고 할 수 있다.

　김선아의 글은 신르네상스 시기라는 불리는 90년대 후반 한국영화를 성별/성의 관점에서 남성 중심의 이성애 구조를 해체하는 새로운 욕망의 경제와 주체성의 관계를 영화가 어떻게 징후적으로 제시하고 있는가를 탐색하고 있다. 김선아에 따르면 신르네상스 시기 한국영화는 성별/성의 재현에 있어서 크게 두 가지 방향에서 변화를 일으켰다는 것이다. 하나는 기존의 이성애 중심의 여성 섹슈얼리티가 아닌 레즈비언 섹슈얼리티가 등장한 것이고, 다른 하나는 외상으로서의 한국역사가 본격적으로 등장, 이 역사와 여/남 주체성의 관계에 대한 탐구가 시작되었다는 것이 바로

---

**13**　정우숙, 「한국 현대연극에 나타난 여성 육체의 이미지」, 『여성문학연구』 제5호, 예림기획, 2001, p.57.

그것이다.[14]

　이들 네 편의 글은 지금 이 시대의 우리 여성의 몸이 처한 상황을 소설, 연극, 영화라는 텍스트를 통해 구체적으로 분석하여 다양한 의미를 들추어내고 있다는 점에서 주목에 값한다. 다만 한 가지 아쉬운 것은 이렇게 해서 얻어진 여성의 몸이 지금 이 시대에 어떤 실천성을 담보할 수 있는지 그것에 대한 언급이 부족했다는 것이다.

　생태주의 담론은 초기의 단순 고발과 폭로의 형식에서 벗어나 차츰 사유의 깊이와 미학적인 원리를 토대로 하는 새로운 형식을 마련하게 된다. 이 과정에서 생태주의 담론은 필연적으로 몸과 만난다. 그것은 실존에 대한 위기를 가장 잘 드러내는 실체가 바로 몸이기 때문이다. 많은 여성연구자들이 실존의 절박한 위기 상황에서 몸과 만났듯이 생태주의자들 역시 그런 이유로 몸과 만나게 된 것이다. 생태주의자들의 이런 고민을 가장 잘 보여주는 이가 바로 김지하이다. 『생명』(1992), 『생명과 자치』(1996), 『율려란 무엇인가』(1999), 『생명학』(2003) 등으로 이어지는 그의 생명주의 담론은 서구의 생태론과 동양의 생명학을 모두 포괄하는 담대하고 심오한 사상 체계를 가진다. 담론의 범주를 쉽게 가늠할 수 없을 정도로 포괄적이고 중층적이기 때문에 한마디로 그의 사상을 규정할 수는 없다. 다만 한 가지 이야기할 수 있는 것은 그가 유난히 우주적인 영성을 강조하고 있다는 점이다. 그의 사유 체계 안에서 우주적인 영성이 없는 생명주의란 향기 없는 꽃이거나 씨 없는 열매에 불과하다. 그의 이러한 우주적인 영성론은 몸에 대한 사유에서도 그대로 적용된다.

---

**14**　김선아, 「신르네상스 시기 한국영화에서의 성별/성에 대한 재현」, 『여성문학연구』 제5호, 예림기획, 2001, pp.76~77.

나는 육체가 깊은 우주적 영성의 그물이라고 확신해요. 손가락 하나, 발끝 하나, 털끝 하나, 피부 어느 한 부분도 깊은 정신의 그물이 다 뻗치지 않은 곳이 없어요. 그리고 피부를 통해서, 육체를 통해서 신령한 전 우주, 전 외계 우주, 전 심층 무의식, 전 의식계와 전 감각계를 통괄하여 유통하고 순환 교섭하는 대생명, 영성적 생명, 즉 기가 활동하는 것이죠. 육체는 바로 영성의 그물입니다.[15]

몸이 바로 영성의 그물이라는 그의 주장은 몸을 단순히 물질적인 것으로 보지 않는다는 것을 의미한다. 몸은 물질적인 것을 넘어서는 그 안에 '사랑의 씨'를 간직한 신령스러운 존재이다.[16] 이런 그의 사유는 '회음부'를 강조하는 사상으로 연결된다. 그는 "회음부의 새로운 문화 가능성을 향하여 대뇌, 심장, 배꼽과 어깨 중심, 안면 중심, 시각과 청각 중심, 입술과 혓바닥 중심의 로고스주의가 모두 다 자기의 패권을 포기해야 하"며, "회음부로부터 솟아오르는 새빨갛고 따뜻한 사랑의 피는 뇌수와 심장, 배꼽, 어깨, 시각과 청각과 혓바닥에 감돌아 따뜻하고 핏기 있는, 살아 생동하는 사랑의 지식, 사랑의 철학, 사랑의 종교, 사랑의 정치, 사랑의 경제, 사랑의 예절과 교육을 가능케 할 것이며 사랑의 사회를 건설할 수 있게 할

---

**15**　김지하, 『생명과 자치』, 솔, 1996, p.279.

**16**　김지하의 이러한 사유는 「젊은 생명문학 훈수 몇 마디」(『시작』, 2004년 봄호)에서도 그대로 드러난다. 이 글에서 그는 "문학으로서의 생명학 즉 몸론은 동시에 영성을 제 안에 내포해야 한다. 진화하는 생명의 외면적 복잡화(기화(氣化) outward complexity)는 내면의 의식(神靈 inward consciousness)을 증대심화시키는 신화(神化) 과정이다. 이 안팎 양측면의 새명과 영성으로부터 몸 안에서의 에코와 디지털(영성)의 결합이 이루어져야 한다"(p.53)고 주장한다. 이 결합을 그는 낙관적으로 본다. 그는 몸 안에서의 모심과 살림이 적극화되면 "새시대 새세대의 새로운 요가-싸르의 길, 외면의 사회적 생명 변혁과 내면의 명상적 평화의 이중적 교호 결합이 새 차원으로 크고 넓게 열릴 것"(p.53)이라고 낙관하고 있다.

거"<sup>7</sup>라고 말하고 있다.

이러한 회음부 사상은 서구 중심의 문명과 문화의 패러다임을 돌려놓으려는 의지를 내장하고 있다는 점에서 변혁적이고 실천적인 기획이라고 할 수 있다. 회음부의 의미를 새롭게 규정함으로써 그동안 뇌 중심의 패러다임 하에서 온전한 존재태를 갖지 못한 몸을 세계 소통의 토대로 회복시킨 것이다. 이것은 뇌 중심 하에서 점점 비대해진 실체가 없는 관념의 해체를 의미한다. 그리고 이것이 궁극적으로 겨냥하는 것은 몸에서의 기(氣)의 충만함이다. 몸의 기가 충만하다는 것은 뇌 중심주의에 의해 파괴되고 피폐해진 생태계의 부활을 의미하는 것이다. 하지만 이 생태계란 단순히 자연을 의미하는 것이 아니라 문화나 문명 전반에 걸친 폭넓은 세계를 지칭한다. 생태문화, 생태문명으로 표상되는 세계가 바로 그것이다.

이와 같은 맥락에서 이재복 역시 몸시학을 전개하고 있다. 『몸속에 별이 뜬다』(1998), 「이상 소설의 몸과 근대성에 관한 연구」(2001), 『몸』(2002), 『비만한 이성』(2004)으로 이어지는 그의 몸에 대한 탐구는 크게 여성, 생태, 미학의 차원에서 행해진다. 하지만 그 비중을 따진다면 생태 쪽으로 많이 기울어져 있는 것이 사실이다. 『비만한 이성』은 이러한 경향을 잘 보여주고 있다. 표제가 말해주듯이 이 비평집은 근대적인 이성 비판을 골자로 한다. 몸이라는 화두를 정하고 그것을 통해 근대적인 이성을 성찰한다. 주로 90년대 문학을 대상으로 하여 행해지는 그의 이성 비판은 그것이 생태의 문제와 만나 한층 심화되고 또 확대된다. 이것을 잘 보여주고 있는 평문이 바로 「마돈나에서 사이보그까지 -새로운 감수성을 찾아서」와 「에코토피아와 디지털토피아」이다. 전자는 1920년대 이상화와 이상

---

**17**  김지하, 『생명과 자치』, 솔, 1996, pp. 281~282.

으로부터 1990년대 김선우, 이원에 이르기까지 이들의 문학에 나타난 몸의 의미를 통해 시에서의 새로운 감수성을 탐색하고 있다. 이 탐색 과정을 통해 그는 우리시의 새로운 감수성의 하나로 몸에서 비롯되는 생태적 상상력을 거론한다. 김지하의 회음부 사상과 그것으로부터 발현되는 우주적인 상상력, 이은봉의 몸과 달의 결합을 통해 보여주는 훼손된 신화에 대한 상상력, 김선우의 어머니의 몸을 통해 발현되는 순수한 자연에 대한 상상력, 그리고 이원의 사이보그적인 상상력 등은 모두 몸에 대한 시인의 자의식이 만들어낸 세계라고 할 수 있다.

그는 이 시인들에게서 발견할 수 있는 이러한 상상력은 유사 이래 인간의 몸의 개조 욕망이 존재하는 한 계속될 것이라고 예견한다. 특히 인간의 몸의 게놈 지도의 완성은 "그 욕망의 실체를 보여준 끔찍한 사건"이라고 하면서, 이것이 "인간의 행복한 미래를 담보하는 것이 아니라 또 다른 억압을 가져올 뿐이라"고 경고한다. 이어 그는 "몸에 대한 민감한 자의식을 가진 시인이라면 몸을 둘러싸고 벌어지는 이러한 일련의 일들에 대해 불안을 느끼고 그것을 글쓰기를 통해 해소하려 할 것"[18]이라고 전망한다.

이재복의 몸에 대한 글쓰기는 여기에서 그치지 않고 하나의 이론적인 체계를 제시하는 쪽으로 나아간다. 그는 우리 시대의 사회 문화적인 담론을 성찰한 뒤 이로부터 두 개의 키 워드(Key Word)를 찾아낸다. '에코토피아(Ecotopia)'와 '디지털토피아(Digitaltopis)'[19]가 바로 그것이다. 그에 의하면 이 두 용어는 각각 기(氣)와 비트(Bit)를 토대로 하지만 전자는 이 세계 어디엔가 반드시 존재하지만 후자는 그렇지 않다는 것이다. "being digital이라고 할 때 그 being은 기존의 어떤 실체로부터 존재성을 부여

---

**18** 이재복, 「에코토피아와 디지털토피아」, 『비만한 이성』, 청동거울, 2004, p.86.

**19** 이재복, 위의 책, p.88.

받은 그 being은 아니"[20]라는 것이다. 따라서 디지털토피아가 곧 유토피아가 될 것이라는 기대는 지극히 위험하다고 주장한다. 이러한 발상은 "인간을 포함하여 모든 존재 혹은 존재자의 토대가 되는 에코적인 존재성을 배제한다는 점에서"[21] 그렇다는 것이다. 에코적인 토대 없이 디지털적인 문명은 성립될 수 없다는 그의 논리가 강하게 투영되어 있는 대목이라고 할 수 있다. 그는 가장 바람직한 유토피아상을 에코토피아와 디지털토피아 사이의 적절한 긴장과 이완을 통해 성립되는 그런 세계로 이해한다. 그리고 이 두 가지를 총체적으로 수렴하는 대상을 '몸'으로 보고 있다.

이 밖에도 몸 담론과 관련하여 주목할 만한 글로는 한국 근대소설을 신체성을 토대로 읽기를 시도한 것[22], 한국 여성소설 혹은 오정희의 소설에 나타난 몸을 기호학적인 해석을 시도한 것[23], 신체적 주체의 시학이라는 모토를 내걸고 90년대 이후 우리 시에 나타난 몸의 의미를 사이성(betweenness)의 차원에서 정치한 분석을 시도한 것[24], 1920년대 근대소설부터 1990년대 소설에 이르기까지 텍스트 속에 담긴 몸의 의미를 추적하여 몸의 의미와 소설의 의미가 어떤 변모 양성을 보여 왔는지를 날카로운 직관과 감식안을 가지고 통시적인 해석을 시도한 것[25], 1930년대 모더니

---

**20**  이재복, 위의 책, p.89.

**21**  이재복, 위의 책, p.93.

**22**  문영진, 「한국 근대 소설의 신체성 중심의 읽기에 대한 연구」, 서울대 교육대학원 박사논문, 1998. 이 논문은 이기영의 서화, 현덕의 남생이, 이태준의 사냥, 최명익의 심문을 정신의 층위, 행위의 층위, 체험의 층위로 구분하여 읽어내고 있다. 이러한 방식을 통해 연구자는 역동적 독서체험의 형성, 정체성의 조정 효과, 심미적 체험의 심층적 효과, 총체성과의 조우 체험 등을 실천적으로 구현하려고 한다.

**23**  김미현, 「이브의 몸, 부재의 변증법」, 『기호학연구』 제12집, 문학과지성사, 2002.

**24**  오형엽, 『신체와 문체』, 문학과지성사, 2001.

**25**  조영복, 「21세기 문학의 몸 혹은 최후의 인간」, 『소설과사상』, 2000년 봄호.

즘 소설을 몸 서사의 차원에서 해석을 시도한 것[26], 이상의 소설을 전통과 근대로 구분하여 신체인식이 어떻게 변화하고 있는가를 분석한 것[27], 서정 주의 시를 김상일의 '몸과 마음, 육체와 정신의 통합체' 개념에서 이론적인 도움을 받아 탈근대적인 시각으로 독창적인 해석을 시도한 것[28] 등이 바로 그것이다. 이러한 일련의 시도들은 몸과 우리 문학의 해석을 풍요롭게 하 는데 일정한 기여를 한 것이 사실이다. 몸담론의 파급력은 존재론적인 위 기와 맞물려 그 파급력은 훨씬 더 확대될 것이다.[29]

---

**26**  김양선, 「1930년대 모더니즘 소설과 몸의 서사」, 『여성문학연구』 제8호, 예림기획, 2001.

**27**  안미영, 『이상과 그의 시대』, 소명출판, 2003.

**28**  조연정, 「서정주 시에 나타난 몸의 시학 연구」, 서울대 석사논문, 2001.

**29**  하지만 지금까지 논의되어 온 몸담론을 살펴보면 미흡한 점이 없지는 않다. 우선 지적할 수 있는 것은 몸담론 자체가 개별 작가나 텍스트 위주의 해석에 머물고 있다는 점이다. 몸에 대한 인식을 공시적이고 개별적인 것에서 통시적이고 종합적인 것으로 확장할 필요가 있다고 본다. 몸의 시대에 따른 사적인 변모 양상을 살펴본다거나 문학을 넘어 다른 영역으로 그 담론을 확장하는 것이 그것이다. 후자의 경우는 그것이 학제간 연구의 의미를 띤다고 할 수 있다. 아직 정식으로 이런 형식의 학회가 발족되어 있지는 않다. 다만 학제간 연구 성과물은 많이 있다. 대표적인 것으로는 『몸의 이해』(프랑스 문화 연구회, 어문학사, 1998), 『몸 또는 욕망의 사다리』(이거룡 외, 한길사, 1999), 『몸짓언어와 기호학』(기호학회, 문학과지성사, 2001), 『몸의 기호학』(기호학회, 문학과지성사, 2002), 『몸과 몸짓문화의 리얼리티』(성광수 외, 소명출판, 2003) 등이 있다.

이 담론의 특징은 다양한 분야의 논객들이 참여해 몸과 관련된 담론을 생산하고 있다는 점이다. 다양한 분야의 연구자들이 참여해서 생산된 담론이라는 점에서 보면 분명 이것은 학제간의 성격을 보여준다. 몸담론을 통해 드러나는 이 현상은 근대적인 학문 제도에 대한 해체를 반영한다고 할 수 있다. 학문의 제도화된 분화를 통해 생산의 효율성 혹은 통제와 관리를 극대화하려는 근대의 욕망이 여기에 숨어 있는 것이다. 학문의 제도화된 분화로 인해 세계 인식에 대한 불균형이 초래되면서 많은 문제들이 발생하게 된 것이다. 근대의 분화된 학문 체계로는 점점 복잡해지고 중층화되어 가는 지금 이 시대의 문제를 제대로 해결하기에는 한계가 있는 것이다. 가령 근대 이후 지배적인 영향력을 행사해 온 과학은 인문학과의 학제적인 소통이 차단된 결과 인간과 자연의 공생의 논리와 생명 윤리의 실종, 인간과 세계에 대한 가치관의 부재, 유토피아에 대한 전망 상실과 같은 문제를 야기하게 된

## 3. 비평권력에 대한 도전과 한계

### 3.1 문학권력 논쟁의 시발과 권력형 글쓰기

흔히 90년대를 '논쟁이 없는 시대'라고 한다. 이러한 규정은 90년대에 들어와 문제가 된 '문학권력 논쟁'과 긴밀하게 연결되어 있다. 문학권력 논쟁을 어떻게 보느냐에 따라 90년대 전반의 논쟁에 대한 규정이 달라질 수 있다. 이런 점에서 볼 때 '논쟁이 없는 시대'라는 규정은 다양한 의미를 포함한다. 이 규정이 이데올로기를 함의한 정치적이고 정략적인 개념인지 아니면 누구나 공감할 수 있는 보편타당한 개념인지 그것은 문학권력 논쟁에 대한 보다 정치한 탐색을 요구한다고 할 수 있다.

문학권력 논쟁의 시발은 권성우가 2000년 『문학과사회』 여름호에 실린 권오룡의 「권력형 글쓰기에 대하여」와 김태환의 「김현 10주기 기념 문학 심포지움을 다녀와서」에 대해 비판하는 글을 문학과지성사 게시판[30]에 올리면서부터이다. 그는 권오룡의 글이 익명으로 권력형 글쓰기에 대해 비판하고 있지만 그것이 자신과 강준만, 김정란, 이명원에 대한 비판으로 읽히며, 이것은 또한 자신이 『문예중앙』(1999년 가을호)에 발표한 「비판, 그리고 성찰의 현상학」에 대한 『문학과사회』 진영의 응답으로도 볼 수 있다고 주장하기에 이른다. 이에 그는 자신의 입장을 담은 글을 『문학과사회』에 200자 원고지 70~80매 정도로 해서 투고하고 싶다고 한 뒤, 여기에 대한 『문학과사회』 동인들의 입장과 만일 글 게재가 어렵다면 그 이유를

---

것이다. 학제간의 경계해체는 시대적인 요청이자 당면한 실존의 문제인 것이다. 몸을 토대로 한 문학 혹은 사회 문화 등에 대한 연구가 단순한 지적 호기심을 넘어 보다 포괄적이면서 체계적으로 행해져야 하는 이유가 여기에 있는 것이다.

**30**  http://www.moonji.com 2000년 5월 21일.

밝혀달라고 한다.

그러나 『문학과사회』 동인들은 그의 요구를 거절한다. 이들은 『문학과사회』가 동인체제로 운영되는 잡지이며, 원고의 청탁과 수록은 동인들의 문학적 판단의 문제라고 전제한 뒤 『문학과사회』에 실린 글에 대해 반박하는 것은 권성우 씨의 자유이며 우리는 권성우 씨의 완성된 원고를 보지 못한 상황에서 게재의 여부를 판별할 수 없다는 입장을 보인다. 또한 이들은 권성우의 주장이 사실에 대한 명백한 왜곡 때문에 빚어진 것이 아니라 관점의 차이에서 비롯된 것이기 때문에 사실 규명과 논리 전개의 차원이 아닌 심정적인 차원의 문제 제기로 본다는 입장을 취한다. 이에 대해 권성우는 자신의 글이 단순한 불만의 차원에서 제기된 것이 아니라 이 시대의 문학과 문학 논쟁 그리고 4·19세대의 문학을 바라보는 소중한 논점이 될 수 있다는 생각에서 『문학과사회』 측에 자신의 입장을 전한 것이라고 답한다.

문학과지성사의 게시판에서 전개된 권성우와 『문학과사회』 진영 사이의 이러한 논쟁은 감정적인 차원으로 기울어져 있는 것이 사실이다. 이것은 이 논쟁의 시발이 김현 10주기 기념 문학 심포지엄에서의 갈등에서 비롯된 것이기 때문이다. 이 심포지엄에서 권성우는 「4·19 세대 비평의 성과와 한계」라는 제하의 글을 발표하면서 김현, 김병익, 김주연, 김치수, 백낙청, 염무웅 등 이른바 4·19세대 비평가들을 '기성 세대 비판을 통한 인정 투쟁의 논리'로 규정해버린다. 특히 그는 "50년대 비평가에 대한 비판을 통해, 60년대 비평가들, 즉 4·19세대 비평가들의 새로운 입지를 효과적으로 강조하는 것이 김현이 「한국비평의 가능성」에서 구사한 전략이"[31]

---

31  권성우, 『4·19 세대 비평의 성과와 한계』, 『문학과사회』, 2000년 여름호, p.439.

라고 하여 김현의 비평 전략을 문제 삼는다. 이어 그는

> 김현의 이와 같은 동세대 비평가들에 대한 옹호는 자신들이 속한
> 4·19세대를 "이 세대는 우리가 아는 한 역사상 가장 진보적인 세대이
> 다"라고 파악하는 자부심과 맞닿아 있다.[32]

라고 하여 김현이 4·19세대에 대해 가지는 자부심을 부각시킨다. 하지만
권성우는 김현을 포함한 4·19세대 비평가들이 비판의 대상으로 삼고 있
는 50년대 비평가와 50년대 문학에 대해 정당한 재평가가 있어야 한다고
전제한 뒤 "4·19세대 비평가들의 논리를 중심으로 재편된 비평사적 관점
이 근원적인 재검토나 질문 없이, 유력한 문학적 학술적 헤게모니를 획득
해왔다는 점을 입증하고 있다"[33]고 하여 이들에 대한 부정적인 시각을 드
러내 보인다. 그의 김현을 포함한 4·19세대 비평가들에 대한 비판적인
태도는 김현 10주기 기념 문학 심포지엄의 주체인 『문학과사회』 진영의
즉각적인 반응을 이끌어내기에 이른다.

　『문학과사회』 진영에서는 김현 10주기 문학 심포지엄을 『문학과사회』
2000년 여름호에 게재하면서 김태환의 「김현 10주기 기념 문학 심포지엄
을 다녀와서」와 권오룡의 「권력형 글쓰기에 대하여」를 함께 실어 그 불편
한 심기를 드러낸다. 김태환의 글은 심포지엄 참관기 형식을 취하고 있지
만 권성우가 제기한 4·19세대 비평가들에 대한 세대론적 인정투쟁의 욕
망에 그 초점이 놓여 있는 것이 사실이다. 가령 "그가 문학을 정치적인 권
력 투쟁의 문제로 환원시키려 하는 게 아닌가 하는 의혹이 토론 과정에서

---

**32**　권성우, 위의 글, p.439.

**33**　권성우, 위의 글, p.443.

끊이지 않고 제기되었다"³⁴ 같은 대목에 드러난 의미가 바로 그것이다. 이 것은 권성우가 제기한 4·19세대 비평가들의 세대론적 인정투쟁의 욕망을, 정치성을 띤 불온한 것으로 간주함으로써 그에 대한 불편한 심기를 드러내고 있는 것으로 볼 수 있다. 권성우에 대한『문학과사회』진영의 이러한 태도는 권오룡에 오면 좀 더 강화되기에 이른다.

그는「권력형 글쓰기에 대하여」에서 말의 우화를 들어 자신의 입장을 개진하고 있다. 말의 우화는 '사람의 모든 행위는 권력 의지의 추동'이라는 의미로 대체된다. 그에 의하면 권력은 '선험적인 실체'이다. 그것은 "인간의 모든 제도와 행위가 권력의 표상, 권력 의지의 추동으로 그 정체가 폭로되어버린 순간", "이미 아무것도 아닌 것이 되어버리는 것" 그것이 바로 권력이라는 것이다. 권력의 선험적 실체화는 용감한 에피고넨들을 양산해 내는데 이들은 권력에 맞서 싸우지만 권력이 이미 종이 호랑이에 지나지 않기 때문에 그 싸움은 "이미 죽은 시체에 대한 확인 사살과 같은, 비장하지만 손쉬운 싸움이 되어버린"³⁵다는 것이다. 따라서

　　그 싸움은 우선 권력을 스스로 만들고 규정하고 명명하는 작업으로부터 시작된다. 이른바 권력형 글쓰기라는 유형의 글이 구체적인 힘을 얻게 되는 것은 이 대목에서부터이다. 이미 대상에 붙어 있으나 마나 한 권력의 표지를 그들은 자신의 글쓰기를 통해 새롭게 부각시키고 그것을 새삼스럽게 권력으로 만들어놓는 것으로부터 그들의 싸움은 시작된다. 이렇게 하여 만들어지는 권력은 한 일간지나 잡지가 되기도 하고, 한 작가나 교수·논객이 되기도 하고, 한 무리의 비평가

---

**34**　김태환,「김현 10주기 기념 문학 심포지엄을 다녀와서」,『문학과사회』, 2000년 여름호, p.496.

**35**　권오룡,「권력형 글쓰기에 대하여」,『문학과사회』, 2000년 여름호, p.772.

가 되기도 한다. 권력형 글쓰기의 자장 속에서 이들은 꼼짝달싹도 못
하고 권력이 되어버리고 만다.[36]

는 것이다. 권력형 글쓰기에 대한 그의 입장이 비교적 선명하게 드러난
글이다. 여기에서 주목되는 것은 권력에 대한 그의 해석 태도이다. 그가
권력을 선험적 실체로 규정하고 있는 대목에서 이미 이러한 문제는 제기
된다고 할 수 있다. 다양한 권력의 의미를 이런 식으로 규정하고 있다는
것은 글쓰기 주체의 의도가 개입되어 있다는 것을 말해준다. 그가 겨냥하
고 있는 대상은 실체 없는 권력을 스스로 만들고 규정하고 명명하는 에피
고넨들이다. 그는 이 에피고넨들을 "일간지나 잡지가 되기도 하고, 한 작
가나 교수-논객이 되기도 하고, 한 무리의 비평가가 되기도 한다"라고 하
여 구체적으로 거론하고 있지는 않다. 하지만 이에 대해 권성우는 그가
말하는 에피고넨들이 자신을 포함하여 강준만, 김정란, 이명원을 가리키
는 것으로 보고 있다.

　이 글이 쓰여진 전후 맥락을 고려하면 권성우의 이러한 주장에 설득
력이 없는 것이 아니다. 또한 권성우의 말처럼 이 글은 그의 「비판, 그리
고 '성찰'의 현상학」(『문예중앙』 1999년 가을호)에 대한 비판을 목적으로 제출
된 것으로도 볼 수 있다. 그는 『문학과사회』에 대해 '에콜의 논리와 자기
성찰의 부재'라는 견지에서 이들의 논쟁을 대하는 태도와 자세를 비판한
다. 그는 『문학과사회』의 "진정한 자기 성찰의 부재가 바로 홍정선의 글을
둘러싼 논쟁에서 보여준 태도나 정과리, 이광호의 글에 불길하게 나타나
있"[37]다고 보고 있다. 권성우의 『문학과사회』를 향한 이러한 일련의 글들

---

**36**　권오룡, 위의 글, p.772.

**37**　권성우, 「비판, 그리고 '성찰'의 현상학」, 『문예중앙』, 1999년 가을호, p.99.

은 다분히 전략적으로 제출된 것으로 강한 정치성을 띤다고 할 수 있다.

## 3.2 에꼴 비판과 에꼴 정신의 부재

권성우와 『문학과사회』 진영 사이에서 촉발된 문학권력 논쟁은 진중권, 김정란, 이명원, 강준만 등 문단 안팎의 비판적이고 래디컬한 지식인 그룹들이 가세하면서 그 외연이 문학을 너머 사회적인 영역으로 확장되기에 이른다. 특히 이명원을 둘러싸고 벌어진 일련의 사건과 안티조선운동은 문학권력 논쟁의 외연이 사회적인 영역으로 확장되었다는 것을 잘 말해주는 단적인 예이다. 먼저 이명원 사태로 명명된 이 사건은 그가 월간 『말』지 10월호에 김윤식의 『한국 근대소설사 연구』가 가라타니 고진의 『일본 근대문학의 기원』을 표절했다는 주장에서 비롯된다. 그는 『한국 근대소설사 연구』의 주요 원리인 풍경, 고백체, 언문일치, 내면의 개념이 가라타니 고진이 『일본 근대문학의 기원』에서 제기한 개념을 그대로 표절한 것이며, 텍스트 분석 방법이나 논리 전개가 너무나 흡사하다는 주장을 하기에 이른다. 이명원의 비판에 대해 김윤식은 자신의 실수를 인정하고 그 비판의 적합성과 논지의 타당성의 문제는 자신의 몫이 아니라고 하여 이 문제와 관련된 본격적인 의견 제시는 하지 않고 있다.

하지만 이명원의 김윤식의 표절 주장에서 비롯된 이 사태는 그가 다니던 대학원을 자퇴하게 되고, 그 이유서를 『말』지 11월호에 한 젊은 평론가의 서울시립대 대학원 자퇴이유서를 게재하면서 확산되기에 이른다. 이 이유서에서 그는 자신의 자퇴 이유를 외압에 의한 것임을 밝히고 있다. 이 사태는 한 개인의 차원이 아닌 대학 사회의 불합리한 제도와 관행에 대한 차원의 문제로 확대되어 사회적으로 큰 이슈를 불러일으키게 된다. 그는 이 일을 계기로 여러 진보적인 젊은 비평가들과 함께 『비평과전망』이라는 잡지를 창간하여 이러한 우리 문단과 사회의 구조적인 모순과 권력의 카르텔에 대해 비판적인 입장을 견지한다. 1999년 반년간지로 창간된 『비평과전망』은 문단 내부의 권력의 계보학이라든가 문화 제도 전반에 대한 비판을 통해 우리 비평의 전망을 확보하려는 시도를 단행한다.

이들의 문제 의식은 적지 않은 파장을 불러일으키며 진보 대 보수라는 사회적인 논쟁의 성격을 띠고 확산된다. 이것의 대표적인 사례가 바로 안티조선 운동이다. 우리 사회의 대표적인 보수 신문으로 일컬어지는 《조선일보》에 대해 논쟁의 불을 지핀 사람은 황석영이다. 그는 조선일보사가 주관하는 동인문학상 후보에 자신의 소설 『오래된 정원』이 올라 간 것을 보고 《한겨레신문》에 '동인문학상 후보작을 거부한다'는 글을 기고한다. 여기에서 그는 《조선일보》가 군사 파시즘과의 결탁으로 성장했으며, 기득권층의 이데올로그로서 막강한 언론권력을 누리고 있다고 비판한다. 그의 《조선일보》 비판은 동인문학상을 둘러싸고 불거졌지만 그 이면에는 보수층의 이데올로기를 대변해온 《조선일보》에 대한 진보적인 지식인의 비판적인 의식이 내포되어 있는 것으로 볼 수 있다.

이러한 진보와 보수의 대립은 점차 문단 안팎으로 확산되기에 이른다. 문단 차원에서 이들이 비판 대상으로 삼은 것은 문단 에꼴이다. 그중에서도 문단의 지배력을 행사해온 『창작과비평』, 『문학과사회』, 『문학동네』 같은 에꼴이 집중적으로 그 대상이 된다. 이명원을 비롯한 『비평과전망』 동인들을 중심으로 이들 에꼴에 대한 비판은 문단권력 혹은 문학권력의 차원에서 이루어지게 된다. 이들의 비판에 대해 소위 이들 에꼴에 속한 비평가들은 다소 거리를 두고 여기에 대응하는 양상을 보여준다. 이들의 이러한 태도는 문단권력 혹은 문학권력에 대한 해석의 차이에서 기인한다고 할 수 있다. 이들은 90년대 이후 제기되는 비평의 위기를 에꼴 정신의 부재에서 찾고 있다. 이것은 비평의 위기가 문단 에꼴에서 비롯된다는 『비평과전망』 진영의 젊은 비평가들과는 배치된다.

> 네 분 모두 90년대 횡행했던 비평위기론에 동의할 수 없다는 입장을 보여주고 계신데요. 오히려 진정 문제적인 것은 다른 데 있다는 거죠. 진정한 에꼴정신의 부재라든가. 모든 것을 정치적인 코드로 환원하는 문제, 특히 텍스트에 관한 미학적 입장 대신 비평가 개인의 윤리적인 책임으로 보던 것을 환원하는 관행, 그로부터 말미암은 텍스트에 대한 감식력의 저하, 또 텍스트를 매개로 한 여타 일반 영역으로의 관심 확장의 결여, 그리고 비평적 소통력의 저하 등을 드셨는데요. 그동안의 비평위기론이 사실은 허구였다고 비판하시면서도 이렇게 많은 문제점을 지적해주신 걸 보면 역시 비평에 뭔가 특별한 것이 있기는 있었나 봅니다. 아루래도 현장에서 오랫동안 비평활동을 하시면서 이 문제와 관련한 많은 생각들을 저작해오셨을 텐데요. 지금 이야기하신 비평의 문제점들은 약간씩의 차이는 있습니다만 어떤 측면에서는 90년대 비평만의 문제라기보다는 우리 비평의 고질적인 병폐라고도 할 수 있을 것 같습니다. 비평가의 윤리와 비평의 윤리, 그리고 삶의 논리와 텍스트의 논리를 마구 뒤섞어놓는 식의 비평은 이제는 지양되어햐 한다는 생각입니다.[38]

『문학동네』 주체로 열린 특집 좌담의 한 대목이다. 신수정의 사회로 김미현, 이광호, 이성욱, 황종연 등이 참여한 이 좌담의 요체는 90년대 비평의 위기가 "진정한 에꼴정신의 부재라든가. 모든 것을 정치적인 코드로 환원하는 문제, 특히 텍스트에 관한 미학적 입장 대신 비평가 개인의 윤리

---

**38**  신수성 외, 「다시 문학이란 무엇인가」, 『문학동네』, 2000년 봄호, p.421.

적인 책임으로 보든 것을 환원하는 관행, 그로부터 말미암은 텍스트에 대한 감식력의 저하, 또 텍스트를 매개로 한 여타 일반 영역으로의 관심 확장의 결여, 그리고 비평적 소통력의 저하 등"에 있다는 사실이다. 이 대목을 통해 알 수 있는 것은 이들이 『비평과전망』의 에콜 비판에 대해 그들의 미학적인 차원의 결핍을 문제삼고 있다는 점이다. 텍스트에 대한 미적 자의식 없이 지나치게 정치성만을 내세우는 이들의 비판은 우리 비평의 고질적인 병폐를 그대로 보여주고 있다는 것이다. 이러한 문제제기는 비단이 좌담에 참여한 비평가들로부터 제기된 것은 아니다. 박철화나 김춘식역시 이와 같은 입장에 서 있다. 박철화는 "아무리 살벌한 비판일지다로문학의 테두리 안에 있어야 한"다고 전제한 뒤 "적어도 어떤 권력을 비판하려면 그 권력보다 더 힘있고 매혹적인 담화를 선보여야 한"[39]고 주장한다. 또 김춘식은 "최근에 이루어진 '문학 권력'에 대한 비판은 과거 '문학진영론 비판'에서 이미 제기되었던 출판 자본과 결탁된 출판사, 잡지사의힘겨루기와 영향력의 독점에 관한 것으로서, 어떠한 실체를 지닌 '담론에대한 비판'을 통해서 새로운 가치 체계를 모색하거나 미학적 규범을 생성하는 것과는 일정한 거리가 있는 현상"[40]이라고 하여 문학 권력 비판에 대한 부정적인 입장을 보인다.

미학적인 자의식의 부재라는 비판에 대해 『비평과전망』 진영의 비평가들은 『주례사 비평을 넘어서』를 통해 자신들의 입장을 개진한다. 이들은 자신들에게 가해진 비판을 의식한 듯 텍스트에 대한 해석의 문제를 두드러지게 강조하고 있다.

---

**39**  박철화, 「문학권력 논쟁의 맥락」, 『에머지』, 2000년 8월호.
**40**  김춘식, 「근원을 묻는 글쓰기」, 『불온한 정신』, 문학과지성사, 2003, p. 19.

여기에 우리는 또 하나의 문제를 제기하고자 한다. 그것은 이른바 '주례사 비평'으로 명명되는 비평의 불구화 현상이다. 이 책은 특정한 텍스트에 가해진 해석적 담론이 결과적으로 어떻게 텍스트 자체를 소외시키고 있는지를 다양한 관점에서 검토하고 있다. 우리는 오늘날의 비평에서 흔히 발견되는 수사학 및 가치 평가의 과잉이라는 현상이 이미 비평의 주류 형식으로 자리잡은 것에 대해 고뇌에 빠지지 않을 수 없다. 더불어 이러한 현실을 가능케 한 비평가들 상호 간의 '해석학적 충돌'의 부재 현상은 매우 심각하게 음미될 필요가 있다고 생각한다.[41]

텍스트에 가해진 해석적 담론을 문제 삼고 있는 이 글은 에꼴 진영에서 제기한 미학적인 자의식의 문제와 다른 것이 아니다. 이것은 『비평과 전망』 진영과 『창작과비평』, 『문학과사회』, 『문학동네』 진영 사이에 공유할 수 있는 부분이 있다는 것을 의미한다. 비록 『비평과전망』 진영의 비평가들이 사회 문화 제도적인 권력의 문제를 중요한 이슈로 제기하고 있기는 하지만 이들 역시 텍스트 자체에 대한 해석이나 미적 자의식에 대해 일정한 관심을 드러내고 있는 것이 사실이다. 이런 점에서 볼 때 오히려 이들 진영 사이의 문제는 서로를 인정하고 신뢰하는 바탕 위에서 행해지는 소통에 있다고 할 수 있다.

---

**41**  김영인, 권성우 외, 「희망의 은유를 찾아서」, 『주례사 비평을 넘어서』, 한국출판마케팅연구소, 2002, 머리말.

## 4. 제도화된 비평의 굴레를 넘어서

90년대 비평이 생산의 측면에서 기대에 못 미친다는 평가의 이면에는 비평의 본래적인 기능인 가치평가의 부재가 내재되어 있다고 볼 수 있다. 이것은 주례사라는 말이 온전히 포괄할 수 없는, 또 그것으로 온전히 가름할 수 없는 성질의 것이다. 이것은 비평 감각의 상실과 통하는 것이다. 비평 감각이란 미학의 기본 원리인 일급의 상상과 표현의 문제와 통하는 것으로 이것의 상실은 곧 비평의 주체성과 독립성에 대한 심각한 훼손을 의미한다.

비평의 감각 상실은 가치 자체를 무차별화하는 시대의 특성을 반영하는 것으로도 볼 수 있지만 그보다 더 중요한 요인은 비평의 제도화이다. 비평의 제도화는 제도화된 시스템 속에서 그것이 훈육되고 있다는 것을 말한다. 비평에 입문하고 또 정식적인 등단 절차를 거친 비평가들의 대부분은 그런 제도화된 시스템 속에서 훈육된 존재들이다. 이들 대부분은 'critic'과 'science' 사이의 차이를 인식하지 못한 채 'science'가 곧 'critic'이라는 관념에 무의식으로 노출되어 있다. 비평이 논문과 다를 바 없는, 아주 건조하고 딱딱한 수사학을 구사함으로써 자연히 실제 혹은 잠재적인 비평 독자로부터 멀어지게 된다.

90년대 비평은 이 문제에 대해 반성의 시간을 가져야 할 것이다. 비평의 연성화도 문제지만 실제 혹은 잠재적인 비평 독자로부터의 멀어짐은 더 큰 문제라고 할 수 있다. 비평의 제도화의 문제를 심층적으로 탐색해 가면 결국 그것은 '시스템'의 문제로 귀결될 수밖에 없다. 시스템 바깥에서의 사유가 불가능한 시대에 대해 비평은 어떻게 그것에 대응하고 또 그 존재성을 찾을 수 있을까? 시스템의 견고함을 깨는 일은 불가능에 대한 도전으로 볼 수도 있지만 비평 혹은 문학이 지금까지 감당해온 것이 여기에 있다는 점을 상기한다면 90년대 비평은 비판으로부터 자유로울 수 없을 것이다. 90년대 문학의 혼란 내지 혼돈 역시 비평의 그러한 기능상실로부터 비롯된다고 할 수 있을 것이다. 이런 점에서 90년대 이후 우리 비평이 감당해야 할 일은 시스템에 미적으로 저항하는 새로운 비평 가치를 모색하고 또 정립하는 일일 것이다.

# 미증유의 역사와 실존의 무게

- 현길언의 『묻어버린 그 전쟁』

## 1. 기억의 현존, 현존의 기억

현길언에게 역사는 여전히 현재진행형이다. 식민지와 분단, 6·25전쟁, 개발독재를 거쳐 민주화 시대로 이어지는 우리의 굴곡진 현대사를 그는 리얼리스트의 감각으로 날카롭게 통찰하고 해석하면서 자신의 글쓰기를 수행해왔다. 특히 역사 속에 은폐되어 있는 권력의 이중성과 음험함을 통해 그것에 의해 가려진 역사의 진실을 들추어내려는 그의 이러한 태도와 의식은 그를 비판적인 지식인 작가의 반열에 올려놓고 있다. 이것은 작가로서 역사에 대한 분명한 방향성과 전망을 드러낸 것이라고 할 수 있다. 작가의 역사에 대한 이러한 시각의 확보는 그가 역사에 대한 강한 신념을 가지고 있기 때문에 가능한 것이다. 하지만 우리의 굴곡진 근현대사는 작가들에게 그 전모를 쉽게 허락하지 않고 있다. 여기에는 우리 근현대사의 특수성과 함께 그것을 해결하는 데 많은 장애 요소가 작용하고 있기 때문으로 볼 수 있다.

식민치하에서 벗어나 해방이 된 지 70여 년이 흘렀음에도 불구하고 식민잔재 청산이 제대로 이루어지지 않고 있고, 분단으로 인한 이데올로기 갈등의 해소와 통일에 대한 보편타당한 합의와 구체적인 방안이 마련되어 있지 않은 것이 사실이다. 이러한 현실 상황이 작가의 역사에 대한 고민을 더욱 깊게 하고 또 힘들게 하고 있다고 할 수 있다. 더욱이 역사적 현장에 대한 체험을 통해 이 문제를 글로 써온 세대들이 전면에서 점차 사라지고 있고, 또 설령 사라지지 않고 있다 해도 그 역사의 현장은 점점 희미해지는 기억에 의존하여 재현되는 수밖에 없다. 아직 혹은 온전히 해결되지 않은 채 역사의 흐름 속에 놓여 있는 이 문제들을 희미한 기억과 현재의 다양하고 복합적인 체계 내에서 다룬다는 것은 자칫 문제의 본질과 의미의 핵심을 간과할 위험성이 있다는 것을 말해준다. 여전히 미해결 상태로 존재하는 우리의 근현대사의 문제들이 역사성이 탈각된 포스트모던하고 소비중심적인 후기현대의 논리와 만났을 때 벌어질 사태들에 대한 우려는 단순한 우려가 아닌 현실이 된 지 오래다.

이렇게 식민지와 분단, 6·25전쟁, 개발독재를 거쳐 민주화 시대로 이어지는 우리의 굴곡진 현대사는 지금도 해결되지 않은 채 진행되고 있지만 요즘 들어 그것을 문제 삼고 있는 경우는 극히 드물다. 이런 문제를 들고 나오면 그것은 이미 한물간 것으로 간주되어 아예 문학판에서 배제해버리거나 그것을 소비하려 들지 않는 것이 현실이다. 큰 이야기가 조락하고 데이터베이스적인 상상력이 만연한 '지금, 여기'의 상황에서 국가나 민족 단위의 이념이나 이데올로기 같은 큰 이야기의 심층을 들여다보는 일은 적지 않은 희생을 감수해야 한다. 하지만 우리 근현대사를 관통한 이 큰 이야기에 대한 문제는 지금도 진행형이며, 이 문제를 자신의 글쓰기의 중심 과제로 수행해온 작가의 입장에서는 어떻게든 지금 이 시대에 걸맞은 해결책을 모색할 수밖에 없는 것이다. 가령 황석영이 『손님』(2001)에서 굿의 형식을 빌려 기독교와 마르크스주의 같은 좌우 이데올로기의 충돌

과정에서 희생당한 원혼을 달래고 그것을 통해 화해를 시도하는 경우가 여기에 해당한다. 전쟁의 와중에 사람들을 무차별 학살한 요한이 말년에 자신의 고향(황해도)을 방문해 그 원혼을 달래주는 장면은 미해결에 대한 작가의 강박과 그것을 해결하려는 의지를 반영한 것으로 볼 수 있다.

황석영처럼 이 세대에게 이 문제는 하나의 무거운 실존적 과제라고 할 수 있다. 지리적으로 주변부에 위치하지만 어느 곳보다 첨예하게 이러한 근현대사적인 문제를 품고 있는 제주 출신의 작가로서 그것을 자신의 글쓰기의 화두로 삼아온 현길언의 경우는 더욱 남다른 데가 있다. 여든의 나이에 그가 상재하고 있는 『묻어버린 그 전쟁』역시 미해결의 장으로 남아 있는 우리 근현대사의 문제에 대한 그의 작가로서의 고민을 폭넓게 담고 있다. 이 소설에서 작가는 '지금, 여기'의 관점에서 미해결의 장으로 남아 있는 6·25전쟁과 분단, 좀 더 구체적으로 말하면 그것을 야기한 이데올로기의 문제에 대해 인간, 삶, 종교, 사상, 이념 등의 차원에서 다각도로 성찰하고 그 대안을 모색하고 있다. 소설의 외피는 종교적인 이야기를 하고 있지만 『묻어버린 그 전쟁』은 종교소설이 아니다. 소설의 외피를 들추고 들여다보면 이 소설은 6·25전쟁으로 야기된 인간 본성과 양심의 왜곡과 파괴, 우정과 사랑 같은 인간관계 및 가족 공동체는 물론 종교와 사상의 자유에 대한 억압과 통제, 그리고 이념에 대한 자유로운 선택과 객관적인 이해의 불가능성 등을 진지하게 탐구하고 있음을 알 수 있다. 자신의 대에서 해결되지 않은 이 다양한 문제들이 자신의 아들·딸은 물론 손자·손녀 대까지 영향을 미치고 있다는 작가의 관점과 문제의식은 그것이 묻히거나 묻어버릴 수 없는 하나의 존재 증명으로서의 현존하는 역사임을 강하게 웅변하고 있다.

## 2. 이데올로기의 작동과 비순수의 늪

소설은 6·25전쟁을 배경으로 하고 있다. 전쟁이란 우리의 이성적이고 합리적인 이해와 판단을 배반하는 징후적인 속성을 드러낸다. 과도한 광기와 파괴 본능, 전체주의적이고 독재적인 사고와 행동을 드러내기 때문에 전쟁은 개인의 자유와 권리를 통제하고 억압할 수밖에 없다. 평상시에는 일어날 수도 또 체험할 수도 없는 일들이 전쟁 상황에서는 발생한다. 전쟁 상황에서 발생하는 본질에 선행하는 실존의 여러 모습들은 전쟁이기에 가능한 그로테스크하고 극단적인 세계를 표상할 때가 많다. 전쟁의 이러한 속성은 전쟁 그 자체로부터 기인하는 것이라기보다는 그것을 가능하게 하는 주체의 이념이나 이데올로기로부터 비롯되는 것으로 볼 수 있다. 전쟁 주체의 이념이나 이데올로기는 철저하게 배타적인 속성을 지니며, 자신들의 이념에 반하는 개인이나 집단에 대해서는 철저하게 응징하고 파괴하는 경향을 보인다. 전쟁의 과정에서 발생하는 끔찍한 인명 살상이나 무차별적인 공격 행위 등은 그러한 배타성의 한 예라고 할 수 있다.

이러한 이데올로기의 작동으로 인해 소설의 서사 역시 작동한다. 이 소설의 서사는 현승규, 도경빈, 원철규 등을 중심축으로 하여 전개된다. 이들은 모두 기독교로 연결되어 있는 존재들이다. 현승규와 도경빈은 목사이고, 원철규는 '기독청년면려회 연합회장'을 맡았던 인물이다. 이들은 해방이 되면서 평양에 공산당이 진주하자 함께 김일성 저항 시가행진과 조만식 선생 구출 계획을 세운다. 하지만 정세가 불리해지면서 현승규와 도경빈 두 사람은 승규 아버지(현 장로)의 재촉과 설득으로 평양을 뜨게 된다. 이들의 새로운 목회지는 서울이고, 이곳에서 이들은 열심히 목회 활동을 한다. 이들과는 달리 원철규는 평양에 남게 되고, 그 후 그는 전향하여 공산당원이 된다. 한때 기독교 신자였고 또 열렬한 반공주의자였던 그가 공산당원이 되었다는 것은 단순한 선택이 아닌 사회주의 이데올로기로의 무장을 통한 전향을 의미한다. 그는 철저한 사회주의 의식과 행동을 주입받은 이념형 인간이 된 것이다. 이런 점에서 그가 서울시당 문화선전부장으로 내려와 도경빈 목사를 만나서 그에게 건넨 말은 의미심장한 데가 있다.

"장로님께서는 안녕하신가?"

평양을 떠나던 그때를 회상하던 경빈은 떠나라고 재촉하던 철규 부친이 궁금했다.

"언젠가는 만날 수 있을 거야. 내려간다니까, 도 목사를 부탁하더군."

경빈은 살아 있다는 말에 안심되었다.

"현 장로님은?"

승규 부친과 그 가족이 궁금했다.

"한가하군. 도 목사는 인정주의에 끌려 있어. 다 잘 계셔. 공화국의 승리를 위해 열심히 일하고 있지. 그 동생 승철은 고급 군관이 되어서 해방전쟁에 참여하고 있네. 인간의 신념이라는 것이 별것이 아니야. 내 부친이나 현 장로가 세상 물정에 닮고 닮은 분들 아니었나. 난세에 어떻게 하면 목숨을 부지하고 가족들을 보호할 수 있나 훤히 내다보시거든. 하나님은 죄인을 사랑하시고 연약한 중생들에게 항상 긍휼을 베푸시지. 문제는 개인의 구원이 아니라, 민족의 구원이야. 미제 앞잡이 때문에 분단된 이 한반도를 그대로 둘 수 없지. 통일이 된 다음에 자유롭게 믿어도 되지 않겠어. 김일성 장군님도 어렸을 때 교회에 다녔어. 외가가 목사님 집안이라는 것을 모르나?"

철규는 경빈의 표정에서 이미 그가 허물어지고 있음을 직감했다.

인간의 의지는 마른 나무때기보다 더 나약해. 나도 무너졌는데……. 하지만 이 친구를 무너뜨리는 데는 명분이 필요해. 철규는 서울에 진입할 때부터 경빈을 만난다면 그를 설득할 논리를 생각해두었다. 그가 한강만 건너지 않았다면 무너지게 할 수 있다. 이미 그의 교회에 위장 침투한 신성국을 통해 그에 대한 모든 것을 파악하고 있었다.

"도 목사, 역사는 변하고 있어. 서울이 이제는 평양이 되었어. 도 목사가 그렇게 싫어하던 서울이 아니었나. 식민지 근성이 두껍게 깔려 있는 이 서울을 새 도시로 만들 거야. 평양이 조선 혁명의 메카가 되었지. 생각해봐. 동양의 예루살렘이라는 평양에 우리 공산혁명정부가 들어섰다는 것은 역사의 순리이고, 하나님의 섭리라고 생각하지 않아? 왜 하나님이 이 원철규를 택했을까? 도경빈과 현승철을 택하는 과정에서 내가 중간에 선 것이네. 예수는 영원한 혁명가였지. 그의 혁명의 대리 역을 맡은 것이 마르크스이고 위대한 스탈린 원수이고, 김일성 장군님이셔."[01]

원철규의 의식과 행동을 지배하고 있는 것은 마르크스주의 이념이다. 그는 이 이념을 기독교적인 것과 등가로 놓고 있다. 그는 '기독교'의 자리에 '마르크스주의'를, '하나님'의 자리에 '김일성 장군님'을, '예루살렘'에 '공산혁명정부'를 위치시키고 있다. 그의 믿음이 전자에서 후자로 이동하였다는 것은 마르크스주의 이념이 하나님의 그것처럼 하나의 숭고하고 거룩한 섭리이면서 역사적 순리라고 굳게 믿고 있다는 것을 의미한다. 마르크스주의 이념이 하나의 종교 차원의 믿음으로 대체된다는 것은 그것이 절대화된 도그마와 병리적 나르시시즘에 빠질 위험성이 내재해 있다는 것을 말해준다. 마르크스주의 같은 그런 이데올로기가 어떤 객관적인

---

**01**  현길언, 『묻어버린 그 전쟁』 본질과현상, 2019, pp. 53~55.

인식의 과정을 거치지 않고 작동하게 되면 그 스스로 절대 권력의 생산자가 되어 자기 내부의 결함이나 한계를 자각하지 못하게 된다. 보는 것만 알 뿐 보여지는 것을 자각하지 못하는 상상계적인 상황에서 자신들이 구축한 이데올로기 체계는 결핍이나 흠이 하나도 없는 완전무결한 결정체로 인식될 뿐이다.

이 상상계적인 이데올로기 내에서는 다름과 차이를 인정하지 않는다. 여기에서는 동일시만이 작동될 뿐이다. 기독교와 마르크스주의가 동일시되고, 하나님과 김일성 장군님이 동일시되고, 예루살렘과 공산혁명정부가 동일시되는 세계에서 이것에 거슬리거나 틈이 될 만한 것들은 모두 추방당하게 된다. 이 세계에서 널리 통용되는 '숙청'이라는 말이 그것을 잘 드러낸다고 할 수 있다. 원철규가 도경빈에게 현승규의 부친과 그 가족의 근황을 이야기하면서 강조하고 있는 "공화국의 승리를 위해 열심히 일하고 있"다는 말은 공화국이라는 상상계의 견고함을 드러낸 것인 동시에 '개인'이나 '개인의 인정'과 같은 것들(공화국에 난 얼룩, 흠, 틈 같은 것)의 출몰을 경계하는 발언이라고 할 수 있다. 원철규가 보기에 도경빈과 현승규 그리고 그들이 믿는 기독교란 견고한 상상계인 공화국에 존재하는 얼룩과 같은 것에 다름 아닌 것이다. 이 때문에 원철규는 "생존 논리보다 더 확실한 진실은 없"다고 하면서 공화국에 난 그 얼룩 혹은 틈을 은폐하려고 한다.

그러나 그 틈은 은폐하고 추방한다고 해서 없어지는 것이 아니다. 그것은 억압된 상태로 은폐되어 있다가 그 견고한 체계가 느슨해지면 언제든지 다시 귀환할 수 있는 그런 존재인 것이다. 이러한 '억압된 것의 귀환'의 예를 잘 보여주고 있는 존재가 바로 도경빈이다. 그는 공화국의 견고함 내에 있는 것처럼 보이지만 그의 안쪽 깊숙한 곳에는 큰 구멍이 나 있다. 6·25전쟁 당시 자진 월북해 그곳에서 결혼도 하고, 김일성 장군의 지도를 받아 조국 통일 과업을 수행하면서도 그것에 대해 시니컬한 태도를 보인다. 그의 시니컬함은 선우창과의 대화에서 잘 드러나는데, 가령 선우창이 "목사님은 이북에서 재혼하셨지요?"라고 물었을 때 그가 "공화국에서는 결혼도 하나의 국책 사업이야"라고 답하는 장면이라든가 또 그렇게 해서 만들어지는 가정에 대해 "공화국에서 가정은 철저하게 일하기 위한 부부 공동체일 뿐이야"라고 답하는 장면 등은 공화국이라는 체제에서의 결혼과 가정에 대해 부정적인 태도를 보여준 것이라고 할 수 있다. 도경빈의 이러한 태도를 통해 우리는 그의 진실이 공화국이라는 체제 안쪽을 향하고 있는 것이 아니라 그것의 바깥쪽을 향하고 있다는 것을 알 수 있다. 그의 의식이 체제 바깥쪽을 향하고 있다는 것은 곧 그의 삶의 지향하는 바가 여기에 있다는 것을 의미한다.

"자네는 도경빈이 변했다고 생각하겠지? 평양 교회를 지키지 못한 채 삼팔선을 넘어 서울로 도망쳐 온 것을 한스럽게 생각하고서, 전쟁통에 한강을 건너기 위해 배를 탔다가 되돌아온 목사가, 지키겠다던 교회를 두고 북으로 건너가 김일성 지도자의 교시를 따라 열심히 일하는 사람이 되었으니……. 그렇게 사랑하던 아내와 자식을 두고 다른 여자와 결혼하여 다시 자식을 낳은 사내가 되었으니, 자네의 눈으로는 내가 한심하겠지. 그런데 사람의 한평생은 예측할 수 없어. 자네도 앞으로 살아갈 날이 많으니까, 언젠가는 그것을 알게 될 거야. 자신의 의지라는 것이 자신의 삶에 얼마나 영향을 끼칠까?

하지만 내가 성경희를 사랑하는 것만은 사실이야. 이렇게 헤어져서 있으니 오히려 우리의 사랑을 유지할 수 있어. 북한에 살면서도 남쪽에 두고 온 아내와 자식들을 생각하면서 삶의 진정성을 찾을 수 있으니 서로 떨어져 있는 것도 다행 아니겠나? 우리는 피차 그리워하면서 살아갈 테니까, 그 그리움이 있는 한 서로의 사랑은 유지될 수 있어. 일평생 함께 산다면 그 아름다운 사랑은 생활의 때가 끼여 퇴색되겠지만, 우리는 영원히 그 처음 사랑을 지탱하고 살아갈 테니까, 안 그런가?"[02]

도경빈의 고백을 통해 알 수 있는 것은 그의 의식의 지향점이 '성경희'를 향하고 있다는 사실이다. 그는 '사람의 한평생은 예측할 수 없는 것'으로 간주한다. 그는 그 예측할 수 없음의 예로 자신의 평양행과 결혼을 든다. 이것은 이 선택들이 자발적으로 순수한 상태에서 이루어진 것이 아니라 비자발적으로 순수하지 않은 상태에서 행해진 것이라는 사실을 말해준다. 그의 행위는 공화국의 사회주의 이데올로기에 의해 강제된 차원에서 이루어진 것이지 자발적으로 순수한 상태에서 행해진 것이 아니기 때문에 여기에는 온전한 동일시가 아닌 어긋남에서 비롯되는 차액(구멍, 틈, 얼룩)이 존재할 수밖에 없다. 이 차액이 성경희를 향한 그의 진실한 욕망으로 드러나는 것이다. 성경희에 대한 이 사랑이 계속되는 한 공화국의 체계는 온전할 수 없다. 이 체계에 대한 틈 혹은 구멍이 드러난 것이 바로 도경빈이 '북한 정치범 수용소를 탈출하여 베이징 미 대사관으로 피신'한 사건이다. 도경빈의 망명은 성경희를 향한 진실한 사랑에서 촉발된 것이지만 그것은 결국 공화국이라는 상상계적인 체계가 언제든지 억압된 것들의 귀환에 의해 균열이 생길 수도 있다는 사실을 잘 보여준 사건에 다름 아닌 것이다.

---

**02**  현길언, 위의 책, pp. 207~208.

## 3. 관계의 모색과 실존의 심연

6·25전쟁이 야기한 문제들을 어떻게 인식하고 또 그것을 어떻게 풀어내느냐 하는 문제는 우리 작가들의 오랜 숙제였다고 해도 과언이 아니다. 현길언의 『묻어버린 그 전쟁』 역시 이와 다르지 않다. 전쟁으로 인해 발생한 문제들은 한두 가지가 아니지만 이 소설에서 초점화하고 있는 것은 인간 본성과 양심의 왜곡과 파괴, 우정과 사랑 같은 인간관계 및 가족 공동체는 물론 종교와 사상의 자유에 대한 억압과 통제, 그리고 이념에 대한 자유로운 선택과 객관적인 이해의 불가능성 같은 것들이다. 이 문제들은 모두 전쟁의 과정에서 불거진 것으로 그것을 일으킨 주체는 국가, 좀 더 정확히 말하면 그 국가의 이데올로기(이데올로기적 국가장치)이다. 개인을 넘어 국가가 깊숙이 개입되어 있기 때문에 그 문제들을 올바르게 인식하고 적절하게 풀어내기 위해서는 다양하고 복잡한 정치적 맥락과 이해관계를 잘 살펴볼 필요가 있다.

그런데 이 소설에서 전쟁으로 인해 발생한 문제를 해결하기 위해 무엇보다도 먼저 해야 하는 중요한 일은 공화국과의 관계를 회복하는 것이다. 이 소설의 중심축을 이루는 현승규, 도경빈, 원철규 등의 존재 기반이 평양에 있고, 그것으로부터 이들의 삶의 양식이 이어지고 변주된 점을 고려한다면 공화국과의 관계를 어떻게 가져갈 것인가 하는 문제는 실로 중요하다고 하지 않을 수 없다. 더욱이 이 공화국이 주체사상이라는 극단적인 폐쇄성과 배타성을 드러내는 이념으로 견고하게 구축된 상상계적인 국가이기 때문에 이것들과 관계를 모색하는 것 자체가 결코 쉽지 않은 일이라고 할 수 있다. 하지만 관계 모색의 어려움이 어디 여기에만 있을까? 남북이 각기 다른 이데올로기와 체제를 구축하고 서로 대치하고 있는 상황에

서 공화국과의 관계 모색이 자칫 남한에 대한 적대 행위(이적 행위)로 간주
될 수 있다는 점을 염두에 둔다면 그 관계 모색은 더욱 신중하고 복잡해질
수밖에 없다. 이것은 이 소설의 주인공이면서 작가의 대리인 격인 현승규
목사를 통해 잘 드러난다.

현승규 목사는 종교의 비정치성을 강조하는 목회자이다. 그는 '목회자
는 목회자의 양심에 따라 일해야 하고, 신앙(하나님의 진리)은 정치나 정치
권력 위에 있으며, 목회자는 노동 운동가도 민주화 운동가도 되어서는 안
된다'고 말한다. 그러나 아이러니하게도 그는 정치권력으로부터 자유로
운 목회자가 되지 못한다. 그는 그 권력의 한복판에 서게 된다. 그의 목회
자로서의 양심이 당시 독재 권력과 갈등을 일으키게 되면서 그는 졸지에
'혼인 빙자 간음 혐의로 피소'되기에 이른다. 유신독재 정권의 그에 대한
정치 공작은 여기에 그치지 않고 그를 간첩죄로 몰아 '서울제2교회' 목사
직에서 물러나게 한 뒤, 다시 미국에서의 한국 정부가 당면한 문제들에 대
한 발언과 강연 내용을 문제 삼아 그를 추방해버린다. 그의 미국행은 목
사직에서 물러난 현 목사를 위해 교인들의 권유로 이루어진 것이다. '민주
화 과정에서 교회와 정치권력'이라는 과제를 10여 개국 목회자들이 집중
적으로 논의하는 3개월 프로그램에 참여한 것인데, 여기에서의 그의 발언
과 강연 내용을 빌미 삼아 그를 반정부 인사로 낙인찍어 추방해버린 것이
다. 그의 추방은 남한의 유신권력에 의해 이루어진 공작이라는 점에서 강
한 정치성을 띤다. 이 정치성은 목회자의 양심과 하나님의 진리를 강조해
온 그의 입장에서 보면 달갑지 않은 것이긴 하다. 하지만 그의 의도와는
다르게 그의 발언이 정치적으로 해석이 되면서 그는 자신의 의지와 상관
없이 이 자장 안으로 들어서게 된다.

일주일 전에 승규는 LA타임스 기자와 인터뷰를 한 적이 있다. 남북한 관계와 월남 기독인의 위치에 대한 내용이었다. 기자는 공산주의자로부터 핍박받고 월남한 인사들이 이제는 한국으로부터 미움을 받고 미국으로 많이 건너온 사실에 대해서 목사의 생각을 물었다. 승규는 공식적인 인터뷰라고 생각하지 않고, 식사 자리에서 주고받는 한담처럼 생각했다.

"평양을 가려거든 한국의 휴전선을 건너서 가는 것보다는 미국에서 가는 것이 훨씬 가깝기 때문이겠지요."

"그렇다면 휴전선이 없어져야 한다는 말인가요?"

"전쟁이 끝나는 것은 누구나 바라지 않겠어요?"

"이념보다는 가족이, 즉 민족이 우선이겠군요."

"가족은 항상 이념보다 먼저 아닌가요?"

"사우스코리아의 이념을 앞세워 가족의 고통을 외면하는 법을 어떻게 생각하세요?"

최근에 간첩으로 남파된 매부를 숨겨주었다가 보안법으로 처벌받은 사건을 말하는 것이었다.

"노스코리아는 더하지 않겠어요? 모든 국민의 어버이가 김일성이니까요."

이러한 정도의 대화였는데, 기사는 반공법 폐지 문제로 보도되었다. 미주 한국어 신문은 더했다. 그동안 모임에 참석해서 한국의 어려운 형편을 전하면서 함께 기도하자는 승규의 발언은 현재 유신정부를 무너뜨리도록 기도하자는 투로 기사화되었다.[03]

현승규의 발언을 보면 그의 의도나 의지와 상관없이 정치적으로 해석될 여지가 많은 것이 사실이다. 정치적 담론이 그 담론 주체의 상황에 의

---

03    현길언, 위의 책, pp. 388~389.

해 얼마든지 플렉서블하게 구성될 수 있다는 것을 상기한다면 그의 발언은 충분히 정치적이라고 할 수 있다. 기자와 그의 대화를 찬찬히 살펴보면 기자의 민감하고 공격적인 질문에 대해 그가 부정하지 않고 있다는 것을 알 수 있다. 이런 점에서 그가 부정하지 않은 것은 기자가 말한 다음과 같은 것들이 된다. '휴전선이 없어져야 한다', '이념보다 민족이 우선이다', '남한의 이념을 앞세운 법은 가족의 고통을 외면하고 있다' 등이 바로 그것이다. 마치 운동권이나 반한 단체의 논리를 연상시키는 이 발언에 대해 그가 부정하지 않고 있다(혹은 공감하고 있다)는 것은 이러한 문제들에 대해 그 역시 고민해왔고, 그것을 해결할 수 있는 길을 모색해 왔다는 것을 의미한다.

어쩌면 그의 고민과 모색의 일단이 고향행으로 이어지는 것은 이런 점에서 볼 때 당연한 것인지도 모른다. 그의 평양행은 LA타임스 기자의 질문에 행동으로 답한 것이다. 특히 이념보다 민족이나 가족이 우선이라는 생각은 그의 고향행을 단행한 결정적인 동인으로 볼 수 있다. 그의 가족 중에서 남한으로 내려온 사람은 그뿐이고, 그의 아버지와 어머니, 동생 그리고 처와 자식들은 모두 고향에서 내려오지 않았다. 그가 남한에서 50년을 결혼도 하지 않은 채 홀로 살아온 것은 어쩌면 월남하기 전 이상적인 가족의 모습을 보았기 때문이 아닐까? 가족에 대한 이상적인 상이 그의 의식 내에 들어서 있었기 때문에 남한에서 유 장로 내외와 그들의 딸 영애 그리고 도경빈 목사의 아내 경희와 그들의 아들·딸과 한 식구처럼 지내면서도 새로이 가정을 꾸릴 생각을 하지 않았다고 할 수 있다. 그가 이미 보아버린 이상적인 가족의 모습은 그의 의식에 하나의 애착 내지 고착의 형태로 남아 어떤 상황에서도 흔들림이 없었던 것이다. 그가 50년 만에 고향을 방문해 아들과 딸, 며느리와 사위를 만나 회포를 푸는 대목에서 그동안 자신이 고이 간직해온 빛바랜 사진을 꺼내 그들에게 보여주는 장면은 그의 가족에 대한 의식이 어디에 머물러 있는지를 잘 말해준다.

> 승규는 언제나 어렸을 때의 그 모습들만 간직하고 살아왔다.
> 그는 울먹이면서 아들과 딸과 며느리와 사위를 껴안았다.
> "훈식아!"
> 50이 넘은 아들과 딸과 며느리와 사위의 모습에 그동안 혼자 살아가면서 이들을 생각했던 지난날들이 한꺼번에 몰려들었다.
> 승규는 지갑에서 색 바랜 사진을 꺼내 아들에게 전했다.
> "이 사진을 보아라. 아버지는 그동안 이 사진을 보면서 살았다."
> 손바닥만 한 크기에 세 얼굴이 있다. 만삭으로 배가 부른 아내는 너무 아름답다. 훈식은 아버지 모습에서 자신의 얼굴을 찾아보았다. 지금 자기보다 더 젊은 아버지 모습은 훈식의 김일성대학 졸업 사진 그대로였다.[04]

현승규는 자신의 의식이 50년 전에 머물러 있음을 감격에 겨워하고 있다. 그가 아들에게 건넨 사진을 통해 볼 때 그의 가족에 대한 의식이 멈춘 지점은 "만삭으로 배가 부른 아내"가 "너무 아름답"게 보이던 때이다. 이러한 의식의 고착이 그를 50년 동안 홀로 남한에서 살게 한 동력인 것이다. 그의 감격에 겨운 고백에 아들과 딸, 며느리와 사위 역시 감격스러워하지만 그것은 일종의 보상심리가 작동한 것일 뿐 온전한 가족의 삶이라고는 볼 수 없다. 50년을 바라만 볼 뿐 보여짐을 모르는 상상계적인 삶을 살아온 그의 여정은 나르시시즘적인 자기 최면과 착각이 만들어낸 환

---

**04**　현길언, 위의 책, pp. 437~438.

상에 다름 아니다. 상상계에 갇혀 그 바깥으로 나가지 못한 삶을 살아왔기에 50년 전의 그런 삶과는 다른 삶을 꿈꾸지 않았던 것이다. 이것은 그의 실존에 이미 큰 구멍이 나 있다는 것을 의미한다. 이 구멍은 그의 부인인 심정례에게도 존재하는 결핍에 다름 아닌 것이다. 비록 그녀가 재혼을 해 살지만 그것은 결혼도 하나의 국책 사업이라는 북한 체제의 이데올로기를 거부할 수 없는 상황에서 행한 실존적인 선택이었을 뿐이다.

현승규와 그의 아내 심정례의 세계에 난 구멍은 온전한 치유(결핍의 충족)가 불가능하다. 또한 두 사람 사이에 난 간극 역시 온전히 메울 수 없다. 어쩌면 이들은 죽을 때까지 그 간극 혹은 실존의 심연 속에서 삶을 살아낼 수밖에 없는 것이다. 이 간극을 간극으로 인정하면서 그것을 좁히기 위해 이들이 해야 할 일은 관계성에 대한 회복 노력이라고 할 수 있다. 하지만 관계성 회복을 위해서는 무엇보다도 친밀한 만남이 전제되어야 하는데 이들 각자가 처한 상황에서는 결코 쉽지 않아 보인다. 한 사람은 미국에 또 한 사람은 북한에 있는 상황에서 친밀한 만남을 통한 관계성 회복을 기대한다는 것은 거의 불가능에 가깝다고 할 수 있다. 그래서 많은 이산가족들이 남한과 북한 당국에 자주 만남을 가질 수 있는 기회를 달라고 간곡하게 요청하는 것이다. 그러나 이들의 요청은 남북한 당국의 이해관계나 정치적인 필요에 의해 행해지기 때문에 이들의 의식에 난 구멍은 치유 자체가 쉽지 않을 뿐만 아니라 오히려 더 그것을 덧나게 할 수 있다.

국가 권력이나 그것의 기반인 이데올로기가 얼마나 많은 이들의 삶과 서로 간의 관계를 파괴하고 단절시켜왔는지는 식민지와 분단, 6·25전쟁, 개발독재로 이어지는 우리의 근현대사를 살펴보면 잘 알 수 있다. 지금도 이것은 현재진행형이며, 우리는 어렵지 않게 이 실존의 심연 속에서 허우적대는 사람들을 만나게 된다. 6·25전쟁이 발발한 지 70여 년이 흘렀음에도 불구하고 남과 북은 여전히 이 실존의 카테고리 내에서 벗어나지 못한 채 각자의 입장에서 그 관계를 암중모색하고 있는 '지금, 여기'의 상황이 답답하기도 하고 또 불안하기도 한 것이 사실이다. 국가 차원이든 혹은 개인 차원이든 '지금, 여기'의 우리 모습은 현승규, 도경빈 목사가 처한 실존의 심연에서의 관계 모색과 다르지 않다. "생존 논리보다 더 확실한 진실은 없"다고 한 원철규의 말(물론 그는 이 말을 체제 유지용으로 사용하고 있지만)처럼 생존이 다른 그 어떤 것보다 우선한다고 한다면 우리는 좀 더 치열해질 필요가 있다고 본다. 물론 여기에 가장 큰 걸림돌 중의 하나는 이데올로기적 국가장치가 행사하는 부당한 권력을 통한 억압과 통제이다. 이러한 권력에 대해 부정하고 여기에 저항하는 것은 말처럼 쉬운 일은 아니지만 우리는 그러한 예를 소설 속 현승규와 도경빈을 통해 어느 정도 시사받을 수 있다.

## 4. 역사의 아이러니 혹은 미해결의 장

이 소설은 말미에 가장 문제적인 것을 던져놓고 있다. 다소 과격하면서도 어느 정도 작가의 의도성도 느껴지는 소설 말미의 처리는 그동안 미증유의 역사로 각인되어 비교적 조심스럽고도 온건하게 다루어온 분단과 전쟁에 대한 하나의 도발로 볼 수 있다. 이것은 남한의 유신독재 체제로부터 추방되어 미국에 체류하다가 북한(평양)을 방문한다는 서사 자체에도 어느 정도 드러난다. 하지만 이런 식의 도발은 예전에 비해 폐쇄성이 완화된 지금 상황에서는 충격의 정도가 미미하다고 할 수 있다. 우리는 종종 평양 시내와 북한 주민들의 생활을 촬영한 영상이나 글을 접한다. 특히 요즘은 남한 매체에서 탈북자를 통해 북한의 다양한 실상을 이야기하는 단계까지 이르렀기 때문에 웬만해서는 그것을 도발로 받아들이지 않을 뿐만 아니라 또 충격을 받지도 않을 것이다.

그동안 우리 근현대사의 여러 정황과 문제를 중심축으로 하여 자신의 글쓰기를 수행해온 작가 역시 이 정도로 충격을 줄 수 있으리라고 생각하지 않았을 것이다. 독자 입장에서 볼 때 6·25전쟁과 분단을 다루고 있는 소설에서 가장 관심을 가질 만한 사항은 그것들이 만들어놓은 아이러니한 상황이라고 할 수 있다. 역사의 아이러니라고 명명할 수 있는 이러한 상황이란 손을 뻗으면 닿을 듯이 가까운 고향을 평생 가지 못한 채 죽음을 맞이하는 경우라든가 아니면 이 소설의 주인공처럼 50년 만에 그것도 제3국을 통해 가게 되는 경우가 여기에 해당한다고 볼 수 있다. 전자든 아니면 후자든 그것은 당사자들에게 하나의 상처(트라우마)로 자리하게 되고, 그것을 어떻게 푸느냐 하는 것이 이들이 해결해야 할 과제라면 분단이 계속되는 한 그것은 우리 작가들을 괴롭히는 불안의 실체로 존재하거나 무의식적 충동을 불러일으키는 얼룩으로 존재할 것이다. 이런 점에서 이 불안과 얼룩을 푸는 것은 오랫동안 억눌린 상태에서 응어리진 한을 푸는 것과 다르지 않다고 할 수 있다.

역사의 아이러니로 남아 있는 이 해묵고 응어리진 한을 지닌 대표적인 인물이 현승규와 도경빈이고 작가는 이 둘을 전면에 위치시키는 서사전략을 구사한다. 이들의 아이러니는 자신들과 가족(처, 자식)이 각기 남과 북 혹은 미국과 북한으로 갈라져서 살고 있는 데서 기인한다. 남한(미국)에 살고 있는 현승규는 그의 처와 자녀가 모두 북한에, 반면에 북한에 살고 있는 도경빈은 그의 처와 자녀가 모두 남한(미국)에 살고 있다. 이 아이러니한 상황을 해결하는 길은 이들이 함께 사는 방법을 찾으면 되는 것이다. 하지만 이것은 국가 이데올로기와 체제 권력이 작동하는 세계 내에서 이루어지는 일이다. 어떤 이론적인 방법이나 형식 논리로 쉽게 해결할 수 있는 것이 아니다. 분단이 주는 이러한 실존의 무게는 우리를 혹은 우리 작가들을 엄숙하고 진지한 틀 안에서 그것을 상상하게 했고, 그 상상이 50년 이상을 지탱해온 것이다.

그러나 이 대목에서 우리가 한번쯤 물어야 할 것이 있다. 과연 이것이 역사의 아이러니를 해결하는 최선의 방법일까 하는 점이다. 이 난해한 물음에 대한 답을 작가는 소설의 말미에서 제시하고 있다.

> 현승규 목사의 뒷소식은 잠잠했다. LA에서는 귀국 날짜가 되어도 돌아오지 않는 그에 대해 백방으로 수소문했으나 알 길이 없었다. 사람들은 북한 당국에 의해 억류되었거나, 그곳 가족들에게 붙잡혀 LA로 돌아올 것을 포기했다고 생각했다. 사위 제임스 목사가 북한 지역 사람들을 통해서 알아봤고, 조미친선협회 측에서도 수소문했으나 허사였다. 그즈음 현 목사의 와병설과 사망설이 떠돌았다. 그의 실종 후 3개월이 지나서 조선중앙통신은 LA에 거주하면서 앞장서 반한 활동을 하던 현승규 목사가 조선민주주의인민공화국으로 망명했다는 기사를 전 세계로 내보냈다.
>
> "해방 당시 월남하여 서울제2교회를 설립하고 담임하다가 남조선 정부로부터 추방당해 LA에서 20여 년 동안 생활하면서 나성한인제2교회를 설립하여 남조선 민주주의를 위해 투쟁하던 현승규 목사가 평양을 방문하였다가 민족통일 사업에 헌신하는 것이 소명이라 생각하고 김정일 위원장을 만나서 정식으로 망명을 요청했다. 그는 20여 년 동안 미국에 체류하면서도 한국 국적을 유지하고 있었다."
>
> 그리고 일주일 후에, 베이징 주재 AP통신 기자는 6·25 당시 월북한 개신교 목사인 도경빈이 그동안 북한 정치범 수용소에 수감되어

교화 교육을 받던 중에 탈출하여 현재 베이징 미 대사관에 피신 중이라고 보도했다. 어떻게 그가 한번 들어가면 영원히 나올 수 없다는 그 수용소에서 탈출할 수 있었는가에 대해서는 전혀 밝혀진 사실이 없다고 보도했다.[05]

현승규의 '조선민주주의인민공화국으로의 망명'과 도경빈의 '베이징 미 대사관으로의 피신(망명)'이 역사의 아이러니를 해결하는 방법에 대한 작가의 답이다. 서사적 개연성보다 현실에 대한 이상적 리얼리티를 제시한 작가의 선택은 다분히 의도적이다. 소설의 결론을 현승규가 고향에 와서 도경빈, 원철규 등과 만나 저간의 행적을 알게 되고, 50년 동안 그리움 속에서 지낸 가족들을 만나 회포를 풀고 다음 만남을 기약하며 헤어지는 것으로 끝냈다면 그것은 이전 소설들이 보여준 이야기에서 한 발자국도 나가지 못한 그렇고 그런 이야기로 기억될 공산이 크다고 할 수 있을 것이다. 현승규의 북한으로의 망명과 도경빈의 미국으로의 망명은 작가가 LA 타임스 기자와 현승규를 통해 제시한 '미국에서 좀 더 북한 가기가 쉽다', '휴전선이 없어져야 한다', '이념보다 민족(가족)이 우선이다', '남한의 이념을 앞세운 법은 가족의 고통을 외면하고 있다' 등과 같은 현실 상황(역사적 아이러니)에 대한 자신의 입장과 태도를 강하게 드러낸 것이다. 이러한 작가의 태도는 우리가 묻어버리고 우리의 기억 속에서 망각해버린 전쟁이라는 역사적 실체를 다시 불러내 그것의 의미를 진지하게 묻고 있는 것으로 볼 수 있다. 전쟁은 우리의 눈앞에서 보이지 않는다고 끝난 것이 아니다. 그것은 눈에 보이지 않는 내면화라는 방식으로 우리의 의식 깊은 곳에 내재해 있다. 이렇게 우리의 의식 내에 은폐되어 있는 전쟁과 분단의

---

**05** 현길언, 위의 책, pp. 453~454.

세계를 들추어내기 위해서는 작가 역시 새로운 충격이 필요하다. 현승규와 도경빈의 망명의 충격 같은 그런 충격이 요청된다고 할 수 있다. 낡은 이념이나 체제에 물들지 않는 새로운 영토로의 망명이 야기하는 충격이 이 견고한 역사의 아이러니를 깨는 하나의 구멍(틈)이 될 수 있으리라.

## IV부

글쓰기, 대위적(對位的) 상상의 지평

# 각혈은 탕진한 몸을 낳고, 탕진한 몸은 탕진한 언어를 낳는다

- 이상의 소설을 통해 본 문학과 질병의 문제

## 1. 징후를 징후로서 즐겨라

문학에서의 질병은 결코 부정적이지 않다. 문학은 질병의 은유와 환유를 통해 새로운 문학의 구조를 생산한다. 이 사실은 질병이 그만큼 의미의 다양성과 애매성, 복합성을 지니고 있다는 것을 말해준다. 문학에서의 질병은 주로 '징후'의 형태로 드러나며, 이것은 일종의 불안 심리를 반영하는 것으로 볼 수 있다. 질병의 징후란 인간과 세계와의 균형이 깨진 데서 기인한다. 이런 점에서 징후란 인간과 세계 사이에 난 틈 혹은 구멍이라고 할 수 있다. 이 구멍은 끊임없이 불안을 유발하기 때문에 인간은 그것을 메워 세계와의 평형을 유지하려 한다. 하지만 인간과 세계 사이에 난 구멍은 쉽게 회복되지 않는다. 세계는 늘 인간에 비해 압도적이기 때문이다.

인간이 이러한 세계와 평형을 회복하기 위해서는 먼저 구멍, 다시 말하면 징후의 실체를 온전히 이해해야 한다. 만일 징후에 대한 이해 없이 세계와의 평형만을 강조한다면 그것은 일종의 봉합으로 그칠 위험성이 크다고 할 수 있다. 그렇다면 어떻게 이와 같은 위험성으로부터 벗어나 징후의 실체를 온전히 이해할 수 있을까? 이 물음에 대한 답은 간단하다. '징후를 징후로서 즐겨라'가 바로 그것이다. 어떤 하나의 징후를 은폐한다거나 그것을 배제한 채 세계와의 평형이라는 당위성만 내세우다보면 우리는 그 징후의 실체를 제대로 이해할 수 없다. 우리의 궁극적인 목적이 세계와의 평형 혹은 징후적인 상상계를 벗어나는 것이라면 건강하고 상징적인 질서로의 당위적인 이행에 앞서 징후를 징후로서 만나야 한다는 '환상의 윤리학(sinthome)'적인 방식이 먼저라고 할 수 있다. 이것은 마치 의사가 정신병적인 징후를 가진 환자를 진단할 때 그 징후를 자신의 입장에서 제거하려 하지 않고 환자가 그 징후와 친해질 수 있도록 도와주는 것과 같은 이치이다. 환자에게 있어 징후는 그것의 가치 유무를 떠나 '지금, 여기'에서 그를 살아지게 하는 동력이며, 이에 대한 깊이 있는 천착 없이 건강한 것으로의 이행은 당위성을 강조한 것으로 그의 징후를 치료하는 진정한 방법이 될 수 없는 것이다.

환상의 윤리학에 입각해 징후적인 텍스트를 해석할 때, 이성이나 정신주의적인 시각에 입각해서 그 가치를 평가해서는 안 된다. 이성이나 정신은 징후를 드러내는 감성이나 육체(징후는 이성이나 정신의 차원에서 드러날 수 없다)와 우열의 관계로 존재하는 것이 아니라 동등한 관계로 존재하기 때문에 이성이나 정신을 내세워 징후적인 텍스트를 해석하면 감성이나 육체와 관련된 너무나 많은 것들, 이를테면 광기, 무의식, 불안, 우울, 환상 등이 희생될 수도 있다는 것이다. 사실 문학 혹은 문학성은 이성이나 정신보다 감성이나 육체를 통해 좀 더 구체화될 수 있는 성질의 것이다. 따라서 징후를 이성이나 정신에 입각해 해석할 것이 아니라 징후를 징후로서 만나는 환상의 윤리학적인 방식이 필요한 것이다. 바로 여기에 문학과 질병 사이의 관계가 지니는 심오함이 있다고 할 수 있다.

이러한 징후와 환상의 윤리학적인 차원에 입각해 우리 문학사를 볼 때 가장 문제적인 작가 중의 하나가 바로 이상이다. 이상의 글쓰기의 원천은 각혈하는 몸에서 비롯된다. 글쓰기 주체가 자신의 각혈하는 몸을 통해 체험하게 되는 것은 이른바 '자기소외(Entfremdung seiner selbst)'이다. 폐결핵이 깊어져 각혈을 하게 되면서 글쓰기 주체는 어쩔 수 없이 자신의 몸에서 나온 피를 보게 된다. 글쓰기 주체는 피에 대한 체험을 직접 텍스트 속에다 발설해 놓고 있다. 자신의 몸에서 나온 피를 본다는 것은 자신의 수명에 대한 개념을 파악할 수 있다는 점에서 삶의 가장 고통스럽고 끔찍한 체험임에 틀림없다. 이 고통스럽고 끔찍한 체험은 이상 문학 전체를 관통하는 가장 큰 힘이다.

자기 자신이 자신을 외화(外化)시켜 바라보는 이러한 방식은 이상 문학의 한 특장(特長)이라고 할 수 있다. 자기 자신의 외화는 이상의 문학에서 거울이라는 상징적인 질료를 통해 비교적 명료하게 구체화된다. 글쓰기 주체가 거울을 본다는 것은 자기 자신을 거울을 통해 자신의 밖으로 투사하는 것이다. 거울 속의 자신(나)과 거울 밖의 자신(나)은 언제나 화해의 관계를 유지하지 못하고 불화의 관계에 놓인다. 거울 속의 자신과 거울 밖의 자신은 하나이면서 또한 하나가 아니다. 이것은 불화의 관계에 있기 때문에 서로 갈등하고 투쟁하지만 상대를 배제하는 것이 아니라 자기라는 보다 큰 영역, 즉 하나의 몸을 형성해 가는 과정이라고 할 수 있다. 거울이 드러내는 이러한 자기소외를 분리나 분화에 초점을 맞추어 그것의 궁극적인 목적이 자기분열이라고 결론을 내리는 것은 이상의 문학을 정신과 육체의 분리로만 이해한 것이다. 이상의 문학은 정신과 분리를 목적으로 하는 것이 아니라 그것의 통합인 몸을 지향한다고 할 수 있다.

글쓰기 주체의 각혈하는 몸을 통해 드러나는 자기소외라는 이 고통스럽고 끔찍한 체험은 이상 문학의 한 특장인 이러한 거울의 의미를 고스란히 반영하고 있다. 자신의 몸에서 나온 각혈을 바라본다는 것은 기본적으로 거울 속의 또 다른 자기 자신을 바라본다는 것과 다른 것이 아니다. 다만 자신이 바라보는 대상이 각혈이라는 점이 자기소외의 정도를 더해준다고 할 수 있다. 글쓰기 주체는 각혈하는 자신의 몸을 바라보면서 자신의 수명에 대한 종말이 점점 다가오고 있다는 사실을 인식하게 되고, 이 과정에서 고통스럽고 끔찍한 체험을 하게 된다. 다른 어떤 대상으로부터가 아니라 바로 각혈하는 몸을 통한 자기소외라는 점에서 그것은 심한 자의식을 동반한다. 이 자기 자신에 대한 심한 자의식은 '자신의 존재에 대한 소멸 욕구', '자신의 몸에 대한 모멸감', '생활의 부적응에 대한 불안', '아내로부터의 동물적인 학대'를 당하고 있는 대목에서 잘 드러난다.

그러나 각혈하는 몸에 대한 자기 소외에서 오는 심한 자의식은 그대로 글쓰기로 이어져 아이러니와 패러독스 등 다양한 언어 구조를 생산하기에 이른다. 이 사실은 각혈이 죽음과 같은 소모적인 차원에 머무는 것이 아니라 상징이나 메타포 같은 생산적인 차원으로 이어진다는 것을 의미한다. 이처럼 문학과 질병과의 관계는 작가의 육체적이고 물질적인 차원뿐만 아니라 정신적이고 감정적인 차원까지 포괄한다. 이상의 문학에서의 각혈은 육체와 정신, 물질과 감정 등 이항대립적인 체계의 해체와 통합을 통해 근대의 본질에 다가가려는 작가의 의지를 표상한다고 할 수 있다.

## 2. 각혈하는 몸은 세계의 심층을 겨냥한다[01]

이상 문학의 심층적인 토대로 작용하고 있는 것은 폐결핵에 의한 각혈 (喀血)하는 몸이다. 각혈로 인해 그 몸은 탕진한 몸의 양태로 드러난다. 이렇게 이상의 글쓰기 주체의 몸이 탕진한 몸의 양태를 지닐 수밖에 없는 것은 폐결핵이 기본적으로 기침이나 발열, 창백한 얼굴, 각혈 등과 같은 몸의 소모적인 측면과 연결되어 있기 때문이다. 폐결핵에 의한 몸의 탕진의 한 극점은 텍스트 내에 직접 발화되어 있는 것처럼 각혈의 체험으로 드러난다. 텍스트 내에서 각혈이 직접 발화된 경우는 소설 「공포의 기록」(1935)과 「봉별기」(1936)이다.

「공포의 기록」에서는 '第二次의 喀血이 잇슨後나는 으슴푸레하게나마 내 壽命에對한 槪念을 把握하엿다고 스스로 밋고잇다.'[02](p.210)라고 하여 그 각혈의 차수까지 분명하게 발설하고 있다. 또한 「봉별기」에서도 '스물 세살이오—三月이오—喀血이다'(p.327)라고 하여 '스물세살'과 '각혈'을 선명하게 대비시켜 놓고 있다. 각혈에 대한 차수의 발설과 이러한 선명한 대비는 그 각혈이 글쓰기 주체의 자의식을 강하게 지배하고 있다는 것을 의미한다. 이 사실은 탕진한 몸의 한 극점을 드러내는 각혈이 비록 표층에 직접적으로 드러나지 않는다고 할지라도 전 텍스트에 걸쳐 심층화되어 있다는 것을 말해주는 대목이라고 할 수 있다.

글쓰기 주체의 각혈에 대한 체험이 이처럼 전 텍스트에 걸쳐 심층화되

---

**01** 이 글 '2'와 '3'은 본인의 졸저 『한국문학과 몸의 시학』(태학사, 2004)의 한 부분을 발췌하여 그 것을 수정·보완하였다.

**02** 이상, 김주현 주해, 『정본 이상문학전집 2』, 소명출판, 2005. 이하 모든 이상의 소설의 인용 은 이 책을 따른다.

어 있을 수 있었던 것은 각혈의 체험이 죽음을 향해 진행될 수밖에 없는 속성을 지니고 있기 때문이다. '第二次의 略血이 잇슨後나는 으슴푸레하게나마 내 壽命에對한 槪念을 把握하엿다고 스스로 밋고잇다.'는 「공포의 기록」의 발화는 각혈 체험과 죽음의 관계를 단적으로 보여주고 있는 적절한 예이다. 각혈 체험이 죽음을 동반할 수밖에 없는 비극적인 상황에서 글쓰기 주체가 할 수 있는 일이란 그 상황을 수용하느냐 아니면 그 상황에 저항하느냐 하는 문제라고 할 수 있다. 이상 소설에 드러난 글쓰기 주체의 행위는 그 상황을 수용하면서 저항하는 이중적인 방식이다. 글쓰기 주체의 죽음에 대한 대응 방식이 이중적이라는 것은 그가 자살에 대해 어떤 의식을 드러내고 있는지를 살펴보면 잘 알 수 있다. 글쓰기 주체에게 있어 자살이란 비극적인 상황에 저항하는 가장 확실한 방법이다. 자살하면 각혈에 의한 죽음을 기다리지 않아도 될 뿐만 아니라 각혈 그 자체가 무의미해지기 때문이다.

그러나 글쓰기 주체는 자살을 감행하지 않는다. 그것은 글쓰기 주체의 몸이 죽음을 전제로 존재하기 때문에 자살을 하는 일이 별다른 의미가 없기 때문이라기보다는 각혈하는 몸, 다시 말하면 탕진한 몸의 존재를 보여주려는 강한 욕망 때문이라고 할 수 있다. 탕진한 몸을 보여주려는 이러한 욕망은 '불, 숯, 흑연, 피, 뼈, 거미, 회충'의 이미지를 통해 강렬하게 환기되고 있다.

> ① 불! 흥! 불 - 내심장을태우고 내전신의혈관과신경을 불사르고 내집 내세간내재산을불살너버린불! (……) 장작을하나식々々々 쓴숫을 만들고잇는조고만화렴들! 장래에는또무엇々々을살러쓴숫을만들

라는지! (『十二月十二日』)[03].

② 그의호흡하고잇는산소(酸素)와 탄산와사의멧 「릿틀」도 그의모세
관(毛細管)을흘으는가느다란피줄의 그어느한방울까지도 다-흑색-
그몽々한흑연과조곰도다름이업는(『十二月十二日』)[04].

③ 바른편다리와는엄청나게훌륭하게 썌만남게만은외인편다리는 바
닥에서소사아올라오는 「픙토달은」 치위째문인지 죽은 사람의그것
과같이푸르럿다. 거기에멧줄기샛팔안정맥줄이반투명체(反透明體)
가내뵈드시내보이고잇섯다. 털은어느사이에인지다쌔져하나도없
고 모공(毛孔)의자족에는파리똥갓흔자은 점(黑點)이위축(萎縮)된 피
부우에일면으로널녀잇섯다(『十二月十二日』)[05].

④ 얼굴이 이러케자지蒼白한것이 웬일일쌔하고 내가煩悶해서- 내 荒
寞한醫學知識이 그예 診斷하였다-蛔蟲- 그러치만 이 診斷에는 深
遠한由緖가잇다. 蛔蟲이아니면 十二指腸蟲- 十二指腸蟲이아니면
條蟲-이러리라는것이다
蛔蟲藥을 써서 안들으면, 十二指腸蟲藥을 쓰고, 十二指腸蟲藥을써
서 안으면 條蟲藥을 쓰고, 條蟲藥을써서 안들으면 그다음은 아즉
硏究해보지안앗다. (『恐怖의記錄』)[06].

⑤ 거미-분명히그자신이거미였다. 물뿌리처럼야외들어가는안해를

---

**03** 이상, 김주현 주해, 『十二月十二日』, 위의 책, p.140.

**04** 이상, 김주현 주해, 『十二月十二日』, 위의 책, p.132.

**05** 이상, 김주현 주해, 『十二月十二日』, 위의 책, p.78.

**06** 이상, 김주현 주해, 「恐怖의記錄」, 위의 책, p.214.

빨아먹는거미가 너 자신인것을깨달아라. 내가거미다. 비린내나는 입이다. 아니 안해는그럼그에게서아무것도안빨아먹느냐. 보렴-이 파랗게질린수염자죽-퀭한눈-늘신하게만연되나마나하는형영없는 營養을-보아라. (「鼅鼄會豕」)[07].

①의 불과 숯, ②의 핏줄과 흑연, ③의 뼈, ④의 회충, 그리고 ⑤의 거미 등의 질료가 환기하는 이미지는 몸의 탕진이다. 이 질료들 중에서 불·피·회충·거미는 몸의 탕진하는 과정을 실질적으로 보여주는 그런 기능을 하며, 숯, 흑연, 뼈는 탕진한 몸의 결과를 지시한다고 할 수 있다. 몸의 탕진의 과정을 불·피·회충·거미라는 질료를 통해 보여준다는 것은 그 탕진의 강렬함을 드러내는 것으로 볼 수 있다. ①의 불의 경우 그것이 피의 또 다른 변주라는 점을 염두에 둔다면 '불사른다'(불타오른다)는 표현은 점점 탕진해 가는 몸에 가속도를 더한다는 것을 의미한다. ②에서의 불이 피의 변주라는 측면에서 보면 이때의 불이 환기하는 의미는 양가적이다. 피는 죽음과 동시에 삶을 상징한다. 피는 몸 안에 그것을 적당히 가지고 있어야 한다는 측면에서는 삶을 함축하지만 그것이 모자란다거나 지나치게 피를 흘린다는 점에서 보면 그것은 죽음과 연결되어 있다고 할 수 있다.

이런 점에서 ①의 '불살라버린다'는 표현은 죽음에 대한 욕망인 동시에 삶에 대한 욕망으로 해석할 수 있다. 죽음과 삶이 동시에 공존한다는 것은 글쓰기 주체의 의식이 심하게 분열되어 있다는 것을 의미한다. 불에 대한 강렬한 이미지를 하나의 모티프로 삼고 있는 『십이월 십이일』에서 과도한 이상심리를 드러내고 있는 T의 경우가 바로 그 증거라고 할 수 있

---

**07**　이상, 김주현 주해, 「鼅鼄會豕」, 위의 책, p. 228.

다. 그가 M군과 그의 집 그리고 병원 두 곳에 불을 놓은 뒤 맹렬하게 타오르는 불길을 보며 걷잡을 수 없는 희열감에 빠지는 장면은 점점 탕진해 가는 몸을 통해 삶과 죽음에 대한 분열된 의식을 드러내고 있는 것으로 볼 수 있다.

불이 상승과 외적인 팽창의 속성을 통해 탕진한 몸을 드러내고 있다면 ④에서의 회충은 하강과 내적인 함열을 통해 그것을 드러내고 있다. 회충은 ①에서의 불처럼 밖으로 자신의 존재를 드러내지 않을 뿐만 아니라 철저하게 그것을 숨긴 채 내적인 은밀함을 지향한다. 회충이 기거하는 공간인 배 속은 밝음이 아니라 어둠, 상승이 아니라 하강, 열림이 아니라 닫힘의 속성을 가지고 있기 때문에 그곳에서의 꿈틀거림은 음화(陰化) 혹은 내화(內化)를 구축하는 일이 될 수밖에 없다. 어둡고 닫힌 공간에서의 꿈틀거림은 불처럼 밝고 열린 공간에서 불타오르는 것과 비교하여 오히려 글쓰기 주체로 하여금 보다 강한 불안과 공포를 불러일으키게 한다. 보이는 것보다 보이지 않는 것에서 보다 강한 불안과 공포를 느끼는 것은 심리와 관련하여 당연한 귀결이다.

⑤의 거미의 경우는 불처럼 전적으로 밝음이나 상승 또는 열림의 속성을 가진다고 볼 수도 없고, 회충처럼 어둠이나 하강 또는 닫힘의 속성을 가진다고 볼 수도 없다. 거미는 밝음과 어둠, 상승과 하강, 열림과 닫힘의 경계에 놓인 그런 존재라고 할 수 있다. 거미는 이렇게 경계에 존재하면서 자신의 몸에서 줄을 뽑아 그것을 촘촘히 쳐놓고 여기에 걸려드는 자들의 몸을 빨아먹는다. 이런 점에서 거미는 다른 불·피·회충과 같은 질료들에 비해 상대적으로 그 존재의 양태가 좀 더 애매모호하고 불투명하다고 할 수 있다.

불, 피, 회충, 거미는 이처럼 각각 다양한 양태로 존재한다. 그러나 이 각각의 질료들은 탕진한 몸 혹은 탕진해 가는 과정으로서의 몸을 모두 환기하고 있다. 그 탕진의 과정이 불사름이나 꿈틀거림으로 드러나든, 아니면 그것이 빨아 먹힘으로 드러나든 결국 이것이 지향하는 것은 몸의 탕진에 있다. '불사름'을 통해 몸이 숯이 되는 것, 회충의 꿈틀거림에 의해 얼굴이 창백해지는 것, 거미에게 빨아 먹힘을 통해 '파랗게질린수염자죽-퀭한눈'이 되는 것, 이것이 바로 글쓰기 주체가 놓인 비극적인 상황이다. 글쓰기 주체의 상황이 이러하다면 ③에 드러난 뼈는 의미심장한 상징성을 띨 수밖에 없다. 여기에서의 뼈는 불을 질러 몸을 태워도 타지 않고 남아 있는 것인 동시에 회충이 배 속에서 꿈틀거리며 피와 살을 모두 삼킨 후에도 결코 사라지지 않고 남아 있는 그런 것이다. 또한 이 뼈는 거미가 몸의 진액을 빨아먹고 남긴 잔해라고도 할 수 있다. 이런 점에서 뼈는 탕진한 몸의 최후의 표상이다.

탕진한 몸이 뼈로 남을 수밖에 없다는 인식은 그 뼈가 온전한 몸의 형태 및 기능을 가지지 못한다는 점에서 문제적이다.[08] 뼈는 살과 피가 탕진되고 남은 응결체이다. 살과 피가 없는 몸은 진정한 의미에서의 몸이 아니다. 그것은 어떤 점에서 몸에 반하는 그런 몸이라고까지 할 수 있다. 살과 피라는 자연적이고 생리적인 것이 배제되고 뼈라는 하나의 추상화된 형체로만 존재한다는 것은 결국 그 몸이 시간의 유기적 생성이 불가능한 무기화된 현실의 상징물이라는 것을 의미한다. 물상화된 무기질로서의

---

**08**  김정란은 「몽환적 실존-이상 시 다시 읽기」(『이상 문학 연구 60년』 문학사상사, 1998, p. 101)라는 글에서 이 뼈를 여성적인 살의 부패하는 특질 맞은편에 놓여 있는, 썩지 않는 금욕적 육체로 보고 있다. 또한 그녀는 이상이 여러 차례에 걸쳐 사용하고 있는 '骨片' '해골' 등의 이미지를 전혀 육체적인 이미지가 아니라 그것은 반(反) 육체적인 것이라고까지 하고 있다. 그녀의 이러한 해석은 '骨片'과 '해골'이 진정한 의미에서의 몸의 형태 및 기능을 가지지 못한다는 점을 고려한다면 충분히 납득할만한 해석이라고 할 수 있다.

몸은 근대 의식에 침식당한 손상된 현실을 비유한다. '이것은 추상 작용 속에서 각 대상이 그들에 공통된 형식적인 단위로 용해되어 결과적으로 그 실질적인 형상은 사라지고 오로지 그것의 '단위'만이 남겨진 상태를 의미하는 것이다. 말하자면 그것은 현실의 경험을 인지하기 위한 최소한의 추상적 근거, 곧 단순한 관념적 표시에 불과한 것이다.'[09] 뼈로 표상되는 몸의 이러한 특성을 텍스트에 비유하면 그것은 모든 구체적인 의미가 축출된 상태, 곧 형태상의 순수 기호적 자취만 남겨진 상태다. 이 상태란 달리 말하면 순연한 외면적 스타일의 기술적 효과만이 잔존할 수 있는 경우라고 할 수 있다.

이처럼 글쓰기 주체가 탕진한 몸의 끝에서 뼈를 발견했다는 사실은 이상 소설의 중요한 특징이 인공미학에 있으며, 이것이 곧 이상 소설의 근대성 문제와 밀접한 관계를 가진다는 점에서 주목을 요한다. 따라서 이상 소설의 문제는 이 뼈와 살 또는 뼈와 피, 더 나아가 뼈와 살과 피가 어떻게 통합되고 분리되면서 의미를 생산해내고 있는지, 그 일련의 과정과 결과에 있다고도 할 수 있다. 이상 소설에서의 뼈가 환기하듯이 모더니즘 혹은 근대의 미학은 인공적이고 추상적인 특성을 드러내며, 그 세계는 현실이나 실재를 기계적으로 재구성하는 속성을 가지고 있기 때문에 흔히 '텅 빈 기호'로 인식되어진다. 이것은 모더니즘 혹은 근대 미학이 가지는 딜레마라고 할 수 있다. 그러나 이상은 이러한 순수한 기호 내지 추상적인 세계를 수용하면서도 그것으로부터 벗어날 수 있는 길을 포기하지 않고 계속 탐색한다. 뼈로 표상되는 순수하고 추상적인 세계는 죽음으로 귀결될 수밖에 없는 각혈하는 몸이 그 죽음으로부터 영원히 벗어날 수 있는 그

---

**09** 한상규, 「1930년대 모더니즘 문학의 미적 자의식-이상 문학의 경우」, 『이상문학전집 4』, 문학사상사, 1995, p.374.

런 세계이지만 이상은 여기에 안착하지 않는다. 그는 다시 이 뼈에 살을 붙여주고 피를 돌게 하려는 욕망을 포기하지 않는다. 흔히 이상의 문학을 뼈로 표상되는 추상적이고 인공적인 차원에서 접근하는 경우가 많은데 이것은 이상의 문학이 가지는 진정한 의미에서의 근대 혹은 근대성을 보지 못한 데서 온 결과라고 할 수 있다.

그러나 이렇게 이상 소설에서 뼈가 가지는 상징성이 중요하기는 하지만 이에 못지않게 중요한 것은 뼈가 되기까지의 과정이라고 할 수 있다. 탕진해 가는 과정으로서의 몸이 존재하기 때문에 서사가 성립될 수 있는 것이다. 이것은 곧 탕진한 몸이 탕진한 언어로 연결된다는 것을 의미한다. ①~⑤에서 알 수 있듯이 '살아 오르고', '꿈틀대며', 또 '빨아먹는'으로 상징되는 탕진한 몸은 안정과 조화, 질서를 내장하고 있는 그런 몸이 아니라 불안정하고 부조화와 무질서를 그 안에 내장하고 있는 몸이다. 따라서 탕진한 언어는 탕진한 몸의 그것처럼 불안정하고 부조화와 무질서를 내장할 수밖에 없다. 이상 소설의 언어는 그동안 다양한 방법론에 의해 해석되어 온 것이 사실이지만 대부분이 형식주의적이고 구조주의적인 언어의 차원에 국한시켜 그것을 바라보았다고 할 수 있다. 몸이 배제된 상태에서 언어만 독립시켜 바라본다는 것은 언어의 실질적인 생산 주체를 부정한다는 점에서 치명적인 결함을 내포하고 있는 것으로 볼 수 있다.

## 3. 탕진한 몸은 탕진한 언어를 낳는다

이상 소설의 언어를 발생시키는 토대는 몸이다. 이 사실은 이상 소설에서 각혈하는 몸이 탕진해가면서 어떻게 텍스트를 발생시키고 있는지 살펴보는 일이 중요하다는 것을 말해준다. 각혈에 의한 탕진한 몸은 정상적이고 적절한 몸이 아니라 결핍되고 소외된 몸이기 때문에 그 결핍이나 소외를 보충하고 극복하기 위해 강렬한 욕망을 보여준다. 이 욕망이란 결핍되고 소외된 몸을 규정하고 있는 기존의 제도나 체계에 대한 해체로 드러난다. 이것을 흔히 정신분석학에서 '아버지 몸을 해체하고 어머니 몸으로 돌아가기', 곧 압젝션(abjection) 이론이라고 명명한다. 압젝션 abjectiom에서 abject는 동사로 쓰이면 내쫓다(cast out)라는 의미를 가지며, 그것이 형용사로 쓰이면 비천한, 비열한, 비참한 이라는 의미를 가진다. 이 압젝션 이론에 따르면 이상의 소설에서의 각혈하는 몸은 '내쫓긴 몸(abject body)'이다. 이 내쫓긴 몸이 텍스트로 귀환하게 되면 기존의 정상적이고 적절하고 몸을 토대로 한 텍스트에 균열이 생겨 결국 그 텍스트는 해체되게 된다.

내쫓긴 몸이 귀환하면서 이상 소설의 언술 체계는 파괴되기에 이른다. 그의 소설에서 엿보이는 띄어쓰기 무시와 휴지부 거부(「휴업과 사정」, 「지도와 암실」, 「지주회시」), 한자나 영문자 병용(「공포의 기록」, 「불행한 계승」, 「김유정」, 「단발」, 「동해」, 「봉별기」, 「실화」, 「종생기」), 글자의 의미 왜곡(「동해」), 시점과 목소리의 혼용(「종생기」) 등 표층에 드러난 언어 현상과 방·밀실·동굴·거울·날개·창부 등이 내포하고 있는 심층화된 상징성 등은 모두 내쫓긴 몸 혹은 추방된 몸의 귀환이라는 차원에서 읽어낼 수 있다. 띄어쓰기 무시와 휴지부 거부는 몸이 가지는 충동적 리듬의 귀환으로 볼 수 있다. 추방된 몸이 가지는 충동적 리듬이란 '유동적이고 모순적이며, 통일성이 없고, 무정형적인 속성을 가진 힘의 실체'[10]라고 할 수 있다. 이것은 충동적 리듬이 안

---

**10** 김인환, 「J. 크리스테바의 시적 언어 연구-『시적 언어의 혁명』을 중심으로」, 이화여대 『인문과학논집』 제62집, 1993, p.92 참조.

정과 질서가 아닌 그것을 끊임없이 전복하고 해체하려는 속성을 지니고 있다는 것을 의미한다. 이 충동적 리듬의 구체적인 예를「휴업과 사정」에서 볼 수 있다.

> ……하고보산은감탄하지안이할수업섯슬만치 ……멍하니 안자 서듯기는듯고잇지만 그것이과연SS의목소리일가 뚱뚱보SS의낫뿐뇌로서 저만치고흔목소리를 자아내일만한훌륭한소질이어느구석에 박혀잇든가 그러타면 뚱뚱보SS는그다지업수히녁일수는업는 쭝쭝보SS가안일가 목소리가저만하면사람을감동휠만한자격이 넉넉히잇지만 그짜짓것쯤두려울것은없다하야 버리드라도하여간에SS가이한밤중에 저만콤아름다운목소리를 내일수잇다는것은 참신기한일이라고 안이칠수업지만 그러타고이보산이그에게경의를 별안간표하기시작하게된다거나 할일이야천부당만부당에잇슬법한일도안이렷만보산이 ……(「休業과事情」)[11]

인용문에서처럼 이러한 양태로 드러나는 언술 체계는 충동적인 리듬의 현현이라고 할 수 있다. 이 언술 체계는 그 목적이 정확한 의미 전달에 있는 것이 아니라 기표들의 자유로운 유희에 있다는 것을 보여준다. 한자나 영문자의 병용은 서사의 진행을 끊임없이 지연시킨다. "PM 여섯 시까지 집으로 저녁을討食하려 가리로다. 勿驚夫妻』주고 나왔다. 나온것은 나왔다뿐이지 DOUGHTY DOG이라는 可憎한작난감을 살 의사는 없다."(「동해」, p.304)나 "A Double Suicide 그것은 그렇나 결코 愛情의妨害를 받아서는 안된다는 條件이붙는다."(「단발」, p.282), 그리고 "早熟 爛熟 감

---

**11**　이상, 김주현 주해,「休業과事情」, 앞의 책, p.169.

(柿)썩는 골머리 때리는내. 生死의岐路에서 莞爾而笑 剽悍無雙의療軀 陰地에蒼白한꽃이피었다."(『종생기』, p.375) 등의 언술 체계는 한자나 영문자를 사용하여 의미를 강조한다거나 이해를 돕기 위해 사용되었다기보다는 서사의 전개를 의도적으로 지연시켜 독서를 방해하려는 목적으로 사용된 것으로 볼 수 있다.

과도한 한자어의 사용은 "30년대적 관점에서 유교적 상징체계를 운반해주는 전근대적 부호이고 봉건적 이데올로기를 전파하는 큰타자의 언술"[12]로 해석할 수 있고, 영문자의 사용은 서구의 상징체계를 운반해주는 근대적 부호이고 탈봉건적 이데올로기를 전파하는 큰타자의 언술로 각각 해석할 수 있다. 이 사실은 이러한 언술 체계가 전근대와 근대 즉 봉건과 탈봉건 사이에 놓인 글쓰기 주체의 딜레마를 드러내고 있다는 것을 말해준다. 글쓰기 주체는 전근대와 근대 사이에서 방황하는 자신의 에고의 모습을 이러한 언술 체계를 통해 보여주려고 한 것이다.

근대에 대한 확고한 정체성을 마련하지 못한 글쓰기 주체의 에고는 글자의 의미 왜곡이나 시점 및 목소리의 혼용이라는 언술 체계를 통해서도 드러난다. 글자의 의미 왜곡의 대표적인 예는 '童骸'이다. 童骸라는 말은 기존의 언술 체계에서는 존재하지 않는다. 童骸는 이 말의 뜻대로 하면 '어린아이의 해골'로 일상에서의 사용하는 낱말은 '童孩'이다. 이렇게 孩를 骸로 바꿔서 있지도 않은 낱말을 만들어내는 일은 이상의 독특한 의미생산의 방식[13]이다. 이러한 의미창출의 방식은 '단순한 기호학(언어학)의

---

**12**  김승희, 『이상 시 연구』, 보고사, 1998, p.206.

**13**  독특한 의미 생산 방식으로 인해 이상 연구는 텍스트 못지않게 그것에 대한 주석 및 해석이 중요한 문제로 대두된다. 그동안 김기림(『이상선집』, 백양당(재판), 1949), 임종국(『이상전집』, 문성사, 1966), 이어령(『이상문학전작집』1~4권, 갑인 출판사, 1977), 이승훈 · 김윤식(『이상문학전집』1~3

차원을 넘어서는 것으로, 인간 본질의 해명에로 향하게 된다."[14] 童骸를 통해 드러난 것처럼 이렇게 독특한 의미생산 방식을 글쓰기 주체가 끊임없이 생산하는 이유는 자신이 몸담고 있는 세계 자체가 안정되어 있지 않기 때문이라고 할 수 있다. 불안정하기 때문에 불안한 것이고 그것의 발화의 한 방식이 바로 이러한 글자의 의미 왜곡인 것이다.

童骸에서 보여지는 근대인으로서의 글쓰기 주체의 불안은 시점과 목소리의 혼용에서 절정에 달한다. 「종생기」를 보면 글쓰기 주체의 언술 체계는 완전한 해체의 단계에 들어선 모습을 보여주고 있다. 여기에 오면 각혈로 인해 탕진한 몸의 두려움은 시체라는 것으로 표상된다. 시체는 탕진한 몸의 가장 극한적인 존재 양태로 그것은 곧 탕진한 언어를 통해 드러난다. 몸이 시체라는 가장 비천한 몸의 양태로 드러났다는 것은 「종생기」가 그 결핍을 채우기 위해 상징계를 그만큼 훼손시킨다는 것을 의미한다. 상징계 안으로 비천한 기호계의 몸이 귀환함으로써 글쓰기 주체는 복합적인 양태를 띠게 되고 이로 인해 텍스트의 서술 시각이라든가 구성 방식, 문체 등이 다양하고 애매모호하게 분절되어 드러난다.

이처럼 이상의 소설이 드러내는 말하는 주체의 정체성의 파괴, 서사적인 의미구조의 끊임없는 지연, 문장의 통사론적인 연결성의 해체 등은 언어의 상징적인 질서 체계를 몸의 충동적인 리듬의 질서 속에서 해체하여 세계의 본질이 단일성이나 통일성이 아닌 다양성과 혼성적 모순성에 있음을 보여준다. 이상의 소설이 보여주는 탕진한 몸과 여기에서 비롯되는

---

권, 문학사상사, 1989~1991), 이경훈 (『날개』 문학과지성사, 2001) 등에 의해 전집 및 선집이 여러 차례 간행되었음에도 불구하고 아직 텍스트의 원전 및 주해가 확정되지 않은 것도 그 이유가 바로 이상의 독특한 의미 생산 방식 때문이라고 할 수 있다.

**14**　김윤식 엮음, 『이상문학전집 2』 문학사상사, 1991, p.285.

텍스트의 혼동과 해체는 이상 자신이 처한 근대에 대해 그가 어떠한 인식을 보여주고 있는지를 잘 말해준다고 할 수 있다. 그는 자신이 처한 1930년대라는 근대에 대해 혐오하고 저항하면서 종국에는 그것을 해체하려는 욕망을 강하게 드러낸다. 이것은 그가 근대가 가지는 모순과 부조리를 인식하고 있다는 것을 의미한다.

그러나 추방된 몸의 방법론으로 이상의 텍스트를 본다는 것은 텍스트 자체의 발생론적인 측면을 구명하는데 상당히 효과적이지만 텍스트 자체를 지나치게 무의식화하여 실재하는 현실을 축소하고 관념화할 위험성도 또한 가지고 있다. 압젝션 이론에서 말하는 몸은 실감의 차원으로 존재하는 몸이라기보다는 상징적으로 코드화된 몸, 다시 말하면 실감으로 다가오는 현실의 차원을 제대로 드러내지 못하는 몸이라는 혐의로부터 자유로울 수 없을 것이다. 이상의 몸과 언어는 이런 압젝션 이론으로 해석하면 이미 그 실감을 잃어버리게 될 위험성이 있는 경우가 많다.

⑥ 잔디우에앉아서 볓을쪼였다. 피로가일시에 쏟아지는것같다. 눈이
스르르 저절로감기면서 사지가노곤해들어온다. 다리를 쭉 뻗고
이번에야말루 동경으루 가버리리라-
잔디우에는 곳곳이 까아제와붕대끄트럭이가 널려있었다. 순간 먹
은 것을 당장에라도 게우지 않고는 견데기어려울것같은 극도의 汚
穢감이 五官을스첫다. 동시에그불붙는듯한열대성식물들의 풍염
한화변조차가무서운毒을품은 妖花로변해보였다. 건드리기만하면
그자리에서손까락이 썩어문들어져서 뭉청뭉청 떨어저나갈것만같
았다(「幻視記」)[15].

---

15   이상, 김주현 주해, 「幻視記」, 앞의 책, p.250.

⑦ 공기는제대로썩어들어가는지쉬적지근하야. 또-과연거미다. (환투)-그는그의손가락을코밑에가져다가가만히맡어보았다. 거미내음새는-그러나十원을요모조모금물르든그새금한지폐내음새가참그윽할뿐이었다. 요 새주한내음새-요것때문에세상은가만있지못하고생사람을더러잡는다-더러가뭐냐. 얼마나많이축을내나. 가다듬을수없는어지러운심정이었다. 거미-그렇지-거미는나밖에없다. 보아라. 지금이거미의끈적끈적한촉수가어디로몰려가고있나-쪽소름이끼치고시근땀이내솟기시작이다(「蜘蛛會豕」)[16].

⑧ 「말해라」
머리맡 책상설합속에는 서슬이퍼런 내 면도칼이 있다. 頸動脈을 따면-妖物은 鮮血이 댓줄기 버치듯하면서 急死하리라. 그렇나-나는 일즉암치 면도를 하고 손톱을 깎고 옷은 갈아 입고 그리고 例年 十月十四日 경에는 死體가 몇칠만이면 썩기 시작하는지 곰곰 생각하면서 모자를 쓰고 인사하듯 다시 버서들고 그리고 房-姸이와 半年寢息을 같이하던 냄새나는 房을 휘-둘러 살피자니까(「失花」)[17].

⑨ 나는 未滿 十四世ㅅ적에 水彩畵를 그렸다. 水彩畵와 破瓜. 보아라 木箸같이 야윈팔목에서는 三冬에도 김이 무럭무럭 난다. 김나는 팔목과 잔털나스르르한 賣春하면서 자라나는 蛔蟲같이 魅惑的인 살결. 사팔뚜기와 내 흰자위 없는 짝짝이눈. 玉簪花속에서 나오는 奇術같은 昔日의化粧과 化粧全廢, 이에 反抗하는 내 自轉車탈줄모르는 아슬 아슬한 天稟. 당홍당기에 不義와 不義를 放任하는 束手

---

**16**  이상, 김주현 주해, 「蜘蛛會豕」, 위의 책, p.242.
**17**  이상, 김주현 주해, 「失花」, 위의 책, pp.339~340.

無策의 懶怠(「終生記」)[18].

⑥~⑨에 발화된 언어들이 하나같이 몸의 살아 꿈틀대는 생생함을 환기하고 있다. 이것은 글쓰기 주체가 몸의 오관을 통해 감지되는 느낌을 언어를 통해 되살려 놓고 있다는 것을 의미한다. ⑥의 경우, 글쓰기 주체인 나의 몸은 '가아제'와 '붕대'라는 대상에 대해 혐오스러운 감각을 즉각적으로 느낀다. 이 느낌의 즉각성을 글쓰기 주체는 '불붙는듯한열대성식물들의 풍염한화변조차가무서운毒을품은 妖花로변해보이는' 것, '건드리기만하면 그자리에서손까락이 썩어문들어져서 뭉청뭉청 떨어저나갈것'만 같은 것으로 드러내고 있다. '가아제'와 '붕대'가 '열대성 식물', '毒을 품은 妖花'를 거쳐 '뭉청뭉청 떨어져나갈 것만 같은 손가락'으로 그 감각이 변주된다는 것은 몸에 의한 생생한 감각 체험이 아니면 불가능하다고 할 수 있다. 이러한 감각 체험은 ⑧에서도 드러난다. '면도칼'이라는 대상에 대한 섬뜩한 감각 체험을 '頸動脈'과 '鮮血'과 연결시키면서 몸의 감각을 언어로 되살려 놓고 있는 것이다.

⑥(「환시기」)과 ⑧(「실화」)이 시각의 흐름을 확장을 통해 몸의 언어를 구현하고 있다면, ⑦(「지주회시」)은 그것을 후각과 촉각을 통해 구현해 내고 있다. 이 장면은 밤에 몰래 잠든 아내를 단순한 시각으로 지켜보는 것이 아니라 '쉬적지근한 썩은 공기', '새큼한내음새', '끈끈한촉수', '소름과 식은 땀'이라는 다분히 후각적이고 촉각적인 감각의 흐름을 통해 탐색하고 있는 것이다. 특히 아내와 나를 거미에 비유해 이 둘 사이의 접촉이 서로를 빨아먹고 먹히는 그런 더럽고 부정적인 욕정에 사로잡힌 동물적인 음험

---

**18**    이상, 김주현 주해, 「終生記」, 위의 책, p.375.

함을 내포한 것으로 만들어 놓고 있다. 거미가 간직한 이러한 동물적인 몸 이미지를 동물적인 언어로 되살려 놓음으로써「지주회시」를 의미의 차원이 아닌 감각의 차원으로 존재하게 하고 있다.

탕진한 몸이 탕진한 언어가 된다는 이러한 논리를 잘 드러내고 있는 대목이 바로 ⑨(「종생기」)이다. 여기에서는 글쓰기 주체의 탕진한 몸을 시각적인 감각에 초점을 맞추어 그것을 드러내고 있다. '흰자위 없는 짝짝이 눈'을 가진 글쓰기 주체인 나의 몸이 감각화한 대상은 '破瓜', 곧 한창 월경을 시작하는 16세 여인의 몸이다. 그녀의 몸은 글쓰기 주체인 나의 눈에 의해 '三冬에도 김이 무럭무럭 나고, 잔털이 스르르한 蛔蟲같이 魅惑的인 살결'로 감각화되기에 이른다. 그녀의 이 혐오스럽고 환멸로 가득 찬 몸은 기실은 글쓰기 주체인 나의 몸의 또 다른 모습이라고 할 수 있다. 그녀의 탕진한 몸을 통해 나의 탕진한 몸을 탕진한 언어로 감각화하여 들추어 내고 있는 이 장면은 이상 소설의 가장 인상적인 대목의 하나로 평가할 수 있다.

폐결핵과 각혈에서 비롯된 이러한 탕진한 몸과 그것의 탕진한 언어로의 현현은 이상의 글쓰기가 몸의 속성을 잘 보여주고 있다는 것을 의미한다. 글쓰기 주체가 자신의 몸을 제대로 바라보고 언어를 그것을 통해 실천적으로 행하고 있다는 사실은 그의 소설이 변주를 거듭하면서 견고한 의미 영역을 구축하고 있다는 것을 말한다. 이런 점에서 글쓰기 주체의 탕진한 몸은 무의미한 소비 내지 소멸을 의미하는 것이 아니라 무한한 생산과 생성을 의미한다고 볼 수 있다. 따라서 글쓰기 주체가 몸을 탕진하면 할수록 그것은 텍스트의 풍요로움으로 이어지게 되는 것이다.

## 4. 근대적 사유의 재창출은 각혈하는 몸을 통해 이루어진다

이상의 문학은 이렇게 각혈하는 몸을 글쓰기의 원리로 삼고 있다. 그는 자신의 몸을 타자화하거나 객관화하여 그것을 글쓰기의 원리로 삼고 있다고 할 수 있다. 글쓰기 주체의 몸에서 분리된 각혈이 바로 주체를 타자화 혹은 주관을 객관화한 경우이다. 글쓰기 주체의 인식은 각혈하는 몸을 통해 일정한 긴장을 유지하면서 글의 흐름을 이루어 나간다. 각혈하는 몸에 자신의 의식을 투사하면서 글쓰기 주체는 자기소외를 체험하게 된다. 글쓰기 주체와 이 몸 사이에서 이루어지는 자기소외의 드라마는 일단 자신의 몸에서 직접적으로 분리된 몸(각혈하는 몸)이냐 아니냐에 따라 그 거리에 있어서 일정한 차이를 노정하지만 자기소외의 정도에 있어서는 별다른 차이를 보이지 않는다. 글쓰기 주체와 각혈하는 몸 사이에서 성립되는 자기소외는 그의 문학에서 표층에 직접적으로 드러나는 경우는 드물지만 행간의 심층에 존재하면서 실존에 대한 불안과 공포를 불러일으키는 하나의 동인으로 작용한다고 할 수 있다. 이에 비해 글쓰기 주체와 창부의 몸 사이에서 성립되는 자기소외는 문학의 표층에 존재하면서 실존에 대한 불안과 공포를 비교적 선명하게 환기한다고 할 수 있다.

그러나 글쓰기 주체와 이 각혈하는 몸 사이에서 성립되는 자기소외는 차이가 있음에도 불구하고 이상의 문학 전체를 통해 동전의 양면처럼 존재하면서 서사의 층위를 두껍게 하고 있다고 할 수 있다. 이상의 문학이 가지는 아이러니, 패러독스, 위트, 냉소와 같은 근대적인 미학의 질료들이 모두 이 몸과의 상호작용 속에서 만들어진다. 이런 점에서 글쓰기 주체와 몸 사이에서 성립되는 자기소외는 단순한 글쓰기 주체 개인의 문제에 머무는 것이 아니라 근대가 가지는 속성을 표상하고 있는 것으로 볼 수 있다. 근대의 출발이 분열이나 분화의 개념으로부터 비롯된다는 점을 전제할 때 글쓰기 주체가 텍스트 속에서 보여주고 있는 이 자기소외는 근대 혹은 근대성이 가지는 불안의 본질에 맞닿아 있다고 해도 과언이 아니다. 이 분리와 분화는 근대의 태생적 불안의 원천이다. 이 불안은 계몽주의자들에게서 처음 나타났고, 그들이 구상하는 근대의 기획은 이 불안을 해소하기 위한 방안이었다. 헤겔이 이성적 사유의 전통에 서서 종래의 이성을 실천의 세계와 역사를 포괄하는 변증법적 이성으로 변형시키면서 그 기획을 완성하고자 했다. 마찬가지로 하버마스의 이성, 다시 말하면 의사소통적인 이성은 헤겔이 추구했던 이 동일한 기획을 실현하고자 하는 이성이며, 변증법적 이성의 불충분성을 메우기 위해서 다시 태어난 이성으로 평가할 수 있다.

그러나 헤겔이나 하버마스가 추구한 근대적 기획은 분리나 분화에 대한 통합을 목적으로 하지만 기본적으로 그것은 육체를 배제한 상태에서 정신에 의한 이성의 기반 위에서 성립된다는 점에서 불완전할 수밖에 없다. 이상이 보여주고 있는 자기소외의 전략은 이들이 추구한 이성의 전략과는 다르다. 이상이 기반을 두고 있는 것은 육체를 정신에서 분리시켜 그것을 배제한 상태에서의 근대적인 기획이 아니라 육체와 정신이 통합된 상태에서의 근대적인 기획이다. 자기소외와 같은 분열이나 분화의 속성을 지니고 있기 때문에 그 근대의 삶은 불안하고 공포스러울 수밖에 없다는 것을 인식하면서도 그것을 각혈이라는 몸에 대한 질병의 인식 속에서 통합하려고 한 것은 이상이 가지는 근대적인 기획의 한 특성이다. 이러한 기획은 근대의 본질을 꿰뚫어 보지 않고서는 불가능할 수밖에 없는 그런 기획이다.

# 적막한 감각과 내적 평정으로서의 글쓰기

- 박목월의 산문 세계

## 1. 생활의 발견과 산문의 형식

박목월의 문학 세계를 이해하는데 산문은 어떤 의미가 있을까? 이러한 물음의 이면에는 한 문인의 문학 세계가 어느 한 장르에 국한되어 이해되어 왔다는 사실에 대한 반성의 의미가 내재해 있다. 어느 한 장르에 국한된 문학 세계의 이해는 '전체에 대한 통찰'을 통해 존재의 온전함을 드러내기에는 일정한 한계가 있기 때문에 그 문인의 진면목이 제대로 해명될 수 없다. 어느 한 장르에 국한된 이러한 부분의 존재성은 그것이 전체라는 존재성을 전제할 때 의미가 있다. 이런 맥락에서 볼 때 박목월의 문학 세계에 대한 이해는 시라는 장르에 국한되어 이루어져 왔다고 볼 수 있다. 그의 시에 대한 이해는 그간의 연구 성과가 말해주듯이 어느 정도 전체적인 윤곽과 시사적인 가치 평가가 이루어져 왔으며, 여기에서 비롯된 의미들이 다양한 시적 담론을 생산해내고 있다.

이러한 시에 비해 그의 산문에 대한 관심과 연구는 거의 이루어지지 않았다고 할 수 있다. 그의 산문은 양적인 차원에서 볼 때 결코 시에 비해 적은 것이 아니다. 그가 1973년에 간행한 『朴木月 自選集』(삼중당)을 보면 총10권 중 8권이 산문이고 2권이 시이다. 그의 산문에 대한 질적 평가는 시간을 두고 꼼꼼하게 살펴봐야겠지만 양적 차원에서의 평가는 이미 이 사실만으로도 충분하며, 그의 문학 중에서 산문이 차지하는 비중은 다른 어떤 장르보다도 크다고 할 수 있다. 그에게 산문 혹은 산문 쓰기는 '열매와는 무관하게 나의 생활을 끝없이 보람찬 것으로 마련해 주는 것'[01]을 말한다. 이것은 그의 산문이 생활을 견인하는 힘이면서 동시에 과정으로서 존재하는 세계라는 것을 말해준다. 산문에 대한 이러한 태도는 비단 그것이 이 장르에만 해당되는 것이라고 할 수 없다. 하지만 여기에서 분명한 것은 그의 글쓰기가 생활과의 밀착 속에서 이루어지고 있다는 점이다. 산문과 생활의 분리가 아니라 밀착은 그의 산문 세계의 성격을 규정짓는 중요한 사실의 하나로 볼 수 있다.

박목월에게 생활과 글쓰기는 서로의 존재성을 가능하게 하는 상보적인 관계를 지닌다고 할 수 있다. 이 둘은 속성상 갈등의 여지가 존재하며, 이 갈등을 어떻게 인식하고 실천의 차원에서 구체화하느냐에 따라 그의 산문의 세계는 결정된다고 할 수 있다. 그의 산문 쓰기의 과정은 생활 속에서 그것과 밀착된 상태에서 행해지기 때문에 늘 둘 사이의 긴장(tension)을 전제하지 않을 수 없다. 생활 속에서 글쓰기 주체가 그 속에 함몰되지 않기 위해 늘 일정한 거리를 두면서 자신의 사유를 전개해나갈 때 긴장은 발생한다. 생활 속에서 한 호흡 조절하는 방식 혹은 일정한 거리두기의 방식은 글쓰기 주체에 따라 차이가 있을 수밖에 없다. 생활과 글쓰기 주체의 거리가 너무 멀어도 또 너무 가까워도 긴장은 온전히 성립될 수 없다. 이런 점에서 글쓰기 주체가 생활에 대해 거리를 유지하는 방식은 섬세하고 사려 깊어야 한다.

---

**01**  박목월, 「序」, 『朴木月 自選集 1-밤에 쓴 人生論』, 삼중당, 1973.

글쓰기 주체의 섬세하고 사려 깊음은 생활 속에 은폐되어 있는 세계를 자연스럽게 드러내 보여주기 때문에 일정한 공감을 불러일으킬 수 있다. 글쓰기 주체의 거리 유지 방식과 관련하여 그가 드러내 보이는 것은 '적막한 감각'과 '내적 평정'이다. 이 두 방식은 '부드럽고 나직한 음성[02]'을 느끼게 하는 그의 외연적인 산문 스타일과 무관하지 않을 뿐만 아니라 서로 대척적인 것들이 갈등과 대립으로만 치닫지 않고 어느 한쪽이 또 다른 한쪽을 감싸고 화해하는 그의 내포적인 산문 구조와도 또한 무관하지 않다. 적막한 감각은 생활 혹은 세계 속에서 자신의 존재성을 확보하기 위한 태도라고 할 수 있다. 그가 생활 속에서 적막의 감각을 느끼는 순간 그는 고독한 상태에 놓이게 되고, 이것이 불안을 야기하면서 그 불안을 극복하기 위해 다양한 방식이 모색되기에 이른다.

적막한 상태가 야기하는 불안과 그것의 극복을 위한 모색은 그의 존재성을 견고하게 하기 위한 하나의 과정으로 볼 수 있다. 그가 불안하다는 것은 세계와의 평형 상태가 깨졌다는 것을 의미한다. 일반적으로 세계와의 평형 상태가 깨지면 그것을 회복하기 위해 다양한 방식을 시도한다. 이것은 그의 경우에도 예외가 아니다. 이 과정에서 그가 보여주고 있는 것은 '내적 평정'이라는 방식이다. 어쩌면 이 방식은 적막한 감각을 지닌 그에게는 자연스러운 것인지도 모른다. 적막한 감각은 실존적 고독과 불안 그리고 평정에 대한 모색을 전제하고 있다는 점에서 내적인 지향성을 드러낼 수밖에 없다. 그의 궁극적인 지향이 적막한 감각을 통한 내적 평정에 있다면 여기에는 이것을 가능하게 한 여러 요인들이 존재할 것이다. 산문이라는 양식은 압축이나 상징의 원리를 기본으로 하는 시와는 달

---

**02**　정민, 「부드럽고 나직한 음성-박목월 선생의 산문 세계」, 『달과 고무신』, 태학사, 2015, p.230.

리 어떤 내용이나 의미를 조곤조곤, 그의 식대로 이야기하면 부드럽고 나직하게 일상의 언어로 드러내는 것이라고 할 수 있다.

그의 산문이 드러내는 이러한 성격은 시에서 쉽게 발견할 수 없는 영역을 거느리고 있다는 점에서 그의 문학 세계 전체를 조망하는데 반드시 고려해야 할 대상이라고 하지 않을 수 없다. 그의 산문의 성격은 그 개인의 부드럽고 따뜻한 성정의 산물이면서 동시에 그러한 성정의 소유자가 엄혹한 일상이나 현실을 만나 실존적인 고독이나 적막함에 처해 내적 평정을 모색하는 과정에서 만들어진 것이라고 볼 수 있다. 이런 점에서 그의 산문의 성격을 구명하는 일은 개인의 성정과 적막한 감각에 깃든 불안과 그것을 회복하기 위한 내적 평정의 과정을 살피는 일에 다름 아니다. 하지만 개인의 부드럽고 따뜻한 성정은 글의 외면에 드러나 있는 관계로 그것을 따로 구명하지 않아도 쉽게 그 의미가 파악이 된다. 이에 비해 적막한 감각과 내적 평정의 과정은 그것이 글의 내면에 은폐되어 있는 관계로 그것을 세심하게 구명해야 그 의미가 제대로 드러나게 된다. 이 사실은 곧 적막한 감각과 내적 평정의 과정에 대한 드러냄이 그의 산문의 성격 구명에 중요하다는 것을 말해준다. 적막한 감각과 내적 평정은 그의 산문이 다른 산문과의 차이를 드러내는 데 하나의 준거가 될 수 있을 뿐만 아니라 그것을 구명하는 데 일정한 계기를 제공하리라고 본다.


## 2. 적막한 감각과 서늘한 각상(刻像)

박목월 산문의 성격을 규정짓는 요소인 적막한 감각은 산문 뿐만 아니라 시에서도 중요한 원리 중의 하나이다. 이것은 산문과 시가 공유하고 있는 부분이 존재한다는 단순한 사실을 넘어 적막한 감각이 그의 문학 세계 전반을 관통하고 있는 핵심 원리라는 것을 의미한다. 하지만 시에서는 장르의 특성상 적막한 감각이 어떤 배경 하에서 발생하게 된 것인지에 대한 구체적인 암시나 설명이 없다. 단순히 '적막함'이라고 하지 않고 '적막한 감각'이라고 한 데에는 그것이 보다 구체적인 시간과 공간이라는 지각장에서 발생한 현상의 산물이라는 점을 강조하기 위해서이다. 우리 인간은 종종 적막감을 느낄 때가 있다. 이런 경우는 자신이 세계로부터 분리되는 체험을 하게 됨으로써 고요함이나 쓸쓸함 혹은 외로움 같은 감각과 감정을 느끼게 된다.

자신이 세계로부터 분리되고 소외된 것 같은 지각이 발생하기 위해서는 그 지각장에 있는 주체가 그것을 의식적으로 자각해야 한다. 주체의 의식이 이곳을 향할 때 적막한 감각은 부피감과 입체감을 드러내면서 하나의 형상을 짓게 되는 것이다. 이런 맥락에서 볼 때 박목월의 적막한 감각은 그의 의식과 그것이 향하는 대상 사이에서 발생한 것이라고 할 수 있다. 이때 무엇보다도 중요한 것은 의식과 대상 사이의 흐름을 가능하게 하여 하나의 독특한 지각장을 발생시키는 존재론적인 사건으로서의 시공간이다. 그에게 이 시공간은 남다른 데가 있다. 이와 관련하여 일찍이 김현은 『한국문학사』에서 김동리의 문학 세계를 해석하면서 이것을 강조한 바 있다. 김현은 "김동리가 경주 출신이라는 것은 여러 면에서 주목을 요한다"고 말한다. 그는 "경주는 지금까지 많은 역사적 유물과 전설과 시가를 남기고 있는 문학적 지명"이며, "그곳은 사라지는 것의 아름다움에 대한 찬탄과 회한을 동시에 가능케 하며, 인간은 전통에서 자유로울 수 없다는 인식을 가능케 한다"[03]고 평하고 있다. 그의 이러한 해석은 김동리의 문

---

**03**   김윤식·김현, 『한국문학사』, 민음사, 2011, p.397.

학 세계를 경주라는 지각장과의 깊은 관계 속에서 형성된 것으로 보고 있다는 것을 말해준다.

김동리의 문학 세계를 경주라는 시공간과의 관계 속에서 해명하는 김현의 시각은 순전히 그의 탁월한 직관에 의해 포착해 낸 것이지만 여기에는 작가의 의식과 경주 사이의 관계성 속에서 그의 문학이 탄생한 것이라는 사실에 대한 개연성을 충분히 설득력 있게 제시하고 있다. 하지만 우리 문학사에서 경주라는 시공간이 비단 김동리에게만 중요한 의미를 갖는 것은 아니다. 김동리 못지않게 박목월에게도 경주는 각별하며, 그의 문학 세계에 커다란 영향을 준 것이 사실이다. 사정이 이러함에도 불구하고 박목월과 관련하여 경주는 출생지 논쟁이나 유년이나 청년기를 보낸 곳 정도로 인식되어 왔을 뿐 이곳이 그의 문학 세계와 어떤 관계가 있는지에 대한 언급은 거의 없었다고 할 수 있다. 여기에는 소설과 시라는 장르상의 차이가 작용한 탓도 있지만 박목월의 산문에 대한 관심과 연구의 부재가 더 큰 원인으로 작용했다고 볼 수 있다. 그의 시에서 경주와의 연관성을 찾는다는 것은 결코 쉽지 않다. 시의 소재나 몇몇 경상도 방언 정도에서 그 연관성을 암시받을 수 있을 뿐 보다 구체적인 관계를 밝힐 수 있는 문맥이나 행간은 부재한 것이 사실이다.

그러나 시가 아니라 산문으로 오면 사정은 달라진다. 시와는 달리 산문의 경우에는 경주에 대한 언급이 직접적이고 구체적으로 드러나 있다. 이것은 글쓰기 주체의 의식이 경주라는 시공간을 향해 작동하면서 이와 관련된 지각장이 만들어진다는 것을 의미한다. 이렇게 되면 경주는 글쓰기 주체의 의식은 물론 그것이 드러내는 문맥이나 행간 곳곳에 은폐되어 있다가 그 모습을 탈은폐함으로써 일정한 존재의 형상을 지니게 된다. 경주가 그의 문학 세계를 이루는 중요한 토대가 되고 또한 그것이 지각장의 형태로 존재한다면 더 이상 경주는 과거의 기억 속에 유폐된 곳이 아니라 '지금, 여기'를 관통하여 흐르는 의식의 실체라고 할 수 있다.

> 불교 신도도, 불교에 대한 남다른 관심도 가지지 않은 내가 불국사에 마음이 끌리게 되는 것은 향수 때문이라 할 수 있다. 그것은 내가 어린 날에 경주에서 자랐으며, 눈에 익은 산천이나 추억에 대한 감회만을 의미하는 것이 아니다. 그와 같은 좁은 의미의 향수와 더불어 더 큰 의미의 향수 — 정신의 고향에 돌아온 듯한 편안함과 나긋함을 불국사에 느낄 수 있는 것이다. …… 오히려 경주에 가면 누구나 느낄 수 있는 흩어진 기왓장, 돌의 속삭임, 삭아버린 것의 허무하게 느긋한 폐허적인 분위기가 우리로 하여금 속세적인 잡념을 씻게 하고, 일종의 정신적인 각성을 촉구하며, 인생에 대한 일말의 허무감과 영원 속에 저 자신을 맡겨 버리게 되는 후련함과 나긋함을 경험하게 하는, 그런 성질의 향수이다.
> 나는 이번 길에 탑의 아름다움을 새로 인식하였다. 무영탑 앞에서 발길을 떼놓을 수 없는 감동을 느꼈던 것이다. …… 표백된 것에 끌리고, 단순·간결한 것에서 무궁한 조화를 볼 수 있는 나의 개안(開眼)은 연령에서 오게 되는 것일까. 六十년 가까운 인생 체험의 누적된 바탕에 깔리는 고담(枯淡)하고 적요한 나의 정신 세계. 그것이 무영탑의 아름다움을 발견하게 하였으며 새삼 감동을 자아내게 하였을 것이다. 그런 의미에서 나의 육신의 시력이 약화되는 것에 반비례하여 또 하나의 눈이 티어 오는 것을 깨닫게 된 것이다.[04]

경주에 대한 그의 의식의 방향은 일종의 '발견'에 다름 아니다. 경주의

---

**04**  박목월, 「序」, 『朴木月 自選集 2-구름에 달 가듯이』, 삼중당, 1973.

발견은 단순한 몸의 감각을 통해 이루어지는 것은 아니다. 경주에 대한 발견이 가능하기 위해서는 먼저 '주의(attention) 작용'이 전제되어야 한다. 주의 작용이 이루어지기 전의 경주와 그것이 이루어진 후의 경주는 다를 수밖에 없다. 그는 이것을 '눈이 티어 오는 것'이라고 명명하고 있다. 이 주의 작용 후의 감각은 '시력의 약화와 반비례'하여 이루어지는 '정신적인 개안' 혹은 '정신적인 각성'과 같은 것이다. 이로 인해 그는 '불국사'와 '무영탑'의 아름다움을 새롭게 발견하게 되는 것이다. 그렇다면 그가 불국사와 무영탑에서 발견한 아름다움이란 어떤 것을 말하는 것일까? 이 물음은 곧 그의 정신 세계, 좀 더 구체적으로 말하면 주체의 대상을 향한 의식의 상태를 의미하는 것이다. 주체의 대상을 향한 의식에 따라 불국사와 무영탑의 아름다움이 결정된다면 '단순·간결함'과 '고담(枯淡)·적요함'은 이렇게 해서 만들어진 아름다움이라고 할 수 있다.

그가 발견한 경주의 아름다움은 정신적인 성숙이 만들어낸 세계이지만 그 발견은 하루아침에 이루어지는 것은 아니다. 그것을 발견하기 위해서는 일정한 과정이 필요하며, 그는 이것을 '고독의 시련[05]으로 명명하고 있다. 그에 의하면 고독은 '크고 괴롭고 참기 어려운 일'이다. 그가 이렇게 고독을 시련과 인내가 필요한 것으로 간주하는 데에는 모두 그 나름의 이유가 있기 때문이다. 그가 발견한 고독은 '완전한 엉망진창', '절대적 고립', '온통 동빙(凍氷)', '서늘한 각상(刻像)'[06]으로 표상되는 세계이다. 고독에 대한 이러한 의식 주체의 부정성은 이미 단순·간결함과 고담(枯淡)·적요함 속에 내재해 있다고 볼 수 있다. 경주에 대해 의식 주체가 체험한 것은 세계와의 분리와 단절에서 오는 '적막한 감각'의 산물이기 때문에 필연적으

---

**05**  박목월, 「孤獨, 그 불안의 序曲」, 『朴木月 自選集 1-밤에 쓴 人生論』, 삼중당, 1973, p. 224.

**06**  박목월, 「孤獨, 그 불안의 序曲」, 위의 책, p. 224.

로 여기에는 불안이 내재해 있을 수밖에 없다.

　그가 처한 불안은 '서늘한 각상'이 강렬하게 환기하듯이 단순한 기분의 문제가 아니라 실존의 문제라고 할 수 있다. 이것은 경주의 발견을 통해 드러나는 그의 고독과 불안이 그 개인의 차원에만 머무는 것이 아니라 인간 보편의 문제와 연관되어 있다는 점에서 실존적이고 존재론적이라는 것을 말해준다. 실존의 차원에서 보면 고독과 불안은 '생명이 지닌 모든 것의 본연의 모습'[07]이라고 해도 과언이 아니다. 그가 처한 고독과 불안이 이러하다면 그는 그것을 거부할 수 없다. 그것은 숙명처럼 받아들일 수밖에 없는 것이다. 그는 그것을 '종'과 '꽃나무'라는 질료를 통해 제시하고 있다. 그에 의하면 고독이란 '어울려 우는 종 중에 어느 한 개는 침묵'[08]하는 그런 상태를 말하는 것이기도 하고 또 그것은 '은은한 그늘이 덮인 꽃나무'[09]의 상태를 말하는 것이기도 하다. 그가 종과 꽃나무에서 발견한 것은 빛나는 것 이면에 존재하는 그늘이다. 이 그늘이 있기에 종은 더 종다운 것이고, 꽃나무는 더 꽃나무다운 것 아닌가. 이런 점에서 고독은 그늘을 거느리고 있는 종과 꽃나무 같은 것이라고 할 수 있다.

　그가 보고 싶어 하는 것, 다시 말하면 그가 발견하려고 하는 것은 이러한 그늘이며, 그는 이것을 '축복받은 것'[10]으로 인식하고 있다. 그가 처한 실존적 상황이 야기하는 고독과 불안을 축복으로 받아들이는 태도는 '자

---

07　박목월, 「孤獨, 그 불안의 序曲」, 위의 책, p.240.

08　박목월, 「孤獨, 그 불안의 序曲」, 위의 책, p.219.

09　박목월, 「孤獨이라는 病」, 위의 책, p.247.

10　박목월, 「孤獨이라는 病」, 위의 책, p.247.

기의 존재를 넓히"고 보다 '자기다운 자기를 이룩할 수 있는 행위"2에 다름 아니다. 아무리 실존적 고독과 불안이 숙명적인 것이라고 하더라도 그것을 받아들이는 문제는 의식 주체의 선택과 반성적인 인식을 통해 이루어지는 행위이기 때문에 그 정도는 사람마다 차이를 드러낼 수밖에 없다. 자신이 처한 실존적인 상황이 암담할 때 어떤 태도를 취하느냐의 문제는 그 사람의 고독과 불안의 정도와 성격을 결정짓는 중요한 요인이라는 점에서 우리는 그것을 주목할 필요가 있다. 그의 적막한 감각을 통해 드러나는 고독과 불안의 모습은 종과 꽃나무의 그늘이나 서늘한 각상의 질료들이 표상하는 것처럼 의식 주체의 내면을 통한 반성적인 인식의 산물로 볼 수 있다. 그의 감각 자체가 적막하다는 것, 또 사물이나 세계의 그늘에 주목하고 있다는 것, 그리고 절대적 고립으로서의 실존적 부정성을 은폐하고 있다는 것 등은 그의 산문의 성격이 자기 성찰과 반성을 통한 내적 평정의 방식을 지향하고 있다는 것을 말해준다.

## 3. 존재와 신 그리고 내적 평정의 방식

박목월의 산문이 다루는 세계가 사랑, 고독, 불안, 행복, 생명과 같은 주제라는 사실은 그의 글이 존재 일반의 문제를 피해갈 수 없다는 것을 의미한다. 이와 관련하여 그는 '모든 것, 아무리 놀랍고도 커다란 운명일지

---

**11**　박목월, 「孤獨, 그 불안의 序曲」, 위의 책, p. 224.

**12**　박목월, 「孤獨, 그 불안의 序曲」, 위의 책, p. 225.

라도 인간이 겪는 것은 우리들의 존재 안에 있는 것들"[13]이라고 고백한다. 그의 이 발언의 행간을 잘 살펴보면 인간과 존재의 관계 이면에 신에 대한 암시가 있음을 알 수 있다. 그가 존재 내에 신을 위치시킴으로써 모든 인간의 운명 전체를 전지전능한 입장에서 헤아리고 있는 듯한 느낌을 강하게 준다. 이것은 그가 신의 섭리 안에서 삶을 영위하고 있기 때문에 보인 태도라고 할 수 있다. 자기 자신을 포함한 인간과 그들의 삶은 모두 신의 세계 내에서 이루어지기 때문에 운명과 같은 불가항력적인 것들도 그다지 문제가 되지 않는다는 태도를 자연스럽게 보여줄 수 있는 것이다.

그가 드러내는 실존적인 불안과 고독이 지나친 부정과 허무로 흐르지 않고 자기 존재의 확대와 심화의 방향으로 나아간 데에는 그 이면에 신이 자리하고 있기 때문이다. 자기 반성과 성찰의 과정에 투영된 신은 그의 고독과 불안을 감싸 안으면서 그를 늘 비춰주는 거울과 같은 역할을 하는 존재라고 할 수 있다. 신의 존재를 해석의 중심에 위치시키면 '신조차 일어서 서늘한 각상(刻像)처럼 침묵하는 세계'[14]가 '조용하고 편안하고 끝없이 넓고 깊은 세계'[15]로 바뀌게 된다. 암시적으로 주어지거나 사물이나 세계의 이면에 은폐되어 있던 신의 부상은 그의 태도를 좀 더 내면 성찰적이고 영혼 지향적인 존재로 만들어놓는다. 그가 자신의 외형이나 육체보다는 내면과 영혼의 충일함에 더 높은 의미를 부여한다는 것은 그만큼 실존적인 고독으로부터 야기된 불안과 그로 인해 깨어진 평형감각을 회복하는데 도움이 된다는 것을 말해준다. 가령 육체의 홍성스러움이 아니라 '영

---

**13** 박목월, 「孤獨, 그 불안의 序曲」, 위의 책, p.229.

**14** 박목월, 「孤獨, 그 불안의 序曲」, 위의 책, p.224.

**15** 박목월, 「孤獨이라는 病」, 위의 책, p.250.

혼이 살아나는 정숙함"[16]을 견지함으로써 그동안 자신에게 결핍되어 있는 세계의 깊이를 회복한다면 '삶의 싱싱한 속삭임'[17]도 들을 수 있고, '고독한 인간과 인간의 대화의 통로'를 발견하게 되어 '영혼의 교류'[18]를 나눌 수도 있고, 과거에 상실했던 '마음의 행로(行路)도 복원'[19]할 수 있을 것이다.

　인간의 삶에서 평형 감각의 회복은 어느 한쪽으로 쏠렸을 때 발생할 수도 있는 과도한 집착이나 욕망을 막아줄 뿐만 아니라 모든 존재들이 신의 섭리와 은총 아래서 각자 각자의 생명 활동을 영위함으로써 개인의 의지와 믿음의 소중함을 깨닫게 하기도 한다. 하지만 이것보다도 더 중요한 것은 평형 감각의 회복이 자기 자신을 발견할 수 있는 계기와 방법을 가능하게 한다는 사실이다. 인간이 평형감각을 회복하기 위해서는 먼저 내적 평정을 이루어야 한다. 자신의 내면 세계로 의식을 집중하여 내적 결핍을 충족시켜주지 않으면 평형감각을 유지할 수 없다. 자신의 내적 평정이 이루어지지 않은 상태에서는 진정한 자기 자신을 발견할 수 없다. 이렇게 내적 평정이 중요하다면 어떻게 그것을 이루어지게 할 수 있는 것일까? 이 물음에 대한 답은 사람에 따라 각기 다를 수 있지만 평정이라는 차원에 주목한다면 의외로 쉽게 그것을 찾을 수 있을 것이다.

　　나는 아무 것도 얹혀 있지 않는 빈 접시의 그 허전한 공간에 나 자신을 얹어 보았다. 그런 환상을 통하여 나의 생명이 무한으로 환원하는, 마지막 고별과 편안을 느낄 수 있었다. 그것은 절망이기보다는 적

---

**16**　박목월, 「밤과 蘭」, 『朴木月 自選集 2-구름에 달 가듯이』, 삼중당, 1973, p. 13.

**17**　박목월, 「첫 나그네」, 위의 책, p. 73.

**18**　박목월, 「첫 나그네」, 위의 책, p. 74.

**19**　박목월, 「公州로 가는 길」, 위의 책, p. 90.

막한 것이었다.

　이와 같은 체험은 너무나 시적(詩的)인 것일지 모르지만, 나에게는 오히려 모든 것을 포기하므로 획득할 수 있는 안정을 얻을 수 있었다.

　핼쓱한 얼굴로 그 앞을 물러서면서, 나는 아까와는 달리 조급하거나 가슴 조이는 불안감이 한결 누그러졌다.

　이 적막한 위로는 아버지로서 나 자신이 가정으로 회귀(回歸)하면서 감정의 밑바닥에 침전(沈澱)하게 된 또 하나의 변화이기도 하였다. 가정으로 돌아온 후, 내게는 격심하게 불안한 동요(動搖)나 감정의 설레임이 가라앉고, 생활과 시간이 순조롭게 돛을 달고 흘러가게 된 것은 사실이다.

　물론 이와 같은 변화는 가정으로 돌아오게 된 것에만 연유하는 것이 아니다. 머리카락이 허옇게 표백되어 가는 내게는 무릎 밑이 내려앉게 되고 인생에의 정열이나 의욕이 타오르기 보다는 무게 있게 가라앉기 시작한 것이다.[20]

　내적 평정을 찾은 '나'의 모습이 잘 드러나 있는 대목이다. 나의 내적 평정을 가능하게 한 것은 '빈 접시'이다. 아무것도 얹혀져 있지 않은 빈 접시에 자신을 투사하는 순간 '무한으로 환원'하는 '편안함'을 느낀다. 나의 의식이 빈 접시를 향함으로써 '불안의 동요'와 '감정의 설레임'이 가라앉게 된 것이다. 이것은 일종의 '비움'을 통한 자기 자신의 내면의 발견이다. 그동안 자기 자신을 보지 못한 것은 내면이 불안과 설레임 같은 감정으로 채워져 있었기 때문이다. 빈 접시처럼 자신의 내면이 비워졌을 때 발견한 것은 '안정'이다. 비움으로써 무엇인가를 얻는 그런 역설적인 상황이 발생한 것이다. 이런 점에서 보면 나는 무엇인가를 상실한 것이 아니라 오히

---

**20**　박목월, 「귤과 접시」, 『朴木月 自選集 3-生命과 사랑의 歷程』, 삼중당, 1973, p. 20.

려 무엇인가를 획득한 것이다. 상실감은 내면이 불안과 설레임 같은 감정으로 채워져 있을 때 나타났다가 그것을 비웠을 때 사라진 것이라고 할 수 있다.

나의 안정과 편안은 자신이 상실한 세계를 회복함으로써 발견한 것이며, 그의 식으로 이야기하면 이것은 '생활과 시간이 순조롭게 돛을 달고 흘러가게 된 것'을 의미한다. 내적 평정이 이루어지면 생활과 시간의 흐름을 발견할 수 있고 반대로 생활과 시간의 흐름을 발견하면 내적 평정이 이루어지는 것이다. 자기 자신이 내적 평정을 이루면 '적막감'을 느끼는데 이것은 '절망감'과는 다른 감정이다. 빈 접시에 자신을 얹힌 후 적막감을 느끼지만 이것은 자신의 내적 고독의 충일함으로 들어선 것을 알려주는 하나의 지표라고 볼 수 있다. 갑작스러운 지각장의 변화로 인한 순간적인 불안은 있지만 그것이 오래 지속되지 않고 안정과 평온한 상태로 바뀌면서 내적 평정이 이루어지게 된다. 인간은 누구나 이러한 내적 평정을 이루려고 한다. 인용문의 나처럼 그것을 위해 모든 것을 비우는 지혜가 필요하지만 문제는 그것이 발견을 통해 이루어진다는 사실이다.

그러나 모든 사람이 세계에 은폐된 의미를 발견하는 것은 아니다. 숨은 그림 찾기처럼 그것은 누군가에게는 발견되지만 또 그 누군가에게는 발견되지 않는다. 은폐된 것의 발견을 위해서는 주의(attention)와 같은 의식 주체의 태도에서 비롯되는 대상에 대한 깊은 통찰력과 어떤 대상에 집착하거나 고착된 상태에서 벗어나 세계에 대한 평형감각을 회복하려는 의지, 그리고 낡은 이념이나 고정관념, 개념화된 의식에 함몰되거나 종속되지 않는 자유롭고 직접적인 체험 등이 필요하다. 우리는 자주 일상의 발견 혹은 생활의 발견 같은 말을 하지만 발견의 진정한 의미를 이해하고 사용하는 경우는 드물다. 이 발견은 시와 산문과 같은 글쓰기의 기본이며, 이것이 전제되지 않은 글쓰기는 독자에게 감동을 줄 수 없다. 발견이 이렇게 중요함에도 불구하고 그것을 의식하지 못한 채 글을 쓰는 사람들이 적지 않다. 물론 발견 자체가 쉬운 일은 아니다. 하지만 이것에 대한 자의식을 강하게 드러내고 있는 글은 격조가 다르다.

인용한 「귤과 접시」는 이런 격조가 느껴진다. 이 격조는 '빈 접시'의 발견에서 비롯된 것이며, 그의 산문의 주요한 미적 원리인 적막한 감각과 내적 평정의 세계를 잘 보여주고 있다. 자신의 이러한 미적 원리를 구현하기 위해 그는 글의 대상이 되는 질료를 선택하고 그것을 형상화하는데 세심함을 보이고 있다. 빈 접시에 잘 드러나 있는 적막한 감각과 내적 평정의 세계는 '수목', '돌', '산'과 같은 질료들에도 잘 드러나 있다. 수목은 '인내'와 '성숙'의 의미를 부각시켜 '조용한 체험'[21]이라는 미적 성취를 강조하고 있고, 돌은 '조용함'의 의미를 부각시켜 '고독'[22]이라는 미적 성취를 강조하고 있으며, 산은 '침묵'과 '명상'의 의미를 부각시켜 '내면'[23]이라는 미적 성취를 강조하고 있다. 수목, 돌, 산은 적막과 내적 평정의 미적 원리를 드러내는데 적절한 질료들이지만 그가 특히 관심을 보이는 것은 산이다.

> 산은 바다처럼 애태우지 않아서 좋다. 산은 결코 연소(燃燒)시키고, 들뜨게 하고, 그을게 하지 않는다. 철철 넘치도록 넉넉한 나무 그늘 속에 조용히 가라앉게 하고, 감싸 주고, 그윽하게 덮어 주는 것이 산이다.
>
> 바다가 소란하게 울부짖고, 출렁이고, 한시도 머물러 있지 않는

---

**21**  박목월, 「孤獨, 그 불안의 序曲」 『朴木月 自選集 1-밤에 쓴 人生論』, 삼중당, 1973, p. 227.

**22**  박목월, 「浮雲三日」 『朴木月 自選集 2-구름에 달 가듯이』, 삼중당, 1973, p. 47.

**23**  박목월, 「山에의 瞑想」 『朴木月 自選集 3-生命과 사랑의 歷程』, 삼중당, 1973, p. 122.

설레이는 세계라면, 산은 침묵하고 묵상하고 품어 주는 세계다. 참으로 골짜기나 바위 밑에 우두커니 앉아 깊은 명상에 잠기면, 우리의 내면이 밝아 오게 된다. 오늘도 나의 마음은 산을 찾아 길을 떠난다.
……

　　참으로 산은 침묵이 속삭이는 말씀을 귀담아 들을 줄 아는 자에게만 그의 깊은 가슴속을 열어 보여 주는 것이다.[24]

'나'의 '산'에 대한 의식의 지향성이 잘 드러나 있는 대목이다. 나의 산에 대한 지향성은 '침묵의 속삭임'을 '들을 줄 안다'에서 알 수 있듯이 그것은 말이 필요 없을 정도다. 의식 주체의 대상을 향한 주의력이 이와 같다는 것은 적막한 감각과 내적 평정의 세계라는 미적 원리에 산이 적격이라는 것을 의미한다. 산은 우리를 '애태우게 하지도 않'고 또 '연소시키지도 않'을 뿐만 아니라 '들뜨게도 또 그을게도 하지 않'는다. 이 말들은 외향적이기보다는 하나같이 내향적인 속성을 드러낸다. 하지만 이것은 다른 것들로부터 소외나 배제보다는 스스로 고립되고 고독해지는 내적 충일함을 지향한다. 안으로 견고해지기 때문에 역설적으로 나 이외의 다른 것들을 '감싸주고 그윽하게 덮어 줄 수 있는 것'이다. 나의 의식에 자연스럽게 흘러든 산의 이러한 속성은 곧 나라는 존재가 지향하는 속성이기도 한 것이다.

　산의 침묵과 명상은 더 많은 것을 담기위한 비움과 다른 것이 아니다. 산이 침묵과 명상에 잠기면 그 산은 적막할 수밖에 없다. 산의 적막함은 생래적이라고 느낄 만큼 둘 사이에는 친연성이 있다. 아마 '적막하다'라는 말이 산보다 더 잘 어울리는 대상도 없을 것이다. 산이 지니는 이 적막함은 내적 평정을 이룬 대상만이 보여줄 수 있는 존재의 한 모습이다. 적막

---

**24**　박목월, 「첫 나그네」, 위의 책, pp. 122~123.

이 품고 있는 내적 평정 혹은 내적 평정이 품고 있는 이 적막은 나의 의식의 지향 속에 있으며 그것이 실현되는 궁극의 장은 바로 '지금, 여기'이다. 그는 이곳을 '코가 아는 세계', '귀가 아는 세계', '눈이 아는 세계', '육신이 아는 세계', '시가 아는 세계'[25]라고 명명한다. 그가 명명한 이 세계란 적막한 감각이 살아 있는 지각장으로서의 세계를 말한다. 적막함이 하나의 감각으로 지각되는 세계란 실존적인 삶이 전개되는 부피감 있고 입체감이 느껴지는 '생활세계'를 말한다.

그에게 적막한 감각의 체험이 가능한 생활세계로 제시되는 곳은 '가정'이다. 그에게 가정은 '낮고 부드럽고 은근한 음성'[26]이 충만한 곳과 동의어이다. 그가 가정을 이렇게 이야기하고 있다는 것은 그것을 생활세계의 차원에서 이해하고 있다는 점을 고려한다면 이상할 것이 없다. 하지만 생활세계의 감각 중에서도 그것을 낮고 부드럽고 은근한 것으로 표현한 것은 그가 생각하고 있는 세계의 속성을 드러낸 것이라고 할 수 있다. 그가 겨냥하고 있는 가정은 이미 돌이나 수목 그리고 산이 지니고 있는 속성 속에 암시되어 있다. 그는 돌의 조용함과 수목의 인내와 성숙 그리고 산의 침묵과 명상의 속성을 가정이 지녔으면 하는 것이다. 그의 의식이 향하는 가정과 그 속에서의 발견은 그의 산문 세계를 이루는 주요한 내용이다. 가정의 발견은 그의 의식이 향하는 대상과의 관계 속에서 탄생하는 것이지만 그중에서도 가장 주의(attention)의 대상이 되고 있는 존재는 '어머니'이다. 그녀는 가정에서 아내이면서 어머니이면서 또 며느리이지만 '모성'의 소유자라는 점에서 강한 존재성을 띠게 된다. 그는 이 '모성을 중심으로 집결된 하나의 유기적인 집결체' 혹은 '아내라는 한 모성이 다스리는 영

---

25  박목월, 「幸福의 얼굴」, 『朴木月 自選集 1-밤에 쓴 人生論』, 삼중당, 1973, p. 261.

26  박목월, 「夫婦의 對話」, 위의 책, p. 125.

토[27]를 가정으로 보고 있다.

그가 이렇게 모성을 통해 가정의 존재성을 탈은폐하려고 하는 데에는 어머니(아내, 며느리)에게서 '조용히 들어주는 다소곳함'[28]과 '감정을 깊숙이 삼키는 것'[29] 그리고 '부드럽고 유하고 따뜻한 것'[30]을 발견했기 때문이다. 어머니의 이러한 존재성은 산이나 수목, 돌의 존재성과 닮은 점이 있다. 산이 그 안에 다양한 것들을 조용히 따뜻하고 부드럽게 품거나 감싸 안고 있듯이 어머니 역시 가족들을 그런 방식으로 대하고 이것을 토대로 모성 중심의 관계성을 형성한다. 어머니의 모성은 가족들이 가정 밖에서 경험하는 불안과 이로 인해 깨진 세계와의 평형 상태를 회복시켜주는 구심적인 역할을 한다. 부성이 바다처럼 '소란하게 울부짖고, 출렁이고, 한시도 머물러 있지 않는 설레이는 세계'라면 모성은 산처럼 자신의 '그늘' 속에 모든 것들을 '감싸 주고, 그윽하게 덮어 주는 세계'[31]라고 할 수 있다. 특히 부성조차 자신의 안에서 '조용히 가라앉게'[32] 하는 모성은 그가 가정에서 발견한 하나의 중요한 사실이다. 하지만 그의 가정에 대한 의식의 추이 과정을 보면 그 모성을 견인하는 존재가 은폐되어 있음을 알 수 있다.

어머니의 존재 이면에 거대한 그늘을 드리우고 있는 힘의 실체란 그녀와 분리된 어떤 존재가 아니라 그녀 안에서 그녀와 한몸으로 사고하고 행동하는 그런 존재를 말한다. 이런 맥락에서 보면 세계 내 존재인 그녀를

---

**27**   박목월, 「慶尙道的」, 『朴木月 自選集 2-구름에 달 가듯이』, 삼중당, 1973, p. 267.

**28**   박목월, 「夫婦의 對話」, 『朴木月 自選集 1-밤에 쓴 人生論』, 삼중당, 1973, pp. 126~127.

**29**   박목월, 「夫婦의 對話」, 위의 책, p. 129.

**30**   박목월, 「偉大한 母性」, 위의 책, p. 168.

**31**   박목월, 「山에의 瞑想」, 『朴木月 自選集 3-生命과 사랑의 歷程』, 삼중당, 1973, p. 122.

**32**   박목월, 「山에의 瞑想」, 위의 책, p. 122.

이렇게 규정지을 수 있는 힘의 실체의 소유자는 '신'밖에 없다. 어머니의 뒤에 신이 존재하기 때문에 가족들과 어머니와의 관계는 그대로 신과의 관계가 되는 것이다. 가족들이 신과 소통하려 할 때 이들이 어머니를 찾는 이유가 바로 여기에 있다. 이 가족들에게는 '무슨 일이 있을 때마다 어머니의 기도를 받는 것이 관례'[33]처럼 되어 있다. 신 혹은 모성으로서의 어머니가 모든 것들을 감싸 주고 그윽하게 덮어 주는 세계에서는 '선악의 문제보다 인간적인 신뢰나 화목'이 더 중요한 삶의 가치가 된다. 이것은 가정이 '윤리의 근거지'라기보다는 '인간의 거점(據點)'[34]이라는 사실을 말해 준다. 사회의 존립 근거가 윤리적인 차원에 있는 것에 비추어보면 가정에서의 인간적인 신뢰와 화목에 대한 강조는 이 집의 정체성과 성격을 드러내는 것인 동시에 그것은 또한 그의 산문의 정체성과 성격을 드러내는 것이라고 할 수 있다.

이렇게 그의 '가정의 발견'[35]의 중심에 신이 위치하고 있다는 것은 글쓰기 주체의 대상을 향한 의식과 그로 인해 형성되는 지각장에 신의 그늘이 드리워질 수밖에 없다는 것을 의미한다. 하지만 그의 산문의 행간에 드러나는 신은 모성의 예에서 알 수 있듯이 지극히 인간적인 모습을 하고 있다. 신이 인간의 형상을 하고 있기 때문에 그 신은 세계와의 평형이 깨진 상태에서 불안해하는 모습을 보이기도 하고, 그것을 회복하고 평정을 찾기 위해 고뇌하는 모습을 보이기도 한다. 신이 인간을 닮아 있고 인간이 신을 닮아 있는 세계에서의 불안과 불화는 언제나 평정과 화해를 전제로 한다. 글쓰기 주체가 처해 있는 상황이 식민지와 전쟁으로 인해 실존적

---

**33**　박목월,「家庭의 發見」『朴木月 自選集 1-밤에 쓴 人生論』, 삼중당, 1973, p.133.

**34**　박목월,「家庭의 發見」, 위의 책, p.137.

**35**　박목월,「家庭의 發見」, 위의 책, p.133.

위기를 고민해야 할 상태임에도 불구하고 그것에 절망하거나 자기 파멸로 이어지지 않고 그것을 잘 보듬고 추슬러 내적으로 더욱 견고한 삶의 세목들을 보여주고 있는 데에는 신과 같은 크낙한 존재가 버티고 있기 때문이다. 이 크낙한 존재 하에서라면 '인간은 자신이 자신의 문제를 생각하는 것으로 살 수 있는 것이 아니라 사랑으로써 사는 것'[36]이라는 말에 수긍하게 될 것이다. 인간의 삶이 신의 섭리 혹은 사랑 안에서 이루어진다는 이 명제야말로 그의 산문 전체에 걸쳐 있는 삶의 태도인 동시에 그가 겨냥하고 있는 삶의 주제인 것이다.

## 4. 적막한 식욕과 글쓰기의 지평

박목월 산문의 미감은 그의 온화한 성정과 경주로 표상되는 적막한 시공의 체험, 궁핍과 풍속의 변화와 문화적 결핍에서 오는 정신적 고뇌, 궁핍과 생명 연장의 욕구에서 비롯된 생활세계의 실존적 불안, 절대 고독과 명상을 통한 자기 성찰과 반성, 신과 모성을 기반으로 한 내적 평정의 추구 등을 통해 이루어지고 있다. 산문에서도 글쓰기 주체의 기교와 수사가 필요하기는 하지만 여기에서 보다 중요한 것은 의식 주체로서의 대상을 향하는 태도의 진정성과 그 세계 내에 은폐되어 있는 의미에 대한 깊이 있는 통찰이다. 이런 점에서 보면 그의 산문은 일정한 성과를 거두고 있다고 할 수 있다.

그의 산문의 초점을 기교와 수사가 아닌 글쓰기 주체의 태도와 통찰의

---

**36**  박목월, 「에로스의 불길」, 위의 책, p. 25.

차원에 둔다고 할 때 우리가 먼저 주목해야 할 것은 '적막한 감각'이다. 이 감각은 고독과 통하고, 이것은 다시 내적 충일과 성숙으로 통한다는 점에서 그의 산문의 미적 원리 중의 하나라고 볼 수 있다. 적막의 내적 지향성은 외적 지향성과는 차이가 있지만 그것 역시 무엇을 향해 나아간다는 점에서 일정한 욕구나 욕망의 의미를 지닌다고 할 수 있다. 적막이 욕구나 욕망의 의미를 지닌다면 그것은 적막의 확장이다. 적막의 확장은 욕구나 욕망과 결합되어 강한 부정성을 드러내는 것과는 차이가 있다. 적막의 확장이 고독의 확장으로 이어지고 다시 이것이 글쓰기 주체의 내적 충일과 성숙의 확장으로 이어진다면 그것은 부정이 아닌 긍정의 의미를 드러내는 것으로 볼 수 있다.

그가 자신의 산문 혹은 산문적 글쓰기에 대해 고백한 대목은 적막의 확장을 강하게 환기한다. 그는 자신의 글쓰기를 '밤', '정적', '무한한 출렁거림', '팽창', '소멸' 등의 말로 표현하면서 그것이 전적으로 자신의 것이며 '자신의 생활을 끝없이 보람찬 것'[37]으로 만들어주는 것으로 인식하고 있다. 그의 이러한 인식은 글쓰기를 생활 혹은 삶의 탄생(출렁거림), 성장(팽창), 소멸로 치환하여 그것이 지니는 욕망의 속성을 부각시킴으로써 적막이 일시적인 것이 아니라 자신의 삶 혹은 글쓰기의 지속성을 표상하는 미적 질료임을 말해준다. 적막은 정적인 상태를 표상하는 것 같지만 그 이면에는 출렁거림과 팽창과 소멸이 끊임없이 이어지는 동적인 세계에 다름 아니다. 이런 점에서 적막은 지향성을 지닌다. 글쓰기 주체의 의식이 어떤 대상을 향해 나아갈 때의 그 적막인 것이다. 이 적막은 그것의 속성상 부정이 아닌 긍정의 의미 차원을 지니고 있기 때문에 적막한 욕구나 욕

---

**37** 박목월, 「序」, 위의 책.

망 역시 그럴 수밖에 없다.

적막한 욕구나 욕망의 대상이 지니는 적막함을 그는 자신의 시에서 이야기한 바 있다. 「적막한 식욕」이라는 시에서 그는 '허전한 마음이/마음을 달래는/쓸쓸한 食慾이 꿈꾸는 飮食./또한 人生의 참뜻을 짐작한 者의/너그럽고 넉넉한/눈물이 渴求하는 쓸쓸한 食性'[38]이라고 노래하고 있다. 만일 이 시의 화자가 허전한 마음을 탐욕스럽게 채우려고 하거나 너그럽고 넉넉한 자가 아니라면 '적막한 식욕'도 '쓸쓸한 식성'도 성립될 수 없을 것이다. 적막한 식욕이나 쓸쓸한 식성은 음식이라는 대상에 대한 그 행위 주체의 의식이 지니는 태도에서 비롯된 것이라고 할 수 있다. 행위 주체의 태도가 적막하고 쓸쓸하기 때문에 그 의식이 겨냥하는 음식도 그러한 속성을 지니게 되는 것이다. 이런 점에서 볼 때 '적막한 식욕'은 그의 글쓰기에 대한 하나의 메타포로 볼 수 있다. 산문이든 아니면 시든 그의 글쓰기는 일종의 적막한 식욕 행위인 것이다.

적막한 식욕은 글쓰기 주체가 살아 있는 한 계속될 수밖에 없다. 적막한 식욕이 어떤 대상을 향한 지속성을 띤다면 글쓰기의 의미 지평은 열리게 될 것이다. 적막한 식욕도 그것이 욕망인 한 결핍과 충족의 원리를 따를 수밖에 없다. 하지만 이 욕망의 원리는 세계와의 평형감각을 유지하는 것을 목적으로 하며, 이 내적 평정이 이루어지면 글쓰기는 보다 원숙해지고 깊어지게 된다. 그의 산문이 이러한 경지에 이르렀는지에 대해서는 좀 더 심도 있는 연구가 있어야 할 것이다. 다만 그의 산문에서 발견한 적막한 감각과 내적 평정을 기반으로 한 글쓰기의 방식은 그의 산문은 물론 문학 세계 전반을 이해하고 그 가치를 평가하는데 시사하는 바가 적지 않으

---

**38**  박목월, 이남호 엮음, 『박목월 시전집』, 민음사, 2003, p. 107.

리라고 본다. 적막한 감각과 내적 평정으로서의 글쓰기가 하나의 미학으로 성립하기 위해서는 그것이 산문 양식이라는 사실을 간과해서는 안 될 것이다. 미학은 형식과 내용 모두를 고려하는 과정에서 성립하며, 그의 산문의 위상은 이 과정에서 드러날 것이다.

# 내면화와 지적 교양의 역사적 지평
- 동인지 『산문시대』를 중심으로

## 1. 4·19 혁명과 내면의 발견

우리 문학사에서 1960년대가 특별하다면 그것은 '내면의 발견'과 관계되기 때문일 것이다. 이 내면의 발견에서 첫머리에 놓이는 것은 단연 4·19라고 할 수 있다. 1960년대는 가시적인 차원은 물론 비가시적인 차원에서도 대단히 불안정한 모습을 하고 있는데 그것에 결정적인 영향을 준 것이 바로 4·19라고 할 수 있다. 전란의 아픔이 내면화되어가는 시점에서 발발한 4·19 혁명은 그 내면화를 더 깊고 어두운 방향으로 몰아갔다고 해도 과언이 아니다. 무엇보다도 혁명의 좌절은 그 주체인 젊은 세대들을 더 깊고 어두운 내면화의 길을 걷게 하기에 이른다. 혁명의 좌절이 드리운 그늘 혹은 내면화의 깊이를 우리는 김수영의 「풀」을 통해 확인할 수 있다. 이 시는 혁명이 좌절된 후의 시인의 내면을 노래한 것으로 '발목까지 발밑까지 눕는다'라든가 '풀의 나부낌과 울다·웃다, 눕다·일어나다' 등의 반복적인 표현이 그것을 잘 말해준다.

김수영의 「풀」의 세계가 드러내는 이러한 내면의 고뇌와 어둠은 비록 4·19가 실패로 끝난 미완의 혁명이지만 그동안 우리가 망각하고 있던 자신의 존재이면에 은폐되어 있는 내면을 발견하는 계기를 제공하고 있다. 혁명의 주체인 젊은 세대들 역시 허무주의적인 경향을 보이는 경우가 없는 것은 아니지만 그것보다는 이러한 내면에 대한 발견을 통해 새로운 감각과 감성, 세계관의 구축을 시도하면서 이전 세대와의 차별화를 선언한다. 만일 이들 젊은 세대의 차별화 전략이 내면에 대한 발견이 부재한 상태에서 행해 졌다면 그것은 단순한 포즈 차원에서 그쳤을 것이다. 전란의 아픔이 내면화되기 시작한 시기에 발생한 4·19와 5·16은 그 내면을 좀 더 주의를 기울여 깊이 있게 투사하게 함으로써 그것이 허위와 가식의 포즈로 떨어지지 않게 하는데 커다란 영향을 주었다.

이러한 일련의 상황은 『산문시대』의 정체성과 관계된다. 이 동인지의 창간이 1962년 6월이라는 점을 고려한다면 시기적으로 4·19 혁명이 있은 지 얼마 지나지 않은 때라는 것을 알 수 있다. 또한 여기에서 무엇보다도 중요한 것은 이 동인지의 창간 주체인 김현, 김승옥, 김치수 등이 서울대 문리대 불문과 3학년 학생이었다는 점이다. 4·19의 주체가 대학생이었다는 사실을 염두에 둔다면 혁명의 실패 이후 이들이 겪었을 내적인 고통을 충분히 짐작할 수 있을 것이다. 하지만 그 내면의 고통이 극단적인 허무나 파멸의 상태로 나아가지 않고 새로운 생성과 전망의 상태로 나아간 것은 이들이 혁명 속에서 인간과 역사 혹은 주체와 세계에 대한 어떤 가능성을 발견했기 때문이다. 혁명이 이들에게 남긴 어떤 가능성으로 인해 새로운 모험이 시작되었으며, 『산문시대』는 그 모험의 결과물이다. 1960년대 문학의 첫 기치를 『산문시대』가 연 것은 이런 점에서 중요한 의의를 지닌다고 할 수 있다. 김현은 『산문시대』의 서문에서

太陽과 같은 어둠 속에 우리는 서 있다. 그 숱한 言語의 亂舞 속에

서 우리의 全身은 여기 이렇게 초라한 모습으로 서 있다.

　이 천년을 갈 것 같은 어두움 그 속에서 우리는 神이 느낀 권태를 반추하며 여기 이렇게 서 있다. 참 오랜 歲月을 끈덕진 인내로 이 어두움을 감내하여 우리 여기 서 있다.

　그러나 이제 우리는 안다. 이 어두움이 神의 人間創造와 同時에 除去된 것처럼 우리들 주변에서도 새로운 言語의 創造로 除去되어야 함을 이제 우리는 안다. 유리아의 얼굴을 발견한 싼타 마리아의 일군이 우리는 기꺼이 된다. 얼어붙은 權威와 구역질나는 모든 話法을 우리는 저주한다. 뼈를 가는 어둠이 없었던 모든 자들의 안이함에서 우리는 기꺼이 脫出한다. 썩은 유리아의 얼굴만을 애완물처럼 매만지고 있는, 이카루스의 어쩌면 절망적인 脫出이 없는 모든 자의 言語와 우리는 결별한다. 새로운 유리아의 얼굴을 발견함이 없는 모든 者와 우리는 결별한다. 內部에서 터져나오는 慾望을 처리하기 위해 집을 나가는 탕자를 우리는 배운다. 모든 어두움 속에 파묻힌 죽어버린 言語를 박차는 탕자의 의지를 우리는 배운다.

　이제 우리는 청소부이다. 유리아의 얼굴을 닦아내는 싼타 마리아의 人夫들이다. 우리는 이 투박한 大地에 새로운 거름을 주는 농부이며 탕자이다. 비록 이 투박한 大地를 가는 일이 우리를 完全히 죽이는 절망적인 作業이라 할지라도 우리는 우리 손에 든 횃불을 던져버릴 수 없음을 안다. 우리 앞에 끝없이 펼쳐진 길을 우리는 이제 아무런 장비도 없이 出發한다. 우리는 그 길 위에서 죽음을 팻말을 새기며 쉬임없이 떠난다. 그 팻말 위에 우리는 이렇게 한 마디를 기록할 것이다. 〈앞으로!〉라고.[01]

선언하고 있다. 이 선언에서 가장 주목한 것은 '어두움'이라는 말이다. 선

---

**01**　김현, 『산문시대』 창간호 서문, 1962. 6.

언의 첫머리에서 『산문시대』의 주체들은 자신들이 처해 있는 상황을 여러 번 반복하면서 그것을 강조하고 있다. 이들은 '太陽과 같은 어둠 속에 우리는 서 있다.'고 말한다. 이어서 이들은 '이 천년을 갈 것 같은 어두움 그 속에서 우리는 神이 느낀 권태를 반추하며 여기 이렇게 서 있다.'고 한 뒤 '참 오랜 歲月을 끈덕진 인내로 이 어두움을 감내하여 우리 여기 서 있다.'로 어두움 속에 처해 있는 자신들의 상황을 마무리한다. 지나치게 과장되고 화려한 수사로 되어 있긴 하지만 분명한 것은 이들이 처해 있는 어둠이 깊으며 이들이 그것을 오랜 시간 동안 반추하고 또 감내해 왔다는 사실이다.

오랜 시간 이들의 어둠에 대한 반추와 감내는 곧 자신들의 내면에 대한 오랜 응시를 의미한다. 깊은 어둠 속에서 이들이 볼 수 있는 것은 외적 풍경이 아니라 내면의 풍경일 수밖에 없다. 외적 팽창이 아니라 내적 응축으로서의 반추와 감내는 자연스럽게 혁명의 실패에 대한 반성으로 이어지면서 기존의 것과의 관계의 '결벽' 속에서 새롭게 시작하는 파괴와 창조, 소멸과 생성이 교차하는 '농부와 탕자'의 길이 될 것이다. 기존의 것과의 완전한 결별 속에서 신생을 꿈꾸는 이들의 탕자의 의지는 '언어'와 '내부에서 터져 나오는 욕망'의 형태로 드러난다. 이들이 말하는 언어, 다시 말하면 기존의 언어와는 다른 언어란 필연적으로 이들의 내부에서 발견할 수밖에 없을 것이다. 마찬가지로 이들이 말하는 욕망 역시 이들의 '내부에서 터져 나올' 수밖에 없을 것이다.

『산문시대』의 선언이 이들의 내부에서 터져 나오는 욕망과 언어에 대한 고백과 같은 것이라면 이것이야말로 혁명이 아닐까? 이렇게 내부 혹은 내면의 욕망과 언어를 발견하는 데에 이들이 한글세대라는 점은 그것이 기존 세대(구세대, 전후세대)의 언어로는 상상하고 표현할 수 없는 세계를 드러낼 수 있다는 점에서 4·19의 혁명 성과도 통하는 부분이 있다. 4·19

세대가 한글세대라는 사실이 가지는 이 절묘함은 그것이 단순히 시간이나 시기의 차원에서가 아니라 내부에서 터져 나오는 욕망과 내면의 언어를 이 세대가 드러낼 수 있는 조건을 온전히 갖추고 있다는 데에서 더욱 빛을 발한다. 4·19 혁명과 내면 혹은 내부의 발견으로서의 『산문시대』의 관점에서 이 동인지를 살펴보면 1960년대의 전반적인 문학지형도는 물론 이것을 기반으로 하거나 밀접한 관계 속에서 형성된 『사계』, 『68문학』, 『문학과지성』이 지니는 직접적인 현실 참여보다 지적인 반성과 성찰로서의 존재 의의를 살피는데 일정한 도움이 될 것이다.

## 2. 내면의 자유와 문학의 발견

『산문시대』 동인들의 이념인 내면의 발견은 주로 창작을 통해 이루어진다. '산문시대'라는 동인지의 이름을 통해서도 알 수 있듯이 이들의 모토인 내면의 발견은 산문의 형식을 통해 구체화된다. 이들은 자신들이 처한 '지금, 여기'의 상황을 산문시대로 명명하고, 산문의 형식 속에 시대적인 진정성이 내재해 있다고 본 것이다. 이것은 이들이 산문정신을 곧 당대의 시대정신으로 이해하고 있다는 것을 의미한다. 우리는 흔히 산문정신을 근대의 산물로 간주하고 있다. 여기에는 봉건주의의 붕괴 및 봉건적 질서의 변화에 대한 의지를 구현하려는 부르주아지의 등장, 뉴턴의 새로운 과학사상과 경험주의 철학 등이 주요한 발생 조건으로 작용한다. 하지만 이것은 어디까지나 산문정신의 발생 배경을 외적인 사회 현실의 차원에 초점을 두었다는 점에서 다분히 리얼리즘적이다. 이러한 사회 현실적인 차원의 변화와 함께 우리가 중요하게 고려해야 할 것은 개인과 개인의 의식의 변화이다.

개인의 심리나 의식의 흐름의 기법이 대두하면서 인간의 내면에 대한 관심과 이해가 중요한 문제로 떠오르게 된다. 이것은 인간과 세계의 총체성을 문제 삼는 리얼리즘 정신과는 달리 인간과 세계의 분열과 파편화를 문제 삼는데 우리는 이것을 모더니즘이라고 부른다. 모더니즘의 대두는 기존의 산문의 형식과 내용에 대한 전면적인 반성으로 이어지게 되고, 이것은 결국 새로운 산문양식 혹은 산문정신의 탄생으로 나타나게 된다. 모더니즘에 기반을 둔 산문정신의 대두는 전망의 불투명성을 제기한다는 점에서 근대에 대한 회의와 반성을 거느리게 된다고 할 수 있다. 근대에 대한 회의와 반성은 곧 근대적인 양식에 대한 회의와 반성을 의미하며, 이것이 바로 『산문시대』 동인들이 목적하는 바라고 할 수 있다. 전자(리얼리즘)보다 후자(모더니즘)를 겨냥하는 이들의 태도는 자연스럽게 내면을 향할 수밖에 없고, 이 내면의 탐색이야말로 외적 현실(4·19 혁명)에서의 실패와 좌절을 만회하고 회복할 수 있는 더없이 좋은 문학적인 방식이 되는 것이다.

『산문시대』 동인들의 내면지향성은 그것의 실질적인 구현물인 소설에 고스란히 드러나는데, 여기에서 우리가 한 가지 간과하지 말아야 할 것은 이 소설의 양식이 시적인 상상과 표현으로 되어 있다는 점이다. 이들이 이런 시적 방식을 선택하게 된 데에는 외적 현실의 총체성을 구현하기가 불가능하다는 인식이 크게 작용한 결과라고 할 수 있다. 외적 현실이 아닌 세계의 내면을 겨냥하는 경우 서사적 총체성 개념보다는 시의 자유로운 상상과 표현이 더 적합하리라는 것은 어느 정도 유추가 가능한 일이다. 이들이 경험한 외적 현실은 자신들의 요구나 욕망을 실현하기가 불가능할 정도로 억압적인 상태로 존재하는 그 무엇이며, 이 상황에서 자유와 혁명 운운하는 것은 비현실적인 것이라고 판단한 것이다. 이들은 결국 자신들이 추구하는 자유와 혁명의 실현을 위해 외적 현실이 아닌 자신들의 깊은 내면을 응시하게 된다. 이 내면에 대한 깊은 응시와 탐색을 통해 이들은 자신들의 문학적 이념을 구현하려고 한다. 이들의 이러한 이념은 『산문시대』 창작물 중 가장 높은 비중(총 32편 중 소설 18편, 평론 7편, 번역물 6편, 희곡 1편)을 차지하고 있는 소설에 잘 드러나 있다. 특히 『산문시대』 창간호(1962년 6월)와 2집(1962년 10월)에 실린 김현과 김승옥의 소설은 주목에 값한다.

『산문시대』의 실질적인 창간 주역인 김현과 김승옥은 모두 소설을 발표한다. 김현은 『산문시대』 창간호에 「인간서설」과 「잃어버린 처용의 노래」를, 김승옥은 창간호에 「생명연습」과 「건」, 2집에 「환상수첩」, 4집에 「누이를 이해하기 위하여」, 5집에 「시다리아시스」를 각각 발표한다. 김승옥이 창간호부터 폐간될 때까지 소설을 발표한 것이 그다지 놀랄만한 일은 아니지만 김현이 두 편의 소설을 발표한 것은 퍽이나 이채로운 것이 사실이다. 두 편의 소설 발표 후 김현이 주로 비평에 치중한 점을 고려한다면 이 두 작품은 『산문시대』의 이념을 탐색하는데 중요한 자료라고 하지 않을 수 없다. 『산문시대』 창간호에는 김현, 김승옥, 최하림의 작품 6편을 싣고 있는데, 이것을 장르별로 보면 소설이 5편, 희곡이 1편이다. 다른 장르에 비해 소설이 압도적인 데에는 산문시대라는 동인지의 모토와 소설이 잘 맞아 떨어진다는 이유도 있지만 이들이 지향하는 이전 시대와의 결별을 통한 새로운 문학의 창조를 이 양식만큼 풍부하게 상징적으로 보여줄 수 있는 장르도 없다는 판단에서라고 할 수 있을 것이다.

이런 맥락에서 김현의 소설 「잃어버린 처용의 노래」는 대단히 상징적이다. 이미 많은 논자들에 의해 그 상징적인 의미의 중요성이 제기되어 온

어둡다. (왜 이리 어두운가) 알 수 없다. 아무도 없는 깜깜한 곳에 나
의 사고(思考)만이 덩그렇이 매달려 있다. (당신은 고양이의 그 새파란 눈동
자를 기억하십니까) 그 고양이의 눈이 나다. 나는 고양이의 눈이다. 나는
언제나 고양이의 눈초리를 하고 여기 있다. 음(陰)의 난무속에서 나는
느슨한 권태를 느끼며 끝없이 이러고 있다.[02]

와 같은 대목의 경우, 자신의 내면에 대한 투사의 강렬함과 이로 인해 드
러나는 순수한 내면은 그가 얼마나 『산문시대』의 정체성에 대해 민감한
자의식을 가지고 있는지를 잘 말해준다. 이 소설 속에서 그는 자신의 상
황을 '아무도 없는 깜깜한 어둠 속에서 빛나는 새파란 눈동자'에다 비유하
고 있다. 그가 제시하고 있는 이미지는 '없음'과 '있음'으로 선명한 대비를
이룬다. 이 대비가 선명할수록 있음이 부각되는 것은 당연하다. 있음, 다
시 말하면 '새파란 눈동자'로 표상되는 그의 있음에 대한 의지는 '순수 의
지'에 가깝다. 모든 것을 순수한 상태(처음 상태)에서 시작하고 싶은 그의
욕망의 저변에는 좌절된 혁명을 보상받으려는 심리와 함께 그것을 순수
한 의식의 내면을 통해 실현하려는 태도가 엿보인다.

　자기 자신의 내면을 향하는 순수한 의식의 차원으로 그의 정체성을 이
해하고 나면 새파란 눈동자의 발광이 일종의 자기 충족적인 환상의 의미
를 지니고 있다는 것을 알 수 있다. 이런 점에서 그의 순수한 의식은 또 다
른 변주가 필요하며, 이 문제적인 지점에 김승옥의 소설이 자리하고 있
다. 「생명연습」과 「환상수첩」 등 그의 소설이 드러내는 정체성은 나의 순
수한 의지의 상태로만 표상되지 않는다. 그의 소설 속의 나는 순수한 자
기 충족적인 환상의 상태에만 놓여 있는 것이 아니라 그것이 해체된 환멸

---

**02**　김현, 『산문시대』 창간호, 1962. 6.

의 상태에까지 닿아 있다. 그의 소설 속의 나(주인공)는 어떤 환상을 체험하게 된다. 그것은 주로 도시(서울)에 대한 환상이다. 이 상황에서의 나는 김현의 「잃어버린 처용의 노래」에서의 '나는 고양이의 눈이다'에 드러난 환상의 의미와 다르지 않다. 나라는 존재를 나 속에서 바라보면서 체험하는 황홀한 환상의 상태가 바로 그것이다.

그러나 김승옥 소설 속의 나는 이 환상이 그야말로 환상에 불과하다는 사실을 깨닫게 된다. 나의 이러한 깨달음은 도시 혹은 서울로 표상되는 세계와의 불화와 긴장 속에서 발생한다. 나라는 존재가 내 속에만 있을 때 나는 바라보는 존재일 뿐이지만 그 나가 세계 속에 놓이게 되면 나는 보이는 존재가 된다. 세계에 의해 내가 보여짐으로써 단일하고 견고한 존재로서의 나는 분열되고 해체되기에 이른다. 분열되고 해체된 나에 대한 인식은 자신이 지녔던 욕망이 한낱 환상에 불과하다는 사실을 깨달은 것에 다름 아니다. 욕망이 깨지고, 환상이 환멸로 바뀌게 되면서 그의 소설 속의 나는 그것을 회복하기 위해 나의 원초적인 모습을 지니고 있는 고향을 찾게 된다. 하지만 여기에서 나가 체험하게 되는 것은 지독한 환멸이다. 도시에 대한 환상이 환멸로 바뀌듯 고향에 대한 환상 역시 환멸로 바뀐다. 자신의 깨진 환상을 회복시켜 주리라고 믿었던 대상이 환멸의 상태로 존재하게 되었다는 것은 곧 욕망을 가능하게 한 것들이 더 이상 존재하지 않게 되었다는 것을 의미한다. 그렇다면 이것은 필연적으로 나라는 존재의 운명이 어떻게 결정되는지를 말해주고 있는 것 아닌가. 욕망의 끝은 죽음이다. 우리 인간의 삶은 끊임없는 욕망의 미끄러짐이며 그것의 끝은 곧 죽음인 것이다. 어쩌면 인간의 삶이란 욕망이 죽음을 향해가는 과정이라고 할 수 있을 것이다. 이런 점에서 첫 서리만이 차가운 법이었다. 하나의 고된 시련을 치루고 나면 그 다음의 시련엔 별 고통이 없다는 이치 속에 나는 끼어있는 것이었다. 아, 알듯하다. 노인들에겐 놀랍도록 웃음도 없고, 눈물도 없는 까닭을, 인간은 수많은 병기(兵器)로서 무장하고 있다. 사랑, 미움, 즐거움, 서러움, 자만, 회오⋯⋯. 혹은 섬세한 연민, 섬세한 질투⋯⋯. 그런데 살아가노라면 단지 살아가노라면 이것들은 하나씩 하나씩 마비되어 가나 보다. 자신도 알지 못하는 사이에 미묘한 장점이 훼손되어있기도 하리라. 아 아 싫다. 마비시켜 버리더라도 뚜렷한 의식 가운데서 그러고 싶다. 그러기 전에 그러한 병기들을 잃어버리고 싶지가 않다.[03]

와 같은 대목은 의미심장한 데가 있다. 이 글에서의 나는 점점 약화되어 가는 욕망에 대한 불안을 드러내고 있다. '첫 서리'와 '노인들'의 선명한 대비와 '마비'와 '훼손'이라는 단어가 환기하는 것은 욕망의 약화 혹은 약화되어가는 욕망이라고 할 수 있다. 나를 살아가게 하는 욕망에는 사랑, 즐거움만 있는 것이 아니라 미움, 서러움, 자만, 회오 같은 것들도 있다. 이 상반된 욕망들의 교차와 재교차 속에서 나는 세계와의 불화와 화해, 갈등과 조화 등을 모색하면서 존재하는 것이다. 하지만 이 소설에서 내가 체험하는 것은 욕망이 빚어내는 환상이 아니라 그것이 제거된 환멸이며, 이 속에서의 삶은 죽음과 다르지 않다는 사실이다. 결국 나는 자살로 생을 마감하고 만다.

　나의 자살이 의미하는 것은 세계에 의해 보여지는 나에 대한 저항의 포기일 수도 있지만 또 달리 보면 그것은 세계에 의해 보여지는 나에 대한 적극적인 통찰과 절대적인 긍정일 수도 있다. 이런 점에서 그의 소설에서

---

**03**　김승옥, 「환상수첩」, 『산문시대 2』, 1962. 10.

의 자살은 나라는 존재에 대한 지평의 확장으로 볼 수 있다. 나라는 존재의 내면을 순수한 나에 머물지 않고 세계와의 관계성 속에서 바라봄으로써 그동안 은폐되어 있던 나에 대한 새로운 영역을 발견하려는 시도를 김승옥의 소설은 잘 보여주고 있다. 하지만 그가 비록 세계와의 관계성 속에서 나의 정체성을 발견하려고 한 것은 사실이지만 여기에서 전제되어야 할 것은 세계를 배제한 상태에서 순수한 차원의 나를 만나는 것이 우선되어야 한다는 점이다. 순수한 나와의 만남이 전제된 상태에서 세계와의 또 다른 만남이 이루어질 때 그 만남의 진정성이 확보된다고 할 수 있다. 김현이 '아무도 없는 깜깜한 어둠 속에서 빛나는 새파란 눈동자'로 자신의 정체성을 표현하려고 한 의도가 어디에 있는지 이해가 되는 대목이다. 김현의 순수한 의식이 드러내는 환상과 김승옥의 세계와의 대면을 통해 드러나는 환멸 사이에는 깊은 연관성이 있다고 볼 수 있다. 『산문시대』의 새로움은 바로 이들의 소설에 대한 꼼꼼하고 섬세한 이해를 통해 많은 부분이 드러날 수 있다. 이것은 이 소설이 이들의 내면 혹은 내면의 자유를 잘 반영하고 있으며, 이것을 토대로 이루어지는 이들 세대의 문학의 정체성을 발견할 수 있는 중요한 장이기 때문이다.


## 3. 내면화의 역사적 지평

『산문시대』의 의미가 내면의 발견 혹은 내면화와 관계된다는 사실을 이해한다면 그것이 우리 문학사에서 어떻게 변주되고 또 어떤 흐름을 보여주는지를 이해하는 것 역시 중요하다고 할 수 있다. 『산문시대』가 추구하고 있는 이념인 내면의 발견은 『사계』(1966), 『68문학』(1968), 『문학과지성』(1970) 으로 이어지면서 역사적인 지평을 확대해 나간다. 『산문시대』 동인들의 내면화는 이전 시대와의 결별과 새로운 이념의 추구 하에서 이루어진 것이지만 그 이면에는 인간과 세계에 대한 지적이고 균형 잡힌 통찰이 전제되어 있다고 볼 수 있다. 이것은 이들이 처해 있는 1960년대적인 상황에 대한 대응논리라고 해도 무방하다. 이들이 본 1960년적인 상황이란 여전히 구시대적인 사고와 이념이 만연한 세계인 동시에 샤머니즘이나 패배주의와 같은 비이성적이고 허무적인 감정이 팽배해 있는 그런 세계인 것이다. 이런 상황에 대해 이들이 들고 나온 것은 근대적인 논리이다. 아직 근대화가 제대로 이루어지지 않은 상황에서 이들이 들고 나온 논리는 많은 부분 서구적인 것에 그 기반을 두고 있다.

이들이 외국문학 전공자라는 점이 이러한 대응 태도를 낳았지만 여기에서 우리가 간과하지 말아야 할 것은 이들이 서구의 근대적인 논리를 적극적으로 수용하여 한국의 현실에 대해 지적이고 균형 잡힌 통찰을 시도했다는 점이다. 이 과정에서 한국적인 샤머니즘은 세계에 대한 적극적인 탐색과 변혁 의지보다 운명론적이고 패배적인 관념(환상)에 의존하는 것으로 간주되기에 이른다. 이들이 보기에 한국적인 샤머니즘이란 급격하게 진행되고 있는 서구화 내지 근대화의 여러 상황을 합리적이고 이성적으로 통찰하는데 하나의 장애물에 지나지 않는 그 무엇인 것이다. 이들에게 샤머니즘이 구시대의 청산해야 할 대상에 불과한 것이 되었다는 것은 이들이 이것을 보편타당한 인식의 산물로 이해하고 있지 않다는 것을 의미한다. 이때 이들이 말하는 보편타당한 인식이란 어느 특정한 지역이나 사람에 국한되지 않고 전인류적으로 인식되고 소통되는 인간 정신에 대한 옹호 내지 확대와 관련이 있다.

『산문시대』에서 출발해 『문학과지성』으로 귀결되는 이들의 보편성에

대한 옹호와 확대의 이면에는

> 보다 넓게 그리고 보다 진정하게는, 우리의 공소하고 취약한 정신
> 사적 정황을 극복하면서 현실 정치에서 이미 음울하게 드러나기 시작
> 하고 있는 권력의 폭력에 대한 문화적 저항 양식을 탐구해야 한다는
> 의지와 사명을 함축하고 있다.[04]

를 통해 알 수 있듯이 두 가지의 중요한 의도가 자리하고 있다. 하나는 '우리의 공소하고 취약한 정신사적 정황을 극복하려는 것'이고 또 다른 하나는 '현실 정치에 드리워진 권력의 폭력에 대한 문화적 저항 양식을 탐구하려는 것'이 바로 그것이다. 그런데 이들이 제시한 이 두 측면은 서로 다른 것이 아니다. 우리의 공소하고 취약한 정신사적인 정황으로 인해 현실 정치에 권력의 폭력이 난무하게 된 것이며, 이것을 극복하기 위해 정신사적인 차원에 기반한 문화적 저항 의식을 탐구하고 또 실천해 나가야 한다는 점에서 보면 이 둘은 서로 통한다.

이들이 강조하는 정신과 문화적 저항은 그것이 단순히 지식인의 관념적이고 폐쇄적인 차원에서 비롯된 것이 아니라 현실에 대한 지적이고 자유로운 통찰의 차원에서 비롯된 것이라고 할 수 있다. 우리 사회에서 어느 정도 교양을 갖춘 사람이라면 『문학과지성』이 표상하는 것이 바로 현실에 대한 지적이고 자유로운 통찰이라는 사실을 모르는 이는 없을 것이다. 마찬가지로 그것의 뿌리가 『산문시대』로부터 시작된다는 것 또한 모르는 사람이 없을 것이다. 현실에 대한 이러한 지적이고 자유로운 통찰은 그것이 억압성을 강하게 드러낼수록 그 가치와 의미가 더욱 부각되어 온

---

**04** 김병익, 「김현과 '문지'-정리를 위한 사적인 회고」, 『문학과사회』, 1990년 겨울호, p. 1424.

것이 사실이다. 이것은 기본적으로 이들이 문학에 대해 가지는 태도에서 비롯된 것이라고 볼 수 있으며, 이 태도야말로 이들의 문학적 이념이 이전 세대와 다르다는 것을 선명하게 보여주는 대표적인 예라고 할 수 있다. 현실에 대한 이들의 지적이고 자유로운 통찰은 문학의 자율성, 자유로운 상상력 등과 대응 관계에 놓인다. 문학의 자율성과 상상력에 대한 옹호와 확대는 현실 혹은 현실 정치에서의 자율성과 자유로운 상상력을 억압하는 권력에 대한 문화적인 저항으로 나타난다.

『산문시대』의 이념이 『문학과지성』으로 이어지면서 더욱 공고해지고, 체계화되었다는 것은 곧 현실의 억압 상황이 그만큼 공고해지고 체계화되었다는 것을 의미한다. 현실과의 팽팽한 긴장 속에서 자신들의 문학적 이념인 자율성과 상상력을 옹호하고 확대하기 위해서는 언제나 당대의 담론의 중심에 있어야 하기 때문에 이들의 촉수는 한시도 이것으로부터 멀어져서는 안 되는 것이다. 1960년대 우리 사회의 가장 큰 이슈 중의 하나는 순수와 참여 논쟁이었으며, 이들 역시 이 논쟁에 적극적으로 참여하여 담론 생산의 과정에 주체적인 역할을 한다. 하지만 이 과정에서 이들은 순수와 참여 어느 한쪽을 옹호하거나 확대하지 않고 이 둘을 객관적으로 인식하여 이것에 대해 깊이 있고 균형 잡힌 통찰의 태도를 보인다. 이들이 견지하는 태도를 통해 우리는 이들이 기존의 현실로부터의 도피를 겨냥한 순수주의나 현실을 도식적으로 이해하는 참여주의와는 다른 입장에 있다는 것을 알 수 있다. 순수와 참여의 대립이 아니라 그것의 변증법적인 통합을 지향하는 이들의 태도는 한국 사회의 독특한 지적 풍토를 성립시켰다.

순수가 단순히 창작 주체와 현실을 배제한 채 작품 속으로의 도피를 의미하는 것이 아니라 창작 주체의 현실적인 체험 속에서 문학의 자율성과 자유로운 상상력을 겨냥하는데 있다는 이들의 이념은 우리 시대의 또 다른 담론지인 『창작과비평』과 일정한 길항 관계를 유지하고 있다. 때때로 이들의 이념은 충돌하기도 하지만 서로의 결핍된 부분을 보충하고 대리하면서 존재해 왔기 때문에 『산문시대』와 『문학과지성』으로 대표되는 이들의 이념을 이해하기 위해서는 『창작과비평』과의 비교를 통해 접근하는 것도 좋은 방법이라고 생각한다. 내면성의 발견으로부터 시작된 『산문시대』의 이념이 『사계』와 『68문학』을 거쳐 『문학과지성』으로 이어지면서 사유의 보편성과 자율성, 자유로운 상상력 같은 지적 교양을 포괄하여 한국 사회의 주도적인 이념을 생산해 왔다는 것은 우리의 공소하고 취약한 정신사적 정황을 극복하고 현실 정치에서의 권력의 폭력에 대한 문화적 저항의식을 고양하는데 커다란 기여를 했다는 것을 의미한다.

# 문학, 여성, 시사(時事)에 대한 실존적 지향
- 『한국여성수필선집 1945-1953』의 세계와 그 의미

## 1

　『한국여성수필선집 1945-1953』에 수록된 작품은 1945년~1953년에 발표된 수필이다. 이 시기는 해방과 한국전쟁이라는 우리 현대사의 가장 큰 두 사건이 역설적으로 맞물려 있다. 희극과 비극이 극명하게 교차하는 이 역동의 시기 동안 우리의 정체성의 혼란은 극에 달했다고 해도 과언이 아니다. 이로 인해 이 시기를 식민지시대와 더불어 우리 현대문학사의 암흑기라고 이야기하는 경우도 있다. 우리 현대문학사를 보면 이 시기가 문학적으로 가장 빈곤한 것이 사실이며 또한 이 시기에 대한 문학적인 연구와 정리 작업이 제대로 이루어지지 않은 것이 사실이다. 특히 시, 소설, 희곡, 평론과 같은 여타 문학 장르에 비해 수필에 대한 연구와 그것에 대한 선행 작업으로써의 자료 정리는 거의 이루어지지 않았을 뿐만 아니라 간혹 산발적으로 행해진 경우 그 내용이 미미하고 부실한 편이다.

　이런 점에서 1945년-1953년에 발표된 수필들을 체계적으로 정리해서 엮은 『한국여성수필선집 1945-1953』은 그 나름의 의의를 지닌다고 할 수 있다. 이 시기에 발행된 신문이나 잡지 등의 매체를 하나하나 꼼꼼히

살펴 여기에서 얻은 자료들을 체계적으로 분류하고 정리해서 내놓은 이 자료집은 시나 소설, 희곡 등에서 발견할 수 없는 다양한 문학적인 묘미를 선보이고 있다. 시, 소설, 희곡 등과 달리 수필은 기본적으로 세계를 은유나 상징화하지도 않고 또 허구화 내지 극화하지도 않는다. 수필은 우리의 일상이나 현실에 대해 어떤 가면을 쓰지 않고 맨얼굴로 그것을 자유롭게 보여주거나 여기에 대해 말한다. 일상이나 현실에 대한 문학적인 가면(은유화, 상징화, 허구화, 극화)은 고도의 전문적인 글쓰기 과정을 거친 자들만이 생산할 수 있는 것이지만 그것이 필요 없는 수필은 이런 과정 없이도 수행할 수 있는 어떻게 보면 평범한 것 같으면서도 비범한(독특한) 문학 장르라고 할 수 있다.

이러한 수필의 장르적인 특성이 그것을 체계적으로 정리하고 한권의 책으로 엮어내는데 적지 않은 어려움을 제공하는 것이 사실이다. 시, 소설, 희곡 등은 이미 1910년대부터 하나의 근대적인 문학 제도로 정착되어 그것을 통해 전문적인 문사를 배출해 왔지만 수필은 그러한 제도 자체가 존재하지 않았던 것이다. 수필이 하나의 문학 제도로서의 등단 절차의 형식을 갖추기 시작한 것으로 평가할 수 있는 것은 1970년대 『수필문학』의 창간이라고 할 수 있다. 1972년 3월에 창간하여 1982년 3월에 종간한 『수필문학』은 박연구, 김승우 등이 주간과 발행을 맡았고, '명작수필선(名作隨筆選)'이라는 고정란을 두어 우리의 기존 명수필들을 재수록하여 수필의 고전화(古典化) 작업에 기여하였을 뿐만 아니라 1973년 6월부터는 매년 장편 에세이를 공모하여 새로운 수필 장르를 출현시키기도 하였다. 그리고 1977년 3월에는 '한국수필문학상'을 제정하였으며, 제1회 수상자는 피천득(皮千得)이었다. '회원동정란'을 두어 수필동인들의 근황과 새 회원들을 소개하고 있다. 기고 작품과 추천 작품을 수시로 모집하여 신인도

발굴하고 일반인들의 참여도 북돋웠다.

그러나 수필이라는 장르가 새롭게 부각된 것은 1990년대 이후 시인이나 소설가가 대거 에세이를 내면서 글쓰기에서도 에세이화가 진행되고, 한차례 법정 스님의 『무소유』 신드롬이 불면서 부터이다. 이렇게 수필에 대한 인식이 높아지기 시작한 것은 사실이지만 대부분 널리 인구에 회자되고 또 그 가치를 인정받는 수필을 쓴 사람들은 등단이라는 제도적인 절차를 밟지 않았다. 이것은 수필의 경우 문학사적으로 체계화된 정리 작업이 시인이나 소설가, 극작가 위주로 이루어지는 시, 소설, 희곡과는 달리 수필의 경우에는 그것이 작품 위주로 이루어져야 한다는 것을 말해준다. 어떤 전문적인 수필가가 어떤 전문적인 작품을 썼다는 식이 아니라 어떤 수필이 어떤 누군가에 의해 쓰여 졌다는 식으로 정리 작업이 이루어져야 한다는 것이다. 『한국여성수필선집 1945-1953』의 경우에도 이것은 예외가 아니다. 이 자료집은 1945년 해방 이후부터 1953년 전쟁기까지의 여성 수필가 중에서 1953년 이후에도 작품 활동을 지속적으로 한 18인의 수필을 싣는다고는 했지만 이들이 정식적으로 수필이라는 등단제도를 거친 것도 아니거니와 그러한 제도 자체가 없거나 모호한 경우가 대부분이다. 여기에서 제시한 기준에 맞게 선별한 여성 수필가 18인은 강신재, 김말봉, 김일순, 김향안, 노천명, 모윤숙, 박기원, 박화성, 손소희, 윤금숙, 이명온, 임옥인, 장덕조, 전숙희, 정충량, 조경희, 최정희, 한무숙 등인데 이들은 대부분 시와 소설로 등단한 당대의 시인, 소설가들이다.

이러한 일련의 상황은 이번 자료집의 목록에 포함된 수필 작품이 1945년~1953년에 발표된 수필 모두를 의미하는 것이 아니라 그중에서 어떤 기준에 의해 선별된 것이라는 점을 의미한다. 이 자료집의 선별 기준에서 무엇보다도 중요하게 고려된 것은 1945년 이후부터 1953년까지의 '해방'과 '전쟁'이라는 시대적 상황과 그 의미를 잘 부각시키고 있는가, '여성'의 사회적 정체성에 대한 인식을 적극적으로 반영하고 있는가 하는 것 등이다. 수필이라는 장르적 특성은 여성들의 사고를 직접적으로 보여 주기에 적합한 양식이라는 것을 앞서 언급한 바 있다. 이런 점에 입각해 서 이 시기 작품을 선별하였으며, 그 결과 '문학, 여성, 전쟁, 시사(時事)'라 는 주제를 통해 여성의 시대적 의미와 정체성에 대한 발견을 모색하고 있 는 이 시기의 수필 문학의 한 모습을 찾아내게 되었다. 하지만 네 주제 중 에서 전쟁은 이 자료집에 포함시키지 않았다. 그것은 『한국여성수필선집 1945-1953』과 『한국전쟁기 여성문학 자료집』에 '전쟁 수필'을 중복 게재 해야 하는 문제에 봉착하게 되었기 때문이다. 고심 끝에 두 자료집에 '전 쟁 수필'을 '중복 게재' 하지 않고 우리가 선별한 '여성 전쟁 수필'은 『한국 전쟁기 여성문학 자료집』의 '전쟁 수필' 부분에만 게재하기로 결정하였다. 다만 전쟁을 직접적으로 서술하고 있지는 않으나 전후의 혼란 상황을 서 술하면서 인간존재의 가치 회복을 주제로 하는 수필은 『한국 여성문학 자 료집 4권』의 '시사' 부분에 포함시켜 선보이기로 결정하였다.


2


'문학, 여성, 시사'라는 주제 중에서 먼저 이 시기의 수필이 '문학'에 대 한 사색을 드러낸다는 것은 아무래도 이 자료집에 실린 18명 작가 중 대 부분이 시인이거나 소설가 등 전문적인 문사들이기 때문이다. 이 18명 중 에는 우리 현대문학사에 익히 이름을 올린 이들이 대부분이고 그렇지 않 더라도 직간접적으로 당시의 문학관과 관계된 사람들이다. 이들은 당대

최고의 엘리트들이었으며, 이러한 자신들의 위상과 자의식을 드러낼 수 있는 것으로 당시 문학만한 것이 없었다고 할 수 있다. 미술이나 음악 등의 예술 양식이나 다른 문화 양식들과 비교해서 문학은 '문사'라는 뿌리 깊은 지적 전통을 가지고 있었으며, 비교적 손쉽게 창작하고 향유할 수 있는 형식과 환경을 또한 가지고 있었던 것이다.

이러한 이유로 당시 많은 엘리트 여성들이 문학에 대한 관심을 표명했을 뿐만 아니라 실제 창작과 향유의 주체로 부상하였다고 할 수 있다. 문학에 대한 사색을 드러내고 있는 수필은 주로 '문학작품에 대한 감상', '동료 작가와의 관계나 우정', '문단 생활 회고', '자신의 문학적 소신' 등의 내용을 포함하고 있다. 문학작품에 대한 감상을 드러내고 있는 대표적인 수필로는 강신재의 「당선소감: 어린날의 감동(感動)」(『문예』 4호, 1949.11), 「거울처럼」(『부인경향』 1권3호, 1950.3), 노천명의 「최정희론」(『주간 서울』, 1949.12), 손소희의 「풍류 잡히는 마을: 최정희씨 단편집을 읽고」(『서울신문』, 1949.8.19) 등이 있다. 이중 강신재의 「거울처럼」은 자신이 소설을 통해 표현하려고 한 것이 독자들에게 제대로 전달되는지에 대한 불안함과 작품을 통해 남을 이해시킨다는 것이 얼마나 어려운 것인지를, 그리고. 모든 사람들이 공감을 하지는 못하더라도 적어도 같은 입장에서 문학작품을 감상 비평할 수 있는 사람들이 있기에 창작을 할 수 있으며, 그것은 문학의식의 기원, 문학에 대한 열정의 원천이 된다는 점에 대해 말하고 있다. 자신의 글쓰기에 대한 불안의 이유가 어디에 있는지를 섬세한 감각과 강한 자의식을 가지고 추적한 글이다. 이런 불안과 자의식은 작가라면 누구나 한번쯤 경험하는 바이지만 그것을 '거울'이라는 모티프를 통해 흥미롭게 제시하고 있다는 점에서 의의가 있다.

동료 작가와의 관계나 우정을 드러내고 있는 대표적인 수필로는 김일순의 「문단의 여성군(女星群)」(『협동』 36호, 1952.9), 노천명의 「인간 월탄(月灘)」
(『문예』 2호, 1949.9), 모윤숙의 「하나의 고충(苦衷)-김남조 동지(同志)에게」(『문
예』 17호, 1953.9), 최정희의 「여류작가군상」(『예술조선』 제2호, 1948.2) 등을 들
수 있다. 이중 흥미로운 글은 김일순과 최정희의 수필이다. 이미 제목을
통해서도 알 수 있듯이 이 글들은 당시 문단의 여성 작가들의 면모와 그들
의 삶 그리고 그들의 글쓰기 전반에 대한 촌평으로 되어 있다. 하지만 김일
순의 글이 대상에 대한 평가의 성격이 강하다면 최정희의 글은 대상에 대
한 평가보다는 인간적인 친분과 애정에서 오는 소회의 성격이 강하다고
할 수 있다. 이것은 김일순의 글이 소설가로서보다는 기자로서의 감각을
더 살려 여류작가군상을 기술하고 있기 때문이다. 그녀의 글 중에서 특히
재미있는 것은 모윤숙과 노천명을 대비시켜 비교하고 있는 대목이다.

우리나라 이대여류시인(二大女流詩人) 모(毛)와 노(盧) 양씨(兩氏)의 차이
표(差異表)를 하나 만들어본다.

|  | (모) | (노) |
| --- | --- | --- |
| 몸집 | 뭉퉁몽탁 | 길쭉짤막 |
| 얼골 | 화색(和色)이 등등 | 회색(灰色)이 침투(浸透) |
| 말소리 | 바이올린 D선(線) | 바이올린 F선(線) |
| 화술(話術) | 우랑척척 | 국수가루매만지듯 |
| 복장(服裝) | 양장(洋裝)을 즐김 | 긴 치마를 즐김 |
| 외출시(外出時) | 자가용차(自家用車) | 간혹 남의 찚차(車)[01] |

---

**01**  김일순, 구명숙 편, 「문단(文壇)의 여성군(女性群)」, 『한국여성수필선집 1945-1953』, 역락,
2012, p.89.

다분히 가십적인 저널성이 엿보이는 이 대비는 당대의 라이벌인 두 여류시인의 면모를 헤아리는데 좋은 참고 자료가 될 수 있을 것이다. 사실 동료 작가와의 관계와 우정을 드러낸 글들은 또 달리 보면 '문단 생활 회고'라는 주제와도 연결된다고 볼 수 있다. 문단 생활 회고와 관련하여 그것을 드러내고 있는 글로는 김말봉의 「자유예술인의 전결(傳結)」(『신태양』 2권6호, 1953.1), 손소희의 「작가일기」(『문예』 1권1호, 1949.8)와 「나의 문학자서전: 초조한 날들」(『해방공론』, 1949.10)을 들 수 있다. 김말봉의 글은 1952년 9월 22일 유네스코대회에 참석했던 이야기를 서술하고 있다. 필자는 문학부문에서 발언을 하게 되었는데, 그곳에서 한국이 현재 전쟁 중이며 민주화를 위해 싸우고 있으며, 우리의 아들들이 전장에서 쓰러지고 있고 문화시설이 파괴되고 있는 현실을 토로하여 그곳에 참석한 사람들에게 충격을 준 일을 회고하고 있다. 그녀의 문단 생활을 회고하는 글은 전쟁 이후의 피폐한 문학 혹은 문화 환경을 알 수 있는 중요한 발언이라고 할 수 있다.

자신의 문학적 소신을 드러내고 있는 대표적인 수필로는 손소희의 「좋은 글을 쓰고 지고」(『연합신문』, 1950.1.18), 윤금숙의 「신인(新人)의 변(辯): 별을 따라서」(『부인경향』 1권3호, 1950.3), 임옥인의 「노-트에서」(『민족문화』 창간호, 1949.9), 최정희의 「나의 문학생활자서」(『백민』 13호, 1948.3) 등을 들 수 있다. 이 중 최정희의 글은 자신이 문학을 하게 된 계기와 문학관을 표명하고 있다는 점에서 주목할 만하다. 그녀는 자신이 문학을 하게 된 계기가 모교 교장의 추천으로 기자 노릇을 하면서라고 밝힌 뒤, 그때 원고지 사용법을 배우면서 다양한 원고를 쓰게 되었다고 말한다. 이어서 그녀는 '카푸事件' 즉 '新建設事件'에 연루되어 8개월간 형무소에 가 책을 읽게 되었고,

'문학(文學)은 나를 위해서 생긴 것이고 나는 문학(文學)을 하지 않으면 구원(救援)의 길이 없을 것 같았다.[02]

　　'열두서너편(篇)의 단편(短篇)을 써왔다. 언제나 외롭고 슬프고 약(弱)한—밤낮 세상(世上)에서 저(負)만 가는—여자(女子)들을 써왔다. 참정권(參政權) 한번 부르짖는일도, 남녀동등(男女同等)을 한번 말해보는 일도 못하는 지질이 못난 여자(女子)들을 써왔다. 하지만, 나의 여자(女子)들은 세상(世上)의어느여자(女子)보다 「자랑」이 무엇이며 아름다운 것이 무엇인 것을 알고있는 총명한 여자(女子)들이다.[03]

　　'解放이되었다고하는 農民들에게 아직도 사슬은 대인채로, 굶주리고 헐벗고하는 慘狀을 그대로 보고 있을 수가 없어서 쓴 것이다.…… 나는 社會主義도 아무主義도 모른다. 그러나 나는 社會의正義가 어떤 것인가를 聞察하기에는 조금도 게을르지않겠다.[04]

등과 같은 고백을 통해 자신의 글쓰기의 정체성에 대해 깊이 고민하고 있다. 이러한 자신의 문학적 소신에 대한 고백은 그것이 수필이라는 점에서 구체성과 함께 진정성을 획득하고 있다고 할 수 있다.

　　'문학, 여성, 시사'라는 주제 중에서 문학에 이어 이 시기의 수필이 '여성'에 대한 사색을 드러낸다는 것은 한국 여성문학을 정리하고 체계화한다는 모토하고도 맞아 떨어진다는 점에서 의미가 있다. 여성에 대한 사색을 드러내고 있는 수필은 주로 '여성의 사회적 정체성', '여성적 내면화의

**02**　최정희, 「나의문학생활자서(文學生活自敍)」, 위의 책, p.387.

**03**　최정희, 위의 책, p.387.

**04**　최정희, 위의 책, p.387.

발현', '여성작가의 현실', '변화하는 여성상' 등의 내용을 포함하고 있다. 하지만 이 내용들은 다른 어떤 주제보다도 서로 긴밀하게 연결되어 있다. 따라서 이 내용들을 분리해서 말하는 것보다 연계하여 말하는 것이 여성 이라는 주제가 내포하고 있는 내용에 대해 말하는데 있어 더 효과적이라 고 할 수 있다. 18명의 여성 작가들 모두 여성이라는 주제와 관련하여 주 목할 만한 글을 남겼지만 그중에서도 김말봉, 모윤숙, 정충량의 글은 여러 모로 시사하는 바가 크다.

그러나 이들이 강조하고 있는 방향은 조금씩 차이가 있다. 먼저 김말 봉의 경우는 여성의 정조, 공창제, 인신매매 등 주로 여성의 성의 차원에 서 자신의 생각을 개진하고 있다. 이와 같은 생각을 개진하고 있는 그녀 의 대표적인 글로는 「희망원(希望園)의 사명」(『부인』1권3호, 1946.10), 「새 시 대의 남녀 정조관」(『부인』 3권5호, 1948.12), 「여성: 공창폐지 그 후 1년」(1~3) (『연합신문』, 1949.2.22~24) 등이 있다. 먼저 「희망원(希望園)의 사명」을 보자.

> 반가운 소식! 인신매매의 철폐포고령이었다. 유곽에서 주점에서 갖인천대와 착추를 받는 '팔리운여인(女人)'들에게 진실로 복(福音)이 었다.……(중략)……
>
> 그들에게 밥을 주는 이없고 하로밤 도새일 곧을 마련하는이 없었 다. 이에 고마운 단체에서 트럭을갖이고와서 그들의얼마를 데려가서 리재민수용소에두고 하로시간의 로동법을 실시하였으나 이고마운계 획은결국 실패로 도라가고 말었으니 원인은 그들이 지금까지 지내든 환경과 새로당면한 조건이 너무나 그거리가멀다는 것이다. 그들은 이 틀만에 사흘만에 뿔뿔히 저갈데로가버리고말었다.……(중략)……
>
> 이리하여 일단 폐지되었든 유곽은 용모가 약간달라진채 다시부활 하여겼고 자유계약이란 그럴듯한조건아래 유곽으로 드려오는여인은

그수가 날로 증가하게된것이다.……(중략)……

　　그런고로 첫재 우리는 공창제가 철폐되면 육곽에서나오는 여인들을 히망원(希望園)에 데려오기로한다.

　　그들에게 먼저 정신의위안 교양과 근강의회복을 그리고 생활의 인전을 주는동시에 로동은 유쾌한것이라는 인식이생길동안 얼마든 시간으로 그들에게 로동을가라치고 문맹을퇴치하고 직업을 교습식히고 어니시간에 적당하다고 인정될때에 배우자를 택하여 결혼을 식힐예정이다.

　　100만원기부금으로사회의간(癌)을제거할수있다면 우리는 있는 성력(誠力)을 다하여 히망원(希望園) 설치에 정신하여야할 것이다.[05]

　　김말봉의 이 글이 겨냥하고 있는 것은 단순히 문학의 차원이 아닌 사회 전반에 걸쳐 있는 문제이다. 그녀가 '팔리운 여인들'에 주목한 것은 '사회식자계급으로서의 분노와 책임감'도 작용했겠지만 그것 못지않게 중요하게 작용한 것은 같은 여성으로서의 동류의식과 정체성 때문이라고 할 수 있다. 공창제도가 폐지[06]되었음에도 불구하고 인신매매 여성들이 다시 사창으로 가게 되는 현상에 분노하면서 '희망원'을 통한 재활을 제시한다. 하지만 그것은 임시방편적인 대책일 뿐이라는 것을 그녀 역시 잘 알고 있다. 그녀가 궁극적으로 추구하고자 하는 여성해방은 이러한 제도적인 차원보다는 의식의 차원의 변화가 전제되어야 한다는 것을 말한다. 「새 시

---

**05**　김말봉, 「희망원(希望園)의 사명」, 위의 책, pp. 31~33.

**06**　김말봉은 「여성: 공창폐지 그 후 1년」(1~3)의 글에서도 공창제도 폐지 이후의 문제를 다루고 있다. 이 글에서 그녀는 공창폐지 이후 수습을 위해서는 여자들이 일할 수 있는 직장이 마련되어야 하고, 국가와 정치인들은 여성들의 실업 대책에 방법을 만들어야 하며, 사창문제에 대해서는 일부 여성의 문제로 치부하지 말고 국가적 문제로 다루어야 한다고 주장한다.

대의 남녀 정조관」에서 그녀는 이런 점에 착안해서 이 시대의 잘못된 남녀의 정조관이 상대적으로 바뀌어야 진정한 여성 해방이 올 수 있다는 견해를 피력한다. 이 글에서 그녀는 남자들은 결혼 전에는 자기의 약혼녀를 자랑하다가 약혼이 깨지면 자기의 약혼녀를 함부로 말하면서 흉보고 다니기 일쑤고, 여자의 정조는 철칙으로 여기면서 남자의 정조는 가볍게 생각하고, 몇 번을 결혼한 남자가 재혼을 할 때도 상대를 고를 때는 순결한 여자가 아니면 안 된다는 생각을 갖고 있다고 비판한다.

김말봉의 이러한 생각은 모윤숙에게도 나타난다. 모윤숙은 「공창폐지령은 무엇을 말하나」(『가정신문』, 1946.5.28)에서 공창폐지령이 여성의 정조 수준을 인간적인 우월한 단계로 올리는 암시라 하면서, 이러한 통쾌함에 머물지 말고, 침착하게 교양과 인격을 쌓아 그것을 토대로 여성다운 자존심을 획득하자고 말한다. 여성다운 자존심에 대한 그녀의 강조는 「총선거는 여성을 부른다」(1,2)(『부인신보』, 1947.8.23~24)에서는 정치적인 차원으로 그 의미가 확대된다. 이 글에서 그녀는 남조선에 총선이 열리며, 23세 이상의 모든 사람에게 투표권이 주어짐에 따라 여성에게도 그 권리가 주어진다고 서술하고 있다. 이것은 그녀가 여성의 정치참여 및 자유를 위한 투쟁을 강조한 것이라고 할 수 있다. 당대의 인텔리 여성으로서 남성중심의 가부장제적인 사회 권력에 의해 억압받고 있는 무지몽매한 여성을 계몽하고 있는 것은 김말봉이나 노천명 등 여느 인텔리 여성과 다를 바 없지만 그녀의 정치성은 이후 친일과 반공이라는 차원으로 이어지면서 권력화되고 그 순수성은 변질되기에 이른다.

여성이라는 주제와 관련하여 주목할 만한 글로 정충량의 「주방과 독서」(『서울신문』, 1949.10.2)를 들 수 있다. 이 글에서 그녀는 여성의 '독서'를 강조한다. 그녀에 의하면 현대여성은 '주방구조개혁에 따라 어느 정도 독서시간을 짜낼 수도 있다'는 것이다. 지금 '여성 문맹이 9할이며 나머지 1할의 여성도 일 때문에 독서를 못한다'는 것이다. 그녀는 '여성의 정치 참여, 교양 쌓기, 문화 혜택, 사회 접촉에 앞서 독서가 필요하다'고 강조한다. 그러기 위해서는 주방 개선이 급선무이며, 여성의 실력 발휘가 가정이나 사회에서 요망되므로 '독서는 여성의 생명이 되어야 하고 주방은 간편해야 될 것'이라고 말한다. 또한 그녀는 '여성의 산만한 노동을 일정한 장소에 집중시키고 일을 과학적으로 경영함으로써 여성은 독서에 더 큰 여유를 가질 수 있고 독서함으로써 우리 여성도 인류의 문화를 남성과 같이 즐길 수 있는 수준에까지 도달할 수 있다'고 말한다. 그녀가 강조하고 있는 독서란 기실 문맹으로부터의 벗어남 곧 이성적인 계몽을 의미한다고 볼 수 있다. 하지만 그녀의 사유는 여전히 가정 혹은 가부장적인 가족 구조 내에 머물러 있다는 점에서 일정한 한계를 노정하고 있다.

'문학, 여성, 시사'라는 주제 중에 '시사'는 여러 차원에서 '여성'과 연관되어 있다. 이것은 당대의 사회와 현실 속에서 그것을 살아내고 또 이로부터 일정한 전망을 획득하는 주체가 바로 여성이기 때문이다. 가령 위에서 여성과 관련하여 제시한 김말봉, 모윤숙, 정충량의 글들은 정도의 차이는 있지만 모두 시사적인 의미를 지니고 있다고 볼 수 있다. 다만 그것이 여성 자체의 정체성의 차원에 글의 중심이 좀 더 놓여 있느냐 아니면 그것이 시대적인 여러 차원의 문제들에 좀 더 중심이 놓여 있느냐에 따라 여성, 시사의 선후 구분이 가능할 것이다. 그러나 이것 역시 구분하기가 쉬운 것은 아니다. 가령 김말봉의 「새 시대의 남녀 정조관」(『부인』 3권5호, 1948.12), 「공창폐지와 그 후의 대책」(『민성』 5권10호, 1949.10), 「새 술은 새 부대에」(『부인경향』 1권1호, 1950.1), 노천명의 「인테리여성의 오늘의 사명」(『부인』 1권1호, 1946.4), 모윤숙의 「공창폐지령은 무엇을 말하나」(『가정신문』

1946.5.28), 「5월과 여성대회」(상,하)(『부인신보』, 1947.5.17~18), 「조선은 어디로 가나」(1,2)(『부인신보』, 1947.7.4/5), 「총선거는 여성을 부른다」(1,2)(『부인신보』, 1947.8.23~24), 「여성에게 외친다」(『경향신문』, 1952.1.1), 「생활개선」(『경향신문』, 1952.9.23), 윤금숙의 「진통(陣痛)」(『부인』 4권1호, 1949.1), 이명온의 「나의 여기자 생활 회고」(『문화세계』 1권4호, 1953.11), 장덕조의 「전락하는 모성애」(상,하)(『국도신문』, 1950.3.14/17) 등 많은 작품이 이러한 경향을 보이고 있다. 어쩌면 이것은 해방과 전쟁이라는 상황 속에서 여성 혹은 여성성의 모색이 곧 시대정신의 일단을 보여주는 것이라는 사실을 말해주고 있는 것인지도 모른다.

그러나 여성과의 관련성을 언급하지 않으면서도 '시사'를 드러내는 글 또한 많이 존재한다. 시사에 대한 사색을 드러내고 있는 수필은 주로 '해방과 그 이후의 갈등', '사회혼란과 생활고', '사회제도와 관습 등에 대한 변화 제안', '이념 갈등의 문제들', '전후 사회의 혼란과 인간존재의 가치 회복' 등의 내용을 포함한다. 이러한 내용을 포함하는 대표적인 글로 김향안의 「물싸움」(상,중,하)(『경향신문』, 1951.6.3/5/7), 모윤숙의 「조선은 어디로 가나」(1,2)(『부인신보』1947.7.4/5), 손소희의 「오열의 거리」(『신세대』 창간호, 1946.3), 「새해와 묵은 해의 경계선에서」(『부인』 4권1호, 1949.1), 임옥인의 「풍진세상(風塵世上)」(『여성신문』, 1947.4.30), 장덕조의 「장마 개이는 날」(『대조』 3권3호, 1948.8.1), 전숙희의 「가두소감」(『문예』 1권1호(창간호), 1949.8), 「지향(指向)」(『경향신문』, 1951.10.14), 「고모라의 성」(1)~(2)(『연합신문』, 1953.2.13~14), 조경희의 「기회주의자」(『광명일보』, 1947.5.20), 「화제: 사바사바」(『경향신문』, 1951.10.14), 「하꼬방」(『부산일보』, 1951.11.6) 등을 들 수 있다.

이 작품들은 대부분 당대 사회 현실에 근거하며, 이 현실에 발을 딛고 사는 필자는 해방과 전쟁으로 인해 급격하게 들이닥친 여러 변화와 그것이 불러오는 현상에 대해 다양한 태도를 보인다. 하지만 그중에서도 이들이 주목한 것은 궁핍과 세태 변화에 따른 가치관의 혼란과 방향성의 상실이다. 장덕조의「장마 개이는 날」은 해방 후의 궁핍한 현실에 주목한다. 적산가옥에서 쫓겨난 조선 사람을 수용하려는 가옥 공사로 밭을 부쳐먹지 못하게 된 여인들이 울상이다. 장마 속에서 공사에 쓸 돌을 깨러 아이들을 업고 나온 여인들을 통해 해방 때의 기쁨을 잊고 더 어렵게 사는 정직하고 선량한 사람들을 발견한다. 이들을 보면서 필자는 '조선에 아즉도 가난한 우리 여인들이 있고 그 여인들의 가슴속에「삶」에 대한 노력이 있는 동안 우리는 결코 실망할 것도 슬퍼할 것도 없는 것'이라고 말한다.

전숙희의「가두소감」은 단순히 궁핍에 대해서만 말하고 있지 않다. 쌀 배급 타는 날에 식모의 새치기 덕을 보지만 정작 자신은 새치기 충동을 느끼면서도 새치기를 못해 기차시간을 놓친다. 필자는 '약빠르고 대담해야만 제대로 살 수 있는 세상이라는데 문제가 있다.'고 보고 '출세를 하는데도 돈을 버는데도 심지어 학교입학을 하는데 까지도 이『새치기』는 얼마든지 필요한 처세술'이 된 것에 대해 개탄한다. 이렇게 '새치기의 재주를 부리려고 애쓰는 바람에 우리들의 질서와 통일은 점점 혼란해 가고 있는 것.'(181)이라는 결론을 내리고 악습이 빨리 없어지기를 간절히 바란다. 이러한 세태 비판은 전숙희의「지향(指向)」에서는 거리마다 음식점과 캬바레가 넘치고 '지침'을 잃은 채 살아가는 사람들을 통해 제시되고,「고모라의 성」에서는 부산 시위원사무실에 방문했다가 뇌물과 개인비밀보호(체신부) 관련 질문에 대답하며 혼란을 보이는 수험생의 모습을 통해 제시되고 있다. 하지만 필자는 이러한 세태를 넘어서는 아름다운 세계를, 책을 읽고 있는 여학생에게서 발견한다. 필자는 '많은 女學生들이 肉體의 安逸을 爲해 타락과 윤락의 길을 걷고 있는 동안 이 女學生이 뽀오야케 이러나는 먼지를 마셔가며 오고가는 사람들 틈에서 책을 읽고 있는 것은 오로지 그에게 빛나는 「指向」이 있기 때문'이라고 생각한다.


3


『한국여성수필선집 1945-1953』은 해방기와 전쟁기 여성의 모습을 개인적 측면과 사회적 측면에서 다양하게 보여주고 있다. 여기에 수록된 18명의 여성작가들의 작품 89편은 주로 '문학, 여성, 시사'라는 주제를 드러내고 있으며, 이 각각의 혹은 통합된 주제들 속에서 우리는 해방과 전쟁이라는 불안과 혼돈의 시기를 견디고 그것을 통해 보다 견고한 세계를 열어가는 여성의 힘과 의지를 발견할 수 있다. 이것은 내면화된 여성의 힘이 시대의 격변을 극복하는 한 부분이 되고 있고, 불안과 혼돈의 시간 속에서도 그것이 사회적 정체성을 형성하려는 여성의 의지를 추동하고 있음을 말해준다. 특히 수필의 장르적 특성이 직접적이고 고백적이며 글쓰기에서 특정한 문학적 형식에 구애 받지 않는다는 점에서 여기에서 발견한 내면화된 여성의 힘이 더욱 진정성을 갖는다고 할 수 있다.

『한국여성수필선집 1945-1953』이 보여주고 있는 이러한 사실들은 비록 양적으로는 부족한 점이 있지만 우리의 여성 문학 일반과 우리 여성 문학사 전반과 관련하여 볼 때 어떤 중요한 시사점을 제공한다고 할 수 있다. 먼저 생각해볼 수 있는 것은 첫째, 이 시기의 여성 수필은 여성의 내면적·외면적 모습을 다양하게 보여주고 있다는 점이다. 여성의 양면을 동시에 보여준다는 것은 여성의 삶 혹은 여성의 정체성을 평면적인 차원을 넘어 입체적으로 조명하고 있다는 것을 말해준다. 이것은 진실한 여성의 삶과 여성으로서의 정체성 확립에 한발 다가설 수 있는 방법임에 틀림 없다. 둘째, 해방기에서 전쟁기까지의 여성 수필은 각자 자신만의 독특한 담론을 지니고 있다. 이것은 이 시기의 여성 작가들이 자신만의 담론 혹은 담론구조가 있다는 것을 의미한다. 예를 들어 김말봉은 여성해방을 담론화하고 있으며, 모윤숙은 정치적인 입지에서의 여성의 역할을 담론화하고 있다. 이와 달리 박기원, 박화성, 손소희, 임옥인 등의 글은 감상적인 여성성을 담론화하고 있다. 이들 여성 작가들이 보여주는 이러한 차이는 당시의 여성들의 사고를 유형화할 수 있는 중요한 근거가 될 수 있다. 각 시기별로 드러나는 여성들의 사고가 축적되면 그것이 곧 우리 여성 문학의 큰 흐름(여성 문학사)이 될 수 있다. 셋째, 이 시기의 여성 작가와 작품을 오늘날의 여성 작가의 수나 그 작품과 비교하여 양적, 질적, 형식, 내용의 차원에서 서로 고찰할 수 있다. 이를 통해 오늘날의 여성 문학이 양적으로나 내용상으로 팽창하고 다양화되었다고는 하지만 과연 그 변화에 걸맞은 여성의 정체성에 대한 치열하고도 다양한 모색을 하고 있는지 여기에 대해 심도 있게 살펴볼 수 있을 것이다.

이런 점에서 『한국여성수필선집 1945-1953』은 정체성에 대한 불안에서 늘 헤어나지 못하고 있는 현대 여성 수필, 나아가 현대 여성 문학에 일정한 논리적인 근거와 그 원리를 제공할 수 있을 것이다. 다른 문학 장르에 비해 수필만이 가지는 형식과 내용의 자유로움과 개방성으로 인해 우리는 시나 소설, 희곡에서 미처 발견하지 못한 여성문학의 정체성을 여기에서 발견할 수 있을 것이다. 실제로 위에서 언급한 이러한 점들은 이미이 선집이 여성문학의 정체성과 관련하여 여러 가지 가능성을 제공하고 있다는 것을 말해준다. 이 작업의 의미가 단순한 자료 모으기가 아니라 그동안 흩어져 있거나 드러나지 않아 발견할 수 없었던 여성 혹은 여성의 정체성을 새롭게 발견하는 계기를 제공하는 데 있다면 그것은 우리가 흘린 땀이 헛되지 않았다는 것을 말해주는 중요한 한 사건이라고 할 수 있을 것이다.

# 딜레탕티즘과 유희로서의 문학

- 이병주의 중단편 소설을 중심으로

1

이병주의 문학을 딜레탕티즘(dilettantisme)으로 해석하는 일은 새로운 것이 아니다. 그의 문학은 분명 딜레탕티즘적인 특성을 강하게 드러낸다. 그의 문학을 이렇게 규정하고 나면 여기에서 문제가 되는 것은 딜레탕티즘에 대한 해석이다. 이 용어는 상당히 부정적인 의미로 통용된다. 딜레탕티즘이란 원래가 예술이나 학문에 대한 열렬한 애호자를 지칭하는 의미로 사용되었지만 최근에는 그것이 예술이나 학문에 대한 일정한 자의식이나 하나의 정립된 입장 없이 그저 이것저것 도락을 즐기는 의미로 사용되기에 이른다. 그래서 딜레탕티즘에 의해서는 예술이나 학문의 의미나 가치가 이해되지 않고 왜곡된 형태도 드러난다는 것이다.

이런 맥락에서 이병주의 문학은 그동안 부정적인 평가를 받아온 것이 사실이다. 하지만 딜레탕티즘이 이런 식의 부정적인 평가를 받는 것이 과연 정당한 것이냐 하는 데에는 의문의 여지가 있다. 딜레탕티즘에 대한 이런 식의 해석에는 문학은 진지해야 한다는 의식이나 가치가 개입되어 있는 것으로 볼 수 있다. 이런 식의 태도는 식민지와 분단으로 점철된 비극적인 역사를 가지고 있는 한국적인 상황에서는 더욱 강화되어 드러난다. (이병주의 연보 참고. 1921년 생, 1941년 와세대 대학 불문과 유학시 학병에 동원되어 중퇴하고 중국 소주에서 지냄, 1961년 5·16 필화사건으로 혁명재판소에서 10년 선고를 받고 복역, 2년 7개월 만에 출감) 이것은 역사를 하나의 유희의 대상으로 놓고 그것을 즐기는 것은 감히 엄두를 낼 수 없는 일이라는 사실을 의미한다. 역사가 허구를 압도해버리는 상황에서 역사를 담보로 해서 유희적인 글쓰기를 감행하는 것은 스스로 진지하지 못한 작가라는 비난을 감수해야 하는 입장에 선다는 것을 말한다.


## 2


딜레탕티즘은 이병주 문학을 관통하는 하나의 원리로 비교적 그것을 잘 보여주고 있는 양식은 장편이다. 『관부연락선』, 『지리산』, 『산하』, 『바람과 구름과 비』, 『행복어 사전』 등 그의 대표적인 장편에는 이 원리가 지배적인 세계를 이루고 있는 것이 사실이다. 식민지 시대와 분단을 거쳐 유신 독재 시대를 살아온 작가의 체험이 서사의 토대를 이루고 있지만 작가는 그것을 사회나 역사의 총체성의 맥락에서 형상화하고 있는 것이 아니라 문학이나 예술의 차원에서 그것을 즐기고 있다고 할 수 있다.

그의 장편에서 보여주는 이러한 미학적인 원리는 중편과 단편소설에서도 그대로 드러난다. 그의 등단작이자 대표작으로 평가받고 있는 「소설·알렉산드리아」를 비롯해 「마술사」, 「예낭 풍물지」, 「겨울밤」, 「변명」 같은 소설들이 바로 그것이다. 이 소설들은 공통적으로 사회나 역사로부터 소외받은 인물들에 초점이 놓여 있으며, 이들에 대한 작가의 태도가 기본 서사를 이루고 있다. 이 소설들의 서술 방식은 하나같이 일인칭 관찰자 시점을 취하고 있다. '나'에 의해 인물이나 세계가 서술되며 그 인물은 언제나 사회와 역사적인 맥락을 거느린다. 「알렉산드리아」에서는 나에 의해 형과 한스 그리고 사라의 이야기가 전개된다. 형은 좌파 지식인(사상범)으로 남북 분단으로 인한 이데올로기의 희생양이며, 한스와 사라는 각각 유태인과 스페인인으로 나찌에 의해 형과 가족을 잃은 불행한 자들이다. '나'는 이들의 이야기를 서술하면서 이들의 편에 서 있는 것이 사실이다. 이들에 편에 서서 이들에 대해 이야기하면서 '나' 자신이 들려주고 싶은 것은 역사 속에 감추어진 진실이 아니라 그 역사에 의해 배제되고 소외된 혹은 희생된 사람들의 체취이다. "내게 필요한 것은 잡스러워도 인간의 체취가 무럭무럭 풍기는 사상, 찐득찐득 실밥에 녹여 붙는 엿처럼 신경의 가닥가닥에 점착하는 그런 사상이다. 그런데 이런 생각을 하는 것도 나의 육체가 지방질 음식과 너무나 멀어 있는 탓인지 모른다"[01]는 형의 말은 기실 서술자인 나의 말에 다름 아니다. 이 소설의 이야기의 초점은 '사랑'이다. 형이 나에게 늘 편지를 보내면서 말미에 쓴 '사랑하는 아우'가 표상하는 것, 또는 엔드레드라는 게슈타포를 저격하는 과정에서 드러난 것은 나찌의 잔악함과 역사에 대한 진실의 드러냄이라기보다는 형과 가족에 대한 복수와 한스와 사라의 사랑이다.

사랑의 문제가 전경화됨으로써 역사의 문제는 통속의 차원으로 떨어질 위험성을 가지고 있을 뿐만 아니라 그 배경 또한 어떤 구체적인 진실성이 결여된 단순한 배경으로 전락할 위험성을 가지고 있다고 할 수 있다. 하지만 알렉산드리아라는 공간과 여기에서 발생한 일련의 사건은 허구의

---

**01** 이병주, 김윤식·김종회 엮음, 『소설·알렉산드리아』 바이북스, 2009, pp.9~10.

양식을 통한 역사의 유희 내지 즐김으로 이해할 수 있을 것이다. 역사도 즐김의 대상이 될 수 있다는 것, 이러한 인식은 역사(특히 우리의 근현대사)는 진지해야 한다는 오래된 고정관념에 대한 유쾌한 반격으로 이해할 수 있을 것이다. 「알렉산드리아」에서 보여준 미적 원리와 세계인식의 방식은 「마술사」에서도 드러난다. 이 소설은 일본군에 징용당한 송인규라는 인물에 대한 이야기이다. 1941년 충청도의 어느 상업학교를 졸업하던 해에 징용당해 나남에 있는 일본군 사단에 배치되었다가 버마의 만달레이에 머무르게 된다. 그곳에서 그는 총살형에 처한 크란파니라는 인물을 알게 되고 그의 인품에 감동되어 그와 함께 그곳을 탈출하기에 이른다. 이런 사실만으로도 그는 충분히 역사의 무게를 온몸으로 감당해야 하는 상황적인 인간이다.

하지만 그의 행로는 역사의 한복판을 가로지르지는 않는다. 이 소설의 이야기는 크란파니와 그의 처인 인레 그리고 송인규 사이에 전개되는 애정의 관계에 초점이 놓인다. 이 이야기의 요체는 사람에 대한 신뢰와 믿음, 그리고 여기에서 기인하는 진실한 사랑에 대한 것이다. 이 소설의 서술자는 '나'이며, 이 '나'에 의해 이야기되는 것은 모두 송인규의 이야기이다. '나'는 송인규의 이야기를 즐긴다. 이에 대해 그의 친구는 "그러니까 그게 바로 마술이란 말이다. 환각의 전달이란 말이다. 마술은 화술이라고 하더라며? 그런 뜻에서 송인규란 자는 틀림없는 마술사란 말이다."[02]라고 말한다. 송인규의 이야기가 하나의 마술에 불과하다는 것은 이 소설의 이야기 자체가 하나의 마술이라는 말에 다름 아닌 것이다. 이것이야말로 역사에 대한 즐김 혹은 소설을 통한 역사에 대한 유희라고 할 수 있다.

---

**02** 이병주, 김윤식·김종회 엮음, 「마술사」 『이병주 소설집-마술사·겨울밤』 바이북스, 2011, p.93.

그의 즐김의 문법은 「예낭 풍물지」에 오면 좀 더 예각화되어 드러난
다. 이런 점에서 이 소설의 첫머리에 인용한 노발리스의 "인간이 된다는
것 그것이 예술이다"[03]라는 경구는 주목에 값한다. 그런데 여기에서 '인간
이 된다는 것'은 그의 식으로 이야기하면 그것은 곧 누군가를 사랑하는 것
이다. 이 소설은 '나'에 의해서 서술이 이루어지며, 이 '나'로부터 서양댁,
장청년의 사랑 이야기가 옴니버스 형식으로 전개된다. 먼저 나와 경숙,
서양댁과 두 아이를 놓고 달아나버린 남편(미국), 장청년과 그의 직장 상
사와 눈이 맞아 도망간 그의 처 사이의 애정 관계가 장을 달리해가면서 교
차되고 또 재교차된다. 그런데 이 소설의 서술자인 나는 폐병에 걸린 환
자이다. 하지만 그는 병을 치료하려고 하지 않고 그것을 오히려 즐긴다.
그는 자신의 내부에 결핵균이 있으며 자신은 그 결핵균과 페어플레이를
해야 하기 때문에 약을 먹을 수도 또 병원에 갈 수도 없다고 말한다. 이것
은 그가 앓고 있는 병이 일종의 '문화병'이며, 그가 꾸며내는 이야기가 관
념의 작업이라는 것을 의미한다. 그의 문화병적인 호사 취미는 지적인 유
희로 발전한다. 그는 이야기 속에 수많은 동서양의 예술가와 사상가의 말
을 인용하면서 그것을 즐긴다. 가령 "임술의 가을, 7월 기망에 소자蘇子는
벗들과 더불어 배를 띄워 적벽의 아래서 놀았다. 청풍은 서래徐來하고 수
파水波는 불흥不興인데……."[04]에서처럼 소동파의 적벽부를 인용하는 대
목이 바로 그것이다. 그는 또 "달이 아름다운 것이 아니라 달을 보고 아름
답다고 느끼는 그 눈과 마음이 아름다운 것이다"[05]라는 형식의 아포리를

**03**  이병주, 김윤식·김종회 엮음, 「예낭 풍물지」, 『이병주 소설집-예낭 풍물지』, 바이북스,
2013, p.7.

**04**  이병주, 「예낭 풍물지」, 위의 책, p.76.

**05**  이병주, 「예낭 풍물지」, 위의 책, p.81.

자주 구사한다.

그의 유희는 기본적으로 그의 인간에 대한 친연성에서 기인한다. 「겨울밤」에서 그는 노정필과 그를 대비하면서 인간에 대한 이런 태도를 보여준다. 그는 노정필에 대해서는 "돌이 되어버린 무신론자"로, 그의 친구에 대해서는 "인간의 천진성을 그대로 지닌" 인물로 서로 대비하고 있다. 이 둘 중에서 그가 호감을 가지고 있는 인물은 친구이다. 그는 "노정필 씨와 이 친구를 비교해서 우열을 말할 수는 없다. 그러나 인간은 인간적인 사람을 좋아하게 마련이다. 나는 천주교를 믿을 생각은 없지만 그 친구의 천주만은 믿고 싶은 생각이 있다."[06]라고 하여 인간적인 것에 대한 강한 호감을 드러낸다. 이런 점에서 그는 휴머니스트이다. 그가 공식적이고 드라이한 역사보다는 그것으로부터 배제되고 소외된 인간의 고통과 상처에 더 많은 관심을 보이는 이유도 여기에서 기인한다고 할 수 있다. 그가 말하는 문학은 이런 것이다. 그래서 이런 대화가 가능한 것이다.

"서둘지 말아라, 자네는 아직 젊다. 자네는 역사를 변명하기 위해서라도 소설을 써라. 역사가 생명을 얻자면 섭리의 힘을 빌릴 것이 아니라 소설의 힘, 문학의 힘을 빌려야 된다."

"어디 역사뿐일까요. 인생이 그 혹독한 불행 속에서도 슬기를 되찾고 살자면 문학의 힘을 빌릴 수밖엔 없을 텐데요."

그러면 마르크 브로크의 대답이 돌아온다

"그렇다. 나도 문학을 외면한 어떤 인간 노력도 인정하지 않는다."[07]

---

**06** 이병주, 김윤식·김종회 엮음, 「겨울밤」『이병주 소설집-마술사·겨울밤』, 바이북스, 2011, p.152.

**07** 이병주, 김윤식·김종회 엮음, 「변명」『이병주 소설집-변명』, 바이북스, 2010, pp.38~39.

이 대목은 『역사를 위한 변명』의 저자인 마르크 브로크와 '나'의 가상의 대화 내용이다. 마르크 브로크를 끌어들인 것은 '나'의 역사에 대한 태도를 드러내기 위해서이다. 여기에서 '내'가 겨냥하고 있는 것은 '역사가 생명을 얻기 위해서는 소설의 힘이 필요하다'는 사실이다. 이것은 그의 글쓰기의 모토인 것이다. 그가 체험한 비극적인 근현대사를 그 나름대로 들추어내야 한다는 작가로서의 그의 자의식이 이런 대화를 가능하게 한 것으로 볼 수 있다. 하지만 여기에서의 문학은 별도의 해석을 필요로 하는 개념이다.

## 3

이병주의 중단편 소설에서 나타나는 딜레탕티즘과 인간과 예술 혹은 인간과 문학에 대한 태도는 역사에 대한 작가의 의식을 반영한다. 그의 문학과 예술에 대한 딜레탕티즘은 여기에 대한 어떤 나름의 정립이나 자의식 없는 단순한 즐김(유희)으로 볼 수는 없을 것이다. 그의 이러한 태도에는 문학에 대한 나름의 자의식이 내포되어 있다고 할 수 있다. 그의 딜레탕티즘은 글쓰기 주체의 어떤 견고한 이념으로부터 비껴 선 태도로부터 비롯된 것이다. 이로 인해 우리는 역사, 법, 인간 같은 무겁고 진지한 주제를 다룬 그의 소설에서조차도 뚜렷한 이념적 색채를 발견할 수 없는 것이다. 그가 세계를 대하는 태도는 이념이 아니라 '사실'에 기반한 기록이나 증언 같은 것이라고 볼 수 있다. 이런 식의 태도는 그를 역사와 인간에 대한 진지함이나 무거움 같은 것과는 거리가 있는 단순한 지식인의 취향이나 교양을 과시하는 가볍고 유희적인 딜레탕트로 인식하게 한 것이라고 할 수 있다.

그러나 그의 이러한 딜레탕티즘은 그것이 대중의 취향이나 교양 차원의 욕망을 전제하고 있다는 점에서 또 다른 해석의 여지를 드러낸다. 대중은 진지하고 깊이 있는 소통을 욕망하는 경향보다는 교양 수준의 소통을 욕망하는 경향이 더 강한 것이 사실이며, 특히 이병주가 활발한 창작 활동을 하던 60년대와 70년대는 유신 독재에 의한 억압적인 현실로 인해 정치, 사회, 역사, 법 등에 대한 대중의 교양 욕망이 강하게 대두되었던 것 또한 사실이다. 이 시기 대중에게 교양을 강조한 주체는 박정희 정권이었지만 이 과정에서 대중은 정권의 방향과는 다르게 혹은 그것에 대립하는 잠재된 의식과 태도를 지니게 된다. 이 잠재된 의식과 태도가 정권에 직접적으로 저항하는 이념을 생산해내는 기반을 제공하기도 했고 또 간접적으로 그것에 대한 관심과 흥미를 유발하는 계기를 제공하기도 했다. 이 시기에 대중적이고 상업적인 문화와 문학이 널리 유행한 이면에는 이러한 잠재된 교양 차원의 욕구와 욕망의 표출이 있었던 것이다. 이런 점에서 그의 소설이 드러내는 딜레탕티즘의 세계는 이 억압적인 현실의 출구이면서 동시에 그것을 해소하는 중요한 역할을 한 것으로 볼 수 있다.

1960년대, 70년대의 이러한 한국 사회의 일련의 상황이 그의 개인적 취향(감수성)과 만나 딜레탕티즘이라는 독특한 사상을 낳았다고 할 수 있다. 익히 잘 알려진 것처럼 그의 딜레탕티즘은 종종 진지하고 깊이 있는 세계를 문학적 이상으로 삼고 있는 사람들에게 비판의 대상이 되곤 했다. 그 대표적인 사람이 바로 김수영이다. 김수영은 이병주를 향해 "야, 이병주, 이 딜레탕트야." "네 작품에는 울림이 없어."라고 비판한 이야기는 널리 알려진 사실이다. 하지만 문학에 대한 이해와 판단에서 김수영식의 관점과 태도가 언제나 참되고 옳은 것일까? 우리는 이제 이 물음에 대한 답을 알고 있다. 대중사회가 도래하면서 우리는 인간과 세계에 대한 교양 차원의 세속적인 또는 세태적인 이해야말로 성스럽고 진지한 이해 못지 않게 중요한 인간과 세계 이해의 한 방식이라는 것을 잘 알게 된 것이다. 문학 혹은 예술은 인간의 존재성을 은폐하고 있다. 이런 점에서 소설 속에 드러난 작가로서의 그의 태도는 그 자체가 곧 예술의 형상을 하고 있다고 볼 수 있다. 작가의 생산물인 문학 혹은 예술에 대한 가치 평가는 이들이 감당해야 하는 숙명이지만 그의 소설에서의 그것은 '격차'라기보다는 '편차'의 차원에서 이해될 성질의 것이라고 할 수 있다. 이것은 그의 문학에 대한 좀 더 다양하고 새로운 시각이 필요하다는 것을 의미한다.

# 용어 찾아보기